U0839517

中国友谊出版公司

卷首语

所有的诡异，都不是巧合。

目录

Contents

序章：鬼当

当那双筷子递进当铺的窗口时，当值的小朝奉差点笑出声来，他顺势又将那双筷子推了回去，正要开口说明的时候，窗口下站着的那个戴着斗笠一直低着头的人却冷冷一笑，笑声传进小朝奉耳中的同时，一道闪电从空中劈下。

闪电劈下的那一刻，小朝奉明显看到在当铺门口还站着一个人，那个人也戴着斗笠，确切地说，与窗口下站着的这人几乎一模一样。

就在小朝奉还在纳闷门口那人是什么时候出现的时候，天空中响起了一声炸雷，炸雷声让小朝奉浑身一抖，再定睛一看，当铺门口连个鬼影都没有。

“喂——”戴着斗笠的男子开口了，“到底收还是不收？”

斗笠男子的声音像是嗓子中吞过火炭一样，沙哑又沉闷，说话间闪电再次劈下，小朝奉再一次看到在门口的那人，可门口明明立着灯笼架，即便先前没有闪电，他也能清清楚楚看到那里根本没有人。

“不收……”小朝奉看着门口心不在焉地回答。

斗笠男子又是一声冷笑，伸手小心翼翼地将那双筷子拿走，装进那个精致的长条小袋子里，又将斗笠往下压了压，转身离开了。就在斗笠男子走到大门口的那一刻，一直盯着门口、试图分辨自己到底是眼花了还是撞邪了的小朝奉，因为又一道闪电的关系，清清楚楚看到那里站着两个人，两个走路姿势一模一样、都提着同样精致长条小袋的斗笠男子。

小朝奉倒吸一口冷气，闭上眼睛晃了晃脑袋，再定睛看去，发现门口灯笼架上的灯笼已经熄灭，外面漆黑一片。

就在此时，一个声音在小朝奉身后响起：“兴安！”

小朝奉并未回过神来，直到身后那人抬手按在他肩头叫了他的全名“田兴安”之后，小朝奉田兴安这才浑身一抖，立即转身看着身后那名穿着长袍马褂、手中攥着一把干草、鼻梁上架着一副茶色眼镜、脸色白得厉害、嘴唇乌青的三十多岁的男子。

“师父！”田兴安立即点头示意，下意识退到一侧去。

来者叫刑仁举，是这家久安当铺的大朝奉，实际上也是这里的掌柜之一，这家当铺是刑仁举和另外一位老板合伙开的，不过平日当铺中主要负责的就是刑仁举，田兴安是刑仁举五年前收的学徒，算上刑仁举、田兴安，整个当铺就只有五个人。

“怎么了？门外的灯笼怎么熄了？”刑仁举眉头紧锁，将干草放在旁边的黑色木桌之上，抬脚快步走出去，拿出火柴，准备将灯笼罩取开重新点燃的时候，却看到灯笼内那根蜡烛就如同被虫蛀了一样，四下都布满了细小的密密麻麻的虫孔，让人看得头皮发麻。

刑仁举一惊，立即转身看着门外四周，同时大声问道：“兴安，刚才是不是有人来过？是谁？什么时候走的？拿了什么东西？又说了什么话？”

田兴安见刑仁举问了一连串的问题，立即从旁边的门通过那小隔间走了出去，还未走到，刑仁举又问了一遍相同的话，田兴安立即将先前发生的一切说了一遍，唯独省略了自己“眼花”的事情。

“完了！错过了！”刑仁举说完之后，朝着田兴安所指的那斗笠男子离开的方向快步走去，追到街头，看着四下漆黑的街道空无一人之后，气得眼前发黑，下意识慢吞吞走到旁边的墙下扶着墙歇了好一会儿，缓过来之后这才慢慢走回当铺。

田兴安在当铺门口一脸茫然地等着，见刑仁举回来之后，脸色比先前还要苍白，立即迎上去搀扶着，却又不敢问怎么回事，不过自己心中清楚，自己是犯错了，自己肯定是走眼了，就算那双筷子不是什么好东西，或许来者还有其他的好东西没拿出来，先前拿出筷子只是一种暗语或者是试探。

田兴安搀扶着刑仁举回到当铺中，赶紧泡茶，刑仁举则是看着地面喘着气，好半天才抬手道：“兴安，关门吧，今儿是没有买卖可做了。”

“噢——”田兴安点头，立即去关门，心中却想着这都亥时了，原本就不应该做买卖，更何况今天是中元节，开门做买卖本来就不吉利，整个镇上，只有久安当铺还开着门。

田兴安走到灯笼架跟前，正准备收拾的时候，却看到了那根如同被虫蛀的蜡烛，吃惊之余听到刑仁举的声音从里面传来：“灯笼架不要收了，等到明天日上三竿的时候再烧了吧。”

“唉。”田兴安应声的时候，注意力还集中在那根蜡烛之上，不知道蜡烛怎么会变成那副模样。

田兴安看了一会儿蜡烛，又四下看了看，转身将店铺大门关好，放好门闩，又将顶门柱放好，小心翼翼地挂上了警示所用的铃铛之后，这才拐进柜台之中，规规矩矩地站在刑仁举的跟前，等着挨骂。

“兴安，你知道今天是什么日子吗？”刑仁举喝了一口茶，放下茶杯道。

田兴安立即回答：“中元节。”

“除了中元节呢？”刑仁举闭眼问道。

田兴安寻思了下，忽然间恍然大悟：“今天是我出师的日子！”

“对，但你出不了师了。”刑仁举说完长叹了一声，“你白白放弃了一个出师的好名头，我教你的，你是一个字都没有往心里去，我怎么就收了你这个废物？”

田兴安面露难色：“师父，我绝对没看走眼，那就是双普通的印花筷子，也就是这几年的玩意儿，不是古物。”

刑仁举冷笑一声：“你上手了吗？”

田兴安一愣，随后摇头：“一眼就看出来了，不需要上手吧？”

“我干了二十多年的朝奉，吃亏上当不少，从来不敢光看不上手，你连最基本的都忘记了？一看二探三闻，这是你当学徒第一天我就教过你的东西，从那天开始，我几乎天天都会告诉你那六个字。”刑仁举苦笑道，“我当时怎么就瞎了眼，收了你呢？还不如收个瞎子呢！”

田兴安低头道：“师父，我错了，我再跟着您学五年吧。”

“只能这样了，五年之后的中元节，你要是再犯同样的错误，你还是无法出师。”刑仁举沉声道，“我要你当的，不仅仅是一个朝奉而已，你明白吗？”

田兴安摇头，一脸呆滞地问：“师父，我不明白，什么意思呀？我不就是跟着您学当朝奉吗？”

“算了！”刑仁举气得一句话都说不出来，只是一个劲儿地咳嗽，田兴安立即端茶，刑仁举喝了两口，伸手指着放在桌子上的那干草，田兴安立即会意将干草拿过来，递给刑仁举，刑仁举攥着干草的时候，使劲闻了闻，脸色这才舒坦了些。

“师父，您手里这草是药吧？什么药啊？”田兴安小心翼翼地问。

“不是药，是续命草。”说着，刑仁举竟然笑了起来，“不过是假的，我只是拿来自我安慰罢了，有些东西你还没资格去懂，如果下一个五年之后，你出师的话，我就……”

刑仁举话还没有说完，就听到了轻微的敲门声，声音很微弱，就像是有人用手指头轻轻在捅着大门一样。

不过，这个声音只有刑仁举听到了，田兴安却丁点都没有察觉，还在等着刑仁举往下说。

田兴安看到刑仁举扭头看着门口，自己也顺势看了过去，随后听到刑仁举低声数着数："……五、六、七。"

刑仁举数到"七"的时候，突然间大门被人猛地一拍，巨大的响声传来，把田兴安吓了一哆嗦，但刑仁举没有被吓到，相反还站了起来，满脸微笑，继续在口中数着数，等他再一次数到"七"之后，大门又一次被重重拍响。

刑仁举立即快步从隔间中绕出去，要去拿开顶门柱的东西，田兴安刚要帮忙，却被刑仁举挥手推到一边去，同时指着当铺柜台内，示意田兴安去那里等着。

田兴安不知道发生了何事，只得快步回到当铺之中，站在窗口内看着刑仁举将门口的所有东西都拿开，随后对着门也轻轻敲了八下，紧接着快步走了回去，就在刑仁举前脚离开的时候，门被猛地推开了，田兴安一惊，但并未看到门口有任何人在，不过门口的灯笼不知道被谁点燃了，这次灯笼内泛着的却是蓝光。

田兴安盯着灯笼发出的那诡异的蓝光，全然不知道这是怎么了。

此时，刑仁举回到他的身后，田兴安下意识看了一眼刑仁举，再扭头去看门口的时候，却发现先前那个斗笠男子不知何时已经出现在窗口下了。

田兴安被吓了一跳，瞪着那斗笠男子不知道该说什么，脑子中一片空白。

刑仁举见田兴安愣在那儿，立即用手指头捅了下他，这一捅不要紧，田兴安浑身如触电般抖了下，而窗口下的那斗笠男子也发出了低沉的笑声，紧接着将那双筷子从袋子中小心翼翼地取出来，慢慢推进窗口之中。

田兴安仔细看着那筷子，但不敢上手，站在他身后的刑仁举捏了把汗，他忘记提醒田兴安一件事了，那就是在中元节的时候，面对这种半夜上门的客人，必须要先问对方是否可以上手，等对方应许之后，自己才能将东西拿起来。

而这次，田兴安鬼使神差地左右看了看那双筷子后，竟然开口问："请问，可以上手吗？"

"当然。"斗笠男子爽快地回答，但一直低着头，刑仁举能看到的也只是他的斗笠，无法看清楚他的脸。

田兴安立即拿过柜台下一盏特制的油灯，这种油灯又叫"明眼灯"，取这个名字是因为吉利，意思就是点燃这盏灯看东西就不会走眼，但实际上这种油灯就是煤油灯，并不算是老东西，早年朝奉用的"明眼灯"都是特制的蜡烛，因为在清末前期，中国并没有煤油灯这种东西。

田兴安看了半天，通过触感和气味，判断出这双筷子是千年乌香木制成的，而千年乌香木这种材料世间罕有，不要说做筷子了，哪怕是一块碎木片都是价值连城的，在识货者的手中可以换下一整条街。

田兴安脸上有了笑容，看着斗笠男子，很想走出去详谈，因为朝奉当中有个规矩，如果遇到这样的贵客，必须“以礼相待”，绝对不能站在高高的柜台之上俯视对方，应该请对方到旁边的偏厅之中饮茶详谈，不过这大晚上的，他搞不清楚对方的来路，在这种时候出手这样贵重的东西，会不会是歹人？

终于，田兴安还是俯身将脸凑在窗口，堆出满脸笑容，轻声问：“请问这位先生，您打算当多少？”

“一句话。”斗笠男子沉声道，“当一句话，帮我转告给某人一句话。”

“啊？”田兴安愣了，“什么意思？”

田兴安其实听懂了，但是他不愿意相信，用这么贵重的东西就为了让当铺帮他转告给另外一个人一句话，这人是不是疯了啊？

斗笠男子微微抬头，但田兴安和刑仁举能看到的只是他的那张嘴和半露出来的雪白牙齿。

斗笠男子疑惑道：“觉得不值当吗？”

“不是不是！”田兴安下意识地看了一眼身后面无表情，但死死攥紧干草的刑仁举，而刑仁举对他点了点头，田兴安心中有数后，立即道，“好，您稍等，我开一张当票给您，当票为两张，两张上面都得写清楚您要转告的那句话，只不过这种典当方式以前并未有过，所以这种典当是死当，换言之，您就等于是用一句话将这双筷子换给咱们久安当铺了。”

“从未有过？”斗笠男子冷笑一声，“你还是学徒吧？而且只是朝奉学徒，还没有走到下一步，你不懂没关系，你身后的师父应该懂，但你要记得，你经手的对象，你就必须负责到底，所以，我告诉你的这句话，你也得面见那个人亲口说出，明白了吗？”

田兴安立即点头：“我明白了，您稍等。”

田兴安立即准备好当票，小心翼翼地放在柜台之上，随后问：“请问这句话带给谁，他家住何处，何方人士，话的内容？”

斗笠男子并未立即开口，只是站在那儿，而刑仁举此时的呼吸变得急促起来，双手微微发抖，心中有个不祥的预感。

终于，斗笠男子开口了，开口的同时将头再一次低了下去：“请转告陈九斤，奇门现世了，让他带着秘密逃，能逃多远逃多远，如果他逃不动了，那就死，就这些。”

田兴安很是疑惑，但还是如实在当票本银，也就是价值下方写上了这些话，同时问："请问贵客尊姓大名？"

"不用写名字，反正是死当。"斗笠男子沉声道，随后等着田兴安弄妥当之后，接过当票转身就走，紧接着就消失在了门口。

田兴安呆呆地看着门口，若不是手中有那千年乌香筷和当票底子，恐怕他会以为先前只是一场梦而已。

"兴安，关门，随后到库房来找我。"刑仁举说完，转身便走了，也没有按照规矩将千年乌香筷拿进库房。田兴安只得先把筷子锁进旁边的柜子中，这才快速到门口张望了下，随后将门关上，放上门闩和顶门柱，又回到柜台拿出筷子快步去库房找师父。

当田兴安走进库房时，便看到刑仁举坐在库房正中的那把大朝奉的木椅之上，同时，刑仁举也开口道："兴安，你可以出师了。"

"真的？！"田兴安大喜，却发现刑仁举呆呆地看着自己眼前的地面，一脸的愁容，他的笑容收了起来，下意识问，"师父，怎么了？我是不是又做错什么了？"

"和你无关，这是命，躲不掉的，我躲了这么多年，始终还是找上门了。"刑仁举低声道，"先前那个人口中所说的陈九斤，就是我以前的名字。"

田兴安呆呆地看着师父，完全没回过神来这是怎么回事，想问什么，也不知道从何问起。

刑仁举摸着座椅扶手，显得很是焦虑："这个人我也不知道是谁，但是他肯定知道这一行的规矩，所以故意今天找上门来，还带来了这双千年乌香筷，目的就是要告诉我有人找出了奇门的线索，下一步就会找上门来，想尽办法要将奇门所在之地从我口中挖出来。"

田兴安摇头，愁眉苦脸道："师父，我一句也听不懂呀，我连今天晚上为何要开门做买卖都不明白，我就知道，咱们师徒两人惹上麻烦了，那个戴斗笠的是歹人吧？"

"不，恰恰相反，他不是，他应该是断金门的人。"刑仁举摇头，"我现在得马上走了，应该说是逃，从此之后，咱们师徒不会再见面，不日之后，我会托人送一封信给你，到时候我会在信里面写清楚你想要知道的事情，和你以后该做什么。"

刑仁举说完，起身走到田兴安跟前，按住他的肩头道："兴安，咱们师徒就此别过，今晚你守着铺子，哪儿都不要去，什么话也不要说，至少三天后，等我走远了，你才能告诉老板我离开了，但不要告诉他原因，只需要说我不辞而别就行了。"

"师父——"田兴安看着刑仁举转身离开，他立即追了出去，发现刑仁举去了后院，但当他追到后院的时候，发现刑仁举就像遁地了一样不见踪影。

第一章：刑场疑云

1945年3月9日，中国东北，伪满洲国首都新京长通路新京监狱。

负责行刑的军官田云浩看着自己的手表，又转身看了看东边升起的太阳，但只是看了一眼，因为阳光太刺眼了，刺得他哪怕是侧面对着东方，都睁不开眼睛。

与此同时，东面的五号监舍门口，二十五名囚犯戴着沉重的镣铐在狱警的带领下缓缓走出。几乎所有人都在走出去的瞬间下意识闭眼，半眯着眼睛去适应外面的强光，唯独只有一个年龄很大的老头儿始终闭着眼慢慢走着，也只有他撕下了衣服，搓成了一股布绳，将一头绑在脚铐之上，另外一头拎在手中——只有这样，才能让他走起路来，不至于被沉重的脚铐拖累。

囚犯们来到的地方是刑场，而刑场就紧挨着五号监舍，因为五号监舍中关押着的都是重犯。这些重犯要么是已经判了死刑，要么就是那种熬过酷刑还没开口的间谍和“叛国者”。

他们被关在五号监舍就是监狱方面要告诉他们，如果他们不开口、不交代，那么距离死亡就只有一步之遥。

田云浩皱眉看着犯人，又低头看着手中的那份名单，手上的那张纸也真的是名副其实的名单，只有名字，其他的什么都没有，性别、年龄等都没有列出来，他连犯人谁是谁都对不上号。

因为田云浩是大清早接到紧急命令才赶来的，赶来之后才知道要他监督行刑，他很纳闷，但又无可奈何，毕竟下达命令的是伪满所谓的内阁情报局，一个仿造日本内阁情报局建立的最高情报机关，而田云浩，仅仅只是伪满洲国江上军的一名普通的少尉，与这座监狱没有丝毫的瓜葛和联系，他不认识这里任何一个人。

所有犯人都面无表情地缓慢走向刑场，他们都知道即将会发生什么事，只有那个老头儿带着笑。

此时，田云浩身后的两名狱警低声交谈着，个子较高的狱警低声道：“那个老头儿就叫什么刑仁举吧？五号监舍以前闹鬼，这个老头儿被关进来之后，冲那里的人要了点泥，弄了点稻草和米，对，还有水，然后就没事了。”

较矮的狱警连连点头：“对对对，我也知道这事，最奇怪的是，这老头儿呀，是从哈尔滨监狱转过来的，而且档案上根本没写这老头儿犯了什么事儿。”

“也许是间谍大案。”高个儿狱警道，说着下意识地看了一眼田云浩，田云浩装作没听到，他的目光停留在刑场墙角阴影中那个穿着风衣、戴着礼帽、一脸清秀的男子身上。

这个人叫申东俊，是伪满洲国情报局行动处主任，也就是他，在清晨下达命令，让田云浩赶来监狱监督行刑的。

田云浩来到监狱之后，与他所说的也超不过五句话，田云浩当时认为申东俊就是个酒鬼，因为他说话总是有气无力的，前言不搭后语，永远半眯着眼睛、一副宿醉未醒的模样。

申东俊所在的内阁情报局是半年前伪满政府按照日本方面的命令，参照日本内阁情报局组建的，但实际上，搞情报的都知道，日本的内阁情报局就是个空架子，但伪满之所以要建立这个情报局，说到底，就是知道这个不被承认的伪政权快完蛋了，他们需要一个新的机关来处理一些善后工作，销毁证据等。

虽说这个机构人员极少，但权力却相当大，甚至可以命令日本宪兵队出面做事。

蹲在阴影中的申东俊也一直注视着那老头儿，一支接一支地抽着烟，脚下全都是烟头。

二十五名犯人靠墙站好，田云浩上前道：“面朝墙站好！”

犯人缓慢转身，此时的刑仁举脸上的笑更怪异了。

叫犯人面朝墙壁站好，这是军中盛传的一种做法，说是人死之前最后看到的人，将会被死去的冤魂索命，不过田云浩怕的不是这个，他害怕看到死刑犯临死前的眼神，虽然空洞，却似乎有一种神奇的力量，可以将他的灵魂完全吞噬。

“转过来，朝着东方，太阳升起的方向！”申东俊终于从角落中走出来。

犯人无奈，只得又按照申东俊的指示转了一圈，但转过去之后，所有人都低头闭眼，因为阳光直射过来十分刺眼。

“别怕他们的眼神，只要正对着东方，他们就看不清楚你。”申东俊似笑非笑地看着田云浩，“这个时候行刑，比正午要好，我知道你们中国人认为正午太阳刚烈，那时候行刑，可以压制受刑者的鬼魂！可我不那样认为。”

田云浩看了一眼申东俊，问：“你不是中国人？”

“注意你说话的语气，说话小心点，这里是满洲国，你是满洲国人，不是中国人。”申东俊面无表情道，看着二十米开外的那些犯人，又转身看着后方列队站好的那些准备行刑的国防军，这些国防军都是隶属于内阁情报局的部队，用的武器都是九九式步枪，如今能在伪满洲国装备这种日本新式步枪的军队，都算是精锐。

田云浩冷笑一声：“可是，咱们说的可都是中国话。”

“我要是说日语，你能听懂吗？”申东俊斜眼看着田云浩，“我父亲是日本人，我母亲是朝鲜人，所以，我和中国没有半点关系，不要以为你可以羞辱我，虽然我很佩服你的勇气，也知道你认为满洲国快完蛋了，不过没关系……”

申东俊说完笑了笑，挥手让后方的士兵上前几步，走到他们两人跟前来，随后让最末尾的一名士兵将步枪交出来，他接过来之后递给了田云浩，随后喊道：“瞄准！准备！”

喊完之后，那一列士兵立即拉动枪栓上膛，瞄准了对面的那二十五名犯人，田云浩迟疑了一下，在申东俊眼神的注视下，终于举起了步枪，但呼吸却变得非常急促，他不想再做这种肮脏的事情了，但没办法，而且他最想不通的是，为什么要找他来监督行刑？到这个时候，竟然还让他举枪成为刽子手的一员。

“准备——”申东俊再次大喊，还带着破音，喊完之后竟然露出个怪异的笑容。

田云浩的眉头紧锁，他觉得这个申东俊完全就是个疯子。

申东俊靠近田云浩，侧头看着那些犯人，申东俊的脸颊都快挨着田云浩了，这让田云浩浑身不自在。

申东俊低声道：“你看见那边的那个老头儿没？他叫刑仁举，真名叫陈九斤，你只需要瞄准他，在我没有叫你开枪之前，你不要有任何动作。”

说完，申东俊径直朝着刑仁举走去，立在刑仁举跟前，整理了下自己的风衣，略微立正，带着尊敬的语气道：“您好，刑先生，我叫申东俊，您应该记得我，五年前，我们两人在哈尔滨监狱道里分监见过面，当时我并不知道您是谁，只是匆匆见了一面，问了几个简单的问题而已，您很聪明，您瞒过了我。”

刑仁举昂着头，闭着眼，淡淡道：“我记得你，记得你身上这股味道，很臭，一股血腥味。”

“是死人味吧？”申东俊咧嘴笑道，“这个比喻好，我喜欢，我就是刽子手，只要提到我的名字，很多人都会尿裤子。”

“是野狗味，死人堆里面吃死人肉的野狗。”刑仁举轻蔑地笑道，“刽子手？你不配。”

申东俊只是扬了扬手，指了最右侧的那个犯人，随后身后的一名士兵开枪了，子弹击中那人的额头，巨大的冲击力将他后脑勺的头骨掀开，鲜血和脑浆溅了一墙。

犯人倒下的同时，申东俊点了一支烟，问：“刑仁举，不，陈九斤，我现在问你一个只有你才知道的问题，奇门在哪儿？五年前，你装疯卖傻骗过了我，让我以为你只是个同名同姓的人，不是我想找的那个人，这五年，我想尽办法调查，终于查清楚了。”

说着，申东俊再次挥手，紧接着又是一名犯人被击毙。

“现在这里不算上你，还有二十二个人，你还有二十二次机会。但你要记得，虽然你有二十二次机会，但那二十二个人每个人只有一次机会，如果你不给他们这次机会，他们就会一个个死去，死在你眼前，变成孤魂野鬼之后咒骂你的冷漠和无情。”申东俊冷笑道，“所以，让我们从头开始问——奇门在哪儿？”

刑仁举依然昂头闭眼，不发一语。

后方的田云浩一直举着枪，但他瞄准的却是申东俊的后脑勺，他很想现在就扣动扳机，一枪打死这个王八蛋。

申东俊摸出一支烟塞到刑仁举口中，刑仁举躲开，申东俊手举着道：“我知道你有烟瘾，你可以边抽边听我说，帮我判断下我调查出来的情况是否属实。”

刑仁举笑了，只是摇头，于是申东俊自己将那支烟点燃，深吸一口道：“在你们中国元朝的时候，有个姓郭的，汇编了一本叫作《二十四孝》的书，说的是二十四个孝子的故事，后来，因为这本书的关系，郭家被后世的皇帝视为传诵孝道的人，因此不断受到褒奖，给了他们很多赏赐，郭家没有动这些赏赐，而是将这些宝藏汇聚起来，藏在某一处，被称为孝金，说这批财宝是留给中国后世的孝子的，不过这只是表面上的故事，实际上这笔孝金只是个掩护，里面还藏着另外一个秘密，那就是奇门。”

刑仁举面无表情地听着，没有任何表示。

申东俊接着说了下去：“奇门的秘密隐藏在孝金之中，而奇门是什么呢？是一批比孝金还贵重的宝藏，但必须要识货的人才知道，在不识货的人眼中，那些东西平凡无奇，但这件事郭家的传人都不知道，因为在明朝初年，有一批逐货师利用了孝金，将他们找到的奇货秘密藏在了孝金之中，同时还将这个秘密传给后世，这个世界上他们选定的人才知道孝金在哪儿，才知道藏有奇货的奇门的具体位置，你就是那个人。”

“厉害，你竟然连逐货师都查到了。”刑仁举愣了下道，“不错，你知道的都是事实，但那没用。”

刑仁举还在说话的时候，申东俊又下令击毙了一名犯人。

刑仁举睁开眼睛看着申东俊：“你看看我的周围，有哪一个人在害怕，在发抖，有哪一个人面带恐惧？没有，能住进五号监舍的人都是不怕死的，你用他们来威胁我毫无用处。”

申东俊拔出自己的手枪，对着刑仁举旁边的犯人直接扣动扳机，子弹贯穿那人的胸膛，那人倒地，刑仁举又放下枪口，对着倒下的那人的身体连续开枪，直到将自己枪膛内的子弹全部打光为止。

此时的刑仁举重新闭眼，申东俊转身却看着田云浩道：“你知道他是谁吗？他姓田，他是……”

申东俊说到这里的时候，再转身回来发现刑仁举闭上的双眼中流出了两行血泪，紧接着他的鼻孔、耳朵和嘴巴中都流出了鲜血，申东俊瞪大双眼，立即用手去试探刑仁举的鼻息，发现他没有呼吸了，立即喊道："叫医生来！快叫医生来！快点！"

申东俊大喊的时候，田云浩也奔上前去，看着屹立不倒，但已经没有呼吸的刑仁举，完全不知道发生了何事。

十分钟后，监狱的医生确认了刑仁举的死亡。

申东俊蹲在那儿，盯着依然屹立在那儿的刑仁举，指着道："怎么死的？怎么死了还不倒下？"

医生看着申东俊那呆呆的模样，下意识看了一眼田云浩，回答道："不知道，需要解剖，这种现象很离奇，按道理说不应该出现，这才十分钟，他的身体就已经完全僵硬了，就像是雕像一样。"

申东俊看着医生，朝着医生靠近，一把将医生抓到跟前，吼道："你是医生吗？你连他怎么死的都不知道？！回答我，他是怎么死的？要是你无法给我答案，我让你下去亲口问他！"

医生被吓傻了，只是一个劲地摇头，申东俊拔出手枪来，用发抖的双手换着弹夹，其他人四散逃开，只有田云浩和那些国防军站在那儿，警惕地看着申东俊。

申东俊举枪对准田云浩，又挪开对准那些国防军，转了一圈之后，将枪对着已死，但依然立在那儿，带着笑意的刑仁举，喃喃道："十年，我查了整整十年，快查到头的时候，你死了，你当着我的面死了，你以为你赢了？不可能！我不会让你赢的！我不会！我要杀了这里所有的人，所有的人都会死，都会死！"

说着，申东俊开始胡乱开枪，国防军士兵第一时间朝着监舍奔去，但其间已经有几个人中枪，田云浩看准时间，趁着申东俊换弹夹的时候，上前将申东俊扑倒在地，几拳将他打晕过去……

随后，申东俊被内阁情报局的人带走，而田云浩则接受了详细的询问，被暂时关押了几天后释放，从那天开始，直到伪满洲国消失，田云浩再也没有见过这个人，直到十年后，也就是1955年3月9日，已经成为哈尔滨国营药材公司职员的田云浩又一次在哈尔滨听到了申东俊的消息。

田云浩下班的时候，守门的老头儿晃晃悠悠地走了过来，离他还有七八米的时候，老头儿就喊道："田云浩，你是库房办公室的田云浩吧？"

田云浩点点头，老头儿指着大门口道："有人找你，说有急事。"

"谁啊？"田云浩不知道会有谁找他，因为他几乎没有亲人了，也没有朋友。

老头儿指向大门口，田云浩顺着他的手看过去，只见铁门栏杆外站着一个留着短发的清秀女子，女子抱着一个军绿色的挎包，在田云浩的目光移过来的同时，轻微点了点头。

田云浩慢慢走了过去，手中拎着那个他每天都会随身携带的布袋子，袋子中装着一个铁饭盒和一个军用水壶。

“你好，请问你就是田云浩？”女子微微笑道。

田云浩点点头：“请问你是？”

“不好意思，我还得确认一下，请问你以前是伪满江上军的少尉对不对？”女子再问，这个问题如同揭开了田云浩的伤疤一样，他因为这件事蹲了五年的监狱——原本判的是十五年，因为有立功表现，最终减刑到了五年，而那五年的时间，他每天做的就是忘记在伪满江上军的那段日子。

田云浩转身就走，女子抓着栏杆立即叫住了他：“田先生，不要误会，我只是为了确认一下！”

田云浩不搭理女子，转身朝着公司内走去，他打算从后门离开，避开这个女子，不过就在此时，女子忽然说出了“申东俊”三个字，而且很大声，说完之后田云浩驻足停下，好半天才转身来看着女子。

女子一脸的焦急，朝他点头。

田云浩迟疑了好一会儿，在远处老头儿奇怪的注视下，最终走了回去。

田云浩站在铁门内，看着铁门外的女子，并不说话，只想听她接下来要说什么。

“田先生，我叫关芝青。”女子开始自我介绍。

田云浩面无表情地看着她，淡淡道：“你刚才说什么？”

关芝青立即道：“我说我叫关芝青。”

“之前的那个名字。”田云浩看着她，“你为什么知道那个人？他和你什么关系？”

“我是医生，他是我的病人。”关芝青解释道。

“病人？”田云浩眉头微皱，陷入疑惑当中。

第二章：平静的复仇

当田云浩跟着关芝青来到她所工作的医院门口时，已经临近傍晚，这家医院的位置在呼兰，而田云浩则是第一次来呼兰，他之所以知道这个地方，只因为两件事：一是这里有一家店铺的石头饼做得很好吃，曾经有同事来呼兰办事捎回去过，第二就是呼兰出过一个叫萧红的女作家。除此之外，田云浩对这里一无所知。

这家医院在呼兰很偏僻的一个地方，医院四面都被高耸的杨树林包围，如果是在夏季，你无法隔着杨树林看到里面还有这样一个院子，院子中有两座五层高的楼房。不过在冬季，树叶掉光之后，隔很远就能看到这个毫无生气的地方，就像是一座孤零零的堡垒。

田云浩停在门口，看着左侧挂着的那块白底黑字的牌子，上面写着“红光优抚医院”六个大字。

“优抚医院？”田云浩看向正在找钥匙开小门的关芝青，同时隔着那铁栏杆能清楚看到穿着厚厚的棉衣、在院子中三三两两散步的一些病人，他们大多数都目光呆滞，绕着中间那个早就结冰的水池走圈。

田云浩不明白为什么关芝青不叫人开门，反倒是自己掏钥匙吃力地伸手进去开锁，而且他不是很理解，里面的病人为什么是那副模样？

关芝青终于将门打开，站在一侧示意田云浩进去，田云浩走进去，关芝青紧随其后进去，紧接着转身将门关上，又使劲拽了拽那把铁锁。

田云浩不理解地看着，关芝青看着那些走圈的病人解释道：“伪满时期，这里是疗养院，哈尔滨解放后，这里短暂地关押过一批反动派的高官，解放后变成了优抚医院，但实际上就是精神病医院。”

田云浩下意识问：“精神病医院？你是说申东俊已经疯了？你为什么之前不告诉我？”

“我怕你不肯来。”关芝青摇头道，“这里的管理问题还存在争议，所以工作人员不是很多，加上我，一共不到十个人，但病人也少，也就是十五个人，走吧。”

关芝青在前面走着，田云浩跟在后面，目光一直没有离开走圈的那几个病人，他数了数，一共有8个人，大部分人都边走边喃喃自语什么，时不时还抹眼泪，有些却在那里摇头苦笑。

“这里很多人，曾经都是伪满时期的军政重要人物，伪满覆灭后，有些人受不了刺激就精神崩溃了，但这样的人极少，就我知道的，也就是这几个人。”关芝青摇头道，“有些人都无法甄别身份，但怀疑是重要人物，精神上出了问题的，也被送到这里来。”

田云浩点头，跟着关芝青在廊檐下走着：“那申东俊呢？”

“他有重大立功表现，但是在那之前，他的精神就已经出现了问题。”关芝青解释道。

田云浩看着旁边墙壁上写的那一行“坚决镇压反革命”的标语，冷冷道：“他那种畜生能立什么功？直接拖出去枪毙了，一点儿都不冤枉。”

关芝青在楼梯口停了下来，看着田云浩道：“他自己交代过自己做了多少坏事，其实他早就应该被枪毙的，但是他已经快死了，所以就判了个死缓，再说他已经疯了，最重要的是，他交出了一份潜伏在哈尔滨的特务名单，这份名单是哈尔滨解放前，前伪满向保密局投诚人员与保密局哈尔滨站一起制定的一个潜伏渗透任务，虽然不知道名单是怎么到他手上的，但是按照他提供的人名，抓住了36个潜伏下来的特务，可以说是一网打尽。”

“有这种事？”田云浩不愿意相信，“他都疯了，人家还会让他执行任务吗？”

“他没有执行潜伏任务，但他提供的名单是真的，也许就因为他是疯子，所以那些人对他不设防。”关芝青摇头，继续上楼，“不过这只是我的推测，既然政府都不追问什么，我也不好问什么。”

田云浩又问：“但是他为什么在临死之前，想见我？”

“你问他吧。”关芝青看了田云浩一眼，继续朝前走。

田云浩再问：“你为什么要答应他，来找我？你和他是什么关系？”

关芝青淡淡回答：“我说了，他是病人，我是医生，医患关系。”

田云浩明知道关芝青还有所隐瞒，但也知道再问也不会有答案。关芝青和申东俊的关系不一般这是明摆着的事情，如果只是普通的医患关系，关芝青凭什么大老远去找自己？而且还不遗余力地说服自己来见申东俊最后一面？

很快，田云浩便在顶层最角落的房间内看到了卧床的申东俊，不过申东俊已经和以前完全不一样了，明明不过50岁，但已经是满脸皱纹，面如骷髅，瘦得只剩皮包骨头，呼吸十分沉重，每轻微呼吸五六下，就会重重地吸一下气，随后沉闷地咳嗽两声。

当申东俊看到田云浩的那一刻，他脸上有了笑容，但那笑容在田云浩眼中依然觉得诡异，而且田云浩此时还是有冲动，想操起旁边的板凳将申东俊直接砸死。

申东俊吃力地抬手指着旁边的板凳，田云浩就站在那儿看着他，关芝青则搬过板凳到他的身后，倒了一杯热水之后，也不说什么，转身离开，顺手将门轻轻带上。

田云浩站在那儿，听着走廊上的关芝青脚步声远去消失，这才慢慢坐下来，同时将自己那个布袋子放在了板凳的一侧，双手放在双膝之上，就那么看着申东俊。

申东俊也看着他，笑了很久，终于用那低沉的声音说：“我就知道你还活着，我还知道，十年前我就知道你是中统潜伏在满洲国的特工。”

田云浩面无表情道：“所以，十年前的今天，你故意让我去监督行刑，想让我露出马脚？”

“你明知道不是，为什么装傻呢？”申东俊闭眼又睁开，“那个时候，我们对潜伏在满洲国的国民政府特工都是睁一只眼闭一只眼，因为我们知道，我们要完蛋了，我们得为自己留条后路，我们留下你们，就是为了将来能活命，但谁知道，事情和我们想象中不一样，但我知道，你不会走，你会留下来，因为你还有另外一个身份。”

田云浩摇头：“我没有其他的身份，的确，那时候我是中统的人，但后来哈尔滨解放之后，我自首了，我接受了改造。”

“是，我知道，我相信，因为你一开始就不愿意进入中统，这些事情我都查得一清二楚，但是那天我发现了，有些事情你还是不知道，我问你，你父亲，也就是田永民，以前的名字叫作田兴安对吧？”

田云浩一惊，因为很少有人知道这件事，其实连他母亲都不知道父亲田永民以前的名字叫田兴安，他是在成年之后，有一天父亲神神秘秘地告诉他这件事，但没说其他的，他一直不明白父亲为什么忽然要对他说这个。

申东俊从田云浩的表情判断出自己说对了，接着道：“十年前的今天，我让你用枪对准的那个刑仁举，就是你父亲田兴安当年的师父，教他成为朝奉的唯一师父。刑仁举看到你的时候，应该能判断出我找你的意图，所以，我希望能利用你将刑仁举的秘密引出来，可惜，他死在了我的眼前。”

田云浩冷冷道：“你就是个杂碎。”

“对，我是杂碎，干我这一行的本来就是杂碎，狗杂碎，但我不在乎。”申东俊平静地说道，扭头看向冰天雪地的窗外，“除了你之外，我在满洲国时期认识的所有人要么死了，要么走了，我只有你这一个认识的熟人，我要死了，不如咱们交个朋友吧。”

“滚。”田云浩道，“但是我愿意在这里看着你慢慢死去。”

“你就不好奇你父亲和刑仁举吗？你就不好奇我为什么要找刑仁举吗？你就不好奇为什么你父亲要带着年幼的你闯关东，放着大朝奉的职位不做，偏偏要到满洲国来当个卖药的吗？”申东俊依然看向窗外。

田云浩笑了：“我知道你这样说，无非就是想从我口中套出点什么东西，我可以告诉你，我什么都不知道，我也什么都不好奇。”

申东俊扭头看向田云浩：“那你为什么那么恨我？我们以前在满洲国也不认识。”

“想听实话吗？”田云浩保持着微笑，“中统的人就是在哈尔滨训练的我，训练我的目的只有一个，那就是协同小组中的其他人干掉你，可惜的是，小组中其他的人都被你一个个抓捕并且折磨死了，那时候你还在伪满洲国警察厅情报科当科长，只有我留了下来，我一直在等待机会。”

申东俊并不吃惊："我知道有你这样一个人存在，但我不知道会是你，我抓捕那个小组的组长时，他只告诉我，整个小组一共有五个人，我费尽心机抓到了四个，当还剩下一个的时候，上面的命令下达了，让我们不要再动中统或者军统潜伏进来的任何人，睁一只眼闭一只眼，所以我的调查也终止了，不过那时候就算没有这道命令我也没有兴趣再追查下去，因为我唯一的目标就是刑仁举和他的秘密。"

"原来如此。"田云浩点头，"你知道，我为什么在当时没有以身殉国，在刑场上一枪打死你吗？"

申东俊看着他道："因为你有任务，这个任务是你父亲交给你的，所以你不能死，因为你当时杀了我，你死定了。"

"错了。"田云浩站了起来，顺手提起来自己的那个布袋，"因为我怕死，我还不想死，就这么简单。"

申东俊睁大眼睛，看着田云浩带着一种怪异的笑容看着自己，申东俊捏紧了床单，奋力大吼道："你撒谎！你是个骗子！不是那样的，你怎么可能怕死？不是的，你一定是要执行你父亲交代你的任务！"

田云浩慢慢走到申东俊的床边，直视着他的双眼道："哈尔滨中统站的站长亲手训练的我，但枪械武术他不用教我，因为我在伪满的军队内自然会学，他教的是审讯与反审讯，所以，我很清楚，折磨你这样的人，最好的办法就是，像现在这样，我不愿意说，也不愿意听，话说一半转身就走，让你永远都不知道自己在想什么。"

田云浩说着，慢慢朝着门口退着："你当年杀了我们很多的人，上面下达过命令，如果有机会，抓住你，折磨你，让你生不如死，我当时没开枪，一是因为怕死，二是因为我看到了刑仁举死后，你崩溃了，我知道你疯了比杀了你更让人觉得痛快，所以，这十年来我一直期盼着，期盼着你千万不要死，你一定要变成疯子，虽然现在你看起来正常，但那也是因为你知道我还活着，还存在，老天给了你一线希望，让你暂时性清醒过来了，可是，当你发现从我这里什么都得不到的时候，你又会发疯，崩溃。"

申东俊张大嘴巴看着田云浩，急促呼吸着，抬手要去抓田云浩，田云浩伸出手去，要碰到申东俊手的时候忽然收了回去，笑道："人最恐惧的是绝望，但比这个还恐惧的就是，给这个人一次假希望，当他发现这个希望背后站着的是绝望，那才叫恐惧！"

说着，田云浩走到门口，整理了下衣服，扭动门把，大步离开了。

申东俊从床上翻落下来，想叫，叫不出来，只得在地上挣扎着朝着门口爬去，喉咙发出呼噜呼噜的痛苦声，与此同时，申东俊大小便失禁，整个房间开始弥漫一股恶臭，他的大脑开始逐渐变得空白，眼前也变得模糊起来……

田云浩平静地在走廊上走着，看着两个护士听见申东俊房中发出的声音奔跑过去，当两个护士从他身边跑过的时候，关芝青也出现在了楼梯口，手中还提着一壶开水。

田云浩停下来看着关芝青，关芝青的目光跳过他的肩头，看着已经跑到门口同时愣了下，然后叫着申东俊名字跑进去的护士，随后目光才重新回到田云浩的脸上。

田云浩抬脚直接朝着关芝青走去，关芝青也朝着他走去，快走近的时候，关芝青朝着旁边让开，让出道来让田云浩离开，可田云浩却停下来了，低声道："你如果不是他女儿，就是和他有某种特殊关系的人，因为你表现得太不像个医生了，过于平静，这是漏洞。不管你是谁，我都得奉劝你，不要可怜申东俊或者是相信他的胡言乱语，那和找死没什么区别。"

田云浩说话的时候，关芝青只是停在那儿听着，听他说完后抬脚便走。田云浩也随后慢慢下楼，走到一楼大门口的时候，田云浩正停在那儿看着依然围着水池走圈的病人时，玻璃破碎的声音传来，紧接着一个人伴随着碎掉的玻璃从五楼摔落了下来，砸在下方结冰的地面之上，发出"嘭"的一声巨响。

田云浩下意识闭上了眼睛，他知道，申东俊跳楼自杀了，这是他离开申东俊病房时，能推测到的最坏结果，没想到，真的实现了。

关芝青站在申东俊病房的窗口，看着楼下，申东俊的尸体扭曲在那儿，鲜血在他身体摔下去的瞬间四溅开来，形成了一朵朵恐怖的血花。

在关芝青身后，那两名护士已经完全傻了，先前她们一个在收拾东西，另外一个在帮助申东俊回到床上，但就在扶起申东俊的那一瞬间，这个离死不久的男人突然间一把推开了护士，一头撞向了窗户……

关芝青皱眉看着慢慢朝着医院大门走去、根本不扭头看的田云浩，转身就要去追，就在她走过病床的那一刻，她发现了什么，停了下来，看向床头，发现在床头的上方有两个奇怪的字。

关芝青立即上前仔细看着，此时那两个护士已经转身跑出了病房去找医院的领导，而关芝青发现那两个字是上下颠倒的"筷子"二字，很明显，那是躺在床上的申东俊仰头抬手，用自己的指甲写出来的，其中还带着一丝丝指甲刮翻开之后留下的血迹。

"筷子？"关芝青念出那个词，随后转身就朝着楼下跑去，当她跑到大门口的时候，看到的只是田云浩在杨树林中隐隐约约的身影——他翻过铁门直接离开了。

关芝青并没有打开那把锁，而是站在那儿看着，一直看着田云浩消失在雪地之中，这才转身看向大楼门口站着的那个在寒冬还穿着单薄工作服、套着白色大褂的中年男子。

关芝青快步走上前去，对正看着远处申东俊尸体的中年男子道："齐主任，是我的工作失误。”

被叫作齐主任的男子摇头：“虽说申东俊就算今天不死，他也没几天活头了，但你也得写份详细点的报告交上去。”

“知道了。”关芝青点头，“我会附上一份检讨。”

齐主任点头：“那样更好。”

关芝青转身朝着申东俊的尸体走去，等着其他几个勘查现场的人忙完之后，她这才蹲下来，看着申东俊的尸体，自言自语道：“筷子是什么意思？”

当然，申东俊不可能回答她……

第三章：一文不值

田云浩回到自己家中，已经是深夜了，他步行了一个多小时才找到了一辆进城的货车，而货车仅仅只是将他送到了离他家还有几公里的一个僻静的街口，他在那里下车，以缓慢的速度走了回去，还故意绕了路，因为他不确定是不是还有人跟踪自己。

回到那个不足十平方米的家中，田云浩感觉到一身的轻松，焦急等待中的妻子陈玉清看到他之后终于松了口气，立即帮他解开围巾，脱下外套，挂在炉子旁边烤着。

田云浩将布袋放在桌子上，坐下来后，看了一眼里面的那张床，床上已经熟睡的是他的大儿子田克，他下意识问：“田克睡了？”

“睡了。”陈玉清点头，将田云浩布袋中的饭盒等物件一一拿出来准备清洗，她不会追问田云浩去哪儿了，她很清楚自己丈夫的为人，并且十分相信他。

田云浩喝着陈玉清为他泡的那杯清热下火的胖大海，缓了许久才开口说：“我又看到申东俊了。”

刚将饭盒放在水盆中清洗的陈玉清停手，正扭头看向田云浩要问点什么的时候，田云浩又说：“然后他死了，好像是被我杀死的。”

陈玉清的脸色瞬间变了，田云浩却看着她笑了：“我是说好像，我也不确定，我只是推测出了他的心理，他实际上是自杀的，但我起了一定的作用，我必须这样做，你知道的，我要复仇，不仅是为了当年被他杀死的那些人，还有我爹和我爹的师父刑仁举。”

陈玉清点头，平静地继续洗着饭盒：“这么说，十年前，那个畜生找你去监督行刑，其实真的是为了以你做要挟，逼刑仁举将秘密说出来？”

“对。”田云浩端坐在那儿，看着用塑料布遮挡住的窗户，只有这样才不会让冬日的寒风从窗户缝隙中吹进来。

“这么说，当年你真的和刑先生瞒过他了？”陈玉清低声道。

“对，我当时做了自我欺骗，这是反审讯的一种手段，说白了，就是自己欺骗自己对一切一无所知，能做到这一点很难，其实我是做不到的，我只是尽力在装，尽力对眼前的一切表现得冷漠，甚至是无情，也是因为这样，当年我才能在伪满的军队中潜伏下来。”田云浩呆呆地看着窗外，看到了窗外飘起了雪花，他觉得自己很幸运，如果走在半路上下雪了，他就麻烦了。

陈玉清已经将饭盒清洗完毕了，然后小心翼翼地放在碗柜之中，坐回床边掖了掖熟睡中田克的被子，拿起了针线缝着田云浩的外套上袖口裂开的地方，那是田云浩从医院离开时，翻越铁门时弄坏的。

陈玉清清楚田云浩的一切，她是这个世界上唯一知道田云浩的事情，并且还活着的人。田云浩的父亲田兴安是在哈尔滨解放的那一年去世的。

“我肯定被人盯上了。”田云浩许久后又开口道，“那个来找我的女人叫关芝青，她自称是申东俊的医生，但她的所有表现都不像是医生，我开始怀疑她与申东俊有密切的关系，说不定是申东俊的女儿或者下线之类的人，可申东俊死后，她的表现过于平静，所以，我推测，她要不是潜伏下来的特务，要不就是调查申东俊案子的公安，还有一种可能就是一个好奇心太重又十分聪明的局外人。”

说完，田云浩闭眼，又补充道：“当然，还有一种可能性，她也许是一个知道奇门存在，并且想找到的同行。”

“噢——”陈玉清听田云浩说了那么多，只是简单应了一声，两人又沉默了好久，陈玉清才问，“那你觉得，哪种可能性比较大？”

“不知道，我也不想知道，只要我继续装傻，就行了。”田云浩看着陈玉清笑了。

陈玉清却面带愁容道：“可是，你迟早有一天会将那个秘密告知田克的，我不希望那样做，既然你要保护奇门，干脆就直接烂在肚子里，谁也不要告诉，你告诉田克，会害了他。”

“那是爹临终的嘱咐，逐货师不传儿不传女，收的徒弟也必须和自己毫无关联，虽然我不是逐货师，但我背负着那个秘密，我也不相信其他人，只相信自己的儿子，只能代代相传了。”田云浩站起身来，拎起炉子上的水壶准备烫脚。

陈玉清放下手中的针线，问：“那这个秘密得守护到什么时候？”

“我困了。”田云浩淡淡道，这等于是变相告诉陈玉清，他不想再继续这个话题了。

陈玉清也不再说什么，只得低头继续忙活着。

此时，田云浩和陈玉清并不知道，在对面的小巷口，有一个人正盯着他家的窗户，就那么看着，一直到田云浩家中的灯光熄灭，那个人才俯身在墙角上用石头画了一个记号，紧接着转身慢慢离开。

十年后，也就是1965年3月9日晚，田云浩所住的这座旧式筒子楼中，发生了一件怪异的凶杀案，而凶杀案的死者就是田云浩本人，他被人杀死，随后尸体用绳索悬挂在了五楼厕所的门口，双手和双脚都被绳索绑死，拉伸向走廊的四个角，形成了一个诡异的“X”形……

“这就是我爷爷的故事。”坐在方桌旁的田炼峰回忆完毕之后，又掏出一个木盒，将木盒打开后，推到桌子对面坐着的那个看起来年龄不过二十四五，但实际上已经30来岁的刑术的跟前，“还有这双筷子，也是我爷爷留给我爸，我爸又留给我的，就是开头说的那个斗笠男子用一句话当掉的筷子。”

刑术看着那筷子，抽着烟皱眉道：“你爸已经死了？”

“没有啊！”田炼峰奇怪地看着刑术，“你什么意思？你咒我爸死是吧？”

刑术抽了下鼻子道：“你爸没死，就把这筷子传给你了？”

“我爷爷也不是在死的时候才给我爸这双筷子的好不好？”田炼峰没好气地说，看着一脸怀疑的刑术。

“噢——”刑术点点头，仔细看着那双筷子。

刑术是这座古玩城中唯一一家当铺的朝奉，也是田炼峰所知道的在这座古玩城中为数不多有真本事的人，但不了解刑术的人都认为他是个古玩城中的串串，也就是那种整日游手好闲，能用次品骗几个刚上手玩收藏的雏鸟就骗，不能骗就只能站在门口张着嘴喝风度日的混混。

因为刑术永远都是那几身衣服，每个月虽然都剃一次头，但每次都是平头，绝对不会有任何改变，每天早中晚吃的饭也都是固定的那几样，也极少与古玩城中的其他商户搭话，属于那种不想说话就直接当哑巴，要是想说话，一旦张嘴，你就别想让他停下的主。

当然，关于刑术的传闻还有很多，最诡异的传闻就是——刑术是个在精神病医院长大的孩子。他妈是个疯子，在精神病医院生下了他，然后死了，他就被一个医院的医生带大，除了上学之外，其他时间都混迹在精神病医院里。

刑术看着那双筷子，问：“按照你先前说的，你爸田克是1954年出生的对吧？1955年，申东俊死的时候，你爸也就是一岁左右。你爷爷是1965年被人谋杀的，按照你爸田克的回忆，你爷爷田云浩是在他快满十岁之前将这筷子给他的，难不成你爸也是在你十岁的时候传给你的？”

“不是，是五岁。”田炼峰伸出五根手指头。

“五岁？”刑术很惊讶，“你爸是觉得这玩意儿有诅咒，想早点甩开这诅咒，才将这筷子在你五岁的时候就传给稀里糊涂、连字都不认识的你？”

田炼峰又好气又好笑：“你说什么呢？我爸是压根儿就对这件事不感兴趣，甚至说不相信，他将这筷子给我，是因为我五岁那年开始学用筷子，不用勺子了，明白了吗？”

“我去……”刑术往椅子背后一靠，指着盒子中的筷子道，“你就用这个你爷爷口中价值连城的玩意儿学用筷子吃饭？你家是真土豪啊！”

田炼峰点了一支烟：“我爸是真的对这件事不感兴趣，所以才这么做的，我都是23岁还是24岁那年，我爸喝多了，这才将这些事情告诉我，但是所有的事情，都是我奶奶告诉给他的，他那时候才多大点啊。”

刑术点点头：“明白了，你爷爷费尽心机保护下了这双筷子，到你爸那儿，你爸却根本不相信，也没兴趣，但是你小子呢，觉得这东西是个宝，想找我看看，是不是真的价值连城，然后当给我，或者是让我找个买家收了，你大赚一笔，对不对？”

田炼峰一拍桌子：“要不怎么说血浓于水呢？你是我亲兄弟啊，最了解我的人就是你！”

“你和你爸差不多，只不过，你比你爸稍微好点，知道拿这玩意儿来换钱。”刑术说完边点头边起身，“行了，你等着吧，我去给你拿钱。”

田炼峰一听大喜，立即起身：“刑术，这筷子值多少钱？”

刑术停下脚步，转过身来面无表情地看着田炼峰道：“在你手里边，这东西价值连城，但在我这里，就值五毛钱，而且我还亏本了。”

田炼峰蒙了：“等会儿，你这话前后矛盾啊，什么叫在我手里就价值连城，在你手里就值五毛钱啊？值五毛钱你还拿什么钱啊？”

刑术从口袋中拿出钱包，打开给田炼峰看：“你看，我钱包里面最小的票面都是十块钱，我当然得去外面给你换一张五毛的呀。”

田炼峰一屁股坐了下来，刑术接着又道：“这筷子有故事呀，有你家的传奇故事，所以在你那儿，是不是价值连城？但是对我来说，故事听完了，这筷子没用了，所以，对我来说是不是没什么价值，我给你五毛，就当是我听你故事听得高兴，打赏给你的。”

“去你大爷的。”田炼峰朝着刑术翻了下白眼，“你浑身上下，最坏的就是那张嘴，除了损人，说不出好话来。”

“错！我这张嘴除了损人之外，还说实话。”刑术将箱子关好，推回到田炼峰跟前，“带着你这筷子回吧，而且我知道你这箱子就是在对面张大文那儿买的，他肯定告诉你这是清朝的物件对不对？因为他除了清朝之外，对其他的朝代一无所知，不信你去看看，他现在肯定躲在屋子里看穿越小说呢……炼峰，在这个古玩城里面，没有真东西，都是工艺品，这是我第387次告诉你了。”

“啊？”田炼峰扭头看了眼对面那家名叫“闻清斋”并号称专营各种清朝物件的古董店，“张大文说这箱子是梨花木的，黄花梨的，就是紫檀，说是康熙年间的。”

刑术从旁边的小冰箱中拿出一罐饮料，直接放在田炼峰额头上：“哥们，醒醒吧，花梨木的确属紫檀类，现在正宗海南黄花梨是按克卖的，以前清朝皇室的这些物件，如果是真的，大多数都是用这类的材料，但是这玩意儿不是，太轻了，而且那股所谓的花梨香味是表面上的漆料配合着香精弄出来的，稍微玩两年家具的人都能闻出来。”

田炼峰瞪大眼睛看着刑术：“那……那这是什么玩意儿？”

刑术将那箱子打开，将筷子取出来放在桌子上，然后将箱子扔在地上，一脚踩得稀烂，指着那堆破烂道：“这是刨花板，二十五块钱一个，还能讲价！”

田炼峰听完就朝着对面嚎了一嗓子，抱着那堆破烂就赶紧冲了出去，紧接着对面就传来田炼峰的骂声，然后是张大文慌忙出来关门，关门的时候瞪着站在门口冲着他笑的刑术。

“刑术！你小子没道义！你不讲规矩！”张大文指着刑术骂道，随后将门关上，嬉皮笑脸地向田炼峰道歉去了。

等张大文的铺子关上门之后，刑术转身来到桌前，看了眼门口，小心翼翼拿起那双筷子，仔细看着，摸着，然后闻了闻，又转身看着对面的古董店，心想：的确是千年乌香木的，难道传闻是真的？真的有奇门存在？

刑术先前没有告诉田炼峰真相原因很简单，他认识田炼峰多年，知道这小子嘴不严，只要热血上头，有点什么好事，就得赶紧拿出去嘚瑟，其他的事情他随便嘚瑟，但是这种价值连城的物件一旦消息传出去，不知道有多少人会盯上田炼峰，轻则只是被抢被偷，重则那就会丢了性命，这种事情在这个行当每年都会发生不少。

现在怎么办呢？刑术虽然认定这双筷子的确是千年乌香木所制的，世间少有，可以说至今为止，这种材质的筷子大概就这么一双了，但是他还不能确定这东西是不是真的与奇门有关联，也不确定田炼峰所说的他家过去的事情是真是假，如果是真的，哪怕只有五成是真的，田炼峰就有可能随时面临着被人害死的危险。

但最不合理的是，田云浩只是将筷子传给了田克，并没有告诉他奇门的秘密，而田克对这些事情毫不关心，就那么随随便便将筷子给自己的儿子田炼峰，难不成，奇门的秘密就藏在这筷子当中？

田云浩的死百分之百与奇门有关系，这是毫无疑问的事情，可是为什么凶犯不直接拿走这双筷子呢？刑术坐在那儿一直思考着，一直到田炼峰气冲冲地从对面的店铺走出来，手中还捏着两千块钱，走的时候，还朝着张大文啐了一口。

张大文在门口赔笑鞠躬，等田炼峰背对他的时候，他抬手指着刑术在那儿张牙舞爪地比画着，刑术只是默默地竖起了自己的中指，张大文只得瞪着他，重重将门关上。

刑术看着田炼峰坐下来大口喝着饮料，一口气喝完，发出满足的声音，此时刑术才笑道："钱退给你了？"

"他敢不退！他不退，我找工商局，我报警，我还找消费者协会，完了我还得拆了他家的铺子！"田炼峰说完又转身看了一眼大门紧闭的闻清斋，"还赔了500块钱。"

刑术笑出声来，看着田炼峰手中那叠钱："就那刨花板箱子，你花了1500？"

"可不呗！"田炼峰一脸的不快。

"他赔你的那五百，你给我。"刑术勾了勾手指头。

田炼峰将钱攥紧，问："你想干吗？"

"退给老张去，他是坏，但是他也有一家大小得养，我告诉你吧，你也知道这行当里面的规矩，你自己眼拙，怪不得他，法律归法律，规矩归规矩，他骗你，你可以去报警，但是你没有去报警，你找他理论，他退你钱了。"刑术一把将钱抢了过来，数了五百出来，剩下的还给田炼峰，"我告诉你，老张以前比你强不了多少，我给你说一笑话，你听完气就消了……五年前，有个民工打扮的人来老张店里面，拿了个杯子给他，说那是慈禧用过的，老张那时候刚上道，刚开店，啥也不懂，最可笑的是，那民工暗示他，说自己是清朝穿越过来的，老张还他妈信了，你说他可不可怜？"

田炼峰一听就乐了："还有这事？他脑子里面装的都是豆腐脑吧？"

"可不呗。"刑术似笑非笑地看着田炼峰，"不过换个角度你想想，连老张这种人都能把你给忽悠了，你那脑子里面连豆腐脑都没有装，装的全都是豆浆，赶紧回家吧，我去给老张退钱。"

田炼峰哭笑不得，只得起身就走，刑术立即叫住他："喂，你这双筷子还没拿呢！"

"这破玩意儿我要着干什么呀？就值五毛！我带着它还嫌沉呢！走了！"田炼峰转身快步离开，刑术立即将那筷子装进了口袋之中，他并不是想贪便宜，而是想救田炼峰，因为他知道，田炼峰只要一旦将这筷子拿出来，往古玩城这种地方送，那么暗中盯着他田家的人一定会再次出现。

第四章：疯人院长大的家伙

刑术早早关了自己的那间小当铺，去水果市场买了一车水果，然后开着他那辆从二手市场买来的皮卡小货车慢悠悠地出城回家去了。刑术的家很大，是个地下室，紧挨着锅炉房，所以在冬季他所住的地方还算温暖，因为在地下室，也不干燥，总体来说还算满意，用刑术的话来说，那就是接地气。

但那地下室的上方，是这里历史最悠久的一家精神病医院，这家医院建立的时间是1927年，抗日战争结束之后，重新翻新过，地下室则是在抗日战争期间日本人挖的，传闻这里关了很多秘密处死的人，所以在解放后地下室一直荒废，连烧锅炉的都不愿意去。

刑术就是在这间精神病医院长大的，这算是他的一个小秘密，但知道这个秘密的人并不多，田炼峰算一个。

刑术的母亲是怀孕之后发疯的，然后住了进来，又在医院中生下了刑术，因为谁也不知道刑术的亲爹是谁，所以上户口的时候，帮刑术母亲接生的非妇产科医生，实际上是这间医院主治医生的刑国栋干脆想办法收养了刑术，直接让刑术跟着自己姓。

从此之后，刑术就开始在这间和监狱差不多的地方茁壮成长，他在五岁的时候，就认识了比自己稍大几岁的田炼峰。

田炼峰为什么会出现在这家医院？原因很简单，他是来看他奶奶的，自从他爷爷田云浩死了之后，他奶奶就疯了，因为最早公安调查认为杀害他爷爷的凶手极有可能就是他奶奶，也就是陈玉清，虽然最终认定不是，不过陈玉清从那之后精神就有点不正常了。

陈玉清将自己的大儿子田克抚养成人之后，终于松了一口气，在田克结婚之后的某天，突然消失了，田克四下寻找，终于在圳阳市找到陈玉清，而那时候陈玉清已经被民政局的人送到这家医院来了。

田克是个孝子，只要有空就带着自己的儿子田炼峰来看陈玉清，一来二去，这个除了上学之外，剩下时间全在精神病医院的刑术就认识了田炼峰。

田炼峰也是刑术这辈子唯一一个同龄的朋友，因为刑术其他的朋友，全都是这个医院的病人，或者可以说，这间精神病医院中不少人对于刑术来说，都是一种亦师亦友的关系。

这种事传出去大概就是笑话，哪儿有找精神病人当朋友当师父当老师的？但刑术恰恰就是在这间医院里面，跟着一群疯子学了一身的本事，后来他能开当铺成为朝奉也是因为拜了个自称是当年大东北头号朝奉徒弟的老头儿当师父，是这个老头儿在几十年中将自己所会的所有东西都教给了刑术。

刑术将汽车停在医院外面的河边，这条河是松花江的分支，每年夏季如果松花江涨水，这条河也会升高，1998年的时候直接将精神病院给淹没了，刑术第一次濒临死亡也是那时候，不过他活过来了，他师父说，这是每一个逐货师必须经历的阶段。

刑术扛着那装着各种水果的蛇皮口袋走到大门口，伸手敲了敲那扇铁皮门，随后小门上的窗口打开了，一双深灰色的眼睛出现在那儿，看了一眼刑术之后，目光直接落在了刑术肩头的那个口袋上面，随后眼睛出现了皱纹，刑术知道眼睛的主人笑了。

“童大爷，开门吧，我给你带了火龙果。”刑术笑道。

门开了，医院守门人童云晖站在小门前，朝着刑术笑着，问：“你有半个月没回家了，去干什么了？”

“做买卖。”刑术站在那儿，也没进去，知道他要回家，必须先过童云晖这一关，每次如此，即便是小时候他偷偷逃出去玩，回来也必须先告诉童云晖，只要他理由过得去，童云晖甚至还会帮助他圆谎。

童云晖也是教刑术开锁闯空门的师父，当然，刑术极少干这样的事情，就算干了，也不是为了偷盗。

童云晖年轻的时候，就是一个出名的“三只手”，用当年抓捕他的民警的话来说，只要童云晖愿意，他可以随时顺走你身上的任何东西，哪怕是你夹在腋窝里面的玩意儿。不过，童云晖的弱点就是嗜赌成性，因为赌博，他最终得罪了不少道上的人，后来被人抓住砍断了左手五指的指尖，从此之后戒赌并且洗手不干，安心当了一个守门人。

童云晖用怀疑的眼光看着刑术道：“做什么买卖？”

“去了趟长沙，帮人鉴定一个夜壶。”刑术说着，故意做出恶心的模样，“盛情难却，算是还人家一个人情，最终发现那不是夜壶，而是一个开口大茶壶，早年西鲁马贼喜欢用的那种，也算值钱的玩意儿。”

童云晖闪身到一侧，刑术进去放下袋子，将几个火龙果递给童云晖之后，趁着童云晖关门，拔腿就跑，他知道要是再不走，这个老头儿会拉着他喝茶聊天，一两个小时都无法离开。

跑上那条碎石小路，刑术还没有走上几步，一把长扫帚就从旁边的灌木之中伸了出来，差点将他绊倒，他跳过刚要落地的时候，发现前面的地上竟然有一摊狗屎，立即在空中分开两腿躲开，但双腿刚一分开落地，右脚就直接踩进了一个飞过来的装垃圾的背篓之中。

刑术苦笑着说："美姐，别玩了，我输了，还有，你能不能告诉苦大叔，让他遛狗的时候带个东西，将狗屎都好生收拾了。"

"最好你去告诉他！反正你等会儿就要去找他！"被刑术称为美姐、全名叫廖洪美的中年妇女从灌木丛中走了出来，看她这模样一眼就知道是少数民族的妇女，原名叫作蒙优洪美，蒙优是她的苗族姓氏，她是苗族蚩尤拳的唯一传人。

肤色黝黑的廖洪美皮肤却十分光滑，看样子只有三十五六岁的模样，一点儿都看不出已经40多岁了，一直盘着头，虽然个子不高，但身材比例极好，走起路来每一步都十分沉重。

廖洪美上下打量着刑术，冷冷问："又上哪儿疯去了？"说着，廖洪美自己打开袋子去拿水果，摸出一串香蕉后，皱眉道，"我要的是芭蕉，不是香蕉，香蕉没芭蕉好吃。"

"美姐，你就将就下行不行？这才几月份啊？我上哪儿去给你找芭蕉呀？"刑术苦着脸说，"我答应你，等芭蕉出来了，我第一时间给你买一车回来，让你吃个够行不行？"

"嗯。"廖洪美点头，突然间出手，一拳袭向刑术的面部，刑术根本不躲，反而直接将脸凑向廖洪美的拳头，廖洪美立即泄劲收拳，左手提着香蕉朝着后方一退，问，"能耐了？你竟然不躲？"

刑术笑道："美姐，你根本没杀气，我干吗要躲啊？你那么心疼我，你舍得揍我啊？你顶多舍得让我踩一脚狗屎，嘿嘿。"

廖洪美看刑术那一脸贱贱的模样，忍不住笑了："滚滚滚，该干吗干吗去，我还要扫地呢。"

说着，廖洪美抓起自己的工具，拿着香蕉转身就跑。

刑术背着袋子继续朝着那六层楼高的医院大楼走去，从平面来看大楼是"工"字形的，前面是所谓的办公大楼，后面就是住院部和病房了，其实所谓的办公大楼也只是个医生没事待着的地方，因为这里压根儿就没有门诊，只要进来的人，一律都得往住院部送，所以时不时就能看到住院部和办公大楼之间的那道铁门前，站着不少穿着蓝条白底病服的病人，而且很多人都会在那儿进行自我角色扮演，大声喊着"冤枉啊！大人！我是被冤枉的！""我要见皇上！你们这是非法软禁！"等之类的疯言疯语。

刑术走到办公大楼门口，刚要进去的时候，忽然间一条毛茸茸的小狗从其中探出脑袋来看着他。

刑术立即放下口袋，伸手去逗那条小狗，小狗摇头晃脑地朝着他手掌扑过去，然后又退开，在那儿四下跳着，轻轻叫着，显得很亲热。与此同时，一只白黄相间、拖着一条大尾巴的猫从廊柱后方探出脑袋来，慢慢朝着口袋摸过去，随后三两下用爪子刨开袋子口，撑开袋子的时候，从里面拖出一串无籽葡萄，然后掉头就跑。

大猫跑开的同时，一条肥得眼睛都睁不开的松狮匍匐前进到袋子口，将那串葡萄叼着就要跑，谁知道被刑术一把抓住。

“哟！你们学会配合偷东西了？有你们的呀？你们苦爹教的吧？”刑术抱着死都不松口放下葡萄的松狮，松狮的爪子在那儿无力地挥动着，刑术则四下找着它们的主人苦黄汉，也就是先前他所提到的苦大叔。

躲在廊柱后面吃力地收腹，但还是露出一部分肚子来的苦黄汉偷笑着，随后发现自己肚子很痒，再低头，看见抬头看着他的刑术正用一根木棍捅着他的肚子。

刑术面无表情道：“苦大叔，你真的该减肥了，再不减，你恐怕低头连自己的脚尖都看不到了。”

苦黄汉抠着自己的肚子走了出来，笑眯眯道：“回来了？给我们带好吃的啦？给我带西瓜了吗？”

“你少吃点西瓜吧，那玩意儿吃多了，晚上起来上八次厕所，像你这么懒的人，估计都得尿一床。”刑术说着，忽然间一愣，看两眼大楼，又看着苦黄汉道，“你又从住院部跑出来了？！”

苦黄汉立即竖起一根手指头在嘴巴前，拽着刑术就朝着旁边的角落跑去，随后抱起先前那条小狗说：“还不是因为它呀，我前些天在楼上就看到它孤零零在墙外面跑，我急得两天没睡着，干脆跑出来把它抱进来了。”

“我的天呀。”刑术摸着那小狗的脑袋，“苦大叔，你就行行好，就当是帮我的忙行不行？我地下室里面已经有很多你救回来的小狗小猫什么的了，我晚上完全就是睡在一堆猫狗当中，还有，那些狗你没事也给它们洗洗，那股味儿太霸道了，不信你自己去闻闻。”

苦黄汉只是在那儿憨笑，此时那条大松狮狗已经将那袋子拽了过来，和大猫一起配合着将里面的西瓜和剩下的葡萄刨了出来，然后蹲坐在那请功。苦黄汉立即俯身下去摸着松狮和大猫的脑袋还有下巴，表示赞赏。

“你赶紧从后面回去吧，要是被我爸看见了，他肯定得骂你，而且还得揍我，赶紧的。”刑术催促着苦黄汉带着他的宠物们离开，自己在那儿看着苦黄汉抱着西瓜、带着叼着葡萄的松狮，不时回头朝着他傻笑的模样，无奈地摇了摇头。

苦黄汉是个喜欢猫狗到发疯的人，刑术听人说过，说苦黄汉是在孤儿院长大的，从小就沉默寡言，唯一能和他做伴的就是一只孤儿院的大白猫，他一直说只有猫狗才懂自己。后来离开孤儿院自己开始做买卖，买卖还算成功，但也数次濒临倒闭，原因很简单，他收养的动物太多，光是狗就有五十多只，流浪猫更是不计其数。

某次，有几个年轻人嘴馋，将他养的一条中华田园犬偷走杀死吃掉了，苦黄汉疯了一般追到那几个年轻人所住的院子口，等那几个年轻人开门的时候，发现门外除了苦黄汉之外，周围至少蹲坐了三四十条随他而来讨说法的各种狗，周围屋顶和墙头也站着无数的大猫小猫。

那几个年轻人当时就吓傻了，苦黄汉因为过于激动，将其中一个打成重伤，被人家告了，后来警察发现苦黄汉说话和思维异于常人，于是做了精神鉴定，发现他精神有问题，最终送到这里来了。

送到这里来了之后，苦黄汉天天都哭，无非就是担心自己的那些猫狗，而刑术的养父刑国栋就属于天生心软的那种人，只得在后面圈了个院子，将这些猫狗全部养了起来，但和苦黄汉约定了，他以后绝对不能再收养猫狗！

但对苦黄汉来说，这是不可能的事情，不过好在是他无法离开这个医院，所以收养的也只是时不时跑到医院里来的流浪猫狗，所以，刑术的地下室也成了那些猫狗的永久性居所。

刑术走进办公大楼，从袋子里面拿出几个梨子，从药房拿了个口袋将梨子装好之后，整理了下自己的衣服，将蛇皮口袋藏好，这才跑上楼，径直去了他养父刑国栋的办公室，刑国栋是这里的院长，不过也只是才当了三年，三年前上一任院长退休之后，才轮到刑国栋，但刑国栋已经快六十了，离退休也不远了。

刑术走到办公室门口，发现门没关严实，于是蹲在那儿朝着里面看着，发现刑国栋趴在办公桌上睡觉呢，整个人的脑袋都埋在下面，而且头发乱乱的，看样子好像是熬了夜。

刑术慢慢推门，蹲着走进去，刚伸手将梨子放在办公桌上，转身要走的时候，却看到自己眼前的地上出现了一双鞋子，那双鞋是他半个月前买给刑国栋的，他吃了一惊，顺着那双鞋子往上看，随后看到了操着手站在那儿冷冷看着他的光头刑国栋。

刑术立即站了起来，转身看着趴在桌子上的那个“人”，伸手一把将那头发抓起来，发现那是刑国栋的假发，而假发下面支撑着白大褂的是装有衣服当填充物的人体骨骼模型。

“爸，这好在是大白天，要是晚上，我不得被你吓死啊！”刑术都快无言以对了，“你至于吗？每次我回来你都得玩新花样！”

“坐下！”刑国栋抓起假发套在脑袋上，将那人体骨骼拿开，自己将白大褂穿好，一屁股坐在椅子上，看着依然愣在那儿的刑术，“叫你坐下，你是不是聋了？”

刑术带着哭脸坐下，知道一时半会儿走不了了，这就是为什么他要轻手轻脚进来，放下东西就走的原因，每次刑国栋都会对他进行长达半小时甚至数小时的思想教育，不过通常开场白都是那句：“把你最近的工作和思想情况给我汇报汇报。”

不过这次，刑国栋的开场白变了，开口第一句话说的竟然是：“我要去参加市里医疗办组织的歌唱比赛，都是一些离退休老干部，还有快退休的，我准备的曲目有两首。”

刑国栋笑着，刚伸出两根手指头要说话时，刑术抢先道：“是《少年壮志不言愁》和《血染的风采》，对吧？”

“你怎么知道的？”刑国栋大喜，“不愧是我儿子呀！”

“哈哈——”刑术在那儿憨笑着，心里想：你这辈子就会这两首歌，我还能不知道吗？

刑国栋清了清嗓子，就在准备要给刑术现场表演一下的时候，刑术脱口而出：“爸，我问你件事呗，你应该还记得陈玉清吧？就是田炼峰的奶奶。”

刑国栋愣了下，反问：“你干吗问这个？”

“如果我没记错，在我很小的时候，曾经有警察上门来询问你关于1965年在哈尔滨的田云浩凶杀案的事情。”刑术又问，“田云浩就是田炼峰的爷爷，就是陈玉清的丈夫。”

“我当然知道呀，我也记得呀……”刑国栋点头回忆，“我还专门写了个分析报告，你干吗问这个？”

“你能详细给我说说那案子吗？”刑术挪动了下凳子，双手趴在办公桌上认真地看着刑国栋。

第五章：“X”凶案

刑国栋露出疑惑的表情，看着刑术，刑术依然挂着一副天真无邪的表情，用那双充满求知欲的双眼看着刑国栋。

“等会儿。”刑国栋往后一靠，“你为什么突然打听起田炼峰他爷爷的事情了？”

“今天上午，田炼峰来我铺子里了，跟我提起了这件事，然后勾起了我的好奇心。”

刑术隐瞒了一半，他不能将那双千年乌香筷的事情说出来，因为那是规矩，朝奉这行当里面有“三说三不说”的规矩，那就是说人、说事、说物件，但是却不能说人的好坏、说事儿的真假，更不能说物件的来路。这“三说三不说”定义非常模糊，说白了，就是做朝奉的底线，告诉做朝奉的应该怎么为人处世，千万不要做损人不利己的事情。

刑国栋看着刑术道：“刑术，爸爸对你没什么要求，除了不能害人，要多做善事好事之外，还有就是不要惹祸上身、惹火烧身，你这么大的人了，应该懂我话中的意思吧？”

刑术使劲点点头，他知道刑国栋是担心他，但刑国栋这么一说，这样强调，相反让他更觉得田云浩被杀这件事无比蹊跷。

刑国栋从前学的是临床医学专业，后来主攻的是心理学和精神病学，在那个年代，这算是个冷门。后来毕业出来分配工作之后，先是到了普通医院，但那个年代普通医院没有所谓的精神科，所以刑国栋长期坐冷板凳，后来开始协助公安方面做初步精神鉴定，因为工作出色，长期与公安部门合作，都快赶上半个警察了。

“田云浩是1965年去世的，我看到那份关于田云浩案的卷宗是1990年的事情，那时候我还年轻，不过已经与公安部门有了多年的联系，因为1983年严打的时候清理未决案件时，将田云浩的案子清理出来了，说是要重新调查，因为这是个悬而未决的案子，不过整整七年时间，都没有丝毫头绪，因为太诡异了，但是在1990年的时候，他们成立了个小组，专门清理悬案的，就将那案子又重新提档，认为这件事极有可能是个精神病患者干的，或者说是有心理疾病的人做的，于是找我来，让我帮忙。”刑国栋闭着眼慢慢回忆着，将往事逐一说出来。

刑术点头：“爸，为什么警察会认为是个精神病患者干的呢？”

“现场的照片，你是没看到，并不血腥，但是很诡异。”刑国栋拿笔在纸上画了个“X”，然后用笔戳了戳道，“当时田云浩就在筒子楼五楼最角落的厕所门口被人发现的，发现的时候四肢被绳子拉开，绑成了个‘X’形，不过在那之前他已经被人杀死了，从颈部的痕迹鉴定，认定那是被人从身后抓住脖子掐死的。”

刑术一下坐了起来：“身后？不可能吧？那样不好用力呀？”

刑国栋点头：“对，正常人都知道，一般掐死一个人都得从正面，两只手的五根手指头，除了大拇指之外，其余四根所起的都只是固定和支撑作用，起作用的就是两根大拇指，说白了，掐死人的也就是那两根大拇指，如果从背后这样做，那么大拇指的力度全都在颈部后方了，你看，我来实验下。”

刑国栋起身，将那人体骨骼模型放在办公桌上，然后双手伸下去，从后方掐住那模型的脖子，又道：“我的食指、中指、无名指和小指在颈部的前方，也就是能遏制气管的位置，而大拇指则在后方，不管我如何用力，我压住一个人的时候，用力的都是那两个大拇指，如果我大拇指起的是固定作用，那么我其他的手指头就不是勒，而是往上提、往上拉，起不到作用。”

刑术看着，点头，也比画了下。的确是这样的，正常来说，从正面掐死一个人是用手，但从身后要勒死一个人，在没有工具的前提下，肯定是用手臂，因为从身后掐住一个人的脖子，要掐死对方，可能性太小。

刑术忽然道：“田云浩是不是站着被杀死的？爸，你想，如果是站着被杀死的，那么指劲儿大的人，就可能办到。”

“那就不叫掐死，叫捏死。”刑国栋将模型立起来，自己又比画了下，“法医鉴定之后，认定刑国栋当时是被人压在地上，凶手双脚踩住了他的双手，蹲坐在其腰部往上的位置，伸手掐死了他，是掐死的，而且十指都用力了，险些导致田云浩颈骨断裂。”

“太奇怪了吧？”刑术皱眉道，“哪儿有这么杀人的呀？用工具多方便呀，就算是用那种姿势吧，如果是我啊，直接掰着田云浩的脑袋往后仰，颈骨直接就断了，不需要让他窒息而亡这么麻烦、费劲呀。”

刑国栋坐下来：“对，所以奇怪嘛，警察分析出，凶手肯定是个孔武有力的男性，因为田云浩本身不是个弱男子，甚至会些拳脚功夫，不是一般人可以轻易制住的，而且凶手的体重比他重，蹲坐在他的身上，踩住他的双手之后，导致他无法翻身，当然这个凶手的指头是关键，也就是说他的指头很厉害、很灵活，否则的话，也做不到以那种姿势蹲坐在死者的背后，然后用十指掐死他了。”

刑术点头：“你先前说被绑成了‘X’形？”

“对，双手双脚被拉开，就像是个浮现在空中的标记一样，你知道的，从前在地图上会用X来标记某个位置，这一点警察至今都没有搞明白是怎么回事，我也是卡在这里了。”刑国栋摇头，“而且精神鉴定方面，我无法下一个非常准确的定义，哦，对了，当年警察最早认定是陈玉清干的，虽然怀疑她，但没说出来，因为她是个弱女子，没有什么力气，与他们推测出的孔武有力的男子有很大的差距，但是呢，陈玉清当时的的确确有精神问题。”

刑术挪了下凳子，靠近刑国栋道：“爸，你是说在田云浩被杀之前，陈玉清的精神就有些不对劲了？”

“是，我亲自做的鉴定，警方也询问过田云浩的周围邻居，大家都说在1960年左右的时候，陈玉清的精神就出了问题，但不知道怎么回事。”刑国栋回忆道，“警方询问过邻居，邻居说两口子的感情非常好，对孩子也不错，都是口头教育，几乎没有打过，所以家庭很和谐，在外面调查了一圈，田云浩的人际关系也不错，没有仇人，而且当晚周围邻居，包括离出事厕所最近的那家人，都没有听到任何动静。”

刑术看着窗外，将刑国栋说过的话都回忆了一遍，随后道：“然后就变成了悬案？”

“对呀，变成了悬案，我也没分析出来怎么回事，可用的线索太少了。”刑国栋皱眉道，“但是有一件事，我一直想不通。”

刑术立即问：“什么事儿？”

刑国栋喝了一口茶，又说：“陈玉清是在1980年11月20日在哈市失踪的，当天田克结婚，也就是说洞房花烛夜那晚，陈玉清失踪的，五天后，陈玉清被人发现在圳阳市郊区的一个垃圾场，整个人稀里糊涂的，警察将陈玉清带走救助，但是她只说出了自己的名字，其他的说不出来，但因为有自残和攻击表现，被人送到这里，大概时间是11月25日。五天后，田克得到消息赶来，找到了陈玉清，但陈玉清拒绝离开，当时陈玉清精神状态有所好转，但还是不能出院。”

刑术点头：“爸，你认为疑点在哪儿？”

“我的疑点在，我觉得陈玉清当时就是为了进这家医院才来的。”刑国栋说着摇头，“这是我的推测。”

“为什么？”刑术问。

刑国栋闭眼回忆道：“我看到陈玉清的时候，虽然她浑身很脏，但明显那是在地上滚过之后导致的，护士检查身体的时候，说陈玉清并没有想象中那么疲劳、那么累，而且我仔细观察过她，她的鞋子没有过于磨损的痕迹，手脚各部位都没有被冻伤，这不合理呀。”

刑国栋所说的不合理，原因在于，陈玉清是个精神有问题的，而且被发现的时候诊断是神志不清，不知道自己在何处，明显处于精神分裂状态，由此推测，陈玉清应该是步行了五天，才从哈市走到了圳阳市。如果她真的是走过来的，鞋子没有磨损不合理，没有被冻伤也不合理，当时白天的温度是零下五摄氏度左右，夜晚达到了零下十摄氏度，陈玉清也不可能去住旅店，但她为什么那么健康呢？

所以，刑国栋怀疑，陈玉清就是坐车来的，只是那个年代没有什么监控摄像头，最主要的是，陈玉清不是罪犯，所以警察不会去详细调查她到底是怎么来的。而且当时圳阳市只有一家精神病医院，也就是现在早就被更名为“圳阳市第五人民医院”、原名叫“圳阳市优抚医院”的精神病院，所以一旦发现了类似的病人，都是会直接往这里送的。

刑术听完刑国栋的分析，看着桌面道：“你是说，陈玉清没病？她是刻意要来这里的，而且她出现在垃圾场，其就是为了让人发现她，发现她有病，然后报警，报警后她故意表现出有攻击倾向，这样民政局的人不得不将她送到这家医院来？她的最终目的也是来这家医院？"

"对。"刑国栋点头，"我是这么分析的，只是不知道为什么，不知道她的动机和理由，所以无法做后续判断，但是她来医院之后就平静了许多，而且拒绝离开。"

刑术坐在那儿闭眼仰头思考着，半天才低下头来说："爸，当时她来了之后住在哪里？"

"三号楼六楼靠楼梯的那间，后来不知道为什么她换了房间，住到走廊尽头，就是挨着你师父郑苍穹旁边的那间。"刑国栋说完，叹了口气道，"刑术呀，我知道你好奇心重，但是吧，我觉得，有些事情你还是不要去想那么多，我知道，你是为了炼峰好，你想帮炼峰，但我觉得炼峰也许自己都不在乎呢。"

"也对。"刑术起身来，"我也只是好奇而已，行了，我去看看我师父，然后去食堂看看晚上吃什么，晚饭的时候食堂见。"

刑术转身就走，刑国栋又喝了口茶，拿起报纸，拿起报纸的那一刻，他忽然间意识到先前自己说完关于陈玉清住哪儿之后，刑术的眼睛中闪过一丝东西，刑国栋了解自己的这个养子，只有他在恍然大悟或者意识到什么的时候，眼神才会那样，但是刑国栋不知道刑术意识到的问题是什么。

出了刑国栋的办公室，刑术加快了脚步，拿回了自己装水果的袋子，直接朝着住院部走去，越走越快，最后干脆变成了跑，连路上跟他打招呼的医生和护士都不搭理，一直跑到三号楼六楼紧挨着走廊尽头的倒数第二间病房，也就是他师父郑苍穹所住的那间病房门口时，刑术这才停下来，在那喘着，又下意识地看了一眼旁边的那间病房，那就是陈玉清住过的房间，这间病房现在是空着的，至于为什么空着，刑术也不明白。

刑术休息了好一会儿，终于不喘气了之后，这才敲了敲门，随后屋内传来一个苍老的声音道："进来。"

刑术进屋之后，就看到郑苍穹正在那儿做俯卧撑，立即扔下袋子就上前去搀扶。

刑术将郑苍穹搀扶起来之后，看着满脸通红的郑苍穹，立即道："师父，你干吗呢？都说了你这年龄不适合锻炼了，你就适合下楼散散步，最多快走几分钟，你还做起高难度动作了，你是打算当健美先生还是准备重出江湖？"

76岁高龄的郑苍穹看着刑术，抓起毛巾擦了擦汗，问："这半个月去哪儿了？大买卖吧？如果不是，你不会去半个月一点消息都没有。"

"去了趟长沙，帮人鉴定一个壶，说是夜壶，其实是个大茶壶，也算是个好玩意儿吧，不过不算是太老的东西，喜欢的人可以收一收，我肯定不会收，就那东西，当铺收了只能砸手里边。”刑术说着将袋子中剩下的水果全部拿出来，摆在旁边，看着旁边还有几个苹果和梨子，又道，“师父，半个月之前给你买的，你还没吃完啊？”

郑苍穹“嗯”了一声，随后敞开窗户，就在此时，刑术突然说了句：“师父，当年住在隔壁的陈玉清是来找你的吧，为的就是奇门的事情。”

郑苍穹明显一愣，随后慢慢转身，看着已经坐下的刑术。

刑术是故意的，他故意说一些无关紧要的话题，随后又将最重要的事情说出来，就是想看看自己师父郑苍穹的反应，如果他不这样做，郑苍穹假如想隐瞒，就会有足够的时间来准备谎言，伪装自己的表情。

郑苍穹面无表情地看着刑术，刑术则笑嘻嘻地看着他。

“你给我下套呢？”郑苍穹冷冷道，“能耐了呀？给自己师父下套！”

刑术立即嬉皮笑脸道：“我这不是怕你不告诉我吗？”

“有些事情不该你关心的，不要关心。”郑苍穹坐在靠窗口的位置上面，端起桌上的茶喝了一口，皱了皱眉，直接倒进了旁边的垃圾桶中，起身重新泡一壶。

刑术径直上前，走到窗口，从口袋中掏出那双筷子，故意在郑苍穹眼前晃了晃，随后抬手就要往外扔，郑苍穹只是看着他手中的筷子，并没有做出刑术预想中制止的动作。

郑苍穹泡好茶，坐下来，看着有些失望的刑术道：“你先前都给我下了一个套了，再来，我还会上当吗？我知道你不会扔的，你对这些物件的痴迷程度，远远超过了我，所以，我知道你只是为了试探我。”

“师父，你知道这是什么吧？”刑术拿着筷子坐在旁边问。

“知道。”郑苍穹只是摆弄着泡茶的滤杯，漫不经心地说，“千年乌香筷。”

刑术见郑苍穹这模样，更觉得奇怪了：“师父，你以前可是告诉过我，如果千年乌香筷现世，那就等于是奇门现世呀。”

“对，我说过，怎么了？”郑苍穹抬眼看着刑术，“你想找奇门呀？死了这条心吧，我找了一辈子，找到四十来岁都没有找到，人都疯了，要不能住到这里来吗？”

刑术点头，心里却想：鬼知道你为啥要进来，你这模样像疯子吗？我认识你的时候，拜你为师的时候，你比谁都正常，还不是因为有几个钱，一直赖在这儿不走，还捐给医院一大笔钱，就差点没成为这里的院长了。

“噢，我明白了，那行，您先歇着，我去食堂了，给您打一份回来。”刑术说着起身就走。

“慢着，回来，坐下。”郑苍穹叫住刑术，“你怎么就断定陈玉清是来找我的？”

“陈玉清是1980年11月20日当晚失踪的，您是1980年10月底住进来的，这是巧合吗？我认为不是。”刑术转身看着郑苍穹，并没有坐下，“我不知道陈玉清到底是什么人，但我想，也许田云浩与你有点关系，于是将这件事告诉给了陈玉清，陈玉清一直在找你，没找到，但后来不知道怎么回事知道你在这里，但不能大张旗鼓直接来见你，所以想出了那样一个法子，进了这家医院。”

郑苍穹听完，许久点头道：“八九不离十，你分析得不错。”

“噢，那我去打饭了。”刑术朝着外面走去。

郑苍穹这才没叫住他，只是说：“多打点，再给我弄瓶啤酒，既然那筷子都到你手中了，我瞒着也没啥用了，等你回来，我们边吃边聊。”

刑术点头，面无表情地走出病房，出去之后这才露出笑脸。

第六章：龙出浴

刑术将饭打回来的时候，发现郑苍穹正在仔细看着桌子上的什么东西，他提着饭盒走近，发现是那双千年乌香筷，他下意识一摸自己的口袋，发现筷子早就不见了。

刑术叹了口气，刚要说话的时候，一直低头仔细看着筷子的郑苍穹开口道：“就是你那双，我见你去打饭了，先顺过来看两眼，还没真的上手呢，光是这味儿闻着就真是舒服呀，好东西，真正的好东西。”

“你也在童大爷那儿学了两手？”刑术靠近嬉皮笑脸地问道。

郑苍穹抬眼看着刑术，不屑道：“童云晖那三脚猫的功夫，算得了什么呀？早些年有个资深的朝奉，绰号叫‘状元’，知道为啥叫这个名字吗？因为他做什么都是一把好手，好像就没什么他不会的，我这点小手艺就是在他教导下练出来的，我没有天赋，单是取人家口袋中的物件这一手，我自个儿就练了五年，这才小有成就，不过这也是自我保护的一种方式。”

刑术“哦”了一声，坐下来开始吃饭，也不主动问那筷子的事情，郑苍穹随后也坐下来喝着啤酒吃着菜，师徒二人谁都不说话，一直等到快把饭菜吃完了，刑术带着饭盒要走的时候，郑苍穹才皱眉道：“你小子什么时候耐性变这么好了？一顿饭的工夫，你竟然一个字儿都不问。”

“这不是您教的吗？越是大买卖，越要沉得住气。”刑术咧嘴笑道。

郑苍穹指着旁边的凳子：“坐下，我问你，出师那天，我是不是告诉过你，如果有一天遇到了千年乌香筷，你只有两条路，要不装傻充愣当不知道，要不就一头钻进去，永远都不会回头？”

刑术点头：“对，我记得。”

“好！”郑苍穹微微点头，看着那双筷子道，“现在，你告诉我，你准备怎么做？是继续追查下去呢，还是装作不知道？”

我都把筷子带来问您了，您还问我？刑术这样想，但没有说出来，只是一本正经道：“我要追查下去。”

“为什么？”郑苍穹再问，凝视着刑术。

刑术正色道：“师父，您早年就说过，奇门是一个逐货师的终极目标，不管平日内找到的是什么宝贝，和奇门里面的相比较，都只是三流货色。”

郑苍穹点头：“对，但你要知道，谁也没有见过奇门中的一件宝贝，这全都是传说。”

刑术一愣，指着筷子道：“那这筷子呢？不算是奇门里的？”

“当然。”郑苍穹端起茶来喝了一口，“这只是个线索，单是只为了这个线索，就闹出了很多人命，而且，我很清楚这双筷子就在田家，我相信其他人也都知道在田家。”

刑术点头，立即道：“师父，这就是我不明白的地方，这么宝贵的东西，即便不是奇门里面的宝贝，却和奇门有直接联系，为什么几十年来那些一直觊觎的人，没有去田家想办法弄出来？田炼峰家就是一般的家庭，不是大户人家，也没有保镖什么的看家护院的玩意儿，连狗都没有一条，就算是我去，都能无声无息地将这筷子拿出来。”

郑苍穹笑了，看着窗外医院围墙外的那片空地道：“前几天，不知道是谁，扔了一整只烧鸡在空地上面，引来了十多条野狗，但这些野狗只是看着那烧鸡，谁也不敢上前。”说着，郑苍穹回过头来看着刑术问，“为什么呢？”

刑术恍然大悟：“明白了，师父你是说，不管谁去先拿到这双筷子，就如同哪只野狗先去抢烧鸡一样，都会被其他的野狗群起而攻之，搞不好就会搭上自己的性命。”

郑苍穹缓缓点头：“对，大家谁都不敢动，只是等着，因为能靠着这双筷子找到奇门的人，只有一个，那就是陈九斤，也就是田云浩的父亲田兴安的师父刑仁举，而这个人，解放前就死在了伪满洲国的监狱之中。”

刑术摇头：“我觉得奇门的秘密就放在一个人的身上，这不太可能，刑仁举的死，也许只是个幌子。”

“我年轻的时候也这么觉得，我说实话吧，我潜入过田家，研究过筷子，去了十五次，甚至还带了当初在中国市面上见都见不到的相机，拍下来自己洗了照片研究，可是什么都没有研究出来，我对筷子上面那八个古怪的文字符号完全看不懂，为了这八个字，我走遍了很多地方，找了很多古书来翻阅，可惜还是不懂那是什么文字，这种文字一定只是暗号，只有刻在上面的人才清楚。”郑苍穹失神地看着那双筷子。

刑术将筷子拿了起来，放在掌心中仔细地看着，看到两根筷子的每一侧都刻着四个字，四个不一样的字，看起来像字，但又像是符号，古古怪怪的，乍一看还以为只是印花，其实就连刑术从田炼峰手中拿过筷子的时候，都以为那只是印花而已。

刑术问：“师父，你就这么确定，这上面是字，而不是印花吗？”

“应该是字，不是印花，我研究过这双筷子，筷子上面只有这些东西，也就是说，如果破解了这上面的字，也就找到了奇门的线索。”郑苍穹摇头，“可是，我的能力有限。”

刑术有些为难，同时迟疑了，因为连师父郑苍穹这样的东北著名的朝奉大师傅都无法破解，自己这个出师不到十年的人，能有什么办法呢？

郑苍穹叹气道：“刑术，我觉得既然田炼峰将筷子交到你手中了，这就叫缘分，天意如此，我只想提醒你两件事，第一，注意安全；第二，你在找奇门的同时，不要把全部精力都倾注进去，否则的话容易魔怔了，明白了吗？”

“师父，我明白了，不过，师父，我还想知道，陈玉清当年为什么要来找你？”刑术问完后，马上补充道，“师父，这算是我多嘴了，但我总觉得这其中有什么事情也许与这筷子有关联。”

郑苍穹迟疑了好一会儿，才开口道：“陈玉清是我师妹，是我师父陈汶璟的女儿……”

“什么？”刑术猛地站了起来，惊讶道，“师父，你的意思该不会是……”

“不是我安排的，是我师父安排的，他走火入魔了，连我和我师妹的婚约都不顾了，让我师妹想办法嫁给了田云浩，就为了套出千年乌香筷上面关于奇门的秘密，我当年很反对，也是没用，我师妹是个孝顺的人，就依从她爹的指示去做了，可是竹篮打水一场空，什么都没有得到。”郑苍穹的脸色沉了下来，“陈玉清后来来找我，就是为了履行当年嫁给田云浩时的诺言，告诉我，如果有一天她找到了那个秘密，或者是田云浩死了，无论如何她都会马上来找我，与我共度下半生，后来她有孩子了，就说，等她儿子田克长大之后，成家立业了，她再来找我。”

刑术点头：“师父，其实你找奇门，并不是为了自己，只是为了能和陈玉清在一起，对吗？”

郑苍穹苦笑着点头，看着刑术道：“你师父我是不是很没出息？”

刑术摇头：“不是，我觉得你挺伟大的，至少你没走火入魔，而且还能装得为了奇门都发疯了，挺佩服你的。”刑术说完对着郑苍穹傻笑。

“对了，关于田云浩的死，你已经请教过你爸了，是他杀，而且死得很怪异，对吧？”郑苍穹忽然低声道，“陈玉清告诉我，田云浩死的那天，整座筒子楼都很怪，她自己也说不出来，因为那天大家都很高兴，特别热闹，很和气，原本有矛盾的邻居也笑脸相见，但是到了半夜，就出事了。”

刑术坐在那儿静静听着，随后道：“师父，我觉得田云浩的死还是有奇怪的地方，而且最重要的是什么？根据田炼峰所说，他爹田克除了从田云浩那儿继承了筷子之外，什么都没有得到，还有一个疑点，田云浩在死之前把筷子给了完全不懂事、只有十岁的田克，这一点就已经不寻常了，就好像他知道自己要出事一样。”

郑苍穹点头：“这点我也问过陈玉清，陈玉清也没有说出个所以然来，她毕竟是个女人，而且对物件这方面一窍不通，不懂我们这个行当，只是我师父的牺牲品。”

“师父，我想去当年的现场看看，如果那里没拆迁的话。”刑术道。

刑术说完，原本以为郑苍穹会阻止他，没想到郑苍穹只是轻声道：“你注意安全，切记，一定要注意安全，不管出现什么事情，要冷静对待，明白吗？”

“知道了，那我先走了。”刑术起身和郑苍穹道别，带着饭盒离开，随后又去自己的父亲刑国栋那里，从他的口述中记录了一份当年现场的大致情况，随后便离开了医院，驱车去市里的人民连锁药店某个分店找在那里当经理的田炼峰。

其实刑术所在的那个古玩城，也是田炼峰所在的药业集团的下属产业，那个铺面之所以有那么便宜的租金，也完全是因为田炼峰的帮忙。

田炼峰这个人虽然大大咧咧的，对古玩一窍不通，但是在为人处世方面却是一把好手，这一点和他爷爷田云浩很相似，几乎没有仇人，在连锁药店分店当经理，也从来没有被客户投诉过，年年拿先进，拿到手软，最大的“缺点”就是没事喜欢喝两口。

不过这个所谓的“缺点”，似乎大部分东北男人身上都有。

到了田炼峰的店，天色已经晚了，刑术刚把车停好，下车就看到了正在药店门口和手下员工说着什么、随后急匆匆就要离开的田炼峰，刑术见他还夹着一个鼓鼓囊囊的包，意识到这小子又要干傻事去了，上前就拦住他，也不说话，只是盯着他腋下的那个包。

有人拦着自己，田炼峰先是一愣，下意识将包抱住，看到是刑术之后，这才松了一口气，随后神神秘秘地说：“兄弟，你来得可真是时候，走，帮我长长眼去。”

“等会儿。”刑术拽住说完就要走的田炼峰，“你该不会又看上什么东西了吧？”

“不是什么好东西，我这算是在学习，而且那东西绝对不是古玩城里面的，是真东西，我找人已经看过了，走走走，到了再说，不远，就在前面那趟街转角的饭馆。”田炼峰说着领着刑术就往那儿走。

刑术单是看田炼峰那走路的姿势，就知道他现在是无比兴奋。

在刑术眼中，田炼峰就是朝奉和逐货师行话中所说的“膘子”，其实原意就是指肥肉，可以刮下来很多油水，基本上这种人，上当受骗的概率相当大，因为毫无经验。不过这样的人，在一般有点良心的人眼中，下手也不会太狠，毕竟他们什么也不懂，有些可怜，但要是遇到了“五花”，那基本上就是能宰一个是一个。

什么叫“五花”？五花肉的意思，五花三层肥瘦相当，所指的是那类入行有个两三年，懂得不多，但却时常喜欢充行家，不懂装懂，这样的人最好骗，只要你说点好听的，夸他眼力好，没几个小时就能从他身上榨出来不少油水。

在快走到饭馆门口的时候，刑术拽住田炼峰，低声问：“你是不是遇到蚰蜒了？”

“蚰蜒？”田炼峰一愣，随即反应过来，“你是说钱串子？不会，不会，他人可好了，不是钱串子。”

刑术懒得再搭理他，知道田炼峰这人容易相信人，而且这类被称为“蚰蜒”的人就是这个收藏行当里面专门用物件骗人的一种职业，清末的时候这种人被叫作钱串子，但因为蚰蜒这种昆虫的绰号也叫钱串子，所以他们干脆自称蚰蜒，有点不以为耻反以为荣的意思。

田炼峰率先进了饭馆，站在门口晃了一眼，立即就看到了坐在紧挨上菜口那儿的一个穿着军大衣、戴着军棉帽的胖子，因为屋里暖气热，加上他没有脱下军大衣的缘故，热得满头大汗，不断地用大衣的袖口擦着。

胖子看见田炼峰的时候，立即站起来，微微点头，带着期待而憨厚的笑容，不过在目光扫到田炼峰身边的刑术时，脸色却又沉了一下，立即坐了下来，显得有些不安。

田炼峰夹着自己的包上前，坐在胖子的对面，刑术坐在旁边，故意抬头去看墙壁上挂着的菜单，而那胖子却不说话，只是面露难色地看着田炼峰。

田炼峰会意，看了一眼刑术道：“这是我兄弟，血浓于水的好兄弟，和亲兄弟一样，你放心，不是外人，你东西带来了没？”

“嗯哪！”胖子点头，应声的声音还带着一股屯子味，刑术揉了下鼻梁，看着那胖子的军大衣，知道那里面裹着东西，也就是田炼峰要的宝贝。

田炼峰见胖子还在迟疑，有些恼了：“至于吗？光天化日朗朗乾坤，你还怕我们俩抢你的东西呀？派出所就在100米之外，你还是不放心，咱们上那儿行不行？”

“不……不是。”胖子有些扭捏，舔了下干裂的嘴唇道，“这跟咱们之前说好的不一样，不是说一个人来吗？”

刑术不说话，起身就要走，田炼峰一把将他拽住，看着胖子道：“哥们，我兄弟也是刚才碰巧遇上的，我总不至于让我兄弟在外面挨冻吧？你放心，我就在前面那家连锁药店里面当经理，跑得了经理跑不了药店，你就敞亮点拿出来行不行？”

胖子又看了一眼刑术，点点头，小心翼翼地从大衣一侧抱出来一个高大概十八厘米左右的龙纹瓶，上面一条龙围绕着瓶子转了三圈，龙身占了大半部分，那青花只是在瓶口和瓶底底座周围有那么两圈。

“嗯，就是前几天的那个青花。”田炼峰双眼都瞪大了，掏出了一放大镜，仔细看着，随后抬眼问，“可以上手吗？”

胖子点头：“嗯哪，小心点。”

刑术偏头看了一眼，目光又看向菜单，这个举动让那胖子放松了警惕，所有的注意力都开始集中在了田炼峰的脸上，观察着田炼峰的表情。

许久，田炼峰放下放大镜，点头道：“兄弟，这样，你开个价，我要是觉得合适，我就不还价了。”

胖子挠着头道：“我其实也不懂，这个东西是早年我爸的战友送给我爸的一个物件，要不是我爸治病等着钱用，我也拿不出来呀，之前吧，你也找人看过一眼，你知道是个什么价，咱们都说好了，我也不能坐地起价对不对？”

“行，八万八，这个数字吉利！”田炼峰点头，然后将自己的包掏出来，“我这里有五万，我等下去外面再取点钱来，我这个包装不了那么多，你稍等着，我这五万你先拿着，我这兄弟陪你在这儿等着，好不好？”

“嗯哪。”胖子憨厚地点头，田炼峰一脸喜色地转身就跑出饭馆取钱去了。

田炼峰前脚一走，刑术就扭头朝着胖子“嘿嘿”一笑，模仿着那胖子憨厚的笑容，随后指着那瓶子道：“这‘龙出浴’值八万八？而且还是仿的？有意思吗？你也忒狠了吧。”

胖子的脸色瞬间变了，因为不是行内人，不知道这瓶子叫作“龙出浴”，而且这玩意儿也算是高仿货，不是入行多年的，也不容易看出来。

第七章：偷袭

胖子看着刑术，看了几秒后，低声道：“兄弟，看来是同行呀？”

“谁他妈跟你是同行？”刑术双手放在桌子上盯着胖子，“不是本地的吧？听你的口音像是辽宁那边的钱串子，怎么着？那边买卖不好做，跑这头来混了？”

胖子一愣，随即道：“哎哟，哥们也是个社会人儿啊？”

“废话我不说了，我知道这年头做什么都不容易，你干的这事，我要是报警，你进去少说三五年出不来，不过我这人做事没那么狠，看你这副德行，也就是坐硬座过来的，这瓶子应该是哈市双城老棒子家的手艺，本地货，我估摸着这种货色的本钱也就是一千来块吧，这样吧，我这里有三千块钱，算上你的本钱，还有你来回的车费吃住什么的差不多了，你留下瓶子，钱拿走，我就当什么事儿都没发生过。”刑术摸出烟来，在桌面上杵了杵，“如果你要是不同意呢，我只能告诉你，你以后别想再来这个地方混饭吃了。”

胖子一抽鼻子，表情也变了：“哥们，我虽然不知道你是谁，但你这话也太狠了，我李胖子走南闯北这么多年，真没怕过谁，而且行里面的规矩你知道，你现在这样做基本上就和截活儿一个意思，我多的不说了，八万八，我分你两万，这事你就当不知道，我够敞亮吧？”

刑术仰头闭眼：“八万八分我两万，这买卖合适呀。”

胖子笑了：“哥们，你坐在这儿说几句就八万八，省时省力，何乐而不为呢？”

“好吧，我再给你个选择，你收八万八，给我两万，我回头打个电话给魏大棒子，告诉他，如果他以后再敢出货，我把他家烧了，连同他那卖干豆腐的铺子，然后我把你用石头绑上，直接沉松花江里面，我拿着你那六万八还有我那两万，自个儿去警察那儿自首去。”刑术冷冷地看着胖子，“不过我也可以不自首，把你沉了之后，我该做什么就做什么，现在快封江了，大半年化不开，等冰面化开了，就算你的尸体浮上来了，对我不利的任何证据都没了。”

胖子看着刑术，从他的表情和说话的语气知道，眼前这个人不是开玩笑的，而且李胖子混了这么多年，出口就撂狠话的这还是第一次听到，他有些迟疑了，思考了许久，终于起身道：“好，算我栽了。”

“别急呀。”刑术数出三千块钱，塞到李胖子手里面，“这是我说好的，说一就是一，人走，钱拿走，瓶子留下，赶紧给我滚蛋。”

胖子点点头，把钱塞进口袋，朝着饭馆外就走去，走到门口就遇到取完钱的田炼峰。

田炼峰见李胖子走了，不知道发生了什么事情，但一抬眼看见桌子上自己装钱的包在，瓶子也在，立即奔了过来，先是看钱，又看瓶子，随后纳闷地问：“这是怎么了？他怎么钱也不要了，东西也不要了，就这么走了？”

刑术坐在那儿，挥手叫服务员上了一瓶啤酒和一瓶可乐，把啤酒倒了一杯递给田炼峰后，这才道：“这个人是个辽宁那边的钱串子，虽然他尽力在掩饰自己的口音，但还是能听出来，你只是被这个所谓的青花瓶子蒙蔽了双眼和耳朵，没注意到这种细节。”

“啊？”田炼峰目瞪口呆地看着刑术。

刑术指着桌子道：“知道他为什么选择坐在这里吗？因为这里是上菜口，后面挨着厨房，厨房有后门，而且斜对面是厕所，我如果没猜错的话，这个地方是他选的吧？”

“对呀。”田炼峰点头，“你怎么知道？”

“钱串子就是这样，做事先考虑后路，他也担心自己暴露了，所以选了一个容易逃跑的地方，咱们这边的厕所很少有那种大透气窗口的，但是这家饭馆铁定有，不信你去看看，而且后厨百分之百通往后面的巷子。”刑术打开可乐，看着田炼峰那副呆呆的模样，“去看呀，愣着干吗呀？”

田炼峰立即起身去厕所又去后厨看了一圈，回来坐下道：“真有！”

“废话！”刑术喝着可乐道，“他那身打扮，和那些杵大岗（街头等活儿的民工）的一模一样，就是想让你放松警惕，觉得他是个什么都不懂的人，你买了他的东西，你还占了便宜了，而且他专门说他爸有病急用钱，这些都是为了潜意识中蒙蔽你。再者，就算这个瓶子他认为贱卖了八万八，他什么箱子什么东西都不用，直接用大衣包着就来了？也不怕摔了？你认为合理吗？”

“那……那这瓶子呢？”田炼峰看着这瓶子，“肯定就是假的了？”

“对，假的，他之前怎么告诉你的？”刑术看着瓶子问。

田炼峰道：“他说这是康熙年间的青花。”

刑术冷笑一声：“康熙年间？这玩意儿仿的是嘉庆年间的青花龙纹，我以前教过你呀，在这一行里面，雍正、康熙、乾隆这三个年代的物件是单独说年代的，但是嘉庆和道光是一块儿说的，统称为嘉道。”

“对对对，我想起来了。”田炼峰一拍脑袋，“这就是嘉道不分对吧？说清朝的陶瓷物件，到乾隆之后基本上就没落了。”

刑术点头：“在这行当里面，嘉道的瓶子都叫大路货，不是用来收藏的，和工艺品一样，就是摆设，碎了吧也不可惜，再来看这瓶子，仿得呢，还行，有个绰号叫‘龙出浴’，名字听着霸气吧？但恰好意思就是指这龙不霸气，你去看看那康熙、乾隆年间的瓶子，那时候的龙霸气，嘉道年间的龙吧，看着都软，就像是龙洗完澡刚钻出来，一副舒坦的模样。”

“哦——”田炼峰看着那瓶子，“为什么不霸气了呢？”

“管理上的原因，偷工减料，加上当时的画师呀之类的大量流失，造成了这种结果，历史原因吧。”刑术说完长叹一口气道，“炼峰呀炼峰，八万八呀，你是眼皮子都不眨，直接就拿出来了，你那几年赚的钱，估计都快被你败光了吧，你不是富二代，省省吧，以后你要是喜欢什么，带着我给你先看看，不要吃这样的亏，弄得跟傻×一样。”

田炼峰摇头：“刑术呀，我这还不是想跟上你的步伐吗？”

“我的步伐？我他妈是没的选，就那么几个职业，让我挑，我也不愿意去当医生，所以就干了这个了，你以为我愿意呀？这一行风险大，我都有看走眼的时候，我师父都有，别说你这刚入行的膘子了，一走眼，那就是几万几十万，甚至上百万就出去了。”刑术摇头，“这瓶子如果是真的，摆家里面看还行，但这是高仿的，你拿走，回头送给张大文，让他自个儿研究研究。”

“哎呀，今天要不是你，我真就没了八万八了，兄弟，当哥的敬你一杯。”田炼峰举杯碰了碰刑术的可乐瓶子，随后一饮而尽，喉头发出爽快的声音，随后问，“对了，这么晚了，你找我来干吗呀？”

刑术看了一眼周围，低声问：“你爷爷以前住的那地方，就是他死的那筒子楼，现在拆了吗？”

“应该没有，那地方拆不起呀，听说就那房子那么小块地方，光拆迁连土地什么的，好几千万呢，没有开发商敢上手，一直搁那儿的。”田炼峰倒着酒问，“你想干吗呀？”

“我想去看看当年的现场，有些事儿我得搞明白了。”刑术点上一支烟。

田炼峰放下瓶子，他也不是傻子，寻思了一会儿问：“刑术，你老实告诉我，是不是还是和那筷子有关系？”

“对！”刑术知道瞒着田炼峰始终不好，只得点头道，“那筷子的确是千年乌香筷，我之前骗你说是假的，是不想让你惹上麻烦，你要相信我，我不是想占你便宜，我要想占你便宜，早把你家里那点钱骗光了。”

田炼峰当然知道，点头道：“那到底是怎么回事呀？”

“你听我说，一个字都不要漏，而且听完后烂在肚子里，谁也不要告诉。”说着，刑术看了一眼饭馆外道：“炼峰，你早就被人盯上了……”

“啊？”田炼峰诧异道，“什么意思呀？”

随后，刑术将自己知道的一切都告诉给了田炼峰，田炼峰听完是目瞪口呆，但因为还没有刑术那种危机感，所以并不觉得怎么害怕，只是好奇。

两人点了几个菜，吃喝完毕后，约定好在老筒子楼见面，因为田炼峰得回去向他爸要钥匙，那筒子楼楼道大门和田云浩家的门锁都是他爸隔半年就要去新换的，担心生锈了，虽说那地方是公家的，不过因为没有人去管理，所以也由得他爸了。

田克是个怀旧的人，虽然田云浩死的时候他还小，但他对自己父亲的感情很深，有时候心情不好的时候，就一个人溜溜达达地过去转一圈。

刑术开车先朝着筒子楼的方向开去，那个地方周围好些都被拆迁了重建，现在除了一座高楼在旁边建起来了之外，周围其他地方都是工地，在那里的房价也不便宜，毕竟在哈市这个地方，房子的建筑面积和使用面积的系数和其他地方不一样，墙厚，基本上系数达到了1.6，所以在那个地段的房价都是一万好几一平方米，这也是那筒子楼一直没法拆的原因，占地面积不大，但是买下来的费用大，买下来也修不了什么玩意儿。

因为夜间已经不堵车了，刑术开了不到四十分钟就到了那老楼外的巷子里，将车一停下来的时候，他就意识到不对劲了，因为有两辆面包车分别堵在了巷子的两头，而且都开着大灯，直射着他这个方向。

刑术左右看了看，右手伸进口袋中摸着自己那串钥匙，将上面的钥匙慢慢地从攥成拳头的指头缝中露出来，这就是他的武器，而且具有一定的杀伤力。

刑术站在那靠儿着车门，看着从两辆面包车上分别跳下来四个人，一共八个人朝着自己的位置慢慢走来，都将手揣在口袋中，走路的架势也和街头流氓差不多，故意晃晃悠悠地走着，以此来显得自己很霸气。

等为首的人走近之后，刑术才看到不是别人，就是先前在饭馆里面被自己揭穿的那个李胖子。

“八万八——”李胖子站在那儿笑着，“八万八呀，哥们，飞了，因为你全飞了，我咋回去交差呀？”

刑术摸了摸自己的鼻子，叹了口气道：“胖子，我之前给你俩选择，看来你是没听明白是吧？我再给你一次机会，带着你的人滚蛋，一看他们就知道是你花钱雇的吧？这样吧，你雇人的钱我帮你出了，我算是仁至义尽了。”

“哟——哟哟哟哟哟！”李胖子一副不屑的样子，“你以为你是谁呀？你能耐不是大吗？你不是牛×吗？你不是要把我沉江里面吗？来呀，我等着你，来来来！”

李胖子刚说完，忽然看见刑术身影一动，旁边的人还没有反应过来的前提下，刑术那夹着钥匙的拳头直接甩在了胖子的脸颊一侧，李胖子立即发出恐怖的惨叫声，捂着脸就靠在一侧惨叫着，手再一拿开，借着车灯光看到捂脸的手全是血。

刑术站在那儿，甩了甩手，微微侧头，看着自己背后的那四个人："想进医院是不是？"

那四个人对视一眼，随后一人骂了一声，直接跳起来就是一飞腿，刑术抬手抱住那人的腿，朝着大腿部位就是一拳下去，随后侧身朝着另外一人的手臂上又给了一拳，轻轻松松将那四个人全部撂翻。

剩下的三个人对视一眼，整齐地扭头看着靠着墙壁坐着的李胖子，李胖子大喊道："一人再加两百，打死他！给我打死他！"

刑术站在那儿叹了口气，看那三人又冲了上来，其中一人还操起旁边的一根棍子，一棍子下来，直接被刑术一拳打断了，紧接着那人腹部挨了一脚，直接跪了下去，剩下一个趁机抱着刑术，刑术一蹬车门，直接将后面那人撞向墙壁，身子一缩，手臂一抬，手肘直接击打那人的面部，那人捂着鼻子就蹲了下去。

剩下一人愣在那儿，看着周围倒地哀号的人，又看着冷冷注视着他的刑术，竟然开口问先前抡棍子的那人："大哥，怎么办？"

那人捂着肚子蹲在一侧，哎哟地叫着，有气无力地说了一句："报警啊！"

刑术一愣，看到那人真的拿手机了，上前一把抢过来，刚要摔发现还是个iPhone，直接扔还给他道："自个儿关机吧，摔了挺可惜的，赶紧滚蛋，要不要脸，你们来弄我，还要报警？"

随后，那人扶着自己的大哥，其他人互相扶着，朝着两辆车跑去，临走的时候，那位大哥还扔下了一句在这种场合必须说的一句话："你等着，有种你别跑！"

"好，我等着，你们慢走，赶紧多带点人来，或者是直接报警吧。"刑术站在那儿看着两辆面包车退出去，一辆在巷子口倒车的时候还撞到了墙角，随后听到里面的人打开车人耳光的声音，还有骂声。

李胖子伤得不轻，而且现在是彻底夙了，眼泪都滚出来了，缩在墙角下，看着一步步走近的刑术。

刑术从口袋里面摸了五百块钱扔给他，指着巷子口道："出了巷子往北走三百米有个诊所，赶紧去，包扎了之后去道外三道街找一个叫廖师傅的人，就说我介绍的，他那儿有药，等伤口结疤了，用他的药每天敷三次，正常来说不会结疤，滚吧。"

李胖子含泪点点头，起身摇摇晃晃地跑了，在快跑到巷子口的时候，李胖子"哇"的一声哭了出来，这一哭把刑术吓了一跳，看着李胖子的身影逐渐消失在那里，只得摇摇头。

刑术背上自己的背包，站在大门口，左等右等没等到田炼峰，看着那扇生锈的大铁门，还有旁边那堵并不高的砖墙，干脆跳起来抓住墙头直接翻了上去。

刑术蹲在墙头，看着眼前这栋六层高的筒子楼，觉得浑身发凉，这是一种感觉，一种非常不好的感觉，因为这里面毫无生气不说，还从里面吹出了阵阵潮湿的冷风。

刑术知道这不合情理，因为在哈市这里到了这个季节，天气寒冷，空气干燥，这种老楼肯定更是干燥无比，吹出来潮湿的冷风完全没有道理，而且就算是有地下室，地下室也应该有暖风吹出来，不应该是冷风才对。

许久，刑术才从墙头上跳进去，落在堆满了各种破烂的院子中，随后打开了随身携带的手电筒，照了照周围，终于看到了楼下左侧的那扇楼道门，他走上前看着楼道门的那把锁，发现的确是把新锁。

刑术等不到田炼峰，想着干脆自己撬开锁进去算了，而且这里没人住，自己撬锁进去也不是为了偷东西，不算犯罪，随后拿着工具轻松将锁打开，刚推开门的时候，一个东西突然间从门里面的门框往上的位置掉落了下来。

刑术眼疾手快，伸手过去一把抓住，抓住后发现那是个陶瓷盘子，他拿着盘子立即进门，用手电照着门框的上方，发现那里被人做了一个简易的机关。

仔细研究后，刑术发现，这个机关很有趣，在门口右侧的位置有一根绳子，只要开门不是太快，开门后将手伸进去拉一拉那绳子，那盘子就会被固定死，但如果不拉绳子直接推门，盘子就会掉下来。

刑术看到这儿的时候，下意识地自言自语道："田炼峰，看来你爸经常来这里，并不是为了怀旧呀！"

第八章：陈尸地

门口的机关很明显，并不是为了袭击开门的人，而是为了让自己知道有没有人打开过这扇门进来过。

那个机关中的盘子掉下来的位置砸不到开门的人，但是如果这种陶瓷的东西一旦落下来，就会摔得粉碎，就算开门进来的人意识到这东西是干吗用的，再买一个一模一样的盘子重新放在机关之上，也无法将地上的盘子碎片全部都打扫干净。

如果你打扫，地上的灰尘和其他的物件势必都会被改变，田克再来的时候，就算那盘子还在，也一眼就能看出来楼道门口与之前不一样了。

所以，田克设置的这个机关，只要你接不住那盘子，一旦摔碎，有人开门进来的事实就绝对无法被掩饰。

“田老爷子挺闲呢。”刑术点头四下看着，将盘子小心翼翼地放在一侧的角落中，打算出来的时候再放回原位。

刑术回忆着自己父亲告诉的田云浩当年陈尸的位置，沿着一侧的楼梯朝着楼上慢慢走去，整个楼道中发出一股霉臭味，其中还有死耗子的气味，刑术实在忍不下去了，掏出点风油精来涂在口罩上面戴上后继续朝着上面走着。

走到五楼的时候，刑术忽然觉得温度上升了，下意识摸了下楼道中的暖气管子，发现暖气管子还有余温，他立即伸手在暖气管上四下摸了一圈，确定自己没有感觉错，立即走向五楼靠着楼梯口的那户人家的门前，随后试探性地去推门。

门当然是纹丝不动，刑术蹲下去查看门锁的时候，发现门锁也是新换的，外面也加了一把新挂锁，刑术第一反应就是——这里有人，而且是有人住在这里。

刑术之所以要检查紧挨楼道口的这一家，就是因为，他摸到暖气管的时候，察觉五楼这一层有供暖，五楼以下并没有，而且差不多是半个小时前被人关闭的，这种老房子和现在的楼房不一样，不是每一户人家都有单独的阀门，而是每一层都只有一个暖气阀门，就在紧挨楼梯暖气主管道的那户人家中。

刑术推测出，先前自己来到楼外的时候，遭遇李胖子时，这个人就站在楼上的某个角落，透过某个缝隙看向院外，那两辆开着大灯的面包车，还有那些流氓的叫声，都让这个人意识到刑术下一步就要走进这座筒子楼来了。

于是这个人赶紧关闭了暖气阀门，同时也推测出了刑术可能预料到这一点，干脆将有阀门的这户人家的门也锁死了，从门锁可以看出，这个人住在这里，而且有可能就住在这户人家中，否则的话他完全没有必要换锁。

这个地方应该停止供暖很多年了，现在市政方面早就将所有单独烧的小锅炉取缔了，都是集中供热，这个地方还有暖气，是因为这个人想办法偷的暖气吗？还是自己烧的？这里还有小锅炉？但是他在这里用暖气，不是很容易暴露自己吗？为什么要这么做？

刑术并没有马上打开那户人家，而是径直朝着六楼走去，直接去了田云浩当年陈尸的位置。

刑术站在那儿，从背包中将香炉、香蜡、纸钱等物件一一拿了出来，这也是逐货师的规矩之一。当铺中时常会收到一些来路不明的玩意儿，特别是在战乱年代，很多物件一看就知道是从死人堆里面扒出来的，而在那个年代，当铺为了做买卖，只要值钱的，都是来者不拒。

所以，通常在收了此类物件之后，都会焚香祭拜，表示对死者的尊重，同时也讲清楚，他们只是生意人，并不是他们有意从死者身上拿的物件，还得告知那些也许存在的冤魂，如果你们想将东西要回去，可以用特定的方式告知一声。

但是，是否真的有朝奉或者是逐货师遇到过冤魂托梦，那就只能是信则有不信则无了。

虽说这是田云浩的陈尸地，但刑术还是按照规矩来，毕竟师父郑苍穹说过，抬头三尺有神明，你是信也好，不信也好，心怀尊重始终是对的。

刑术拿出罗盘，辨别了下方向，找到西方，这才点燃香蜡，插在墙角之后，开始烧纸，烧纸的时候刑术目不转睛地盯着火堆，余光却扫着火堆照耀出来的自己的身影，果不其然，在纸烧了快一半之后，刑术看到一个黑影在左侧的墙面上晃动了一下，随后消失不见。

烧纸的目的其一是尊重，其二也是刑术希望故意背对走廊楼梯的位置，让一直藏在这里的那个人好能靠近来观察自己在做什么，但因为周围黑暗，只有这一堆火的缘故，只要这个人一出现，身影立即就会投在墙面之上。

果然有人，看样子只有一个。刑术放心了，他故意没有识破那个人的存在，拿出相机之后，将脚架展开，放在走廊的正中心，等着那堆纸完全烧尽之后，这才打开相机，对着田云浩死时的位置试着拍了一张。

第一张出来效果并不是很好，因为他没有用外接闪光灯，只是用的内置闪光灯。

使用相机，也是干他这一行近十年内才兴起的，兴起之后大多数有经验的朝奉或者逐货师基本上都算是半专业的摄影师，而且都比较避讳使用闪光灯，除非在特殊的情况下，因为闪光灯制造出来的光源并不自然，对要拍摄出来的物件的真实光泽度和表面纹路等会产生负面影响，给看照片的人造成一种视觉的误差，最终导致判断失误。

此时刑术用相机，只是希望拍摄一些现场的照片回去以供研究，毕竟他不可能随时想到什么便再来现场查看一番，所以，他需要详细地将周围的环境拍摄下来。他选择夜间来，也是因为田云浩是夜间死的，不是白天，天光自然光固然好，但与当时的死者时间环境不吻合，这些道理是他的父亲刑国栋教会他的。

刑术站在那儿，微微侧头看了下身后，他知道，那个人正在盯着自己，他干脆关闭闪光灯，将相机感光度也调整到了100，随后调整到快门优先模式，利用慢速曝光，还有周围并不太亮的烛光拍摄了一张较为自然的照片。

刑术很清楚地记得，他的父亲说过，田云浩死的那晚，这个走廊中好几盏灯都是坏的，只有厕所的那盏灯是好的，距离田云浩的尸体大概有三米的距离，现在要让这里通电其实也简单，这里应该没有完全断电，不过刑术没那个时间去找电闸，只能利用蜡烛来模拟一下当时的那种环境，能模拟到六成左右就差不多算成功了。

刑术盯着相机显示屏的时候，楼梯拐角处的那个人探出脑袋来看着他，随后又慢慢地缩回头去。

紧接着，刑术又换了几个角度拍了好几张，不过因为慢速曝光，每一张等待的时间都比较长，好在拍摄的不是动态物体，所以照片都达到了他想要的效果。

拍完照片之后，刑术将相机放在一侧，挨着墙壁边，顺手撕了一块纸胶布贴在相机上，然后转身朝着四楼404室走去，那是田云浩生前的家。刑术现在最想搞明白的就是，田云浩被杀的真正地点在什么地方？既然不是厕所门口，而且尸体身上相对比较干净，双手和手腕的部位有些泥土，但非常少，警察提取证据的时候只找到了很少的一部分，那也是因为凶犯骑在趴在地上的田云浩身上，踩住他的双手手腕导致的，事后又经过了简单的清理。

也就是说，田云浩被杀地点绝对不是在这座楼之外的地方，而是在楼内的某个屋子中，否则他的衣服什么的不会那么干净，还有，他身上找不到其他的伤痕，基本上可以判断出是熟悉的人作案，因为他没挣扎过，也没有中毒的迹象。

在什么情况下田云浩才会顺从地趴着呢？而且是什么样的人才能让他丝毫没有任何警惕呢？刑术站在田云浩生前所住屋子的门前，站在那儿沉思着，许久他才用工具将门撬开，打开门之后，他发现屋内所有的东西竟然都原封不动地摆在原处，上面都盖着白布挡灰尘。

刑术扫了一圈这个不足十平方米的屋子，发现能让田云浩躺下的只有挨着窗户靠着暖气管的那张床了，是张小双人床，勉强睡下两人，但如果加上一个孩子就吃力很多了，所以屋内肯定会有其他的什么东西。

找了一圈，刑术果然发现了一张躺椅，这种物件在当年的哈市很少见。

此时，刑术脑子中冒出了一个名字，那就是陈玉清，这是他怀疑的第一个对象，即便是警察已经放弃了对她的怀疑，但刑术依然想不到有第二个人能让田云浩放松警惕趴下来。

刑术思考的同时，那个人又悄悄走到了门口，探头在那里看着，但听到刑术挪动脚步的声音后立即又缩回头去，摸着墙壁朝着走廊远处走去，而走路的时候竟然不发出丝毫的声音。

刑术正在思考的时候，突然间手机铃声响起，吓了他一大跳，也将门外正在摸墙行走的那个人吓了一哆嗦。

刑术拿出手机，见是师父郑苍穹打来的，立即接起来道："师父，我正好要打给你呢。"

那头的郑苍穹道："这么晚了你还没有信儿，我担心你，就来个电话问问。"

"师父，我问你，既然陈玉清是你师妹，那你应该也算熟悉田云浩、陈玉清两口子吧？"刑术问完立即道，"师父，你别误会，我没别的意思。"

"我知道，你想问什么就问吧。"郑苍穹在那头平静地说，他知道刑术并不是含沙射影地说他为了打听千年乌香筷和奇门的秘密，故意从陈玉清口中套取他们两口子的生活细节。

刑术看着那张床道："陈玉清是不是会点推拿按摩？"

郑苍穹立即道："会呀，这很正常，就像你我一样，我们都算是练过功夫的人，会功夫的一般都会这个。"

"噢，那我知道了。"刑术点头，在脑子中回忆着以前学过的一些东西，想了半天摇摇头，觉得自己这个推测不是太正确，他之前想的是，陈玉清如果会按摩推拿，那么她极有可能会让田云浩趴着，自己骑上去按摩，但郑苍穹说练功夫的都会，那就不对了，中国传统的推拿中，并没有要骑着人后背这么一说，都是后来的按摩保健中才有的，什么泰式按摩之类的。

此时，郑苍穹突然间说了一句："你这么一说，我突然想起来了，玉清的按摩推拿技术不是很好，不过她刮痧很是有一套。"

"刮痧？"刑术浑身一震，看着那张床道，"对，刮痧！"

刑术自言自语说完，立即道："师父，我先挂电话呀，我给我爸打一个。"

说着，刑术挂掉电话，立即拨通刑国栋的电话，那头刚"喂"了一声，刑术立即道："爸，我问你，田云浩的尸检资料你有吧？你仔细回忆下，他的尸体背部是不是有瘀青？"

刑国栋稍微回忆了下道："对，是有，但那是刮痧留下来的，已经快散了，很浅很浅，和案件没关系。"

"啊？"刑术眉头紧锁，因为就在他快找到一个推测出来相对合理的答案时，父亲的这句话却让他的所有推测全部化为泡影。

原因很简单，他推测是陈玉清给田云浩刮痧，然后杀掉了田云浩，而且陈玉清练过功夫，就算力气不大，也许掌握了某种法门。刑术之所以要先推测出一个凶手来，其目的就是先确定一个方向，再去寻找筷子的秘密，这样会相对来说容易许多。

可是，他错了。他原来推测的是，刮痧的当晚田云浩被杀，然后被挂了上去，但父亲却告诉他刮痧的部位很浅，那就表示着刮痧的时间至少是田云浩被杀几天之前了？

也不可能是没有刮痧就下手，因为前几天才刮过，没有再刮的道理，田云浩作为丈夫也会认为妻子的这个提议古怪，绝对不会顺从地趴下来。

“爸，我知道了。”刑术挂了电话，挂电话的时候刑国栋还在那头问他在干什么。

就在刑术刚刚挂完电话的瞬间，404房间的门被重重地关上了，发出一声巨响，这一声巨响吓得刑术浑身一抖，站在那儿愣了好几秒，随后他立即听到了门口有人上锁的声音，他立即冲到门口去拉门，猛地一拉，门被拉开了一条缝隙，拉开的那一瞬间，刑术清楚地看到门缝外有一张古怪离奇的黑脸！

刑术下意识一松手，随后门又被拉回去，紧接着锁死，开门的那一刻刑术还感觉到有一股阴风吹了进来，他站在那儿，眼前依然浮现着那张黑脸，一张没有五官，只是漆黑一团，但有着五官大致轮廓的脸！

那是什么东西？刑术尽量让自己冷静下来，随后趴下来看着门缝外，因为外面没有光线，他看不到任何影子，但在趴下来的那一刻，他有一种感觉，感觉那张脸也趴在门外，正通过门缝看着自己。

刑术浑身的汗毛都立起来了，他立即起身，朝着后面退了两步，取下口罩深呼吸了两口。

刑术干这一行这么些年，稀奇古怪的事情遇到过不少，比这个更吓人的事情他也遭遇过，但这次却不一样，这次是他第一次近距离与某种他自己无法解释的东西面对面，而且那东西给他的感觉就是一个物件，不是一个活生生的东西。

鬼？刑术摇头，他一向不相信这个，即便有很多人告诉他这种东西是存在的，但他还是不相信，就算是有，也是人死后变成的另外一种形态的东西，而且这东西不是平常人随随便便就可以看到的。

如果说那么容易能看到，干这一行的刑术早就应该见过了。

早年刑术还小的时候，问过他父亲这个世界上有鬼吗？他父亲直接告诉他，绝对没有。因为他父亲是医生，一个唯物主义者。而他问他师父郑苍穹的时候，他师父只是简单地告诉他，信则有不信则无，最后还补充了四个字：万物有灵。

所以，刑术自己在某些时候也有些糊涂，但因为自己从未见过，所以基本上认为那东西即便是有，也是另外一种形态的玩意儿。

刑术等了许久，上前拉门，发现门已经被锁死了，他却不急，只是靠着门坐着，他现在只是希望自己留在那里的相机和背包没事就行了，但看样子，关门锁门的人只是想搞清楚自己是谁，为什么来这里，而不是为了害自己或者是抢劫偷盗。

等了很久，一直等到刑术的手机再次响起的时候，他看到是田炼峰打来的，这才接起来，刚接起来，就听到田炼峰抱歉的声音："兄弟，对不起对不起，上头突然来夜查，说查药店晚上值班的人，我陪着去了，耽误了，我现在到门口了，看见你车了，你在哪儿？"

刑术简单道："我翻墙进来的，你拿钥匙开门吧，对了，顺便带把钳子之类的上来，我就在你爷爷生前的屋子中，我被人锁在里面了。"

"啊？！"田炼峰一听急了，"怎么锁里边了？谁干的？"

刑术知道田炼峰胆子小，要是把先前的事情告诉给他，他肯定不敢独自上来，只得说："几个小流氓，估计是恶作剧，你快来吧，我先前看到他们已经逃出去了。"

"噢，行，你等着，我马上到。"田炼峰说着挂了电话，直接拎着车上的工具箱开门就朝着筒子楼跑了过来。

冲进筒子楼的时候，田炼峰也感觉到了一股阴风吹来，他下意识停下脚步，抬眼看了看楼上，随后才低头朝着楼道门快速走去，就在田炼峰走进楼道门之后，一个人影慢慢显现在六楼最左侧的窗口前，立在那儿，望着外面，一动不动。

第九章：铸玉会

等田炼峰打开门锁之后，刚推开门，就听到在屋内的刑术说了一句："别动，站在那儿千万不要动。"

田炼峰一愣，冷汗都流下来了，闭眼道："术啊，我身后是不是有什么东西？"

"没有。"刑术慢慢上前蹲下来，先是看着门锁，随后又看着地面。

田炼峰听他说身后没东西，立即飞快转身看了一眼，又转回来，看到刑术正在观察地面，立即又问："我是不是踩着雷了？"

"能不能闭嘴？"刑术头也不抬地说，"你当上战场呢？踩着雷，在这地方踩着屎还有可能，把脚挪开！"

田炼峰立即站在一侧，蹲下来看着刑术用电筒照着的地面，却听到刑术自言自语道："不像是一个人。"

“你说什么呢？什么不像是一个人？”田炼峰下意识扭头看着周围，“这里还有其他人？”

“对，有俩，一个灵活点，一个笨重点，灵活点的没啥力气，走路很轻，笨重点的力气大，脚步重。”刑术说完将先前自己经历的事情复述了一遍。

田炼峰还没听完，脸色就变得惨白，直接紧挨着刑术，小心翼翼地观察着四周，问：“这种老房子，一般都闹鬼！你肯定是撞鬼了，咱们走吧。”

“撞头还差不多，撞鬼我认为可能性不大。”刑术起身来，“你看这木板地，有细小的裂缝，新的，说明后来关门的这个人下盘功夫不错，关门的时候，前脚踏在这里，踩稳了，然后用尽力气将门关上，他这样做大概就是为了吓我，让我一时间反应不过来，好给他上锁的时间。”

说着，刑术又看着被钳子剪断的那把锁，锁是把新锁，而且有撬动的痕迹，说明后来的这个人不是带着锁来的，而是决定将刑术锁起来的时候，这才临时撬开了一把锁，来到404门口，再将门锁上的。

刑术想了想，走到五楼有暖气阀门的那家，果然看到外面加上的那把新挂锁没了。

“有意思呀，是个会撬锁的。”刑术看了看，朝着六楼田云浩陈尸地走去，田炼峰紧随其后，跟得很紧，走几步就回一下头，浑身都在哆嗦。

“爷爷，我是您孙子田炼峰，亲孙子呀，我是孙子田炼峰，您别害我，我是为了寻找杀死您的凶手来的，别害我，求求您了，我回头给您买点好吃的，我知道您喜欢吃什么，爷爷你睁开眼看看吧，我是您亲孙子……”田炼峰边走边低声嘟囔着。

刑术听得实在烦了，转身将电筒对着自己的脸，用沙哑的声音说：“孙子，你别怕，就算你不是我孙子，你现在这模样就已经很孙子了。”

刑术转身的刹那，电筒光照在脸上的确将田炼峰吓了一跳，随后他冷静下来，正要埋怨刑术的时候，却看到刑术身后楼梯口的位置站着一个黑影，那黑影有一张黑色的脸，脸上带着五官的轮廓，却看不清楚五官的模样。

人往往在这种情况下，下意识的反应都是，以为看错了，于是仔细去看，这一仔细看不要紧，直接能把人吓晕过去，而田炼峰恰恰就属于那种闷声不会叫，但直接倒头就晕的人。

田炼峰倒地，刑术一看坏了，自己吓晕这小子了，但他猛然又想起先前田炼峰明显是回过神来之后，目光朝着自己的左侧移动，随后才吓晕过去的。

我左后有东西。刑术脑子中立即跳出了这个念头，他立在那儿没动，只是捏紧了手中的电筒，突然间转身挥舞着电筒砸过去，电筒挥空的那一刻，他又立即出拳，可两次攻击过后，他发现那里什么都没有。

刑术站在那儿用电筒朝着楼梯下方照去，觉得太诡异了，如果没东西，田炼峰为什么会晕倒？因为胆小产生幻觉？自己吓到自己了？

刑术想不通，俯身将田炼峰扛起来，扛到相机的位置放下，拿出矿泉水给他脸上抹了抹，然后拿起相机来，看着显示屏，想看看先前都录下了什么东西——就在先前刑术拍完照片，将相机挪到一侧的时候，其实他并没有关闭相机，而是调整到了摄录的功能，随后用纸胶布将红色指示灯的位置直接盖住了，同时熄灭了显示屏，这样一来，哪怕是走近看相机，只要不从取景窗口去看，就完全不知道相机还在工作之中。

"让我来看看，你是谁吧。"刑术靠着墙壁坐着，低头看着相机，时不时抬眼看着楼梯口的位置。

回放的视频中，刑术看到自己摆放相机后离开，不到一分钟之后，一个人影出现在那儿，和刑术猜测的一样，那人直接俯身去翻他放在那里的背包，而相机也恰好是对着背包的位置，这样正好可以将那个人的侧面拍下来。

"女人？"刑术虽然没有看到那人的侧面，却看到了一头的长发，还有那身古怪的衣服，他说不出来那身衣服是干什么的，就像是古代的大氅一样，但很轻薄，不会妨碍行动。

刑术从那个人侧面翻包的动作来判断，应该是个女人，应该就是最先观察他的那个人，奇怪的是这个女人每拿出一件他的东西，就会凑到鼻子跟前闻一闻，随后放进去，放进去许久才又拿出另外一件东西，似乎想将先前拿出来的东西摆回原位。

很快，女人站起身来，转身走向相机，但因为她起身的速度太快，刑术看不到她的正面，同时也因为脚架的高度不可能与她的身高持平，所以拍到的仅仅只是她胸口往下的位置。

刑术知道自己这个脚架先前升高后，加上上方云台，最多是一米六左右，所以他判断出这个女人的身高应该在一米六五到一米六七的样子，身材偏瘦，胸挺大，侧面看腰身也挺细的。

女人靠近相机只是看了一会儿，紧接着转身就走了，走的时候，刑术明显看到她下意识扶着旁边的墙壁，而整个视频中基本上没有什么声音，说明她穿着布鞋之类的鞋子，轻手轻脚地，像是有一定的功夫。

看完一遍，刑术觉得自己忽略了什么，于是立即又看了一遍，终于发现在那女子观察了相机离开之后，视频录到她胸口前有一个吊坠。

刑术停下视频，仔细看着那吊坠，就在此时一个微弱的声音在耳边响起："这是什么呀——"

刑术因为太认真看着视频上的吊坠，被这声音吓了一跳，下意识一手肘直接击打过去，随后听到田炼峰的惨叫声，他这才意识到是田炼峰迷迷糊糊醒了过来，凑过来看的时候说了句话。

田炼峰捂着嘴呜咽道："你真下狠手啊！还好是我闪了下，只擦破了嘴皮，要不我门牙全掉了！"

"谁叫你突然间冒出来说话的，这是我的自然反应。"刑术把水扔给他道，"喝一口，定定神。"

田炼峰喝水的时候，下意识看向楼梯口，随后一口水喷出来了，紧接着道："术啊，我想起来了，我刚才看到了，就是你之前说的那张脸，黑色的，只有轮廓！"

刑术扭头看着他："真的？不是你的幻觉？"

"我知道我胆子小，再小也不至于听你说一遍，我就能产生出那么真实的幻觉呀。"田炼峰擦着额头上渗出的汗水。

"没事，不怕，有我呢，等我看清楚这个东西是什么，咱们就走，今天的线索足够了。"刑术边看边点头，"咱们也不用去捉鬼了，只要我看清楚这个东西，说不定就能知道那两个人其中一人是谁。"

"啊？就凭这个？"田炼峰指着视频上面的吊坠，"这是什么呀？"

"看样子是翡翠挂坠，因为太黑了，我只能大致判断雕的是'赤足观音'，看样子应该是普通比例，高不过六厘米，宽三厘米左右，厚度不超过一厘米，水色不错，这种光线下还有透光，色根也明显，应该是玻璃种。"刑术边说边点头。

田炼峰看了他一眼，问："玻璃种？假的？玻璃做的？"

"不懂就问，别在那儿胡说八道，翡翠有种和质地的类别，这种叫玻璃种，也叫老坑玻璃种，很值钱了。至于为什么叫玻璃种呢？因为这种翡翠结晶颗粒呈现微细粒状，粒度均匀一致，敲上去声音清脆，有个词儿叫玉质金声就是这个意思。"刑术仔细看着，发现那吊坠中间有一道什么东西，他看着那东西的时候，觉得眼熟，但一时间想不起来那是什么了。

田炼峰在旁边插话道："我懂了，听懂了。"

"听懂了？"刑术看着他，"那你把刚才我所说的话重复一遍。"

田炼峰一愣，随后道："等会儿吧，等我消化消化……"

"消化个屁，我只是说个开头，哪儿能那么简单就解释清楚的。"刑术继续看着，"炼峰呀，千万不要不懂装懂，这一行这是大忌！"

就在此时，刑术站起来，举着相机继续看着，看着看着，刑术忽然间抬头道：“我知道这女的是干什么的了！”

田炼峰也爬起来，拍着屁股上的灰尘问：“什么？干什么的？”

“她是铸玉会的。”刑术肯定道，“这吊坠中间这一道是金，这翡翠是被人用快刀削成两半，然后再用金子镶嵌在一起的，我知道有这种刀法和这种手艺的只有铸玉会，这个组织挺老了，我也是听师父说过才知道的。”

田炼峰这次学聪明了，摇头道：“听不懂！我好学，我不懂不会装懂。”

刑术看着他差点笑出来：“收拾东西吧，开车找个安静的地方，我再告诉你。”

田炼峰一向对刑术他们这行当的事情非常感兴趣，从小时候刑术拜师学艺那一天开始，田炼峰也想跟着学，但他没有刑术那种可以长期在精神病院生活的条件，所以，他每次来找刑术玩，都拽着刑术，要刑术讲这些稀奇古怪、乱七八糟的事情，权当是听故事了，然后转换成自己的事儿，回学校吹牛去。

两人离开了筒子楼，临走的时候，刑术也不忘了将那盘子放回机关之上，小心翼翼地关上门，末了，在楼下还故意大声说了句：“我知道你是谁了，我明天就能把你翻出来！”

刑术喊完，田炼峰也跟着喊了一嗓子：“对！”

喊完，刑术看着他低声道：“你对什么呀？你怎么就这么欠儿啊？搭什么话呀。”

“我这不是给你助威嘛。”田炼峰不好意思地一笑。

刑术摇摇头，和田炼峰各自回到车上，随后刑术开车，让田炼峰跟着自己，在城里面兜着圈子，兜了很大一圈，才到江对面的一片空地上停下来，随后刑术打开车门，招呼田炼峰上自己的车里边来。

田炼峰搓着手，埋怨道：“找个暖和点的地方不行吗？非得来江边，冻死了，而且你这破车空调暖风也不给力，这是晚上，零下十一摄氏度呢。”

“要么就规规矩矩听我说，要么就滚蛋。”刑术看着他。

田炼峰立即换了副笑脸：“我就那么一说……”

“我选这里是因为空旷，而且来这里的路不好走，走路来跟踪咱们，天气太冷，跟踪的人受不了只得开车来，但开车来一旦有车灯，百米之外就知道有人来了，如果他不开灯，稍不注意不是掉雪坑里面了，就是直接滑到江面上去了，明白了吗？”刑术解释道。

田炼峰恍然大悟：“你小子反侦查能力很强嘛，我都怀疑你以前是不是被通缉过，要不就是越过狱吧？”

“你要么继续贫，贫完滚蛋，要么听我说，选一个？”刑术面无表情地看着他，直到田炼峰一本正经地看着他之后，刑术才道，“我先前说的那个铸玉会，是以前一个江湖门派，是断金门的分支，断金门是干吗的？是个练刀的，说他们门派刀法很快，削铁如泥，所以就自称断金门。”

田炼峰点头：“不是断金吗？你说削铁如泥，那应该叫断铁门呀？”

刑术无奈地闭上眼睛，深吸一口气，许久才说：“大哥，那只是一种形容！你说松花江这么大，你为什么就不能挖一块冰出来，把你的嘴给堵上呢！”

田炼峰捂住自己的嘴，用眼神示意刑术继续说。

刑术喝了口水，缓了缓继续道：“断金门里面，出了一个司库，这家伙是管钱的，他的刀法也不错，他是第一个练出砍翡翠玉石之类的，可以做到直接分成两半，而不会让玉石本身产生裂痕的人，不知道过了多少年，这家伙走南闯北，也学会了识别翡翠玉石和雕刻方面的手艺，这样一代代传下去，大概是在清初的时候，铸玉会就成立了。但这个组织在辛亥革命时期，传说因为资助革命党，被当时的清政府给剿了，后来就销声匿迹了，现在市面上极少能看到铸玉会的手艺，不过一旦有他们的东西出现，基本上都是天价。”

田炼峰刚要开口，意识到自己不能说话，于是点头。

刑术看着相机视频定格画面上的那个吊坠又道：“我没有猜错的话，这个女子就是铸玉会的人，铸玉会的人都佩戴金镶玉的东西，但他们的金镶玉和普通的不一样，都属于断结，出师的人，刀法就必须达到斩玉无裂痕，然后自己用金子将断玉连接起来，只要符合要求，就可以出师了，否则的话自己继续回去学，学到下一个年头，再考试。”

刑术说完看着田炼峰，田炼峰摇头又点头，刑术道：“说吧，不过说之前动动脑子。”

田炼峰把手拿开，眼珠子转了转，道：“我过了过脑子后，决定还是不说了，因为我发现说什么你都得糟践我。”

“你问吧，你怎么就这么烦呢？”刑术无奈道。

“那你准备上哪儿去找这个人？”田炼峰立即问道。

刑术沉默了许久，才开口道：“不好找，铸玉会的人都有身份掩饰，因为那一手技术，他们都怕惹祸上身，我只能找我师父想办法了。”

田炼峰听到刑术说“师父”的时候，立即问：“刑术，我还是想拜苍穹先生为师，你就替我说说好话呗。”

“我怎么说好话？规矩就是规矩，打爷爷辈的爷爷辈的爷爷辈传下来的，师父也不能改呀，而且，你要知道，你知道我和师父两人是逐货师，这已经是对你最大的信任了，连我爸都不知道，我爸一直都以为我只是个好奇心很重的当铺老板。”刑术摇头，

“而且，干逐货师本来就危险，这些危险都是不容易察觉的，更何况你家因为有那双千年乌香筷，你已经被盯上了，所有人都认为那筷子中藏着的秘密，就在你脑子里面，只是你装傻充愣当不知道。”

田炼峰点头，有些失望：“你是说，我这辈子是当不了朝奉了？更不要说什么逐货师了？”

刑术没搭话，其实这答案简直就是肯定的，因为田炼峰那思维能力有问题，并且不适合过冒险的日子，他的生活很有规律，规律到每天几点起床，几点吃饭，几点睡觉都有着严格的时间，除非有特别特殊的情况，否则雷打不动到点就得去做。

“其实吧，我这些年到处淘换玩意儿，说白了，就是希望给苍穹先生看看，希望他觉得我有进步，但今天的事情让我明白了，我可能真的不是干这行的料，你说对吧？”田炼峰看着刑术，眼巴巴地看着，希望得到一个否定的答案，没想到刑术竟然直接点头，还“嗯”了一声。

田炼峰失望透顶了，呆呆地看着车窗外的雪地，脑子中一片空白。

第十章：关于逐货师

田炼峰为什么想要当朝奉，想要做逐货师？原因就在于，他太爷爷，也就是刑仁举的徒弟田兴安只是个朝奉，还没有当上逐货师。而田炼峰的爷爷田云浩，从小就没有接触过这一行当，更不要说田炼峰的爸田克了，在田克那个年代，这一行都销声匿迹了，不允许存在。

田炼峰的爸为什么叫田克？这名字是田云浩起的，他原打算是要五个孩子，老大叫田克，老二叫田维，老三叫田什，老四叫田尔，老五叫田布。这五个名字的名，倒过来就是“布尔什维克”。

所以在那个年代的背景下，田云浩是绝对不可能让自己的儿子田克去学这个的，而田克呢，虽然表面上对这些事情都不关心，但实际上每次喝醉酒，都会表示出很遗憾，久而久之，这个遗憾就在田炼峰心中生根发芽了，认为要完成当朝奉，并且升华成为逐货师的重任，就在他肩头了。

至于逐货师这个职业从什么时代发展而来的，众说纷纭，但逐货师们自己都认为，这个行当从有所谓的典当行开始就存在了，也许存在的时间比朝奉这一职业还要早。也许逐货师这个名号太引人注意，干脆他们发明创造了朝奉这个职业来掩饰，也是有可能的。

当铺最早出现是在南北朝时期，那个时候不叫当铺，而且经营的人是和尚，经营的地点是寺庙，当时叫“质库”或者是“长生库”，但寻常都叫作长生库。因为那时候，上到皇族下到平民百姓，都信奉佛教，大量的财富也因此流向寺庙，于是寺庙将多余的钱财用于典当资本，以此来代替布施。

这种方式和行为，一方面是为了不让寺庙出现亏损，另外一方面让那些接受这种布施行为的人，心里也好受点，让他们知道，不管怎样，我从寺庙处得来的钱财都是我用物品换来的，即便那些物品的价值并不高。

逐货师就是从那个时候开始诞生的，传说当时有个和尚法号叫作妙广，至于出家之前是做什么的，不得而知，妙广当时是南齐安徽华古寺长生库的一名杂役，他出家当和尚的时候只有八岁，从十岁开始妙广就在长生库中干活，一直干到三十岁的时候，就成为当时长生库的库司，差不多就是个仓库管理员的职位。

不过在当时，这种职位很重要，毕竟所有从外面收来的东西都保存在库房之中，而进出的所有物件都必须库司经手，绝无例外，哪怕是库司生病或者是有其他要紧的事情，那也只能找库司补，也就是替补库司来经手。

到了妙广差不多五十岁的时候，他已经成了远近闻名的一个和尚，就是因为他看物件特别准，基本上在市面上出现过的东西，让他一看二闻三上手之后，就能断定出这物件的来源地、质地和当下市面的最高价和最低价，偏差不过十来文钱。

妙广和尚在几十年的库司经历中，开始发现有很多毫不起眼的东西，其实价值连城，同时他也很清楚，这些东西对某些人来说毫无价值，但对另外的人来说，却是无价之宝。

但是逐货师们，只是将妙广和尚当作是这个行当的一个标志，并没有认为他就是祖师爷，真正的祖师爷是唐朝景龙年间，活跃在当时长安官办徽库中的一个叫解故生的库司。

长生库这种形式，一直延续到了唐朝，在中央集权和相对稳定的政治条件下，经济飞速发展，也催生了官办和民办当铺的诞生。而解故生之所以能成为当时徽库，也就是唐朝官办当铺中最出名的库司，其一是因为他是当时太平公主私人所开徽库的大库司，也等于是后来的大朝奉。其二是因为他拟定了“逐货师”这个名号，在当时那个年代，这三个字非常的怪异，常人完全无法理解是什么意思，同时他也拟定了逐货师的一系列规矩，并由自己的徒弟一代代传了下去。

所以，后来的逐货师们都将解故生当作是这一行当的祖师爷。

逐货师对祖师爷的祭拜不同于其他行当，他们不上香，不跪拜，只是会带着一个用不同材料雕刻出来的掌心中带着眼睛的小手掌，被称为“天掌”。

刑术所带的是一个用天香木雕刻而成的天掌，这种所谓的天香木，其实只是一般的青冈木，在药水中浸泡多年制成的，发出的香味很独特，会让人脑子变得非常清醒，而刑术的师父郑苍穹所带的，是玉制的天掌……

第二天清晨，郑苍穹梳洗完毕，打开门准备去楼下散步的时候，就看到了站在门口、打着哈欠的刑术，还有在旁边睡得稀里糊涂的田炼峰。

郑苍穹皱眉看着刑术，问：“你们……在这里等了一夜？”

“差不多吧……”刑术又打了个哈欠，看着跪在墙边、脑袋挨着墙、睡得口水直流的田炼峰说，“炼峰说他想跪一夜，让你看到他的时候，被他的诚意打动。”

但是田炼峰是个按时睡觉、按时吃饭的人，昨晚他信誓旦旦地说完要用诚意打动郑苍穹之后，眼睛一闭，脑袋一偏，靠墙上直接就睡着了，到现在都没醒。

郑苍穹皱眉看了下外面，虽然这里是精神病院，类似田炼峰这类的举动层出不穷，但郑苍穹也是个好面子的人，只得挥挥手，让刑术将田炼峰给扛了进来，扔到他的床上。

随后，郑苍穹关门便问：“昨天查得怎么样了？”

刑术立即将昨晚发生的事情一五一十全都告诉了郑苍穹。

郑苍穹边听边看刑术录下来的那个视频，在刑术说完后点头道：“嗯，看样子是铸玉会的人，他们对奇门也打了不少年的主意，但是他们的行为比较温和，不会那么激进，我想铸玉会的人不会害你们，你说的那张黑脸应该是另有其人。”

“师父，我想去找铸玉会的人，我知道你和他们有联系，也有比较深的关系。”刑术认真道。

郑苍穹笑了笑：“你怎么知道？我说过吗？”

刑术拿出自己那个用天香木雕刻出来的天掌：“师父，我这个天掌是用天香木制成的，你那个天掌是翡翠的，虽然我只偷偷看过一回，但我知道，那天掌是从某个翡翠观音上面切下来的，那切口看起来很整齐，就算是现代的技术，要切成那样，也不容易，我想只有断金门铸玉会的人才有那功力……”

说到这儿，刑术笑道：“师父，你说过，铸玉会的人从不轻易出手帮人做什么东西，更不要说展示那一手斩玉无裂痕的功夫了，而且他们是专门研究翡翠玉石的，不会轻易破坏一尊翡翠观音像，你能有那种质地和切功的天掌，这就说明你和铸玉会的人关系不一般。”

郑苍穹摇头叹气：“有时候吧，我在想，我收你当徒弟到底是好事还是坏事呢？我有点什么事都瞒不过你，你好像成天没事，就坐在那儿观察别人，不掏干净人家的老底誓不罢休！”

刑术只是笑，也不接着往下说了，适可而止，其实他很清楚，事情远没有自己说出来的这部分那么简单。

“行有行规，铸玉会的事情我不能告诉你太多，不过呢，我告诉你一个人，你去找他，找到他之后，你就直接说是我的徒弟，然后问他关于视频上那个吊坠的事情，问他是谁所有，其他的事情你就不要多问了，他会告诉你的。”郑苍穹说完拿笔写了一个地址，将纸条交给刑术道，“就是这里，去找他吧，他姓魏。”

刑术拿过纸条一看地址，立即愣了下，上面这地址不是别人，就是给那辽宁来的李胖子做假货的魏大棒子，这人他认识好几年了，只知道他是个做高仿青花瓷的行家，根本不知道他与铸玉会有关系。

但刑术没有说透，因为先前郑苍穹已经拿话点他了，告诉他，很多事情他要做到看破不说破的程度，一来算是给对方留面子，二来不要引起不必要的矛盾和误会，甚至可能招致杀身之祸。

刑术当然清楚，不过这是他的毛病，他经常违反规矩，例如说他告诉田炼峰从张大文那里买来的是一个刨花板做的假箱子，他当面揭穿了李胖子的骗术，这两件事都是行当里面的大忌。哪怕是人家拿着假货来当铺，你上手之后发现东西是假的，也只能说我不收这件东西，绝对不能说这东西有问题，因为你不知道这东西的来路，一旦说出来就可能惹来大麻烦，这都是有前车之鉴的。

“好，我知道了，谢谢师父。”刑术拿着纸条，刚转身要去叫醒田炼峰，田炼峰手机设定的闹钟就响了，这小子直接翻身爬了起来，像个孩子一样揉了揉眼睛，看着郑苍穹就安坐在那儿之后，直接又跪了下来。

郑苍穹皱眉，什么话也不说，只是挥手让刑术赶紧带着这家伙离开。

刑术连拖带拽将田炼峰拖出房间，关上门，随后低声道：“行了，你什么也别说了，你要是没事，就跟着我去趟双城。”

“那师父……”田炼峰作势又要去敲门，被刑术一把抓住手腕，拖着就往楼下走。

上车之后，刑术直接开车上高速，朝着双城的方向去，沿途都在安慰田炼峰，让他不要那么着急了，说不定哪天郑苍穹想通了，觉得收一个徒弟太少了，干脆把田炼峰也给收了。

可田炼峰此时脑子里面想出了一个馊主意，也不过脑子，直接就说：“刑术，我觉得要不等师父百年之后，你帮师父收我？”

刑术差点没一脚踩在刹车上，直接将车停下来，他扭头看着田炼峰道："你咒我师父死呢？"

"不是，人终归一死嘛……"田炼峰道，"不是行当里面有代收徒这么一说吗？咱们俩一个辈分，我还比你大，但你资历比我深，师父要是驾鹤西去了，没法收徒弟了，你作为师兄你可以代收，但我不叫你师父，我还管咱们的师父叫师父，你懂我的意思吗？"

刑术无奈地点头："我懂，但事情归根结底，就是师父不愿意收你，你明白吗？不是说师父要怎么样了，你就能入门了。"

田炼峰还是不甘心，一路上都跟刑术研究这个问题，一直研究到魏大棒子他家门口。

刑术熄火打开车门，扭头道："从现在开始，不允许讨论这个问题，在没有我允许的前提下不要说什么话，跟着我，当一个哑巴，明白了吗？"

田炼峰摇头，刑术只得道："如果你想入门，那现在就是好机会，跟着我，不要说话，多看多学。"

田炼峰恍然大悟，连连点头，夹着自己那小包，跟在刑术屁股后面就进了魏大棒子的家门。

魏大棒子住在双城的郊区，属于城乡结合部一类的地方，典型的四合院，现在已经很难找了，四合院外面的屋子墙面打通了，做成了一个铺面，专门卖干豆腐，而且魏大棒子的干豆腐还是一绝，好多人都开车远道而来买回去吃，过年过节的时候，基本上供不应求。

但谁也不知道，魏大棒子的本行是个做赝品的，绝活就是做假青花。而他的技术达到什么程度呢？魏大棒子三十多岁的时候，是他手艺的巅峰时期，当时他仿了一个"青花鱼龙罐"，而且做的是元青花，找人送到了杭州，让当地一个有名的古董藏家鉴定，结果这个藏家根本没有看出来是假的，认为那是稀世珍宝，随后又在这个人的帮助下，弄到英国去估价，结果在伦敦估出了一个三百多万英镑的天价，就等于是人民币三千万左右。

这还是预估价，真正拍卖出去的价格，藏家算过，可能会接近五千万人民币，因为元青花是全世界范围内最贵的瓷器，当年最高的元青花大罐的拍卖价格是两亿三，等同于两吨黄金。

魏大棒子不傻，他知道天外有天，要是真拍出这价格，自己还收了钱，以后被人发现了，自己这辈子就完蛋了，就算提前跑了，自己也会被一辈子通缉，买主也会雇人追杀他。所以他立即撤拍，叫人将罐子带了回来，自己找人拍了一套照片之后，当着那藏家的面一棒子砸了，然后从中找到了一块自己藏有暗记的碎片后，扬扬得意地说：“怎么样？这玩意儿我做的！”

当时那藏家已经听不到他说的是什么了，也没有注意那暗记的碎片，因为他将那罐子用棒子砸碎的那一刻，那藏家已经陷入了长达十来分钟的呆滞状态，整个人都傻了。

不过，从那天开始，魏大棒子再也没有做过那种质量的青花，他很清楚，树大招风，自己迟早惹祸，毕竟他对钱看得不重，就是喜欢，觉得自己有能耐，不比以前古人的手艺差。

因为那一棒子，卖干豆腐的老魏也多了个绰号叫魏大棒子！

刑术认识魏大棒子，也完全是出于偶然，因为他对青花的研究不是太深，特别是元青花，那时候为了学，四处托人找高人，后来有人告诉他，双城有个叫魏大棒子的高人。

刑术找到魏大棒子，提出向他学习元青花相关的知识后，魏大棒子见是熟人介绍的，而且是来研究这个的，二话不说，拉着刑术进屋就聊，一聊就是一天一夜，刑术都撑不住了，他还在那儿口若悬河地说着，但刑术知道，这人是真有本事，那一棒子砸碎的那个赝品罐子的故事，看来不是谣传。

从那天起，刑术就和魏大棒子成了好朋友，所以当他昨天发现李胖子带来的那青花瓶子是出自魏大棒子之手时，他其实很吃惊，因为他知道，魏大棒子不会再做这样的东西。

刑术走进那铺子，和魏大棒子那老实憨厚的媳妇儿打了个招呼后，径直进了里院，刚要大叫魏大棒子的名字时，就听到里面有咒骂声，还有人喊疼，而且那声音听起来特别的耳熟，于是刑术直接进了正对面的大屋子。

打开门，再撩开门后用来保温的棉被之后，刑术就看到李胖子斜躺在床上，正对着门口，而魏大棒子则在一旁小心翼翼地给他换药，痛得李胖子龇牙咧嘴地乱骂。

田炼峰一看李胖子在这里，下意识“咦”了一声，被刑术一眼瞪回去，田炼峰立即捂住嘴。

李胖子一看是他们两人，翻身就爬起来，第一反应就是去抓桌子上的啤酒瓶子，刚抓住，就被魏大棒子一把按住，随后魏大棒子看了看刑术，又低头看着被自己压住的李胖子道：“你干吗呢？你痛得产生幻觉了？你到底是被人打了，还是被狗咬了？发狂犬病了？”

“被狗咬了！就是被狗咬了！被他这条疯狗！”李胖子挣扎着指着刑术。

刑术看着魏大棒子道：“对，是我打的。”

魏大棒子松开李胖子，上前道："刑术，你干啥呢？你干啥打我小舅子呀？"

"他是你小舅子？"刑术指着李胖子，"这我倒不知道，我就知道他拿了一个你仿的嘉道青花瓶子，差点骗了我兄弟八万八，不过我当时没揍他，还给了他几千块钱，算是赔偿吧，然后他找人堵住我，要揍我，结果被我揍了，事情就是这样。"

"他说的是不是真的？"魏大棒子慢慢转身，看着正准备往角落躲的李胖子，"我那个突然不见了的瓶子，就是你偷的？"

原来瓶子是李胖子偷他姐夫的？刑术心想，难怪嘛，自己就纳闷魏大棒子不可能是那样的人。不过刑术突然间意识到不好，一把就将魏大棒子压在床上，随后对李胖子喊道："跑啊！快跑！再不跑，你姐夫得杀了你！"

李胖子一愣，冲到门口推开田炼峰，撞门而出，刚跑出几米远，就被外面铺子中扔出来的一个冻得和冰棒差不多的玉米棒子砸倒在院子中……

第十一章：魏大棒子

刑术按不住魏大棒子，魏大棒子起身追了出去，刑术和田炼峰也赶紧追出去，谁知道追出去一看，李胖子躺在地上摸着脑袋哎哟地叫着，不远处的地上有个冻得邦邦硬的玉米棒子。

而外面铺子院落的门口，站着一脸不屑的魏大棒子的媳妇儿李香霞。

刑术很清楚李香霞的力气是很大的，因为她打小干农活出身，十五六岁的时候，一个人就能毫不费劲地挑着两桶水在结冰的地面上走，无论是力气还是灵活度，都不是常人能比拟的。

李香霞看着李胖子那模样，朝着地上吐了一口——先前她原本要进来送点饮料给刑术和田炼峰，走到门口听到事情的经过，转身就走了，刚准备操家伙揍李胖子一顿的时候，李胖子就逃出来了，所以她顺手操起旁边一个玉米棒子就砸了过去。

"李香琼！你这个王八蛋！好吃懒做！老子介绍活儿给你做，你不做，你非得出去坑蒙拐骗！还他娘的骗到我兄弟的头上了，你这不是作死吗？"魏大棒子站在那儿骂着，同时四下找东西继续揍，刑术赶紧上前拦着。

刑术阻拦魏大棒子的同时，用脚踹着还在地上的李胖子："你吱声呀，道歉呀，你是不是傻？"

李胖子立即在那儿道歉，就差没磕头了，田炼峰在一旁看得那叫一个开心，因为总算是有人给他报仇了。

好一阵，在刑术的好说歹说之下，魏大棒子才骂骂咧咧地回屋，刑术转身看着李胖子，上前将他搀扶起来，又觉得可笑，原本和李胖子是仇人，结果到头来，还是自己把李胖子救下来了，否则要依着魏大棒子那脾气，李胖子今天半条命都得没了。

就在刑术带着李胖子要进屋的时候，忽然间想起了什么，停下来问："刚才你姐夫叫你啥？"

"啊？"李胖子一愣，随即道，"没啥！没啥！"

田炼峰此时在一旁立即补充道："好像叫什么李香琼？你叫李香琼啊？"

"你们听错了，不是不是。"李胖子说着就往屋里走，刚撩开那棉被，就看到桌旁坐着的魏大棒子一拍桌子。

李胖子吓了一跳，随后魏大棒子道："李香琼！给客人倒茶！"

李胖子下意识闭上眼睛，低声自语道："完了！"

刑术和田炼峰挨着魏大棒子坐下，看着泡茶时仍不时回头看他们的李胖子，都忍不住笑。

等李胖子将茶端上来的时候，嘴贱的田炼峰起身道："你好，李香琼，我是田炼峰。"

说完，田炼峰就哈哈大笑，捂着肚子道："你竟然叫李香琼？哈哈哈哈！"

李胖子那挂着伤的脸顿时红了，也不说话，转身就进了里屋。

魏大棒子还是一脸的怒意，刑术止住笑，踩了下田炼峰的脚，田炼峰会意，立即忍住笑，坐了下来继续当哑巴。

"对不起啊，兄弟，要不是你来，我还不知道那瓶子的事儿呢，我都找好几天了，还以为我媳妇儿当垃圾扔了，其实扔了碎了都没关系，我就怕有人拿着那东西出去骗钱，不过那玩意儿也是我手痒胡乱弄的，漏洞百出，肯定当时就被你看出来了吧？"魏大棒子说着说着，还是笑了。

刑术觉得这个话题再继续下去，说不到正题上面来，干脆将相机拿出来，挑出那视频后给魏大棒子看，等他看完之后，问："魏大哥，我想知道，这个女的是谁？"

"我哪儿知道呀！"魏大棒子摇头，一脸的平静。

刑术知道他在装傻，指着那吊坠道："我知道这吊坠是铸玉会的，我想知道这人是谁。"

"什么会？"魏大棒子看着刑术，一脸的茫然。

刑术看了一眼田炼峰，终于道："魏大哥，这事很重要，一呢，我们俩是朋友、兄弟，二呢，我不想说第二了，说第二了，你就演不下去了，挺尴尬的。”

魏大棒子依然是那副表情：“我不知道你在说什么呀。”

“好吧。”刑术点头，“我师父是郑苍穹，他让我来的。”

刑术说出郑苍穹三个字之后，魏大棒子一下就站了起来，那模样就像是要拔腿就跑。

刑术和田炼峰也很吃惊，不知道他怎么会这样，而魏大棒子意识到自己失态，又慢慢坐下来，尴尬一笑道：“苍穹先生还……还好吧？”

“挺好。”刑术点头，觉得魏大棒子似乎很怕自己的师父，但又不好问为什么。

田炼峰也奇怪地看着魏大棒子，此时李胖子从屋内探出脑袋来，用一种不可思议的眼神看着刑术，脱口而出：“啥？你师父是郑苍穹？”

刑术点头，魏大棒子却盯着桌面发呆，李胖子径直走过来道：“就是那个当年在东三省叱咤风云的大朝奉郑苍穹？”

刑术继续点头，李胖子立即笑了，直接就跪了下去，对着一脸惊讶和不解的刑术道：“师兄！不，师父，收我为徒吧！我啥都能做，我啥都愿意做，我吃苦耐劳，脑子也好使！”说着，李胖子就要磕头，刑术一把扶住他，将他拉了起来。

拉起来之后，李胖子瞪大眼睛就说：“师父，你答应我了？”

“不是！等会儿，我有点乱……”刑术蒙了，看着依然在发呆的魏大棒子，完全不知道这俩人怎么了？一个发呆，一个要拜师，还直接就跪下来了。

李胖子一脸的期待，刑术觉得魏大棒子有点不对劲，立即坐下问：“魏大哥，你怎么了？”

魏大棒子回过神来，笑了笑道：“没……没什么，你刚才要问那个吊坠对吧？那个吊坠的所有人的确是铸玉会的，她叫贺晨雪，有个绰号叫雪女。”

刑术知道有些东西自己不该细问，随后道：“在哪儿能找到她？”

“她现在在一家本地的拍卖行里上班，当鉴定师，专门鉴定玉器，我给你地址和电话，你去找她吧，不过她不会承认自己是铸玉会的，哪怕你说你认识我，从我这儿得到的消息，她也不会承认的。”魏大棒子的表现与先前判若两人，转身拿了一张信签纸，写上地址和电话给了刑术，又道，“你最好记住这个地方和电话，然后烧掉纸条，还有，你能不能不要告诉其他人，是我把贺晨雪的事情说出去的？”

“好。”刑术点头，拿过纸，记下上面的地址和电话，当着魏大棒子的面将信签纸直接烧成灰烬，随后起身道，“魏大哥，谢谢你，麻烦你了，我走了。”

“好。”魏大棒子起身来，“我送你出去吧。”

“不用了，你歇着吧，你还得给他上药呢。”刑术说完，带着田炼峰就走了，刚走到门口，又被魏大棒子叫住。

魏大棒子站在桌旁，看着刑术，呼吸都有些急促：“刑术啊，你师父没别的事找我了？”

刑术摇头：“没有，是我求他，他才告诉我可以找你问这个坠子的事情。”

“好，好。”魏大棒子露出个笑容，站在那儿看着刑术离开，李胖子要去追，被魏大棒子一把拽了回来，随后魏大棒子用一种怪异的语气对李胖子说，“你要想多活几年，那就别追出去，如果你想找死，那就去。”

李胖子“啊”了一声，问：“姐夫，啥意思呀？”

“这个刑术不好惹，你招惹谁不行，偏偏招惹上他，他现在是整个黑龙江有名的几个朝奉之一，真正的行内人没有人不认识他的，更别说他师父郑苍穹了，别看他整日嬉皮笑脸的，是个狠角色。”魏大棒子说完，只是摇头，随后坐下来，看着桌子上面的茶杯发呆。

还是不怎么明白的李胖子，见自己姐夫失神的模样，也不好问什么，只得走到窗户前，用手抹去窗户上的雾气，看着外面的刑术、田炼峰两人，与他姐姐李香霞在那儿闲聊了几句，随后穿过铺子离开了。

刑术和田炼峰回到车上，刑术发动汽车后，依然看着魏大棒子的家门口，此时田炼峰率先问：“刑术，刚才你提到咱师父的时候，魏大棒子好像是被吓到了，咱师父就这么可怕吗？”

刑术看了一眼田炼峰，摇头道：“我也不知道魏大棒子和师父之间有过什么事，但我当年拜师学艺时，师父就曾经说过，以后在这行当混，万不得已千万不要提他的名号，因为他名号太响了，哪怕是不认识的，确定我是他徒弟之后都会给面子，到时候相反对我没啥好处，学不到真东西，毕竟干这行不吃亏上当，是无法有所成就的。”

田炼峰点头，他对郑苍穹了解甚少，有些过去的事情不仅他不知道，连刑术都不知道。只知道师父是1938年出生的人，拜师学艺当朝奉那年七岁，正好是二战结束，日本投降的那一年。至于跟谁学的手艺，郑苍穹从未说过，行当内也查不出，不过郑苍穹打响名号却是在十年动乱期间，当年“破四旧”，郑苍穹凭借着一己之力，挽救了不少珍贵的东西，也帮助了不少当年的老朝奉改变了住牛棚的命运。

换言之，这个行当内，老一辈当中不少人欠他的人情，而他的眼力技术各方面更不要说了，传说从他正式进入这个行当以来，就从来没有看走眼过一次。

而成为逐货师，必须要满足三个条件，第一就是对各种物件鉴定，不仅仅局限于古物，对市面上常见物品的估价也属于逐货师的范畴之类，有点类似保险行当的评估师；

第二就是身体方面，身手要敏捷，拳脚功夫必须要擅长其中之一，所以大多数逐货师都学过功夫，这点就是与朝奉最大的不一样。朝奉正常来说，不会走南闯北，而逐货师在年轻的时候，就有一个“吃见识”的过程，也叫作“长眼”，说好听点就是四海为家，说实在点就是居无定所，四处冒险；第三，则是精神方面的，也就是毅力，要成为逐货师要耐得住寂寞，很多逐货师根本没结过婚，更没有子嗣，孤独一生。

当然，也有很多人半途而废，最终自我抛弃了这个名头，成为普通的朝奉。毕竟一个人一辈子要发现一件真正的奇货，那比登天还难。

所以，从有逐货师这一职业开始，真正配得上这三个字的人少之又少。

“现在咱们要去找那个女人吗？”田炼峰又问。

“马上去找，免得夜长梦多，不过我需要试试这个人。”刑术坐在那儿思考着，随后启动汽车，朝着城内另外一家小型的古玩城驶去。

在城南的这家古玩城很小，只是某商场的其中一层，这个地方开张的时间比刑术当铺所在的古玩城时间还要久，平日内看起来生意十分萧条，可这里的老板每天都是嬉皮笑脸的，不少人都开着五六十万的好车，这让外行人十分不理解。

这件事以前田炼峰也问过刑术，刑术的答案很简单——那里几乎都是真货，而他所在的古玩城内几乎都是工艺品，这就是本质的区别。

古玩这东西有时候就像是功夫一样，有些功夫平日里人人都在练，但都是花架子，说到底都是为了强身健体用的，有些功夫你可能听都没有听说过，但用于实战十分管用。

这些门道，都是至少入行五六年以上的人才懂，大多数刚入门的人，都会去刑术所在的古玩城晃荡，懂行的人几乎不去，就算去也是闲逛，有些人甚至是为了解闷看笑话去的。

刑术在城南古玩城内，找了一家店铺，刚进店铺，老板看见刑术就直接从柜台中小跑了出来，紧接着就将门给关上了，随后直接问：“刑爷，您又带什么好东西来了？”

“万老板，我来找您帮忙的。”刑术开门见山道。

老板一听立即就笑了：“哎哟，刑爷，您是谁呀？还需要我帮忙？您消遣我来了吧？”

这个被刑术称为万老板的人叫万文玉，是哈市倒腾玉石的，凭资历和眼力等可以在玉石这一行当中至少排名前三，但为人很自私，是个无利不起早的家伙，也是城南古玩城十二家店铺中的首富。

刑术径直走到柜台前面，扫了一眼道：“我需要您帮忙找一件，就连您都难以辨别真假的玉制品，不管质地和模样。”

“不可能。”万文玉笑了，“我至今为止还没有遇到连我都分辨不出来的玩意儿，而且还是假货。”

刑术抬眼看着万文玉道：“万老板，就当我欠您一个人情，下次我那典当的好玉，随便您挑，多少钱来的，我多少钱给您，绝对不赚您半文钱，如何？”

万文玉面无表情，只是目光在田炼峰身上扫了下，意思是：这里有外人。

刑术立即道：“这是我兄弟，血浓于水的那种，我有急用，您爽快点，行还是不行？”

“等着！”万文玉也痛快，转身进了里屋，毕竟刑术那里能收着的好玉，如果是多少钱进，又多少钱出给他，那简直就是一笔大买卖，单凭上次刑术转给他的那块天然翡翠树，虽然有瑕疵，但他转手还是赚了二十多万。

不一会儿，万文玉从里屋走出来，端出来一个木盒子，打开盖子之后里面放着一堆所谓的玉制品。

万文玉指着里面道：“都在里面呢，您自己选吧。”

刑术知道万文玉在考自己呢，这几十块玉制品之中，肯定有一块是真假难辨，属于假货中极品的东西，他故意混在里面，看自己能不能找出来。

刑术深吸一口气，抓着盒子就要往地上倒，万文玉一看急了，抓住他手腕道：“您这是干吗呢？”

“都是些玻璃塑料混合制品，您耍我呢？”刑术皱眉道，他只是不想耽误时间。

“行行行，我不玩了。”万文玉赶紧从其中挑了一块长不过十厘米、宽不过五厘米的玉牌来，递到刑术手上，道，“看看这东西。”

刑术摊在手上看着，又用手背抹了一下，拿起旁边专用的白光手电快速照了下，随后又晃了两下，速度非常快，因为有时候长照反而看不出来什么，恰好是瞬间的光源照射，才能判断出这种成品玉制品的真假。

“这是宜子孙璧。”刑术低头道，“现代的工艺，和以前古代的那种模样不同，透光性一般，乍一看水头很混，不过要是从侧面看过去，就能看出里面的彩云，您哪儿收来的？”

万文玉很得意：“您认为这东西是真是假？值多少钱？”

“肯定是假的，要不您不能扔在这儿，至于价钱，就看给谁了。”刑术摇头笑道，“我对玉懂得没您多，不过这东西我看能唬人。”

田炼峰这次很聪明地在旁边将刑术所说话中的每个字都记录在脑子中，绝不插嘴。

万文玉神神秘秘地低声说：“这玩意儿就是唬人的，我用它已经唬住了好几个所谓的藏家，都说这是蚌埠玉雕，而且是蚌埠包家传人的手艺，看年份也有近十年了，但看不出是什么种，都猜测是变异的白地青种，您觉得呢？”

刑术摇头：“没见过，说是白地青种我不同意，虽然说白地青种看起来是白色的底子，其中的绿色像云朵一样，不过这一块是多色类，不知道软硬。”

田炼峰这次忍不住了，立即问：“刑术，软硬什么意思呀？还有，这玉和翡翠有啥区别？”

万文玉听田炼峰这么一说，笑道：“刑爷，您这哥们是个膘子吧？”

田炼峰刚要急，被刑术瞪了回去，随后解释道：“翡翠就是玉的一种，属于硬玉类，玉中之王，简单来说就这样，里面门道多着去了，一时半会儿我给你说不清楚。”

说完，刑术直接对万文玉道：“您要解释就解释，要是还想卖关子，我就不听了，东西我借走，过几天还您。”

万文玉一听，摇头道：“那不行！这玩意儿虽然是假的，好歹也能唬人啊！”

刑术叹了口气：“那您说吧，您是要钱还是让我拿东西换？”

第十二章：绿瞳

万文玉见刑术真的着急了，立即道：“别别别，刑爷，我开个玩笑，您要用尽管拿走，没事，用多久都没关系。”

“敞亮！”刑术立即摸了纸笔打了个条子，按上自己的手印将条子递给万文玉，随后拿着东西转身就要走，万文玉追在后面问了一句，“刑爷，您先前说下次有好东西不加利让给我，不会是开玩笑吧？”

刑术头也不回，带着田炼峰就走，扔下一句话道：“我刑术什么时候食言过？”

万文玉站在门口笑了，朝着对面那家店铺刚走出来的老板得意道：“最多十天半个月，我又有一笔大买卖上门了！”

刑术下楼，和田炼峰一起开着车就朝着魏大棒子所写的地址赶去，因为时间不等人。

路上，刑术告诉田炼峰，先前从万文玉那儿借来的宜子孙璧是现代的东西，不是古物，因为汉代的宜子孙璧不是这模样的，样子呢有点像挂镜，有镂雕的双龙纽，璧体中央有“宜子孙”字样，或者是其他的字样，一般都是吉祥用语。但手上这块牌子是现代用的，基本上都算是挂件，可以用来佩戴，因质地和手艺的不同，有些也是价格不菲。

田炼峰听完问：“你借来干吗？”

“试试这个叫贺晨雪的人，要知道如果连万文玉都能看走眼的东西，那么仿真程度很高，如果她真的是铸玉会的人，应该一眼就能看出来。”刑术看着车头前方笑着说，“这样就省功夫了。”

半小时后，两人终于到了地址上所写的那家九鼎拍卖行，进去之前，刑术故意从车上找了一套西服，自己在后面换上又整理了一番，让自己看起来像是个做金融生意的人。

田炼峰在一旁看着，问：“我要不要也伪装下？”

“你不用伪装了，你这模样一看就知道是我的司机或者跟班之类的。”刑术梳理完毕，下车就走，田炼峰老不情愿地跟在后面。

进了拍卖行，立即就有一个戴眼镜的男子迎上来，用标准的普通话问候。

刑术也不废话，直接将准备好的锦盒拿出来：“我准备委托你们拍卖行出一件东西，玉器。”

男子点头，将两人请到里屋会客厅内，随后戴上手套，礼貌性地问：“可以开盒看看吗？”

刑术点头：“当然。”

田炼峰站在一侧，看着，等待着。

男子打开盒子，看了许久，又是用放大镜，又是用电筒的，随后放下那块宜子孙璧道：“如果我没看错的话，这应该是白地青种的宜子孙璧，是安徽蚌埠包家的手艺，对吗？”

刑术笑了，也没说是，也没说不是。

田炼峰在一旁偷笑，心想，果然如万文玉所说的一样，大多数人都会看走眼。

男子见刑术没说话，干脆道：“先生，不知道您贵姓？”

“我姓刑。”刑术道。

“刑先生，您的理想价位是？”男子试探性地问。

刑术平静道：“我不太懂，你觉得呢？”

男子扶了下眼镜道：“先生，要不要设定一个保留价，也就是说，如果设定保留价，那么没有达到这个价格的时候，我们不可拍出这个拍卖标的……”

男子还未说完，刑术抬手道：“三十五万。”

男子一听不由自主地笑了：“好好好，那么我还得说明下，佣金按照相关法律是落槌价的百分之十五，这点得先告知您。”

“好。”刑术点头，显得相当平静，随后眼镜男子说要去准备合同，起身离开。

男子刚走，田炼峰就急了，问：“刑术，咱们不是来找那个女的吗？怎么是个男的？都去准备合同了？而且是假货，查出来咱们不就是诈骗了吗？”

刑术摇头：“放心，这个男的只是初看，真正的鉴定报告之类的，轮不到他，三十五万虽然在拍卖这行当中不算什么，但这个价格是保留价，我故意说得少了点，实际上他们的起拍价至少会在六十万左右，估算的最终落槌价大概是一百五十万。”

田炼峰看着盒子中那东西惊讶道：“就这玩意儿？一百五十万？我去他大爷的，比抢劫来钱还快啊！”

“但你也要知道，很多物主并不知道自己的东西是真是假，有些时候拍卖行的鉴定师也会看走眼，一旦被人发现，后果不堪设想。”刑术正说着，就听到了高跟鞋的声音从外面的走廊传来，他抬头看了一眼田炼峰，笑道，“来了！”

几秒后，高跟鞋的声音停在门口，敲门声之后，先前的眼镜男子走了进来，其后还跟着一个戴着墨镜、穿着一身职装、年龄看起来二十五六岁的女子。

女子中长头发，身材姣好，特别是那双大长腿，看得田炼峰目光一直落在那上面，等刑术踩了下他的脚，提醒他的时候，他下意识又去看脸，虽然戴着墨镜，但其他部分露出来的白皙皮肤与那墨镜形成了对比，不用看眼睛，单是鼻子、嘴唇、耳朵等部位都像是精雕细琢出来的一样。

“这位是这块宜子孙璧的物主，刑先生。”眼镜男子向女子介绍道，又对刑术道，“刑先生，这是我们拍卖行的鉴定师贺晨雪，她具备国家级的珠宝玉石质量检验师资格，按照我们拍卖行的流程，需要她出具最后的鉴定结果。”

刑术起身来，与贺晨雪握了下手，感觉对方的手冰冷，像是有病一样，而且贺晨雪连半点笑容都没有。不过他也很惊讶，没想到这个贺晨雪竟然具备国家级检验师资格，也就是CGC，国家注册鉴定师，在整个中国，有这种资格的人极少，不过千人而已。

贺晨雪坐下之后，也不摘掉墨镜，只是低声道：“你出去吧。”

男子点头，又朝着刑术点头示意，开门离开，等房间内只剩下刑术、田炼峰和贺晨雪三个人之后，贺晨雪从口袋中掏出个东西，按了下，随后房间内的灯暗了下来，只有一束主灯的灯光从顶端照射下来，直接照在盒子上。

紧接着，贺晨雪道：“刑先生，请问我可以开始了吗？”

“可以。”刑术看着贺晨雪，很想知道她取下墨镜的模样。

贺晨雪取下自己的墨镜，取下的刹那间，刑术紧盯着她的双眼，发现她双眼在黑暗中闪过一丝绿光，虽然很短暂，但刑术看得清清楚楚，绝对不是幻觉，就像是猫眼一样。

不过等贺晨雪的脸凑在灯光之下时，眼睛里的那种光就消失了。

刑术通过那光仔细看着贺晨雪的眼睛，发现没什么异样，虽然先前她戴着墨镜进来的时候，自己还兴奋了一阵，第一反应就认为她应该是自己要找的那个在筒子楼中的人，可现在却发现，可能不是。

贺晨雪盯着那盒子看了几秒，都没有上手，直接戴上墨镜道："刑先生，不好意思，也许我的同事没有说清楚，我们这里拍卖的以翡翠为主，普通的软玉不在我们拍卖的范围之内，请您找别家吧。"

田炼峰惊讶地看着贺晨雪，又看了一眼刑术。

刑术很平静地说："原来是这样，好吧，打扰了。"

刑术说着收拾东西，贺晨雪重新摸出开关，将灯调整回之前的模样，然后坐在那里等待着。

刑术将盒子盖好，抱起来之后，一副欲走还留的模样，转身又问："不好意思，贺小姐，我想知道，还有哪家拍卖行可以委托？可以介绍一下吗？"

贺晨雪也不抬头，眼睛直视前方道："不好意思，刑先生，我不知道。"

"谢谢。"刑术抱着盒子就走了，走到门口的时候，又装作想起来什么一样，转身道，"我有朋友告诉我，可以去找铸玉会，贺小姐知道铸玉会吗？"

贺晨雪的身体明显一震，紧接着摇头道："刑先生，我不懂你在说什么。"

"打扰，再见。"刑术笑了笑走了，田炼峰看了看贺晨雪，也微微鞠躬，随后轻轻关上门，转身去追已经大步走出很远的刑术。

等两人离开，贺晨雪站起身来，将门打开，露出一条缝来，却不是抬眼去看，而是用耳朵贴着门缝仔细听着，听着两人的脚步声越来越远，随即眉头皱起，愁容满面。

回到车上，刑术将盒子往旁边一扔，开始换衣服，也不说话。

田炼峰在旁边看了看盒子，又看向刑术，问："术啊，到底怎么回事啊？"

"我现在不知道她是不是那天晚上的那个人了。"刑术摇头。

田炼峰不懂："什么意思？"

"这么说吧，那天晚上从视频中拍摄到的那个女人的行为举止，我可以判断出，那个女的是个瞎子。"刑术看着田炼峰，"不信你再看看视频，那女人是摸着墙壁走的，而且从我的包里拿出东西来的时候，都是又摸又闻的，和普通人不一样，走得也很慢，而且没有带任何照明的东西。"

田炼峰寻思了下道："矛盾呀，你说她是瞎子，不带照明的东西，那是怕被你发现吧？而且如果她熟悉环境，也不至于会摸着墙壁走呀？"

"对呀，这就说明她不熟悉楼内的环境，在那待的时间也不长，瞎子的行为举止，是正常人要模仿，模仿不出来的，我能看出来。”刑术又道，“你记不记得在精神病院有两个瞎子姐弟？你想想他们平日内的行为举止就明白了。”

田炼峰仔细回忆着，点头道：“对，我想起来了，这么说那晚偷看你东西的真的是个瞎子，但贺晨雪为什么戴着墨镜呢？我也奇怪。”

刑术想了想道：“开始她戴着墨镜，我还在想她可能是瞎子，但是那个人说她是国家级鉴定师，我就纳闷了，虽然我也知道有瞎子当朝奉的，靠的是嗅觉和触感，还有听敲击的声音，但是贺晨雪看这块东西的时候，开了主灯，只是看了几秒，都没有上手，就用比较委婉的话告诉我，这东西是假货了，而且她还知道，我明知道这东西是假的，还带来。”

“对了！”田炼峰突然一拍手道，“先前她关灯开主灯的那一瞬间，我看到她双眼有绿光！你看见了吗？”

换好衣服的刑术点头：“我看见了，那不是幻觉，也肯定不是光线折射造成的，像是猫眼一样……”说完，刑术靠着椅背闭眼自言自语道，“猫眼，我在哪儿听过，忘记了，我想想。”

“快想快想！”田炼峰催促着，显得比刑术还着急。

刑术躺在那儿，嘴巴一张一合，无声地说着什么，许久他忽然坐直，看着车头前方道：“绿瞳！是绿瞳！”

“绿瞳？什么玩意儿？”田炼峰紧盯着刑术问。

“我们先回去，这件事我还得问问张大文！”刑术说着立即开车，朝着自己当铺所在的古玩城驶去。

回到古玩城，停车后，刑术带着田炼峰直奔张大文那家专门经营清朝物件的闻清斋跑去。

走到闻清斋门口，张大文如往常一样，拿着平板电脑坐在躺椅上全神贯注地看着清代穿越小说，等刑术开门、门口的铃铛发出声音之后，张大文也只是习惯性地说着：“欢迎光临，随便看，今日是本店的优惠日，所有藏品八折出售！”

张大文说这番话的时候，连头都没抬，根本不知道是刑术和田炼峰来了。

刑术径直走到货架前，在那堆所谓的古书中翻阅着，田炼峰则直接蹲在张大文旁边，看着他平板上面的小说道：“张老板，你这里天天都是优惠日，每天都八折吧？”

张大文一惊，这才扭头看到是田炼峰，随后也看到了在那儿翻东西的刑术，立即放下平板电脑上前拦住刑术道：“唉——刑术！刑大朝奉，你又来干吗呢？你害我害得还不够是吧？你今天是干吗来了？烧书还是烧铺子？还是准备连我一块烧了，来个焚书坑儒？”

刑术一把拉开张大文，继续翻找。

田炼峰上前笑道："焚书说得过去，但坑儒嘛，就你这样的？还儒呢？侏儒的儒吧？"

张大文不想和田炼峰贫嘴，知道要贫也贫不过这个在药店站柜台出身的人，上前又拦住刑术问："你想干吗？这些都是我的宝贝！"

田炼峰蹲下来，捡起一本书，拍去上面的灰尘，读着封面上的书名道："《清宫秘史——她与乾隆二三事》，我去你大爷的，你真不要脸，这种一看就知道是网上的人胡写的玩意儿，你还当古董卖？"

"你懂个屁！这叫情怀！"张大文不满道，"我爷爷辈那也是旗人，皇族！"

田炼峰靠在柜台上面，喝着张大文的茶，笑道："就算是满人，还不是五十六个民族之一，有什么好牛的？"说着，田炼峰还唱起来了，"五十六个民族，五十六枝花，五十六个兄弟姐妹是一家，五十六种语言汇成一句话……"

张大文上前就要揍田炼峰，田炼峰拔腿就朝着外面跑，边跑还接着唱："爱我中华爱我中华，爱我中华！"

两人追打的同时，刑术已经找到了一本书，拿着书，直接朝着对面自己的当铺走去，掏出钥匙开门，顺手拽住从自己旁边跑过去的田炼峰，随后又拦下气喘吁吁的张大文，扬着手中的书道："这本书借我，或者是卖我，不过我看你这店铺经营不善，要倒闭了，这样吧，这本书呢算是'民国'初年的仿本，仿得还不错，你当了吧，我给你五百块钱。"

张大文咽着唾沫，气喘吁吁地看着刑术道："五百？不是卖给你？还是当给你？你是不是喝多了？"

"好吧，卖给我的话，五十，不能再多了。"刑术笑嘻嘻地看着张大文。

张大文立即不干了："好好好！我当，五百！赶紧给钱！"

刑术摸出五百给他："五百，就算断当了是吧？"

"我不打算赎回来了！"张大文面露喜色，知道自己赚了，那本书是他花五块钱从旧书市场买回来的。

"好！"刑术边推门边说，"其实这种仿本吧，市面上很少了，就算是仿的，技术也不错了，做旧做得好呀，我估计转手能卖个几千吧，嗯，少说几千。"

"哎——"张大文一听就不干了，"不行！不断当！不断当！"

刑术径直走进去："我逗你的，哪儿值几千呀，五百都多了。"

张大文不信呀，径直追进去，站在刑术旁边，看着他手中那本《玉本异事》，见他也不从头看，一页页快速浏览着，像是在找什么，立即道："你找什么呀？告诉我呀，这本书我倒背如流！”

刑术放下书：“绿瞳！”

“绿瞳？我想想啊！”张大文坐了下来，刑术给田炼峰递了个眼色，田炼峰立即关门。

其实刑术目的就是让张大文口述，虽然张大文这个人是个喜欢看穿越小说的家伙，但是他的记忆力惊人，前提是只要他感兴趣的书籍，他基本上看一遍，说不上倒背如流吧，其中的意思肯定是记得清清楚楚，特别是清朝和“民国”期间的书籍，他是最为感兴趣的，而那本《玉本异事》里面虽然记录了绿瞳，但因为保存不善，有一部分书页发潮之后烂掉了，所以只能靠张大文口述了。

《玉本异事》是一本汇编民间故事，说的都是清末民初期间，中国东北发生的一系列诡异的事情，其中就记载了绿瞳。

刑术最早看过一两眼，之所以有那么深的印象，是因为某次他去四川的时候，曾经遇到过一个四川老朝奉，老朝奉也提起自己年轻的时候见过有绿瞳的人，但只是有一面之缘而已。

第十三章：天眼教

绿瞳是什么？就是有着绿眼珠的人，有单绿瞳和双绿瞳之分。

早年传说中，绿瞳也分阴阳眼之类，但在朝奉的眼中，天生绿瞳者，就如长天眼一样，可以在非自然光线之下，清楚地分辨出很多物件中普通人肉眼看不到的瑕疵，这种人稍加训练，眼力比顶级的朝奉还要高千倍不止，但拥有绿瞳的人，具体看东西是如何的，谁也不知道。

张大文所说《玉本异事》中记录的那个故事，说的是在奉天，也就是现在的沈阳有一个算命的，收养了一个孤儿，这个孤儿的名字叫“盲翠”，为什么叫这个怪名字呢？因为这个孤儿被收养的时候什么都看不见，但双眼的眼珠却是翠绿色的，所以算命的给她起了这样的一个贱名，说这样相反与她本身的命运不抵触，不能取那种叫“开明”之类的吉利名，虽然是在晚清，但这种名字会让人联想到这两人要造反，要反清复明，属于那种不用过堂，直接就可以砍头的。

盲翠被算命的一直养到十七岁那年，秋冬换季的时候，盲翠生病了，发高烧，烧了三天三夜，烧退了之后，盲翠竟然能看见了，但能看见的也是近在咫尺的东西，而且看得很清楚，说夸张点吧，就像是双眼变成了一对放大镜一样。

当然，在《玉本异事》故事里面就更夸张了，简直就是显微镜，而且可以看到的方向比常人还要广，类似于苍蝇之类昆虫的复眼。

张大文讲述完这个故事之后，又道："后来这个盲翠有了这样一双眼睛之后，就变成了当地的传奇人物，后来她跟着一个朝奉学师一年，一年中学到的东西当人家二十年，当然也完全拜她那双眼睛所赐，这还不算，后来她只是用眼睛看，就能看穿你心肝脾肺肾哪儿有问题。"

在一旁嗑着瓜子的田炼峰道："这也太扯淡了，完全就是一个活的X光透视仪呀。"

"民间传说，夸张是难免的，不夸张怎么叫传说呢？"刑术很平静地说，又看着张大文道，"我记得你以前还跟我说过关于这绿瞳的事情，说当年还有人组织了个邪教，奉绿瞳为神？"

张大文舔了下嘴唇，也不说话，表示自己口渴了。

刑术知道张大文摆谱呢，立即挥手让田炼峰泡茶，还叮嘱道："拿龙井啊。"

"我不喝绿茶，红的，金骏眉或者是正山小种都行，记住啊，八十度水温，不能高也不能低，否则就不好喝了。"张大文坐在那张太师椅上，摸着把手道，"我说刑术呀，你这椅子不错啊？什么时候的物件呀？"

刑术笑了笑道："不是什么好东西，就是一把普通的椅子，做工好了点，你要是喜欢，你搬回去？"

"哎哟，我哪儿能夺人所爱呀，我就是这么一说……"说到这儿的时候，张大文凑近刑术，低声问，"刑术，咱们也算是多年的邻居了，算不上无话不说吧，也是互相帮忙、互相扶持，我知道你是无事不登三宝殿的那种人，你一旦要查什么事情，肯定都是大买卖，你告诉哥哥，这次你做的买卖是什么？"

刑术没说话，只是看着张大文，示意他继续说下去，知道他想分一杯羹。

张大文不好意思地笑了笑："哥哥那闻清斋吧，亏损严重，我这眼力呀什么的，肯定不如你，而且咱们虽然一个开的古董店，一个开的是当铺，但从某种意义上来说，也算是同行，这次你算是拉哥哥一把，怎么样？大恩大德哥哥我肯定是没齿难忘。"

此时田炼峰将茶端来，重重地放在桌子上，看着张大文道："张八旗，找你帮个忙，问你件事，你就想着分好处，没你这样的吧？还说互相扶持、互相帮忙呢，做好事就得要回报啊？你就不能助人为乐是吧？"

"我跟你说话了吗？"张大文揉了下鼻子，以前他是不喜欢张八旗这个绰号的，不过后来他一直以八旗子弟自居，干脆也接受了。

刑术让田炼峰坐下，随后道：“张大哥，有些事情不是做兄弟的不想着你，原因就只有两个字——危险。”

“我……不怕危险！”张大文立即正色道，“富贵险中求，这道理我明白。”

张大文其实说这番话的时候，都有些结巴了，整个古玩城中，他是数一数二的胆小，要不为啥上次田炼峰带着箱子回去找他，他立马就尿了呢，他这样的人，如果想做坏事，也顶多只是起个头，没法持续。

“这样吧，你先把绿瞳的事情说透了，我再告诉你我要做什么。”刑术看着张大文道，“你听完我的话，再考虑考虑要不要入伙，怎么样？”

“要入伙行！得纳投名状！”田炼峰在旁边插嘴。

刑术瞪他一眼：“你能不能闭嘴，你丫土匪是吧？”

张大文寻思了下点头：“行，我接着说啊，就说邪教吧，其实诞生的时间，我记得应该是在伪满洲国时期，具体哪年我忘记了，反正应该是当年侵华日军最猖狂的时候吧，当时在新京，就是当时伪满的首都，现在的长春，有人创立了一个教派叫‘天眼教’，其实吧就是个彻头彻尾的邪教，主要是为了敛财，当时老百姓文化程度普遍不高，上当的人不少。”

“现在上邪教当的也不少。”田炼峰又插嘴，被刑术一眼瞪回去了。

“这个天眼教是谁创立的，不知道，但创立的时候，说是他们教派中有一个教宗，有一双绿眼睛，能看透一切，一开始是专门给人鉴定物件，收取一定的费用，后来莫名其妙突然间壮大了，单在新京教众就上万，人数十分庞大。”张大文接着说。

刑术问：“鉴定物件，就有那么多人追随？没这么简单吧？”

“那肯定呀，听说这家伙能让人遁入幻境，说简单点，就是他在某个地方讲法，讲着讲着，下面的人就变得十分开心，对生活充满了希望，做事都有干劲了，不少人还说他讲法的时候，看见他的身后站着神仙，四个神仙，身材魁梧高大，穿着铠甲，拿着神兵利器。”张大文说着就比画上了，“不少人因此将这个邪教都当成了自己的家，而且最重要的是，加入这个邪教中的人，不少都是玩古董的，要不本身就是朝奉，还有一些伪满的高官家属也偷偷混在其中，不过后来嘛，因为伪满是日本人搞出来的，信的是日本的神道教，他这么一搞，就触及了日本人的神经，直接派宪兵将丫剿了，抓了不少人，就是没抓住那领头有绿眼的。听说这家伙跑进关内，回老家了。”

刑术一愣：“回老家了？他不是东北人？”

“闯关东过来的，是山东人，说是山东烟台龙口人，海边长大的。”张大文道，

“那时候山东也被日本人占了，这家伙一直被通缉，无法大展拳脚呀，他又开始跑，最后跑到了四川，到了重庆，那时候重庆还属于四川。到了重庆，这哥们打着抗战的旗号又开始让自己的天眼教死灰复燃，但这明显是作死呀，你说你一邪教，你不管在哪儿都得被剿了，在重庆没半年，被国民政府方面剿得干干净净，这哥们也直接入狱，判了好几年……

“等这个教宗出狱的时候，抗战刚结束，这哥们知道重庆不能待了，干脆还是回东北吧，然后在当地的古玩市场上面倒腾了点东西，混了点钱，坐着火车转轮船，一路折腾又回到了东北，准备大展拳脚大干一场，重振自己的天眼教。

“可这教宗一回去，刚准备折腾呢，就被当地的进步学生发现了，说丫是特务，直接被东北民主联军派了几个排过去连窝端了！”

田炼峰听到这儿，忍不住笑：“这教宗弄一邪教出来，到底是想敛财呢还是冲着被人剿灭去的？开始被日本人弄，跑到重庆又被国民党收拾了，好不容易出狱了，想要重振雄风的时候，东北都快解放了，这整个儿就是在作死呀。”

“可不呗。”张大文点头道，“但是有件事最奇怪，解放之后，大概就是20世纪50年代初吧，这个天眼教又冒出来了，教宗呢还是以前那个，最可怕的是，这家伙的模样和以前没什么变化，要知道，他当年创立这个邪教的时候都五十来岁了，你算算这时间，伪满洲国是1932年有的吧，咱们就当他最早创立的时候是1935年，到解放后差不多20年有了吧？这家伙还是以前那年龄，这是不可能的事情。”

刑术皱眉说：“就算是他还活着，七十多岁这个也成立，但是样貌没变，就有点奇怪了，这些事你都是听谁说的呀？这么详细？就好像你亲身经历的一样。”

张大文更加得意了：“我告诉你，我真有点宝贝，而且是绝对不出手的宝贝，我那里有不少手札，都是真东西，不过不算太老，都是清朝和‘民国’的，其中就有这个教宗写的书信，写给他媳妇儿的，我知道的这些事儿，都是从他亲笔信中得知的，他最后的信，是解放后被逮捕后留的遗书，其实遗书有两份，一份是表面上的，一份是真正留给他媳妇儿的，留给他媳妇儿的这份特别长，十来页呢，都是他亲手写的自己这一辈子的简短经历，在其中他明确说了，自己就是个骗子，不过有一件事他没有骗人，那就是他真的有一双神奇的绿瞳。”

刑术点头：“那遗书我能看看吗？”

“这可不行，那东西不能上手，因为时间太长，而且当初吧，他媳妇儿保管不好，受潮了，很容易就全毁了。”张大文摇头，“不过我基本上能记得他写了什么，还有啊，更重要的是，好像是20世纪60年代还是70年代的时候，这个邪教又出现过，就在黑龙江的牡丹江一带，领头的是个女人，年龄挺大了，是个老太太，打着的旗号说自己是忽汗国的传人，说自己掌握着忽汗国什么宝库的大秘密，只要跟随她，心诚的话，以后会分宝藏什么的，你知道，那年代改革开放之后，大家都想发财，所以有不少人上当。”

刑术点头：“她这个就有点像是非法集资是吧？”

“对对对，非法集资，等于是诈骗，类似传销一样，叫什么骗局？”张大文挠着头回忆着。

刑术立即道：“庞氏骗局。”

“这个我知道！”田炼峰起身道，“就是拆了东墙补西墙，四面墙，总有一面是补不上的。”

刑术点头：“对，就是这个道理，这件事其实我有所耳闻，只是以前没关心过，后来这个邪教怎么样了？”

张大文道：“邪教还能怎样？该抓的抓，该判的判，我就是在纳闷，为什么一个天眼教能残存这么多年？凭什么呀？后来的人难道与之前那个教宗一直有关系？如果没关系，为什么要延续天眼教这个名字呢？”

刑术不说话，只是静静地思考着。

张大文看着刑术那副模样，又问：“刑术，我都说完了，你该说说你的买卖了？我觉得你这买卖估计也跟绿瞳有关系吧？”

刑术点头：“对，有关系，但我还不知道关系是不是真的很大，这么说吧，我现在做的这件事其实没谱呢，但如果真的能发财，我绝对忘不了你张大哥。”

张大文也算清楚刑术的为人，听他这么一说，知道自己再问也没用了，只得点头道：“好，没问题，我张大文信你，我先回去了，还得做买卖呢。”

张大文走的时候，直接将那杯茶也端走了，说了一句：“喝完了，我再把杯子还你。”

张大文哼着小调走的时候，田炼峰看着他那得意扬扬的背影，嘀咕道：“这年头，喝茶都打包的，天底下估计也就他张八旗一个人了。”

刑术招呼田炼峰把“暂停营业”的牌子挂出去，然后领着田炼峰去城南古玩城把那宜子孙璧还给了万文玉，然后去道外区找了个老字号的扒肉店，进店找了个角落坐下。

刑术点了饭菜，看着墙壁上那幅“哈市美食地图”发呆。

田炼峰在那儿玩着筷子筒，就像是玩算命的签筒一样摇来摇去，摇着摇着里面的几根筷子落在地上了，田炼峰俯下身去捡，还自言自语道：“好，上上签！”

就在田炼峰刚要捡那筷子的时候，刑术刚巧看了一眼，忽然道：“别动！”

田炼峰吓了一跳，立即僵住了，随后看到刑术离开座位，蹲到筷子掉落的位置仔细看着，也不说话。

田炼峰保持着那奇怪的俯身要捡的姿势，刑术则蹲在旁边皱眉看着，旁边吃饭的、饭店的服务员都用怪异的眼神看着这两人，还以为这两人玩行为艺术呢。

服务员端着菜在桌旁站着，好半天终于来了句："要不要我帮你们俩解穴呀？"

田炼峰看着刑术："术，我可以动了吗？"

刑术完全没听进去田炼峰说了什么，脑子中依然想着自己的事情，只是摇了摇头。

田炼峰维持那姿势很吃力，只得微微扭头低声对那服务员说："不用了，谢谢。"

服务员呆呆地看着他们，放下盘子道："行，那你就自个儿用内功冲破穴道吧。"

"这家店的服务员够贫的……"田炼峰维持那姿势吃力，但此时刑术已经起身坐起来，端碗就吃饭，吃了两口，刑术见田炼峰依然维持那姿势，还觉得很奇怪。

刑术看着田炼峰道："你闪着腰了？"

田炼峰看着他道："你不是让我别动吗？"

"起来！起来！也不嫌丢人。"刑术扫了一眼周围的人，发现所有人的注意力都在他们两人的身上，但自己也忘记先前让田炼峰千万别动的那档子事了。

田炼峰起身来揉着腰和腿，将捡起来的筷子放在桌子上："你刚才干吗？"

"我想起来一件事，筷子的事。"刑术边吃边说，"先吃饭吧，吃完饭，咱们俩回当铺再好好合计合计这件事。"

"噢——"田炼峰也饿了，端起碗就开始吃，两人一顿饭下来，再也没有说一句话。田炼峰是因为真饿了，而刑术是因为脑子中还在想着筷子的事情，还有绿瞳，以及这几天遭遇的一切，他试图将这些事情都串联在一起，找出背后的秘密。

吃完饭，两人开着车慢慢悠悠回到古玩城的时候，天都已经黑透了，古玩城早就关门了，两人只得和保安打了个招呼从后门进去，可当两人走到当铺门口的时候，看到一个女人面朝当铺，背对他们站在那里，等那女人听见脚步声转过身来看着他们的时候，刑术和田炼峰都傻眼了，因为来的不是别人，正是白天两人刚刚在拍卖行打过交道的贺晨雪！

"你好，刑老板，咱们又见面了。"贺晨雪冷冷道，整个人就像是没有任何感情一样。

田炼峰看着贺晨雪，不知道该说啥，刑术也愣住了，刚要开口说点什么的时候，贺晨雪又道："不要惊讶，今天你带那东西来的时候，自我介绍说姓刑，而且带来的东西仿真程度又那么高，在这个行当中，有这个胆子，而且能找到这种高仿品的，整个哈市只有你刑老板了。"

刑术点头，慢慢走过去："白天的事儿不好意思啊。"

“没什么不好意思的，我知道你在找我，故意拿东西试我，赶巧了，我正好也要找你，于是打听到你的地址，就不请自来了。”贺晨雪依然是一副冰冷的表情，脸色也苍白得可怕，像是得了某种疾病。

刑术点头：“好，那屋里请。”

第十四章：单瞳雇主

刑术开了店铺的门，请贺晨雪进了铺子，亲自给贺晨雪泡茶，而田炼峰则一直坐在柜台后面直勾勾地看着贺晨雪，看着看着不由自主地用极低的声音赞叹了一句：“真漂亮！”

“谢谢夸奖。”坐在桌边，距离田炼峰还有十米距离，按理说要听到田炼峰这三个字几乎不可能的贺晨雪回了句。

这下让田炼峰尴尬坏了，他立即就缩到柜台后面，脸色通红。

刑术看着田炼峰那模样摇摇头，将泡好的茶端到贺晨雪跟前轻轻放下，然后坐在对面道：“贺小姐，不知道找我有什么事？”

“刑老板，您能先说说找我有什么事吗？”贺晨雪平静道，用手握住滚烫的茶杯，双手握住，像是很冷的样子。

刑术思考了下，道：“贺小姐，请问你是不是有一块赤足观音的翡翠吊坠？属于金镶玉类型的。”

贺晨雪摇头：“没有，那不是我的东西，但我可以肯定地告诉你，我的确是铸玉会的。”

刑术一愣，这么多年他也算是见过不少人，基本上与人对话，对方是不是说谎，他观察对方的眼神和表情，听对方说话的语气就能判断出个八九不离十，但眼前的贺晨雪，永远都是一副表情，说话都是一样的语气，他实在无法判断她说的是真还是假，而且贺晨雪依然戴着墨镜，进屋了也没摘下来。

刑术点头，贺晨雪紧接着又道：“但我知道你要找的是谁。”

刑术再次一愣，远处柜台处的田炼峰也下意识看了一眼刑术，不明白贺晨雪这是什么意思。

“她也是铸玉会的，我不知道你在哪儿见过她，不过我可以肯定你见过她，因为那块赤足观音她是随身佩戴的，绝对不会离身。”贺晨雪淡淡道。

刑术想了想道："贺小姐，我想是魏大棒子告诉你，我在找你对吧？也是他告诉你这儿的地址的。"

贺晨雪道："是谁说的又有什么关系呢？只要找到你就行了，而且刑老板的名声这么大，不用找认识你的人，哪怕不认识的，知道你名字的，都知道你的铺子在这里。"

"贺小姐，不要替魏大棒子掩饰，我实话说了吧，我其实并不知道你在哪儿，你是谁，都是我给魏大棒子看了那赤足观音的吊坠之后，他才说出了你的名字和你工作的拍卖行，所以，现在你告诉我，那东西不属于你，那个人也不是你，我真的不相信。"刑术平静地解释道。

贺晨雪听完后道："是我让他那么说的，原因很简单，因为我也想找到吊坠的主人，而且我知道，一旦有人开始找她，那就说明她又出现了，所以，我让魏大棒子故意说成是我，好让我看看，要找她的是谁，为什么找她，我是不是可以和这个人合作，一起找到她。"

刑术明白了，贺晨雪来找他，其目的就是要找到那天晚上出现在筒子楼中的那个女子。他思来想去，觉得贺晨雪没有撒谎的必要，因为他与贺晨雪不认识，没有利益冲突，她不用编造这样一个故事来掩饰自己，凭空制造出一个不存在的人来转移视线。

"你为什么找她？"刑术问，田炼峰紧张地看着贺晨雪，觉得谜底快要揭开了。

可贺晨雪却反问了一句一模一样的话："刑老板，你为什么找她？"

刑术撒谎道："她与一件命案有关系。"

"不可能，她不是那种不谨慎不动脑的人。"贺晨雪微微摇头，"再说了，你是朝奉，不是警察。"

刑术见自己和贺晨雪之间的谈话找不到一个突破点，于是想了一个冒险的法子，直接道："贺小姐，你是绿瞳吧？"

贺晨雪坐在那儿没回答，安稳地坐着，刑术和田炼峰都觉得很奇怪，不知道她要做什么，还是说刑术说出了她的秘密，她正在思考如何应对？

两分钟后，贺晨雪才打破了沉默，将自己的墨镜摘了下来，用一双无神的眼睛看着刑术，随后脑袋转动，又看着远处的田炼峰，最后再转回来："不错，我是绿瞳，不过我是单瞳，不是真正意义上的绿双瞳。"

刑术看着贺晨雪的眼睛，在正常光线下，他看不出异样，发现不了那抹绿色，不过他能看出来，贺晨雪的眼睛不对劲，好像就是一个盲人，可盲人的眼睛怎么可能这么清澈？

"绿瞳分两种，一种是单瞳，就像我这种，一种是双瞳。说到底，两者之间的区别很简单，单瞳属于深度近视眼，而双瞳属于深度远视眼。"贺晨雪随后又戴上墨镜，

“也就是说，我看不见太远的东西，十米开外就是一个极限了，现在我看坐在柜台方向的田先生，只是一个非常模糊的轮廓，但我要是低头看桌子，能数清楚这张桌子上面最微小的纹路有多少个，这就是单瞳。”

刑术微微张嘴，点头道：“原来如此，那双瞳不是能看很远？”

“对，但是双瞳的视线只能集中在一个点上，平日内和瞎子没什么区别，如果双瞳想要看的那个点有着强烈的光源，那么双瞳的拥有者紧盯着光源点一定时间之后，就能够将那个地方看得很清楚，当然这些都是人家告诉我的，我不是双瞳，所以具体双瞳看东西是什么样，我也不是很清楚。”贺晨雪解释道。

刑术此时脑子中闪过一个念头，下意识道：“贺小姐，那块赤足观音吊坠的主人，是不是一个拥有双瞳的人？”

贺晨雪微微点头：“刑老板，你果然和传闻中一样聪明。”

“过奖。”刑术面无表情道，觉得事情的发展超出了自己的预计，而且自己有些无法掌控后面要发生的事情。

贺晨雪平淡地回应：“你过谦了，我想，你肯定是亲眼见过那个双瞳，对吗？你可以告诉我，那个人在什么地方吗？如果你告诉我，我确定消息是属实的，我会以厚礼相赠。”

说着，贺晨雪从自己的包中取出来一个小锦盒，打开盒盖后，将盒子推到刑术的跟前。

“宜子孙璧？！”刑术吃惊道，因为锦盒中装着的那块与自己从万文玉那里借来的一模一样，但这块却通透许多，从四十五度角看过去的时候，感觉玉牌中那种类似“祥云”的绿色纹路像是浮在了玉牌表面上一样。

贺晨雪淡淡道：“这一块才是真正的蚌埠包家传人的手艺，用翡翠王制作的现代宜子孙璧，中间的镂空字写的是‘世代平安’，而这四个字组合在一起，挡住一面拿远了看，就像是一个‘包’字，这算是一个暗记。近五十年来，有这种手艺的人几乎绝迹了，在行当里面，这一块真的玉牌，价值不菲，不过唯一毁就毁在了玉牌的用料上。”

刑术拿在手中，挡住一面看着中间镂空的字，远处的田炼峰远远看着，惊叹道：“好神奇，真的是个‘包’字，但用料不是翡翠王吗？为什么会说毁了呢？”

刑术小心翼翼地摸着那块玉牌道：“所谓的翡翠王，其实是不存在的，泛指的是一种顶级的硬玉，这种硬玉很罕见，但并不漂亮，可以说是废料，因为无法雕刻，我没有见过，听老工匠说，第二次世界大战时在缅甸出过一块，很大，连炸药都炸不开，只能用金刚石一点点磨下来，硬度很接近金刚石了，但又属玉石类，很奇怪，这种东西属于鸡肋，扔了可惜，留着又没用。”

田炼峰点头：“那么坚硬，又是怎么做成这副模样的？”

“现代工艺，从前的玉雕技法概念分为巧色、俏色和分色，也就是说评价雕工的手艺，就是利用这三个层次，巧色指善用颜色，俏色指在巧色的基础之上将颜色的鲜艳之处俏出来，而分色就是说在俏色的基础上把不同颜色的部分严格区分开，听着简单，做起来非常难。”刑术拿着那玉牌仔细看着，不肯放手，“古法制玉，用的是切、磋、琢、磨这四个程序，先秦时期称为琢玉，宋代叫碾玉，现在就叫雕刻了。但细分下来，一共有十二道复杂的工序，不过现在都是电动设备，还用上了一种叫作砣的工具，是镶钻石的。如果不是现代工艺，这块翡翠王是雕不成这模样的，而且，这东西虽然硬，但薄了之后就脆了，很怪，是一种怪玉，所以能做成这种样子的，简直叫巧夺天工。”

田炼峰点头道：“也就是说，这东西其实卖点是手艺，对吧？但用料又很鸡肋，说不上值钱，但也说不上是不值钱，无法平衡？”

刑术看了一眼田炼峰：“对，你这次理解得没错，是这个意思，如果按照现在的市价，这块宝贝，在拍卖行中起拍价就是三百万，估计落槌价得达到七百万。”

“七百五十万。”贺晨雪纠正道，“曾经拍过，我又买回来了，而且你拿来的那块高仿货是我做的。”说到这儿的时候，贺晨雪终于破天荒地露出点笑容。

刑术很理解她的这种笑容，这种笑容与当年魏大棒子笑着对人家说那假瓶子是自己做的时一模一样，就是一种骄傲。

“原来如此。”刑术点头，摇头笑道，“难怪你只是看了一眼，就知道那是假的，原来是贺小姐的手艺，佩服佩服，说真的，若不是有朋友提醒，我真的会看走眼。”

贺晨雪的笑容消失了，恢复成先前的那种平静表情：“刑老板，这算是佣金，我希望雇你做一件事。”

“七百五十万找一个人，贺小姐，这个数目太大了，而且，我是找物件的，不是找人的。”刑术虽然很不舍，但还是将那玉牌放回了盒子当中，刚要关上盒子的时候，贺晨雪却用手挡在了盒子与盒口之间。

贺晨雪摇头道：“刑老板，别急，你听我把话说完，这件东西，不仅是让你找人的，也是让你找物的，而且我答应你，找到东西之后，我分你千分之一。”

“才千分之一？”田炼峰走到刑术身后，摇头道，“这买卖太不划算了！”

贺晨雪冷冷道：“奇门中的千分之一，少了吗？”

贺晨雪这句话一出口，刑术与田炼峰像浑身过了电一样，不由自主地震了震，一句话都说不出来。

没听错吧？她先前说奇门了？刑术在心中自问道。

贺晨雪像知道刑术心中在想什么一样，随后道：“对，我说的是奇门，你没听错，你不用装作不知道什么叫奇门，刑老板，我知道你是逐货师，因为你师父郑苍穹就是个逐货师，你没理由不是，你也别掩饰，你知道我是铸玉会的，让我知道你是逐货师，这没什么不妥，大家都有秘密掌握在对方手中，都有筹码，这不是很公平吗？”

刑术突然间觉得眼前这个冷若冰霜的女人太可怕了，她完全是有备而来的，应该说，她也许早就想找自己了，结果就那么巧，自己送上门去了，不，也许她只是在那里等着自己，就像是钓者等着鱼上钩一样。

田炼峰看着刑术，想知道下面怎么办。

刑术深吸一口气道：“好吧，贺小姐，咱们打开天窗说亮话，也不掩饰了，作为一个逐货师，找到奇门肯定是毕生目标，但是，你为何就那么肯定自己可以找到奇门？”

“秘密就在双瞳的身上，那个双瞳是铸玉会的叛徒。”贺晨雪平静地说道，“找到这个人，就等于是找到了打开奇门的钥匙，她身上背负着奇门的秘密。”

刑术摇头：“你凭什么说，这个人就背负着奇门的秘密。”

“信不信由你，机会只有这一次。”贺晨雪冷冷道，指着自己手腕上的那块表，“我时间不多，给你十分钟考虑，你不答应，我还可以去找其他人，想找到奇门的人可不止你一个。”

田炼峰此时默默举手，表示自己也想找到，但贺晨雪完全当他不存在。

刑术瞪着田炼峰，田炼峰将手放下，背在后面，装作之前一切都没有发生过。

十分钟的时间说长不长，说短也不短，但在田炼峰眼中，这十分钟就像是在拆一颗即将爆炸的炸弹一样，不过刑术却把玩着那块玉牌，似乎心思完全没有放在考虑贺晨雪的提议上面，这让田炼峰无比焦急，不时地看着刑术，又抬眼去看坐在那儿像是一座冰雕的贺晨雪。

十分钟终于过了，贺晨雪还未开口询问的时候，刑术将玉牌往盒子中一放，平静地说：“不好意思，贺小姐，这种好事我无福消受。”

贺晨雪也不说话，收好盒子，装进包中，转身开门就走，一点迟疑都没有。

田炼峰追到门口，又回头看着依然坐在那儿无动于衷的刑术，急得原地打转，好几次想去追贺晨雪，但想到人家又不会搭理自己，只得走回来，一屁股坐下，问刑术：“你疯了吧？吃错药了？奇门呀！她说的是奇门！”

“那双千年乌香筷在我们手中，而且你也知道，只有通过那双筷子才能找到奇门，凭什么她说双瞳知道就知道？你也不动动脑子，主动送上门来的肉，吃不得，不是有毒，就是有鱼钩。”刑术起身来，将贺晨雪一口没喝的茶倒掉。

刑术在盥洗台前慢慢倒着茶水，又将茶叶倒入垃圾桶中，整个过程中他将从田炼峰告诉自己他家的往事，到现在发生的一切都想了一遍，最终将回忆拉到吃晚饭时，田炼峰将筷筒中筷子掉落时的情景。

想到这儿，刑术将那双千年乌香筷拿出来，然后交叉在一起看着，摆出一个X形状，指着问田炼峰：“你看看这像什么？”

“一个叉叉？”田炼峰茫然道。

“是X。”刑术用手指点了点桌子，“你还记得你爷爷田云浩死的时候吗？是被人绑住四肢，拉成X形状的，而恰好筷子也能摆出这种形状。吃晚饭的时候，你将几根筷子弄掉在地上，其中有两根就是这副模样，这让我联想到了你爷爷死时的模样，这代表什么呢？”

田炼峰敲打着自己的脑袋：“对呀，代表什么呢？”

“X除了代表未知之外，还代表什么？”刑术坐下来，“田云浩那个年代，中国人不会用X来表示未知，那都是后来的事情。”

刑术继续想着，试图将吃晚饭时候联想到的推测继续延伸下去，可想着想着，他又想到了自己发呆时看到的那幅美食地图，他忽然起身看着自己旁边挂着的那幅手工刺绣的中国地图道：“地图上也有X，X代表某个重要的地方，是个标记，X所在的地方是个标记！”

田炼峰看着刑术，刑术在那儿低声自言自语什么，来来回回地走着，走了好几圈，突然停下来，扭头看着田炼峰道：“炼峰，我知道了！我知道怎么回事了！走，我们马上再去一趟筒子楼！”

刑术说着，拿了东西关门就走，田炼峰跟在后面，紧追着跑得极快的刑术。

“你是不是属猫的呀？大白天的你不去，非得大晚上才去那种鬼地方！”田炼峰追到车前之后，站在车窗口一脸难色，他实在是害怕那老楼。

刑术发动汽车：“你不去，我去，你在家等着。”

“得得得，我去我去。”田炼峰只得开门坐到副驾驶处，双手合十道，“老天保佑，别又遇到什么脏东西呀，老张说得对，富贵险中求，富贵险中求……”

第十五章：尸面

就在刑术与田炼峰朝着筒子楼赶去的同时，筒子楼中的危险已经悄然降临……

顶楼原先的旧鸽棚之中，燃着一盆炭火，炭火旁边放着一个小马扎，马扎上坐着一个戴着只有面部五官轮廓且是炭黑色面具的男子，男子的侧面坐着另外一个身材比他魁梧得多，不停在玩弄着手中玉石烟嘴的另外一名戴着同样面具的男子，而在鸽棚外，一个个子比两人都高，身背着一根铁棍的男子正站在楼顶的边缘，双眼一直盯着下方的大门，那黑色的面具被他一直拎在手中。

玩弄烟嘴的男子闻着炭火中烤香肠的味道，低声道："奎爷，烤焦了。"

"我只吃中间那一点点肉，就是要烤焦了，这样中间那点脆骨肉才能软乎。"被称为奎爷的男子开口道，用木棍将香肠拨了拨，看着旁边的男子道，"十箓，天冷，你出去替一下你大哥，让他进来烤烤火，别冻坏了。"

男子并不起身，装作没听到，依然坐在那儿玩着烟嘴，干脆还卷起烟来。

奎爷用木棍拨起一块火焰，直接扔到他怀中，同时厉声道："郭十箓，白仲政怎么说都是咱们郭家的人！也是你大哥！对他尊敬点！"

郭十箓起身，故意大声道："你叫郭洪奎，我叫郭十箓，他叫白仲政，我们俩姓郭，他姓白，不是一个姓，怎么可能是一家人！他又不愿意跟着我们姓郭，这是他自己选的！"

鸽棚外，站在边缘的白仲政微微回头，装作没听见一样，继续看着楼下大门。

"管他姓什么，从他进了郭家门，戴上了'尸面'之后，他就是郭家人，就这么简单，现在，要么你出去替他，要么你给我滚回家。"郭洪奎冷冷道，目光依然停留在那根烤焦的香肠之上。

郭十箓喉头发出野兽一般的怪声，推开棚门，大步走出去，径直走到白仲政跟前："奎爷让你进去烤火，要是你不进去，我就得滚蛋！"

白仲政一句话不说，转身走了进去，也不坐下，只是蹲在火盆跟前，烤着自己那双被冻得通红的手。

"现在外面是零下十五摄氏度，今晚最冷得到零下二十多摄氏度，你连双手套都不戴，这样下去，不出半小时，你这双手就废了。"郭洪奎也不抬头看白仲政，只是用棍子碰了下他的手，随后又指着郭十箓先前所坐的木箱子，"坐，蹲着容易血脉不通。"

白仲政终于说话了，声音听起来十分沉稳，不带着任何情绪："那是十箓坐的，我不能坐，我坐了又会引起麻烦，我不是故意这样说的，我只是担心引起麻烦，不必要的麻烦，能避免则避免。"

郭洪奎起身来，一脚将箱子踩得稀烂："那就都别坐了。"

外面的郭十箓听着箱子破碎的声音，低声骂骂咧咧着，再回头的时候，看见了刑术的车已经停在了大门口，立即冲进鸽棚中道："那小子来了！"

“是姓刑的那小子吗？”郭洪奎抬眼道。

“是他的车，是两个人，应该就是上次和他一起的那个。”郭十篆取下自己的面具，一张帅气的脸上映照着炭火的光芒，却显得那么诡异，“奎爷，我看不用麻烦了，直接弄死得了。”

郭洪奎摇头：“十篆，我问你，我们郭家是干什么的？”

“守护奇门的！”郭十篆漫不经心地回答。

郭洪奎抬眼看着白仲政：“仲政，你说呢？”

白仲政看着炭火道：“守护奇门的秘密，不让任何人接近，因为奇门中的东西，不属于任何人，只属于奇门。”

郭洪奎点头：“对，所以，咱们不是杀手，不要动不动就弄死这个，杀死那个，姓刑的这小子虽然是个逐货师，但口碑不错，逐货师也是人，是人就分好坏，就我们现在知道的，他算是个好人，对吧？”

白仲政点头，郭十篆翻了下白眼：“刑术那小子再找下去，说不定就找到那线索了，你为什么就不让我去毁了那线索？”

“幼稚。”郭洪奎抬眼道，“那不是等于此地无银三百两吗？原先谁都不知道哪儿有东西，你一破坏，就算还原了，也不能变成早先的模样，傻子都知道那里有东西，顺着这个线索，他们说不定就能找到郭家。”

郭十篆不屑地冷笑：“他能有那本事？”

“他是逐货师，知道逐货师最大的本事是什么吗？那就是追查和追踪，他们连没有生命的物件都能找到，更何况我们还是活生生的人。”龚洪奎说完终于开始将香肠拿起来，用那双满是老茧的手直接拿着滚烫的香肠，用刀剥开外层和中层被烤焦的皮肉，挖出其中的脆骨来，放进嘴里嚼着，咽下去第一口后才往后一仰，“你们去吧，记住，盯着就行了，不要轻举妄动，他就算找到那线索了，也不可能直接找到奇门。”

“是！”白仲政起身来，但郭十篆挡在门口，好半天才深吸一口气，挂着一副不满的表情让开，两人随后悄然下楼，守在楼梯口的位置，静静地听着下面的动静。

刑术站在田云浩死后被绑的位置，一直盯着后面的墙壁看着，田炼峰就站在一侧，不时用手电照着后方，生怕那里冒出来什么东西。

刑术抬手指着自己正对面，也就是走廊尽头的那面墙，墙壁右侧就是厕所，当年田云浩的尸体被挂起来的时候，就是背对着这堵墙壁的。

“炼峰，除了这一层之外，下面所有楼层的这个位置都是一面窗户，只有顶层的是面墙壁，这件事我们忽略了，以前的警察也忽略了，这不合理，在建筑上就不合理。”

刑术盯着那面墙，伸手道，“把工具给我。”

田炼峰将袋子中的铁锤递给刑术，同时道：“你是说有人将这面窗户封住了？”

“对。”刑术点头，“我看过现场的照片，田云浩死的时候这里就变成了墙壁，所以这里有问题，一定有。”

刑术随后开始用铁锤悄悄碰撞着墙壁，听着里面的声音，挨着敲打了一遍，发现都没有发出空响，于是转身对田炼峰道：“把凿子和小号的铁锤给我，我从边缘来试试。”

田炼峰立即递过工具，全神贯注地看着刑术，丝毫没察觉到此时白仲政和郭十箓已经悄然走下了楼梯口，就站在两人身后走廊的另外一端尽头处的黑暗中看着他们。

刑术挨着试了试，随后便发现原先窗户框的位置内部有硬物，就在他准备下手去轻轻凿开细看的时候，突然间感觉到后背有一阵压迫感传来，他下意识回头看着走廊另外一头：“好像有人。”

田炼峰立即拿手电照了过去，照过去的时候，却没有发现任何人。

“也许是我多心了。”刑术转身继续凿着墙壁，田炼峰干脆又摸出一个手电，放在地上，照着后方，这样会让他心中好受点。

后方走廊尽头的房间中，郭十箓透过门缝看着田炼峰的所作所为，忍不住笑了，低声道：“笨人有笨办法，但笨办法有时候还真管用，这下把咱们俩给困死了。”

郭十箓说完，一回头，发现白仲政已经不见了，那窗户却是开着的。

郭十箓骂了一句，往窗户外看去，发现白仲政沿着一户户人家的窗户朝着离厕所最近的那户人家爬了过去，身手非常灵活。

郭十箓不屑地摇头，但当他爬上窗台要准备模仿白仲政的时候，一低头看着脚下，双腿有些发软，立即又慢慢退了回去。

“果然有东西。”刑术凿了一阵，将墙壁表层厚厚的墙灰和下面的水泥凿开之后，摸着里面的那个东西道，“有点类似窗户框，但质地很奇怪，像是木头，又像是金属，对了，是铁檀木！”

“铁檀木？”田炼峰凑近看着道，“这种东西很常见呀，建筑呀或者做家具都有用，我家里有张桌子就是铁檀木的。”

“不一定的，这种是药水泡过的，你摸着表面，像是有颗粒一样，密密麻麻，但有规律，从前古人藏宝的特质箱子，就是用药水泡过的铁檀木做成的，我以前收过一个，只能放下一个小罐子那么点大的箱子，从其中的花纹判断是东汉时期的，你算算多少年了吧，从地底下刨出来的，一直没有腐烂，把表层和颗粒中的泥土刷洗干净之后，看起来和新的一样。”刑术继续开始沿着那铁檀木的边框朝着周围凿去，边凿边说，“那箱子可以承受重击和高强度的挤压，我当时尝试过用铁锤砸，没砸坏，反倒是把我虎口给震裂了。”

忙碌了近一个多小时，刑术终于将铁檀木的边框都凿出来了，随后他退后好几步，看着那类似窗户框的铁檀木框架。

田炼峰也看着，随后道：“这就是窗户框吧？”

“不是，这是裱框，一般字画用的裱框，但极少有人用铁檀木，因为太坚硬了，对字画本身不好，除非是现代工艺的铜版画才会用铁檀木。”刑术看着裱框中间那部分道，“我还得将中间那部分墙灰和水泥给去掉，但这是个细致活，就算我再快，也得忙活到明天后半夜去，炼峰，你去买点咖啡之类的饮料来，我等着你。”

田炼峰极其不情愿地走了，十来分钟后就狂奔回来，他直接在那家小超市买了个包，在包里面装了几十罐咖啡背了回来。

刑术喝了两罐，开始忙活，这一忙又是一个多小时过去了，等他回头来的时候，定时睡觉的田炼峰已经躺在厕所门口的地板上呼呼大睡。

刑术摇头，就在此时他感觉到一丝丝寒风吹进来，他立即意识到有人开了某个房间的窗户，于是站在那里大声道：“不知道在旁边守着我的是哪条道上的哥们，刑术先谢过了，谢谢你们没有在我干活儿的时候偷袭我，如果我现在凿的这面墙与你们有关系，你们现身出来，和我说清楚，如果没有，那我就继续了。”

刑术说完，等了许久，发现无人应声，干脆转身继续凿着。

走廊另外一端尽头的房间内，刚返回正在关窗户的白仲政听见刑术说话的时候，下意识保持不动，等刑术说完后这才转身看着站在门口的郭十篆。

郭十篆用手语比画着，告诉白仲政：“这小子很聪明，知道我们在这里。”

白仲政也用手语回应：“奎爷说过，不要轻举妄动，只需要观察。”

郭十篆点头，干脆靠在门口闭目养神，而白仲政则用耳朵听着墙壁，感受着刑术凿墙的每一次震动，低声自言自语道：“手很轻，心很重，手心之间的平衡性很好，这个叫刑术的，会功夫。”

郭十篆睁眼，看了一眼白仲政，并未说话，只是冷笑了下。

时间一分一秒地过去，在几个小时之后，刑术终于将裱框内的水泥全部轻轻凿光，凿光之后，出现在他面前的是一幅高1.3米、宽0.9米的画，画的裱框是铁檀木的，画的表面有一层如玻璃一样透明，却比玻璃坚硬、透明度也较高的石料挡板，刑术不知道那到底是玉还是水晶，因为他从来没有见过。

而挡板下面那幅所谓的画中只有一朵花，一朵火红色的曼珠沙华，也就是俗称的彼岸花，而在花的旁边，写了两行诗，上一句是“卸去銅甲，盡一世蒼茫，跨馬槍挑落日青紗”，下一句是“討來白衣，譜一曲淚海，落筆輕書萬騎奔流”。

“这不是古画……”刑术自言自语道，随后准备将画取下来，不过他一触碰那幅画的时候，就感觉到这整幅画异常的重，少说有一百斤，而且在墙面之上，自己如果将画后面凿开，一个人要抱住这么大的东西，恐怕很吃力，万一损毁了就惨了，于是只得坐下来等着田炼峰这头猪睡到自然醒，同时也一罐一罐地喝着咖啡，警惕着在筒子楼中的另外一批不肯现身，且来路不明的神秘人。

刑术休息的同时，故意将田炼峰打开的手电关闭了，随后故意转身去看画，其实就是为了故意放他们两人走，这也算是规矩的一种：做事不能太绝，对方要是狗急跳墙，相反对自己不利。

白仲政和郭十篆趁机从房间中离开，返回了屋顶的鸽棚之中，将先前所看到的一切都告知给了郭洪奎。

郭洪奎听完之后，呵呵一乐，道：“这个姓刑的小子有点意思。”

郭十篆打着哈欠道：“奎爷，没想到墙壁中竟然是一幅画，早先咱们推测出来田云浩的尸体摆成那样，是一个标记，标记着后面的墙壁中有东西，但是咱们没推测出来里面会是什么。”

白仲政沉默不语，只是静静地听着。

郭洪奎点头道：“我也没有想到是一幅画，为什么是一幅画呢？这幅画与奇门有什么联系呢？怎么才能将奇门的秘密藏在一幅画当中？”

郭十篆看了一眼沉默的白仲政，又道：“奎爷，干脆叫仲政将那幅画抢过来就行了，以仲政的身手，这是小事吧？”

“不行！”郭洪奎立即否决，“我们不能抢不属于我们，并且还未确定是不是真的与奇门有关的任何东西，于社会，那是犯法；于私，有悖于祖宗留下的规矩。”

“祖宗，祖宗，什么都是祖宗，你干脆叫祖宗来办这件事算了！”郭十篆转身嘟囔着。

郭洪奎当作没听见，思索了一阵道：“仲政，我和十篆先回去了，你守在这里，一直跟着刑术，看看他接下来要做什么。”

“是，奎爷。”白仲政点头，转身下楼。

郭洪奎俯身用土将炭火埋了，走到筒子楼一侧，助跑之后，直接从那里冲到对面紧挨着的那座正在建设中的高楼之中，落地后，郭洪奎转身朝着郭十篆招手，示意他跟着跳过来。

郭十篆身手并不灵活，但这种距离也难不倒他，助跑之后，便朝着这边跳了过来，就在他刚落地的瞬间，抬眼就看到郭洪奎直接冲了过去，一把将他推向楼下，郭十篆惨叫一声，朝着后面跌落下去，但在快要落下的瞬间，郭洪奎一把将其牢牢抓住。

郭十篆侧头看着脚下，这种高度掉下去，不死也是个重残废，在先前自己被郭洪奎推下去的瞬间，他很惊讶，不知道奎爷为什么要这样做。

蹲在边缘的郭洪奎冷冷地看着自己单手抓着的郭十篆，随后一字一字道："十篆，你听清楚了，不可忤逆祖宗，不可以下犯上，不可心怀邪念，记住了吗？"

郭十篆连连点头，吓得一句话都说不出来。

"给我重复一遍。"郭洪奎冷冷道，听着郭十篆重复了一遍后，这才将其拽起来，随后一把抱住浑身还在发抖的郭十篆道，"十篆，我把你当亲儿子一样看待，你千万不要让我失望，如果你让我失望，我只能亲手干掉你，因为郭家不能出废物！"

被郭洪奎紧紧抱住的郭十篆，瞪大眼睛看着远处的那一团黑暗，呆呆道："是，奎爷，我知道了，十篆知道了。"

郭洪奎笑了，随后又长叹一口气，重重拍了下郭十篆的后背，那几巴掌，让郭十篆有一种郭洪奎想拍死自己的感觉。

第十六章：绝世画

清晨，田炼峰终于醒过来，看着挂着黑眼袋的刑术坐在一侧看着他，紧接着田炼峰目光一抬就看到了那幅画，立即站了起来，揉着眼睛，还以为自己眼花了呢，刚准备说话，刑术直接道："有话回去再说，现在帮我把这幅画给抬上车，然后回当铺，沿途有人问这是什么，就说朋友新做的工艺品，存放在我铺子里，明白了吗？"

田炼峰呆呆地点头，随后和刑术一起扶住那画，让刑术将画背部凿开，取下来，抬着上车，随后开车直奔当铺。

两人开车离去的时候，已经换了一身装备的白仲政从筒子楼里走出来，没有戴面具的他英俊得让人害怕，这也养成了他出门在外，几乎都要戴口罩的习惯——他不擅长与人交流，所以每次遇到胆大向他搭讪的女生，都会呆在那儿一句话都说不出来。

当然，这也算是他最大的弱点。

刑术和田炼峰好不容易折腾回了当铺，放下东西关好门，上好锁之后，刑术直接倒在柜台后面的那张小床上，睁眼道："炼峰，我睡一觉，我扛不住了，否则我脑子中的血管得爆掉，你安静地坐在那儿，不管你做什么，保持安静就行了，等我醒过来，就这样。"

说完，刑术直接睡着了，但他睡觉和田炼峰不一样的是，他睡觉很安静，就像已经死了一样……

一直到下午四点左右，刑术才睁眼醒过来，起身一抬眼，就看到田炼峰戴着耳机、拿着手机蹲在最远的角落中看着什么。

刑术起身来，走过去踹了一脚田炼峰，等田炼峰摘下耳机后才说："开工了。"

田炼峰立即起身："你总算起来了，憋死我了，快说，这是什么东西？"

"画，现代画，不是古画，虽然是古画的手艺，但这些做工都是后来的，至少是解放后才做的，因为画有色差，而且很重，这种色差是画师应该考虑到的。"刑术看着放在旁边的那幅画，"也就是说，这幅画画好了之后，这个画师因为保管不当，导致画本身受潮，也遭受了日光的直接曝晒，所以产生了这么强烈的色差，看画风和颜料以及手法，这个画师算是个大师级人物，但是这种人怎么可能糟蹋东西呢？所以我推测，应该是十年动乱时期做的，但无法好好保管，东躲西藏的，造成这幅画变成了现在这样子，最后才找到手艺高超的人，做了裱框，表面又做了这层挡板。"

田炼峰点头，其实很多地方他都没听懂："这挡板是什么材质的？"

"我不认识，我也不敢找人轻易看，担心泄露秘密，我只能找师父来了，只有找他来掌掌眼，除此之外，别无他法，我不能离开，我给师父打个电话，你开车过去接他，注意安全。"刑术也不和田炼峰商量，直接下了命令。

田炼峰也认为这是个与郑苍穹一起合作的好机会，二话不说，转身出门，开着刑术的车就去了哈市临近的圳阳市，去精神病院中接了郑苍穹来，沿途也将昨晚发生的事情告知了郑苍穹。

田炼峰原以为郑苍穹会对自己说点什么，谁知道郑苍穹一路上只是保持着沉默，一句话都不说，这个状态一直维持到他到了刑术的当铺，足足看了那幅画至少半个小时之后才改变。

郑苍穹看了半小时后，干脆盘腿坐在了那幅画跟前，摇头道："这幅画看起来就像是我师父画的。"

"啊？"刑术还没开口说话，田炼峰先吃了一惊，"你是说是我奶奶的爸爸画的？"

郑苍穹点头："看来是这样，你们找两个强光电筒来。"

刑术转身找了两个电筒递给郑苍穹，郑苍穹打开摇头道："不行，光线太弱，要光线最强的那种。"

刑术只得出门买了两个强光手电，郑苍穹将画立起来，叫田炼峰扶住，随后自己与刑术各拿一个手电，他用手电贴近画的正面打开，而刑术则在画背面相同的位置将手电打开，然后两个手电对应着位置慢慢移动，以此来寻找画上的暗记。

许久，在郑苍穹和刑术的配合下，两人终于在那首诗第二行下方找到了一个人的名字，田炼峰的角度看得最清楚，直接念道："陈大旭？我奶奶的爸爸叫陈大旭？"

郑苍穹摇头，长叹一口气道："我看走眼了，这不是我师父画的，而是我师父的师弟陈大旭的手艺，我忽略了他。"

田炼峰此时思维跳跃了，下意识道："等等，不对劲呀，你和我奶奶是同辈的人，我也应该叫你爷爷，但是刑术却管你叫师父，这样一来，我不就比刑术辈分还低了吗？"

"闭嘴！你少扯淡！说正事呢！"刑术皱眉道。

"这种暗记叫'借天光'。"郑苍穹指着那暗记道，"借天光的意思就是指这种暗记，必须要在正午时分，站在某种特殊的地方，将画的背面对着太阳的方向，而正面用镜子来发光直射过去，只有这样上面的暗记才能显现出来，不过以前管用，后来有强光手电之后，就可以用强光手电直接对照显现了。"

刑术转了个方向看着那暗记道："师父，这个陈大旭是什么人物？还有，师公还会作画？以前没听你提起过呀。"

实际上，郑苍穹压根儿就没有提过他自己师父陈汉璟的事情，否则的话，刑术早就知道他与陈玉清之间的关系了，也不用当千年乌香筷重新现世的时候，才不得不说出来。

郑苍穹看了一眼田炼峰，这才道："原本这件事，我只应该告诉给刑术的，但毕竟我师妹是炼峰的奶奶，咱们说到底，也算是一家子，我也不避讳你了。"

田炼峰有了笑容，赶紧上前搀扶着郑苍穹坐下，转身就去泡茶，并且知道郑苍穹喜欢喝茶的时候吃点糕点，转身出门在对面老鼎丰家买了几样桃酥、长白糕之类的点心。

郑苍穹也知道田炼峰想听，所以刻意等着他回来，这才开始诉说他师父陈汉璟的事情："我师父1911年生，也就是辛亥革命那年，他祖籍在浙江龙泉，不过当时我师父的父亲在上海生意已经做得挺大了，家中也开了好几家当铺，他从小就混迹在当铺之中，对各种物件很感兴趣。在他十六岁那年，也就是1927年，上海发生了'四一二'政变，我师父家因为与工人武装有联系，支持过他们反对军阀，被国民党认定有罪，我师父的父亲花了很多钱，才保下全家，随后不得不离开上海返回龙泉老家……"

也就是陈汉璟十六岁那年，他在龙泉老家私塾外遇到一个老乞丐，这个老乞丐半边脑袋被火烧过，模样很吓人，但是画了一手好画，而且经常用石灰在青石板路上作画。

陈汉璟每天上学放学都能看到这乞丐的画，对画也产生了兴趣，后来也时常送些点心给老乞丐，终于有一天，老乞丐就对他说：“要不，你拜我为师吧？”

陈汶璟立即磕头拜师，但当时他并不知道这个老乞丐实际上是个逐货师，没落的逐货师，画画只是他其中的一门手艺而已，并不精通，陈汶璟后期能达到那种程度，只能说他有绘画的天赋。

当时陈汶璟还有一个族弟，叫陈大旭，属于他们陈家的远房亲戚，因为战乱来投奔他父亲的。

陈大旭与陈汶璟同时拜师，陈大旭虽然没有陈汶璟作画的天赋，但他有一个特殊的能力，那就是模仿，乞丐愿意收陈大旭为徒弟，说到底就是因为觉得这孩子太神奇了，盯着他的青石板画，在旁边拿着石灰块竟然能仿个七七八八，到后来陈大旭模仿的程度到了真假难辨的程度。

就这样，陈汶璟和陈大旭跟着乞丐学了十一年的手艺，在1938年的时候，老乞丐过世了，两人也只能被迫出师。

随后，已经成为逐货师的陈汶璟不顾家人反对，要出门闯荡，实际上就是逐货去了。

“我是个孤儿，全家都被日本人杀了，我能活下来就是个奇迹，我从五岁开始流浪到七岁，饥一顿饱一顿，七岁那年遇到了师父，那年师父才三十四岁，他救下了我，为我治病，我当时浑身都是病，师父说，我能活下来也算是命好。”郑苍穹回忆着过去，慢慢喝着茶，眼睛中还泛着泪花，他平复了一会儿情绪，又接着说，“从那天起，我就跟着师父浪迹天涯，四海为家，学着本事，没多少年，解放了，日子也一天天好了，我们也不再四海为家了，因为也没那机会了。”

田炼峰点头：“那……那师公呢？”

“去世了，他在安排完师妹嫁给田云浩的事情之后，就去世了。”郑苍穹摇头，看着此时在低头思考的刑术道，“我知道你在想什么，陈玉清不是我师父的亲生女儿，也是收养的，我知道你在算时间、算年龄。”

刑术笑了，但没说话，因为这时候他提出怀疑来，对师父和师公不尊敬。

田炼峰挪了挪屁股下的凳子，稍微靠近郑苍穹：“可是您没说陈大旭的事儿啊？这画是他的手笔。”

刑术也看着郑苍穹，郑苍穹随后道：“出师之后，我师父和陈大旭分开了，多年都没有联系，解放后他们才重新在葫芦岛相遇，那时候陈大旭当了个老师，很普通的老师，不过模仿的手艺还在，还给我和师父展示过，好神奇的，你们要是亲眼见了，简直就觉得他就像现在你们电脑上的那个什么复制再粘贴一样，我无法形容有多神奇。”

刑术算道：“陈大旭就算比师公小一点点，解放后就当是1955年吧，他也差不多五十岁了，年龄挺大了，田云浩是1965年遇害的，也就是说差不多在那个时候他已经画了这幅画，但不知道是仿的还是……”

“是仿的，仿的我师父的。”郑苍穹看着那幅画道，“这幅画原名叫‘绝世’，我师父起这个名字的含义就是与世隔绝的意思，他当时是准备隐居了，不过我一直不理解，与世隔绝与彼岸花有什么联系，但我也确实不知道我师叔什么时候仿了这幅画，又什么时候出现在了那座楼中，至于他与田云浩有什么联系，我实在是不清楚，也搞不懂，不过有一件事，我现在得向你们坦白。”

田炼峰睁大眼睛等着答案的时候，刑术见师父一副想说但又不知道如何开口的样子，干脆帮他说了：“师父，你想说田云浩是被他妻子陈玉清杀死的，对吗？”

郑苍穹闭眼使劲点头：“对，我也算是帮凶……”

田炼峰震惊得一下站了起来，因为他死都没有想到自己的爷爷是被自己的奶奶亲手杀死的，而且他一直想拜师的郑苍穹还是帮凶。

刑术也不愿意相信这个答案，之前他推测出来又推翻过，不过当他从墙壁中凿出那幅画之后，他就知道了，田云浩的的确确是被陈玉清杀死的。

“炼峰，你别激动，坐下。”刑术挥手让田炼峰坐下来，但田炼峰依然站在那儿发呆，刑术只得道，“应该说，是你爷爷让你奶奶把他杀死的，他算是一种另类的自杀，可能就是为了守护秘密，但同时又不想让这个秘密永远被他带进棺材，于是留下了这幅画。”

田炼峰一时间反应不过来，看着刑术问：“你说啥？你等等，等我捋一捋……”

“我来说吧。”郑苍穹喝了一口茶，“的确，田云浩是为了守护筷子中的秘密，早就计划好了要带着这秘密上路，说到底，也是为了保护陈玉清和他的儿子田克，因为他清楚早就有人盯上他家、盯上那双筷子了，他只要一死，其他人只能静静地等待着，毕竟盗亦有道，他们也不会对妇女儿童下手，只能等待，寄希望于田克长大之后，不过陈玉清并没有告诉我那幅画的事情，只是告诉我，田云浩安排了自己那种古怪的死亡方式，让陈玉清必须照做，而我在那之前，教陈玉清练了好几年的指力，戴上指套下手的。”

田炼峰还在发呆，这个事实他一时半会儿接受不了。

刑术想了想又道：“也就是说，很早之前，田云浩就想了办法把画封了进去，这么多年，那里没有窗户，竟然没有人提出再凿出一个窗户来？这一点我想不明白。”

这一疑虑，后来在刑术向他父亲刑国栋拐弯抹角询问的时候，刑国栋回忆起，当时警察办案，虽然也看出过这里没窗户，但没有想过墙壁中藏着东西，毕竟谁能想那么远啊？那窗户是很早之前就封上的，至于为什么，一是因为天冷，二是因为夏天的时候，老是有人晚上在对面的那座老屋子中盯着这头的厕所门口，让很多人很害怕，警察调查也没查出个所以然，所以最终楼里面的住户才决定干脆封了窗户。

至于这一切是不是田云浩计划安排的，如今已经无法查实，而且对整件事也没有太大的帮助，刑术也没有再追查下去。

刑术道："师父，现在秘密就藏在这幅画当中，可以肯定的是画是陈大旭所做的，这其中藏着秘密，我也许能解出来，只是外面这层挡板太麻烦了，不打开，我无法看仔细，而且我也不知道挡板的材质是什么。"

"这叫化晶，早年道教中有人炼丹的时候无意中炼制出来的一种东西，像玉不是玉，又不是水晶，通透得像是玻璃，相比之下较为坚固，实际上不值钱，用现在的话来说，就是一种化合物。"郑苍穹解释道，"当时那个条件，要保护画，表面上必须要有挡板，要找到水晶不可能，找玻璃又无法封在水泥墙壁中，最终只能选择用化晶了，我是这么猜测的。"

刑术摸着那化晶挡板道："怎么取下来呢？"

"取不下来的。"郑苍穹摇头，"如果直接打破，会伤到画，也可以用高温，但高温之下，里面的画也完了。"

此时，一直没说话的田炼峰突然道："如果从后面呢？"

"后面是封死的，我看过了。"刑术摇头，"从那里取，画也会被破坏，当年田云浩弄这东西的时候，简直就是设下了陷阱，弄了个难题。"

田炼峰蹲下来看着画道："刑术，这首诗什么意思呀？"

"应该说的是一个武将决定退役了，不当兵，不打仗了，回到家中当一个文人，但下笔的时候没想到依然如当兵打仗一样气势蓬勃，应该是这样吧。"刑术看着那首诗，"就好像是在说田云浩自己吧，他当年就是军人出身，虽然是伪满的江上军，即便不光荣，但也是军人。"

郑苍穹点头："有这个可能，但我还是觉得这幅画叫绝世，这个花叫曼珠沙华，这之间肯定有某种联系。"

说完，郑苍穹摇头道："我累了，时间也不早了，我想回去了，这幅画放在这里不安全，刑术你守着，炼峰送送我吧。"

刑术点头，送郑苍穹出了古玩城，田炼峰随后又开车将郑苍穹给送回去，虽然很折腾，但田炼峰心甘情愿，毫无怨言，毕竟解开了困扰他多年的秘密。

当田炼峰送郑苍穹离开之后，坐在当铺内一直看着那幅画的刑术，却在思考一个他之前没有忽略、现在似乎可以找到答案的问题——这么多年来，田克时不时回来，还在门口设置机关，这说明什么？

极有可能说明，田克说不定知道这面墙壁中的秘密，虽然田云浩死的时候田克还小，田云浩也没有告知陈玉清，但可能留下了某种书信或者是密语之类的，田克长大之后才发现呢？

第十七章：一连串的变故

随后的几天内，刑术足不出户，一直在当铺内关门研究这幅画中的秘密，而田炼峰只要下班之后也立即赶过来，顺道给一天没吃饭的刑术带点吃喝的东西——刑术一旦集中精力做什么事情，就会处于一种不吃不喝、完全将时间遗忘的状态。

同时，这段时间内，白仲政也一直在古玩城监视着刑术，而且一天换好几身装束，不时从刑术的当铺门口经过，装作要来当东西一样，从玻璃缝隙中看上一两眼，随后又离开。

到了第三天的时候，刑术终于向田炼峰提出，让田炼峰请假帮他看着铺子，他要出门一天。

田炼峰当然得问刑术为什么要出去？出去干什么？而刑术只是摇头，根本不做任何解释。

无奈，田炼峰只得请假守在当铺之中，而刑术则直接朝着田炼峰父亲家走去，不过等刑术走到田克家楼下的时候，却意外发现站在小区门口不知道是在等谁，还是准备进去的贺晨雪。

刑术下意识躲开，虽然贺晨雪是绿单瞳，看不见太远的地方，不过他还是觉得要小心为妙。

贺晨雪就站在寒风之中，像个冰雕一样，十来分钟后，天上飘起了小雪，贺晨雪也依然站在那里，直到外出买菜的田克终于出现在小区门口，从贺晨雪身前经过的时候，贺晨雪才开口说了一句话，这句话说完之后，贺晨雪扭头就走，挥手叫了出租车，坐上出租车扬长而去，而田克就站在小区门口，朝着先前贺晨雪所站的方向，好像是丢了魂一样。

刑术觉得奇怪，还在思考要不要上前询问的时候，田克扔下自己装菜的口袋，挥手叫了出租车，上车就走。

刑术立即跳上车，紧跟着那辆出租车，随后发现田克坐的出租车径直去了那老筒子楼。

此时的刑术基本上已经确定了，田克肯定是知道那幅画，知道那幅画中的秘密。

随后更奇怪的事情发生了，田克所乘坐的出租车到了筒子楼楼前的时候，忽然间在狭窄的小巷中掉头，朝着来时的方向开去，田克并没有下车。

田克的出租车返回了小区门口，田克给钱下车，情绪与先前大不一样，他走到小区门前，从保安手中接过帮他收拾好的袋子，道谢后，径直上楼去了。

刑术坐在车中看着这一切，知道现在再上去问田克，恐怕已经晚了，只是他不明白这中间发生了什么事情，最重要的是贺晨雪又对田克说了什么。

刑术等了许久，还是决定离开。

就在刑术开车离开的那一刻，一直站在楼道窗户口的田克拿着手机，对着电话另外一头的那人道："他走了，现在，我要做什么？"

电话那头传来了明显用变声软件伪装过的沙哑声音："现在，你应该完成你父亲遗言中交代的事情。"

田克听完，深吸一口气，并没有愁容满面，甚至连眉头都没有皱起，相反露出笑容道："好！太好了！"

刑术并未开车回到当铺中，因为一天的时间还长，他又去了筒子楼，看着被凿出窟窿的墙壁，思考着前前后后的一切，紧接着下楼径直朝着九鼎拍卖行走去，他需要用最直接的方式质问贺晨雪，问她，到底对田克说了些什么。

可当刑术走到九鼎拍卖行要找贺晨雪的时候，却被上次那个戴眼镜的男子告知贺晨雪已经辞职了！

"辞职了？什么时候的事情？"刑术惊讶道。

男子道："昨天下午，她突然提出来了，然后就走了，我昨天也不知道，今早老板开会的时候才宣布的这件事，她是我们拍卖行顶级鉴定师，她突然这么一走，我们一时半会儿找不到这样的人才，老板已经急疯了。"

刑术寻思着，贺晨雪今早去见了田克，而昨天又去辞职，说明一切都是有计划的，他只得问："不好意思，我有点急事找她，你知道她住哪儿吗？"

男子摇头："我不知道，贺主管这人最不喜欢人打听她的私事，其实平日里除了工作之外，她从来不和我们闲聊的，工作这些年，我们从没有与贺主管吃过饭、去过KTV什么的，她这个人呀，很奇怪的。"

男子说完觉得自己失言了，笑了笑说自己先去忙了，让刑术随意，紧接着便回到了办公室。

刑术站在拍卖行的大厅内发着呆，脑子中突然间全乱了，不过有一种不好的预感已经在他脑子中人形化，那个预感变成的人正朝着他挥手，告诉他，有些事情麻烦了。

刑术转身离开拍卖行，走出去的时候发现自己不知道该往哪里去，因为突然间的变故，让自己失去了方向，可明明就在几个小时之前，真相正朝着他招手。

除了回当铺，刑术不知道应该去什么地方，他驾车返回，在刚进当铺门口的时候，却看到这样一幅情景——田炼峰站在用画布挡住的绝世画跟前，带着如临大敌的表情，而在他跟前三米开外的椅子上，安坐着自己正在苦苦寻找的贺晨雪！

刑术的脑子在那瞬间又乱了，他看着贺晨雪，贺晨雪此时慢慢转身看向他，也不说话，只是看着，但因为墨镜挡住的关系，刑术看不到她如今带着什么样的眼神，不过就算摘下，贺晨雪那种绿单瞳眼睛也无法告诉他任何有用的东西。

“刑术，她半个小时之前就来了，来了也不说话，直接坐下来了，我……”田炼峰有些慌乱，其一是因为他知道贺晨雪不好对付；其二也是因为田炼峰对美女没有免疫，他心中清楚，如果先前贺晨雪直接朝着他走过来，要求他拿开画布看一眼，田炼峰估计会像着了魔一样照做。

刑术定了定神，坐下来，挥手示意田炼峰去泡茶，等田炼峰一转身，他立即凑近贺晨雪，用极低的声音道：“你早上对田伯伯说了什么？！你怎么认识他的？为什么要去找他？”

“上次那个价格你不满意的话，这次我再加一点。”贺晨雪还是聊着上次的事情，“除了那玉牌之外，找到的东西我分你千分之五，不能再多了。”

刑术摇头：“我现在关心的不是这个。”

贺晨雪冷冷道：“你会关心的，你不得不关心，就在两个小时之后，你就得关心，而且会主动提出来要与我一起合作。”

刑术笑了，摇头道：“贺小姐，你太高看你自己了。”

“每个人都有软肋。”贺晨雪依然那副语气，“你也一样。”

“是吗？好吧，那我就安静地等你两个小时。”刑术冷冷道。

贺晨雪此时笑了：“不用了，我现在就说一句话，说完这句话我就走，我现在住的地址在松北区的一个新建的小区中，那里安静，我喜欢安静，地址我会发你手机上面。”

贺晨雪说完，拿出手机，将预先设定好的短信发送到了刑术的手机上，这才慢吞吞地说：“田克，田先生，现在已经动身去找奇门了。”

说完，贺晨雪终于露出个诡异的笑容，随后起身就走，她这句话说得十分大声，让泡完茶端过来的田炼峰也听到了。

那一刻，刑术和田炼峰都傻了，愣在那儿好久，直到贺晨雪走远了，田炼峰才看着刑术问："刚才她说什么？"

刑术不确定这是不是真的，只是立即起身道："炼峰，赶紧上你家，去找你爸，快点！"

说完，刑术出门去追贺晨雪，可那穿着高跟鞋的女人不知道怎么回事，只是短短几分钟的时间，就消失得无影无踪，完全不知去向。无奈，刑术只得和田炼峰一起前往田克家。

两人赶到田克家门口的时候，就看到那里用透明胶贴着一张纸，纸上写着："炼峰，我要出远门了，不要担心，我十天半个月就回来，有事打电话。"

刑术扯下那张纸道："这是你爸的笔迹吗？"

田炼峰一边拿钥匙开门，一边点头："对，是我爸的笔迹。"

"下笔很从容，笔迹不乱，笔锋也很正常，看来他写这些字的时候没有被威逼，不过这只是推测。"刑术跟随田炼峰进屋，发现屋子中还算整洁，但田克书房中的一个柜子却打开了，里面的东西翻得乱七八糟的，在那堆杂物下面有一个打开的箱子，箱子中什么东西都没有，只剩下了几张购物小票。

"糟了，我爸是不是被那个女人绑架了？他也许藏了点什么宝贝在箱子中，也被抢走了？"田炼峰说着就要报警，被刑术制止了。

刑术拿起那购物小票道："你爸没有被绑架，应该是自己走了，你看看购物小票，上面的时间是去年的，购买的都是野外装备，冲锋衣裤、炉头、指南针等，看样子你爸是早有准备。"

田炼峰拿过小票，摇头道："他真的有计划要去找奇门？难道说我爷爷真的把秘密告诉他了？这么多年，他一直在装傻？因为他早就解开了奇门的秘密？但是他没有那个能耐呀！"

田炼峰一屁股坐在椅子上面，拨打父亲的手机，一直处于无人接听的状态，随后他思索着要不要报警，报警的话怎么说？说自己的父亲去寻宝了？警察绝对不可能受理，不是绑架，也不是失踪，这种应该算是自己出门远足旅行。

"炼峰，你再想想，你父亲是不是提到过什么，说过什么，哪怕是稍微有联系的都行。"刑术坐在一侧的飘窗上揉着自己的鼻梁。

田炼峰只是摇头，他父亲是个老实人，老实得在整个医药公司都出名了，早先是个跑业务的，就是倒腾药的，后来不干了，回去坐办公室，还当过一段时间的司机，后来干脆去仓库了，临病退前还烧了一年的锅炉，这种人怎么可能会有雄心壮志去找奇货呢？要找不是早就找了吗？怎么会等到现在？

"我要去找到我爸，我要去找他。"田炼峰起身就往外走。

刑术并不动，只是叫停了田炼峰："站住，回来，你上哪儿去找？现在唯一知道你爸去向的人，只有贺晨雪，没有其他人！我们只能去找这个女人，别无他法，这就是她所说的我不得不关心她提议的原因。"

田炼峰恨得咬牙，攥紧拳头，刑术拍了拍他的肩膀道："轻松点，不要带着怒气去找她，那样容易被她操控，冷静点，冷静点我们再出发。"

田炼峰怎么能冷静下来，因为他那患上抑郁症的母亲就是走丢的，直到现在都没有找到，所以他一直很担心他父亲，担心类似的事情重新上演。

等刑术和田炼峰按照地址找到贺晨雪住处的时候，贺晨雪正在往自己那辆昂贵的越野车上装着各类的装备，而且只有她一个人，并没有其他的帮手。

田炼峰气冲冲地要上前，被刑术拦住了，刑术上前问："你到底对田伯伯说了什么，他才会立即出发要去找奇门，你是谁，你想干什么，你为什么要这么做？"

贺晨雪将最后一个箱子吃力地抱进后备箱中，将后备箱门关上后，才开口道："这一车东西是我赠送给你们的，你们需要带上这些东西去找到奇门，也许准备得不够充分，毕竟你是专家，我只是个纸上谈兵的人。"

刑术知道他无法拿贺晨雪怎样，现在只能被她牵着鼻子走。

刑术只得问："田伯伯往哪个方向走了？他的目的地？"

"我也不知道具体的，我只知道是牡丹江方向。"贺晨雪抬手看表，"正常开车四个小时差不多就可以到，很近，其他的只能靠你们自己了。"

田炼峰上前指着贺晨雪道："你不知道谁知道？！说啊！你到底想干什么？"

贺晨雪平静地说："我只是告诉他，他父亲死时埋藏在墙壁中的东西被人挖出来了，然后他就变成那样了。"

刑术皱眉看着贺晨雪："你一直在跟踪我？盯着我？"

"不止我一个人，还有其他的人，和我不是一路的。"贺晨雪道，"我只能告诉你，我的最终目的就是找到双瞳，仅此而已，我不会与你们一起上路，但我会给你们提供相关的支持，如果你们有需要，拨打我的电话，我会给你一部手机，手机上只有一个号码，只有这个号码才能找到我，同时，我劝你们早点上路，否则的话，也许田克真的会消失得无影无踪，因为消息已经不知道被谁走漏出去了，现在所有试图找到奇门的个人和组织，都收到了'田云浩儿子田克，这个掌握着奇门秘密的人，已经出发寻找奇门了'这条消息，如果你们不尽快，田克会经历什么，我不敢保证。"

说完，贺晨雪转身走了，走向路边停着的另外一辆轿车，开门上车，飞速离开。

田炼峰要去挡车，刑术一把将其拽了回来，也不废话，直接将自己的车钥匙交给田炼峰，告诉他："你回家取一些生活必需品，顺便请假，然后去圳阳找我，我在师父那儿等着你，越快越好，时间不等人。"

刑术说完开着贺晨雪留下的车离开，田炼峰站在那儿，其实他多年前就一直很想和刑术一起出门闯荡，去见些新奇的事物，过上刑术那种四处冒险的日子，可刑术一直不答应，他认为田炼峰完全不适合这个行当，没想到的是，当有一天田炼峰终于可以踏上冒险的征途时，却是在这种危机的情况下。

刑术并没有直接回圳阳，回精神病院，而是一直驾车从松浦大桥去了道外区，直接进了道外三道街靖宇街，将车停下后，径直去了一座看似摇摇欲坠的老建筑之中。

走上那残破的楼梯时，刑术有些迟疑不定，他不知道该不该找这个人，因为除了这个人之外，他无法找到第二个能有本事帮他追踪到田克的专家。

到了建筑的第三层，刑术站在虚掩的那扇门前，伸手要去敲门，但迟疑了一下，又将手放下，他很不愿意和门内的那个人打交道，准确来说，是不想和那种人打交道，因为门内的那种人不听指挥、不受控制，说到底就是那种无组织无纪律、我行我素的家伙。

就在此时，门开了，一个穿着整洁的旧军服、胡子剃得很干净、留着平头、一脸冷峻、有着一双似乎能杀人眼睛的男子站在那儿，看到刑术后，打了一个响亮的酒嗝，随后笑道："我以为是谁呢？原来是刑老板，刑大朝奉，怎么着？你是来还钱的？"

刑术不说话，径直要朝里面走，但男子伸手将刑术挡在门外，摊开另外一只手道："五万八，一分都不能少，这是你欠我的。"

眼前这个人有一个普通得不能再普通的名字——阎刚。但这个人却有很多绰号，少年时期被人称为"刚子"，后来因为烟瘾太大被人戏称为"烟缸"，再后来绰号变成了"阎王"，再再后来在"阎王"这个绰号后面又多了一个字，被人叫作"阎王爷"。

阎刚的绰号完全代表了他从少年时代至今的所有经历，如今三十六岁的他，是整个东北地区最出名的"扫货向导"，当然这是对外的一种称呼，但凡认识他、清楚他的人都知道，他是最出名的追踪专家！

第十八章：追踪专家

刑术认识阎刚还是万文玉介绍的，三年前，他要去云南帮一个神秘人物鉴定玉石，这个人出价很高，恰好当时刑术非常缺钱，他不得不接了这笔单子，而且是在不知道对方具体是谁、干什么的前提下接下来的，不过因为见面的地点对方要求在边境，他多了个心眼，希望找个人一同前往。

随后，万文玉就给他介绍了阎刚，其实万文玉和阎刚也不熟悉，只是听说一些人有麻烦都找过阎刚，这个家伙只认钱，只要有钱，钱给够了，那一切都好办。

刑术找到了阎刚，谈价钱的时候，阎刚只是提出他要刑术本身酬劳的百分之十，其实当时刑术和对方谈好的价格是八十万，也就是说他得拿八万给阎刚。

为了安全起见，他还是答应了阎刚，随后带着阎刚一同上路，一路上他发现阎刚最大的缺点就是喜欢喝酒，整日酒不离手，是早上刚洗漱完毕都得喝上两口的人，但奇怪的是阎刚只喝糯米酒，除了糯米酒之外什么酒都不喝。

而糯米酒在很多饮酒的人眼中，那基本上就是饮料。不过阎刚却能喝醉，但刑术不知道他是真醉还是假醉，在昆明下了飞机，两人转乘火车的途中，遭遇过数次小偷，但醉得眼睛都睁不开的阎刚却轻而易举地将小偷偷走的东西又取了回来。

当然，刑术不至于被小偷偷走东西，被偷也是故意的，他想在路上找机会测试下阎刚。而阎刚在第三次将刑术的东西找回来之后，只说了一句话："够了，第三次了，别故意犯错了，只要有钱，我不会让你失望的。"

那时候，刑术就知道阎刚不是个普通人，在几天之后，刑术更加确定，他与阎刚一同前往的决定是正确的，原因很简单，因为他的雇主是个毒贩子，是个喜欢玩玉石的毒贩子，而这个毒贩子还试图将刑术这个有本事的人留下来，只给自己鉴定东西，否则的话就让刑术永远长眠在云南的原始森林之中。

就在刑术还在思考怎么周旋、怎么离开的时候，阎刚直接一口答应了对方的要求，并且展示了下自己的各项"手艺"，告知对方，自己曾经是军人，而且是特种部队出身的军人，希望能为毒贩效力。

毒贩虽然高兴，但也谨慎，暂时留下了两人，不过当晚阎刚就将这个毒贩直接给手刃了，随后带着刑术悄然无息地从毒贩的住所离开，走之前还拍了毒贩死时的照片。

刑术就那样跟着阎刚在丛林中穿梭了半个月，终于回到了国内，紧接着阎刚不知道联系上了谁，用那张照片跟对方换了二十万，过了一个星期，毒贩被杀的消息被证实后，阎刚的账户上又多了二十万，但当时阎刚只是苦笑着说："说好一百万，老子又被人耍了。"

后来，刑术才知道，阎刚当时杀的那个毒贩，被人悬赏一百万，而且是无论死活，阎刚趁着和他同行的机会，干脆干了这一票，最让刑术觉得后怕的是，阎刚告诉他，其实在杀掉那毒贩之前，他根本没有想过怎么逃离的计划。

而且，不管是去云南还是逃亡回来的路上，阎刚都是我行我素，从来不听取刑术的任何意见，这也就是刑术只给了阎刚三万块钱的原因，而阎刚说五万八中的八千只是他认为的利息。

…………

门口的阎刚摊开手，重复道：“五万八，有没有？有就给我，没有就滚蛋。”

“你坏了规矩，明明是我的买卖，我是雇主，但你却接了私活儿，而且还是杀人的勾当，这种事情要是传出去了，我们俩……”刑术还没说完就被阎刚打断了。

“第一，那地方是三不管地带，没有法律可言；第二，那家伙是千刀万剐的毒贩，他该死，我弄死他，可以救很多人；第三，我如果不弄死他，我们没办法逃出去，只要他活着，他就能随时安排人盯住我们，要知道这类毒贩一向不相信其他人，大权在握，只要他一死，群龙无首，手下的人争夺地位都来不及，顾不上找我们，这就是原因所在。”说完，阎刚又道，“五万八，给钱！”

刑术点头，一一反驳：“第一，那地方就算是没有法律，三不管，但你也得考虑一下我的安危，因为我是雇主；第二，那家伙是该死，但你的任务不是杀死他，我雇你是保护我，不是杀死他，因为我是雇主；第三，你杀死他没有给我带来任何好处，我一毛钱都没有收到，就算你要动手，总得等我收到钱吧？雇主没收到钱，原因全是因为你这个雇员，我凭什么要给你全款？给你三万已经算对得起你了。”

阎刚站在那儿闭着眼睛思考了一阵，竟然点头道：“你说得好像有道理，实际上你亏了，我赚钱了，而且大家都冒险了，让我赚钱的人也是你，没有你，我不可能那么顺利到那毒贩的身边。”

刑术平静地看着阎刚：“这不就得了？”

“好，利息不要了，五万八减去八千，我收你五万，给钱。”阎刚竟然话头一转，说了这样一句话。

刑术二话不说，转身就走，阎刚直接将门重重关上，但很快又打开，走出来看着走下楼梯、步伐却很缓慢的刑术道：“你当菜市场讨价还价是吧？故意装作要走，实际上走这么慢，等着我叫你回来？好，那钱我不要了，你说吧，什么买卖，这次我少收你点，当还你上次的人情。”

刑术站在那儿，心中已经将阎刚骂了几百次，阎刚这人就这样，奇奇怪怪，捉摸不透，性格也很古怪，有时候好得你看他都觉得他脑袋上带着光环、背上长翅膀，完全就是个天使，有时候又混蛋到你恨不得开个轧路机将他反复碾轧。

刑术转身回去，坐在那整洁的房间内，也不废话直接道：“这次比上次简单点，帮我追踪一个人，五十多岁，男性，相关的资料路上我会告诉你，你得跟我一起走，人往牡丹江方向去了，具体用什么方式，是坐汽车还是开车还是坐火车，这些都不知道。”

“就这么简单？”阎刚在旁边拿着一个装着糯米酒的皮袋，喝了一口。

刑术点头：“差不多吧。”

阎刚拿出纸笔放在刑术跟前：“你先把这个人的情况、他的体貌特征都写出来，越详细越好，我先查查他是怎么离开哈市的，然后你说个地点，我去找你。”

刑术摸出一张先前准备好的田克的照片，放在一侧，也不手写，飞快地将田克介绍了一遍，随后问：“够了吗？”

阎刚点头：“行了，明白了，我在哪儿找你？”

“老地方，圳阳市精神病医院，你要是查到了，先打电话给我，然后再来找我。”刑术说完，转身下楼，阎刚也立即着手调查去了。

刑术随后驱车直接到了精神病院，找到郑苍穹之后，将所有事情详细说了一遍，然后询问郑苍穹的意见。

郑苍穹听完后，喝着茶道：“你来之前，我已经知道了，有人给我带过消息了，说奇门传人离开了，去找奇门了，现在道上的人都蠢蠢欲动了，而且听说好几批人已经出发了，其中很多都是高手，你要去找田克，也需要找高手，我认识一个人，也是个向导，她正在赶来的路上，很快就到了。”

刑术一愣，原本他想说自己也找人了，但听到郑苍穹说对方快到了，于是干脆闭嘴没说，只是点头道谢，问：“师父，你找的这个人是谁？什么价钱？”

郑苍穹道：“女的，姓那，叫那枝，年龄不大，只有二十五岁，寻人专家，她的父亲和爷爷都是老警察，特别是她爷爷，早年一直办的都是失踪人口案，算是家传本领吧，他父亲开了一个专门找人的网站，现在她算是执行人，靠这一行吃饭，她大学毕业到现在不过两年，找回近三十个失踪人口，很厉害，价钱嘛，你和她谈，应该不贵。”

刑术有些担忧地问：“女的？”

“别小看女人，女人也能撑起半边天。”郑苍穹一字一字道，“她真的不错，相信我。”

“我知道了。”刑术知道师父推荐的人，自己无法拒绝，又问，“那她知道我们这个行当吗？”

“知道，她父亲喜欢古玩，我带过她父亲一段时间，而且十年动乱的时候，我救过她爷爷。”郑苍穹随后指着旁边新装的电话机道，“这是我让你爸新装上的，我知道总会出事，我年龄大，不方便出门，有事电话联系吧，你去吧，注意安全，有事多动脑子想想。”

刑术点头，看着买来的水果道：“师父，记得每天都要吃，不要落下了，对身体好。”

“啰唆，快滚！”郑苍穹皱眉道。

刑术起身离开，走到楼下就接到了阎刚的电话，接起来阎刚就直接说：“查到了，坐火车走的，今天上午的票，车次是K265，到达时间是下午两点十分左右，我已经安排我一个战友在牡丹江火车站截住他，等我们赶到之后，差不多接上他就可以回来了。”

“好，我知道了，你还有多久到？”刑术问。

“我还有最多半小时就到你那儿了。”阎刚说完挂了电话。

刑术原本想告诉阎刚这件事没那么简单，如果那么容易就能在火车站将田克截住带回来，也不用找他的。

阎刚的人脉网基本上都是他曾经的那些战友，刑术其实也不清楚他到底是哪支部队出来的，只知道他少年时期是个混子，整日不学好，那时候被人叫作刚子，后来开始学坏了，竟然染上摇头丸之类的毒品，被家里边想办法弄到部队去脱胎换骨。

阎刚去了部队之后，才发现那里的生活才真的适合自己，特别是军事方面，特别过硬，两年一过就当了士官，随后考了某特战大队，一次性通过，其后一直在这支部队服役，但阎刚没说自己怎么退役的事情，刑术猜测这其中肯定有点故事，但不好问。

阎刚的那些战友遍布全国，大多数时候一个电话，阎刚就能搞定很多事情，例如先前调查田克，就是阎刚打电话问了铁路部门的战友，直接查询了田克的身份证号码，就直接调查出来了，毫不费劲，前后花了不到十分钟的时间。

不过，阎刚为什么能让这些战友在退役后这么多年依然给他面子，这让刑术有点百思不得其解，就算是战友情高过一切，也不至于这么多人都和他有如此深的感情吧？

刑术走到精神病院大门的时候，并没有看到郑苍穹所说的那个寻人专家，可当他一回头，看着铁门右侧墙角下的时候，才注意到一个穿着白色羽绒服、戴着防风镜和风帽的人蹲在那儿，那人跟前还放着一个巨大的登山包。

那人看见刑术后，站起身来，在那儿咧嘴笑了，随后也礼貌地将风帽、防风镜取了下来，露出一头短发，随后微微鞠躬道：“你好，你就是刑术刑老板吧？我是那枝。”

刑术看着那枝，打量着这个个头刚好只有一米六的姑娘，下意识地问：“你今年有二十五了？”

那枝笑道：“我这模样显小，好多人都说我看起来像是十八九岁的姑娘，其实我都二十五岁了。”

“是显小，我还以为你才读初中呢。”刑术有些尴尬地笑了笑，他最担心出去的时候带上膘子或者五花之类的人，这种人沿途还得自己照顾，而且经常犯错。

那枝只是腼腆地一笑，随后问：“刑老板，请问我们什么时候出发？”

“我还得等两个朋友，等他们来了就出发，车里坐四个人，再放点装备都没问题。”刑术说完，咳嗽了一声，“对了，不知道您的价钱是……”

那枝看着刑术问：“你是事主吗？要找的人和你是什么关系？”

“要找的人是我的伯伯，我也算事主吧，要找的那个人的儿子也会与我们同去。”刑术解释道。

那枝点头：“刑老板，是这样的，我不建议事主前往，毕竟万一发生了某些情况，事主在的话，不好处理，你懂我的意思，这是经验之谈。”

刑术知道那枝是担心田克要是出了意外，田炼峰在场会受不了那刺激，立即摆手道：“你放心，这事和你想的不太一样，应该不会出现意外吧。”

那枝笑道：“刑老板，凡事都有万一，虽然我也很不想那个万一会出现，但根据我的经验，失踪者中十个人有五个人都找不回来，找不回来的原因百分之七十五都是遭遇意外，而且是在某个偏僻的地方，有可能一辈子都找不到。”

“谢谢提醒，但愿不会出意外吧。”刑术笑道，觉得这个叫那枝的有点轴。

此时，阎刚开车先到，见了刑术，也看到了那枝，什么话也不说，直接将车开进医院停好，刑术立即带了那枝进去，将后备箱打开，让两人将背包扔进去，随后坐在车上等着田炼峰。

上车后，阎刚直接坐在了驾驶位上，刑术坐在副驾驶位上，刚要准备向阎刚介绍坐在后座的那枝时，阎刚扭头回去，看着那枝道：“小姑娘，咱们又见面了，没想到这么快，不到一个月的时间。”

刑术扭头看了一眼那枝，问阎刚：“你们俩认识？”

“岂止认识，”那枝的脸色沉了下去，“他就是个认钱不认人的家伙。”

阎刚笑了：“小姑娘，说得你好像找人不收钱一样，你做的是公益事业，而我都是出于私心。”

那枝看向车窗外：“是不是，你自己清楚。”

刑术皱眉，觉得麻烦了，他最怕一队人出去有矛盾、有旧仇，这就是他总是要亲自挑选随队人员的原因所在。

刑术沉默了一阵，开口道：“我先说下规矩……”

刚说完，阎刚就故意按响喇叭打断他的话，随后冷冷道：“规矩是给他们的，我不要规矩，我的规矩我自己订，刑老板，咱们不是第一次合作了，你应该知道的。”

那枝此时却在后座道："没有规矩不成方圆，我们是一个团队，为了达到共同的目标，就得有规矩，遵守规矩。"

刑术咳嗽了一声，用这种方式来让他们保持安静，刚要说的时候，见田炼峰开车到了，只得停下来，等田炼峰着急忙慌下车，打开这边车门之后，他才简单地介绍了下那枝和阎刚，然后让阎刚马上开车出发。

田炼峰与那枝单独坐在后面，他闻着那枝脸上抹的那种不知名的护肤霜，被那股香味弄得很不自然，好几次下意识去偷看人家，那模样就像是个即将步入青春期的少年。

刑术和阎刚从车内后视镜中看了个清清楚楚，都觉得很好笑，特别是阎刚，忍住笑在那儿摇头，嘟囔道："这种模样的都喜欢，没见过女人吧。"

这句话田炼峰和那枝都听见了，两人都装作听不到，各自看向自己靠着的车窗外面，不发一语。

而此时的刑术却在思考着，自己怎么才能和稀泥一样将这个充满矛盾的队伍给平安带出去，再平安带回来。

在他心中，这个队伍是这些年他遇到过的最糟糕的一个，没有之一。

第十九章：意外中的意外

"现在，我宣布下规矩。"刑术转身回头看着后座上的两人，"规矩一，做任何事动脑子，想着整个团队，不要老想着自己；规矩二，产生任何矛盾的时候请参照第一条；规矩三，任何事情最终做决定的只有我，我是你们的雇主、你们的头儿、你们的老板！"

刑术见田炼峰刚要开口的时候，立即指着他道："我也是你的雇主，即便你是事主，只要坐上这辆车，就是我的雇员之一，就得听我的，否则现在马上打开车门滚下去。"

刑术虽然是对着田炼峰说，但实际上这番话是告诉给那枝和阎刚的，他知道这两个人能听懂。

田炼峰点头，那枝也点头表示明白，只有阎刚一个人什么反应都没有，只是打开了车载CD，随后里面传来了一首外语歌曲，因为那轻松的节奏，让车内的人都放松了下来。

田炼峰问："什么歌呀？什么名字？"

那枝在旁边道："是*November Rain*，原唱是枪花，这个不是原唱。"

田炼峰点头："噢，知道了。"

说完，过了几秒，田炼峰又问："枪花是谁？男的女的？"

那枝看着田炼峰道："是一支乐队。"

"东北的？"田炼峰睁着眼睛问。

那枝深吸一口气，刑术立即转身道："对对对，东北的，好了，现在说一下关于失踪人员的情况。"

刑术说完，故意看了下那枝，用眼神示意她保持安静，因为要是这样下去，田炼峰会问个没完，这个单纯的孩子一直生活在刑术认为的二维空间中，而不是正常人所生活的三维空间。

接下来，刑术开始介绍田克，但并没有说主要的原因，其实内中原因他可以说出来的，不过此时他既担心阎刚，也担心那枝，总觉得这两个人有点不靠谱，即便那枝是师父亲自推荐的，他也多了个心眼儿，毕竟郑苍穹已经快八十岁了，这个时候的人，最容易犯糊涂。

阎刚听完后倒是什么都没说，毕竟这些资料刑术早先给他说过一次了，但那枝却提问道："他为什么要出走呢？如果知道原因，对找到他有很大的帮助。"

刑术从后视镜中看着那枝，问："那小姐，你以前有没有找过类似毫无预兆、莫名其妙失踪的人？"

那枝立即回答："极少，大多数都是有理由，也就是有动机，这个和破案一样，只要找到动机，就找到了突破点。"

"但如果没有动机呢？一直找不到呢？还找吗？如果找，怎么找？"刑术又问。

那枝认真道："那就只能一步步慢慢来了。"

"不用那么麻烦了，人是坐火车到牡丹江的，我已经派人去火车站截住他了，我们到了之后，基本上就可以拉着人直接回来。"阎刚终于开口道。

阎刚这番话说完，那枝开始很纳闷，随后脸上出现了明显的不满。刑术知道，她是在生气，这人明明找到了，为什么还要找自己？

刑术盯着车头前方道："那小姐，你放心，人就算找到了，酬劳也不会少了你的，至于酬劳是多少，你现在可以发短信给我。"

这是规矩，不可以当着第三者的面谈价钱，从前是找僻静的地方，或者是在人多的地方用暗语，而现在，基本上都靠短信来交流。

那枝低头发短信，刑术拿着手机，随后看到发来的短信上面写着："三千元，吃住行等费用另算。”

刑术立即回复：“没问题。”

这个价钱对刑术来说，简直是太便宜了，完全就属于在做善事，原本刑术计划中那枝会要三万左右，毕竟在追踪和寻物、寻人方面，需要这类专家出面的，至少都是这个价钱。

四人在傍晚六点一刻才赶到牡丹江，虽然阎刚已经尽快了，但因为是冬季，冰雪路面的关系，他们花了六个小时的时间，而且最奇怪的是，在两点多，田克乘坐的火车到达牡丹江之后，阎刚的战友并没有打电话来联络他，告知他情况。

阎刚也回拨过电话，但其战友的电话一直处于关机状态，这让阎刚很不安，因为他那个战友是从不关机的，无论在任何情况下都不会。

阎刚没有找到战友，只得将汽车径直开到牡丹江火车站，停下来之后继续打电话，同时也用另外一个手机联系自己在牡丹江认识的朋友，田炼峰看着车外的阎刚一边打电话，一边还发短信，丝毫不乱，而那枝则下来直接走向一个扫地的大妈跟前，与对方交谈着，最后竟然还开始抹上眼泪了。

田炼峰看着车外问刑术：“术啊，那个那枝怎么还哭了？是我爸丢了，不是她爸丢了，她至于吗？”

刑术没搭理他，一会儿工夫阎刚上车来，对刑术说：“我让移动公司的朋友帮忙定位我战友的手机了，最多半小时工夫就有消息了。”

随后，那枝也回来了，眼圈还是红红的，但只是站在车窗外道：“我问了这里的清洁工，她刚准备换班，今天中午到下午一直都是她在出站口附近，她说两点左右的时候，出站口并没有发生什么事情，很平静，我告诉她我的一个亲戚丢了，我现在去监控室想想办法看看两点左右的监控。”

说着，那枝转身走了，等那枝走之后，阎刚就摇头笑道：“这个小姑娘，利用她那模样去博取她人的同情，有点无耻。”

“那是人家的优势。”刑术淡淡道，“不要在背后议论人家这个那个，我说了，我们是个团队，明白吗？”

阎刚扭头看着刑术：“我还没问你是什么意思呢？你找了我，又找她，是认为我不靠谱？”

“这个人不是我找的，是我师父找的，我不好拒绝，你也知道，我希望出来的队伍不超过三个人，这次算破例了。”刑术满脸愁容，其实他在这里也有朋友，但不是万不得已，他不想动用这些关系。

许久，那枝回来了，上车后道：“麻烦了，我看监控了，看到了田克从出站口出来，出来之后，田克直接上了一辆牌照为黑C8XX9X的商务车，我看了各个角度，发现车是沿着光华街朝护路街方向去的，之后我就不知道了，我也有办法找当地的交警，但这需要时间。”

“不用了。”阎刚说道，因为他的电话响起来了，他随后接起来，静静地听着，然后道，“谢谢，帮我盯着，我等会儿再联系你。”

说着，阎刚挂掉电话，看着都盯着他的其他三人道：“我战友的位置不在牡丹江，在临近的宁安市，麻烦了，出事了。”

阎刚发动汽车之后，刑术却抓住方向盘，问：“什么意思？”

阎刚皱眉解释道：“我战友是个很谨慎的人，按照他的做事方法，在他发现田克从出站口走出来之后，他肯定不会马上迎上去，而是会装作开野的的司机抑或周围旅馆拉客的人上去搭讪，然后想办法将其安置在某个地方，如果有人先他一步将田克接走，那么他必定会悄悄尾随，同时将情况告诉我。”

说完，阎刚扭头看了一眼身后的那枝道：“按照她的说法，田克上了一辆商务车，整个过程很快，事情在很焦急的前提下，我战友肯定来不及给我打电话，必定是开车就追，而且在这个过程中，商务车肯定开得很快，走的全是红绿灯很少的地方，这样一来，我战友只顾追踪，就顾不上联系我了，不过很快他就被人发现，并且被人控制住了，然后带到了宁安市。”

田炼峰立即问：“你为什么这么肯定？”

“太简单了。”阎刚道，“接走田克的人肯定也怕出事，所以行事谨慎，无论他们开得多快，也不会故意违反交通规则，否则会招致麻烦，而且，上高速之后，我战友就有机会打电话联系我，因为高速上追一辆时速在一百二十公里左右的汽车，不像在城里，需要全神贯注地盯着，只要对方保持在自己的视线范围内，保证追踪的汽车不会从某个高速出入口离开就行了。可是我战友没有来电，那就说明，我战友在上高速之前就被人控制了，而且对方不是普通人，我战友的身手，七八个人近不了身的。”

阎刚说着又要着急开车，刑术还是紧紧抓着方向盘，随后不顾阎刚的感受，扭头问那枝：“那小姐，你怎么看？”

那枝立即道：“我觉得定位的是手机，但是手机和人可以分开，对方如果真的很厉害，说不定会猜测到我们会追踪手机，说不定故意想引开我们，引我们去宁安市？”

刑术点头：“我也这么想，但现在我们好像没有选择，唯一的线索只有那个定位的手机。”

此时，阎刚电话响起来了，阎刚接起来听了一句，眉头紧锁，随后道："什么？消失了？消失了是什么意思？电话卡彻底损坏？就没别的办法了吗？那这样，你告诉我信号最后出现的范围在宁安市的什么地方？"

阎刚听了几句后道谢挂了电话，扭头看着刑术道："你说得对，我刚才冲动了，我们被耍了，我朋友说，电话卡第一次追踪是在宁安市市区内，而先前再次锁定，范围在宁西乡，差十几公里呢，这么短的时间内，如果是夏季，汽车跑十几公里没问题，但在冬季，达不到这个速度，所以他们肯定是将电话卡放在了某种非候鸟的身上。"

田炼峰一听，脑袋都大了，摇头靠着座椅道："完了完了，这下线索全断了。"

那枝坐在那儿想了很久，就在要开口说话的时候，却听到一直看着车头前方的刑术道："不合理。"

那枝点头赞同，阎刚也道："对，我也觉得不合理。"

刑术想了很久，问："阎王，你那战友是做什么的？现在是做什么的？"

"开了家比较专业的保安公司，都是退役军人，但都是给有钱人当保镖的，不培养那种一般的小区保安，你怎么问这个？"阎刚看着刑术，忽然反应过来了，"你怀疑他？"

那枝在后面看了一眼田炼峰，表示自己也怀疑阎刚的战友。

刑术点头："他是唯一的线索，也是唯一的怀疑对象，你也说了，他很谨慎，他是个高手，前特种部队出身的人，这种人怎么可能被轻易制伏？你想想看，按照你的推测，田克被商务车接走，他追踪，在追踪过程中他被人制伏，他是一个那么厉害的人，肯定知道如何自保，就算知道无法自保，也会让周围的人留意到自己被擒的情况，但一切都很平静，而且他是个做生意的，我推测，这个电话号码应该是你们战友之间联系的，绝对不是他平日生意上用的电话号码，对吧？"

阎刚点头道："对，这个电话号码只有我们战友间才知道，他还有其他的手机号码。"

"那就对了，对他的怀疑加重百分之十，现在他的怀疑程度是百分之五十，接近五成了。"刑术目光一直看着车头前方，"他的交际圈子都是有钱人对吧？他玩古董吗？"

阎刚回忆道："算吧，他玩文玩，核桃、蜜蜡之类的东西，你知道，我对这些一向不感兴趣，只知道他痴迷过好长一段时间，现在东北不是流行玩这种东西吗？上次我见他的时候，他手里就随时捏着一个葫芦，说文玩葫芦，很小，一直在那儿摸着，说那叫盘葫芦？"

刑术道："葫芦的谐音是福禄，就是图个吉利，活动下手指，没有平日内传得那么神奇。不过照你这么说的话，对你战友的怀疑再加百分之五，就是百分之五十五了，过半了，现在，你告诉我你战友公司的名字，还有他本人的名字和相关资料。”

阎刚只得说出来，因为是他找的人，出了事他必须负责，而且依照行规，按出事的大小会依比例来减少报酬，如果事情严重，那么这趟阎刚就是白跑了。

可此时的阎刚并不知道事情的严重性完全在自己的意料之外。

刑术听了阎刚的叙说之后，开门下车，顶着寒风，找了一个角落，拿着电话拨打了出去，而他这个电话是直接打到了圳阳市精神病院的门卫室，也就是童云晖处。

“师父，有事求您。”刑术听那头电话接起来之后就直接开口道，但没想到接电话的竟然不是童云晖，而是他爸刑国栋！

刑国栋在那头用沉闷的声音问：“你小子又上哪儿去了？说！”

刑术吓了一跳，完全没想到他爸竟然在，因为平日内那门卫室只有童云晖一个人，他死都想不到今天刑国栋突然想下棋了，干脆抱着棋盘去了门卫室找童云晖，谁知道刚摆好棋盘，电话就来了，刑国栋下意识就接了起来，而一侧的童云晖清楚听到听筒中传出刑术的声音，知道这下惨了。

因为刑国栋虽然收留了童云晖，但也知道自己的儿子刑术什么都好奇，所以千叮咛万嘱咐，让童云晖千万不要教邪门歪道的东西给他。

刑术开始编谎言，说自己又做买卖了之类的，他爸当然不信，只是道：“你的买卖关老童什么事？半毛钱关系都没有吧？你还找他帮忙？他能帮你什么？”

说着，刑国栋还下意识地转身看了一眼假装在研究棋局的童云晖，但实际上棋盘才刚摆开，根本不需要研究。

刑术深吸一口气道：“爸，我实话实说吧，炼峰的爸出事了，我们正在找他，但现在出了更大的意外，我需要童老的帮助，我只能说这么多。”

刑国栋听完，什么话也没说，只是将电话放下，转身收拾棋盘，自言自语道：“我有点急事，才想起来，这局棋留着下次再说吧，我走了。”

说着，刑国栋转身就走了，童云晖看着刑国栋离开，叹了口气，知道刑院长还是心疼儿子。

刑国栋离开之后，走了几步，在雪地中停下来，又看着已经关上门的门卫室，轻叹了一口气，只是在心中祈祷着，刑术一定要平平安安，从刑国栋收养刑术的那天开始，这个男人心中就只有这么一个愿望。

童云晖接起电话“喂”了一声后，刑术立即将情况告知了童云晖，童云晖听完后，对他说：“你去爱民区北山公园门口，找一个修理自行车的移动小铺，很小、很简陋，如果那辆小推车上面挂着写有‘修车’的旗帜是黑色的，你就在那儿等着；如果旗帜是白色的，那你就直接打开小推车的车门，从里面将打气筒拿出来，提在手上，然后就会有人过来了。”

“什么意思？”刑术问。

“这个人姓乌，叫乌德炎，绰号‘捂得严’，这个绰号由来是因为他口风紧，你说啥他都不会说出去，他以前被警察抓过，也没有供出自己的同伙，后来洗手不干了，但是这家伙还是与一些老资格的贼有联系，他的消息也比较灵通，找他没错，他欠我一个人情，你向他提我，他会帮你的。”童云晖说完，又道，“术啊，注意安全，你爸很担心你，我估摸着你爸现在还没回办公室呢，肯定在哪个犄角旮旯等着你报平安的电话。”

“师父，我知道了。”刑术点头，挂了电话，给刑国栋发了个让他不要担心的短信，然后上车让阎刚直接去北山公园。

到了北山公园门口，刑术还没下车，就看到了对面两个电线杆子之间有一辆推车，车上挂着一面白色的旗帜，上面写着“修车”两个字，当他要下车的时候，阎刚拉住他，一扬头，让他看街对面，也就是北山公园门口右侧的地方——那里有座房子，房子门口挂着一个警徽，旁边还有个牌子，上面写着“牡丹江市圣林街派出所”。

这个乌德炎竟然将自己的铺子弄到了派出所的门口？他是真的洗手不干了，还是故意来这里监视警察的？刑术哭笑不得，走到推车前，按照童云晖所说，将打气筒拿出来，然后提在手中等着。

第二十章：老贼的指引

刑术在那里站了十来分钟，都没有人来，自己都快被冻透了，阎刚在车内朝他招手，示意他上车来暖和下，但刑术只是摇头，就在此时，对面派出所的门开了，一个披着不戴肩章的警察冬季多功能大衣、戴着一个毛线帽子、满脸皱纹、面部皮肤黝黑、眼睛觑成一条线，但个子很高的老头儿探出脑袋来，看着刑术，目光随后落在了他手中的气筒上。

刑术朝着老头儿点点头，心想这就是乌德炎吧？

乌德炎径直过街，看了一眼停在旁边的越野车，又看着刑术问：“你是不是傻？”

“啊？”刑术愣了，觉得这老头儿有病，上来就骂人。

乌德炎指着越野车道：“我这修自行车，不能修汽车，我没那手艺。”

“不是，乌前辈，我是童云晖的徒弟刑术，我是来找您帮忙的。”刑术立即解释道。

“噢——原来是这样。”乌德炎点头，随后拉了拉肩头的大衣，问，“童云晖是谁呀？”

刑术差点一口气背过去，他不知道怎么解释，难道说：他和你以前一样，都曾经是叱咤风云的贼？

乌德炎见刑术那模样，突然哈哈大笑，指着刑术道：“你看看你那模样，还说不是傻？逗你玩呢！”

刑术咽了口唾沫，当时就有冲动将打气筒扔那老头儿脑袋上去，但只是想想，实际上他还是维持着笑容。

乌德炎指着对面的派出所道：“走吧，过去聊，这里冷。”

“啊？”刑术指着对面，“去……去派出所？”

乌德炎反倒用奇怪的眼神看着他：“我没记错的话，童云晖很多年前就洗手不干，从良了对吧？他就算收徒弟，也不会再让徒弟当贼，你来找我，肯定不是问我什么犯法的事儿，对吧？既然不是，你为什么不能和我去派出所聊呢？”

刑术哭笑不得，摇头道：“不是，只是，您怎么就在派出所呢？”

“合作单位。”乌德炎指着自己的小推车，“警民共建修车小铺，明白不？”

“行，好吧。”刑术无奈，看了一眼商务车，跟着乌德炎走向对面。

此时，车内的阎刚、那枝和田炼峰都傻眼了，看着刑术低着头跟着乌德炎往派出所走，完全不知道怎么回事。

田炼峰愣愣道：“刑术这是没办法了，只能报警了？”

那枝摇头，阎刚摸着下巴道：“搞什么呀？”

田炼峰摇头：“他是不是遇到什么有大智慧的人，把他说通了，他想起来自己做了什么坏事，然后去自首了？”

“滚！”阎刚低声说道，“等着吧！”

进了派出所的一间屋子，乌德炎坐在一张桌子对面，而刑术坐在另外一面，恰好乌德炎背后墙壁上还写着两行字——坦白从宽，抗拒从严。

刑术觉得浑身不自在，一个当年的大贼，现在和派出所关系这么好，随时进出不说，还能随便用人家的屋子，那模样和一个老警察一样一样的。

刑术知道耗不起那时间，也不废话，直接将事情说了出来，求乌德炎帮忙，查一查阎刚的战友。

乌德炎听完，抱着保温杯道：“王铁东？我知道这个人，是，他是开保安公司的，而且是牡丹江第一家，很专业，不过我没记错的话，王铁东已经不是那家公司的法人代表了，半年前他就已经将公司转给其他人了，自己也卖房子卖车，听说欠了一大笔钱。”

“是吗？”刑术点头，知道这下王铁东的嫌疑达到百分之八十了，基本上之前那场戏就是他自导自演的。

“你等会儿。”乌德炎起身出屋，十来分钟后回来，坐下来道，“我问过了，这个叫王铁东的沾上毒品了，开始吸毒了，开始有钱的时候还请人吸毒，后来被人算计了，说他吸嗨了之后，将人家的一批货倒厕所里了，说要赔几百万，这件事道上的人都知道，但实际上他是被人坑了，吃了哑巴亏。我问到他的地址了，我写在这张纸上了。”

乌德炎将一张纸递给刑术，递过来的时候，刑术留意到他右手食指和中指的指头漆黑，但那种黑是从内往外的，并不是沾了墨水或者油漆之类的。

刑术看了一眼道：“谢谢乌前辈。”

“客气，还有什么事儿吗？”乌德炎问。

“没有了，如果有，我再来找您，麻烦您了。”刑术起身微微鞠躬。

乌德炎点头，示意刑术走吧，刑术出门就打电话给童云晖，觉得这个乌德炎太神奇了。

结果童云晖告诉他，乌德炎早年不是这样的，十分猖狂，号称没有自己偷不到的东西，只要是人家带在身上的，哪怕是藏在脚板底下，他都有办法偷走，而且脾气暴躁，喜欢喝酒，喝完酒就发酒疯，目中无人，还宣称要与反扒的警察对抗到底。

乌德炎的这种猖狂终于还是得到了报应，某次他上公交车摸包，东西没偷到，反倒是手指头被什么东西扎了，开始他也没在意，但后来食指和中指全肿了，一点儿知觉都没有，而且整只右手也逐渐失去了知觉，他终于知道怕了，但当时他身上没钱，只得再冒一次险，去偷一次，想弄一笔钱上医院。

谁知道这次，乌德炎上车就遇到了反扒的民警——一个老民警，老民警抓住乌德炎的时候，看见他的手指，眉头一皱，带着乌德炎就下车，而且直接将他带回了派出所，然后吩咐人抓药，又掏出一把刀烧红了，将乌德炎手指尖的皮全部剥下来，放出里面的脓水，然后用熬好的草药浸泡，反反复复泡了三天，乌德炎这才觉得舒服多了，手也恢复了知觉。

乌德炎好了之后，知道那老民警救了自己，直接就跪了下来道歉，老民警一把将他扶起来说：“别，你别跪，你就答应我，以后呀，别当贼了。”

乌德炎点头：“我不当了，但我不知道做啥。”

“学门手艺吧，我教你修车得了，赚不了几个钱，但也饿不死。”老民警咧嘴笑了，“怎么样？”

乌德炎这个人好就好在说一不二，他没有立即答应，完全是因为他其实不甘心，而且他就会这个，其他的也不愿意学。老民警也看出来了，告诉他，他之前是遇到高人了，有些人专门就喜欢对付扒手，会用毒，用的是一种老毒，解放前在土匪中盛行过一段时间，乌德炎中的就是这种，要是再晚一两天，乌德炎整只手都得废了，如果不截肢，蔓延到肺部或者心脏那就是死路一条。

乌德炎明白了，天外有天，人外有人，这次是得救了，那下次呢？最后他下定决心，不干了，跟着老民警学了修自行车。

童云晖还说："老乌后来吧，自己还办了个培训班，教那些还在当贼的人回头是岸，但是呢，效果不是太好，要知道，很多人都想着不劳而获，不过老乌还是我行我素，总是用老民警的那一套话告诉他们，说干什么都得靠自己的劳动，别老想着天上掉金娃娃下来，后来，老民警死了，老乌呢，伤心舍不得，干脆就将修车铺子弄到派出所对面摆着，实际上吧，他也算是当地反扒警察的顾问。"

刑术听完道："原来是这么回事，不过他退出这行那么多年，消息还这么灵通？"

童云晖解释道："贼行当，消息是最灵通的，因为贼只是这个人其中的一种身份，当贼的还有其他的身份，所以消息自然灵通，就像我，我以前还做过小买卖呢，谁也不知道我是个贼，但我们这样的，已经不多了，现在的贼都讲究职业，老乌消息这么灵通，也是因为后面一些讲规矩的贼，就算不听他的劝，也尊重他，尊重他对老民警的那份情谊，你懂我的意思吧？人，都是感情动物，老乌的技术其实不算顶尖的，但他在情谊方面，那才是顶尖的。"

刑术挂了电话，按照地址去找阎刚的战友王铁东。

阎刚听说王铁东在吸毒，自己也很惊讶，因为他完全没有任何消息听说王铁东变化这么大，而且是在短短的半年之间，同时他也很自责，自己看错人了。

王铁东现在的住所，是一座20世纪90年代修建的商住楼的顶楼，那座楼很破很旧，而且还不算是集中供暖，所以走在楼道内都觉得比外面暖和不了多少，满墙壁都是各种小广告，贴得那叫一个密密麻麻。

刑术让田炼峰和那枝留在了车内，自己和阎刚上楼去，阎刚上楼的时候，不断看着四下，到了顶楼的时候，他一脚踩在门口的蹭脚垫上，随后蹲下来打开，看到里面有一把钥匙。

刑术刚要俯身去拿的时候，阎刚抓住他的手道："别，这是陷阱，铁东的习惯就是这样，以前我们演习侦查任务的时候，为了防止所谓的敌人来探查我们的屋子，就故意摆类似这样的陷阱，这把钥匙有卡扣，一旦插进钥匙孔就拔不出来了，你要是用力，就会断在里面，这样任凭谁都知道有人想闯空门。”

刑术摸出自己的工具：“我也不管是不是犯法了，我来开吧。”

刑术说着蹲下来，很快就将门打开了，刚打开，阎刚听到门口发出“咔嚓”一声响，下意识地将门又立即拽了回来，刚拽回来，一个东西直接将木门刺穿了，露出个锋利的、在廊灯下发出寒光的箭头。

刑术倒吸一口冷气，看着阎刚。

阎刚看着那箭头：“精铁箭头，这东西不好找，穿透力一流，以前蒙古军西征的时候用的就是这种，近距离穿透铠甲都没问题，这小子疯了，在屋子内布置这种机关，而且是用强弩发射出来的，妈的！”

刑术咽了口唾沫道：“要不是你手快，我进去，现在就被穿透了，你这战友挺狠的呀。”

阎刚点头：“他是挺狠的，但这不是上战场，他小子看来真的是被逼急眼了。”

“还有机关吗？”刑术心有余悸地问。

阎刚摇头：“不知道，你往后退，让专业的来。”

刑术点头，后退到楼梯下面，阎刚随后也退到楼梯下面，伸手稍微用力将门推开，然后侧身躲在旁边等待着，就在门缓缓打开，整个门快要全部打开的时候，又听到清脆的弹射声，阎刚下意识地将刑术朝着后面一按，紧接着一道白光从两人身前不到几厘米的位置横着飞了过去，直接刺中了两人左侧走廊窗台的那个木箱。

刑术慢慢扭头，看着刺在木箱子上的东西，那是一个铁片，一个边缘被磨得锋利的铁片。

阎刚扭头看着刑术，自己也被吓得够呛，但他也明白了：“这小子知道我要来，这东西是专门对付我的。”

“啊？”刑术不明白怎么回事。

“那时候他喜欢布置这样的机关，我就说，你有本事在门合页那边设置一个，要是我，肯定会从侧面打开门，如果合页方向有东西，我肯定避不过。”阎刚深呼吸，“我只是说说而已的，没想到这小子真的研究出来了，只是刚才我推门的瞬间，突然想到这件事了，于是下意识地紧挨着墙壁，也将你按了回去，要不是我想起来了，不是我就是你，现在已经躺这儿了。”

刑术皱眉道：“‘阎王’，我是真服了，又不是打仗，他至于吗？”

“至于，他就是这么一个人，较真，而且轴，不听劝。”阎刚俯身看着门口，随后看到门槛处还有一根细细的钢丝，他挥手让刑术退后，自己找了根棍子拨动了下钢丝，钢丝拨动后，从门内的顶端直接掉了一把菜刀下来，菜刀连着钢丝，以半圆的方式砍下来的，而且带着钢丝的韧劲，人要是站在那儿，菜刀那个高度和位置，刀刃直接能砍到人的耳部位置。

“王铁东，你妈的，我要是找到你，肯定弄死你！”阎刚骂道，随后率先进去，“门口应该没有了，我先进去，你等着，我叫你你再进来。”

阎刚随后摸了进去，进去之后，不到五秒时间，就听到阎刚喊道：“铁东！铁东你怎么了？铁东！”

刑术觉得不对，立即冲了进去，进去之后，就看到那一室一厅的客厅地板上，一个人被渔线之类的东西绑着，而渔线都被钉在地上的水泥钉固定着，绕了一圈又一圈，最终连向了厨房中的煤气总阀门。

总阀门的下方点着一个酒精灯，只要地上的王铁东使劲一挣扎，渔线就会拉动阀门，阀门一打开，煤气就会直接冲到燃烧的酒精灯口，立即就会引起爆炸。

地上的王铁东奄奄一息，遍体鳞伤，被人打成了重伤，看样子都有可能骨折了。

刑术看着房间内，没有打斗和挣扎的痕迹，随后道：“是个高手，你战友是在这间屋子被打的，完全没有还手之力，而且对方进来后，还故意还原了你战友在门口设置的陷阱。”

刑术说着要去熄灭酒精灯，刚要走，他就意识到这个机关没这么简单，他停下来，观察着前方，看到厨房的地面很亮，亮得不正常，立即指着那里对阎刚：“你说那是什么？”

阎刚朝着前面挪动了点，闻了闻道：“闻起来有点香，很熟悉的气味呀。”

刑术也闻了闻道：“是洗洁精。”

说着刑术上前去，用手摸了下厨房边缘，摸下去果然是薄薄的一层洗洁精，而且非常滑，如果他走上满是洗洁精的瓷砖地，绝对滑倒，滑倒的瞬间人自然而然会去抓周围的东西，再小心都会触碰到那渔线，这样一来，就会发生爆炸。

“不仅是个高手，而且是个耐性极好的家伙。”阎刚道，“要知道，能用东西将洗洁精刮得这么平整的人，耐性得多好呀。”

刑术点头：“而且这家伙善用生活中的物件来制作机关，不是个普通人，这样，我贴着地面过去，将酒精灯弄灭了。”

阎刚点头：“好，你比我瘦点，你去合适，我帮你看着。”

刑术点头，趴下来，慢慢从厨房口滑了进去，以非常缓慢的速度，摸着旁边橱柜的底部到了天然气闸门下方的酒精灯口，随后慢慢爬起来，保持蹲姿，用手去拿酒精瓶，就在他的手快要碰到酒精瓶的时候，他意识到也许没这么简单，于是干脆准备用手直接将酒精灯给摁灭得了，万一拿起来出了意外呢？

刑术随后抬手，慢慢去摁那火焰，可手指靠过去的时候，却没有感觉到温度，他下意识一碰那“火焰”才发现，那只是个用玻璃制作成火焰模样的东西，而且做得非常好，如果在没有风的情况下，那“火焰”保持不动，加上这种危机的情况下，你几乎发现不了那是假的。

刑术从酒精灯表面将那东西取下来，举在手中给后方的阎刚看：“这家伙在耍我们。”

“他妈的。”阎刚立即拔出匕首来割断渔线，可刚割断第一根渔线之后，就清楚听到什么东西响了，那一瞬间，阎刚和刑术脑子中都只有一个念头“死定了”，但随后一个声音从趴在地上的王铁东身下传来——“好玩吗？”

阎刚一愣，立即割线，刑术也立即滑出来帮忙，弄开王铁东之后，发现在其身下有一个老式的索尼随身听，随身听的播放键与那渔线挂在一起，渔线一松，就会因为从随身听内部穿过的渔线直接将播放键拉下去。

刑术拿着那随身听，听着里面随后传来的笑声，是个男人的声音，声音很沉稳，带着雌性，像是广播中那种主持人的声音：“刑老板，田克我带走了，如果你想知道田克的下落，就来忽汗国找我，我在这里等着你，我很有耐心，我可以等你很久很久，但田克就不一定了。”

随后，磁带中除了沙沙音之外，什么也没有传出来。

刑术和阎刚对视一眼，阎刚正在查看王铁东的伤势，发现没有先前判断得那么严重，只是手臂脱臼了，然后帮他接上，又弄了点水让他清醒清醒，没多久王铁东就睁眼醒了过来，看到阎刚之后，直接就说：“对不起……”

阎刚皱眉道：“别说没用的，谁干的？怎么回事？”

王铁东喘了几口气，随后道：“不知道……”

刑术和阎刚陷入了疑惑当中，什么叫不知道？

第二十一章：虫珀

王铁东斜靠在墙上，喝了几口水之后才道：“刚子，我对不起你，我鬼迷心窍，原本想捞一笔再说，没想到着了人家的道，那人是有备而来的。”

阎刚摸出一支烟来，点上塞在王铁东口中，让他吸一口定定神，同时问：“你从头到尾说一遍。”

“一个月前，我在古玩城那边倒腾蜜蜡，忙活了一天没看见有好东西，干脆想着回来了，因为我在躲债，所以我都是很早出门，保证在十点左右往家走，这样有充足的时间甩开跟着我回家堵我的人。”王铁东双眼无神地回忆着，“我走出古玩城，走到禧禄达国际酒店门口的时候，看见一个人提着一个破帆布袋子站在那儿，全身捂得严严实实的，手中还露出了一串蜜蜡，我当时好奇看了一眼，当我走过去的时候，那人手中的那串蜜蜡掉下来了，我就下意识俯身帮他捡起来，其实也是为了能看一眼那蜜蜡好不好……”

蜜蜡，说到底就是琥珀，特别是这几年，玩蜜蜡的越来越多，市面上的假货也是越来越多，合成的充斥着大半个市场，需求多，供应就多，供应多，假货也自然多。但是有好的手艺伪造的蜜蜡很少，因为一般的合成蜜蜡要辨别，首先从手感上就能判断出表面的温度，如果太凉，凉透了那种，肯定是玻璃抑或塑料合成的东西，有些也是用废玉料压制出来的。

但是能掌握到这一点，并且不听商家忽悠的极少，真的蜜蜡冬天不会太凉，夏天不会太热，即便是贴身戴着，也是那样，毕竟琥珀形成于几千万年前，但有些商家会说假货是老蜜蜡，买家不懂之类的老忽悠，大多数都能骗到一些刚入行的膘子抑或五花。

而王铁东捡起来的这一串，他一捏在手里面，就知道这是好东西，首先是颜色，其次是这东西的手感，闻起来也没有像有些假货一样扑鼻而来就是一股松香味，最让人称奇的是，这一串形状各异的蜜蜡之中，每一颗里面都有一只虫子，也就是俗称的虫珀。

这种天然的虫珀串联起来的手链，市面上很少有，和那些工艺品，以及现代工艺刻意制作出来的完全不一样，而且现代的很多都是用琥珀原石制作的，这种天然的几乎见不到，可以说是价值连城。

此时的王铁东，在刹那间就忘记了这一行中的大忌，那就是天上不会突然间掉东西下来，基本上你认为偶然间遇上的这些好玩意儿，其实都是布好的局。

王铁东虽然没有马上中计，但在将手链还给对方之后，便假装转身离开，却又偷偷跟着对方，看着对方与另外的人交谈了之后，步行离开走到了背街，手链的主人拿着那串虫珀与来者争论起来，最后直接打起来了。

王铁东一看机会来了，上前就赶紧制止，不过他当然是帮着虫珀的主人，将对方打跑之后，他带着虫珀主人就走，上了出租车后，虫珀主人吓得哭了起来，此时王铁东听声音才知道对方是个女人，而且年龄不大！

偶然遇见的好东西，而且物主还是个年龄较小的女孩儿，加上女孩儿的哭，这些明摆着就是一个局。

刑术拿着随身听在旁边忍不住插嘴道："这个女孩儿是不是说自己挺可怜的？家里急用钱，这东西不是偷爸爸的就是偷爷爷或者姥爷的，反正来路不算是太好，不过又算不上犯法，急于出手，原因是自己要堕胎或者是男朋友等钱用之类的？"

王铁东点头："对，她说她男朋友吸毒，她又怀孕了，现在欠下高利贷，而她不是本地人，我听她口音像是盘锦那边的，这东西是她舅舅的，她知道值钱，而且知道很值钱。"

阎刚看着刑术："这是个骗局？"

"明摆着的骗局，这一行里面的街头骗术，首当其冲的就是这个，最低级的骗术，当然，也是骗人最多的。"刑术皱眉摇头，"首先物主会说自己可怜，但同时我可以认定的是，这个设局的人知道铁东的背景，所以才说自己男友吸毒还欠高利贷，因为铁东也吸毒欠高利贷，这可以让被骗的人感同身受；其次，物主会说这个东西是偷来的，但一般都是家里的直系亲属，可以让人信任，同时呢，也觉得严格上说不算是贼赃，就算被抓，也可以找理由搪塞过去。还有，这种人的口音是装出来的，所以她肯定话不多，对吧？而且每一个字发音稍微有些重，最后物主还会一再强调，她知道这东西值钱，到这里，这个局就算布下三分之一了。"

阎刚点头，又问王铁东："然后呢？"

王铁东吸了一口烟道："然后，我就心软了，我决定买下来，但我没多少钱，当时全部家当算在一起，不超过两万块钱，那串东西的价值可远远不止两万，我就直接告诉她了，没想到她一口答应下来，说等钱用，不过她要的是两万五，我还差几千块钱，于是我决定去借，因为我知道那东西转手就值很多钱，于是我领她回家去，一来是让她安心，知道我不会跑，二来我也要带着那东西再去鉴定下，如果她不同意鉴定，那就有问题，没想到，我任何要求她都答应了。"

刑术点头："你继续说。"

王铁东又道："我带着东西去一个哥们那鉴定，鉴定的结果是真的，我那哥们都动心了，我说我没钱，让那哥们借我，对方一口答应下来了，只是说事成后，让他拍几张照片，我答应了，于是我拿着钱回来了，进屋之后，我就看见那女孩儿躺在那儿，说自己肚子痛，痛得打滚，旁边还放着一盒口服堕胎药，当时她裤子上全是血，我吓坏了，但当时我还是想着那手链的，我揣好手链，背着女孩儿就往医院跑，去了医院送女孩儿进急救室之后，就有人来找我，告诉我女孩儿要输血，而且女孩儿是0型血，现在血不够，我恰好是0型血，于是就决定献血给她，没想到，我被那针扎了之后就晕倒了……”

王铁东晕了过去，等他再醒来的时候，发现自己被绑在一个座椅被拆卸下来，并且车窗户都被黑油漆涂过的面包车之中，无论他怎么挣扎都无法挣脱，随后旁边放着的一个电话传出了声音，电话开的是免提，电话中传出了一个声音，那声音告诉王铁东，希望王铁东与自己合作，这样一来，对方既可以帮他偿还赌债，还可以帮他戒毒，事成之后那串手链也归他。

王铁东当时肯定是不相信，于是假意答应了，看看对方如何做。谁知道对方随后从窗户缝隙喷进了一种气体后，王铁东睡着了，醒来之后，发现自己睡在一个郊外的废弃工地上，周围一个人都没有，最重要的是那串手链还在他衣服兜里面，不是假的，就是之前那串，一模一样。

接下来的事情，王铁东更是料想不到，放高利贷的人没有再找他，而且也有人带话给他说，他欠下的那笔钱有人帮他还了，而且是连本带利，那时候王铁东又开心又紧张，完全不知道怎么回事，直到那个人再次联系上他……

“那件事之后不到半个月，那人又打电话给我，告诉我，是我偿还他人情的时候了，我当时问他要做什么，如果犯法的事情我不做，但他说不犯法，只是送一个人到另外一个地方，并且要求我摆脱刚子的追踪。”王铁东说到这里说不下去了，又看着阎刚道，“对不起，我实在是……”

阎刚摇头：“铁东，你小子怎么就那么糊涂呢？你怎么就吸毒了呢？”

刑术在一旁分析道：“之前那个局，说到底就是为了让铁东知道那手链是真的，二来是为了擒获铁东，展示下自己的实力，这个人很有办法，输血那件事就是为了用最简单的办法将铁东给抓住，铁东是军人出身，不是一般人，那人估计没有十足的把握直接说服铁东，或者是直接制伏他，所以故意绕了这么大一个圈子，利用铁东的困难，还有用这件事不犯法来说服铁东，毕竟田克是自愿的，没有人强迫他。”

阎刚摇头：“可是，一个月之前布的局，这个人凭什么知道我会参与这件事？”

“这就是最可怕的地方，也就是说，一个月之前，我就被人盯上了，这个人很了解我，也很了解你。”刑术看着随身听道，“我想，田克的离开，就是因为这个人，这个人知道我要是追踪田克的话，绝对会找你，而你的战友王铁东就是他不直接出面，便能搅乱咱们计划的一颗重要棋子，现在来看，他的计划很完美，没有任何漏洞。”

阎刚看着刑术道：“看样子是你的仇家。”

“古玩行当无仇家，你没听过吗？”刑术摇头，“不是我的仇家，只是与我有利益冲突的人，现在我纳闷的是，这个人提到了忽汗国，贺晨雪也让我去找忽汗国，张大文也提过后来有人弄出个邪教，打着的就是忽汗国的旗号……”

刑术站起身来，想着贺晨雪让自己去找绿双瞳，说绿双瞳身上带着奇门的秘密，说这样可以找到奇门，但绿瞳的线索又指向忽汗国，现在给他们设局的这个人，也将线索指向忽汗国，换言之，所有的线索都指向忽汗国这个地方。

难道说奇门就在忽汗国？

阎刚起身问：“忽汗国是什么？”

刑术看了一眼阎刚道：“严格意义上，没有忽汗国这么一说，应该叫渤海国，首都就在今天我们差点赶往的宁安市渤海镇，当时叫上京龙泉府，是在唐代封赐为国的，后来被契丹所灭，只存在了二百来年，但我所知道的……”

刑术说到这里，刚要说出“奇门”两个字的时候，意识到王铁东在，他不想让太多人牵扯进这件事，于是摇头道，“我们该走了。”

阎刚知道刑术没说完是因为王铁东在这里，于是立即起身向王铁东告别，并且留下了自己的一张卡，说里面还有几万块钱，让王铁东拿着自己做点小买卖，不要再做这些事情了，还一再告知王铁东，这钱不是借他的，是给他的。

王铁东差点没给阎刚跪下，被阎刚抡起拳头揍了几拳，指着他骂道：“从我们那儿出来的兵，没有一个软骨头，给老子站直了！”

阎刚说完转身就走，刚走出王铁东的家门，走到下面楼梯口的时候，阎刚一把抓住刑术，按在墙上质问道：“你有事瞒着我，这次不是单纯找人这么简单，对吧？忽汗国是什么东西？你刚才没说完的话又是什么？”

刑术深吸一口气道：“我先前想说，据我所知，奇门建立在至少元朝之后的明朝，而忽汗国，也就是渤海国建立在唐朝时期，这之间差了六七百年的时间，在唐朝的时候是没有奇门的。”

“奇门？”阎刚摇头，“什么东西？”

刑术想了想，觉得阎刚还是值得信任的，于是就将事情的前因后果都说了出来。

阎刚听了差不多，这才将刑术松开，看着他道：“原来事情这么复杂，如果你早说出来，我们或许就不会走那么多冤枉路了。”

“不可能的。”刑术摇头，“算计咱们的这个人，对咱们是知根知底，而且他很早之前就计划好了这一切，就算我一开始就告诉你，你就能知道王铁东被他控制了？而且是用那种非强制性的办法？你们曾经是军人，吃软不吃硬，他太清楚了。”

阎刚此时又问：“这么说，除了你那哥们田炼峰之外，那个小女孩儿那枝也不知道这些事儿？只知道找人？”

“对，我没告诉她，虽然是师父介绍的，但是师父年龄大了，也有看走眼的时候，而且我不想太多的人牵扯进这件事来。”刑术摇头道，又问，“你和她认识？她是个什么人？”

阎刚回忆着道：“我和她有一次不愉快的合作，就在不久前，当时我们找同一个人，是同一个雇主，任务其实很简单，找一个走失的老人，除了我们之外，当然还有警方，不过我最快找到，但是我前脚找到，她后脚来了，她很聪明，用的是和我不同的办法，我用的是部队那一套土办法，她用的是现代的，结合什么监控呀、网络找人之类的，当时我故意逗她，说她是跟着我来的，没想到那姑娘自尊心很强，就和我卯上了，还说我收钱，的确，上次她没收钱。”

刑术问：“你收人家多少钱？”

阎刚一下就笑了：“我说要三千块钱，实际上就吃了顿饺子，那寻人老太太亲手包的，我是那种人吗？”

“是！”刑术点头，“我还记得你伸手问我要那几万块钱的样子。”

“我他妈打死你。”阎刚瞪着刑术道，“那是我该得的，你和那老太太情况不一样，人家没钱，你有钱。”

“我有蛋的钱，走吧！”刑术要下楼，阎刚又拦住他。

阎刚从楼道口的窗户往下看了一眼：“你还是不打算告诉那枝？”

刑术摇头，阎刚寻思了下道：“如果你不打算告诉她，最好是现在就打发她走，要知道我们随行带着一个小姑娘不方便，三个大男人一个小姑娘，人家怎么看咱们？”

刑术点头：“我早就想打发她走了，可那是我师父介绍的人，我让她走，我师父知道了，肯定会不高兴的，我违背谁，都不能违背我师父，不能忤逆他。”

“那简单，这个坏人我来做，我唱黑脸，实在不行，咱们可以装作打一架。”阎刚说完，见刑术还是迟疑不定，又道，“刚才你也看到了，设局的这家伙不是一般人，先前只是他的一个警告，如果那酒精灯是真的，今天咱们俩可能就死这儿了，不能再搭一条命吧？”

刑术点头，和阎刚两人商量了一下，随后下楼，下楼之后上车，阎刚发动汽车的同时，开口道：“人基本上找到了，没什么事儿了，那枝，你乘晚上的火车回去吧。”

“啊？”那枝很惊讶，“什么？”

“我说——”阎刚回头看着那枝，“人找到了，任务完成了，你乘坐今天晚上的火车回去吧，现在我就送你去火车站。”

那枝扭头就看着刑术，问：“人找到了？在哪儿？什么地方？”

“宁安市。”刑术道，“我的朋友截住他了，人在宾馆里面。”

“哪家宾馆？”那枝不依不饶地问道。

刑术扭头看着那枝，随便编了一个名字：“金顺来宾馆。”

“在宁安市的哪条街？”那枝又问。

阎刚一下火了：“我说，你听不懂是吧？现在人家雇主说了，让你回去，钱一分不少给你，你怎么还没完没了呢？”

那枝侧头看着田炼峰道：“你是事主，你觉得我应该回去吗？”

一直没说话，但表情几度变化，最终变得很疑惑的田炼峰问：“刑术，我爸真的找到了？”

“对，找到了。”刑术点头，他知道首先得骗过田炼峰，等那枝走了再做解释。

田炼峰“哦”了一声：“没事，咱们一起去接上我爸，然后和那枝一起回去吧，反正能坐五个人，怎么样？那枝一个人坐火车回去挺辛苦的，坐汽车多舒服呀，这样，就当给我一个面子。”

刑术差点一口气背过去，他从后视镜中看着田炼峰还在冲那枝笑着，那枝则冷冷地看着前方的刑术和阎刚。

阎刚忍不住了：“行了，我实话说了吧，那枝，接下来的事情是爷们做的，你一个女人还是回去吧，很危险，我们也是为了你着想，这是实话。”

那枝冷笑道：“好啊，你们给脸，我不能不要脸对不对？不需要你们送我，这里我比你们熟。”

说完，那枝开车门就走，田炼峰要追，那枝却转身来指着他，示意他坐好，田炼峰立即不动，眼睁睁看着那枝离开。

刑术打开车窗，喊了句：“喂，钱我怎么给你？”

那枝头也不回地走着，同时举起自己的手，竖起中指来。

“这下好了，把人家给得罪了。”刑术摇头道。

田炼峰把脑袋凑过来，不满道：“我说你们俩至于吗？非得赶走她？”

“炼峰，你听我说，下面的话你要听仔细了。”刑术说着，将先前的事情说了一遍，说完后，道，“这就是原因，所以，我很希望你也回哈尔滨，下面的事情有我和阎刚两人继续就行了。”

田炼峰坐在那儿不说话，直到刑术扭头来看着他，他才冷冷道：“刑术，田克是我爸，我爸失踪了，我一当儿子的走了，让你们去找，像话吗？”

刑术不语，看了一眼阎刚，只得挥手道：“算了，走吧，找个地方吃点东西，商量下怎么办，我也得打个电话给贺晨雪，我得搞清楚那个忽汗国的意思。”

阎刚驾车离开，驶出路口的时候，刚好从那枝身边经过，那枝停下来看着疾驰而去的商务车，停下来想了想，挥手叫了辆出租车，朝着反方向开去，在那枝离开的同时，白仲政开着一辆老旧的捷达从旁边的背街驶出来，随后摸出电话拨通道：“他们分开了，那个女的单独走了，不知道发生了什么事，我会跟着刑术的。”

白仲政挂了电话，转了车头朝着刑术等人的方向追了过去。

坐在车上的刑术拿出贺晨雪给自己的那个手机，正要拨出去的时候，电话却响了。

刑术看了一眼阎刚，将电话接通起来，立即听到电话那头贺晨雪问道：“你们现在的位置在哪儿？”

“你这不是明知故问吗？”刑术含沙射影道。

“什么意思？”贺晨雪反问。

刑术笑笑道：“没什么，你应该知道吧？我们人在牡丹江呀。”

刑术其实言下之意是，我们刚刚离开王铁东处，你就来电话了，这可能不是巧合吧？

“刚刚发生了什么？”贺晨雪又问，“不要说没什么，因为你接电话很快速，说明你拿着电话正准备打给我，既然你要打给我，那就说明有事要问，如果你想问，就代表着肯定发生了什么。”

刑术捏紧电话，心想：这娘们也太会算了吧？这都能算得出来？

第二十二章：回到原点

刑术寻思对贺晨雪隐瞒，也许对后面的事情发展没好处，只得将王铁东的事情说了出来。

贺晨雪听完之后，也不说其他的，只是道：“如果你想知道忽汗国是什么，代表着什么，你就去这个地址，那里有家烤肉店，在里面等着我。”

“等着你？等你几个小时，你开什么……”刑术话没说完，贺晨雪就挂了电话，挂掉电话之后，刑术突然间明白了，将电话往包里一塞道，“这个贺晨雪也在牡丹江，否则的话她不可能让我去烤肉店等她。”

阎刚边开车边点烟：“这次的事儿有蹊跷，看样子真和你之前说的一样，不止一路人在找田克，也许有好几路，而且，设局的人就在这其中，一直在暗中盯着咱们呢。”

刑术点头，但没说话，随后阎刚开车到了贺晨雪所说的地点，进去之后找了个角落坐下，点了菜，等着贺晨雪前来，阎刚因为开车，虽然想喝糯米酒，也还是忍住了，要了一碗酒酿丸子解馋。

三人坐下不到十分钟，依然是平日内那身装扮的贺晨雪出现在了门口，刑术知道她看不清楚远处，只得起身来将贺晨雪带了过来，等她落座之后，直接问："到底是怎么回事？你先告诉我，你所知道的，也就是说，除了你之外，还有谁在找田克。"

贺晨雪伸手摸着滚烫的茶杯，握在手中："我不知道，我只知道双瞳肯定在，但袭击你们朋友的，肯定不是双瞳，双瞳没那闲工夫。"

"好吧，那我问你，既然双瞳身负奇门的秘密，为什么这么多人盯着田克？你不仅要找到双瞳，也要找到田克，也就是说，你要找两个身负奇门秘密的人，这一点我想不通，所以，我推测，你找双瞳没错，但双瞳背负的奇门秘密是真是假，你也不知道，所以你双管齐下，想同时找到双瞳和田克两个人，对吗？"刑术质问道。

田炼峰和阎刚紧盯着贺晨雪，等着她的回答。

许久，贺晨雪端起茶杯来喝了一口茶，眉头皱起道："这是我最不喜欢的大麦茶，我不喜欢这味道，能换一种吗？"

刑术冷冷道："这里只有这种茶，而且地方是你选的。"

"喂，你能不能回答问题？"田炼峰急了，阎刚用手肘撞了下田炼峰，示意他冷静点。

贺晨雪开口道："是，没错，我不知道谁背负的奇门秘密是真的，所以只能赌一把了。"

"所以你才怂恿我爸去找奇门？你知道他多大年龄了吗？你知道他就是普通人吗？你知道这样会害死他吗？"田炼峰越说越激动，竟然站起身来，随后被阎刚一把拉了下来。

贺晨雪依然很平静："奇门就藏在忽汗国的一处遗址之中，这传言其实传了很多年了，从当年天眼教这个邪教创立以来，就存在这一说法，这一点，刑老板应该清楚吧？"

刑术摇头："我真不知道，关于天眼教的事情，我都是前几天才听一个朋友说起的，在那之前，我就知道绿瞳的事情，而且只是基本的。"

贺晨雪点头："天眼教的教宗叫什么名字，谁也不知道，但是后来打着天眼教旗号敛财的那个女人，我认识，她姓关，叫关芝青。"

"关芝青？"刑术和田炼峰异口同声重复了一遍。

"你们认识？"贺晨雪说完，又摇头，"不可能，她早死了。"

“她死没死我不知道，但我知道这个女人的一些事情。”刑术给田炼峰递了个眼色，示意他不要把关芝青与田云浩的事情说出来，毕竟在田云浩的往事中，关芝青这个人充满了谜团，她与申东俊到底有什么关系，田云浩都不知道，当年的他也不想搞清楚，不过现在，这个叫关芝青的女人竟然浮出了水面，那么巧又是当年借天眼教敛财的人，而且敛财的方式，还是说自己知道忽汗国的一处宝库……

难道说那处宝库就是奇门？不合理呀，申东俊不知道奇门的位置，而且奇门出现应该是在元朝后，大概明朝初期的这段时间。

接下来的一句话，让刑术和田炼峰更加吃惊，而根本不明白他们两人为什么那么吃惊的阎刚也更加疑惑，贺晨雪道：“关芝青是我的奶奶。”

“扯淡！关芝青姓关，你姓贺！”田炼峰脱口而出，随后发现刑术和阎刚都看着他，意识过来后，打了下自己的嘴巴道，“对，你是跟着你爸姓，你爸是跟着你爷爷姓……”

田炼峰随后沉默不语，明明先前自己在贺晨雪跟前还有点气势的，这下好了，全丢了。

刑术回忆着田炼峰告诉自己的那个回忆，回忆中关芝青是一个连田云浩都没有搞清楚来路的神秘女人，只知道她曾经是精神病院中的一个医生，只是推测她与申东俊之间有某种特殊的关系。

什么样的人才能与一个前伪满洲国的特务头子有关系呢？最重要的是，申东俊是一个什么都不知道的人，关芝青不可能从他那里得到有用的消息。

再者，关芝青为何会打着天眼教的旗号，说出忽汗国宝藏来蛊惑众人？

刑术问：“贺小姐，你知道你奶奶为什么要那样做吗？”

刑术不需要直接问关芝青的身份，因为贺晨雪如果知道她奶奶为何要那样做，自然也就知道她奶奶的真实身份。

“为了找到奇门。”贺晨雪平静地回答，“这是我唯一知道的答案。”

刑术看着田炼峰，田炼峰此时一直盯着贺晨雪，阎刚则是看着这家烧烤店的那扇落地窗户外。

刑术往后一靠，直接道：“贺小姐，这样吧，你爽快点告诉我，你现在想做什么？”

贺晨雪的回答依然是那么模棱两可：“找到奇门。”

“你……”田炼峰指着贺晨雪要发飙，被刑术将手按住。

刑术又道：“怎么找？这么说吧，从这一刻开始，在这里的四个人算是一个团队，你可以带领这个团队去找到奇门，我们听你的，这个提议你不反对吧？”

贺晨雪指着自己的眼睛道：“我的眼睛连十米开外的地方都看不清楚，我怎么来带领这个团队？这个重任只能交予刑老板你，而我，只是一个跟随者。”

刑术摊手道：“可是我什么都不知道。我不知道天眼教，我不知道你奶奶身上发生的任何事情，现在我唯一知道的线索就只有三个字‘忽汗国’，我知道这个地方原名叫渤海国，并且消失于历史上千年之久的小国原来的京城就在现在的渤海镇，至于其他的，我一无所知，怎么领队找？”

贺晨雪又道：“找不到双瞳，找到田克，也许能找到。”

“炼峰、阎刚，你们俩暂时回避下，我私下有话要对贺小姐说。”刑术看着贺晨雪对其他两人吩咐道，田炼峰和阎刚对视一眼，虽然心里不快，但还是照做，坐到远处一桌，远远地看着刑术和贺晨雪。

刑术紧盯着贺晨雪道：“贺小姐，现在这里只有我和你了，有话你可以直说，你不说，我帮你说。”

贺晨雪沉默不语，只是摇头表示不懂刑术的意思。

“你被人威胁了，你只是一颗棋子，至于原因嘛。”刑术看着贺晨雪握着茶杯的手，“首先，你可能认识田克，但与他不熟悉，我相信你告诉田克我找出了那幅墙壁中的绝世画，这话没假，你没有说谎，但我想田克绝对不是因为这句话而出走去寻找奇门的，应该有其他人，因为你如果那么肯定田克知道奇门的所在位置，你就不会绕这么大的圈子了。你每次的话中都会有一个重点，这个重点就是‘双瞳和田克两人都知道奇门的所在地’，但是在田克消失之前，你只是一口咬定双瞳知道奇门的秘密，根本没有提过田克，因为在你找上我之前，田克只是在你计划之外的一个人。”

贺晨雪不语，依然维持着先前的那副模样。

刑术观察了她一阵，又说：“我来梳理一下整个事情的过程吧，首先，你要找到双瞳是真的，双瞳是否知道奇门的秘密，这个我持保留意见，但是你找到双瞳是首要目的，至于原因，只有你自己清楚，所以，你打着想寻找奇门的旗号让我帮助你找到双瞳，但我拒绝了。就在这个时候，有人找上了你，也许是威胁，也许是利诱，总之这个人让你不得不与他合作，于是你按照他的指示告诉了田克关于画被我拿走的事情，随后田克要赶往旧楼去查看，但在途中，他肯定遇到了什么事，导致他立即返回，收拾东西来到了牡丹江。与此同时，你也收拾好了东西，不仅是你自己的，还有为我们准备的，我们离开哈市之后，你也用最快的速度来到了牡丹江，我想这也是因为那个人的指示，因为你没的选择。”

说完，刑术深吸一口气：“下面的事情，也许你不清楚，也就是之前那几个小时，我们是如何寻找田克，又遭遇到了什么事情，我原本准备对你隐瞒的，但我觉得这对我们找到田克没有好处，所以在电话中我就对你坦诚相见，全盘托出，而现在，我希望你也能够将你知道的事情全部说出来，如何？”

贺晨雪沉默许久，终于道：“你知道一线屯吗？”

刑术皱眉：“一线屯？你是说那个传说中的屯子？那不是海市蜃楼吗？”

贺晨雪松开茶杯：“你让他们俩过来吧，既然他们也算是你团队中的一员，那么这件事，他们也有权利知道，毕竟我不想再说第二次。”

刑术挥手叫两人过来，田炼峰和阎刚坐定之后，贺晨雪就开口道：“一线屯的传说在解放前很盛行，特别是伪满洲国时期，而这个传说是来自清军入关之前，说是当时清朝的齐佳氏狩猎的时候，无意间在荒野之中发现了一座村庄，村庄的房屋远远看去，像是扁平的，模样很奇怪，不过当时的清朝户籍记录之中，并没有这个村庄的存在，于是他们前往查看，但他们走到原本村庄应该存在的位置时，发现那里只是一片树林，什么都没有……”

因为这个村庄看起来是扁平的，快与地平线齐平了，所以传来传去就有了一线屯这个称呼，清末民初的时候，清政府开禁放垦，鼓励关内百姓前往关外，自此大批关内人士开始闯关东，随后多年内，有很多人声称亲眼看到了一线屯。

“但是每个人所说发现一线屯的位置都不相同，那时候就有人说一线屯只是海市蜃楼而已，只是幻境，投影的仅仅只是其他某个地方的屯子。但这件事并没有因此结束，伪满洲国成立之后，大概是在1938年左右，日本关东军方面联合伪满的国防军，对当时的抗日联军某部进行围剿，我记得应该是赵尚志将军的第三军麾下的一支部队，当时领导日本关东军方面这支部队的人叫作申东俊。”贺晨雪说到这儿，也不知道是不是故意的，刻意停顿了下。

听到“申东俊”这个名字的时候，刑术和田炼峰浑身一震，没想到事情绕来绕去又绕回申东俊这里来了。

贺晨雪接着说：“申东俊的父亲是日木人，母亲是朝鲜人，是个混血儿，他父亲是当时日本驻朝鲜总督府总务部的一名高官，与当时任朝鲜总督的宇桓一成是亲戚关系，但是申东俊的父亲早年是一名间谍，也有朝鲜名字，为了日后的行动方便，申东俊也保留了朝鲜名字，只是在档案中写了自己的日本名字，至于叫什么，我没查出来。这些都是我早年前往韩国调查出来的。”

申东俊这个人对日本极为忠心，他甚至非常厌恶自己母亲是朝鲜人这一点，如果谁当面向他提起这件事，他就会勃然大怒。当申东俊后来到了伪满之后，因为父亲的关系，从警察厅的一名小警察开始干起，几年之内接连提拔，后来开始负责北满一带的情报梳理工作，成绩显著，抓了不少当时的抗日志士，同时也抓了很多流亡到伪满的朝鲜独立人士。这样一来，加上申东俊的背景，他成了当时伪满情报机构的知名人物。

而那次围剿抗联的行动，申东俊也是有私心的……

“你说申东俊有私心，是因为他1935年左右就知道了奇门的秘密，对吗？”刑术直接问，因为在田炼峰告诉他田云浩的回忆中，申东俊说过，自己为了找奇门，找了十年，而当时他在刑场上审问刑仁举的时候是1945年。

贺晨雪点头：“是的，但申东俊在1935年发生了什么，我没有查出来，这一点一直是个谜团，我只知道1938年那次的行动，申东俊的目标是上山搜捕一个叫作刑仁举的逐货师，他收到情报说刑仁举在那个地方，但为了掩饰自己的私心，他声称是去搜捕抗联的一支部队，巧合的是，当时的确有一支抗联的部队活动在那一带。”

刑术和田炼峰此时更加惊讶了，刑术倒是没有表现出来，田炼峰一直微张着嘴，他现在有些糊涂了，其实他父亲田克将这些往日的故事告诉他的时候，让他像背书一样背下来，他当时也觉得很苦恼，并没有产生好奇心，因此并不知道其中很多关键的细节，例如刑仁举当年是什么时间前往的关外，又是什么时候被伪满方面逮捕关入监狱的。

唯一知道的就是，申东俊说过，他在五年前，也就是1940年左右，在哈尔滨监狱道里分监见过刑仁举，换言之，刑仁举应该是在1940年之前被捕入狱的，但应该不会是在1938年那次行动被捕的，原因很简单，如果申东俊早就抓住了刑仁举，并且确认了他的身份，他也不会在1945年的时候才再次在新京监狱中去寻找并且审讯刑仁举了。

对当事人来说，这些都不算是秘密，只是一段经历，而对现在的刑术等人来说，全都是无法轻易解开的谜团。

刑术听到这里，看了一眼田炼峰，田炼峰大概明白刑术的意思，寻思了下点点头，随后刑术对贺晨雪道：“贺小姐，你应该知道，田炼峰的爷爷就是田云浩，所以，我们也算知道申东俊这个人，现在看来，我们知道的事情可以互补，算是一种情报、线索上的分享，等你说完这件事之后，我想，你应该会提到你奶奶在解放后的事情，在那之前，我必须得告诉你，不管你知不知道，还是你知道打算隐瞒，都有一个事实无法抹灭，那就是解放后申东俊与你奶奶关芝青有某种特殊的联系，不过这种联系是什么，需要你告诉我们。”

贺晨雪微微点头：“我还是先说一线屯吧，不过现在咱们需要换个地方，把饭菜打包，我们去酒店。”

一直没说话的阎刚此时立即赞同道：“我早就想这么说了，因为外面有人监视，不知道是谁，但开着车来回过了好几趟了，走吧，这里不安全。”

阎刚正说着的时候，白仲政开着的那辆捷达从门口缓缓经过，随后还故意停了一下，紧接着又离开了……

第二十三章：一线屯

刑术等人拿着打包的饭菜，跟着贺晨雪来到了已经订好的五星级酒店，之所以贺晨雪要订这么高级的地方，并不是因为舒适，而是因为安全。这家酒店，上下电梯都需要房卡，步行的楼梯也带自动锁，只有在有火警的前提下才会开放。

走进贺晨雪所开的那套房之后，田炼峰瞪大眼睛看着这间套房，像个土包子一样钻来钻去，最后才回到众人所在的客厅中，拿起一串烤肉，边吃边说："贺小姐，看来你平时没少赚呀，这种五星级酒店的套房，一晚上得好几万吧？"

贺晨雪淡淡道："太夸张了，只是豪华套房，我是他们的高级会员，一晚也就是两千元左右，很便宜。"

"一晚两千元还便宜呀？"田炼峰四下看着，"我一个月才赚几个钱呀。"

"别说废话了，说正题吧。"阎刚皱眉道，喝着自己的糯米酒，"我现在要做的就是两点，第一，找到田克，这是我的任务；第二，就是找到害我战友的那孙子，至于你们要找的奇门里面的东西，什么财宝呀之类的玩意儿，我没兴趣，不过话说在前头，如果要请我继续做下去，价钱得另算，我是拿多少钱干多少事，你们要是同意，就说话，不同意，我做完头两件事就回哈尔滨。"

刑术看着贺晨雪道："贺小姐，你认为呢？"

"你请来的人，你决定。"贺晨雪依然是那副语气。

刑术摇头："从在哈市，我被迫开了你那辆车来牡丹江的那一刻开始，你就是雇主了，按照行当里面的规矩，雇主说了算。"

贺晨雪点头："我没什么意见，我眼睛不好使，路上大家也需要互相照应，田先生是事主，必须跟随，这也无可厚非。"

田炼峰这么一听，觉得贺晨雪话中的意思好像说自己是拖油瓶，刚要辩解什么，被刑术一眼瞪了回去，接着刑术道："贺小姐，既然事情咱们谈妥了，那接下来你应该说说当年在一线屯发生了什么事吧？"

"行，不过在这之前，还有一件事需要办，这件事非常重要。"贺晨雪说完起身来，掏出一块断裂成两块的、上面什么都没有雕刻的玉块小心翼翼地放在桌子上面道，“刑老板，你认识这是什么吗？”

刑术看了下，问：“可以上手吗？”

贺晨雪点头，刑术拿起来，仔仔细细地看着，边看边说：“上下不一样，上面是冰种，下面是花青种，已经开裂了，这东西不值钱了，你拿出这个来是什么意思？”

“这叫断玉，是铸玉会中无法斩玉出师的人，所给的一种信物，这么说吧，就等于说你去上学，没有拿到毕业证，只给了一个结业证，是一样的道理。”贺晨雪的声音有些低沉，“按照规矩，我这样的人是无法从事这一行当的，因为我压根儿就没出师，但是铸玉会还有个其他规定，考虑到很多弟子学了十来年只有这么一门手艺，不从事这一行只能饿死，所以定下了未出师弟子如果嫁娶了其他出师弟子，便可以从事这一行当的规矩。”

“什么意思？”刑术立即问，心里又很恼火，觉得这娘们的事儿怎么这么多呢。旁边的田炼峰和阎刚心里也是这个想法，觉得这女的太磨叽了。

贺晨雪又道：“所以，我后来为了从事这一行，声称在我到了适婚年龄那一年，就嫁给了一个叫作凡孟的人，实际上这个人已经死了很多年了，也是铸玉会的弟子，死在湘西一带的山中，极少有人知道这件事，上面的人想查证很难，所以，我算是成功了。”

刑术皱眉道：“贺小姐，我还是不明白你想说什么？”

“我想说的是，其实会中已经在怀疑我了，一旦他们开始怀疑我，我就完了。”贺晨雪眉头微皱。

田炼峰紧张道：“他们会清理门户？”

贺晨雪摇头：“那也不至于，但他们会找到我之前违反行业规定的一些证据，想办法将我踢出这个行当，让我无法当鉴定师，就是说断了我的活路，刑老板，你应该理解……”

刑术点头，如前些日子他对田炼峰所说的一样，其实做他这一行的很可怜，因为干了这一行，再没法干其他的事情了，一切都得从头来过。现在的很多典当行，说是典当行，其实都差不多和小额贷款公司一样了，说白了，就是放高利贷的，虽说典当行从根本上与放贷的差不多，不过朝奉这一职业在刑术他们眼中，却是很神圣的，而正儿八经的当铺十分稀少，整个大东北，乃至于全国都找不出几家来。

阎刚喝着糯米酒，问：“贺小姐，你就直说了，你有什么要求？”

“我希望有人能假扮凡孟，帮我渡过难关。”贺晨雪说着，下意识地看向了刑术，

“不过凡孟也是个很有实力的鉴定师，一般人要假扮他很困难。”

贺晨雪言下之意，等于是说明了，眼前三个男人当中，只有刑术符合这个条件。

刑术也不傻，他立即道：“怎么假扮？凡孟的样子和我们长得又不一样。”

“很少有人见过凡孟的样子，那次去湘西，凡孟和认识他的人全都死了，唯独活下来的人只有一个，而那个人也失踪了，所以就算有人假扮凡孟，也没有人会认出来。”贺晨雪说完，直言问道，“刑老板，你可以帮我这个忙吗？”

阎刚和田炼峰看向刑术，刑术不知道该说什么了，他总觉得贺晨雪此时此地提这件事是有目的的，但目的是什么，他说不出来，不过他知道，要是他不答应，贺晨雪就会将时间耗下去，耗到自己答应为止。

最终，刑术还是答应了，他看着贺晨雪点头道：“可以，但是你得告诉我凡孟的大致情况吧？有人问起，我也好有个应对措施吧？”

其实刑术是想从凡孟这个人的身上找出点贺晨雪的东西，但贺晨雪却说：“你就说自己失忆了，这是最好的办法。”

刑术知道贺晨雪估摸着是想用这件事来牵制自己，再纠结下去只会耽误时间，只得点头道：“好吧，我答应，现在，你应该说说一线屯的事情了。”

贺晨雪微微点头，开始讲述关于1938年一线屯再次现世的过程——那是1938年的冬天，是“民国”二十七年，伪满洲国的康德五年，日本的昭和十三年，当年的3月28日，日本扶持下的傀儡政权“中华民国”维新政府成立，而申东俊的清缴行动也于当日展开。

实际上，申东俊带领下的这支混编军队，所谓的日本关东军人数只有不到五十人，剩下的二百来人都是伪满国防军，号称三个连，实际上人数达不到三个连，所携带的武器基本上是以三八式步枪为主，部分伪满军队的士兵还在使用老式的村田步枪，重武器只有十一年式轻机枪、掷弹筒还有迫击炮，因为必须要达到一定的行军速度的关系，他们连重机枪都没有携带，认为有掷弹筒和迫击炮之类的曲线打击火器，就可以完全压制住他们要剿灭的抗联部队。

实际上，在申东俊的情报中，这支抗联下面的小部队人数并不多，只有不足三十人，而且基本上以伤员为主，毕竟申东俊的主要目的是去抓捕刑仁举，而不是真的要去剿灭抗联部队。

“那次行动，申东俊是有私心的。”贺晨雪淡淡道，“原本他只是想调集两个连的伪满军同行，但当时关东军方面表示担心他，才派遣了那五十人的关东军士兵，实际上是为了监视他。”

刑术道：“申东俊就算是有地位，但实际上他有权力调动的只有伪满的军队，关东军方面他即便是有正当理由，也需要申请，申请也不一定批准？”

“是的。”贺晨雪应道，“而且按照规定，他必须要通过关东军宪兵队方面申请，无法直接向关东军司令部提交申请，当时还没有爆发诺门罕战役，在那之前，伪满军队的战斗力实际上是被高估的，诺门罕战役之后，关东军方面才意识到伪满军队的战斗力十分低下，于是才开始进行整顿，不过申东俊当时需要的就是一支战斗力不是很高，但又听话的队伍，这样一来，他才能驾驭得住。”

阎刚此时问了一个非常重要的问题：“申东俊是从哪儿出发的？在哪儿调动的部队？朝着哪个方向走？目的地在哪里？这些你都清楚吗？”

“大概清楚。”贺晨雪点头，摸出一份地图来，指着上面道，“申东俊最先是从新京，也就是长春出发的，然后到达了哈尔滨，又从哈尔滨前往了牡丹江。”

阎刚指着地图道：“如果我没记错的话，在当年，他直接从长春前往牡丹江，要比从哈尔滨过去稍微近点才对？他这不是绕远了吗？”

刑术指着地图道：“他应该是去哈尔滨申请调集军队吧。”

“应该是。”贺晨雪点头道，“他到达牡丹江之后，带着监视他的那支五十人的关东军部队拿了调令，带着牡丹江本地的伪满军乘坐火车到了宁安。”

田炼峰此时立即问：“当时火车有那么发达吗？”

阎刚点头道：“有！从清朝开始就修建铁路，到了伪满时期，东北的铁路线可以说相当发达，当时乘坐火车从哈尔滨到牡丹江，其间一共有二十五个站，从牡丹江到当时的日本殖民地朝鲜境内还有二十二个站，火车是当时东北最主要、最发达的交通工具。”

贺晨雪此时有些吃惊地抬眼看着对面的阎刚，田炼峰也看着他，刑术却半点都不惊讶，因为阎刚以前就是东北某特种兵大队出身的，他对东三省的地形熟悉程度就像是自己的身体一样，而且他家中还有各个时代绘制的各种交通地图，从前些年开始，阎刚也开始扩大自己的知识面，不仅限于东三省，也开始研究全国地图了。

术有专攻，一个好的追踪者，不可能对地形不熟悉。

阎刚发现两人看着自己，反倒很奇怪：“干吗看着我？”

田炼峰拿着啤酒举起来：“‘阎王爷’，我敬你，佩服，你竟然能背下来。”

刑术笑着摇头道：“他真能背下来……”

阎刚看着贺晨雪道：“然后呢？接下来他们怎么走的？”

“他们在宁安下了车，随后这支军队消失了。”贺晨雪说到这儿故意顿了顿，众人正在疑惑的时候，贺晨雪又道，“之后的事情，是我奶奶关芝青告诉我的，她说申东俊这批人从宁安下车之后，顺江而上……”

“等等！”刑术打断贺晨雪的话，“顺江而上？哪条江？”

阎刚指着地图道：“周围松花江的支流，只有牡丹江了，但是顺江而上，这个说法不对吧？牡丹江的起源地是在吉林敦化的牡丹岭，而宁安应该是牡丹江的中游地区吧？应该是逆江而上。”

贺晨雪摇头：“我说顺江而上，是指他们步行，他们顺着牡丹江朝着上游走去，走了很久，足足走了半个月，最后走得连伪满军队都发蒙了。”

刑术坐在那儿看着地图，看着地图上牡丹江的区域，看了许久，他忽然抬眼看着阎刚问：“‘阎王’，牡丹江在历史上有没有其他的名字？”

“穆丹，满语的意思是弯曲，还有叫虎尔哈河，最早在唐朝的时候，叫忽汗河。”阎刚说完，还没意识到自己说了什么，发现刑术、贺晨雪和田炼峰都看着自己的时候，忽然间反应过来了，惊道，“忽汗河！？忽汗国？！”

刑术点头：“对呀，忽汗河，这是巧合吗？不是，我从来不相信有那么多巧合。”

袭击阎刚战友的人，告诉他们要找田克去忽汗国，而当年申东俊带人去一线屯找刑仁举是沿着忽汗河，也就是牡丹江前进的，而刑仁举则是所有人都知道的那个真正知道奇门所在地，却早就不在人世的逐货师。

这一切都不是巧合，但刑术此时心中却在想着，那双千年乌香筷、那幅绝世画，这两样东西都是非常重要的线索，可迄今为止并没有派上用处，在没有派上用处的前提下，他们又找到了奇门的大概方向，这未免太顺利了，事情不太对劲。

“贺小姐，你继续说。”刑术看着贺晨雪道。

贺晨雪接着说：“他们沿着牡丹江一直走，走了半个月之后，虽然他们知道自己旁边就是牡丹江，但已经无法从地形上判断自己身在何处了，因为周围有山脉，要知道牡丹江一线周边地区大部分都是平原，山是有，但是山脉极少，随后，申东俊就带着这群人朝着山中去了，进山之后走了整整一天，他们走进了一个山坳之中，在山坳中平安度过了一夜，第二天清晨时分，他们走出山坳看见地平线的时候，就发现了一线屯。”

田炼峰听到这儿，“咦”了一声，阎刚和刑术对视了一眼。

连田炼峰这种脑子不算太好使的人，都觉得不太对劲，为什么？因为事情太顺利了，贺晨雪没说他们如何找到的，哪儿来的线索，而且申东俊是个混血儿，不是本地人，他怎么能这么顺利找到一线屯？而且一路平安，难道说是巧合？

贺晨雪皱眉道：“这些都是我奶奶所说的，我只是复述而已，你们不用怀疑我，我毕竟要靠着你们去找到这个地方，所以我没有必要隐瞒什么。”

“随后发生了什么？”刑术问。

刚说到这里的时候，酒店的火警突然响起来，响起的同时他们的门也因为火警的关系自动弹开，四处响起警报，住在同楼层的住客们开始跑出，有些还穿着浴袍，朝着安全通道奔去，楼层负责的保安在通道门口不断地呼喊着众人注意安全，小心脚下，不要拥挤。

刑术抓起自己的背包，搀扶着贺晨雪就朝着外面走，阎刚走在最前方开路，田炼峰提着东西跑在后面，四人顺着安全通道走到楼下的时候，发现楼外站满了人，保安和工作人员将准备好的防寒服一一分发给那些从房间里面跑出来，还未来得及穿衣服的客人。

“事情不对劲。”阎刚仰头看着酒店，没有发现哪儿着火了，他顺势摸出自己的一张“警官证”，上前就问其中一个看模样像是主管的人，谎称自己是警察，实际上那警官证只是一个壳子，里面什么都没有。

主管称不知道怎么回事，火警系统突然就发出了警报，因为这系统从未出错，他们只得按照平时的演习逐一疏散客人，现在正在人工排查是否真的有火灾发生。

阎刚回来后，告诉刑术等人这件事，随后商量要不要回房间时，一直在旁边看热闹的田炼峰走回来，指着那些几乎半裸、裹着防寒服还冻得半死的男女说：“这太二了！”

话还没有说完，贺晨雪突然间一把按住田炼峰的肩膀，将他转了个方向。

田炼峰纳闷，正准备问贺晨雪要干什么的时候，刑术和阎刚就发现田炼峰的后背上不知道何时被人贴上了一张便笺，纸上用楷体写上了一句话——“时间不等人，你们该出发了”。

刑术拿着纸，下意识看向周围的人群，如今站在周围的人，连酒店工作人员加客人，少说有一百来号人，是谁给田炼峰背上贴上的纸条呢？

第二十四章：不连贯的线索

刑术拿着便笺站在人群之中，感觉到身边的贺晨雪在微微发抖，不知道是因为太冷，还是害怕……

阎刚的目光一一扫视着身边的每一个人，试图找出给田炼峰贴上便笺的人，这个人对他们太了解了，知道除了田炼峰之外，他在其他任何一个人身上贴这样的东西都会被察觉，所以才选择了田炼峰这个外行。

“不能回房间了。”阎刚摇头低声道，“很明显，火警也是这家伙搞出来的，这个人也许就是那个控制我战友的王八蛋，他很着急，希望我们马上上路。”

“先去地库，上车之后再说。”刑术转身牵着贺晨雪朝着地库走，阎刚和田炼峰一前一后跟着，进了地库之后，阎刚让其他人靠后，自己仔细地检查着汽车，外部检查一遍后，开门进入车内，在其中仔细搜索着，终于在空调口内部上方发现了一个比纽扣还要小的东西。

阎刚拿着东西下来，举起来给其他人看：“窃听器，黑市上有的买，不算是太好的那种，不是独立供电，用的是车载电源，也就是说汽车不发动，这玩意儿听不到声音，这种东西，有熟悉的人，在电脑城这种地方都能买到，几百块一个，很便宜，传输距离最多几百米。”

“也就是说，安装窃听器的人，一直在我们身边不远的地方。”刑术下意识看着地库中的其他车辆，这么多车中，肯定有一辆藏着一直在追踪他们的人。

“炼峰，你先拿着贺小姐的身份证去退房。”刑术让贺晨雪拿出身份证，递给田炼峰，“我们在酒店大门口等你，快去。”

随后，刑术带着贺晨雪上车，让阎刚发动汽车去大门的方向等待田炼峰，等汽车开到大门口，刑术看到那群客人正在逐一返回的时候，忽然间脑子中闪过了什么东西，不由自主捏紧了还未松开的贺晨雪的手——他和贺晨雪因为紧张，都忘记还牵着对方的手，而且还下意识地将对方的手握得很紧。

刑术捏紧的那一刻，贺晨雪痛得叫了一声，阎刚回头，看见两人才松开手，为了不让场面更尴尬，他只得什么都不说，而刑术则立即低声道歉：“对不起，我忘了。”

“没关系。”贺晨雪微微摇头，“你是不是又想起什么了？”

“我想起两件事来，不过说第一件事之前，你得先告诉我，你被谁威胁的？这辆车是不是威胁你的人给你的，让你给我使用？”刑术看着贺晨雪问，“贺小姐，我们现在是一条船上的人。”

贺晨雪点头：“对。”

阎刚立即问：“威胁你的人是谁？”

“不知道，没见过，只是听过声音。”贺晨雪摇头。

刑术拿出在王铁东处得到的那个随身听，放出那个神秘的声音让贺晨雪听，随后问：“是这个声音吗？”

贺晨雪听完立即摇头：“我不确定，因为打电话给我的这个人，他的声音是变化过的。”

“变声器？”阎刚问。

“对，应该是。”贺晨雪点头道，此时田炼峰回到了车上，阎刚立即发动汽车，朝着郊外驶去，此时已经很晚了，寒夜的街道上几乎看不到行人，只有几辆出租车还在缓慢地行驶着。

刑术看着漆黑的窗外道：“现在事情有点麻烦了，很麻烦，线索非常的乱，我无法判断出，现在到底有几个人在盯着咱们，从表面上的线索来看，至少有两个，一个就是威胁贺小姐的这个人，虽然贺小姐没说理由，但我可以推测，是因为双瞳的关系。”

贺晨雪不说话，似乎是默认了。

刑术又道：“这个人也许与诱使田克去找奇门的人是一个人，然后第二个，就是利诱控制王铁东的那个家伙。”

田炼峰在旁边问：“他们万一是一个人呢？”

“有这个可能，我只是在推测，但两个人的做法中有不一样的地方。”刑术揉着额头道，“第一个似乎要利用田克，但他也许不知道田克的具体位置，所以他才会威胁贺小姐，让贺小姐雇用我们去找田克，这样他可以省下找田克的力气，你们想，如果是他控制了田克，他又相信田克可以找到奇门的前提下，他何必让我们插手这件事呢？这不是自找麻烦吗？他只需要自己带着田克去找就行了。”

其他人点头，赞同刑术的推测。

刑术又道：“第二个人，也是利诱控制王铁东的那家伙，应该是他拐走了田克，所以他才会留下随身听中的话，让我们去忽汗国找田克，但这里有个矛盾的地方，也就是说，如果他和第一个人一样，都相信田克能找到奇门，他根本没有必要让我们去忽汗国，对吗？这依然是自找麻烦，他也可以自己带着田克找到奇门就行了，所以，我做个大胆的推测，那就是——这两个人也许根本就知道田克压根儿就不清楚奇门的位置！”

阎刚点头，贺晨雪思考了会儿也点头赞同，只有田炼峰还不算太明白。

刑术看着田炼峰道：“我不知道那个人用什么手段让你父亲离开的，但是我觉得你父亲不太可能知道奇门的准确位置，不管是第一个人还是第二个人，都没有十足的把握可以靠着田克找到奇门，所以他们需要我、贺小姐、阎刚，还有你，需要我们四个帮助他们找到奇门，因为我们多多少少都有一定的线索，同时也有动机。”

“动机？”田炼峰明白了，“我的动机就是找到我爸爸，对吧？”

“对，田伯伯失踪，而且他还是田云浩的儿子，你去找，我不可能不帮忙，同时我还是个逐货师，并且我与追踪专家阎刚合作过，他们知道我肯定得找阎刚，所以布下了王铁东这颗棋子。”说着，刑术看向贺晨雪，“贺小姐的奶奶关芝青与田云浩有一面之缘不说，而且与申东俊这个伪满的特务认识，也与奇门有直接的关系，我们四个人有绝对的理由去做这件事，但需要一个绳子将我们绑在一起，那就是失踪的田伯伯。”

贺晨雪攥紧拳头道：“谜团太多了，我觉得，现在只要将田克找到了，搞清楚他为何要出去找奇门，很多事情就迎刃而解了。”

阎刚在前方道：“现在要找到田克，比登天还难，以前我寻人，大部分人即便是自己躲起来，多少都有蛛丝马迹留下来，但是田克虽然是自己出走，但一路上都有人帮他掩饰踪迹，而且对方是专家，我们要找田克，只能跟着对方留下的线索走，那就是去找忽汗国。”

田炼峰皱眉：“你说得轻巧，忽汗国在哪儿呢？”

刑术看着贺晨雪：“贺小姐，先前一线屯的事情，你可以接着说下去了。”

贺晨雪微微点头：“我刚才说到哪里了？”

“你说到，申东俊带着这批人走出山坳，在太阳升起的时候就看到了一线屯。”刑术提醒道。

“对，他们走出山坳的时候就发现了一线屯，但是不管申东俊怎么走，他都没有走近一线屯，不管他如何走，一线屯都只是在他们眼前百米之外的地方，因此当时的申东俊也认为，所谓的一线屯和传说中一样，只是海市蜃楼。”贺晨雪摘下墨镜，揉了揉自己的眼睛，没再说下去。

田炼峰看着贺晨雪，纳闷道：“没了？”

贺晨雪摇头：“没了，申东俊就说到这里，没再说下去，我奶奶也就知道这些。”

田炼峰下意识地看了一眼刑术，开车的阎刚也从后视镜中看着刑术，很明显，两人都不相信贺晨雪的话，都不相信申东俊就只告诉了关芝青这些。

刑术此时也不相信，他第一反应就是，先前那场假火警将他们轰出酒店，这其中也许还包含了另外一层意思——那个操控者在提醒贺晨雪，告知她不要一次性将所有的事情都讲出来，要像挤牙膏一样慢慢来。

不过如果贺晨雪想慢慢说的话，她必定会换一种方式，找个借口，但现在她说的是申东俊只告诉了这些给关芝青，也就是说即便有后续，她也不知道了。

车内的众人都沉默了，许久之后，贺晨雪才忽然说了一句：“但是，申东俊告诉了我奶奶当年他们去找一线屯的路线，我一直记得那条路线。”

“你是说咱们现在去找一线屯？”田炼峰问道，“但是那个家伙说要找到我爹，必须去忽汗国，你能保证一线屯就是忽汗国吗？”

贺晨雪摇头：“不能，但我知道的是，不管威胁我的那个人还是带走你爸的那个人，他们都想找到奇门所在的位置，当然，如果他们是一个人当然最好，我们会少一个敌人不说，目标也会相对集中一些。”

田炼峰用求助的眼神看着刑术，希望他能来做决定。

刑术思来想去，点头道：“好吧，我觉得贺小姐说得有道理，不管忽汗国和一线屯有没有什么直接的联系，总之都应该和奇门有关系，只要我们在找奇门，也等于是在接近掳走田克的那个人。”

阎刚在前头道：“我没任何意见，还是那句话，干多少事，拿多少钱，你是雇主，你说了算。”

刑术觉得有些不适应，因为阎刚一向是个无组织无纪律的人，这次怎么会这么听话？这个队伍不知不觉中竟然磨合得这么好？刑术相反心中腾起一股不安。

阎刚见刑术没说什么，又问贺晨雪：“贺小姐，接下来我们怎么走？”

“知道小北湖林场吗？”贺晨雪问阎刚。

阎刚下意识减慢车速，想了想，干脆将车停在路边，扭头问：“你是说小北湖湿地？”

贺晨雪点头，阎刚又道：“那是自然保护区，我们要是胡乱在里面走，破坏了什么东西，那可是犯法的，再说了，如果一线屯存在于小北湖林场，应该早就被人发现了。”

贺晨雪淡淡道：“一线屯的位置在小北湖，是我奶奶告诉我的，我也质疑过，但她坚持说就在那里，那是申东俊亲口告诉她的。”

刑术拍了拍椅背：“‘阎王’，先找个地方休息，今晚不能赶夜路了，太晚了，明天清晨再说，我们还需要去买点东西，然后再出发，去小北湖不远不近的，咱们这样开过去，按照现在的冰雪路行驶时间，也得花一天的工夫，到了小北湖估计都晚上了，所以，还是谨慎点吧。”

“好，同意。”阎刚发动汽车，在市区内转了一圈，找了一家四星级酒店入住，为了安全起见，还是开了一个套房，贺晨雪单独住一间，刑术等人自行分配。

进屋之后，大家简单吃了点东西，洗漱完毕告了晚安，正准备睡觉的时候，站在窗口喝酒的阎刚忽然说了一句：“刑术，你就不好奇吗？”

“什么？”躺在沙发上的刑术看着天花板问，田炼峰也穿着自己那只毛茸茸的熊睡衣站了出来看着阎刚。

阎刚扭过头来，看着厕所道：“关芝青当年为什么要打着天眼教和忽汗国宝藏的旗号创立一个邪教？她想做什么？她所做的事情与奇门有关联吗？那个邪教又是怎么回事？”

刑术和田炼峰下意识都看向卫生间，因为此时贺晨雪正在里面洗漱，很明显阎刚这番话是故意说给她听的，也表明自己不信任贺晨雪的态度。

刑术依然看着卫生间，回答：“好奇。”

田炼峰也立即搭腔，还故意朝着卫生间的方向大声说：“好奇又有什么办法，人家不说，我们总不能严刑拷打吧！”

贺晨雪依然没有任何反应，刑术朝着阎刚摇头，示意他不要再说下去了，他很担心矛盾会激发，甚至会在某个关键的时候爆发，那是他最担心的事情。

田炼峰翻了下白眼，转身回屋去了，阎刚继续喝着糯米酒，似乎在刻意等着贺晨雪出来，但贺晨雪一直待在卫生间中就是不出来，阎刚靠近沙发，低声道：“喂，我睡客厅吧，晚上我守夜。”

“免了吧，你得开车。”刑术闭眼道，“开车的人得好好休息。”

阎刚笑了：“你小子是不想开车是吧？”

“冰雪路我没你开得好，如果你放心我来开的话，我不介意。”刑术睁眼看着阎刚。

阎刚点头，转身往屋内走了，这间套房一共三个房间，所以有一个人只能睡客厅，但这个人按道理应该是他们的追踪专家兼保镖阎刚，可进屋之后刑术直接就开口说他要睡客厅，今晚他来守夜。

其实刑术的目的完全是想找机会单独和贺晨雪聊聊，他认为贺晨雪肯定有难言之隐，而且那些话都是不方便有第三者在场说的。

阎刚和田炼峰都回到房间，等田炼峰那微弱的呼噜声传来之后，卫生间的门终于开了，光线从门缝中射了出来，刑术下意识抬头看着，却发现门口并没有人，他觉得有些不对劲，立即站起身来，刚起身就看到了贺晨雪的手在门缝下面摸索着什么，他意识到出事了，立即冲了过去。

刑术冲到门口，蹲下来的那一刻，贺晨雪的那只手却下意识抓住了他的手腕，死死抓住，完全不松开。

刑术这才看到贺晨雪趴在卫生间的地板上，散开的头发搭在周围，同时还赤裸着身子，什么都没有穿。

“进……进来！”贺晨雪好半天才说了这样几个字，刑术小心翼翼推开门，同时搀扶起贺晨雪，贺晨雪起身的同时，还伸手出去将门慢慢关上，紧接着转身就抓起旁边的浴巾包住了自己的身体。

刑术站在一侧，问：“你怎么了？”

“我叫你进来，你别误会。”贺晨雪解释道。

刑术点头：“我没误会，需要我做什么？”

贺晨雪指了下自己的双眼：“我眼睛很痛，老毛病了，只要在太冷的地方待过，晚上就会很痛。”

刑术点头：“我要怎么做？要不要给你买点药？”

“没用，吃药没用，需要恒温来捂住我的眼睛，将疼痛缓解掉，能保持恒温的东西现在我没有，可以代替的就是人的手，但是我体寒手冷，自己做不到。”贺晨雪说完，朝着刑术点点头。

刑术明白了，也明白先前贺晨雪为何要第一时间抓住自己的手，于是他将手放在旁边的暖气管子上捂了会儿，然后举起来说：“我要开始了？”

贺晨雪点点头，然后站在她跟前的刑术将手抬起来放在她眼睛上，但这样的姿势让刑术很难受，过了几分钟，贺晨雪觉得刑术的手有些微微发抖了，于是道：“你站在我身后来吧，站在我身后捂住我的眼睛，这样你会舒服很多。”

“好。”刑术按照贺晨雪所说，站在她的身后，捂住了她的眼睛，就好像是他正在跟贺晨雪开玩笑，让贺晨雪猜猜身后的人是谁，抑或者是等他手拿开的时候，会给贺晨雪一个惊喜一样。

两人就那样一前一后站着，一句话都没有，但不知为何，刑术并不觉得这个场景很尴尬，相反觉得有一种十分奇怪的感觉，虽然他不知道贺晨雪内心是怎么想的，但他忽然认为这个女人，似乎除了眼睛之外，身体的其他部位都没有温度，也无法吸收温度一样。

许久，贺晨雪开口道：“谢谢。”

“不客气。”刑术应声道。

贺晨雪咳嗽了一声，低声道：“我的意思是，可以了……”

“噢——”刑术立即放开手，才忽然间觉得场面有些尴尬，他站在那愣了几秒，随后才立即小心翼翼地绕开贺晨雪，开门离开卫生间，快速走回沙发上躺好，而贺晨雪并没有马上出来。

刑术深吸一口气，刚要闭眼的时候，就听到阎刚的声音从沙发扶手下方传来：“孤男寡女躲卫生间里面干吗呢？”

刑术翻身起来，看着蹲在扶手后面的阎刚，阎刚一脸神秘地看着他，还冲他挑了下眉毛：“你小子行呀，这才几天的工夫就上手了？”

“闭嘴！别放屁！我是帮忙去了！”刑术紧接着低声将先前的事情说了一遍。

阎刚依然蹲在那儿，也不起身，听完后问：“我就奇怪了，卫生间里面有热水，她完全可以将毛巾放进热水中，然后再拿起来焐在眼睛上，为什么要找你帮忙呢？她在暗示你什么？”

刑术不耐烦道：“恒温，你知道什么叫恒温吗？你丫脑子里面能不能别装那么多污垢？”

“恒温的意思是，用人工或者自动控制方法保持温度值的恒定不变，所设定的温度值不受其他因素的影响，也使初期设定的温度与任何一刻的温度相同或者相近似。”阎刚一口气说完，然后举起自己的手机，指着上面刚打开的搜索网页道，“我会上网查资料。”

刑术翻身爬起来要训斥阎刚的时候，贺晨雪从卫生间出来，径直从沙发旁边走过，又向刑术道了声谢谢之后，走回了房间，就像她根本不知道阎刚在扶手下方一样。

等贺晨雪的房间门关上之后，阎刚恢复了平日的表情，抽了抽鼻子道：“刑老板，这次的买卖，我预计肯定会非常的惊心动魄。”

“所以？”刑术起身看着阎刚，“你打算怎么做？退出？”

“不，非常有意思。”阎刚直视着他的双眼，“我一定会奉陪到底，所以，明天早上我会去买一些特殊的东西，晚安，刑老板。”

刑术重新躺下：“晚安，‘阎王’。”

“叫我‘阎王爷’！”阎刚带着奇怪的笑容回到房间，将门轻轻关上。

一夜平安无事，清晨，刑术第一个醒来，收拾东西洗漱完毕，在酒店餐厅吃完早饭，饭后刑术放下筷子道：“等下我得去找个朋友，从他那儿买点东西，都是必需品，你们需要什么，可以先说一下，看看在什么地方可以买到，因为这一趟去，要做好待上至少十天半个月的准备。”

“分头行动吧，我还得去找王铁东拿点东西，只有他能搞到。”阎刚也放下碗筷，“你们开车走你们的，一个小时后，我会去鹤大高速公路口找你们。”

阎刚刚说完，贺晨雪也放下碗筷，擦着嘴道：“不，我们走海浪机场后方的那条老公路，如果要会合，在那条公路口会合，那里有一棵标志性大树，很显眼。”

“为什么？”阎刚下意识问。

贺晨雪起身来，轻声道：“不是说过了吗？当年，申东俊是顺江而上，那时候可没有什么高速公路！”

第二十五章：开棺人

阎刚独自离开，刑术则开车载着田炼峰和贺晨雪去解放路，在解放路背街找了一家卖四川麻辣烫的小店铺。

刑术停车后，在车内指着那家店铺道："到了，就这儿。"

田炼峰探头出去看着："你要买麻辣烫？"

刑术摇头："你和贺小姐在车里等着我，把车门锁好，除了我之外，不管任何人敲窗户，你们都不要开门。"

"知道了，我又不是三岁孩子。"田炼峰应道，看了一眼毫无反应的贺晨雪。

"你要是三岁孩子，我就不可能把你留车上了。"刑术抓起自己的背包，检查了下里面放的那几件东西，还有一部分现金，这才朝着那家店铺走去。

店铺很小，加起来也不过二十来平方米，这个时间根本没有人来吃麻辣烫，所以屋内根本没有客人，门口站着的那个二十岁出头、不断揉着眼睛的青年在刑术走进去的时候，也只是机械性地说了一句："欢迎光临，里边请！"

刑术推门进去，一眼就看向后厨的那个送菜的窗口，只见那里站着一个穿着白色厨师服、手里夹着一支烟，但因为窗户太矮，根本看不到头部以上的男子。

"欢迎光临，点菜请去左边，点好了来这边上秤。"后厨的男子用嘶哑的声音说道。

刑术径直走到后厨的窗口，将背包打开，从里面拿出几个瓶子："五瓶藤椒油，是四川洪雅老字号的，我先让朋友帮我做了五瓶，如果你觉得用得还行，我叫他再做，还有三瓶酒，两瓶沱牌曲酒，1997年产的，保存得不是太好，都挥发了三分之一了，还有一瓶射洪柳浪春，你最喜欢的，现在根本搞不到了，我费了很大的功夫。"

里面的男子将烟放在烟灰缸上，俯身下来，露出自己那张晒得漆黑的脸，带着不可思议的表情道："我当是谁呢，原来是刑老板？"

刑术也有些吃惊，看着男子道："三千？怎么是你？你不是出远门了吗？"

被刑术叫作三千的男子有一个古怪的名字叫胡三千，他是这家店的少东家，他爹胡德合才是真正意义上的老板，这两父子是四川人，确切地说是川西胡家最后一代开棺人。

什么叫开棺人呢？从前民间大户士族因为诡秘的理由不得不开启家中先人抑或是亲属已经落葬的棺材时，必会通过特殊渠道私下聘请一种"天赋异禀"的人，而这种人被称为开棺人。

开棺人其中规矩甚多，最出名的就是开棺人九忌——一忌不知开棺所取；二忌不入死者族谱；三忌玄日皓月星辰；四忌淫邪滥赌烟酒；五忌伤害死者生属；六忌开棺不收重金；七忌师传家中子嗣；八忌信神己不敬神；九忌贪生留阳弃魂。

但是开棺人传到至今，已经是人丁稀少了，而胡德合与儿子胡三千之所以要从四川来到东北，原因是多年前，胡德合应浙江一带的某个老板之邀，去帮他家的祖坟开棺，取出在其祖爷棺材中的一件玉器。不过在开棺之后，出现了怪事，整口棺材在打开那一瞬间烧起来了，直接将棺材和里面的东西烧得一干二净。

这件事的结果不用说了，胡氏父子不管怎么说与自己无关都没有用，赔得倾家荡产不说，还被一群人莫名其妙地追杀，四川是待不下去了，最后辗转各处，终于在牡丹江落脚。

当时的胡氏父子身上的现金都花光了，只得去古玩城变卖自己的一些东西，其中就有一个古罗盘，但当时他们想的是找家当铺先当点钱，有钱了再赎回来，不过当时的牡丹江并没有传统意义上的当铺，经人指点，两人来了哈尔滨，找到了刑术的那家店，将东西拿出来之后，刑术立即就猜出了两人的身份，毕竟开棺人的故事，刑术早年听师父郑苍穹说过很多次，而且非常爱听，因为非常悬疑刺激，所以在内心中他对这一职业的人也相当佩服，去四川那几次总是想找到开棺人。

刑术也万万没想到，自己一直想见的开棺人自个儿找上门来了，而且要当的竟然是最宝贵的罗盘。罗盘这东西，对集阴阳师、风水先生于一身的开棺人来说，就像是士兵和枪之间的关系一样，怎么可能拿去当了呢？

刑术知道他们肯定有难处，肯定也不方便说明自己的身份，干脆就问他们要当多少钱。胡德合伸出五根手指头说五万，刑术二话不说拿了八万的现金给他们，也没有写当票，借条都没有，当然也没有留下那罗盘。

刑术的这番行为让胡氏父子明白，这个当铺的老板不是一般人，已经知道了他们两人的身份。

胡德合当时只留下了一个他们在牡丹江的地址，告诉刑术一句话——滴水之恩当涌泉相报。

从那之后，刑术也与这对父子成了朋友，也从他们那儿学习了不少关于风水方面的知识，了解了好多他不懂的民俗民风，以此来充实自己。

而后来，胡氏父子有了本钱之后，知道无法做老本行了，因为开棺人和逐货师一样，都有表面身份，逐货师的是朝奉，而开棺人则是木匠，但他们这种木匠最擅长的就是做棺材。

在如今这个法律要求火化的年代，谁还要棺材呀？让他们做点桌椅板凳什么的也不是那么回事，无奈，只得做麻辣烫生意，毕竟这种小吃在全国各地都很受欢迎，更何况两父子本身就是四川人。

当然，除了麻辣烫生意之外，他们还私下卖点行内货，也就是一些所谓的阴阳物件，一些被认为是封建迷信才用的东西，但这些东西他们只会卖给行内人，不向普通人出售。

胡三千拿着那瓶柳浪春白酒，半天才说：“我爸去了。”

“什么时候的事儿？我半个月前才和你爸通过电话，那时候他还好好的！”刑术很惊讶，没想到半个月时间就出了这么大的变故。

“肝癌晚期，他没让我告诉你。”胡三千从口袋中摸出一张确诊的单子，“一个星期前，他收拾好了东西，说要回四川老家，找个地方等死，你知道他那脾气，我没法劝他，而且他的遗愿就是让我好好在这儿待着，不要回去了，你也知道，那个老板是和人联合算计我们父子，有人整我们，我也想查出来是谁，但可惜的是毫无头绪，我爸说算了，能避就避。”

刑术看着确诊的单子道：“也好，能避就避。”

当初胡德合将他们经历的事情说出来的时候，刑术第一反应就是这父子被人算计了，多半是仇家。正常人都能想到，哪儿有棺材无缘无故起火的？而且不是某种化学物质的前提下，怎么可能在那么短的时间内，将棺材和其中的所有东西都烧成灰烬？里面的陪葬品有不少玉器，玉器是那么容易被烧化的吗？

胡三千将白酒打开，倒了一杯，放在厨房一侧的父亲遗像跟前：“其实老头子现在死没死，我都不知道，但是他说他要完成自己的很多心愿，第一个心愿就是独自一人坐一次飞机，坐个经济舱就行了，以前他出门，觉得能坐上火车的软卧已经是非常高档了。”

刑术不知道应该说什么，但觉得持续说胡德合的话题不是太妥当，只得道：“你店里的生意不错吧？你做麻辣烫的手艺比你爸还好，以后日子肯定会越来越好的。”

胡三千抽着烟，看着剩下的白酒：“生意不错，赚的钱再多，也没有办法把过去给买回来，我爹是开棺人，我爷爷也是，我爷爷的爸爸也是，不知道祖上多少代开始，就是做开棺人的，但突然有一天没法做了，让我来卖麻辣烫，去他妈的麻辣烫！你知道我花了多久的时间才让我自己来面对这个现实吗？我从小虽然和其他孩子一样在上学读书，但是回家之后，就是跟着我爹学手艺，学木匠手艺，学做棺材，学风水，学看罗盘，其他孩子在看漫画，看小说的时候，我看的是《易经》《五星占》《天官书》，从太极到六十四卦，从相术到医术，又从医术到异术，一直到现在，我和其他人根本完全不一样，我说的他们听不懂，他们说的，我不感兴趣，你看见门外那孩子了吗？那是我在人才市场上捡回来的，谁也不要他，因为他不会说话，几乎不说话，我教了他很久，才教会他说那句‘欢迎光临，里边请’。”

刑术也看着酒瓶，站在那儿安静地听胡三千说，他知道，胡三千已经有一个星期没好好和人说过话了，现在他来了，是胡三千发泄的机会，他得给对方这个机会，否则胡三千会发疯的。

胡三千又点起两支烟，将其中一支放在遗像前："我把他带回来的时候，我不觉得是在做善事，我反而觉得他在帮我，他不说话，我也不说话，两个人一天下来，连对视的机会都没有，这样很好，我不会烦他，他也不会烦我，但我总是在想，我什么时候才能结束这种日子？"

刑术抬眼看着胡三千道："安安稳稳，这样挺好的。"

"对呀，挺好的，以前我爸常说，他希望过的就是这样的日子，但是被迫过上之后，发现并不适应，龙生龙凤生凤老鼠的儿子会打洞，开棺人就该做开棺人的事情，可是时代不一样了，现在谁还请我们呀，在几十年前甚至上百年之前，大户人家请我们去一次，那就是一掷千金。很快就没有棺材了，没有棺材我们开什么棺？所以，开棺人迟早都会被时代淘汰，这就是事实，可是，我就是想知道，为什么那个老板要算计我们父子？不搞明白这一点，我死不瞑目。"胡三千掐灭香烟，"对不起，发了这么多牢骚，还没谢谢你带来的东西，你是我们胡家的恩人，我永远记得。"

刑术又从包里将钱拿出来："这些钱是我的帛金，不要拒绝，收下，其中一部分算是我买货的钱，如果有不够的，下次补给你。"

胡三千拿着那纸包："什么叫不够，多的都有了，你每次都这样，你是想让我胡家永远欠你的是吧？"

说完，胡三千笑了，刑术也笑了，随后刑术道："我要去一次小北湖林场，这次的事情可能很棘手，我现在没法跟你详说，总之你给我配一点避邪避毒的东西，还有，你记得把电话随时开机，不要断了电，我担心可能有事会请教你，不过就看到时候我运气好不好了，运气好电话也许有信号。"

胡三千使劲点头："你等着，我去给你拿东西。"

胡三千拿着刑术空了的背包，转身从后厨上楼，去自己卧室中拿东西。

刑术站在那儿，倒了一杯酒放在胡德合的遗像跟前，又拜了拜。

很快，胡三千下来，将背包递给刑术，挠着头道："我电话一直开着，放心，有事做，我当然高兴了，比你还高兴，以后要是有机会，出门的时候带上我，我不要钱的，我就希望有事做。"

"行，有机会肯定找你。"刑术笑道，"我该走了，保持联系。"

"保持联系，不远送了。"胡三千淡淡道，等刑术走出门之后，又点了一支烟，随后坐下来，扭头呆呆地看着父亲的那张遗像。

走出麻辣烫店之后，刑术站在那儿看着那个只会说那一句话的青年，忽然间觉得胡三千有些可怜，但这种可怜并不是因为他现在的状态，而是因为他们被时代抛弃了，历史的车轮直接从两父子的身体上毫不留情地碾轧过去。

身为逐货师的他也是一样，虽然逐货师原本就不被人所熟知，但朝奉这一行当现在基本上也消失了，传统意义上的当铺也没有了，现在所谓的当铺都是小额贷款公司，也许以后有人再想知道开棺人、逐货师这些是什么、会干什么的时候，只有在某些书中才能看到了。

刑术回到车上之后，也没和两人说什么，径直开车到了说好的位置，等着阎刚。

阎刚也在几分钟后坐着出租车过来，但换了一身迷彩服，平常人穿着那迷彩服就像是街边等活儿干的工人，而阎刚穿着那模样就是个军人。

背着一个登山包的阎刚将包塞到后面放好，随后来到驾驶座上，松开手刹启动汽车的同时，说了一句："我们被人跟了，一辆旧捷达，跟踪的人有经验，我也是无意中才发现的，而且这小子手快，胆子大。"

"什么意思？"刑术从右侧后视镜看着车后的位置，但并没有看到那辆阎刚所说的捷达轿车。

阎刚开车朝着前面走："他至少有三套车牌，每次我停在某个地方办事的时候，他都会立即更换车牌，这说明他手快，胆子大是因为，如果他被交警拦下来了，事情就麻烦了，而且这个人对牡丹江的街道也十分熟悉，并不是那种靠着GPS开车的家伙，很棘手，现在没跟过来，估计是换车了，我们得小心点。"

田炼峰转身从后面鼓鼓囊囊的行李缝隙中看向车后："是什么人呀？是不是那个设局的家伙？"

"不知道。"阎刚摇头，也不断从后视镜看着后面，"我连他模样都没看清楚，只是大致判断是个年轻人，这年头，年轻人能有这样身手的人太少了，来者不善。"

刑术看着后面的贺晨雪道："贺小姐，你怎么看？"

"不管他，我们走我们的。"贺晨雪淡淡道，"抓紧时间走，原本从宁安到小北湖林场不过一百公里左右，但我们要走的是林场的另外一头，到时候我们需要弃车步行，也就是沿着当年申东俊那些人所走的老路前进，这样才能找到更多的线索。"

阎刚点头："野外徒步，我和刑老板肯定是没问题，就不知道你们俩怎么样。林子里面夜间最冷的时候，温度在零下三十摄氏度左右，不到一分钟就能把人给冻透了，你们要想清楚。"

贺晨雪不说话，她当然是没什么好说的，田炼峰此时有些不耐烦道："'阎王'，你什么意思呀？我爸丢了，我就算是死也得去找呀！"

“那就行了，等的就是你这句话。”阎刚稍微加快了速度，朝着老国道上面开去，而在他们车后几百米的地方，一辆现代轿车晃晃悠悠地出现，坐在车内直视前方的正是已经换了汽车的白仲政。

白仲政跟着刑术等人的车上了国道之后，将电话拨了出去：“他们走的是国道，不知道去什么位置，我只能一直跟着，但如果需要再次换车的话，我就无能为力了，我如果偷车跟踪，一旦失主报警，事情就更不好办了。”

电话那头的郭洪奎想了想道：“你不用跟太紧，就算是暴露了也没关系，你就说自己是个徒步冒险的，一口咬定不是跟踪他们，他们也拿你毫无办法。”

“是，我明白了。”白仲政挂了电话，稍微加快了速度，跟在另外一辆汽车后面，朝着刑术等人前进的方向驶去。

就当刑术等人驶过宁安、朝着小北湖林场方向前进的时候，天上突然间下起了大雪，大雪很快变成了暴雪，雪花每一片都如鹅毛一样大小，毫不夸张，但阎刚并没有停车等待，而是继续按照贺晨雪的指示前进，因为如果他一旦停下来，那么就会被直接困死在如今的这条小道上，因为在这里，是不可能有人给你清雪的。

第二十六章：天怪

汽车在暴风雪中急速前进着，除了开车的阎刚之外，车上的其他人都是无比紧张。

坐在阎刚旁边的刑术不时侧头看着阎刚，因为阎刚没有开空调吹窗户，双眼一直盯着前方根本就看不到的路在前进，汽车也保持着速度，没有减速。阎刚没开空调的理由很简单，在这种暴风雪下，如果开空调吹窗户，大片的雪花一旦融化，在车内外温差太大的前提下，被寒风不断拍打的前挡风玻璃就会结冰，很快前挡风玻璃就会模糊不清。

又继续前进了半小时左右，阎刚减速，将汽车停在了路边，随后盯着车载的GPS道：“不能再走了，前面雪太深了，而且现在GPS上面已经显示不到我们所在的位置了。”

后方的田炼峰探头看着，刑术将GPS的画面缩小，看着他们距离小北湖林场的接待地还有至少十来公里的样子，而且按照最早的设想，他们也不能从接待的地方进入林区，因为太引人注目了，在这种风雪天来这里，难道说是来滑雪的？

“等风雪停了再走吧。”田炼峰抱着自己的毯子说，下意识看了一眼依然坐在旁边，看着车窗外，不知道在想什么的贺晨雪。

刑术看着阎刚问："'阎王'，你觉得呢？"

阎刚看着前方："两个选择，第一，等风雪稍微小点，还没完全停止的时候我们朝着里面走，然后在合适的时候扎营休息，好处是，我们的脚印会被没有停止的风雪掩盖；坏处是，我们进入林区后温度骤降，会很危险，就算在帐篷中，没有热饮和热食也容易生病。第二，我们等风雪停止，在车内待一夜，明天白天再出发，好处是我们白天行进，不那么容易被冻死，气温相对适合行走；坏处是，我们的脚印很明显，会留给跟踪的人，也会被巡林的人发现，怎么选，你们定。"

刑术扭头看着车后的贺晨雪："贺小姐，你觉得呢？你算是本次的向导和负责人。"

贺晨雪慢慢扭头看着刑术："我们最重要的事情就是保密，如果无法保密，就算做到了其他的事情又有什么意义呢？所以，我觉得还是选择第一个吧。"

"会被冻死的。"田炼峰说着自己打了个寒战。

"如果我们被巡林的发现，按照有关条例，擅闯进去，再发现我们有什么不轨的企图，拘留十五天是免不了的，到时候就会耽误十五天的时间。"刑术说完，不再说下去，只是看着田炼峰，毕竟他也是事主，必须说服他。

"好吧，风雪小点再说……"田炼峰说完深吸一口气，闭眼开始休息。

也许是天意，在傍晚时分，风雪稍微小了点，变成了中雪，中雪在城市中落下也算恐怖了，但在林区，着实不算什么，众人收拾妥当之后，背了东西，开始朝着林区前进，首先要找到贺晨雪所说的那个山坳，只要穿过那个山坳，就可以看到山坳外的一线屯。

当然，这一切都只是大家理想中的设想，都深知，实际情况可能远比设想的复杂得多。

还未进入林区，大家脚下的积雪就已经没到了膝盖的位置，走起来十分缓慢，而且还得提防别掉进雪坑或者雪洞中，一旦掉进去，非死即伤。

大家都是从头到脚捂得严严实实的，高帮靴子外面还缠着绑腿，绑腿都是阎刚帮众人弄的，虽然说军队已经早在几十年前就取消了绑腿，不过某些侦察部队私下还在用，原因多方面，主要原因就是起防护作用，例如在积雪中行走就能起到一定的作用，以免渗透裤子，在休息的时候也能快速将绑腿取下来替换或者是晾干。

入夜的林区显得很安静，在雪夜当中除了大家行走时发出的声音之外，什么都听不到。

走了足足一个小时后，田炼峰扛不住了，一把抓住前面的刑术道："术，咱们休息会儿吧？"

"不行！"前方的阎刚摇头，"现在还不能休息，这里在林区的边缘，巡林的人极有可能转到这里来，你没看到之前我们过来的时候，铁丝网外有小路吗！那是巡林的路！而且跟踪我们的人也会很快追上我们。”

刑术点头，贺晨雪没有任何意见，田炼峰哭丧着脸说：“我实在是累了，咱们都走了一个多点了，哪怕休息五分钟行不行？”

“好，就五分钟。”阎刚点头，“不要靠着或者坐着，那样留下的痕迹会很大，站着休息，注意自己的四周。”

“‘阎王’，你说你至于吗？又不是打仗。”田炼峰站在那儿喘着气说，“你看看这周围，半个人都没有，而且是大冬天，也不可能有熊之类的玩意儿，都在窝里面睡着呢，跟踪的人也不会贸然追上来，而且风雪没停，没出大事的前提下，巡林的也不会出来。”

田炼峰刚说完，远处就有手电筒光晃动，而且不止一个，那一刻，田炼峰下意识地给了自己一个嘴巴，低声骂道：“乌鸦嘴！”

阎刚摇摇头，带着众人立即朝着林区深处快速走去。

随后的一小时内，田炼峰再也没有说过休息两个字，他知道一旦被抓住会拘留十五天，等十五天之后，他爸田克估计永远都找不到了。

但在艰难地前进两个小时之后，就在阎刚四下找着可以扎营的地方时，却看到前面一条并未封冻的小河对面，丛林边上，有一座人字形房顶，用原木搭建的小屋。

四人站在河对面，借着月光看着那座小屋，随后互相对视一眼，都觉得此时此刻在眼前出现了这么一座屋子，实在是太诡异了。

“你们待在这里别动，我去看看。”阎刚踩着河面上的石头和较为坚固的冰块，过河之后在木屋周围查看着。

因为河水流淌得太急的关系，所以河水并未封冻，只有河岸边上被冻结了，有些地方流淌得稍微慢点，也只有表面上几厘米厚的河水被冻上了，有一处地方，拿手电离近了，还能看到被冻在其中的小鱼。

阎刚在小屋周围走了一圈，然后走到河边，指着对面的刑术道：“刑老板，你先过来看看。”

刑术点头，按照阎刚的指示过河，同时让田炼峰和贺晨雪原地待命。

过了河之后，阎刚带着刑术绕了一圈，问：“你觉得这屋子建起来有多长的时间了？”

“很长，至少十年往上说了。”刑术摸了下那木头，“从木头的质感来判断，少说有二十年，而且是杉木，这种杉木在这个林区应该很少见，以前我帮人鉴定家具的时候，跟一个老师傅学过，他说同样的杉木因为气候等关系，密度质地都不一样，建这个屋子用的，不应该是小北湖林区的，而且用了古法防腐，现在的防腐手段，杉木都闻不出味儿来，但这屋子外表还闻着有一股类似农药的气味，这么多年都还有，说明这种防腐手段应该是新中国成立前使用的，而且是土鲁班干的。”

“土鲁班是什么？”田炼峰此时已经走过来问，也将贺晨雪给搀扶了过来，两人在河对面实在待不下去了。

“解放前，有些人为了逃避战火进了深山中躲避，但这种人有手艺，会用木头做很多的东西，例如说弓箭之类的，还能设其他的机关，这种人大多数都成了土匪，或者是为了吃喝给土匪卖命，就被称为土鲁班，这些人千万别小看，手艺可以说是一流，在解放前夕，还形成了一个自己的所谓门派，传授的都是失传的一些木匠手艺和要领。”刑术指着那原木道，“这种就是用土鲁班的防腐技术做过的，虽然我知道得不确切，但知道那股农药味，实际上对人体没有任何害处，也是奇特的地方。”

阎刚看着那屋子的门：“那今晚就在这里休息吧，不过只能将窗户遮盖起来之后再用炉头做点简单的热食，就算有炭坑也不要用，因为雪停了，夜间的天空都很透彻，飘上去的烟好几公里外都能看到。”

“行。有住的地方就好。”田炼峰觉得自己快冻透了，打算进去之后先换一双袜子。

阎刚走到门口，发现门口挂着一把老锁，锁的样式也是解放前才有的，而且是全铜的，铜的表面有一层厚铜绿，也就是说这把铜锁算是生锈了。

阎刚正要开门，刑术示意他先不要动，自己比画了下那铜锁的位置之后，这才让阎刚开门，开门之后，让田炼峰和贺晨雪先进去，自己则拿着那带着铜绿的铜锁沿着屋子走了一圈。

阎刚很纳闷，跟在他后面问：“你在干什么？”

“‘阎王’，东北的地形地貌你大多数熟悉，你知道小北湖林区在近十年或者二十年之内，有没有发生过洪水？”刑术拿着铜锁问道，又凑近闻了闻那木头，上下仔细闻着。

阎刚快速回忆着：“山洪倒是有两次，我还是在县志上看到的，但是洪水就不可能有了，有也不可能蔓延到这个地方来。”

“不，肯定有。”刑术指着那铜锁道，“铜锁产生铜绿了，也就是生锈了，铜生锈的条件只有同时处于空气和水的作用下，虽然说这里是林区，夏季雨水多，铜锁也容易生锈，很正常，但是这屋子的防腐木头告诉我洪水的事情，你来。”

刑术蹲下来，往下数着木头，随后指着自己腰部以上的木头道：“你凑近闻，这个位置往上的木头的气味比下面的气味要轻微许多，下面的气味要浓烈许多，这就说明，曾经有洪水淹没了我腰部以下的位置，至少到这里了。这种防腐技术就这样，只要在水中时间久了，就会散发出这种药味，至少好多年都不会散去。”

阎刚点头：“你是开始就发现了，还是看见铜锁之后？”

“看见铜锁之后，因为上面的铜绿分布问题有点怪异。”刑术摸着铜锁道，“只有铜锁底部位置的铜绿最多，但这种情形极少，要知道，铜如果一直处于淡水之中，只要不拿出来暴露在空气之中就不容易生锈，但一旦拿出来接触空气，就会产生铜绿，但在盐水中基本上第二天就会产生铜绿。铜锁底部的铜绿这么多，表示底部接触到了水，但又不是一直处于水中，所以我才推测这里发生过洪水。”

阎刚看着周围的树木：“对，如果洪水时间太长了，周围的树木是看不出来的，因为它们是活的，但砍下来的木头就不一样了，金属也不一样。”

两人刚说着，就听到里面的田炼峰喊了一嗓子：“什么玩意儿啊！”

两人立即冲进屋子，就看到田炼峰仰头用电筒照着房梁，而贺晨雪则平静地站在一侧仰头看着，没有半点惧色。

阎刚见手电打开了，立即关门，又用自己的毯子和防雨布将窗户挡上，这才回头来看房梁，看到房梁上吊着一个不知名的东西，那东西像是什么动物，但四肢都被绳子绑在房梁的四个角上。

“什么玩意儿呀？”田炼峰看着那东西，不断挪动着位置，仔细观察着。

房梁上挂摆着的是一个奇怪的动物，四不像，身体像是鹿的，但脑袋却是狼的。

许久，田炼峰看到那所谓的鹿身屁股后面的两团白毛，这才道：“这是狍子吧？”

“狍子的身体，狼的脑袋，前两只脚上面有熊爪，后面两条腿有虎爪，是被人刻意缝合成这模样的。”刑术仰头看着，“看样子，这屋子中住着一个猎人……”

“变态猎人吧？”田炼峰摇头道，“哪儿有这样的？”

阎刚四下看着屋子，发现屋子中放有很多干肉，还有粮食，大米、小米、苞米、高粱米等，都装在一个个的小缸子当中，早就霉变了。

屋子周围还有两个柜子，柜子中放着简单的碗筷，没有桌椅板凳，屋子中间有一个炭坑，炭坑之中有炭灰，侧面放着一口锈迹斑斑的铁锅，除此之外，屋内再没有其他的东西。

“这像是厨房和储物间，不像是住人的地方。”刑术观察了一圈肯定道，“有粮食干肉，就是没有床，桌椅板凳也没有，看样子，离这里不远的地方应该还有人住的。”

阎刚点头：“有点诡异，但暂时没发现危险，也不知道挂着的这玩意儿是什么意思。”

“那叫天怪，算是一种镇宅的东西，经过防腐处理的，可以存放很多年。”一直站在旁边的贺晨雪终于开口说话了，随后其他三人都看向她。

“天怪？”阎刚问，田炼峰也觉得很奇怪。

“我听说过。”刑术接着贺晨雪的话说，“东北这边不是有萨满教吗？萨满教中有些巫师会制作这样的东西，因为萨满教认为万物有灵，人要生存必须依赖动物，所以动物也是守护人类的神灵，狼、熊、狍子这些都是东北从前常见的非家养野生动物，所以会做出这种四不像的守护神来，不过贺小姐要是不说，我都想不起来。”

贺晨雪点头：“不过，你们也许不知道，忽汗国的神话中，提到过类似怪物的故事，说是这种混合的动物从天而降，在地面上进行了自我分解，随后才形成了大地的所有动物，听起来像是夸父的故事，对吗？”

贺晨雪此时忽然间又提到了忽汗国，让刑术和阎刚不禁互相看了看，但谁也没有说什么，都知道在贺晨雪不是主动的前提下，他们无法追问出什么结果来。

“原来如此。”田炼峰点头，一屁股坐下靠着墙壁道，“不管怎样，总算找到了地方过夜，我先换袜子，然后弄点吃的睡觉，都这么晚了。”

“今晚我先守夜。”刑术在门口坐下，“然后换阎刚。”

阎刚点头，换了袜子，吃了点干粮，也不吃热食，直接倒头就呼呼大睡。

贺晨雪吃了点田炼峰煮的方便面，喝了点热牛奶，钻进睡袋睡了，田炼峰当然也是迫不及待就睡了，因为他是最准点睡觉的家伙。

刑术坐在门口，看着这间屋子，想起先前贺晨雪的话，觉得事情越来越诡异了，总觉得贺晨雪懂的东西太多了，因为她原本擅长的领域不应该是这些。而且，最重要的是，为什么偏偏在他们行进的路上就会冒出这样一间屋子？就好像刻意在提醒他们，在这里多年前发生的一场洪水，与他们要寻找的忽汗国有关系一样。

也许是太疲劳的缘故，刑术没有想多久，眼睛都睁不开了，他原本想去叫阎刚，但因为太困，一闭眼睛直接就睡着了……

刑术睡着之后，整个屋子中都出奇的安静，原本他醒着时不时挪动导致的衣服摩擦的声音都消失了，夜间丛林之中的那股古怪的气氛像是烟雾一样飘入了屋子当中，与此同时，一个白色的影子出现在了门口，随后影子小心翼翼推开了门，推门的同时将靠着门的刑术直接朝着前方推倒，不过白影却下意识一把抓住了刑术的肩头，稳定住了他的身体。

白影随后吃力地将刑术从门口挪开，小心翼翼进屋之后，白影掏出怀中的铜质暖手器，打开之后，将暖手器中烧得通红的火炭放入炭坑中，随后又将小口袋中装着的小木炭小心翼翼倒在上面，这才转身走了出来。

就在白影刚走出来，将门关好的刹那，一个黑影从旁边的大树后方闪身出来，看着白影用故意挤压出来的沙哑声音道：“用一氧化碳杀人，挺高明的，就算林区的人发现了他们的尸体，也会认为是游客自己不慎中毒身亡，但是你认为有必要吗？你认为林区的人会发现这个地方吗？如果林区的人早发现了这间屋子，也许这间屋子早就不存在了，你能走进这个区域来，说明有人教了你和贺晨雪一样的办法，对吧？”

白影站在那儿一动不动，突然间转身就朝着丛林里冲去，黑影先是一脚踹开了门，让夜间的风朝着屋内吹着，这才转身拔腿去追白影。

第二十七章：炭坑

白影在丛林之中不断跑着，虽然雪地中奔跑很困难，但白影速度却很快，黑影追在后面都显得吃力，只得掏出自己的弩弓，朝着前方的白影喊道：“再不停下来，我就一箭射死你！”

白影停下来了，慢慢举起自己的双手，但并不说话，只是转身来看着黑影。

黑影看着白影，慢慢靠近道：“你到底是谁？你有什么目的？谁派你来的？”

白影笑了下，朝着黑影扬了下头，虽然没说话，但黑影也明白，白影等于是问了相同的问题。

黑影看着白影，慢慢向前迈着步子，同时很小心地沿着白影先前走过的地方前进，他担心周围会有白影布下的陷阱，因为白影径直朝着这里跑，看样子很熟悉这里的环境，说不定这是对方事先布置好的退路。

就在黑影快走到白影跟前的时候，突然听到周围有“咔嚓”的机栝音发出，黑影感觉到左右两侧都有破风声传来，他下意识朝着后面一躺，同时扣动弩弓射出一箭……

黑影倒下，躲避左右射来的暗器之后，也发现白影轻松一抬手，就抓住射向自己的弩箭，随后便转身逃走。

黑影起身要追的时候，听到后方传来有人踩在雪地中的声音，他立即朝着丛林左侧的深处跑去。

后方的刑术借着不算太明亮的月光追来，明显看到地上有两人的脚印，都是大脚脚印，看样子鞋码在41到43之间——先前门被踹开没多久，刑术就被吹醒了，醒来的瞬间觉得自己头昏脑涨，又看到被踹开的门，还有门上的脚印，意识到了什么，再发现炭坑中燃烧的火炭时，模模糊糊意识到有人要害他们，起身朝着门外走去的时候，听到了丛林中的说话声，于是用水浇醒了阎刚，也不解释什么，直接就追了出去。

追了许久，刑术没有看到任何人，他发现地上有两组脚印，朝着两个不同的方向跑去，同时也发现了雪地中的弩箭，再搜索了一番，又发现其中一棵树上镶嵌着的一块边缘被磨得锋利的石头，随后拿着弩箭和石头立即返回，他知道自己就算去追，也不会得出什么结果来。

屋内，田炼峰和贺晨雪都在阎刚的照顾下略微清醒了些，刑术赶回来的时候，田炼峰正抠着自己的嗓子往外吐呢。

刑术看着田炼峰问："你怎么了？"

"不是中毒了吗？我要吐出来！"田炼峰说完继续吐着。

刑术看着贺晨雪迷迷糊糊地靠着窗户，又对田炼峰说："不是吃的东西中毒的，你吐也没用，吹吹风，喝点甘草水吧，我这里有。"

"啊？"田炼峰依然是一脸迷茫，不知道到底发生了什么事情。

许久，等风灌得差不多了，刑术关上窗户，但将门打开了一条较大的缝隙，将背包中早就准备好的甘草水拿出来，一人喝上一大口，等稍微好点了，这才拿出维生素C来分发着。

"我们中的大概是洋金花，就是曼陀罗，也就是常说的蒙汗药，这玩意儿很常见，但剂量应该不重，要是重，估计我都不会醒过来，喝点甘草水可以解毒，我一般都随身带着，甘草水和绿豆水，还有维生素C，这三样都可以解毒。"刑术说着将门又拉开了一点，让新鲜的空气吹进来。

阎刚手中拿着刑术的弩箭还有锋利的石块，分析道："这弩箭是手工打造的，买不到，是专业人士，这石头也是，没有点手艺的就算打磨出来，飞行距离有限不说，产生的攻击力也不会让石头直接镶嵌进树干当中，但是从手艺看不是一个人。"

"对，有两组脚印，看样子，是一个人让我们中毒，等我们昏睡，准备进来放下火炭，我们又关死门窗，这样就会导致一氧化碳中毒，像是意外，但是这个杀手被另外一个人给制止了，就是拿弩弓那个。"刑术回忆着先前看到的现场情况，"然后拿着弩弓的人追杀手，追到一定距离，中了机关，但拿弩弓的射了一箭，似乎射空了，不，不是射空了，如果射空了弩箭不可能就那样扔在雪地上，也就是说，杀手徒手抓住了弩箭……"

阎刚摇头："是拿弩弓的人中机关的瞬间才射了一箭，却被对方抓住，那个时候你出现了，拿弩弓的也只得逃离，麻烦了，追踪我们的果然有两批人，而且一批人要杀死我们，另外一批人好像是想保护我们？"

“不，不是保护，另外一批人也许想靠着我们找到奇门。”刑术坐在那里揉着额头分析道。

阎刚道：“也许吧，但看身手，都是棘手的家伙。”

一侧的田炼峰喝了甘草水逐渐清醒过来，听完两人的话，下意识看向门外，也不知道该说点什么，而贺晨雪依然是那副样子，不知道是害怕到了极点，还是说对一切都漠不关心。

许久，屋内的沉默被贺晨雪打破，贺晨雪问：“你有没有看到那两个人的样子？”

“没有，我只看到其中一个人，不知道是保护我们的还是杀我们的，那人穿着黑色的衣服，对，应该是黑色的，虽然只是一晃而过。”刑术大口喝着甘草水，他还是有点不舒服，那甘草水的味道确实不怎么样。

“休息，你们俩需要睡觉，否则白天无法赶路。”阎刚看着田炼峰和贺晨雪，“你们睡，我和刑老板轮流守夜，睡吧，没事了。”

说着，阎刚站起身来走到屋外去，刑术坐在那儿，等着两人睡着了之后，这才起身出来，看着在门口喝糯米酒的阎刚，问：“今晚的事情你怎么看？”

“我现在最关心的事情是，贺晨雪这个向导有点古怪。”阎刚低声道。

“什么意思？！”刑术不解。

阎刚指着来时的路道：“我是侦察兵出身的，首先了解的就是地形，小北湖林区我不算太熟悉，只是知道。我沿途都在算距离，我们从下车的位置一直到这里，实际上走了大概三个半小时，三个半小时，从我们穿越的方向来说，实际上我们算是从侧面横穿了小北湖林区的北面林区，可是走到这里，我迷路了，我都不知道我们身在什么地方。”

刑术看着阎刚，思考了半天还是摇头表示不理解。

阎刚在手心上画着：“例如说小北湖林区是个圆圈的话，我们按道理是朝着林区的中心点走，但实际上按照路上我们行进的方向，也就是贺晨雪指示的方位，我们开始是朝着西北方向走，然后再朝着北面走，紧接着走东面，实际上这样走就等于是再返回原先我们出发的位置，我绝对没有看错方向的，我开始还纳闷为什么往回走，但我没有说破，我想看看这个女的想带我们到哪里，没想到，却走到了这个地方，而且这里的地形很奇怪，山脉极少，却给人一种压迫感，我在地图上都没有见过小北湖林区有这样的地方。”

刑术明白了，点头道：“这就像贺晨雪告诉我们当年申东俊到那个山坳中，却不知道自己身在何处，是一个意思吧？”

“应该是吧。”阎刚看着四周，“如果让我回头走出去，我大概都会迷糊，这是我第一次遇到这种情况，上次在金三角原始丛林中，我都没有迷路。”

刑术点头，他当然清楚，如果阎刚这种人都会迷路，那么其他人在这种环境下说是瞎子都丝毫不过分。

阎刚又想了想道：“贺晨雪为什么要隐瞒那么多事情呢？还有，你真相信她不知道当年申东俊在这里遭遇了什么吗？而且，我感觉她应该知道这间屋子的事情，这屋子也不是那么简单的仓库。”

刑术不语，脑子中也是乱成一团，捋不出个头绪，特别是中毒之后，他甚至担心自己会产生幻觉，只得让阎刚值守，自己进屋睡了一会儿，谁知道一睡下来，再一睁眼，就是第二天清晨了，田炼峰和贺晨雪都醒来吃完早饭收拾好东西了。

刑术爬起来，揉着眼睛，觉得精神恢复了不少，正准备要出去洗漱的时候，忽然发现炭坑那里倒映着上面那个天怪的影子，看到那影子的瞬间，刑术猛然间想到了当年死去的田云浩——田云浩死前被绑成了“X”形状，而头顶上那个天怪也是被绑着四肢成了一个“X”形状，只不过田云浩是立起来竖在走廊的，而天怪是腹部朝地，背朝天。

“怎么会有影子呢？”刑术挪开，看着那天怪的顶端，也就是房梁的上方，此时其他三人也发现了刑术的不对劲，都走了过来。

田炼峰仰头道：“你在看什么呢？”

刑术指着炭坑道：“看见那影子没？像是一个不规则的X，和你爷爷田云浩死时的样子差不多，只是位置不一样，而且房梁上面明明是封死的，没有光线透进的前提下，是怎么产生出影子的？”

贺晨雪在一旁摸着屋子中的一根立柱道：“爬上去看看？”

“我去吧。”阎刚说着要上去，刑术制止了他。

刑术整理了下自己的衣服，带上了自己装有工具的口袋：“我去吧，万一在上面发现了什么东西，我也好辨认。”

刑术顺着柱子爬上去，爬上房梁之后，来到那所谓的天怪旁边，看着房梁上方，又变换了位置看了一会儿，这才发现房梁上有一个圆形的孔，光线就是从那个孔中照射进来的。

此时，田炼峰忽然在下面喊道：“那影子正在消失呢！”

刑术低头看向炭坑，果然影子正在消失，他立即直起身来，摸向那个孔，果然从那里抓了一颗菱形的黑色晶体石来，随后跳下来，径直走出门外借着外面的阳光看着。

“黑钻石？！”田炼峰站在刑术身后大喜道，“发财了！”

“这是茶晶。”贺晨雪在一旁解释道，“就是茶色的水晶，不是什么钻石。”

阎刚不懂，只是在旁边看着三人。

刑术借着阳光看着：“对，是茶晶，这种晶体结构的茶晶不是咱们中国能找到的，以前我见过一个类似的，比这个稍微小一号，是非洲产的，被一个中东的酋长以一千五百万美元的高价收购了。”

田炼峰正在遗憾不是钻石，但一听“1500万”这几个字，眼睛立即放光，问：“那这颗呢？这颗还要大一号，肯定比那个还值钱吧？！”

刑术顺手递给贺晨雪：“贺小姐，你是行家，你认为呢？”

“D级水晶，不值钱，水晶表面的瑕疵太多了，还有人工打磨过的痕迹，内中有很多云雾状杂质还有不知名内含物，就算是茶晶，充其量也就值个千八百的，不算好东西。”贺晨雪看完后将茶晶还给刑术，“不过看其中的杂质和外面的打磨痕迹，可以判断出，做这件事的人，就是为了将这个茶晶放在屋顶，在早上某个时间段太阳升起的时候，阳光恰好从侧面照下来，通过水晶内部的折射就可以从底部扩散开来，这样才可以将天怪的影子投到炭坑之中，虽然这块茶晶不值钱，但搁在房梁上倒是一个不可多得的宝贝，毕竟其他的水晶无法产生折射、扩散和投射这三个作用。”

刑术将那茶晶放在口袋之中，看着那炭坑道：“看样子，这个天怪的影子果然是个符号，也许在炭坑下面埋藏了什么东西。”

说着，四人进屋，围在那炭坑的周围，炭坑中昨晚那杀手扔下来的火炭，已经被阎刚给清理掉了，里面留下的都是从前的厚厚的炭灰，但刑术伸手一摸，却感觉那炭灰出奇的冰凉，就像是放在冰箱中冻过的一样。

“炭灰很凉。”刑术说着，又在炭坑各处摸了摸，发现都很凉，随后又摸着炭坑的边缘，发现边缘的地板温度并没有那么凉，于是拿过阎刚的匕首在炭灰中插了插，这一插不要紧，发现炭灰很深，匕首完全插进去，都没到握柄处了，还没有见底。

阎刚立即伸手摸了下，抬眼看着刑术道：“炭坑怎么这么深？一般来说有个二十厘米就差不多了，最深也不可能超过四十厘米吧？而且感觉炭灰越往下越近。”

说着，阎刚伸手往下插了插，随后拔出来道：“手的体积太大了，无法插太深，下面的炭灰密度太大，而且比上面的还要凉，都有些冻手了。”

“下面有东西。”刑术揉着额头道，“感觉上，是个洞。”

“洞？”田炼峰下意识退开，贺晨雪依然是面无表情，不惊不喜。

阎刚道：“对，应该是个洞，如果不是洞的话，炭灰不会这么凉，但是按道理说，如果有洞的话，炭灰应该是温热的，因为地洞都是冬暖夏凉才对。”

刑术摸着炭灰：“这种炭灰里面肯定加了其他什么东西，所以人站在上面都不会导致炭灰崩塌。”

说着，刑术站在炭坑中，然后还跳了跳，炭坑没有下陷，没有丝毫的感觉。

“倒水呢？”田炼峰此时突然说了一句，这句话说完，其他三人都看着他。

田炼峰尴尬地笑了笑，反问：“我是不是又说蠢话了？”

“不是。”刑术摇头，“人家是难得糊涂，你是难得聪明，倒水是个好办法，旁边就是河，屋子里有器皿，去弄点水来。”

随后，刑术、田炼峰和阎刚三人取了大碗和锅等物件朝着河边走去，为了取水方便，各自又取了一个碗。

走到河边，刑术将碗放进小河中舀水的时候，将碗放进河水中那一刻，他看到手中的碗表面的纹路有些眼熟，他下意识清洗了下，拿起来看着，随后道：“这些碗是‘民国’的仿古瓷。”

“啥？”田炼峰也看着自己手中这个碗，“值钱吗？”

“如果是成套的，大概值几万块钱吧。”刑术看着这些碗道，“看样子，应该是袁世凯复辟期间，在景德镇烧制的那批所谓的宫廷御用瓷中流出来的一部分碗，这些碗不可能是成套的，做工不是那么精细，纹路有些怪异，是用残料做出来的，但是作画的手艺一流，如果不是研究瓷器的专家，一般人会真的以为是古瓷，因为上面的画太精细了。”

“这么说，修建这间屋子的人，是关外来的？还是‘民国’时期修建的？”阎刚扭头看向屋子。

“不知道，也许吧，修建这屋子的木头防腐上百年是不成问题的，看里面的器皿和摆放的物件，也像是‘民国’时期的，但不太可能呀，从‘民国’到现在多少年了？这屋子一直在林区没有被人发现，这不是扯淡吗？”刑术摇头，“算了，先把水弄进去，浇了那炭坑再说吧！”

阎刚此时却说了一句话：“我先进去问问那女的，问问她我们下一步应该去哪儿。”

刑术知道阎刚的意思，并没有反对，端着水进屋，进屋之后阎刚将水放在炭坑边，看着贺晨雪问：“贺小姐，我们把炭坑的事情解决之后，接下来去哪儿？往哪个方向走？”

贺晨雪淡淡道：“到这里，我也不知道了，我奶奶告诉我，走到这里就到头儿了，剩下的事情，她也不知道，申东俊没说。”

果然！刑术看了一眼阎刚，其实先前阎刚也是这么预测的，因为从昨晚开始，贺晨雪的话就极少了，也不说第二天的打算，好像是走一步算一步。

“看样子，这个炭坑下面，也许就是咱们的下一步！”刑术端起锅来，看着周围的人，“我开始倒水了。”

众人点头，刑术开始一点点将水倒在炭坑之中，那些水一旦进了炭坑之后，炭灰立即就散开了，随后在中心部位形成了一个孔，随着刑术倒进去的水越来越多，那炭坑中的炭灰也越来越少，逐渐地炭坑也变成了一个能出入一个人的正方形洞穴！

洞穴出现的那一刻，一股凉气从下面冒上来，刑术等四人都不禁打了个寒战，田炼峰下意识摸着胳膊道："我去，怎么这么冷？"

田炼峰话刚说完，众人就听到周围传来了"嗡嗡"的声音，随后感觉到整个屋子都在轻微的震动，紧接着窗户口还传来了"咔嚓"的声音，刑术一扭头，也看到原本打开的屋子门正在缓缓关闭……

第二十八章：一线生机

"'阎王'！把门拽住！"刑术大喊道，阎刚转身就扑向门，抓住门的边缘，却发现自己的力气根本无法将门给拉回来，好像有一股无形的力量在推着门将门关上一样。

"我拽不回来！"阎刚喊道，"这门自己在关上！"

"这是机关屋！"刑术突然意识到了，"赶紧出去，快点！"

刑术抓着贺晨雪就朝着门口冲去，但此时门只剩下一条仅够小猫进出的缝隙，阎刚也因为担心自己的手被夹住，只得松手，随后门重重关上。

刑术和阎刚立即转身，各自奔向左右两个窗口，要去打开窗户，却发现窗户已经被封死，而窗户上面的所谓玻璃，实际上也都只是一种镶嵌在其中的带纹路的水晶片，根本砸不开。

"刑术！这屋子像是要塌了！"田炼峰在那儿喊着，不过在这种时候，田炼峰还知道伸手将贺晨雪给护住。

刑术四下看着，知道无路可逃了，同时也发现炭坑开始扩大了，炭坑周围的木板也开始崩塌，崩塌的地板碎片不断掉落进下面的那个洞穴之中，整个屋子周围的木头都开始变形，一旦挤落下来，砸到人的身上，就算不死，也是断腿断胳膊。

阎刚也四下看着，随后目光落在那洞穴之中："只能跳进这坑洞之中了，没有其他办法了！"

刑术咬牙点头："只能这样了！"

"大家先扔背包，扔一个背包再跳进去！"阎刚说着，抓起自己的背包，"我先跳！你们随后！”

阎刚的意思是，背包扔进去，人再跳进去，掉下去之后如果见底，人掉在背包上会起到缓冲作用，而后面那个人的背包落在前面那个人的身上，后面那人掉下去的时候，也会减轻对前面那人的伤害。

阎刚扔下背包，率先跳了下去，刑术指着田炼峰道：“快点！快，我断后！”

刑术说完的那一刻，上端的房梁已经断开了一道口子，紧接着一小块原木落下来，砸在一侧，田炼峰抓了背包立即跳下去，紧接着便是贺晨雪，等贺晨雪跳下去的瞬间，刑术正要准备跳，谁知道一根木头直接落下来，横在了洞口。

“妈的！”刑术将背包放下，吃力地搬起那根木头，刚举起来一半，另外一根木头又落下来砸在上面，刑术险些失去平衡，只得强撑着，然后用脚将自己的背包勾进洞中，勾进去的同时，上方房梁的主梁轰然倒塌下来，刑术大吼一声，奋力将跟前的木头举起，随后朝着下面跳去。

刑术跳下的瞬间，整个木屋轰然倒塌，直接将炭坑埋在了下面。

木屋倒塌之后，丛林中躲在树丛阴影下的白影戴上了自己卫衣的帽子，慢慢蹲了下来，看着河对岸。

河对岸，一身黑色防寒服的白仲政站在那儿，看着倒塌的房屋，拿起电话来，拨给郭洪奎，随后道：“奎爷，屋子倒了，但没有听到里面有人惨叫，我想，屋子内肯定有其他的出入口，或者地道之类的。”

那头的奎爷沉思片刻道：“你一个人做不到，你等着，我和十篆尽快赶来。”

“请尽快。”白仲政拿着电话看向丛林之中，“这里还有个棘手的家伙，我不知道是谁，但是功夫不错，不好对付。”

郭洪奎在那头挂掉了电话，忙音之后，白仲政举起自己手中的弩弓，瞄准着丛林之中，随后笑了笑，又放下来。

丛林中的白影只是蹲在那儿，看了看自己设置在周围的机关，脸上浮现出一个诡异的笑容。

…………

再说掉落坑道之中的刑术等人，此时还没有落地，掉进去的瞬间，他们才意识到，炭坑下方的洞穴是一条冰道，就像是滚筒滑梯一样，掉落之后，一直在其中盘旋急速滑动，时不时身体还会跟着滑道的方向滚动，到最后他们自己都无法分清楚方向，有时候甚至会觉得自己并不是朝着下方滑去，而是朝着侧面或者是上方，如同是坐在翻滚列车之上。

四人当中，最冷静的当属最前方的阎刚，阎刚一直保持身体笔直，只有这样才能达到最快的速度，尽快到底，这样一来，他也可以有时间避开第二个掉下来的田炼峰，辅助对方落下，以免受伤。

但下落已经有足足五分钟了，阎刚时不时会看下手表，同时将肩头灯打开，一只手紧握着单独拿出来的冰镐——他没有办法拿出两个冰镐来，因为在高速滑行的过程中，一旦冰镐挂在周围的某个地方，另外一头就会直接划开自己的身体，瞬间就能让一个人开膛破肚，十分危险。

后方的田炼峰一直紧咬牙关，闭着眼睛，都快失去意识了，在他之后的贺晨雪一声不吭，双手交叉放在胸前，身体保持笔直，脑子中也是一片空白。

滑在最后的刑术因为先前举起木头，用了蛮力，胳膊部位的肌肉有些拉伤，现在要举起来都有些困难，只得放在腹部的位置，尽力将自己的头部微微抬起，担心滑道之中有石头，万一后脑高速撞上凸起的石头，自己极有可能一命呜呼。

终于，下方的阎刚看到了前方有强光射过来，他知道要到底了，同时也感觉到一股烈风灌入，他感觉到冰道的出口在半山腰之上，下意识抓紧了手中的冰镐。

随后，阎刚的身体接近了前方的强光处，在冲出去的瞬间，寒风拍打在他的脸上，让他顿时更加清醒，下意识转动身体，变换姿势，抬手用冰镐直接死死地镶嵌进洞口右侧的位置，抬脚勾住自己最下方的背包，同时扭头朝着洞口里面喊道："想办法减速，下面是悬崖！"

其后的田炼峰只是模糊中听到阎刚在说话，但自己已经无法做什么了，只是看到眼前一片白，等他反应过来的时候，才意识到阎刚抬手堵住了自己的身体，自己刚好卡在洞口的位置。

田炼峰卡在那儿，微微抬头看着洞口外面，这才发现洞口外是悬崖，往下至少还有几十米的落差，最下方则是一片堆满烂木的冰冻沼泽，若是在夏季，掉下去也许还有一丝存活的希望，但在冬季，掉下去摔在冰面上和砸在水泥地上没有任何区别。

就在田炼峰准备开口说话的瞬间，后方的贺晨雪也落了下来，先是她的背包落在田炼峰的颈部之后，随后是贺晨雪的双脚，强烈的冲击力导致田炼峰直接朝着下方滑去，若不是阎刚挪动身体，直接堵住田炼峰，恐怕他已经被撞出去了。

"贺小姐！固定好自己的身体，扭头对后面的刑术喊一声，让他一定减速，如果他不减速，直接冲下来，你和田炼峰都得被撞出去！"阎刚单手抓着冰镐，另外一只手堵住田炼峰，大声喊道。

贺晨雪听明白之后，刚朝着上面喊道："刑术减速，快点减速！"随后田炼峰也扯着嗓子、仰头朝着冰道之中撕心裂肺地喊着：“减速！减速！”

最后的刑术距离他们还有十来米的位置时，听清楚了“减速”二字，立即抓了准备好的冰镐，朝着旁边的冰道直接砸了下去，但那冰道也许是形成的时间太长，太坚硬了，冰镐没有凿进去，只是在表面上划出了一道较深的痕迹，但也算是给刑术减慢了一定的速度。

刑术张开双脚，死死抓住冰镐，同时朝着下面喊着：“我没有办法停下来，你们想办法撑住左右，我只能维持这样……”

刑术话音未落，下方的背包已经撞上贺晨雪，贺晨雪被撞击之后，互相之间产生的内力大于刑术产生的外力，形成了更大的冲击力，直接将田炼峰给撞了出去。

“啊——”田炼峰惨叫着冲了出去，阎刚眼疾手快，伸手去抓，但抓住的却是田炼峰的背包带，随后手臂朝着下面猛地一沉，再往下看，只见田炼峰的一只脚钩住了背包，就差那么一点，他整个人就摔落下去了。

田炼峰倒挂在那儿，一时半会儿还没有反应过来，整个人完全傻掉了。

最里面的刑术听到田炼峰的惨叫，立即问：“炼峰？！”

“他暂时没事，不过得想办法将他拉起来。”贺晨雪卡在洞口，撑在那儿，微微低头看着下方的田炼峰，又扭头对一侧的阎刚道，“我没法动，我一动就会滑出去，你先想办法拉他起来。”

紧接着，贺晨雪又扭头朝着洞中的滑道说：“刑术，你也别动，想办法固定好自己的身体！”

“知道！”刑术点头。

外面的阎刚看着旁边的峭壁之上有伸出来的冰柱冰石等东西，立即喊着田炼峰，田炼峰这才反应过来，微微抬头看着阎刚道：“‘阎王’，‘阎王爷’，你可千万不要松手，你一旦松手我就死定了！”

“我不松手……你听好！”阎刚看着峭壁道，“你从身上拿出冰镐来，朝着峭壁的位置荡过去，然后固定好自己的手部，再慢慢转动身体，我会挑时候将背包慢慢往上带，这样你就安全了！”

“我做不到啊！”田炼峰看着峭壁。

阎刚火了：“我都能做到，为什么你做不到？”

“你是当兵的出身，还是特种兵，我是个平头老百姓，我就是个卖药的，我哪儿懂这个呀！”田炼峰哭丧着脸。

“你妈的！我数三声，你要是不过去，我就松手了，摔死你个王八蛋！”阎刚只能用激将法了，因为这样下去，他也撑不了多久，此时寒风已经将他的脸完全吹麻木了，他戴着手套的手部也感觉完全被寒冷给吹透了。

田炼峰一听阎刚威胁自己，急了，立即拿出冰镐，什么也不顾，荡了下，抬手就用冰镐固定在峭壁之上，此时阎刚也在数着“一，二，三”，数到第三声的时候，田炼峰已经固定好了手部，在那喊道：“别数了！我过来了！我过来了！”

阎刚松了口气，然后指导着田炼峰将身体姿势调整好，随后收起背包，又扔给下面的田炼峰，让他自己好好背上，紧接着才帮助贺晨雪和最后的刑术从洞中爬出来。

大家都相对安全之后，阎刚开始朝着下面攀爬下去，让众人跟着他攀爬的位置往下爬行。

只是几十米的距离，四个人就足足往下爬了差不多近一个小时的时间，因为峭壁上的冰面有些坚固、有些太松。

终于到了峭壁之下，众人都一屁股坐在沼泽冰面上，半眯着眼睛看着天空上的太阳。

田炼峰戴上护目镜，在那儿傻笑着：“我以为我死定了。”

阎刚站起身来，拍着屁股上的雪：“我也以为你死定了……”

“啊？你啥意思？”田炼峰扭头看着峭壁之上，“先前，你说按照你说的做就不会死呀？”

“我不那么说，你能去赌一赌吗？”阎刚摇头道，“你他妈太娘们了！”

贺晨雪坐在那儿，慢慢喘着气，双眼发直。

刑术也戴上护目镜，调整着呼吸，扭头看着上面道：“看样子这里真的是个出入口，可是，我们在木屋中的时候根本不觉得自己在一座山上，而且与下面这个地方有这么大的落差呀？”

“所以，我才说，这个地方很奇怪，地理位置是我从前根本没有看到过的。”阎刚拿出水来喝了一口，发现水壶中已经有冰渣子了，这说明这里的气温很低，再看温度计，发现这个地方的温度是零下二十七摄氏度。

此时，背靠着峭壁的贺晨雪自言自语道：“我明白了，申东俊之所以无法说明白，是因为当年他们也是这样掉下来的，可能当年没有什么屋子，他们走着走着就掉入了那个洞穴当中。”

贺晨雪的话，刑术和阎刚点头表示赞同，此时的田炼峰向前走的时候，发现沼泽冰面下面有什么东西，他下意识蹲下来，借着强烈的阳光看着，终于看到在冰面之下有一张人脸！

“我去你大爷的！”田炼峰吓得退后了一步，指着道，“这下面有人！”

刑术等人立即上前，看着冰层下面那个人，随后刑术让众人散开，好让自己能看清楚下面那人的衣服样式之类的，随后肯定道："是侵华日军关东军部队，你看那头盔，是十八式钢盔。"

"我去！这你也懂？！"田炼峰看着刑术。

刑术敲了敲冰面道："东北的各个古玩城里面，倒腾侵华日军旧装备的不少，基本上都是关东军的，每天转悠，多少也耳濡目染。"

田炼峰点头："我回去以后也得多学习学习。"

刑术又看着旁边道："不止一具，下面还有好多，看样子都是掉落下来的，落进沼泽中死掉的，不过很奇怪呀，这些为什么会是骑兵呢？"

"啊？怎么看出来的？下面有马？"田炼峰立即仔细找着。

"关东军骑兵的领章是绿色的，你看这些兵的领章，虽然过去这么多年，但衣服似乎没有变颜色，有点古怪，也没有怎么腐烂，就好像这个地方一直维持在零下二三十摄氏度一样。"刑术说着起身沿着冰面在周围找着，发现下面有很多的尸体。

阎刚走到一棵枯树的旁边，将刑术叫过去问："这些衣服不一样，是伪满洲国国防军吧？"

"对，是伪满的军队，是五色帽徽。"刑术点头，"他们的制服样式也和旧日本陆军基本上一样。"

田炼峰看着四下："看样子，申东俊当年来这里，基本上活着回去的没几个人，我大概数了下，这里至少有好几十具冻尸呢。"

阎刚点头："那种雪道，人越多，也就死得越多，根本来不及反应，我想，应该是有人掉落下来之后，有人下去救，后来他们认为那是通道，干脆都一一跳下去，结果都摔死了，回想看看，先前我们在屋子中，也只是下意识地认为下面应该是个洞穴，不应该有悬崖峭壁，还有这片山坳冰川。"

"基本上就是自杀。"田炼峰点头，却看到贺晨雪正慢慢朝着冰川深处，也就是山坳之外走去。

此时，刑术反应过来，看着前方道："如果申东俊的故事是真的，那么走出这个冰川山坳，咱们就应该能看到一线屯。"

阎刚摇头："我觉得事情没那么简单，申东俊当年为什么不告诉关芝青后面的事情？这其中有古怪，还是说告诉给了关芝青，关芝青没有告诉贺晨雪？"

"抑或是贺晨雪还在隐瞒什么。"刑术低声道，"隐瞒的可能性极大，我就搞不懂，关芝青一个医生，为什么要打着天眼教和忽汗国的旗号，只是没时间了，如果有时间，我肯定找警察朋友去调出当年的档案。”

“现在说这些没用了，除了前进，没有其他的选择。”阎刚说着，收紧背包，快步去追贺晨雪，刑术看了一眼满脸担忧的田炼峰也追了上去。

山坳冰川至少有近一公里长，整个山坳看起来像是一个葫芦，而葫芦口就是山坳的出口，从左右两侧山上挂着的冰凌可以看出，在夏季，这四面都是瀑布口，瀑布下方就是这片沼泽，若不是沼泽和沼泽中密密麻麻的那些枯树，恐怕那些日军的尸体早就被冲走了。

但很奇怪的是，这些尸体并没有腐烂，依然保持着蜡黄的颜色，像是做过某种防腐处理一样。

还有，从山坳现在的情况来看，如果山坳口被堵住，在夏季暴雨来临的时候，这里也许就会形成一座堰塞湖，湖水会一直涨到上方的山上，也许这就是那座小屋曾经被洪水淹没过的原因。

但是，令人费解的是，为什么这个神奇的地方一直以来都没有被保护林区的人发现？

第二十九章：白蚁穴

刑术知道机会难得，也许这辈子只有这么一次机会来到这里，而且必定有其他的出路可以离开，因为他们再攀爬回去，沿着原先的雪洞雪道往回爬是不可能的，再者，没有其他出口的前提下，申东俊也不可能活着离开。

现在看来，当年活着离开这个地方的人，只有申东俊自己。

刑术四下拍着照片，希望能拿着照片回去找相关的专家研究下，就在他正拍着照片的时候，就听到前方贺晨雪喊道：“看！是一线屯！”

贺晨雪这样一说，其他人立即加快了脚步，朝着山坳口走去，走到山坳口往外看，果然看到对面平原的树林中有一座像是被天际压平的村庄一样。

刑术走到贺晨雪身边，拿起望远镜仔细看着，阎刚也在一侧举起望远镜观察着。

田炼峰在一侧道：“会不会是海市蜃楼？”

“看起来像，因为没有扁平的村庄，肯定是视觉错觉。”阎刚摇头，“但是这种情景在东北很罕见。”

刑术点头：“2011年的时候，吉林省延吉市曾经出现过海市蜃楼，不过是在夏季，不是冬季，2013年的时候，在辽宁葫芦岛新港也出现了海市蜃楼，但时间非常短，只是持续了不到一分钟，在黑龙江境内，最近几年根本没有听说过有什么海市蜃楼。”

贺晨雪依然保持着沉默，一句话不说，但也没有前进，只是在那儿迟疑着。

刑术站在那儿呆呆地看着，田炼峰凑近问：“术，要过去吗？”

刑术不说话，有些失神，田炼峰又问了好几遍，他才摆手道：“不要说话，让我想想。”

刑术此时在脑子中重组所有的线索，他想捋一下时间线和这条时间线上的所有人物，此刻，他有一种感觉，感觉他要找到的奇门与眼前自己要寻找的忽汗国也许没有实际上的联系。原因很简单，奇门的秘密就藏在刑仁举的身上，而刑仁举早就死了，即便是秘密真的传给了田云浩，而田云浩也许因为某种特殊的理由，寻求了他妻子娘家的帮助，也就是自己师父郑苍穹的师父，因为那幅藏在墙壁中奇怪的画已经说明了这一点。

而且，最重要的一点是，如果奇门真的在这里，后来的申东俊就不会再费尽心机从监狱中找到刑仁举，要求他说出奇门的秘密。

还有，贺晨雪要找的那个双瞳，又是谁？这个人到底是与奇门有关系，还是与眼下要找的忽汗国有关系？

背后操控贺晨雪的人是谁？欺骗挟持田克的又是谁？昨晚的杀手是谁？救自己的人又是谁？

无数的疑问在刑术的脑子中不停地转着，到处都是问号。

“刑老板，我们应该出发了。”贺晨雪忽然说了这么一句话，而且表情严肃得有些不正常。

刑术默默点头，朝着前面迈步走着，田炼峰觉得此时的气氛有些怪异，也不好说什么，只得跟在刑术的身后走着，而阎刚此时停下来，一直看着后方，也许是当兵多年锻炼出来的一种直觉，他觉得在远处有某个人正在盯着自己。

阎刚没有感觉错，在峭壁上的那个雪洞中，那个戴着防风镜的白影正盯着他们，白影的双手都戴着带倒钩的手套，脚上也穿着钉靴，明显是有备而来，等着刑术等人走远了之后，白影这才顺着雪洞慢慢爬出去，从峭壁上逐渐攀爬下去。

与此同时，在崩塌的房屋处，白仲政正站在那里，看着被挖开的废墟口，看着口子下面的那个雪洞，半小时之前，躲藏起来的他，亲眼看到那个将自己捂得严严实实的白影挖开了废墟，带着装备跳了进去。

“仲政！”郭洪奎的声音出现在了白仲政的后方。

白仲政扭过头来，看着背着手逐渐走近的郭洪奎和郭十築，两人都穿着冬季防寒服，与白仲政一样，都是可以里外两面穿的，一面黑，一面白，白天在雪地中行走就将白色的那一面露在外面，不过白仲政觉得那很麻烦，而且他喜欢黑色。

郭十篆站在废墟周围看着，冷哼了一声道：“没想到在这个地方，还有天然的风水阵。”

白仲政微微点头：“是的，天然的，很罕见，若不是我跟着他们走进来，恐怕自己也会迷路。”

郭洪奎看着四下道：“这种地方俗称白蚁穴，看似平常，实际上四通八达，和白蚁洞一样，外围有一圈迷宫，如果你无法找到正确的路，始终只能在外围转来转去，而且还会产生自己已经进入中心地带的错觉，必须要有正确的行走方向才能走进来，我先前进来的时候，也是想了很久，才想到了那个早就不用的办法。”

白仲政道：“是走‘回头路’吗？”

“对。”郭洪奎点头，“就是走回头路，很多所谓的迷宫设置都是这样的，真正的迷宫看起来一点儿都没有迷宫的样子，就像这里一样，你要走进去，就必须按照合适的方向行走，看起来是往回走，但实际上是朝着迷宫的中心位置前进。”

郭十篆蹲在那个雪洞口，问：“奎爷，这种地方也算是殉葬位吧？”

“对，但很少有人葬在这种地方。”郭洪奎踩了踩脚下的雪，“所谓白蚁穴，是没有普通的前龙、后龙、水口之说的，可以下葬的地方有上百处，一处没有葬人，这个穴位充其量就是一个迷宫而已，不会产生任何作用。”

“什么意思？”郭十篆皱眉问。

郭洪奎观察着那个雪洞，头也不抬地说：“仲政，你给十篆解释下。”

郭十篆显得有些不高兴，白仲政看着丛林方向道：“风水穴位，通常都是葬前人，基本上以单数为佳，因为单穴单脉，一脉传数命，就像是一个萝卜一个坑，但是萝卜又带着根须一样。但这个白蚁穴，却有着上百个穴位，每一个穴位都必须葬人，而且葬下的人必须有血缘关系，否则的话这个穴位起不到任何作用，所以这种白蚁穴，也被称为废穴，就算找到，充其量也只是做成风水迷宫，哪有人疯狂到一口气葬下自己上百个亲人的，那简直就是杀人狂。”

郭十篆听完只是“嗯”了一声，此时郭洪奎起身道：“还有最关键的一个问题，我们身处的位置在白蚁穴的外穴位，主穴的位置是在地下，因为白蚁穴顾名思义，与白蚁巢穴一样是有落差的，所以真正的穴位应该是在这个雪洞之下，我若是没有推测错误，在这个雪洞下面，应该有一片开阔地，沿着开阔地往前周围几公里处，都算是白蚁穴的范围，这也是最诡异、最复杂的地方。”

“原来如此。”白仲政点头，“那么奎爷，奇门有可能在这里吗？”

“我觉得不太可能。”郭洪奎皱眉摇头，“我一直认为奇门不应该在关外，但实际上就算是我们郭家的人，也不知道奇门的准确位置，所以，我才苦学了风水和奇门遁甲，希望能借这些玄妙之术尽快找到位置，也不用让我们一辈子东奔西走了。”

郭十篆在旁边不耐烦道：“奎爷，我们到底是下还是不下？”

“下！”郭洪奎点头，“必须下去，凡事都有万一。另外，仲政，你说的那个杀手，你还没有判断出是什么来路吗？”

白仲政摇头：“不知道来路，身手很敏捷，先前我故意放杀手先行下去了。”

“你放他先下去了？你脑子是不是进水了？”郭十篆怒道。

郭洪奎瞪着郭十篆道：“仲政那样做，是正确的！所谓螳螂捕蝉黄雀在后，我们要做的是黄雀，不是螳螂！刑术他们在前，杀手紧随其后，我们跟在最后，是最安全的，如果我们夹在中间，就进退两难了！”

郭十篆脸色有些难看，也不说话，只是站在一旁。

“奎爷，那我先下去了。”白仲政不想让场面更加尴尬，干脆先行跳下了雪洞之中。

等白仲政离开之后，郭洪奎看着郭十篆道：“十篆，这次带你出来，就是为了让你明白，我们这一族，最需要的是动脑子，而不是动手动脚，而且，你的拳脚功夫也不如仲政，我不希望郭家毁在你这一代人的手中！”

郭十篆不敢忤逆郭洪奎，只是点头，低声答了个“是”，随后跟着郭洪奎一起下了雪洞。

再说已经走出山坳，走到先前看到一线屯位置的刑术等人，发现丛林中除了厚厚的积雪之外，什么都没有，所谓的一线屯真的只是海市蜃楼而已。

“真的是海市蜃楼，线索全断了。”阎刚摇头。

刑术看着四下：“但是哪儿有一个地方不断出现同一个海市蜃楼的？总有原因吧？”

田炼峰此时憋不住了，直接走到贺晨雪跟前，质问道：“贺小姐，事已至此，你就不要再隐瞒了，你就直接告诉我们你知道的一切行不行？我知道你肯定还有隐瞒！”

贺晨雪微微摇头：“我真的不知道那么多，到现在，我也只是走一步算一步。”

“你……”田炼峰抬手指着贺晨雪，被刑术伸手拉开。

刑术用较为平静的语气对贺晨雪说：“贺小姐，你仔细回忆下你奶奶的话，还有，你也得想一想，我怀疑这一切会不会与你奶奶当年弄那个天眼教有关系？她算是一个知识分子，她怎么会组建一个邪教呢？这点不是太不正常了吗？”

田炼峰很是生气，在周围走着，都有点想打道回府了，如今来看，要走出这里，只能穿过这片丛林才行。

阎刚在周围勘察着地形，因为他发现这个树丛中都是杨树，还是大青杨，但大青杨应该很高的，可这里的大青杨只有平常杨树一半那么高，十分怪异。

贺晨雪依然摇头，也不说话。

刑术几乎可以认定贺晨雪在撒谎，因为她迟疑了，迟疑了两秒，两秒的迟疑足以说明问题了，但是他总不能对贺晨雪上刑吧？

“刑术，有古怪。”不远处的阎刚喊着。

刑术立即走到阎刚跟前，发现阎刚蹲在一棵树跟前，他已经用折叠铁铲将树周围的雪全部铲开了，挖开之后，看到积雪下面不是泥土，而是一层冰，而且冰层下面模模糊糊还有什么东西。

田炼峰和贺晨雪也围过来看着，田炼峰看了一会儿，立即抓起自己的铁铲将旁边一棵树下的积雪也弄开，发现下面也是冰层，再挖周围的还是。

阎刚此时明白了：“怪不得这里的大青杨都这么矮，并不是矮，而是我们根本就没有踩在地面之上，地面在冰层的下面，这样一来，也许只有近四分之一露出雪面。”

“这里难道也是湖？”刑术敲了敲冰层，总觉得下面有什么东西。

田炼峰凑近冰面看了许久，开始拿着冰镐敲打着，阎刚也帮忙凿着，两人忙活了半个多小时，在冰面上刨出了一个近二十厘米的坑来。

“冰层很厚呀，看来下面真的是湖。”阎刚打算放弃了。

“不对。”贺晨雪开口道，“大青杨要是一直泡在水中，早就死了，你们用刀把树干割开，看看树是不是枯萎了？”

阎刚拿出匕首将树干割开，发现根本不是枯树，随后扭头看着刑术。

刑术看着刨开的冰坑道：“贺小姐说得对，我们得继续往下挖，秘密就在下面。”

田炼峰搓了搓手，拿着冰镐继续挖着，因为没有鹤嘴锄之类的东西，所以挖起来十分吃力，就在三人轮流上阵挖掘的时候，眼尖的田炼峰忽然愣住了，指着冰面下方道：“下面有人！我看见有人影晃过去了，看看看，又是一个！”

其他三人立即顺着田炼峰指的位置看去，贺晨雪因为无法看太远，眼睛不像普通人，所以看到的只是一片模糊，但刑术和阎刚却清楚看到下面果然有人影晃动过去，加上田炼峰看到的，至少有四五个人。

三人立即动手继续挖掘，又挖了半个来小时，终于挖开了冰层，但挖开的瞬间，冰层周围也开裂了，刑术立即挥手让众人散开，自己独自一人留下来，小心翼翼地用冰镐扩大冰层上的那个窟窿，刚敲了几下，冰层开始崩塌，随后一个直径达两米左右的冰洞出现在四人眼前，同时冰洞之中还冒出阵阵热风来。

刑术趴在那儿看着，看到下方果然是一个洞，斜着看过去还能清楚看到在其中的大青杨的树干，还有最下面清晰可见的泥土。

“太神奇了！”田炼峰感叹道，“怎么会形成这种冰层？”

“你们等着，我下去看看，要是有危险，你们用绳子拽我上来。”刑术说着，小心翼翼地从窟窿翻下去，随后掉落在下方的泥土上。

掉落下去，踩在松软的泥土上，刑术也感觉到下面的气温至少维持在零上十一二摄氏度，与冰层上面零下二十多摄氏度的气温完全不一样，而且从地面到头顶那厚达近一米的冰层之间，平均高度大概有两米半，可以说冰层之上是冬天，冰层之下的洞穴就相当于春天。

“洞穴很大，看样子这个平原有多广，这个洞穴就有多大。”刑术在下面喊道，“看不到头，但是先前炼峰没看花眼，先前果然有人，我看到了脚印，还有烟头。”

刑术蹲下来，用手丈量着地上的脚印，从脚印来判断，先前在下面的这群人穿着的都是一样的靴子，只是尺码不太一样，而且至少有三个人，其中一个人抽烟，抽的还是骆驼，看来瘾头很大。

随后，阎刚跳了下去，又在田炼峰的帮助下，抱住了慢慢滑下来的贺晨雪。

等最后的田炼峰跳下来之后，刑术指着前方道：“大家要小心了，既然有其他人在这里，说明来找忽汗国的不止我们，另外，昨晚的杀手和救我们的人肯定也来了，不知道是不是他们，来者不善，不过可以肯定的是，先前在冰层下面走过的这几个人，肯定不是跟着我们走来的，而是从另外一个入口进来的。”

阎刚捏紧匕首，反扣在手上，蹲下来看着脚印，看着周围道：“他们是从前方走过来的，然后又回去了，似乎在找什么，好像是迷路了，对方应该有三个人，而且穿的都是军靴，穿的是美军的寒带靴，从纹路上来看，不是仿造的，应该是百分之百的军品，因为纹路边缘有细小的齿轮纹路，非正规的军品供应商无法造这么精细。”

刑术一惊：“你是说，来的是三个军人？而且是外籍军人？”

“不知道，有可能与我一样，也是退役的，看脚印的深度，这几个人的体重也很重，比我还重点，鞋码也大，身高至少在一米八五以上，体重一百八十斤左右。”阎刚看着地上分析着，“这么重是因为要算上他们穿着的衣服还有携带的装备，不过我相信他们应该没有携带枪支吧，毕竟这是在中国，要将武器弄进来太难了。”

“怎么会这样……”贺晨雪在一旁喃喃自语道，眉头紧锁。

是呀，怎么会这样？刑术也不明白，他原以为忽汗国的事情，只有少部分人才知道，没想到，如今除了他们之外，还有这么多人涌进来，并且还有外籍退役军人也来到了这个地方，事情越来越麻烦了。

第三十章：她是穷奇

冰层之上的树林外，郭洪奎领着白仲政和郭十篆两人观察着地上的脚印，判断出了刑术四人进入丛林之后，同时发现了一个疑点，那就是那个白影杀手不知去向，因为周围根本没有除了刑术等人之外的第五个人的脚印。

“那家伙消失了？”郭十篆四下看着，“总不至于踏雪无痕吧？”

郭洪奎冷笑道：“那只是武侠小说的夸张描写，哪儿有什么踏雪无痕，我如果没有猜错的话，那人肯定是藏在某处，等我们走过来之后，再跟着我们。”

白仲政回头看着山坳口的位置：“也就是说，这个家伙不想成为螳螂，想成为黄雀。”

郭洪奎蹲下来，看着树林中说：“其实我们不算麻烦，最麻烦的是刑术，就我们得到的线索来看，有人在操控这一切，也就是说牵扯进这件事的人，如今太多了，那个白影杀手，也不知道来路，有人刻意将这件事复杂化，让不管是刑术还是我们，都无法扭出幕后的那个人。”

“看来这个人的目的不仅仅是奇门这么简单。”白仲政低声道。

郭洪奎思考了半天，扭头看着白仲政和郭十篆道：“如果发生了意外，我们就不得不与刑术等人联手了，但如果他们问起我们是做什么的，我们就说是受人所托，暗中保护他们，千万不要说出我们的真正身份，明白了吗？”

“明白。”白仲政和郭十篆异口同声道，随后跟随着郭洪奎进了树林之中……

郭家人离开之后，百米之外在雪地中潜伏着的那个白影终于微微抬头，在抹去防风镜上面的雪花之后，站起身来猫着身子朝着前面慢慢走着，紧盯着在树丛中缓慢行走的郭家人。

此时，正午快过去了。

冰层之下，刑术等人正在某棵树下围坐着休息，边吃干粮边观察警惕着四周——他们都搞不懂这个地方到底是如何形成的，还有最早那个小屋是谁修建的。

刑术一边吃，一边丈量着高度，发现自己所站的地面与头顶的冰层之间，平均高度差不多是两米半，当然这个高度只是他们现在身处的周围，还不知道前面是什么样子。但是这个地方能形成这种模样实在是太奇怪了，如果是这片地方曾经被洪水淹没过，到了冬季洪水都没退，最终结成冰，还算是正常的。

不过眼下来看，就好像只是一部分水漂浮到了两米半这个高度，然后被冻结起来了一样。

“这里太亮了。”阎刚四下看着，“头顶这么厚的冰，冰层上面还有积雪，但我们身处的这个大冰洞却相对来说比较明亮，不需要手电就可以看清楚大多数的地方，只有稍远的某些地方看不清楚而已。”

刑术摇头道：“现在思考这个是没有答案的，我现在倒是在想，这里现在到底有几批人。”

贺晨雪低低道：“四批，如果按照顺序来讲，先前我们看到冰层以下的那批人是头一批，但他们不是走我们的路进来的，我们是第二批，跟着我们进来的除了救我们的黑影之外，还有一个杀手，一共四批人，就目前来看，应该没有第五批人了。”

田炼峰在一侧看着贺晨雪，刻意问：“不知道贺小姐是不是知道其中一批是什么来路呢？”

“你们是不是相信我，现在已经不重要了，所以，我也不会费尽口舌说服你们相信我，即便你们不相信我，我们还是得继续前进，不是吗？”贺晨雪冷冷道。

“四批人，不明来路。”刑术坐在那里思考着，“而且还有一批人走的不是我们那条路，有其他的路进来，这说明什么呢？”

田炼峰立即道：“这说明有人带我们绕了圈子！”

说着，田炼峰刻意看了一眼贺晨雪。

刑术摇头：“不，不对，贺小姐的奶奶告诉她这条路，不是没有道理的，在这件事上，我相信贺小姐没撒谎，她没必要骗我们，因为她和我们是一道的，我们绕圈子，她不也跟着倒霉吗？所以，事已至此，贺小姐，你应该把你知道的剩下的事情都说出来，好吗？”

“我说了，我不知道申东俊当年在这里具体经历了什么，也不知道忽汗国，不知道奇门，只知道线索在双瞳身上！”贺晨雪有些急躁了。

“不。”刑术冷静地看着贺晨雪，“我问的不是这些，我问的是，关于你奶奶关芝青的事情，因为我觉得你奶奶当年所做的事情并不是为了奇门。”

贺晨雪浑身一震，立即恢复了正常，但这个举动还是被刑术看在了眼中。

刑术见贺晨雪还是不说，于是道：“贺小姐，我和你认识这么久，我觉得你不是一个喜欢撒谎的人。”

“她还不算是喜欢撒谎的人？！”田炼峰瞪着贺晨雪。

“她只是隐瞒，不是撒谎。”刑术看着贺晨雪道，“我刚才细想了下，从始到终，贺小姐从未真正明确地说过，她奶奶关芝青与奇门有关系，她说的只是她奶奶打着忽汗国宝藏的旗号重建了天眼教，而我们总是将关芝青与奇门联系在一起，是因为关芝青曾经与申东俊有关联，所以自然而然我们会往那个方向去想。这一点，贺小姐当然也推算到了，所以她故意隐瞒，将我们的思绪往这上面推，引我们往这个方向走。”

田炼峰皱眉：“什么意思？”

阎刚仿佛听懂了：“刑术的意思是，奇门根本就不在这里，贺小姐之所以要暗示我们这里与奇门有关，完全是因为她想利用咱们来找另外一个地方，帮她办成另外一件事。”

“也就是说，我们费了半天劲，走的全是错路？这件事也与我父亲田克失踪无关？”田炼峰起身来，看着贺晨雪，贺晨雪依然没说话，田炼峰吼道，“你知不知道这样会害死我父亲的！”

田炼峰这一吼，吼声直接在冰层下传开，二百米开外另外一棵树下的三个人同时抬头对视一眼，随后扭头朝着吼声的方向看去，这三个人就是先前他们看到的那三个在冰层下移动的人影。

刑术一把抓住田炼峰，阎刚压住他捂住嘴，低声道：“你他妈是怕别人不知道我们在下面？你是弱智吗？”

田炼峰很激动，刑术则看着他冷静道：“不，这件事与你爹田克有关系，虽然我还不知道关系有多大，不过我相信幕后指使的人，肯定是软禁你父亲的人。”

说完，刑术看着贺晨雪问：“贺小姐，你可以相信我们，可以相信我，所以，不要再隐瞒了，告诉我。”

许久，贺晨雪起身，又坐下，像是下了很大的决心一样，点头道：“对，你之前都分析得对，我是被人威胁了，但不算是威胁，而是利诱，这个人说他知道双瞳的消息，而且从他口中描述的双瞳的外貌等，我可以肯定他真的知道双瞳的存在。”

刑术点头：“双瞳与你奶奶关芝青有直接联系吗？”

“有，也算没有，这么说吧，双瞳与我们眼下进行的这件事没有联系，而且双瞳是不是真的知道奇门，也是那个人告诉我的，他说双瞳知道。”贺晨雪叹气，“我知道，这件事到现在已经变得非常复杂了，是我的不对，如果我一开始就说清楚，也许事情就不会变成这样糟糕。”

刑术点头，在那儿低声自言自语着什么，许久抬眼看着众人道：“现在幕后的指使者，我们给他起个代号叫黑手。这个黑手的目的看样子不仅仅是奇门，也是忽汗国的宝藏，但从我之前从老屋子中得到的线索来看，这个地方与奇门没有直接的关联。紧接着是贺小姐，贺小姐的目的是找到双瞳，所以她的直接目标也不是奇门或者忽汗国的宝藏，至于我们在冰层下看到的那一批人，现在还不知道他们的目的，只能暂时将他们归于也是为了找忽汗国的宝藏，那么跟着我们的人呢？我想，这些人既然一直追踪着我们，也就是说，他们一直在观察我们、调查我们，想必也清楚我们找的不会是奇门，只是忽汗国，换言之，这五批人中，大部分人的目的都是忽汗国的宝藏。”

其他三人点头，表示赞同。

刑术又道：“那么，我们再想想申东俊，申东俊也是为了找奇门，但是他没找到，如果他找到了奇门，或者是找到了忽汗国的宝藏，就不会有之后他在刑场上与刑仁举的那件事了，也就是说，当年申东俊来这里，极有可能不是为了奇门，而是为了其他的事情。”

田炼峰问：“是为了忽汗国的宝藏吗？”

“不确定。”刑术摇头，“但我觉得他不是来寻宝的，首先你要知道，他是搞情报的，他不管权力多大，在当时的东北，也就是伪满洲国，他不管怎样都得向关东军方面负责，如果他私下带兵寻宝，这件事迟早传开，他也就违反了军队的条例，不死都会被送回朝鲜。另外一方面，如果他是带兵来寻宝的，你想想看，这么重要的事情，就算让满洲国国防军参与，来蹚路也好，当炮灰也好，也不会找地方军队，肯定会从当时的新京或者是哈尔滨调国防军的精锐参与，另外，也不会随随便便就找一批关东军，要知道，不管哪个部队都有那么几支专门勘察地形的部队，带上他们，总比带上一般的陆军要好吧？”

阎刚点头：“有道理，你的意思是，申东俊当年也不是为了忽汗国的宝藏？”

“是呀，我开始还怀疑也许申东俊根本就没来过，但是贺小姐说自己查过资料，同时呢，我们也在来的路上看到了旧日军的尸体，说明就算申东俊即便没来过，也来过日本军队，但目的不明。说直接点，也就是说，贺小姐的奶奶关芝青，出于某种目的，将申东俊拖进了这件事当中来，目的就是掩饰她之后要做的事情。”刑术说完后，看着贺小姐道，“贺小姐，我推测的准确度如何？”

田炼峰现在满脑子迷糊：“我糊涂了，我完全不懂了，这到底是怎么回事呀？”

阎刚看着田炼峰道：“简单来说，关芝青的目的就是这个地方，这个地方与她重建天眼教之类有直接的关联，但与奇门没关系，她为了将这件事复杂化，为了掩饰她真正的目的，所以在认识了申东俊之后，她对外宣称她知道这个地方，是因为申东俊告诉她的，将申东俊拖进这件事来，把事情复杂化。”

田炼峰“哦”了一声，又问：“她为什么要这么做呢？”

“我举个例子吧。”刑术想了想道，“如果说一个人在一个房子内干了一件事，这件事不是什么好事，他担心被人发现，也知道迟早会被人发现，于是他想办法让这个房子住进了更多的人，并且模糊了自己住进来的时间，一旦东窗事发，这个房子内的所有人都会被调查，就算他清楚自己也许迟早有一天会被查出来，但进来的其他人也会为他拖延时间，因为假如房子中只住了他一个人，事发之后，傻子都知道那件事是他做的。”

贺晨雪皱眉道：“说直接点，就是故意让一件简单的事情复杂化，明明眼前摆着一个你一看就知道是什么的物件，但偏偏故意放在盒子中，你打开盒子发现里面还有盒子，并且盒子中还有盒子，每个盒子都有一把锁，但是钥匙需要你去找。”

刑术点头：“所以，贺小姐，你再不说，我们接下来只能乱闯了，这对你没好处。”

贺晨雪终于伸手，在自己内衣中摸出来用防水塑料袋装好的一张纸，她将纸拿出来，递给刑术。

刑术打开，看见上面写了一行字——“我是活生生吞下111个灵魂，罪不可赦，该千刀万剐的凶兽穷奇”。

刑术看完，递给阎刚和田炼峰，问贺晨雪：“什么意思？”

“我其实也不知道，我奶奶死的时候，我压根儿就没有出生，所谓的我奶奶告诉我的这些事情，其实都是我养父母转述的，我都不知道我亲生爹娘是干什么的，而我养父母就是铸玉会的人，我理所当然也进入了铸玉会。”贺晨雪低声道，“来这里的路，都是我奶奶记录在纸上的，但是并不准确，我曾经来过，但迷路了，当时我就知道要进来不是有地图就可以的，我能走进来，完全靠的是那个黑手的帮助，是他告诉我要走多少步，朝什么方向，又如何去走。”

刑术点头：“难怪，其实我们也发现了这个地方很古怪。”

“是。”贺晨雪道，“其实我对我奶奶的事情并不关心，但她的的确确在回忆的信中，写过申东俊这个人，我不清楚是怎么回事，如果不是先前你的推测，我恐怕真的会认为申东俊与这件事有直接的关联，不过你说得对，自始至终，我都是为了找到双瞳，其他的事情我不感任何兴趣，也请你们不要问我为什么要找双瞳，只要你们帮我，我就会竭尽所能帮你们，怎么样？”

刑术看着阎刚，阎刚点头表示接受这个建议，田炼峰则是一脸的怒气，觉得此时此刻万般无奈，贺晨雪才说出实情，耽误了他们太多的事情。

刑术给田炼峰递了个眼色，田炼峰点头道：“好好好，不追究了，你帮我们，我们帮你，反正我都已经来了，必须要解决没有解决的所有事情。”

阎刚此时又看向那张纸，看到上面写着的“111”咦了一声，自言自语道：“111？怎么这么眼熟呢？我是不是在哪儿看过呀？等等，我好像想起来了！”

阎刚扭头看着贺晨雪问：“你奶奶是不是还有其他的名字？叫关生荷？”

贺晨雪点头：“对，那是她曾经的笔名，她早年向报纸和杂志写稿的时候，就用的关生荷这个名字，你怎么知道？”

“看来你真的对你奶奶当年的事情不关心。”阎刚吐出一口气来，“这是当年很出名的‘穷奇案’呀，只是我当时在部队的时候，并不知道穷奇是什么玩意儿，所以没上心，只是觉得那件事挺残忍的，因为当时穷奇案发生之后，部队派出人去帮助搜索失踪的人，我参军的时候新兵连指导员的大哥就参与了那次的搜索，后来指导员还翻出了当时的简报给我们看，说过这件事，地方警察还组织过学习，关于反邪教的学习。”

贺晨雪不语，只是仔细听着，阎刚继续道：“穷奇案，是当时牡丹江地界较为出名的一个邪教，建国之后邪教层出不穷，几乎都在比较偏僻的地方，上当受骗的大部分都是没有文化的农民。之所以叫穷奇案，是因为这个教派名为‘天言教’，不是天眼，我虽然不清楚到底是怎么回事，但是当时的内部简报上写的就是天言教，而不是天眼教，说这个邪教的头目声称上古的一种怪兽叫穷奇，要出来祸害人间，当时呢，恰好遇到‘三年自然灾害’最重的一年，也就是1960年，所以邪教头目、自称关生荷的这个女人，就说这一切都是穷奇干的，只有她有办法可以将穷奇干掉，这样的话，大家又能过上好日子了……”

第三十一章：尸骸遍地

1960年，正值“三年自然灾害”最严重的一年，但当时东北地区相对来说受灾较浅。阎刚说能记得在当时简报中还提到过，在1960年1月份，爆发过一次猪瘟和猪肺病，当时死了几千头猪，算是重灾，后来在五月份左右旱灾挺严重的。

阎刚皱眉道：“关于当时我的背景，我实在不能多说，毕竟当时简报上说的，和我后来看到的一些数据不怎么一样，总之呢，当时关生荷就是打出了‘杀穷奇’的旗号创立的天言教，有两个地方关生荷做的和其他的邪教不一样，第一，她不用教徒的钱，一分都不用；其二，她创立的天言教只收111个教徒，而且这111个，最好是老屯子里那种沾亲带故的人，两代左右都有血缘关系的。”

田炼峰问：“不用教徒的钱？”

“这是手段吧，所以当时关生荷，也就是关芝青的目的，不是钱，这个可以肯定。”阎刚回忆着，“她开始是说大家拿钱出来，拿钱拿物给她，为什么呢？因为她说穷奇将瘟疫放在这些东西上面，她要清除上面的瘟疫，开始有人试着给她，没几天，她又原封不动地将这些东西还了回去，还去那家人家中祈福，后来很多人都说，她去了之后，家里有病的人慢慢地就好了，身体就健康了，于是大家都很相信她，继续拿钱拿物，她一件都没有留，都一一还给了这些人，一时间，关芝青的声名大噪，都说她有神力。”

术刑听完冷笑一声：“神力？关芝青是个医生，她当然可以治病了。”

贺晨雪不说话，什么表情都没有，刑术也不知道这些事情到底贺晨雪是不是真的不清楚。

一来二去，好几个屯子的人，都对关芝青非常崇拜，真的将她当作了神明。你想想，一个人不会拿你的一毛钱，不会吃你的半点东西，还帮你看病治病，长期下来，你会不会相信这种人？就算你开始不相信她那番话，也会出于感谢，安静地听这个人给你“讲经”，长此以往，按照关芝青这种有脑子、有目的的人，要对没有文化的人洗脑那是很简单的事情。

“关芝青是1956年年初到的出事屯子的那一带，差不多也算是小北湖林区周围的地方吧，她花了四年的时间谋得了所有人的信任，四年之后，她成了天言教的教主，并且秘密地拥有了111个教徒，都是非常忠心、严守秘密的人，但据简报上说，这111个人应该算是有一定的血缘关系、同一个祖宗吧，只是他们自己都不是很清楚，这一点，我想是关芝青自己无法掌握的，所以只能作罢。”阎刚仔细回忆着，“1960年11月吧，我记得当时简报背面，还贴了当时中央的那个《关于彻底纠正‘五风’问题的指示》，那个指示就是1960年11月出来的，对，就是那个时候。”

1960年11月，关芝青和那111名教徒一夜之间从屯子中失踪了，整个屯子人口原本就不多，加起来还不到600人，一夜之间111个人消失了，自然就是大事。当时就有人报警了，报警的是村长的闺女，因为村长本人都失踪了。

派出所立即派人下来调查，但是毫无头绪呀，111个人的的确确失踪了，那是真的，都是有名有姓的，昨晚还好好地躺在炕上，今天清晨睁开眼睛人就没了！派出所立即汇报上级，上级立即成立专案组，同时请求最近的驻军协助，因为当时没有武装警察部队，公安人手也不足。

随后，部队派了个连，加上当地武装部的民兵连和公安一起行动，开始对周围地区进行搜索，这个搜索进行了一定的时间后，发现了足迹，毕竟那是一百来号人，要隐藏足迹那几乎是不可能的事情，不过随后怪事发生了，部队寻找足迹的过程中，发现他们一直在某个地方绕圈，就和迷了路一样，而且最奇怪的是，可以后退原路返回，但要进前面的林子中，不管你怎么走，当你走出来的时候，你会发现自己就站在进林子的位置。

听阎刚说到这儿，田炼峰指着阎刚道："哦，这个就是咱们昨天走的那个进林区的路对不对？"

"对。"阎刚点头，"我也是说到这儿，才想起来的。部队在那儿转了三天没有找到，觉得这件事怪得不得了，但是当时那个背景大家都知道，就算心里觉得这事可能与鬼神呀之类的有关系，但谁也不敢说呀，一直到第七天，也就是一个星期之后，关生荷也就是关芝青自个儿出现在林子口的时候，这件事才算有了点眉目。"

不过当时，谁也不知道关芝青就是这件事的主谋，也不知道什么天言教，因为她一直以来隐蔽得很好，搞得那些入教的教徒都认为自己差不多就是地下工作者了，要抓的也不是什么凶兽穷奇，而是敌特！

当时关芝青出现在林子口的时候，满脸的泪痕，眼神茫然，双手低垂在两侧，但浑身上下很干净，只是头发略有些凌乱。

所有人立即上前，问她怎么回事？

关芝青低着头，就说了一句话："我是穷奇……"

阎刚回忆到这儿，深吸一口气："穷奇，是上古时代的四大凶兽之一，传说这种凶兽是鼓励人做坏事的，同时还要吃人。"

贺晨雪依然不语，但却下意识抓紧了手中的水壶，手指头骨节都发出了声音，其他人都意识到了，刑术也知道贺晨雪很难面对这段历史，于是道："我算明白关芝青留下那纸条的原因了，她的意思是说，那111个人是她杀的。"

"天啊……"田炼峰下意识地看了一眼贺晨雪，但被刑术一眼瞪开，田炼峰转而看向阎刚道，"一百多个人？杀人狂魔呀这是！"

这句话说出口，贺晨雪浑身又是一震，刑术瞪着田炼峰让他不要再说话了。

阎刚迟疑了一会儿，在刑术眼神允许下，又道："关芝青当时就自首了，原原本本将自己组建邪教的事情都说了出来，并且承认那111个人是自己所杀，不过却死都不说，到底是怎么杀的，尸体在哪儿，不管怎么问就是不说，反正交代完毕之后，每天都询问办案民警，什么时候枪毙自己，因为自己该死。"

刑术点头："然后呢？"

“没有然后了。”阎刚摇头。

田炼峰听到这儿，低声道：“有人还是说谎了，说什么自己奶奶说的如何如何，1960年距离至今多少年了？犯了那样的重罪，肯定枪毙。”

贺晨雪此时终于开口道：“对，我奶奶是死了，但她却是自杀的，那张纸条也是后来办案民警带出来的，也不是为了留下什么遗物，只是为了希望查明白那张纸上写的到底是什么意思。”

刑术立即问：“办案民警给谁的？”

“我爷爷。”贺晨雪说完，在刑术没开口问前又解释道，“这些事都是我养父母转告的，我连我亲生父母都不知道是谁，更不要说我爷爷了。”

刑术略微凑近贺晨雪：“你养父母也没有告诉你亲生父母和你爷爷叫什么之类的？”

“没有，他们说，我知道了，对我没好处，有些事情既然隐瞒了，干脆就瞒一辈子吧，现在我觉得，他们的话是对的。”贺晨雪的声音越来越低。

刑术起身来，看着四周：“这么说，这111个人是死在这里了？怎么死的？”

“这件事一直是个谜。”阎刚道，“至今都没有人知道到底是怎么回事，我听他们说，当年关芝青自杀之后，这件事就变成无头案了，部队出动了很多人搜山寻找，但是什么都没有找到，那111个人，就这么凭空没了，但是可以确定的是，肯定都死了，关键是怎么死的？尸体在哪儿？”

“尸体就在你们的脚下！”一个声音从后方一棵树后传出来，众人大吃一惊，立即起身看着声源的方向，看着从那棵树后慢慢走出来并且戴着尸面的白仲政，刑术一眼认出这就是那晚在旧筒子楼遭遇过的那家伙！

“是你？”刑术上前道。

“噢，那天晚上出来吓唬我的就是你呀！”田炼峰也想起来了。

阎刚看着两人：“你们俩认识？”

“嗯，我告诉过你那晚在筒子楼‘遇鬼’的事，就是他。”刑术低声道，刑术说完又看着白仲政那一身黑衣，想起昨晚救他们的那个黑影，下意识问，“昨晚是你救的我们？”

白仲政并不正面回答问题，只是指着地面道：“霜降三八二，小雪四六七，大雪三五一，例法归一，其九为局。”

白仲政的话，刑术只是听来耳熟，但半天没想起来是什么，贺晨雪也是如此，阎刚和田炼峰更是听得云里雾里完全不懂，认为这小子在念咒语呢。

白仲政说完之后，又指着他们脚下，手指慢慢移动着，像是在数格子一样。这个动作让刑术忽然明白了，立即道："奇门遁甲的口诀？"

"是三元诀。"白仲政道，"这个地方叫白蚁穴，是一个相当麻烦的穴位……"

说着，白仲政就将之前郭洪奎所说的话复述了一遍，而关于三元诀的口诀以及其他白仲政即将要解释的东西，都是他们三人听完刑术等人的对话后，郭洪奎告知白仲政，让白仲政现身转告的。

但此时的白仲政自己都不知道为什么郭洪奎要这么做，只是他已经确定了，这个地方与奇门没有直接联系。

此时的郭洪奎和郭十篆正趴在远处静静地听着，而在他们身后几十米开外，那个刑术等人凿开的冰窟窿上方，神秘的白影也蹲在那里，俯身侧耳仔细地听着。

刑术等人听完白仲政的话之后，都互相对视了一眼，刑术又问："您的意思是，关芝青当年是利用这个穴位要做什么。可是按照你的说法，风水穴位只会对后人起作用，但是关芝青与那个屯子没有任何联系，她不是屯子的人，就算真的找到了111个有血缘关系的人杀死埋葬在这里，对她有什么好处呢？"

白仲政站在那儿一动不动："你们怎么知道她与屯子里面的人没关系？又怎么能判断这件事没有合谋者？现在下这些结论是不是太武断了？"

刑术听完，默默点头，的确，他们对关芝青当年的事情了解得少之又少，如果不是阎刚，他们可能连最基本的讯息都不会知道，在地方警察那儿，要查到这个案子当年的资料，估计很难，应该都被封起来了，毕竟当年的当事人，被认定为主谋的关芝青已经死了，再也没有线索可以查下去了，为了避免当年的事情被人挖出来大做文章，档案肯定会被封存的。

那张纸条，还有关芝青当年从树林走出来所说的那句话，给人的感觉是这个女人不是个坏人，似乎是被谁欺骗才做了这些事情。

"你说尸体在脚下，你能证明吗？"贺晨雪此时上前一步问。

白仲政指着贺晨雪脚下右侧三米半的位置："如果这里的确是白蚁穴，要葬人就必须按照三元诀来，所以，我说的位置一定没错！"

贺晨雪转身看着阎刚，低声道："'阎王爷'，麻烦您了。"

贺晨雪此时忽然这么客气，明显是她很想证实白仲政的话，但自己又是个柔弱的女子，挖掘这种事，只能靠阎刚这种孔武有力的人。

阎刚点头，示意刑术盯着白仲政，以免这小子玩花样，紧接着带着田炼峰在指定地点挖掘起来，因为是软土挖起来很轻松，没多久，就真的从下面挖出了一具骸骨！

挖出骸骨之后，大家都很吃惊，互相看了看之后，又扭头看着站在那儿依然一动不动、保持着沉默的白仲政。

刑术蹲下来，查看了一下，道：“是女性，大致判断年龄大概是二十五岁，已经生产过，但是无法判断死去的时间是不是几十年前。”

阎刚点头，不等贺晨雪开口问，直接上前对白仲政说：“还有呢？哪里还有骸骨？”

白仲政自己低声嘀咕着什么，自言自语地换算着，紧接着继续指示他们挖掘，随后的一个小时内，阎刚等人接二连三从软土中又挖出来十二具骸骨，这下足以证明白仲政所说的话是真的了。

刑术等人站在那儿看着地面上那十三具弯弯曲曲、头脚相连蔓延向前方、死时姿态各异的骸骨，更加没有头绪了，完全不懂这是怎么回事，为什么要这么做呢？

“还有很多，继续挖。”白仲政此时坐了下来。

阎刚看着刑术，田炼峰将铁铲一扔，直接躺在软土上大口喘气，他们已经太累了，就算是软土，连续挖掘这么久，体力也支撑不下去。

刑术走到白仲政跟前，问：“为什么？”

“什么？”白仲政微微抬头看着刑术。

“你是谁？昨晚为什么要救我们？而今天又为什么要帮我们？”刑术一字一字问道，“我想知道为什么。”

戴着尸面的白仲政直视着刑术，半天才道：“秘密，如果你想知道这个秘密，那就自己去查，刑老板算是这个行当中最聪明的人，这一点应该难不倒你。”

“难倒我了，我不知道，我希望你能说出来。”刑术道，说完刑术看向周围，“从那晚在筒子楼的经历告诉我，你不是一个人，你还有同伴，至少还有一个。”

白仲政冷冷道：“这些与你无关，现在你有两个选择，要么按照我的指示继续挖下去，看看有什么，要么就赶我走，你们自己想办法，抑或是自己掉头回去。”

“刑术……”贺晨雪开口说话了，刑术转身走到她跟前，贺晨雪低声道，“我们的线索全断了，也许这个人有线索可以帮助我们，你说昨晚他救了我们，应该不会害我们，至少暂时不会。”

刑术看着贺晨雪：“你的意思是，相信他？”

“只能这样了。”贺晨雪双手攥紧，“我很想知道当年我奶奶为什么要做这件事。”

刑术考虑了半天点头：“好吧，但是他来路不明，要小心。”

接着，刑术唤来了阎刚和田炼峰，简要说明了下，这才走到白仲政跟前问：“好吧，继续，但是你至少得答应我们一件事，你得告诉我，你叫什么吧？”

“我姓白，叫白仲政。”白仲政回答，“但是你放心好了，你无论在什么地方都查不到我是谁，哪怕你能进入全国户籍系统，你都查不到我是谁，而且我可以向你保证，我这个名字是真的。”

刑术点头，故意伸出手去：“你好，我该叫你老白还是小白？”

“叫我阿政。”白仲政说完起身，继续指示着他们挖掘，还说了今晚肯定会在这里扎营，毕竟从地下刨出111具骸骨来，是个不小的工程。

白仲政与刑术等人忙碌的时候，郭洪奎已经领着郭十篆在冰层下面的其他位置探索着，试图找出这里如何形成的秘密，以及这里还隐藏着什么。

“既然这里是白蚁穴，事情就应该没那么简单才对。”郭洪奎边走边低声道，“我觉得，忽汗国的事情不是空穴来风，八九不离十，这里真的与忽汗国有什么联系，这个地方这么古怪，就算平日里有人来，但谁能想到冰层下面还有这样一个洞穴呢？”

郭十篆边走边闻着空气中那股古怪的气味：“奎爷，我总觉得这里像是个中药铺一样，药味很浓。”

“嗯，我也闻到了……”说到这儿的时候，郭洪奎突然间停下脚步，扭头看着他们身后的位置，“我还闻到了血腥的味道！”

郭十篆下意识转身，提起腰间挂着的小型弩弓，瞄准郭洪奎所看的方向，随后，从黑暗中慢慢走出了那个穿着白色防寒服、蒙着面、戴着护目镜、背着背包、背包上挂满了各式装备的杀手。

“你就是那个杀手吧？”郭洪奎下意识将郭十篆挡在自己的身后，“终于肯现身了，挺聪明的，原本是我们跟着你，你悄悄躲起来，又变成你跟着咱们了。”

白影此时开口说话了，用沙哑怪异的声音说：“合作！”

第三十二章：地龙毒

白影突然出现在郭洪奎和郭十篆跟前说出“合作”两个字，让两人都有些诧异，原本两人都认为白影是来下手对付他们的。不过同时他们也听出来了，白影肯定使用了变声器之类的东西。

“合作？合作什么？”郭洪奎问，同时看了一眼远处，担心这样的对话会不会被远处的人听到。

“找到忽汗国的宝藏，咱们四六分，我六，你们四，如何？”白影一字一字道。

郭十箓冷笑着看着白影，郭洪奎却面无表情地问：“你凭什么认为我会和一个素不相识，而且还差点干掉我亲人的家伙合作？”

白影轻笑了一声：“你的家人不是没死吗？而且他还差点杀了我，所以，咱们算两清了，另外，如果没有我，你们找不到忽汗国的宝藏，还有可能会死在这里。”

郭洪奎咧嘴笑了：“我什么时候说要找忽汗国的宝藏了？我们刚准备动身回家，我们对宝藏没兴趣。”

“是吗？”白影笑道，“据我所知，郭家人从‘民国’开始就颠沛流离地生活着，吃了上顿没下顿，目的就是隐藏自己的身份，保护好真正的奇门，可悲哀的是，连你们都不知道奇门在什么地方，所以，你们一直盯着田家，如今你们跟着刑术的原因，完全是因为刑术手中握有最多的奇门线索，而眼下，你们也清楚地知道这个地方与奇门没有任何联系，可你们却迟迟不肯离开，还让那个叫白仲政的去告诉刑术等人白蚁穴的事情，再笨的人都知道你们想做什么吧？”

郭洪奎盯着眼前的白影，还未开口说话，郭十箓突然间出手向白影袭去，被郭洪奎一把拽了回来，拽回来的同时，一掌将郭十箓推开，推开那一瞬间，两人看到一道银白从他们眼前飞过，穿透远处的树干，钉在后方的第二棵树的树干上，那是一颗随处可见的钉子。

郭十箓惊魂未定地看着郭洪奎，知道若不是郭洪奎出手，自己早就被那颗钉子给穿透了。

白影看着两人喉头发出“咕噜”的怪声，像是笑声，随后拱手道：“献丑了。”

郭洪奎也上前拱手抱拳：“请问，阁下尊姓大名？”

“你明知道问了也是白问。”白影冷笑道，“现在不是过去了，没有那么多规矩，谁有实力，谁能带着大家赚钱，谁就是爷，所以，这笔买卖我肯定要做，你刚才也听到刑术他们的话了，现在在这冰层下面的，除了我和你们，以及刑术之外，还有一批人，一共四批人，你大概还不知道第四批人是做什么的吧？他们是专家，真正的寻宝专家，从国外回来的，有非常丰富的经验，是库斯科公司的中国地区派遣专员！”

郭十箓看着郭洪奎，明显是在问：什么叫库斯科公司？

郭洪奎现在没机会给郭十箓解释，只是用眼神示意他安静地听下去，但白影却直接解释给郭十箓听：“那是全球排名前三，一直在前三名徘徊的国际寻宝公司，之所以公司叫那个名字是缘于秘鲁的安第斯山脉的库斯科古城，这三个人隶属于BM小队，也就是Blue Moon蓝月亮，这个小队曾经在太平洋上捞起过第二次世界大战时丢失过的被命名为蓝月亮的蓝宝石而声名大噪，从此之后这个小队就用了BM这个简称，国际上干寻宝的，没有人不知道他们的实力。”

作为护宝人的郭洪奎当然很清楚库斯科公司，也对BM小组有所耳闻，听说他们不仅寻宝，还兼职护送贵重物品，从这一点不难看出，这个小队中的人都有从军经历，不过外界对他们的事情知道得少之又少，但传闻很多，最夸张的传说是，BM小组曾经为了两颗“鸳鸯钻”干掉了东非某国盘踞在某钻石矿中的反政府武装，并且没有留下半个活口，等政府军赶到的时候，映入眼帘的只有四个字——尸横遍野。

郭洪奎此时心中也在推测白影的身份，白影看着郭洪奎打量自己的眼神，又发出怪笑道：“没用的，你永远都不可能知道我是谁，就算我说出名字来你都不认识，全世界这么多人，单是在中国就有十几亿人，难道你都认识？”

郭洪奎笑笑道：“你的意思我听懂了，你是想说，我们最大的敌人是BM小队的那三个人，我们最好联起手来先对付他们，然后再对付刑术等人，最后就可以坐下来平分宝藏了，对吧？”

白影只是简单地“嗯”了一声。

郭洪奎点头：“挺好，我看这样吧，我们合作，您的身手好，我替您把风，您去解决BM小组的人，再解决刑术他们，请放心，我是职业把风的，我专业把风几十年！”

郭十篆带着嘲笑看着白影。

白影冷冷道：“你不相信我。”

郭洪奎面无表情道：“你想利用我。”

白影嘿嘿笑道：“好吧，咱们各走各路，但是，你们要知道，如果各走各路，那就是与我为敌，与我为敌……”

“与你为敌，就是死路一条对吧？”郭洪奎笑道，“我郭洪奎走南闯北这么多年，这类的话，我一年听几百次，省点口舌吧，功夫上面才能见高下呢！”

白影冷哼一声，转身慢慢隐入黑暗之中，周围又恢复成先前的死寂。

“奎爷，怎么办？”郭十篆看着郭洪奎。

郭洪奎想了想，戴上了自己的尸面，也示意郭十篆戴上，紧接着道：“事到如今，咱们只能与刑术他们联手了，这是上策。”

“啊？”郭十篆很惊讶，“那中策和下策呢？”

“中策是我们单干，下策就是假意与那家伙合作，伺机拿下他，但下策的成功率很低，他能在咱们跟前现身，那就说明，这个人早就算好了这一切，也算好了我们不可能与他合作。他只是来确定一下而已，同时也告诉我们，他有十分的把握、百分的自信可以轻而易举干掉我们所有人。”郭洪奎摸着下巴，“所以，为了顾全大局，必须和刑术合作。”

郭十篆有点蒙：“怎么个合作法？”

“你现身去见他们，要突然现身，务必做到让仲政都很吃惊，但是你不要摘下面具，你可以告诉他们你的名字，放心，他们查不到的，要知道，我们是在户籍上查不到的人。”郭洪奎低声道，“至于我，我会一直跟着你们，在暗处守着你们。”

郭十篆忽然明白了什么：“奎爷，你先前听到刑术那小子的话，听他推测说咱们不止一个人，所以你让我现身，让他们放松警惕，对吧？”

郭洪奎笑了：“十篆，你终于算是开窍动脑子了。对，我的打算是这样，一来，让刑术他们认为只有你和仲政存在，你们是有诚意帮助他们的；二来，让他们稍微放松之后，那个杀手才可以有机可乘，在这里就等于是我布了一个双保险的局。”

“双保险的局？”郭十篆摇头表示不明白。

郭洪奎看向远处：“你想，刑术他们放松警惕，那个杀手便有机可乘，到时候他只有两个选择，一就是下手对付你们，但如果下手对付你们，暗处有我，他攻击你们，我会抓住空当攻击他。其二，他见我没有现身，他就大致能判断出，我躲在暗处干什么，所以不会轻易攻击你们，这样一来，你们就安全了，这就是我所说的双保险。”

郭十篆担忧道：“奎爷，可是，要是他对付你怎么办？”

“放心，我和他都在暗，暗对暗，我吃不了亏，我盯死他，他不敢轻举妄动！”郭洪奎露出自信的笑容，“去吧，按照我的指示行事。”

说着，郭洪奎朝着白影相反的方向走去，很快也消失在了黑暗之中。

郭十篆站在那儿，迟疑了一会儿，紧了紧面具，朝着刑术等人所在的位置走去。

冰层下的树林中，刑术等人在挖掘那些骸骨，现在已经挖出了五十六具了，已经算是最快的速度了，因为白仲政也加入了挖掘的行列。

此时的郭十篆躲得远远地看着，他铭记着郭洪奎的话，自己出现的时机要恰当，恰当得让白仲政都吃惊，他清楚，这样做是要让白仲政的那种吃惊表现得自然，这种自然会让刑术他们认为，白仲政根本没有预料到自己会出现，换言之，也就是让刑术他们将先前那个“加上白仲政一共有两个人”的推测变成认定的事实，这样一来，至少在短时间内可以隐瞒住还存在一个郭洪奎的事实。

挖掘在进行着，郭十篆继续等待着机会，这个机会很快就来临了，因为他闻到了一股很浓的药味，这种药味比先前闻到的还要浓，他脑子中突然闪过什么，立即从口袋中拿出个小碗，抓了一把石灰放在其中，朝着刑术等人冲了过去。

郭十篆冲过去的那一刻，阎刚最先发现，他立即将铁铲横在身前，在看清楚郭十篆脸上戴着与白仲政一模一样的尸面之后，很是吃惊，刑术也下意识地看向了白仲政，发现白仲政明显是浑身一震，脑袋一直转向郭十篆的方向，那模样明显是没有预料到这种情况的发生。

“你们中毒了！”郭十篆在快奔到阎刚跟前时刹住脚步，“是地龙毒！”

说着，郭十篆将小碗放在地上，往小碗中倒了点水，水与生石灰混在一起之后，立即开始沸腾起来，紧接着郭十篆将剥开的大蒜在手中捏碎，随后摊开道：“含在口中，快点！”

刑术等人还不明白怎么回事，阎刚和田炼峰都警惕地看着突然冒出来的郭十篆，而刑术和贺晨雪则是看着不远处立在那儿的白仲政。

白仲政的脑子转得飞快，他在思考着怎么会发生这一切，虽然他没有完全想透彻，但也清楚，这件事必定是奎爷指示的，否则的话，郭十篆没那么大的胆子敢自曝行踪，随后他朝着郭十篆一扬头道：“他是我兄弟，就是那天晚上你在筒子楼见到的另外一个人。”

刑术点头，露出了“果然如此”的表情，这个表情被郭十篆看在眼中，郭十篆知道郭洪奎的安排成功了一半，但立即急道：“快点，含着碎蒜可以避开地龙毒，我用石灰水来消毒，否则这样挖下去，大家都有危险。”

阎刚没有接过去，只是问：“什么是地龙毒？”

不远处的白仲政立即道：“信他吧，他是专家，出外有病急救什么的，都靠他，他是个医生，不过是个书写偏方的医生。”

“大蒜不会毒死你的！但地龙毒可以！”郭十篆几乎咬牙切齿地说出这番话，阎刚看着刑术，刑术点头，率先上前抓了一点含在口中，其余人也纷纷仿效。

此时，贺晨雪看着白仲政问：“你为什么不含？”

白仲政还未解释，蹲在地上用手扇着那沸腾的石灰水产生出来的烟雾的郭十篆解释道：“我们戴着的这种面具，是用药水浸泡过的，一般的毒素侵蚀不过去，算是半个防毒面具。”

阎刚又问：“地龙毒是什么？”

郭十篆头也不抬地回答：“就是蚯蚓毒，但这里的蚯蚓毒是混合了一种叫作蚯蚓草和月桂草的粉状毒物，第一次闻觉得挺刺激的，但很快鼻子就会适应这种气味从而忽略，因为我是干这行的，从小就在闻药，所以瞒不过我的鼻子，我越靠近就觉得越浓，最终断定是地龙毒，下毒的人很厉害，这个毒在这些人死的时候就已经种下去了。”

刑术等人互相对视一眼，完全听不懂郭十篆在说什么。

“隔行如隔山，这很正常，就如同我几乎不怎么懂医术之外的东西一样。”郭十箫小心翼翼地拿着那个小碗在四周走着，走在那些挖出的骸骨之间，等石灰水不再沸腾了，倒掉之后，又重新弄了一碗，边走边解释，“这种地龙毒是种出来的，在‘民国’的时候就失传了，最早谁发现的不知道，总之这种办法曾经是用来对付那些盗墓贼的，但都是民间所用的办法，毕竟在民间地主这类的人，就算再有钱也没法修建地宫，所以，只能用地龙毒这种法子了。”

所谓的地龙毒，实际上是中原一带民间郎中无意中发明的一种对付盗墓贼的方法，不明白的人当作了蛊毒，但实际上不是。

制作地龙毒首先要在墓地，最好是乱坟岗之类的地方挖掘出来蚯蚓，将这些蚯蚓晒干磨成粉，然后与蚯蚓草、月桂草一起上锅蒸，蒸上两个时辰，用蒸过的水浸泡菌种，接着将尸体割开，填入蚯蚓粉、蚯蚓草粉、月桂草粉以及泥土，再放入菌种，这个过程就有点像是种蘑菇……

随后尸体会放入棺材，但通常这种尸体都是“自愿捐赠”或者是有钱人出钱买的，算是一种伪装，放入假墓当中欺骗盗墓贼，尸体一旦下葬，那种怪异的地龙蘑菇就会很快长出来，又会很快死亡，死亡之后蘑菇会变成粉尘，这种粉尘一直蔓延漂浮在尸体周围，形成一种特有的毒素，就是地龙毒。

“地龙毒吸入之后，正常来说毒发至少要一至两个小时之后，也就差不多是一个时辰。”郭十箫说到这儿抬头看着跟前的阎刚和田炼峰，“毒发后，人会产生强烈的幻觉，觉得自己遇袭，认为自己身边每个人都是敌人，从而自相残杀，而最简单的办法就是含蒜中和分解。”

随后，郭十箫放下碗：“差不多了，不过等下如果还要掘尸，那就必须一直含着蒜，否则还是会中毒。”

此时，大家听到非常清楚的“咕噜”一声，随后大家都扭头看向发出声音的田炼峰。

田炼峰咳嗽了一声，眼珠子四下移动了下，露出个不好意思的笑容：“还有吗？我刚才嚼……嚼着吃了。”

“又不是吃饺子就大蒜，你吞了干吗？”阎刚看着田炼峰。

田炼峰不好意思地笑着，从郭十箫处又拿了一瓣大蒜放在口中嚼碎含着不说话了。

“你是……”刑术看着郭十箫，“朋友，你多少也应该做个自我介绍吧？”

“我是他兄弟，我是个医生，叫郭十箫。”郭十箫走向白仲政，两个戴着尸面的人站在一起，互相看了一眼。

阎刚在一侧杵着铁铲：“没了？”

“没了。”郭十篆说完笑了声。

“你们是做什么的？为什么要跟着我们？”刑术质问道。

郭十篆不说话，他知道，这些问题不应该由他来回答，白仲政自然会回答。

白仲政看着刑术道：“这些不需要你们知道，你们需要知道的是，我们是来帮助你们的。”

“你们怎么知道这下面有尸体？你们知道当年这里发生的事情？”贺晨雪上前问。

“不，我们只知道这里是白蚁穴，知道这种穴位如何埋人，除此之外，一概不知，只是觉得你们像无头苍蝇一样乱撞，所以出来帮你们一把。”白仲政说完，见刑术等人还要问，立即抬手道，“我需要回答的就这些，如果你们还想问，我们可以拒绝回答；如果你们对我们的拒绝不满意，我们可以走，之后的事情你们自己解决！”

刑术不说话，只是看着白仲政和郭十篆，他知道，白仲政是在逼自己，给自己出了个大难题。看眼前两人的确是有本事，有他们在，接下来的事情也许会简单些，还可以在关键时候保命，但他们的不明身份和目的，也会让接下来的事情平添了不知分量的危险，而且，自己好不容易才让这个松散的队伍团结起来，半途中又杀出来两个人，队伍中肯定会增加新的矛盾。

如何选呢？刑术有些拿捏不准，站在那儿沉思着。

第三十三章：合盟

树林中很安静，似乎都能听得见互相的心跳，所有人的目光都集中在刑术的身上，希望他能下决定。

阎刚的手一直握在铁铲木柄之上，他很担心突然冒出来帮助他们的白仲政和郭十篆会突然间对他们出手，就现在来看，这两个人有一定的实力，能够帮助他们，毕竟挖出了这么多尸体，还发现了地龙毒，指不定之后还会遇到什么麻烦。

与此同时，潜伏在远处，一直闭眼侧耳聆听的郭洪奎也在等待着。

郭十篆站在那儿，其实他满脸是汗，毕竟“卧底”这种事他是第一次做，而且这次跟着郭洪奎出来，也算是他第一次真正见世面，所以很是紧张，同时也很疑惑不解，为什么要帮助刑术他们？如果担心那个白影杀手，在确定刑术他们如今找的不是奇门后，干脆转身走人不就行了吗？

只有白仲政心中很清楚郭洪奎想做什么——刑术手中有真正的奇门线索，跟着他在不久的将来就能够找到奇门的所在地，也就是说，实际上，郭洪奎自己也想找到奇门。

许久，刑术终于开口道："如果你们要留下，只有一个条件。"

刑术还未说出那条件的时候，白仲政抢先道："不用你说，我和我搭档肯定会服从你的命令，听你的指挥。"

刑术点头："对，就只有这一个条件，如果你们不同意，或者假装同意，在关键时候反水，我和我这位朋友不会手软的。"说着，刑术看了一眼在后面的阎刚，阎刚咧嘴朝着白仲政笑了笑。

白仲政道："没问题，不过我得说明一下，大方向上我们听你的命令和指挥，但在某些专业问题上，你们必须听我们的。"

阎刚皱眉："什么意思？"

白仲政看着地上挖出来的那些骸骨："风水穴位、医疗解毒这些事情，你们不懂，就不能擅自做决定，应该由我和我搭档来办，这也是为了大家好。"

"好，没问题。"刑术爽快地回答，顿了顿后又道，"不过我坚持要知道，你们是做什么的……"

白仲政正要重复之前的解释，刑术抬手制止他开口："不是要你现在说，你可以考虑下，或者说你可以编造一个让我信服的谎言，至少那样，我们之间会透明许多。"

白仲政没说话，只是抬头看着冰层之上道："时间不早了，我们是继续挖掘呢，还是就地休息？肯定是不能上去搭设帐篷了，这里的温度很适宜。"

刑术转身道："你带着我和阎刚继续挖掘，你的搭档带着田炼峰和贺小姐搭帐篷，准备点热食热饮之类的，他会医术，当然知道怎么弄食物才会干净。"

接着，按照刑术的安排，两批人分头行动，分别进行挖掘和搭建的工作。暗处的郭洪奎则一直留心着他们的周围，担心那个白影杀手会突然发起袭击，可离奇的是，那个杀手似乎离开了，周围没有他半点气息存在。

夜晚降临，冰层上的温度骤降到零下三十多摄氏度，冰层下方虽然也降低了好几度，可始终维持在零上十摄氏度左右。对刑术等人来说，这种温度已经算是非常温暖了。

田炼峰生火前，在软土上刨了一个一米深的深坑，在深坑中的侧面开了一条可供空气流通的沟，然后才在深沟中生火，他担心直接在软土表层点火会融化头顶的冰层。

晚上九点左右，刑术、阎刚和白仲政才从远处返回，这一边的帐篷也搭建得差不多了，但只有三顶帐篷，刑术看到只有三顶帐篷时也是一愣，下意识地就问了句："怎么睡呀？"

田炼峰看着阎刚道："我和'阎王'一顶，白仲政和郭十……十……"

"郭十篆！"郭十篆重复了一遍自己的名字。

"白仲政和郭十篆一顶。"田炼峰说完指着最后一顶帐篷，半天没说出来，只是看着贺晨雪。

坐在一旁，依然戴着墨镜的贺晨雪此时道："我和你一顶。"

听完贺晨雪的话，刑术很诧异，正要说点什么的时候，贺晨雪抢先说话了。

"别忘了，我们是夫妻。"贺晨雪淡淡地说完这句话，还朝着刑术笑了笑。

白仲政并未有所反应，倒是郭十篆下意识看了一眼白仲政，这个举动让刑术意识到，戴着面具的两人很清楚自己和贺晨雪一部分底细，至少清楚他们绝对不是夫妻，同时刑术也不明白，在这种时候，为何贺晨雪还要继续伪装？

方便面、午餐肉、罐装汤、方便米饭四样东西就当是晚餐，众人早就饿得前胸贴后背，田炼峰将这些东西端出来之后，很快便一扫而光，紧接着六人就陷入了沉默之中，谁也不说话，但谁也没有离开那火坑。

刑术拿起空午餐肉罐头盒："知不知道午餐肉是哪个国家发明的？"

刑术决定用这种方式来打破沉默，一侧的阎刚喝着热咖啡道："美国人，应该是19世纪末吧？"

"对，世界上第一个真正的午餐肉品牌是HSH，叫荷美尔，但其后荷美尔在市场竞争中惨败，随后更名为SPAM，也就是斯帕姆。"刑术看着自己手中拿着的那个罐头盒，"就是现在我们吃的这种称为世棒午餐肉的东西，盒子上面用黄色的大字写着SPAM，右下侧有小红字写着荷美尔，这玩意儿真正出名是在第二次世界大战，当时美军认为他们最大的敌人有这么几个——子弹、性病还有午餐肉！"

"啊？"田炼峰有些诧异，"午餐肉是敌人？"

刑术说这番话的时候，所有人都不明白他为什么要说这个，白仲政则总觉得他话中有话，明里说的是午餐肉，暗里所指的又是什么？

"对呀，当时美国政府购买了无数的午餐肉，因为这种食物是肉还能提供高热量，最大的好处是方便保存，所以成了很好的战场食物，可美军士兵从早到晚都吃这玩意儿，早餐是煎午餐肉，午餐烤午餐肉，晚餐则是碎玉米午餐肉，所以都觉得很恶心，不过在美军之外的盟军，都认为这种东西简直就是天赐的美食，也就是从那时候起，美军的少爷兵称呼就开始传开了。"刑术拿着罐头盒笑道，"那时候我看资料，资料上记载了一件真事，说一个美军看着盘子中的午餐肉阵阵作呕的时候，旁边走过来两名英军士兵，见他那模样，直接将午餐肉扔在地上，然后又俯身捡起满是泥土的午餐肉放在口中大嚼随后吞下，因为当时英军的伙食中根本没有午餐肉这种东西，更不要说当时也同为盟国的苏联、中国了。”

田炼峰点头：“这就是饱汉子不知饿汉子饥，对吧？”

“差不多吧。”刑术点头，放下罐头盒，“我倒觉得应该是英国兵不能理解美国兵，而美国兵呢也不可能理解英国兵，毕竟大家虽然所处的大环境一样，但毕竟不是一国的，在某些问题上的解决方式和想达到的最终目的也不一样。”

此时，就算是田炼峰都听明白了，刑术绕了这么大一个圈子，还是在质问白仲政和郭十篆两人到底是干什么的、有什么目的，说白了，就是说咱们现在的目的看起来是一样的，面对的情况也差不多，但实际上呢？我们互相的最终目的是什么，彼此都不知道，如果不坦诚相见，最终吃亏的还是大家。

“炼峰，收拾东西，我累了，先去休息了。”刑术说完，看着依然坐在那儿沉默不语的白仲政，“白先生，如果真的有111具尸体的话，那么明天中午十二点之前应该就能完全挖出来。”

白仲政默默点头，刑术笑了笑，转身进了帐篷，贺晨雪也起身道别，随后剩下的人因为坐在那儿相视无话，在收拾完东西扑灭火焰后，也都各自回了帐篷。

躺在睡袋中的刑术，眼睛还未闭上，他一直等着贺晨雪提问，终于等到其他两个帐篷中的灯光都熄灭后，贺晨雪才开口用极低的声音道：“为什么？”

“多一个朋友，总比多一个敌人要好，而且我判断这两个人不会害咱们。”刑术说完，侧头隔着帐篷布看向白仲政两人的帐篷位置，“他们是冲着奇门来的，这里与奇门无关，他们应该很清楚，所以这两个人的最终目的，我判断，应该是我手上掌握的那些线索，最重要的是，与这些线索有关的人，不是与我师父有关，就是与田炼峰有关，而我又是可以维系这两人之间联系的那个人。”

贺晨雪听到这里道：“所以，他们只需要盯着你，剩下的事情就好办了？但是他们为什么不在暗处盯着，反而要出来呢？”

刑术道：“应该是与那个杀手有关，另外，与我保持较近的距离，不会让我们互相之间产生太浓的敌意，这对以后有好处，至少见面可以先谈，而不至于兵戈相见。”

贺晨雪“嗯”了一声，并未再说什么。

刑术翻了个身道：“困了，我先睡了。”

贺晨雪睁眼，看着帐篷顶端，过了几秒忽然道：“刑老板，咱们说好了，从现在这一刻开始，咱们就是夫妻，明白吗？一起吃一起住一起走，形影不离的那种夫妻，算你帮我的忙，如果有必要的话，咱们可以挑一个好日子去领结婚证。”

刑术猛地睁开眼睛，侧身看着眼睛瞪得老大的贺晨雪：“贺小姐，你什么意思呀？你这是讹人吧？”

贺晨雪淡淡道：“哪儿有讹人把自己给搭进去的？我是在求你帮忙，人命关天，好不好？”

贺晨雪说完扭头看着刑术，两人对视许久，刑术转身道：“以后的事情以后再说，睡了，晚安。”

“晚安。”贺晨雪说完却没有闭上眼睛。

左侧的帐篷中，田炼峰已经昏昏欲睡，因为已经到了他睡觉的时间了，这个从来没有熬过夜的人，在白天干了那么多体力活之后，现在已经困得眼睛都合不拢了，但他现在却很矛盾，一方面是担心自己父亲田克的安全，不过这个担心他尽力在化解，能化解也是因为有刑术这个可靠的兄弟在身边，另外一方面则是他梦寐以求的冒险生活终于算是过上了，虽然是危险重重，却很过瘾。

田炼峰在睡袋中翻来覆去的，旁边的阎刚低声道：“你怎么像虫子一样蠕动来蠕动去的？你不累是不是？不累你继续出去挖！”

“不是，我是……”田炼峰睁眼道，“算了，有些事情说了你也不能理解，我现在倒是觉得那两个家伙，叫白仲政还有郭十什么玩意儿的不像是好人，不明白刑术为什么要答应他们的帮忙。”

阎刚也睁开眼睛：“是郭十篆，这两个人来路是有问题，但应该不会害咱们，如果要害我们，叫郭十篆的那个人完全不用告诉我们地龙毒的事情，其实今天我们真的是命悬一线，天下之大，无奇不有，隔行如隔山，有些东西我们是门儿都摸不到，不靠他们，说不定明天就只能掉头回去。”

田炼峰爬起来道：“你是说，刑术是在利用他们？”

阎刚看着他：“互相利用吧，他们也利用咱们，但最终目的是什么，我也不清楚，刑术应该知道吧，不说了，太累了，睡吧。”

田炼峰点头躺下，原本想再分析分析的，但眼睛实在睁不开了，没几秒就沉沉睡去。

“他们应该都睡着了。”最右侧的帐篷中，一直没睡的郭十篆低声道，同时看着一直蹲在帐篷口、闭眼注意着外面动静的白仲政。

白仲政微微点头，也不说话。

郭十篆往白仲政的位置挪了挪，盘腿坐在那儿道：“奎爷的意思是……”

“我懂。”白仲政立即道，“他老人家看得远、想得远。”

郭十篆点头，心中却想：你小子真会拍马屁，当面拍，背着也拍，难怪奎爷喜欢你。

郭十箓迟疑了一下，又问："真的帮？"

白仲政点头。

郭十箓又问："真心帮？"

白仲政点头。

郭十箓也点头："现在是真的帮真心帮，等到他们找到真正的奇门，要打奇门主意的时候，咱们才下手？"

白仲政扭头看向郭十箓，随后道："差不多，就那意思。"

郭十箓深吸一口气："看样子，这里的秘密还不止白蚁穴这么简单，估计……"

话没说完，白仲政就打断他："白天你也累了，休息去吧，我值夜，后半夜我再叫你。"

郭十箓点着头挪了回去，钻进睡袋中，又看了一眼依然蹲在帐篷口、面无表情的白仲政，轻轻摇了摇头，打着哈欠睡下了。

深夜的冰层下显得特别的寂静，唯一的声音就是风吹着那个刑术等人挖出的冰窟窿发出的"呼呼"声，除此之外，听不到半点响动，安静得十分可怕。远处树下，闭目养神却保持着十二分警惕的郭洪奎在周围撒下了一些谷壳，他的耳朵很灵，哪怕是老鼠的爪子落在这些谷壳上面，他都能听见，更不要说人了。

他推测白影如果要动手，必定会选择在众人进入帐篷一个小时左右，因为白天的劳累让这群人就算是提高警惕，也无法支撑一个小时的时间，这个时间段一过，人就会进入深层睡眠，如果是郭洪奎自己，他就会选择在这个时间动手，因为即便是闹出动静，没有受过训练的人也不会轻易苏醒，即便醒过来，脑子反应也不会如清醒时那么快，会迟钝很多。

可是，白影并没有动手，好像是根本就离开了这个区域一样。

郭洪奎将手腕上的小风笛放在嘴边，吹出了一阵古怪的旋律，如同风声一样。这个声音听起来就像是一般的风声，只有在帐篷口蹲守的白仲政听明白了，郭洪奎的意思是，他要休息会儿，让白仲政盯久点，两个小时之后，自己醒来再值守，到时候再通知白仲政去休息。

白仲政听到这个声音，拿出一片特质的薄荷草含在口中，维持自己的清醒，同时扭头看着熟睡中的郭十箓。不管郭洪奎平日内如何夸奖自己，白仲政也很清楚，在郭洪奎眼中，最重要的还是郭十箓这个真正的郭家后人，而不是自己，所以值夜这事，郭洪奎压根儿都没有提过郭十箓，那意思也很明确了，就是让他好好休息。

时间一分一秒地过去，白仲政也有些疲倦了，但他还在坚持着，距离郭洪奎醒来接替他还剩下不到二十分钟了，再撑二十分钟他就可以睡觉了，可就在白仲政又放入一片薄荷叶让自己清醒的时候，却意外发现有一道影子从帐篷外飘了过去，速度虽快，但却不至于让人看不清，而且那团影子极大，高度差不多近一米九、快两米的样子，同时还带着七彩的颜色。

白仲政含紧薄荷叶，小心翼翼抓住帐篷的拉链，慢慢下滑，留心着外面的动向，紧接着又看到一团彩色的影子从帐篷外跑了过去，随后是第二团、第三团、第四团、第五团……

白仲政将拉链完全拉开，想要看清楚外面到底是什么东西，当他将拉链完全拉开，双眼注视着帐篷外面的时候，清楚地看到一匹白色的披着鳞甲的战马从自己眼前跑过，马上还坐着一个身披铠甲、身负长弓、腰间挂着长刀、单手提着马槊的武士！

那一刻，白仲政直接傻眼了，整个人像被某种法术定住了一样，眼珠子颤动着，看着那武士骑着战马越跑越远……

第三十四章：鬼骑

身披鳞甲的战马和武士！那是自己眼花了吗？

白仲政就蹲在帐篷口前，过了十来秒脑子中才出现了这样一个念头，紧接着他爬了出去，第一时间看着先前战马跑过的位置，一路看去，并未发现有马蹄印。

也许真的是自己眼花了？白仲政深吸一口气，张大嘴呼吸着，让口中那股薄荷味四溢开来，让自己更加清醒些，就在他这样做的同时，感觉到眼前的林子中又有影子晃过，他定睛一看，发现依然是骑着战马的武士在那里穿梭着，速度很快，一上一下像是腾云驾雾地飞翔。

这到底是什么东西？白仲政这次镇定多了，他决定去找郭洪奎，因为奎爷见多识广，一定知道这是什么玩意儿，可就在他转身的那一刻，他看到一匹战马已经冲到了自己的跟前，同时马上那武士似乎已经抡起手中紧握的马槊朝他狠狠刺下！

白仲政已经无法避开了，只得下意识举起双臂，试图去抓刺来的马槊，但同时也清楚即便自己抓住了，也会被战马直接撞飞，但是时间已经来不及了，他根本无法避开！

白仲政轻吼一声，张开双臂一抓，双手明明抓住了那马槊枪头的后端，但抓下的瞬间却抓了个空，同时他也清清楚楚看到那匹战马从自己的身体之中直接穿了过去……

白仲政站在那儿一动不动，维持着去抓马槊的姿势，与此同时，从林中的郭洪奎正朝着他的位置跑来，就在郭洪奎快跑到的那一刻，突然间发现另外两个帐篷口的帘布掀起，他只得闪身趴在一棵树后。

因为白仲政先前那声轻吼，原本就异常敏感的刑术和阎刚两人同时醒来，睁眼看向帐篷外的时候，都看到了印在帐篷布上面的战马和武士的影子，立即钻出睡袋冲了出来，出来那一刻，虽然没有看到先前一晃而过的东西，倒是看到了白仲政站在那保持着一个古怪的姿势！

“怎么了？”刑术冲了过去，阎刚拔出匕首反握在手中，警戒着四周。

白仲政回过神来，看着刑术，指着战马跑去的方向：“战马、武士！”

“什么？”刑术皱眉，阎刚也扭头来看着白仲政，不过经白仲政这么一说，两人倒是立即将先前印在帐篷布上面的影子与战马、武士联系在了一起——看起来的确像！

白仲政下意识看了一眼郭洪奎潜伏下来的位置，确定他没有被暴露，这才将先前发生的事情说了一遍，随后又自顾自使劲点头道：“我肯定没有眼花，肯定是战马和武士，我看得非常清楚！”

阎刚皱眉看着白仲政，虽然没说什么，但也表露出了一副“你肯定睡糊涂了”的表情，同时也质疑白仲政会不会因此搞鬼。

刑术却是看着白仲政所指的方向道：“是往那个方向吗？南面？”

“对！”白仲政点头，“南面，怪了，正好是白蚁穴死门的位置！”

阎刚依然眉头紧锁，完全听不懂，刑术试探性地问：“你说的是死门，是奇门遁甲中八门中的那个死门？如果我没记错的话，对应的也正好是南面。”

白仲政朝着前方走去，看着那些挖出来的骸骨，掰着手指头算着：“休、生、伤、杜、景、死、惊、开这八门对应着东、西、南、北、东南、西南、东北和西北，各门的名称是按照阴阳五行和卦象纳入九宫后的性质和特征决定的，其中开、休、生为三吉门，死、惊、伤为三凶门，杜、景这两门则为中平，意为不吉不凶，所谓吉门被克吉不就，凶门被克凶不起，吉门相生有大利，凶门得吉祸难避，白蚁穴的这个穴位也是按照奇门遁甲的独特计算方式来寻找的，每一步都不能有偏差，所谓的死门就是凶星，凶星落地……”

说到这儿，白仲政忽然哑巴了，他意识到了什么，转身便冲进帐篷，刑术和阎刚不明所以，跟着他来到帐篷口，发现他竟然抓着铁铲朝着南面跑去，边跑边说：“错了，算错了！”

刑术追上去问：“什么错了！？”

“我算错了，真的算错了，之前在某个位置我偏离了方向，我算错了！”白仲政边跑边拿着罗盘在那儿计算着，随后又朝着南面走了十来步，停下来又横移了七八步，“凶星落地双头颠！我算错了，应该是相反的方向！”

说着，白仲政挥舞着铁铲往下挖了起来，挖了许久，竟然真的挖出了一副骸骨。

白仲政看着骸骨道：“几十年前埋下骸骨的人设了一个局，让懂白蚁穴和奇门遁甲的人走相反的方向，这样一来就会偏离正确方位，你们快去拿铁铲和工具，我们要连夜动手，我觉得先前的武士和战马肯定与白蚁穴有关联。”

“什么关联？！”阎刚立即问，现在半信半疑了。

“别问那么多，先去拿工具！”白仲政急道。

刑术立即说：“我去拿工具，阎刚先回去守着其他人，他们都还没有醒。”

“不用……”白仲政说完又想起什么来，改口道，“好吧，阎刚去守着，我们俩来挖。”

白仲政的这句改口让刑术意识到了什么，但刑术并未说出来，只是跟着阎刚回去取了工具，留下阎刚之后，自己返回了白仲政的位置，按照白仲政的指示开始挖起来。

白仲政边挖边说：“白蚁穴肯定有其他的作用，没那么简单，我觉得与风水无关。”

“为什么？”刑术问。

“很简单，哪儿有下葬到死门的？这不是在害自己吗？再者，你想想看，当初那屯子的人不管怎么凑，怎么可能真的凑出111个有直系血缘关系的人？所以，我认为这只是一个故意做成的误区，让查到这件事的人，认为只是邪教的一种疯狂的举动，不会深挖其中的秘密。”白仲政停下来，继续思考着，却没有想到此时刑术却说了另外一句话。

刑术忽然叫了一声白仲政的名字，等白仲政抬眼看着自己的时候，立即问：“白先生，除了郭十篆之外，你们还有人隐藏在周围，对吗？至少还有一个人！”

白仲政愣了一秒，但仅仅只是一秒的发愣，就让刑术知道自己判断正确了。刑术不等白仲政辩解，立即道：“原因很简单，你先前失误了，先前你叫我们回去拿工具的时候，我说了一句其他人还在熟睡，让阎刚看着，免得出事，可你说的是什么？你第一反应就是说了两个字‘不用’！”

白仲政盯着刑术，知道自己先前说漏嘴了，他以为刑术没有发现，但没有想到刑术竟然观察得这么细致！

刑术看着远方道：“你是一个很谨慎的人，不管是从筒子楼中咱们第一次相遇，还是这么久以来你悄悄地跟踪，你都没有冲动过，所以你不应该不担心还在熟睡的人，就算不担心我的人，也会担心你那个熟睡的同伴郭十篆，可你说了不用，那就表示，你有十全的把握，知道就算阎刚不回去守着，他们也不会出事。这种自信，只来源于一个可能，那就是在暗处还有一个你们的人，而且这个人肯定聪明、机警，拳脚功夫也应该在你和郭十篆之上，否则的话，你不可能那么放心，我没说错吧？”

白仲政依然不说话，但也没有挪开目光，依然看着刑术。

刑术笑了：“没关系，你不承认也没事，至少我知道你的人不会害我们，只要做到这一点，我也就放心了，我想，这个人没出现，是为了对付那个神出鬼没、不知道什么时候会对我们下手的杀手，对了，我所说的‘我们’除了我的人之外，还包括你和郭十篆。”

白仲政依然不说话，只是在刑术说完开始继续挖掘之后，他才低头继续挥动着铁铲。

一个小时后，白仲政放下了铁铲，看着已经挖出来的那具骸骨道：“这是最后一具，也就是第111具骸骨，到此就结束了，按照正确的计算方法，刚好是这个位置。”

刑术看着那骸骨道：“这些人死前的姿势看样子都被人刻意摆放过，很怪异，特别是左手，所有人的左手都是举过头顶摆放的，这代表着什么呢？”

白仲政沉思着，刑术思考了下又道：“你先前说错误了，计算错误了，但是我们眼前摆着的一个问题，我先前算过，如果按照我们之前挖出的骸骨，又加上现在挖出来的这些，不是111个，而是161个，也就是说，多了50具骸骨，这怎么解释？”

“简单。”白仲政道，“这111个人的尸体，在死后都被肢解了。”

“怎么可能？肢解111个人的尸体？这种事情关芝青怎么能做到……”刑术说完，又醒悟道，“对呀，当年那件事的参与者肯定不止关芝青一个人。”

白仲政指着还未完全挖出来的骸骨道：“我们先前挖掘的时候，挖到有些骸骨没有头骨，骨头都像是摆出来的，都不完整，所以，我认为这111个人，被肢解后，做成了两批骸骨，一批指的是错误的方位，一批是正确的，你想想看，如果我没有发现这一点，明天大清早，我带着你们继续挖，朝着错误的方向挖，也能挖出111个人的骸骨，实际上都是不完整的，但我们不知道，到时候我们什么都没有发现，只能放弃。”

刑术点头：“所以，当年布局的人，出于某种理由做了这件事，但这个理由是什么呢？”

“忽汗国的宝藏。”白仲政肯定道，“除此之外，无法解释。”

“嗯——”刑术点头，“忽汗国宝藏的事情，我第一次听说是从贺晨雪的口中，虽然我以前知道忽汗国，但大家说的都是渤海国，没有人用过忽汗国这个称呼，我想，忽汗国宝藏的事情应该是关芝青故意留下来的，也是唯一的线索，换言之，当年布局的这个人，这样做，就是为了掩饰忽汗国宝藏存在的事实。”

白仲政深吸一口气：“可是，我不明白，既然他当年找到了忽汗国的宝藏，为什么不取走？而是要布下这个局，同时还要害死这么多人？就算是白蚁穴，不容易被人找到，可万一呢？这是走了一步险棋，一旦有人发现，这个人所做的一切就前功尽弃了。”

刑术想了半天道：“会不会是，他知道了宝藏的大概方向，但是却没有发现准确地点呢？抑或是，在那个年代，他想要从中国运出大批的古董宝藏，那基本上就是不可能的事情，那时候几乎是全民反特时代，一旦发现不对劲，一个屯子的人都能冲出来弄死你。”

白仲政点头：“我再想想，既然找到头了，有线索了，肯定就在这儿附近。”

刑术起身，看着四周：“先前那些武士和战马也不见了，怎么回事呢？说不定先前看到的那些东西与忽汗国宝藏有关系，但可惜的是，我没有亲眼看到，所以无法判断出什么来。”

白仲政此时从自己的腰包中掏出本子和铅笔，开始在那儿写写画画，刑术靠近，发现白仲政正在那儿画着草图，而且看下笔的模样，像是个专业人士，不到半小时，白仲政就在本子上画出了一个骑着战马的武士，随后交给刑术道：“我是凭着记忆画的，也许有些许的偏差，但八九不离十，应该就是这个模样。”

刑术看着白仲政本子上所画的，不禁赞叹道：“厉害，原来你是个画家？”

“以前想当个画家，但可惜我……”白仲政的话说了个开头，就吞回去了，只是指着本子说，“你能看出来这是什么武士吗？什么年代的？”

刑术知道白仲政不想让他清楚知道自己的过去，也就没有再问，只是看着白仲政所绘的图，半天才道：“看你所画的，应该是唐朝时期的官健，俗称长征健儿，用现在的话来说，属于雇佣兵，但属于官府雇佣的士兵，与唐朝初期的府兵不一样，基本上都是驻扎在边境之上，这里从前算是忽汗国的领地，有佣兵在这里，不算稀奇，但稀奇的是，我如果没记错，穿这类装备的算是精锐官健，以前我收过一副很烂的铠甲，因为不懂，所以特地去查过唐朝的兵志，看到其中有一条写过，大概意思是，公元755年，也就是安史之乱开始的那一年，当时的均田制和府兵制出现了问题，唐玄宗就用募兵制替代，虽说在贞观年间，唐太宗进攻高丽的时候，军队主要靠招募，但与后来的招募兵却完全不一样，毕竟早先唐朝最强大的时候，用现在的话来说，基本上算是先军政策吧，到后来因为均田制的问题，一系列好的制度就逐渐崩塌了。”

白仲政看着自己所画的图道：“这么说，这些武士算是唐兵？”

“对，我之所以说他们是精锐，完全是因为正常来说，唐朝时期的官健佣兵，在铠甲和武器配置上面基本上低于所谓的正规部队，不可能存在腰挎长刀、手持马槊，自己身披鳞甲不说，连马匹都披上鳞甲的，另外，你画的这种马，如果真的准确，应该是突厥马。”

白仲政疑惑道：“突厥马？”

“对，突厥马，当时算是最好的马了，唐朝重视马政，李渊在太原起兵的时候，就利用突厥马加强了自己的骑兵，唐朝的铁骑在当年是相当可怕的，毕竟当时唐朝周边的劲敌，如突厥、吐蕃、契丹这些都是以骑兵打天下的。”刑术摸着纸上的图案，“我只是不明白，这里怎么会有这种东西呢？幻影？还是……”

刑术说到这儿，仰头看着上面的冰层，摸着下巴道：“走马灯？”

白仲政立即摇头：“不可能，如果是走马灯，应该可以看到主体吧？”

“折射。”刑术看着冰层，“折射有可能产生出来，2001年的时候，在广东，有人向广州当时仅存的两家传统当铺中的一家出售过两个灯架，是隋朝的，那两个灯架很古怪，你只需要点着一个，放在一个特定的角度，挪动上面的那块铜镜，就可以让另外一个动起来，当时那走马灯当出了天价，不过当晚发生了大火，将那灯烧没了，后来有人说那就是个骗局，因为卖灯的人从此就销声匿迹了。”

刑术仰头看着冰层，随后又开始低头在地上仔细找着，白仲政不知道他在找什么，只得跟着他，找了许久，白仲政终于忍不住问：“你到底在找什么？”

“洞或者是地缝。”刑术头也不抬地说，“如果是走马灯，如果有折射，应该有这两样东西。”

没多久，白仲政真的在地上发现了一条裂缝，但那条裂缝虽然很长，却很细，细到宽度只能放入一根牙签，不仔细看绝对发现不了，又因为地上全是软土，土壤原本缝隙就多，所以没有人会发现这条长长的缝隙，最重要的是，这条缝隙就在刑术他们挖出的那条埋有骸骨的深沟旁边不足半米的地方。

两人发现缝隙后，刑术立即挥舞着铁铲朝着下面挖，一直挖了差不多两米的深度，便再也挖不下去了，因为在下面是一块铜板！

铜板挖出之后，刑术立即蹲下来仔细摸着，随后发现铜板另外的部分还埋在土地之中，于是和白仲政继续将洞穴扩大，这一挖直接挖到了第二天清晨，清晨时分，两人所挖的坑洞直径已达五米，但依然没有将整个铜板完全显现出来。

刑术站在那儿看着，白仲政也低头看着，两人随后抬眼对视，心中都很清楚，地下的这块铜板，所占的面积肯定是他们两人，不，是他们带来的所有人动手都无法完全挖出来的……

第三十五章：隔世铜板

刑术和白仲政两人正在对视的时候，阎刚已经带着醒来的田炼峰、贺晨雪和郭十篆赶来，他们一路沿着挖开埋有骸骨的那条沟走来，正在感叹的时候，没想到又看到了这个深坑，还有深坑中正在发愣的刑术和白仲政，更令人震惊的是，两人的脚下还踩着一块不知名的铜板！

“这是……”田炼峰傻了，不知道该说什么了。

阎刚也蹲下来，贺晨雪低头仔细看着，郭十篆则看着白仲政，做了一件傻事，那就是把面具直接摘了下来，仔细看着下面的铜板，问：“这是什么东西呀？”

白仲政见郭十篆这个傻子摘下面具，自己也干脆摘下来，露出真面目之后，田炼峰目光集中在两人的脸上，露出不解的表情道：“我还以为你们俩是因为长得丑才戴面具的，结果长得这么精神，至于吗？”

没人搭理田炼峰，大家此时的注意力都不在这上面，只是想知道这到底是怎么回事。

刑术和白仲政一起，将昨晚发生的事情一五一十说了出来，其余人听得是目瞪口呆，完全没想到事情会比预想中复杂千百倍。

贺晨雪在刑术的帮助下，来到坑底，在那儿仔细研究着铜板。

刑术在一旁问：“这到底是什么？”

贺晨雪拿了旁边的铲子，猛地朝着铜板上砸去，随后听着声音道：“不是纯铜的，而且里面有些地方是空的。”

其余人都看着贺晨雪，刑术立即问：“是什么东西呢？”

贺晨雪摇头：“不知道，我只能判断出大概的质地来，这块铜板看来很大，非常大，搞不好，在一百平方米以上。”

“一百平方米以上？！”田炼峰忍不住喊道，“我去，100平方米就够我们挖的了，还以上？我们这几个人得在这里耗多久才能将这玩意儿完全挖出来呀！”

阎刚一屁股坐下来，拿出水壶来喝着：“找挖掘机来吧，那是最快的办法。”

刑术站在那儿，用手四下摸着，白仲政在旁边看着他那奇怪的举动问：“你在干吗？”

“好像有风，一股一股地吹出来，但我不知道是从哪儿吹出来的。”刑术用手探着，“应该是从铜板往上吹出来的。”

白仲政抬手从阎刚那儿拿过水壶，慢慢倒在铜板之上，等待了一会儿，没多久看到有不少的地方开始冒泡，开始只是冒泡，随后里面的气体直接冲开了表面上的那一层薄水，刑术伸手探去，发现那一阵气体的力量是越来越大，同时也发现铜板上会冒出气体来的地方是微微鼓起来的，表面透明，每隔一厘米左右就有一个小孔，看起来像是蔓延弯曲的横笛一样。

"你们趴下来看。"刑术叫白仲政和贺晨雪趴下来，指着他们看冒气的地方，就在贺晨雪趴下来的瞬间，她的眼前一亮，抬手一把摸在那铜板之上，随后四下仔仔细细地摸着。

"我明白了！"贺晨雪抬眼道，"我知道那个人当初为什么要诱骗我奶奶了。"

"为什么？"刑术问。

"就是为了隐藏这块铜板。"贺晨雪道，"我想，当年他发现忽汗国的宝藏时，他应该有其他的什么要紧的事情必须离开，但是他担心这里被人发现，毕竟世上高人多，能看懂风水命脉、识得奇门遁甲的人也不在少数，所以，他故弄玄虚，让我奶奶在那段时间内诱骗了111个人来这里，然后杀死他们，将尸体按照特定的规律埋下去。"

刑术摇头："为什么埋这111个人就能隐藏铜板呢？"

贺晨雪正要解释的时候，白仲政恍然大悟道："气孔，就是因为铜板上的气孔，刑老板，先前你说那个武士和战马是因为折射出现，需要找地上的裂缝或者洞，对吗？果不其然我们找到了，但是这些裂缝的产生，却是因为铜板上面的气孔导致的，气孔不断朝着上面吹气，日积月累那一排气孔所在的位置就形成了一条裂缝，我想，当年幕后真凶其中之一的目的，就是为了隐藏气孔吹出来的裂缝，所以杀死了那111个人。"

田炼峰点头："但是，气孔吹出来的裂缝，掩埋上不就行了吗？而且，你们发现的时候，那条裂缝沟并不在尸骸沟的下方，而是在旁边呀。"

"地震。"阎刚在一旁解释道，"从当年案发之后到现在，整个黑龙江虽然没有发生过大地震，但二级左右的小地震也有不少，这些地震足以改变地层，挪动地面下方的铜板了，我想，应该和贺小姐推测的一样，幕后黑手应该是忽略了地震会导致地层变动这个细节。"

田炼峰又问："好吧，但是气孔吹出来的裂缝，重新掩埋就行了呀？不用在上面再用尸体挡住吧？"

一直没开口的郭十篆终于找到说话的机会，在深坑边缘道："你错了，你知道什么叫滴水穿石吗？同样的道理，只要铜板上面的气孔存在，一直不断朝着外面急促冒气，不要说几十年了，就这种程度的气体冲击，在地上形成一条细小的裂缝，估计也花不了一两年的时间。但是要形成这种裂缝的前提是，在气体冲击土壤的过程中，不会遭受到过硬物质的阻挡，例如说石块，这里都是软土，几乎没有石头，所以，一旦埋下尸体，尸体在没有变成骸骨之前就可以挡住气体，变成骸骨之后，这些骨头也属于硬物，完全可以将气体减弱。”

说着，郭十篆在旁边放置了一片树叶，指着自己的嘴巴道：“比如我的嘴现在是气孔，我直接去吹代表土壤的树叶，我一吹树叶就会被吹跑，但如果我在嘴和树叶之间放置一个东西，挡住气体的直接冲击，那么树叶直接遭受气体冲击的能量就减少了许多。”

刑术也明白了：“不仅如此，而且他还故意设下陷阱，让懂行的人偏离预定的方向，这么说，铜板上的气孔是一种按照奇门遁甲方位来走的脉络？而且整个铜板上形成的脉络，与白蚁穴有着直接的联系，否则的话，按照白仲政的办法不可能正确找到骸骨，也无法找到脉络气孔产生的裂缝，这样，我按照现有的线索，重新来捋一遍，推理一遍，你们也都听着，要是觉得我哪里推测错误了，立即提出来。”

众人点头，都看着刑术，贺晨雪一边听着，一边仔细地看着铜板。

刑术闭眼道：“与关芝青在一起的也许不止一个人，我推测大概是五个人，毕竟111个人的肢解和埋葬工作一两个人无法完成，而人数太多也会暴露秘密，所以，应该是五个人左右。这批人早年发现了忽汗国宝藏，顺藤摸瓜找来，终于从地缝发现了气孔的秘密，从而找到了下面的铜板，不过在当时的条件下，他们无法把这里的土地挖掘开去探寻铜板的秘密，同时也担心这个地方会被其他的人发现，于是，他们找了某种理由欺骗了关芝青。”

阎刚听到这里道：“也就是说，关芝青当年成立邪教时，也不知道她的同伴是为了杀死这111个人？”

“对，应该是这样，这一点从关芝青留下来的那纸条上的话可以看出，她相当后悔，所以，我认为这111个人在这里是被毒杀的，只有这一种方法可以快速让111个人死去，首先他们不可能用凶器来做这件事，那111个人再傻，发现有人被杀倒下，也肯定会反抗的，关芝青他们只有几个人而已，怎么对抗那111个人？所以肯定是毒杀。”刑术摸着下巴道，“关芝青的同伴中肯定有非常精通风水异术的人，这个人在发现裂缝、发现下面的铜板之后，知道蔓延在铜板上的气孔是一种特殊的脉络，结合了此地的白蚁穴，所以，他很担心，未来有一天，在他们没有回来继续研究的时候，这里会被发现，于是他想出了这个非常可怕的办法，将人埋入土壤中，堵住上升的气体。”

田炼峰此时举手提问：“为什么不用石头呢？”

刑术摇头："要堵住这种裂缝，所用的尸体，每一块的直径至少需要二十厘米，这样的石头每一块都很重，而且在周围找不到，如果要堵住的话，他们必须从很远的地方一块块搬运石头过来，很麻烦、很辛苦，他们找人的话，人是有双脚的，可以跟着自己走过来。"

"但是有个地方不合理。"阎刚道，"当年关芝青是在这里花费了四年的时间赢得了村民的信任，四年时间，足够他们搬运石头了吧？他们难道就用四年的时间谋划杀人堵住气孔吗？"

白仲政听完点头："对，这是个问题。"

刑术道："这一点我也想过，所以，我认为，这111个人的死还有个谜咱们没有解开，同时，我也推测，除了关芝青之外，其他的几个同伙无法像她一样常年在屯子中活动，那样会引起人怀疑，所以，我推测这几个人的身份不简单，说不定是高干子弟。再说了，我们看看挖出的尸骸沟的长度就可以发现，如果真的找石头来填补的话，至少需要一两吨吧？就算是四年时间，关芝青一个人也做不了，哪怕是其他人时不时来一趟，但在当时那个环境下，交通不方便，来一趟已经非常的不容易，总不可能搬两块石头又回去吧？"

刑术说完顿了顿，又道："我继续往下说，四年后，村民已经完全信任关芝青，于是幕后黑手启动了这个计划，让关芝青带着这111个人来到这里，我想，应该是欺骗他们说要进行某种仪式，让所有人站在裂缝的旁边，然后喝下某种毒药，人死在裂缝旁边，就节省了搬运尸体的时间，当这些人死后，关芝青才发现，事情远比她想象中的还要血腥残酷，她后悔了，不过因为某种理由，她虽然自己去自首，但并没有说出其他的同伙，所以，我认为，主谋与关芝青的关系不寻常，要么是至亲之人，要么就应该是关芝青最爱的人。"

刑术说完，大家都看着贺晨雪，而贺晨雪只是看着铜板，一言不发。

刑术在推理这一切的时候，远处的树林中，那个白影正在安静地听着，嘴角慢慢上扬，随后转身离开，白影当然知道在不远处监视他的郭洪奎，也知道郭洪奎看到了自己上扬的嘴角……

白仲政看着铜板道："这块铜板很奇怪，铜板上的气孔的位置与裂缝是完全一样的，而埋葬的111具尸体原本也应该与气孔的位置是一样的，所以，这块铜板是特制的，应该面积不小，明显是有高人查明了这里有白蚁穴，再依照白蚁穴的特点，结合奇门遁甲之术打造了这铜板，这样一来，就省去了绘制例如藏宝图之类的东西，完全不需要做记号，按照特定的方式就可以直接找到，同时，外面那个林子也不是随随便便都能进得来的。”

“对了，外面那个林子到底是怎么回事。”阎刚说到这儿又补充了一句，“我是真心请教。”

白仲政解释道：“大自然很神奇的，其实不管是风水异术还是其他的一些什么看似神奇的东西，都是来源于大自然，人都是根据自己的想法略微改良，这个地方也一样，从高空往下看，地形和树林、河流、湖泊都会产生视觉误差，这个我无法详细给你解释，出去之后，你找到这个地方的卫星图，再结合你的亲身体验和经历，你就会明白，简而言之，就是有人利用了大自然，结合了障眼法所做出来的天然机关。”

刑术又问：“你说湖泊？周围有湖泊？”

白仲政点头：“在这里紧挨着的就是镜泊湖，黑龙江很著名的一个景点，这就是我说这里无比神奇的原因，紧邻着那种景点，这里这么多年来都没有被人发现，难道不神奇吗？”

众人对视，不由自主地点了点头。

刑术叹气道：“现在，没有解开的较大的谜团有三个，第一，铜板是什么，代表了什么？第二，那111个人的死，除了要隐藏这块铜板之外，还有什么作用？第三，除了关芝青之外，还有几个同伙？主要的幕后黑手到底是谁？”

白仲政摸着铜板道：“还有一个，就是那些武士和战马是怎么回事。”

刑术道：“解开铜板的秘密，就解开了武士和战马的秘密，但看样子咱们卡在这里了，所以，眼下我认为应该兵分两路。”

“啊？”田炼峰不解地问，“什么意思？”

“这件事没那么简单，我觉得必须要去当年事发的屯子调查一下，但我们眼下还得调查铜板的事情，所以只能兵分两路。”刑术说完看着阎刚和田炼峰，“‘阎王’，只有你知道那屯子的地点，麻烦你回去跑一趟了，价钱另算，我不会亏待你，炼峰，你也得跟着去，算是一种锻炼吧。”

田炼峰立即不愿意了：“我要留下来，我得跟着你学习呀！”

“干我这一行，你也得先学习怎么生存怎么保命，你先跟着‘阎王’学。”刑术看着白仲政道，“白先生，出去那个林子估计也得用特殊的办法，你教教‘阎王’，他们也许得顺原路返回。”

白仲政点头，爬出深坑，在外面详细地教导着阎刚回去之后如何在林子中行走。

田炼峰则在一旁慌张道：“关键是，我们怎么可能从那个雪洞中再爬回上面呀？那完全是不可能的事情！”

“怎么不可能？”刑术看着铜板，头也不回地说，“当年申东俊都活着离开了，更何况是带着专业设备的你们。”

“欸——”田炼峰一拍手道，“不是还有三个人吗？他们不是从我们这个位置来的，肯定是走的其他的路，我们去找他们过来的路，不就行了吗？”

刑术道：“这个我不管，只要你们出去，去屯子里面将当年天言教的有关事情都收集来就行了。”

阎刚和田炼峰准备好了之后，田炼峰坚持要去找另外一条路，阎刚也表示同意，毕竟原路返回太危险了，于是两人爬出那个冰窟窿，走在冰层之上，朝着相反的方向前进。

等两人离开之后，坐在深坑旁边的白仲政开口道：“这个阎刚和你配合得很默契嘛，只有那个田炼峰看样子傻乎乎的。”

刑术没说话，白仲政继续道：“你其实有两个打算，第一是真的去当年的事发屯子收集情报，当然，前提是他们可以安全离开，如果他们无法安全离开，阎刚和田炼峰还能起到一个分散那个杀手注意力的作用，你是不是在怀疑那个杀手也与当年关芝青那批人有关系？”

刑术抬头看着白仲政道：“对，但我没有证据，仅仅只是直觉而已，直觉不一定可靠，但眼下，我是想让阎刚保护好田炼峰，因为外界有很多人认为田炼峰掌握着真正奇门的秘密，我想，也许你也这么觉得吧。”

郭十篆此时下意识地看了一眼白仲政，白仲政道：“不，如果他是知道奇门秘密的人，奇门早就不是秘密了。”

此时，一直在认真看着铜板的贺晨雪仰头道：“这是一块隔世板！”

“隔世板？”白仲政一愣，刑术也为之一愣，两人当然很清楚什么叫隔世板，其实也等于算是绝世石之类的东西，通常这种东西在古代都是用来封闭墓穴的，一旦封死，再想打开就不太可能了，当然也有一部分达官贵人曾经私下修建过一些用来避难的地宫，曾经在隋朝末期，当时的一个皇族就曾经在某山洞中修建过房屋，试图在自己生时用来避难，死后作为墓穴，而在山洞口，他就让人花了一年多的时间，运来了一块号称是神仙都无法举起的重石，也就是绝世石。

隔世板这种称呼，也用于棺材盖的说法，这种说法一般在南方较为盛行，但在“民国”时期基本上就废弃不用了，毕竟当时的人开明了许多，不再那么封建，所以直呼棺材盖，而不再是隔世板。

第三十六章：八门脉络

贺晨雪一说到隔世板这个词，刑术、白仲政都意识到，这个铜板下面肯定藏着东西，不过难题也出现了，铜板是他们无法凿开的，哪怕是现在有重型机械都不一定能凿开。

一侧的郭十篆此时开口道："简单，找到铜板的边缘不就行了吗？从边缘钻下去。"

"不行，那是无用功。"白仲政立即道，"既然打造铜板的古人这么聪明，就肯定能想到这件事，所以下面藏着的什么东西肯定只有一个并不大的入口，说不定那入口只有大概五平方米大小，但是这块铜板却有上百平方米的面积，你根本不知道入口会被盖在铜板的哪一块区域。"

刑术点头："对，就好像是我在地上埋了一个罐子，罐子开口直径最多二十厘米，埋下之后我又在上面盖上了一块十平方米的板子，再用泥土埋下，在不取开板子的前提下，除了我之外，没有人知道罐子的开口到底在板子下方的哪个位置，也许在中心，也许在某个角，说不定当年的幕后黑手也卡在这里解不开了，或者说解开了，但是没时间继续。"

贺晨雪抬头道："有办法可以解开，但需要计算，铜板是按照白蚁穴来做成的，所以，我想一定有某种方式可以计算出来。"说着，贺晨雪又看着白仲政道，"白先生，你懂风水异术，你说说看，现在我们挖开的这个位置，属于什么？"

白仲政摇头："什么也不属于，当时我和刑老板只是随手挖下来，不过是为了确定下面有东西而已，如果按照八门排列的话，离这里最近的一门是休门，大概的位置是从这里朝东边走十步的样子，换算成为米数，大概是八米半。"

"挖。"贺晨雪起身道，"只能按照八门的位置挖开了。"

郭十篆看着白仲政，那意思是：那不是要再挖八个坑？

现在阎刚和田炼峰已经走了，剩下三个男人加一个女人，要挖八个坑出来，少说需要好几天的时间。

白仲政看着刑术，让他拿主意，刑术点头道："走到这一步了，只能挖挖看了，先挖一个吧，挖出来白先生来判断下贺小姐的推测是否正确。"

"好！"白仲政随后拿了铁铲，找到了休门的位置，开始挖掘，四人一起动手，这一挖又是几个小时的时间过去了，不过当他们按照白仲政所指的范围挖出那个大概五平方米大小的坑洞时，不仅发现了下面的铜板，也发现了铜板上面的一个一平方米大小的地门，地门上还有一个铜质的龙头门扣！

四人看着那扇门，知道推测是正确的，果然是这样，但问题又来了，按照八门来说，除了休门位下有一扇门之外，其他七门位都应该有门，一共八扇门，毫无疑问，肯定只有一扇是真的，另外的都是假的，不是有机关，就是进去之后，有去无回。

“怎么办？开还是不开？”白仲政看着刑术。

贺晨雪此时伸手要去抓门扣，被刑术一把抓住，刑术抬眼看着白仲政道：“别忘记了，最早这里设下的局是相反的，那个人都知道将裂缝脉络反着来，难道古人就不懂了吗？”

白仲政略微思考后道：“你说得对，也许八门当中，代表三吉的是错的，代表三凶的才是正确的。”

“不。”刑术摇头，“还有不吉不凶的，这样，为了避免做无用功，我们只能一个个试，先从这个开始，用绳子绑着门扣，人爬上去，藏好了之后再打开，要提防有机关。”

“好。”白仲政点头，“如果这扇门不是，那咱们就从杜门位和景门位开始。”

刑术点头，拿了绳索绑在龙头门扣之上，其他人则一一爬出坑洞，刑术绑好后也爬出去，众人在周围趴下，刑术站在一棵树后面，将绳子在树干上缠绕了一圈，紧接着开始拉动绳索。

周围趴着的众人无法看到下面的情景，只听到绳索拉动之后，下面的那扇门发出古怪的声音，紧接着听到门被彻底拉开的空洞声，就在大家正在期盼着也许这扇门就是真的的时候，一股白烟突然间从门内冲出来，瞬间漫延在了整个深坑之中，然后又朝着四下散开。

白烟冒出来的瞬间，郭十篆将自己的面具直接扣在贺晨雪的脸上，抓着贺晨雪朝着后方急速退着，白仲政也跳到刑术身边，将面具戴在他的脸上，自己退得老远，同时喊道：“不要深呼吸，面具虽然能过滤毒气，但也需要时间，如果深呼吸会导致面具内过滤速度加快，就起不到作用了！”

刑术点头，死死抓着绳子，看着那些白烟冒出之后，周围的泥土都在冒泡，知道这种烟不仅有毒，而且还带着腐蚀性，也明白这扇门必定是假的。

刑术没有拉动多久，那绳子就因为气体的腐蚀而断裂，门又重重砸了下去直接关死。

许久，等毒烟消失之后，白仲政等三人才返回到刑术跟前，郭十篆则看着坑洞位置道：“毒烟还在下面盘踞着，没有彻底消失，所以不要接近这个坑洞。”

白仲政道："确定这个有机关，那就是假的，按照先前的办法，去挖景门位吧。"

接下来的三天中，四人除了吃喝睡觉之外，几乎都在八门位上进行着挖掘，而这三天内，在这片冰原之上寻找另外出路的阎刚和田炼峰两人并没有找到第二条可以出去的路，担心迷路的前提下，只得掉头原路返回，冒险从那个冰洞中钻回去。

虽然这很冒险，但阎刚知道这也是无奈之举，就算现在不钻，他们返回的时候，找不到另外一条路，迟早也得钻，毕竟他们带来的干粮饮用水顶多维持半个月，那还是在十分节省的前提下。所以，为了避免意外情况的发生，他必须率先钻回冰洞，在其中打好固定锁。

而田炼峰在这三天内，数次险些丧命，不过都在阎刚的指导下化险为夷，同时也明白了刑术所说的那句"要干这一行，先得学会生存保命"的意义，他也明白，刑术也算是在考验他，看他能不能撑得下去，如果连这一关都过不了，那么他根本没有资格成为逐货师。

同时，一直和白影互相盯着的郭洪奎，原本还在赞叹刑术让阎刚、田炼峰离开，完美地分散了白影的注意力，让白影拿捏不定，到底是跟着阎刚两人，还是留下来盯死刑术等人时，却意外发现白影也不是一个人，而是两个人！

就在阎刚和田炼峰离开的那一刻，白影的身边也出现了另外一个人——与白影打扮得一模一样，身上所携带的装备，连基本上的小细节都完全一样的一个人！而且白影明知道郭洪奎在盯着自己，也毫不掩饰地将那个一直隐藏着的人叫了出来。

那一刻，郭洪奎才清楚，这个白影是如此的狡猾，不过刑术这一招也让白影有些慌乱，导致他不得不将另外一个"替身"叫了出来，这算是刑术布局之后，郭洪奎得到的意外收获。

白影的这个举动，也让郭洪奎明白，也许刑术推测得非常正确，这个杀手应该与当年的邪教血案有着直接的联系，否则，白影也没有任何必要暴露另外一个暗中的帮手，让那人去盯着阎刚和田炼峰。

除此之外，郭洪奎还发现，那三个来自库斯科公司的寻宝专家，却好像来这里度假的一样，在刑术等人进入了冰层下方后，那三人也从另外一边的冰层口离开，来到上方冰川的另外一个地方搭建起了帐篷，每日除了吃喝睡聊天之外，什么也不做，不知道要干什么。

这三天发生的一切，都让郭洪奎意识到，自己和刑术他们也许已经坠入了白影所设下的圈套之中，但也暂时找不到要解开这个圈套的完美办法。

三天后的傍晚，刑术等人围坐在火堆旁边，看着远处挖出的那八个坑洞，那些坑洞中，果然有八扇门，但每扇门都有机关，基本上都是以毒雾为主，要不有些门就是深不见底，你扔东西下去，都听不到声音，好像根本就不存在真正的门一样。

而这三天中，每天深夜都能看到那壮丽的奇观——骑着战马的武士从地缝中出现，腾空而起，在冰层下方的树林中穿梭着，虽然没有声音，只是跑马灯的影子，但也似乎能感受到当年这群官府佣兵带来的震撼。

下面有东西，这是毋庸置疑的，关键是，从哪扇门才能下去？

刑术从火坑边离开，沿着挖出的尸骸沟朝前面走，被杀死的这111个村民，是他一直没搞懂的地方。不过，现在他基本上可以认定，当年的幕后黑手百分之百是找到了正确的那扇门，并且还下去确认过，否则的话他怎么布局？

杀死111个村民，他达到的目的肯定是两个，第一个就是掩饰下面有铜板的事情，第二个是什么还不知道，但第一个目的中肯定还有隐藏的目的，也就是用一个谜来掩饰另外一个谜，当来这里的人不管是动脑筋还是巧合下解开了第一个谜，也就是找到了真正的裂缝脉络所在地，也许都会认为找到了杀死那111个人的目的，不再去探索是不是还有其他的目的存在。

白仲政起身跟着刑术，两人一前一后走了许久，刑术停下来道：“白先生，我们大概还要挖一次。”

“为什么？八门都已经挖出来了，还需要挖什么？”白仲政问。

刑术指着藏有尸骸的那条沟的最尾端：“挖那个位置的最尾端，虽然我不懂奇门遁甲，但我总觉得你最早发现死门才是生门的时候，我就觉得埋下尸体没那么简单，我们再试一次，好吗？”

白仲政看着刑术许久，终于点头：“希望你是正确的……”

几个小时后，当刑术所指的位置真的又挖出一扇门，在小心翼翼拉开门之后，看到下方的阶梯时，白仲政、郭十篆和贺晨雪都用不可思议的眼神看着刑术，不知道他是怎么发现的。

“有一定的运气成分吧。”刑术蹲下来看着那阶梯道，“铜板上的脉络和花纹，我觉得不应该是雕出来为了好看的，肯定有存在的原因，你们没发现吗？地上的这条裂缝，对应下面铜板上面的气孔，蔓延出来的形状像是一条龙，按照中国传统，龙头朝南，龙尾对北，埋有尸骸的那条沟也这样，而且那个人还费尽心机用一部分尸骸做了个假象，我在想，如果是我，我要掩饰一件事，就一定会想办法让这件事达成两个目的，其一，就是不让人发现下面的铜板，第二就是不让人发现铜板上面正确的门。”

白仲政点头：“原来如此，其实答案很简单，是我们自己复杂化了。”

“不不不，不是我们复杂化了，是因为他故意埋下的这111具尸体让我们不得不将简单的事情复杂化。”刑术拍了拍大腿站起来，“基本上这就是真正的门了，接下来，我们要做的就是下去，是明天早上下去呢，还是今晚马上就下去？”

贺晨雪此时道：“大家都累了，我建议休息一晚，明天白天收拾好东西再下去，如何？”

刑术、白仲政和郭十篆对视一眼，都点头表示同意，随后关上门，转身回帐篷中休息去了。

回到帐篷中的白仲政和郭十篆虽然没有说话，但两人都心知肚明，奎爷肯定会先他们一步，今夜就进入那扇门，同时那白影也会进去，这是毋庸置疑的事情，不过两人最关心的就是，下面到底有什么？是金光灿灿的宝藏？还是存在着其他什么东西。

而在另外一顶帐篷中，已经钻进睡袋的刑术和贺晨雪两人都没有闭眼，贺晨雪想说点什么，但又说不出口，刑术也知道她想说，所以一直在等待着，等了半个多小时，贺晨雪始终没有开口，于是刑术打破沉默道：“那家伙交给你的任务，你已经算完成了，从现在起，你应该不欠他的了，对吗？”

贺晨雪没说话，只是看着帐篷顶端。

刑术扭头来看着她：“当时我问，是要马上下去还是明天下去，就是为了给你台阶下，因为我知道，那人肯定会让你想尽办法拖延我们，好让他先行下去，抢占先机，我知道我没说错，我也知道，现在你在担心，这个人是不是真的知道双瞳的事情，会不会遵守约定，在合适的时间，将他知道的一切都告诉你。”

贺晨雪依然没说话，但这次却闭上了眼睛。

刑术深吸一口气道：“被人玩弄的感觉是不好，被动更不好，我都理解，只是我希望，既然咱们如今有共同的目标，那么就得相信彼此，否则的话，那就是损人不利己，不管以后怎样，我觉得我既然接下你这单买卖，那么就得把事情给做好，即便那个家伙不给你双瞳的消息，我今后也会帮你调查。”

贺晨雪此时睁开眼睛，张开嘴唇，好半天才说了两个字：“谢谢。”

“客气。”刑术闭眼，“晚安。”

“晚安。”贺晨雪说完后却悄悄地扭头看着身边的刑术，就那么看着，一直看到双眼模糊……

地门坑洞外，换了一身黑衣的白影站在那儿，凝视着下方的门，在他不远处，站着郭洪奎。

白影微微侧头，低声道：“何必呢？都知道互相的存在。”

郭洪奎慢慢走出，脸上依然戴着那尸面，他看着白影的后背，道：“你应该与当年邪教血案有着直接的联系，否则的话，你不会让你的助手去跟踪阎刚和田炼峰。”

“和你们郭家有关系吗？”白影冷冷道，“你们郭家的职责是为了守住奇门，而不是这里的忽汗国宝藏。”

郭洪奎冷笑道：“田克是你掳走的吧？”

“对，是我。”白影道，“他现在好端端地在某个地方，但就是不会露面，而且那个地方，估计刑术他们也找不到。”

郭洪奎摇头不解道：“你既然当年知道这扇门的准确地点，为什么还故意将刑术他们给拽进这件事来？”

白影笑了：“原因有两个，我可以告诉你，其一，我眼中的宝藏没有那么简单，所以需要刑术的帮助，他现在是东三省最出名、综合实力最强的朝奉，不，应该说是逐货师。其二，我也算是受人所托吧，那人说无论如何都要将刑术拖进这件事来，就这么简单。”

什么？这家伙背后还有人？郭洪奎心头一惊。

白影又道：“我开始说了让你合作，但是你不合作，所以没办法了，好东西我只能独享了，是真正的好东西，不是那些庸俗的金银财宝！”

白影说着跳下坑洞就要开门，此时郭洪奎摸出小弩弓来对准他，但白影依然不慌不忙将门打开，只是伸手道：“你抬头朝着你左侧看看，看看那里是不是还有一个我。”

郭洪奎微微抬头，用眼角余光一扫，真的发现在不远处立着另外一个白影，白影就立在那儿看着郭洪奎的方向，看得郭洪奎胸口一紧，下意识道：“你到底带来了多少人？”

白影干笑了两声：“只有两个，另外一个追踪阎刚他们，路走了一半就回来了，总得做场戏给你看，因为有些事情也许迟早会曝光的，就算曝光了，对我也没有太大的威胁，所以无所谓了……你现在是要来跟着我下去呢，还是去守着那些熟睡中的伙伴？如果你跟着我下去，我保证我的助手会割断帐篷中所有人的脖子！”

“你他妈的——”郭洪奎咬牙道，看着远处另外一个白影转身缓缓朝着帐篷走去，他只得转身去追，放任白影背着行囊走下阶梯。

就在郭洪奎去追白影助手、守护刑术等人之后，库斯科公司的三个所谓的专家出现在了地门坑洞的周围，三人一身黑衣，各自背着巨大的行囊，用冷冷的目光看着远去的郭洪奎，随后一一跳下去，沿着阶梯走进地门之中。

第三十七章：悬空门

第二天清晨，当贺晨雪睡醒睁眼，穿戴整齐爬出帐篷的时候，却发现帐篷外围坐着四个人，除了刑术、白仲政和郭十篆之外，还有另外一个头发苍白同样戴着尸面的男子，从花白的头发可以看出，新出现的这个尸面男子已经上了年纪。

刑术坐在一块石头上，看着眼前的三人——郭洪奎坐在中间，左侧的白仲政靠着树，右侧的郭十篆蹲在那儿抽着烟，贺晨雪的出现，让原本在说什么的郭洪奎不再说话。

刑术招手，让贺晨雪到自己身边来，同时介绍道："奎爷，这是我的妻子，贺晨雪。"

"知道。"郭洪奎点头，虽然知道贺晨雪不是刑术的真正妻子，但此时点破也没有意义，"如果不是你已经推测出我还藏在暗处，我肯定也不会现身。"

郭洪奎说到这儿的时候，郭十篆用埋怨的眼神看了下左侧的白仲政，觉得郭洪奎的败露全赖他。

"奎爷好。"贺晨雪立即道，郭洪奎微微点头。

刑术指着远处，对贺晨雪道："地门已经打开了，奎爷刚才说，昨晚我们睡着的时候，那个杀手已经先一步进了地门，一直到现在都没有出来。所以，我们正商量要不要下去，如果下去，要不要留下一个人在外面，如果不留人，万一有人从外面将门关上，那我们就死定了。"

"放心，肯定另有出路。"白仲政插嘴道，"那个杀手，还有那三个外国寻宝的专家，他们都不是傻子，明知道我们都在外面的前提下，四个人都进去，这就说明，下面肯定有其他的出口。"

贺晨雪点头道："这是不是也说明，那个杀手说不定与当年的邪教惨案有关系？"

"我也这么想。"刑术道，"看样子之前的推测没错，那个杀手也许与幕后黑手有关系，但不一定就是当年亲历过那件事的人，要知道从当时那个年代到现在，已经几十年了，就算人还活着，已经很大的年纪了，这么大的年纪经不起这种折腾的。所以，这个杀手肯定清楚下面的大致情况，也知道下面还有一条路。"

郭洪奎听完道："这么说，所谓的藏宝地库，有一个入口和一个出口，入口只能进不能出，出口无法进，只能出。"

刑术点头："应该是这样，所以，事不宜迟，咱们应该商议下，下一步怎么办？越快越好，否则他们抢占先机，我们就竹篮打水一场空了。"

刑术说完，郭十箦的眼神直接看向了贺晨雪，刑术立即道："我妻子眼睛不好，你们应该知道，她无法看到太远的地方，所以，她必须跟着我，她留在地面，我不放心，而且她留下来也没有任何用，当然，我也不可能留下来。"

郭十箦冷冷道："那你可真会算呀，把阎刚和田炼峰给弄走了。"

刑术看着郭十箦道："就算他们在，他们也得下去，阎刚是我雇的保镖，田炼峰是事主，唯独你们是半途中杀出来的，而且身手都不错，你们其中一人留下来最合适，而且，也算是一种信任吧，因为在外面等着的这个人非常的关键，他甚至可以说决定了其他人的生死。"

郭十箦摇头："先前不是说了吗，入口只能进不能出，外面留人还有意义吗？没有任何意义，所以我们五个人都可以下去。"

"赞同！"刑术笑道，"不过奎爷，我还是不理解，为什么你要与我们合作，以你们三个人的实力和智慧，完全用不上与我们结盟吧？"

奎爷的目光投向贺晨雪，问："姑娘，我能仔细看看你的眼睛吗？"

贺晨雪迟疑了一下，摘下墨镜道："好。"

奎爷上前，蹲在贺晨雪的跟前，仔细看着她的眼睛，看了许久，从口袋中摸出一块玉石，问："姑娘，请问这块玉石里面的运纹有几层？"

"五层。"贺晨雪很快回答。

奎爷又问："第三层的纹路有多少条？"

贺晨雪点头看着："12条，这种云纹石，是假的，玻璃和塑料的混合物，不值一文。"

奎爷回到原位："姑娘，我可以帮助你找到双瞳。"

贺晨雪一惊，正要说话，刑术下意识捏了捏她的手，示意她不要说话，同时问奎爷："奎爷，这与眼下的事情无关吧？"

"交易。"奎爷将那块假玉石放进口袋中，"互相帮助。"

"怎么说？"刑术看着奎爷。

奎爷淡淡道："你手上有奇门的线索，我手上有双瞳的线索，大家交换。"

"不可能。"刑术说完又捏了下贺晨雪的手，意思是让她不要激动，不要轻易上当。

奎爷看出了刑术的小动作和他的担心，立即道："放心，我不会让你把你知道的线索共享出来，绝对不会，我只是希望我的人可以参与你们接下来的所有行动，当然，我派来的人吃喝拉撒不用你操心，同时还可以提供给你们相应的保护，怎么样？这个条件不错吧。”

刑术摇头：“奎爷，我完全不了解你们，但你们对我了如指掌，这不公平吧？”

“一回生二回熟。”奎爷笑道，“你去买肉，也是做交易，你难道还想去了解卖肉那人的家庭情况？或者说，你还想了解你买的那块肉出自哪头猪？那头猪在哪儿出生，吃什么长大，又是什么时候被宰的吗？”

刑术笑道：“奎爷，我现在是和你在谈判，是人与人在谈判，事情不同，道理当然也不同，你刚才那个比喻，好像说的是，我在与猪谈判，你见过杀猪的与猪谈判的？你见过杀猪的在下刀子之前，会问猪还有什么遗愿吗？”

郭十篆要动怒，被郭洪奎拦住，白仲政却一语不发，依然靠着树。

“好吧，我再退一步，我只有一个条件，他——”郭洪奎指着郭十篆道，“他跟着你们下去，我和白仲政在上面守着，没问题吧？”

刑术起身来，准备要开口说点什么，但忍住了，抬手指着白仲政道：“事已至此，我也不再争辩，我选他。”

郭洪奎点头：“好，没问题，选谁都一样。”

刑术扭头对贺晨雪低声道：“去收拾东西，我在这里等你。”

贺晨雪转身回帐篷收拾东西，刑术站在那儿简单收拾着自己的背包，随后郭洪奎和郭十篆将三人送到地门口，下去之前，郭洪奎将自己的背包交给了白仲政，也没说多余的话。

白仲政在前，贺晨雪走在中间，断后的则是刑术，三人保持这种简单的队形从阶梯往下走着，下面很黑，哪怕是用强光手电照下去，顶多也只能照着眼前五米的位置，光线在这里似乎都会被黑暗所吞噬，给人一种已经身在地狱的感觉。

“这么深？”贺晨雪有些诧异，“而且还是直线距离。”

“不是直线距离，有弧度的。”白仲政道，紧接着将自己的手电紧挨着墙壁放着，将手电的光线调整到最集中的位置，指着光柱道，“仔细看，光柱是直线的，按理应该与阶梯、右侧的洞壁之间是平行的，但五米开外的位置阶梯和洞壁却朝着左侧带着弧度。”

刑术蹲下来看着：“阶梯是朝左的？只是不那么明显？”

“不，其实很明显，只是太黑了，我们慢慢下行的过程中，不会察觉，周围的洞壁上有一种特殊的石头，以前我见过，像是荧光石一样，但只会吸收光源，不会释放。”白仲政继续朝着下面走着。

刑术在后面道：“你说的那是从前道家炼丹用的一种石头吧？”

“对，就是那东西，听说是明朝时候有道士炼丹时无意中炼制出来的，就是一种化学物质，那种石头必须存放在某种湿度下，太干就会裂开。”白仲政摸着旁边的洞壁道，“洞壁上的石头现在很潮湿，而且地面也开始打滑了，还有水渗出来。”

刑术此时却将话题一转道：“先前我故意给那位奎爷一个面子，没有点破，其实他是故意的，他是很想让你跟着我们，而不是郭十篆，那个郭十篆我看，除了懂点医术之外，其他方面不如你，而且奎爷如果先指着你的话，会让我觉得他的目的性太强，其实没必要这样，就算他一开始说让你跟着，我也会一口答应下来的。”

此时，白仲政突然停下脚步，站在那侧头冷冷道：“刑老板，有件事，我得提醒一下你，我们只是合作关系，不是伙伴，更不可能将来有一天成为朋友或者兄弟，所以，你最好不要与我们之间拉上什么太亲近的关系，那对你没好处，你会后悔的。”

刑术笑道：“谢谢你的提醒，但可惜的是，已经拉上关系了。”

白仲政不语，继续朝着下面走着，随后保持着长期的沉默。

地门之上，郭十篆和郭洪奎站在那儿，郭十篆显得有些百无聊赖，继续开始玩着自己的那个玉石过滤嘴，而郭洪奎则站在那儿盯着地门，就那么看着。

“奎爷，其实你根本就不想我跟着去，对吧？”郭十篆阴阳怪气地说道。

郭洪奎嗯了一声道：“你要是有个三长两短，郭家就绝后了，如果你现在有个儿子了，那我肯定让你下去了。”

“我还以为你是认为我不如白仲政呢，原来是关心我。”郭十篆继续保持着那语气，“我还真是误解了你的一番好心。”

郭洪奎猛地回头瞪着郭十篆：“十篆，你是个男人！不要像婆娘一样指桑骂槐、含沙射影，我既是关心你，也认为你不如白仲政，这是你自己造成的！”

郭十篆知道自己过分了，立即语气一变，问：“奎爷，你到底是想做什么？既然这里与奇门没关系，为什么还要让白仲政跟着下去？”

郭洪奎盯着地门道：“既然刑术都知道我们的存在了，我们再藏起来有意义吗？不如坦诚一点，派个人在他们身边，仲政的身手我非常放心，他这种人就像是鸦片一样，会让人上瘾的，刑术是做什么的？是逐货师，逐货师满天下去找东西，其实就是冒险，如果要冒险，就需要身手脑子好的人，仲政是个不二人选，这次刑术与仲政合作，如果还有下次，他一定还会找他，就像是武器一样，人总得选一件称手的兵器。”

郭十篆听完后，思考了一阵问：“但是，仲政这件兵器，要是落在刑术手中……”

“任何兵器不管你用得再好，总是会伤人的，不管是伤自己的敌人，还是伤自己。”郭洪奎冷笑道，“兵者，不祥之器，非君子之器，不得已而用之。可悲哀的是，一旦用了，谁还放得下来。”

郭十箓听完，似懂非懂地点了点头，目光再次投向地门之中。

继续下行的刑术等三人，并没有发现有什么机关暗道之类的东西，除了黑暗和湿滑之外，并没有其他的危险，不过走了一阵之后，他们发现楼梯开始上行了，感觉上就是从一个旋转楼梯走下来，走到底部，再从旁边连接着的旋转楼梯走上去。

“怎么又往上走了？”贺晨雪不解道，“是不是出了什么问题？”

白仲政道：“应该不会，这种路一般被称为‘回头路’，以前非皇族之外的民间大户在修建墓室甬道的时候，有条件的都会修建这么一条路，当然前提是那种有善心的人。”

贺晨雪问：“什么意思？”

刑术接过白仲政的话说：“意思就是说，不愿意在甬道中设置机关取人性命，甚至是不愿意取走盗墓者的性命，大多数会在这类的回头路上放置一些财物，让这些人拿了财物就离开，但我们现在所处的地方，不是古墓。”

白仲政在前头冷冷道：“如果是墓室，刑老板就死定了，逐货师的行规就是不拿陪葬品，要是谁拿了，初犯者斩去五指，再犯者砍去双手。”

贺晨雪接着道：“嗯，铸玉会也有这个规矩，绝对不碰死玉。”

白仲政接着道：“但是矛盾的是，逐货师可以收死在地面上人的东西，比如说，过去战乱时期，有人会在战场上捡东西去当，这类的东西逐货师就可以收，只不过收之前要祭拜一番，这让人觉得这个行当很虚伪。”

刑术冷哼一声：“你知道的倒是很清楚。”

白仲政道：“我接触过的逐货师不少。”

“死在你手里的呢？”刑术冷不丁问了一句，贺晨雪浑身一震，不知道刑术这句话是什么意思。

白仲政继续走：“杀人是要犯法的。”

刑术不依不饶：“没有被发现，那就另当别论了。”

“到头了。”白仲政停下来，看着眼前的一片黑暗，用手电照着前面已经消失不见并且朝上的阶梯，再用手电往前面照，发现在阶梯消失处往前七米左右的位置有一道门，那道门带着暗红的光线，在黑暗中就犹如一扇悬在空中的红门。

刑术上前，走到阶梯尽头，伸手探了探下面，发现是空的，又从专门装小石头的口袋中摸出一颗来，朝着下面扔去，石头落下去之后，隔了很久才听见有水声，用手电去照，也只能照着往下五米左右的深度，感觉上他们跟前是有一道宽度长达七米的深沟。

“肯定能过去的。”刑术看着对面那扇门道，“如果没法过去的话，那个杀手和那三个寻宝的就应该在这里站着，而不是消失了。”

贺晨雪看着深沟的下方，白仲政问道：“单瞳小姐，你能看到什么吗？”

“水，隐隐约约的。”贺晨雪抬头道，“说不定那扇红门只是个样子，实际上的通道在水下。否则，怎么解释那四个人如今不在这里呢？”

刑术往下看着，摇头道：“不，跳下去肯定死定了，你没发现这条阶梯上干净得什么都没有，半点碎石都没有，这说明修建的人很谨慎，打扫得很干净，不让来这里的人捡到任何可以‘投石问路’的东西，虽然他知道，来的人会带一些小物件、小石头之类的，但不可能带体积太大的东西，比如说五六斤以上的石块之类的，我想，下面即便有水，估计都很浅，扔下小石头可以听见水声，让人误以为水很深，一颗石头才多重？一个人一百多斤，这样跳下去，如果水深只有一米多一点，直接就摔死了，这是个陷阱，不能跳。”

贺晨雪点头，又问：“那怎么过去？”

白仲政此时正在用手电照着对面的门，仔细看着门上的纹路和花纹，随后问：“刑老板，你是专家，看看对面的门是什么年代的，也许线索在上面呢。”

刑术让白仲政用手电照着，自己拿着单筒的三倍望远镜看着，看了许久都没个头绪，想了想，又换个位置，拿过白仲政的手电仔细看着，看了许久才道：“是双层门，第一层是透玉，第二层就不知道了，第一层门上面雕刻的是梵文的金刚经，第二层是汉字的，汉字用的是楷书。”

“双层门？”白仲政疑惑道，“那是什么？”

贺晨雪在一旁解释道：“就是一种光影机关，没有光的前提下，只能看到第一层的文字，但这种大型的，我还是第一次见到，以前见过小型的，是北宋初年山东工匠所打造的，叫九龙塔，民间又戏称为万岁九龙塔……”

第三十八章：地底奇灯

贺晨雪口中所说的万岁九龙塔，白仲政没有听说，但刑术有些印象，那座塔是北宋初年的贡品，很小，高不过半米，塔底最宽只有十五厘米，是用套玉制成的。所谓套玉指的是先用整块玉雕琢塔身内部，而玉塔的外部则用另外一块整玉雕琢，内外两层必须相对应，否则无法重叠在一起，是极其复杂的玉制工艺品。

不过这座万岁九龙塔，原名叫九重塔，也就是佛教中所说的宝塔，因为在佛教传入中国之前，中国是没有塔这种建筑的。不过佛教传入中国后，在其发展壮大的过程中，因为寺庙广占良田，大兴土木，滥铸金铜佛像，影响国家经济，还因为很多青壮年剃度出家为僧，威胁国家兵丁来源，加之古代佛教严密的组织性，也让当权者担忧，故此历史上有多次打击佛教的政策颁布，例如最有名的就是北魏太武帝、北周武帝和唐武帝的“三武灭佛”。

所以，当时工匠做这座塔的时候，州官就认为十分不妥，毕竟因为当时新皇登基，宋太祖赵匡胤所执行的还是后周对佛教的政策，所以更名为九龙塔，同时不允许在其塔身之上雕刻经文，而改为了拍马屁的诗文，这里的诗文全都是赵匡胤早年所写的几首诗。

但是，那工匠是个虔诚的佛教徒，他在制作的过程中，在宝塔的第二层中就藏着梵文的金刚经，表层上雕刻的是那几首诗。

“……但是这座塔我没有见过实物，只是觉得那种透玉太奇特了，因为没有玉石可以做到那么透彻，就现代来说，一块玉如果透彻得和玻璃一样了，只能说明这东西是化学原料填充的假货，所以，我推测那座塔其中一部分有可能是水晶的，但是现代的水晶雕刻工艺都是用激光进行的，古代哪儿有那东西？”贺晨雪摇头道，“最奇怪的是，按照记载，那种所谓的透玉，如果没有强光照射是看不到第二层的，也就无法发现其中的秘密。”

白仲政道：“古代没有手电，是谁发现其中的秘密的？”

“传闻说是几个太监发现的。”刑术在旁边接话，“在古代皇宫贵族的某些人眼中，赏玩玉器也是要分时辰的，因为玉器在无形中走阴字，所以日上三竿之后最好，也就是在那时候，在烈日阳光之下偶然发现了这个秘密……”

刑术说到这儿，突然间意识到了什么，将自己的手电连同备用的，还有贺晨雪处的也拿了出来，同时让白仲政将备用的也拿出来，摆放在地上，朝着那扇门一起照过去。

白仲政不解地问：“你想干什么？”

刑术回答：“我联想起了两件事，第一就是那些走马灯显现的武士，第二就是从阶梯下来时，那些吸光的炼丹石。”

贺晨雪问：“两者之间有联系吗？”

刑术一一将手电的光调整到最大亮度：“如果是走马灯，要显影，中心点必须要有光源，就和花灯一样。而我们看到的那些是从地缝中折射出来的，打开地面后发现是从隔世板，也就是那块铜板中的脉络中导出来的，也就是说，当年那批人应该也是发现了这件事，最终找到了入口，我想，这个走马灯也应该是当年创造这里的人留下的一个特殊标记，在某个特定的时段会显现，就像是特殊符号一样。”

说到这儿，刑术抬眼继续看着那扇红门：“这里就涉及一个最重要的问题，走马灯中心点的光的来源在哪里？有两种可能性，第一，走马灯中心点有一盏万年灯，也就是常说的长明灯。第二，那种炼丹石会吸收光源。”

白仲政看着越来越透明的那扇红门，又问：“如果是长明灯的话，那就应该一旦入夜就会显现出来才对，但我们看到走马灯的时候都是大半夜。”

贺晨雪在一旁也连连点头。

刑术分析道：“应该是有机械装置，以前我见过类似的图册，利用水力的闭合来做到的，有一个灯罩一样的东西，到一定时间，灯罩就会被抬起来，光源就会四射开来，将光影投射出去，走马灯就会显现出来。还有一种较低的可能性，那就是可以吸收光源的炼丹石，这种炼丹石类似备用电池一样的东西，不过麻烦就麻烦在这种炼丹石无法控制时间，并且炼丹石一直在地下，没有裸露在地面，无法吸收光源。”

“我明白你想做什么了。”白仲政指着手电道，“你想用手电的强光照射其中，如果其中有炼丹石这种东西存在，一旦吸收了足够的光源，也许会在灯罩没有启动打开之前，将走马灯显现出来，但是这样做，能够找到过去的路吗？”

刑术指着红门周围那一片漆黑道：“因为吸光的炼丹石的缘故，我们的电筒光线照不了多远，根本看不清楚周围的情况，如果走马灯显现，我想周围肯定会亮起来，一旦亮起来，我们也就能看清楚眼前到底是个什么东西了，看清楚那是什么东西之后，找到过去的路，应该就会简单许多。”

三人看着那扇门，发现强光持续照射红门的同时，红门开始变得透明了，并且透明的门开始将光线反射扩散开来，逐渐地红门周围的那些石头也慢慢亮了起来，但散发出来的都是淡淡的黄色光线，不过却在以非常缓慢的速度朝着四周蔓延开来。

白仲政此时惊讶道：“刑老板，看来你是对的。”

“有一定的运气成分在里面，当然更多的是因为这么多年的经验。”刑术蹲在那儿看着，静静地等待着。

贺晨雪此时问：“刑术，古代机械并不发达，你怎么就那么肯定有机械原理在其中？”

刑术摇头：“我们不能站在现在的角度来看待过去，虽然现代科技制造出来的机械相比古代来说更精密，但有些东西到如今我们都无法解释，也就造成了‘科学无法解释，就拿鬼神说事’的这种说法，其实不然，有些古代制造出来的机械简直就是鬼斧神工，你现在想要仿造都很难，你是铸玉会的人，应该清楚这一点，很多古代的玉石制品，现代机械工艺都无法造出来。”

贺晨雪点头，看着逐渐蔓延开的黄光，又问：“但是真的会有那么神奇吗？我的确知道很多神奇的东西，都是从一些古代典籍和书籍中看到的，可是找不到实物的前提下无法证实这些东西的存在。”

白仲政靠在一旁静静地听着，他想趁这个机会多了解下刑术，因为他对刑术充满了好奇，觉得这个逐货师，和之前自己所遇到的完全不一样，似乎可以控制住自己的某些欲望，不让自己乱了阵脚。

“从忽汗国、走马灯武士的穿着打扮，加上红门地层的唐楷体文字的金刚经，足以说明，这个东西应该是在唐朝制造出来的，而隋唐时期，中国的政治、经济、科技以及外交等都比过去发展得好，同时在那段时期，中国南北都在大兴水利，斗水车和筒车这些最古老的机械都是在那个时候诞生的。”刑术说完指着跟前那条深沟，“下面有水，应该说这里原本应该就算是一个湖，否则的话，我们来时那个被冻结的沼泽，以及神奇形成的特殊冰层就无法解释，最重要的是，白先生不是说了吗？我们现在的位置距离镜泊湖非常近，在唐玄宗时期镜泊湖的名字叫忽汗海！”

白仲政点头：“那我们就拭目以待，看看……”

白仲政话还没有说完，忽然觉得眼前一亮，抬眼一看，发现蔓延开的光源速度加快，同时那扇红门周围的光线开始变得刺眼，都让人无法直视。三人下意识低头用手挡住眼睛不看，怕刺伤了眼睛，等了许久，等光线减弱，眼睛也稍微适应之后，三人才将手拿开，同时慢慢睁开眼睛，睁眼的那一刹那，三人同时一惊，下意识朝着后面退了一步，因为在三人的眼前立着一个跨着马、身披鳞甲、手持马槊的武士！

三人目瞪口呆地看着那名武士，都知道那就是之前看到的走马灯，就在那武士骑着马从他们眼前飘过之后，他们才看清楚眼前的那扇红门到底是什么，确切地说红门之外是什么，虽然那是一扇门，却是一扇铸造在一顶巨型花灯上面的红门。

眼前的花灯是长方形的，模样和常看到的宫灯并不一样，四四方方的，四面显现出来的图案虽然很是模糊，但那些走马灯武士正是从那一团团模糊当中跃出，从一团烟雾最终成形为战马武士的形态，就如同在看一场3D电影一般！

三人吃惊无比的时候，还发现那些骑着战马的武士围绕着花灯在空中旋转飘浮的过程中，每当他们跑过一圈，巨型花灯周围的上下空中那些小型的、正常大小的一盏盏花灯就会被点亮，在空中缓慢旋转着，就像是一颗颗围绕着某个星球的卫星。

“刑老板，佩服。”白仲政由衷道，“你的推测看样子百分之百正确。”

刑术没有说话，反应过来之后，立即举起手中的相机拍摄着，但因为整体来说光线都不算太明亮，在没有带三脚架的前提下，就算把感光度调整到最大拍出来也是虚的，只能调整到摄录模式给录下来。

白仲政拿出自己的纸笔来，飞快地素描着，他不习惯带相机，每次都靠手绘，这是他最喜欢的方式。

而贺晨雪则站在那儿，不断摇着头，虽然她眼睛无法看得太清楚，但也被眼前模模糊糊看到的那些光影所感染，震惊得一句话都说不出来。

刑术发现，自己所在的位置，就像是一口深井的井壁一侧，而巨型花灯就在深井的中心位置旋转着，却看不清楚支撑花灯的到底是什么东西，感觉上像是有一根巨大的巨柱从井中的水面冒出来，顶着花灯，而在花灯缓缓旋转的过程中，井底水中一块还带着水的木桥升了起来，横在自己与巨型花灯之间。

就在桥升起来稳定好的同时，发出“轰隆”一声的巨响，花灯也停止了旋转，红门又刚好停在了原先的位置。

“看样子这就是机关的秘密，只要走过这座桥，就可以到达红门了。”刑术自顾自点头道，“我也明白那个杀手和三个寻宝的为什么要昨晚上桥了。”

白仲政背起背包道：“因为昨晚半夜的时候，走马灯会出现，走马灯一旦按照时间出现的话，这座桥就会上升，路就会呈现出来。”

“走吧。”刑术也背起背包，牵起贺晨雪的手，“我们过去看看，看看这个巨型花灯之中到底有什么奇特的。”

刑术牵起贺晨雪手的时候，感觉她浑身都在发抖，但并不是害怕，而是一种激动。刑术很是理解，做他们这行的人来说，一辈子能看到一次这种奇特的场景都觉得不枉来这世上走一趟了。

走过桥，来到红门跟前的时候，红门却纹丝不动，刑术和白仲政上前上下摸着，却没有摸到门扣之类的东西，红门之间也似乎没有任何缝隙，有一种是升降门，却不是闭合门的感觉。

找了好几分钟后，刑术和白仲政起身来对视一眼，都摇头表示没有找到打开门的方法，此时贺晨雪忽然道：“好像周围暗下来了。”

刑术和白仲政下意识朝着周围一看，发现那些走马灯的武士开始朝着花灯内部飘去，飘浮在周围的那一盏盏小花灯也从外围开始逐渐熄灭。

“不好！等花灯一熄，这座桥肯定会消失！”刑术立即道，“白仲政，快点，再仔细找找，咱们没时间了！”

说着，刑术和白仲政继续找着开门的办法，刑术完全没有预料到这一点，以为只要找到过来的办法，门自然会打开，没有想到事情并不是如此。

“贺小姐，你赶紧回去，不要站在这里，万一桥下去了，会有危险的！”刑术边找边说着，贺晨雪点头，拽着刑术那沉重的背包就往回走，刑术见状，一把抓住背包道，“别管东西了，你的安全第一，快点！”

贺晨雪使劲点头，边退边问：“你们也别找了，光越来越暗了。”

白仲政抬眼，看着眼前的巨大花灯开始黯淡下来，所有的光都开始朝着红门周围吸去，开始一点点减少，所幸的是与光源刚开始蔓延一样，速度非常的缓慢。

白仲政看着四下，发现根本没有可以固定绳索的位置，拿出冰镐来朝着墙壁上面凿着，但根本凿不进去，那种表面上铺垫的炼丹石十分坚固，不要说凿出洞来打固定锁，就连在上面留下点痕迹都难。

白仲政回头道：“你们别站在这里，我在这里想办法，你们都回去，快点，来不及了！”

刑术抓着贺晨雪就往回跑，跑到先前的位置站好，随后转身跑向白仲政，突然又想起来了什么，立即跑回去，将先前的电筒全部拿出来，继续对着红门，调整到最亮的程度，随后看到原本要朝着红门位置退去的光线开始停止，紧接着继续朝着周围蔓延开来。

“好了！算是停住了！”刑术转身对贺晨雪道，“你站在这里千万不要过去了！”

说着，刑术朝着白仲政跑去：“麻烦了，你带了备用电池吗？要是等下电池用光了，还是没有找到开门的办法，那就惨了。”

白仲政继续找着，问：“你知道我在想什么吗？”

“想什么？”刑术边找边问。

白仲政回头看了一眼道：“我在想，之前我们不是说，这个地方只能进无法出，如果电筒电池用光了，我们也没有找到进去的办法，而且还回不去……”说到这儿，白仲政朝着刑术苦笑了下，那意思很明白了。

刑术下意识回头，想了想道：“你先继续找着，我去找找退路！”

刑术再次返回贺晨雪处，拿了一个电筒，叮嘱贺晨雪不要动之后，原路快速返回，想着无论如何先确定下是不是可以回去，如果可以，先回去再说，不能把命搭在这里，不划算。

谁知道，刑术走回去不到五米，就发现路被堵死了，是一道墙，还是一道透明的墙，电筒光可以直接透过墙壁，材质摸起来像是水晶。

“糟了！”刑术知道麻烦了，肯定是回不去了，但同时又觉得矛盾，既然只能进不能出，那么这道墙壁应该在那个杀手和三个寻宝专家下来后就堵在这里，为什么要等到他们出现才会堵在这个位置呢？

与此同时，地面冰层下的郭洪奎和郭十篆眼睁睁看着地门下方平移出来、将地门堵死的那块石板，知道麻烦了，地门被堵死了。

郭洪奎跳下去，摸着那块石板，随后道：“是花岗岩！”

郭十篆也摸着：“奎爷，看来真的是只能进不能出，但为什么第一批人下去的时候没有出现这块石板？”

郭洪奎沉思片刻道：“应该是通道有机关。”

“什么意思？”郭十篆问。

郭洪奎敲着那花岗岩的石板道：“下面的通道肯定不止一条路，这种浅迷宫方式以前很盛行。”

“浅迷宫？”郭十篆问，随后恍然大悟道，“奎爷，你以前给我讲过，属于那种你意识不到的迷宫，就叫浅迷宫，对吗？”

郭洪奎点头道：“对，在绝对黑暗的环境中，人会失去方向感，甚至会失去正常的平衡感，很容易被简单的岔路所迷惑，也许第一批人下去的时候，走的是另外一条路，那条路已经堵死了，而另外一条路就随之出现了，就和铁轨并轨的原理差不多。”

说着，郭洪奎站在地门原本的门后面，用力将门推下，轰隆一声巨响后，门被关死。

郭十篆惊道：“奎爷，你这是……”

郭洪奎道：“只能进，不能出，我们现在要做的，就是将这里重新掩埋起来，接下来就看他们自己的造化了，希望他们可以找到另外一条路出来。”

说着，郭洪奎转身爬出了深坑之外，将郭十篆拉上去的同时，递给他一把铁铲。

“埋！”郭洪奎道，“这种地方，就不应该被太多的人知道！”

郭十篆拿着铁铲，半天也没动手，问了一句：“那万一有什么意外，白仲政会死掉的！”

郭洪奎看着郭十篆，用铁铲将土扬进坑中，随后道：“你不是每天都盼着他死吗？”

郭十篆一下愣住了，就在此时郭洪奎笑道：“放心，没那么容易死，那个刑术也是个专家，加上白仲政的身手，一定可以化险为夷。”

郭洪奎说完，却是担忧地看着紧闭的地门。

第三十九章：命悬一线

返回红门处的刑术，继续和白仲政寻找着红门开启的机关，但一直没有找到头绪，不过白仲政比他想象中冷静多了，在贺晨雪都已经害怕得开始紧靠着墙壁，不断深呼吸的时候，白仲政依然在冷静地找着机关，仿佛什么事情都没有发生一样。

“你经历过很多次这种事？”刑术在一旁问。

白仲政不回答，只是看着四下道：“很奇怪，没有任何机关的迹象，但是没理由呀，之前的那批人是怎么进去的？难道说这条路是错误的？”

“也许吧。”刑术道，“也许先前我们走的那种路就是浅迷宫。”

白仲政看着刑术道：“我也觉得应该是，下来的路不止一条，但这种浅迷宫是无法破解的，有时候两条路都是正确的，有时候却不是这样，除了修建这里的人之外，其余人都不知道正确的路和开门的方式。”

两人说话的时候，一个最小的电筒已经熄灭了，因为电筒光调整到最强的关系，十分耗电，而且他们下来已经接近两小时了。正常来说，他们带来的小型电筒普通照明大概可以持续四个小时，大型强光电筒可以持续照明七到八个小时，但如果调整到最强光线，时间将会缩短三分之二。

也就是说，刑术他们剩下来的时间并不多了，撑死还有一个小时，平日内，大家都会觉得一个小时很漫长，但在此时此刻，他们觉得这一个小时太短了，每次抬手看表的时候，都会觉得为什么时间会过得这么快！

白仲政并没有放弃，重复地找着自己找过的地方，刑术也在做着最后的努力，故意开玩笑道：“就算咱们找到了，进去之后，接下来的事情就是找出口，因为我们没有手电的前提下，继续前进，危险性会大大增加，不管怎样，我还是想搞清楚这里是怎么回事，而且我实在不明白，那三个寻宝专家是怎么从另外一条路走到这里来的。”

白仲政停下来，看着刑术道：“我思来想去，觉得那三个人如果不像我们一样，从那个冰洞中滑下来，那么只有一种方式可以进来，那就是飞进来。”

刑术笑了：“开什么玩笑！”

“我没开玩笑。”白仲政道，“多年前，张家界出现了第一个穿滑翔衣的鸟人之后，那里就开始举行类似的比赛。两年半之前，在一次比赛当中，出了意外，一个意大利选手在比赛的过程中平白无故消失了，当时原本要出动人去救援，但这个意大利选手的后援团却告知以收到对方的无线电为由拒绝，五天后，这个人重新出现，毫发未损，这个事件也就告一段落，但大家都不知道，一个月之后，这个意大利团队又出现了，消失在了张家界范围内，一星期后才重新出现，然后启程去了英国，半年后，英国最著名的拍卖公司拍出了两件中国明朝永乐年间的瓷器……”

“一个福寿瓶，一个灵芝碗？”刑术立即道，因为这两件瓷器他有印象。

“你也知道？”白仲政笑道，“落槌价分别为876万和550万元人民币，我有准确的消息来源说，他们是在张家界找到的，在张家界一个所谓的无人区内，那地方徒步往里面走很难，最节省时间的办法就是直接飞到上空，跳伞下去。”

刑术道：“也就是说，参加比赛的时候，他们就派人去侦查了一次，确定方位之后，再以团队的形式下去？张家界传说中有宝藏的，就只有谣传的李自成宝藏吧？那个只是谣传。”

白仲政道：“不管是谁藏在那儿的，东西是真的，都拍出去了，那个团队不贪心，只带了两件出来，因为两件东西，走私出去风险不算太大，而且成本什么的都足够了，那个团队只有三个人。”

“等等！”刑术道，“你是说那三个人和现在来的这三个人……”

“不。”白仲政摇头，“不是一批的，我只是想告诉你，现在国外的寻宝专家，都是三人一组，基本上是这样，经验丰富，大部分有从军经验，和咱们不一样，根本不是一个级别的，只能说，咱们算是本地人，比他们更清楚本国文化，但在其他方面，却比不上，如果咱们化险为夷，接下来除了对付那个杀手之外，还有三个最棘手的家伙，我判断，杀手和那三个人是一伙儿的。”

刑术点头：“我也这么想，而且你说得对，那个杀手也许还有所顾忌，但那三个寻宝专家就没顾忌了，你想，三个外籍人士，来中国寻宝，说白了就是偷东西，一旦被发现肯定是关进去，所以，他们必定会狗急跳墙，要了咱们的命。”

白仲政点头：“这就是奎爷让我来的主要原因。”

刑术笑道：“主要原因是因为我捏着奇门的线索吧？”

“随你怎么想，总之有我总比没我强吧？”白仲政一屁股坐下，仰头看着那红门，“我是找不到办法开门了，肯定没机关了。”

此时，电筒就剩下一个强光的，但光线也已经微弱了，花灯的光线又开始缩回红门的四处，也就是说，过不了五分钟，桥身就会慢慢降下去，落入水中。

就在刑术站起身来，准备去安慰下贺晨雪的时候，却听到贺晨雪喊道：“有东西从楼梯里面移动过来了，快来！”

刑术和白仲政爬起来飞快地朝贺晨雪跑过去，走到跟前，拿起唯一的手电一照，发现不是什么东西过来了，而是在阶梯通道两侧的墙壁开始朝着中间挤压了，如果再不离开通道，他们就会被挤压成肉酱。

“往桥上去！”刑术抓着贺晨雪，白仲政拿起她的东西就跑到桥上，三人站在桥上看着先前那条通道已经完全并拢——就算没有那道水晶墙，他们也回不去了。

一波未平，一波又起，就在三人还未冷静下来的时候，桥身开始颤动，紧接着发出嗡嗡声，同时缓慢地开始下降，速度非常慢，大概是以每秒一毫米的速度降下去。

贺晨雪紧紧地握住刑术的手，也不说话，显然她已经彻底绝望了。

白仲政四下看着，用手电四下找着，依然不放弃最后的希望，哪怕是找到一个地方能挂住绳子也好，不过就在他晃动电筒的过程中，电筒终于没电了，他们顿时被黑暗所吞噬，唯一还有点光线的就是那扇红门。

红门带着一点点绿光，如同荧光一样，但看得出来也在持续减弱。

三人并排站着，没有人说话，身上都在发抖，但谁都不知道到底是因为身体在随着下降的桥身抖动，还是因为恐惧导致的抖动。

没有人是不怕死的，说不怕死的，只有两种，一种是彻底绝望，一种是装出来的。

而现在，他们面临的情况就是，一直没有放弃活下去的希望，但现实却是残酷地将他们脑子中构想出来的一个个希望击得粉碎，将一个个希望生生地变成了绝望，再让绝望像细菌一样在他们全身蔓延开来，逐渐将他们吞噬。

“跳……跳下去吧！”贺晨雪捏着刑术的手道。

“不要放弃希望！”刑术依然四下看着，“千万不要，这座桥就算降下去，也是降在水中，哪怕落水了，咱们也不至于会淹死，冷静点！”

白仲政也在一旁安慰道：“刑老板说得对，冷静点，现在我们唯一的武器就是冷静了。”

可是，这种恶劣的情况怎么才能让人冷静！？光线彻底消失了，先前原本以为可以暂避的通道也封死了，桥身也在逐渐下降，要是下面的水有毒怎么办？要是水中有吃人的怪物怎么办？要是……

贺晨雪脑子中出现了无数种可能性，每一种可能性都有一个相同点，那就是——会死掉！

终于，最悲惨的情况发生了，三人感觉到桥身开始倾斜了，而此时桥身距离先前的高度不过下降了不到半米的样子，也就是说，他们如果不掌握好平衡，不抓住桥身，等着桥身翻转的那一刻，站在桥身翻到下方的底部去，结果就是直接摔下去！

“冷静，我要冷静！”贺晨雪说着竟然松开刑术的手，作势要跳，却被刑术一把抓住。

刑术道：“听着，咱们不会死，这种情况我经历过无数次，白仲政也是，我们俩都是福大命大，不会死的！”

刑术说着，将背包上的绳子取下来绑在贺晨雪的腰间，随后又给自己绑上，刚绑好，白仲政也直接拿过另外一端死死绑在腰间，随后对刑术点点头，表示无论如何都会共存亡。

刑术笑道：“白仲政，你这个朋友我交定了！”

“我没朋友。”白仲政冷冷道，“当我的朋友会很倒霉，我也不想交朋友。”

刑术让贺晨雪蹲下来，抓着桥身的一侧，自己也抓好：“顺着桥身翻转的频率慢慢朝着底部爬，等桥身完全翻过去的时候，我们也能差不多爬到底部去。”

白仲政也维持着那个姿势，顺着翻转的桥身朝着另外一面爬去。

终于，三人有惊无险地爬到了翻转了180度的木桥底部，贺晨雪松了一口气，脸上也露出了点笑容，但这个笑容在面部转瞬即逝，原因很简单，因为桥身依然在继续转动！

“怎么还在转！？看样子要转回去了？”贺晨雪忍不住叫道，已经有些崩溃了，“我们难道要一直这么来回地爬吗？”

“听着！”刑术凑近贺晨雪道，“爬总比死好吧？不要放弃希望，千万不要！”

“嘘——”白仲政突然示意两人安静下来，“听！有什么动静，从花灯门口传来，给我一根燃烧棒！”

“燃烧棒不多，用荧光棒！”刑术飞快摸出一根递给白仲政，白仲政将荧光棒一掰，等其亮起之后，放在弩弓之上，朝着上方射去——荧光棒朝着空中飞去，飞快掠过那扇红门的时候，刑术和白仲政清楚地看到红门开了，那扇门正慢慢朝着上方开启。

“果然不是闭合的，是升降的。”刑术道。

白仲政也顾不上说那么多了，挂好弩弓，直接跑了过去，纵身一跳，直接爬到了已经打开的红门门口，刑术也牵着贺晨雪朝着那边走去，此时桥身倾斜的程度已经快站不住人了，刑术朝着旁边一滑，左手抓住桥身一侧，固定好自己的身体，右手顶住贺晨雪的屁股道：“往上跳，快点！白仲政，抓住她的手！”

已经爬到红门内的白仲政，身子朝着里面一退，做了个一字马的动作，将双脚插在红门内部的两侧，随后抓着绳子道：“我拽绳子就行了，如果用手拉，没有固定点，我也会掉下去的！”

白仲政攥紧绳子往上拉的同时，桥身已经再次翻转过去，同时下降的速度也开始加快，刑术眼看距离上方越来越远，朝着右侧一挪，站定在翻转之后的桥身之上，用肩膀顶住贺晨雪的双脚道：“往上爬！使劲爬，只要爬上去就行了，记住我的话，你现在只需要爬上去，什么都不要想，你能行的！”

贺晨雪双脚踩在刑术的肩头，咬牙往上爬，同时白仲政也朝着上面拽着，而下方的刑术距离上方越来越远，终于双肩也离开了贺晨雪的脚底，他仰头看着上方，拔出腰间的匕首来，他知道，也许白仲政在上面难以支撑两个人的体重，实在不行，到最后的关头，他只能割断绳子！

妈蛋的！没想到要死在这里？刑术仰头看着那花灯，不过这辈子至今为止，他看过最奇特的物件也许就是这花灯了，也算是不枉此生。

刑术将匕首放在绳子上面，看着弯曲的绳子慢慢变直，自己的手心中也全是汗水，其实谁愿意去死呢？

此时的贺晨雪咬紧牙关，终于爬到了红门的边缘，刚爬上去，抓到白仲政手的时候，因为下方刑术已经逐渐悬空，重量直接拽着她朝着下面猛地一沉，白仲政死死抓住她的同时，张口将已经拽上来的绳子横在口中咬死，用眼神示意她赶紧往上爬，自己也坚持不了多长时间。

下方的刑术悬在那儿，看见贺晨雪下沉的那一刻，匕首就已经开始割绳子了。

终于，白仲政将贺晨雪拽了上去，他松开口中的绳子，朝着上面直接拖拽着，同时喊道：“刑术，赶紧爬，不要悬在那儿了，你老婆已经上来了！”

被绳子吊着悬在那儿的刑术瞬间觉得浑身都轻了，叹了一口气，看着被割开一个小口子的绳子，立即放好匕首朝着上面爬去，若不是那绳子质量好，自己恐怕早就割断了变成冤死鬼了。

三人爬上去之后，坐在门边喘着气，随后看到升上去的红门又缓缓下降，开始退后。

退到安全距离，刑术又拿出荧光棒，扔在地上，躺在那儿道：“要不是你吼那一嗓子，我恐怕已经割断绳子跳下去了。”

这句话一出口，贺晨雪猛地扭头来看着他，问：“你说什么？”

刑术只是傻笑，白仲政在一旁喝着水道：“他准备牺牲自己，成全你，让你活着。”

贺晨雪满脸的怒容，但很快又沉了下去，许久才说了声：“谢谢。”

刑术摆手：“不用，你是我的雇主，我保护雇主是应该的，不能坏了规矩，不过我现在总算知道这机关了，妈的，做这个机关的人完全就是步步紧逼，要逼着来寻宝的人自己寻死。”

白仲政点头道：“对，开始给你希望，看见桥了，你就会去门口试图开门，发现打不开门，肯定会想着要不回去，结果发现路被堵死了，只能回来继续找路。”

“以前的古人哪儿有电筒这种东西，花灯吸收不了光源的前提下，就只能在固定的时间开启，所以不会给你那么多的时间，但是，这扇门必须是在花灯开启又完全熄灭，那座桥下降旋转一阵后才会开启……通道并拢让你绝望一次，木桥下降让你再次绝望，随后下降的过程中再次翻滚，再让你绝望，翻滚之后持续翻滚，到这个时候，正常人已经彻底崩溃了，肯定是会往下跳，一旦跳下去就死定了，根本想不到这个时候上面的门已经打开了。”刑术咽着唾沫道，“做这个机关的人，太会算计了，而且非常了解正常人的心理。”

贺晨雪站起身来，看着黑暗的四周道：“我们进来了，但是……这里面怎么还是这么黑？”

“用燃烧棒吧。”刑术拿出燃烧棒，拉燃之后高高举起，等燃烧棒亮起之后，三人才看清楚花灯里面的样子——中间是一个巨大的圆筒，圆筒表面雕刻着他们看到的那些个骑着战马的武士，武士周围还有很多小型的花灯雕刻，换言之，不管他们看到的飘浮着的战马武士，抑或是半空中悬浮旋转的花灯，都是跑马灯，实际上是根本没有实体的投影。

贺晨雪靠近那圆筒仔细看着：“是乌木的，天啊，这得用多少乌木才能做出来？而且上面的雕刻手艺完全是一气呵成，没有做过第二道工序，这种手艺只能一个人才完成，因为每个人的风格都有些许的差别，如果有人帮忙，相反是雕刻不出来的。”

“只有乌木才是不朽的。”刑术也上前看着，同时也发现除了他们进来的那扇红门之外，还有一扇红门，立即明白了，“我知道了，我知道之前那批人进来为什么地道没有封死了，实际是封死了，只是他们走的那条路封死了，下来一共有两条路，两条路都可以通向这里，第一条路封死之后，第二条路开启，如果第二条路也来人了，那么通道将会彻底封死。”

“刑老板，你蹲下来看看圆筒内部，果然和你所说的一样，是机械机关，不过全都是木制的，应该是乌木。”白仲政蹲在圆筒下方道，实际上圆筒底部距离地面至少还有一米半的位置，是刻意抬高的。

刑术靠近圆筒听着，发现里面有水声，随后道：“动力果然是水，我想，这里大概与上面的隔世板的机关是联通的，我有个推测，不知道是不是正确，真的要启动所有的机关，并且真正打开上面的地门，首先需要找到八门的所有位置，像我们一样将错误的门全部打开，随后真正的地门才会打开，否则的话，如果我们一开始就找到正确下来的入口，也无法打开那扇门，但在打开的那一刻，这里的机关就启动了，在此之前，仅仅只是花灯内部的跑马灯机关启动，这样可以做到三保险。”

“有道理。”白仲政点头，“这样一来，误打误撞发现出现在地面跑马灯的人，就算知道下面有东西，也不一定知道真正下来的办法，二来如果有懂奇门遁甲的人，也会找错位置，找不到正确的门，困死在那一步，还有，就算第一步找准正确地门的人，也会因为没有全部打开错误的门而打不开正确的门，最后，就如我们一样，好不容易下来了，也会死在花灯外面，这简直就是多重保险，设计这个机关的人简直就是天才！”

“我在想，这里肯定还有其他的出入口之类的地方，否则的话，第一批人他们去哪儿了？”围绕着圆筒走了一圈的贺晨雪回到两人跟前道。

刑术依然观察着那圆筒，他现在很想搞清楚这东西的原理，都是用什么材料制造的，又是用的什么原理，在这种高度上，如何利用水来进行循环作业，另外，定时装置又是如何做出来的。

一侧的白仲政则在观察花灯外层的表层，表层外面虽然是那种炼丹石，但在内部却是另外一种类似木料，十分松软的东西，并且上面有无数的小孔，走近了看，是密密麻麻的，但后退到三米外的地方再看，那一层木料根本看不到，只能看到外层的炼丹石。

“找到了！”钻进圆筒中的刑术喊道，贺晨雪和白仲政立即钻进去，却看到刑术努力指着里面最中心位置那个类似灯罩一样的东西说，“里面就是光源的中心点，但是我打不开，只是从缝隙中看到里面有光射出来，我摸上去也感觉不到温度，所以，跑马灯的中心光源应该不是长明灯。”

白仲政疑惑道：“既然不是长明灯，又会是什么呢？而且，为什么有人要建造这种东西？”

“不是长明灯，只有一种可能性了。”贺晨雪指着里面道，“夜明珠。”

第四十章：四方铁链

贺晨雪判断出是夜明珠的时候，刑术先是点头，随后又摇头道：“现在来分夜明珠，都是两大类，一种是天然的，一种人造的，但就算是天然夜明珠，都是以萤石矿物质打磨出来的，没有可能自然形成圆珠形态，只是传说在战国时期出现过，但只是传说而已，不知道真假。而且，就算是天然的夜明珠，也不可能在不吸光的前提下，自然发光，所谓的萤石，自身带有放射性同位素，但也需要所谓的激活。”

贺晨雪接过话去：“我知道你的意思，天然的夜明珠也得吸收一定的光源，三年前我在内蒙古的时候，见过牧民手中有一颗，非常小，白天拿出来照射十分钟左右的阳光，夜明珠就会持续发亮十二个小时左右，但如果十二个小时之后，夜明珠没有吸收到光源，就不会发光。”

白仲政看着里面的“灯罩”问：“刑老板所说的激活，就是说必须吸收光源？”

“嗯。”贺晨雪凑近看着那“灯罩”，“对，就是这个意思，如果没有持续激活的前提，夜明珠不会发光，就算会，光源也不强烈，非常的暗淡。”

刑术在圆筒内部转着圈看着，试图找到可以揭开里面“灯罩”的地方：“如今市面上的夜明珠，严格来分，至少上百种，都是化学物质凑一块儿弄出来的，但是这东西人工鉴定非常难，贺小姐应该清楚。”

白仲政在旁边此时冷不丁来了一句：“你叫你媳妇儿贺小姐？”

刑术一愣，知道白仲政是故意挑刺的，也不接他的话，只是道：“晨雪，你说是吧？”

白仲政在旁边故意“哦”了一声，贺晨雪听到他先前那句话，先是一愣，随后定了定神回答：“夜明珠检测，必须借助仪器，没有人能用眼睛看得出来的，即便是我，不过话说回来，我看到这灯罩上面的纹路很奇怪，应该是用一块块木头拼凑出来的，就像是积木一样。”

“填木结构的。”刑术也用放大镜看着，“应该是利用积木原理吧，世界上最早利用积木原理的应该就是咱们中国。”

白仲政蹲在外面一侧摇头：“不明白。”

“你知道安蒂基西拉机器吗？1990年，希腊潜水员在希腊的安蒂基西拉岛附近海域一艘沉船中发现了一个神秘复杂的古希腊青铜机械装置，上面有齿轮和刻度盘，当年人们对这东西完全搞不明白，直到21世纪之后，研究发现，这个拥有至少三十七个独立齿轮，其精密程度超过18世纪钟表的机械，应该是用来测算天体运行的，在2010年的时候，人们利用积木原理重新复制了一台安蒂基西拉机器，但是这台赋予了现代科技的新机器，发挥的作用却不大，也就是说，那次的复制不算完美，人们还是没有彻底搞清楚。”刑术说完探头看着白仲政，“最重要的是，那台机器是公元1世纪的时候制造出来的，算是人类最早的计算机。”

白仲政一愣：“公元1世纪？当时中国还是西汉时期。”

“对呀。”刑术摇头，“人类的古老文明是很神秘的，所以，一直以来，人们用科学无法解释的事情，就用鬼神之说来诠释，鬼神之说无法解释的，就用科学来探索，最近几年以来，这种理论催生了一种新的学科，叫古代科学，这种学科致力于研究古代的一些未知的东西。”

就在刑术还在给白仲政讲述解释的时候，圆筒内的那个灯罩发出了古怪的声音，紧接着两人听到贺晨雪说了一声：“解开了！”

刑术看着眼前的灯罩开始分解变形，立即后退，对面的贺晨雪也后退了一步，三人看着灯罩逐渐散开，上面那些形状各异的“积木”之间出现了缝隙，很快其中一个位置的缝隙变成了一个长宽都差不多二十厘米的方洞，透过方洞正好可以看到其中那颗巨大的夜明珠!

“果然是夜明珠。”刑术摇头道，“肯定是天然萤石打磨出来的，但是光源怎么解释呢？”

贺晨雪指着灯罩内，那些个紧贴着“积木”内侧、直径不超过五厘米的铜镜道：“应该是铜镜的聚光，你们再看那上面。”

刑术和白仲政顺着贺晨雪的手看过去，在夜明珠之上，以各种角度悬挂着数个铜镜，这些铜镜一直延伸到上方，光线从顶端射到其中一个铜镜上，再折射，不断折射下来，最终折射到夜明珠之上的那个铜镜上，由那个铜镜将光散射出来，分散给周围其他的小铜镜，这些小铜镜均匀地将光照射到夜明珠之上，让夜明珠吸收光源。

刑术看清楚后推测道：“我知道了，我们在上面看到的那块隔世板有两个作用，其一，就是按照奇门遁甲的脉络组成那个真假机关；其二，隔世板上面的那些个脉络小孔不断吹出来的气体，产生的裂缝，有两个作用，第一就是吸收光源，第二就是能让跑马灯通过那个缝隙折射出来。我想，外面那种特殊冰层，也是形成这种奇观的一个重要的环节，只是我至今搞不明白，那种冰层到底是如何悬空形成的。”

白仲政蹲在那儿道：“里面的机械在特定的时间，会打开灯罩，随后再打开灯罩外面笼罩着的圆筒，圆筒一旦打开，夜明珠的光线散射出去，折射到圆筒之上，再投射到花灯外层，这才产生了跑马灯，太神奇了，看样子，这个人应该是唐朝时期比较出名的工匠。”

刑术道：“古代很多出名的工匠其实在典籍内并没有留名，相反留名的却是那些督造的官员，这就是最可悲的地方，就连咱们孩子听的故事大多数说的都是，某某人吃苦耐劳，用心读书，最终当上了某某大官，为民造福。”

“看来要搞清楚这个花灯是怎么回事，就必须继续前进，关键是下去的出口在哪儿。”白仲政四下寻找着，“这种机关我很少见，很精密，非常的诡异，属于那种杀人不见血的。”

刑术站起身来，过去搀扶贺晨雪，贺晨雪却看着他，不知道他要做什么。

刑术将其搀扶到一侧道：“你该休息下了，先前受了惊吓，现在平静下来，应该非常累，你睡一两个小时，我和白仲政整修下，想想下面的事情。”

贺晨雪点头，就在刑术转身要走的时候，贺晨雪叫住他道：“你小心点，如果发现了入口，不要太冒险了。”

刑术点点头，不远处的白仲政看着两人，等刑术走来的时候，立即将目光移开。

刑术站在白仲政一侧，看着四下道：“女人休息，男人干活，没意见吧？”

白仲政只是默默摇头，刑术又道：“现在我们有两个线索，第一，第一批人肯定是从这里离开的，只是他们没有像我们一样走绕路，但必定会留下一些痕迹；第二，这个地方与机械有关系，也许出入口也是与机械有关系，所以我们俩得仔细点，寻找与机械相关的地方。”

白仲政问：“你觉得出入口是在下面还是上面？”

“不知道，这个地方还分什么上下？先前我们走的那通道，开始觉得朝下，后来又朝上，我如今都搞不懂自己身处的位置了。”刑术面露难色，“我只知道，我们身处在一个巨大的机械花灯之中，从某种角度来看，这个花灯看样子就像是一座屹立在深井中的灯塔。”

白仲政点头，开始四下寻找，留心着第一批人留下的痕迹，刑术则判断出入口应该是在地板某处，于是开始趴下来，顺着地板的缝隙开始一步步找，地板也都是那种炼丹石做成的，这座花灯的主要构成部分全都是那种炼丹石，一种特殊的化学合成材料。

贺晨雪迷迷糊糊睡着，在这种环境下总睡不踏实，但她自己也知道身体很疲惫，毕竟她是女人，而且从前也没有经历过这样的事。

过了十来分钟后，刑术终于在地板某处的缝隙口找到了一个被撬动过的痕迹，随后他招呼白仲政过来，两人用匕首夹住那块地砖，然后慢慢取出来，取出来之后发现其中有一根巨大的铁链。

“铁链？”白仲政抓着那铁链拉了下，发现有点紧，刑术朝着他点点头，两人合力开始拽着那根铁链，将铁链完全拽出来之后，听到了机械转动的声音，可周围却没有任何变化。

刑术松开铁链，看着四下道：“一定还有其他的东西，你也听到那像是齿轮转动的声音了，不止这一处地方，再仔细找找。”

接下来的半小时中，白仲政和刑术又发现了其他三处地砖是可以撬起来的，将其全部撬开之后，发现东西南北四个方向的四块地砖之下，都各有一根铁链。

白仲政看着其中一根道："现在麻烦了。"

"对呀，万一必须同时拉动四根铁链才能开启我们就无能为力了。"刑术摇头，"拉动其中一根，一个成年男人都有些吃力，更不要说贺晨雪一个女人了，所以，咱们这里充其量只能算有两个人，第一批人恰好是四个人，不不不，不是恰好，我估计那个杀手都清楚这些机关，所以刚好凑齐了四个人。"

"不，他们是五个人，你忘记奎爷的话了？那个杀手还有个替身。"白仲政竖起五根手指头，"那个杀手，加他的替身，还有三个寻宝专家，一共五个人，那人说过，那个替身没有再去跟着阎刚和田炼峰，所以，昨夜，下来的一共是五个人。"

刑术回忆着："但是奎爷说，当时只有四个人下去了。"

"你忘了，随后奎爷为了保护咱们，回头来找那个替身，但是没有找到，这说明那个替身随后也下去了。"白仲政思考着，"我有一种感觉，感觉上那夜要对你们下手的，应该是那个替身，而不是我们所称的杀手本人，也就是与奎爷对话的那个人。"

刑术皱眉："你把话说完吧。"

白仲政又道："与奎爷对话的人应该是这次的主谋，也就是幕后黑手，这个人与当年的邪教惨案有联系，但不一定就是当年那个人，因为年龄合不上。这个主谋他知道地下宝藏的一切，也知道机关如何解开，他找了那个杀手，我想目的是对付你，起到一个拖延的作用，但是他失算在，他并没有料到我与奎爷、十篆会出现，所以临时乱了阵脚，另外，我觉得那个杀手也有私心，并不是真正地听从自己这个雇主的指挥。"

刑术想了下道："你是说，昨夜，那个黑手下达的命令是，让杀手在外面盯着我们，他带着三个寻宝专家下来，可是杀手在奎爷转身找他的时候，却自作主张跟着下去了，对吗？"

"对。"白仲政点头，"而且是紧跟着，紧跟着下去之后，他必定是出现在了黑手的跟前，原因很简单，如果他不是紧跟黑手下去的，那么地门早就封死了，别忘了，下面的通道只能进入两批人。再说，这个杀手很聪明，他很清楚，如果没有黑手带路的前提下，他是打不开下面的一系列机关的，另外，对于那个黑手来说，杀手跟着下来了，再返回也不可能了，就像我们一样，一旦下去，就走不了回头路了，杀手跟着黑手下去已经变成了既定事实，黑手也只能接受，所以，现在走在我们之前的是五个人。"

"而且，他们的队伍中矛盾重重。"刑术点头同意白仲政的分析，"黑手和杀手以及三个寻宝专家之间是雇用关系，只是纯利益，从杀手不服从他的命令跟着下来，可以看出来，杀手并不是一个好的雇员，他有私心，寻宝专家当然也有私心，所以，某种程度上来说，我们三个还强于他们。”

白仲政听到这笑道：“你就不怕我临时反水吗？”

“不担心。”刑术看着他笑道，“我这个人除了会看东西之外，也会看人，你不是个冷血的人，而且你也不贪财，一个不冷血不贪财的人在我身边，我是不会担心的。”

白仲政抓着铁链：“刑老板，如果有一天，你发现你的推测是错误的，到时候后悔就来不及了。”

刑术点头：“每个人都有后悔的时候，都有怕的东西。”

“刑老板，我倒觉得你好像什么都不怕。”白仲政凝视着刑术的双眼。

刑术道：“我怕鬼。”

白仲政笑道：“你怎么就知道这个世界上有鬼？”

刑术也拽起铁链：“我怕人心里有鬼！哪个人心里没鬼？”

白仲政笑了笑，拽着铁链道：“我拉着这根铁链往外拽，拽到头，固定好身体后，你去把西面的铁链拽出来，再交给我，然后你再去东面把铁链拉出来再交给我，我一个人拽着三根铁链，你再去拉南面的铁链，这样应该可以打开机关。”

刑术皱眉：“你的力气有那么大？”

白仲政摇头：“不试试怎么知道？”

刑术紧接着按照白仲政所说的将西面和东面的铁链拽出来，都交到站在北面的白仲政手中，等他抓紧才慢慢松手，随后问：“能行吗？”

白仲政此时已经是满头大汗，也不说话，只是使劲点了下头，用眼神示意刑术去拽南面那一根，刑术知道白仲政不说话完全是因为他不敢开口，一旦开口泄了气，铁链就会滑回去，于是立即跑到南面，用力将那根铁链拽出来，感觉快要拽出那个齿轮交合处的时候，刑术朝着白仲政点头道：“我数一、二、三，然后一起使劲拉！”

白仲政浑身都在发抖了，面部青筋都暴了出来，双臂上的肌肉完全凸起。

“一！二！三！走！”刑术拽着自己手上的铁链，与白仲政同时一拽，白仲政大吼了一声，将三根铁链朝着后面猛地拉回去，拉动之后，白仲政和刑术都维持着姿势使劲拽着不敢松手，紧接着便听到地板下面传来齿轮转动的声音，接着是水流的哗哗声。

白仲政的吼声加上机关转动的声音，让熟睡过去的贺晨雪醒了过来，她睁眼看到此情景，都不知道发生了什么事情，赶紧过去帮白仲政，刑术见状立即道：“你站在一边去，别帮倒忙，你现在帮他，相反会害他抓不住！”

贺晨雪点着头，退回到先前的位置，同时看到中心位置的圆筒开始往上移动，中心点的灯罩和其中放置夜明珠的台子，连同里面的铜镜等东西全部都朝着上方升了上去，升上去之后，在原本夜明珠石台下面，出现了一个方形的洞口。

等中心点的那些东西完全能移动到上方两米高之后，下方的机械又传来重合的声音，随后水声开始减弱，最后消失。

刑术朝着白仲政点点头，两人慢慢吐气，将手中的铁链放下，刚放下又听到齿轮开始转动，中心点的那些物件开始缓慢下降。

“快点下去！”刑术转身抓了东西，而此时白仲政的双手都快抬不起来了，刑术上前将白仲政的背包背在自己身前，自己背包背在后面，“快快快！快关上了！”

三人到了那个洞口朝着下面一看，发现下面是个类似滑道的洞，没有楼梯，看样子属于那种只能下去无法爬回来的地方。

三人对视一眼，抬头看着缓缓下降的夜明珠台，刑术咬牙道：“我先下，然后是贺晨雪，白仲政你最后！”

说着，刑术直接跳了下去，贺晨雪正在迟疑的时候，白仲政帮了她——直接将她推了下去，紧接着自己也跳了下去。

刑术跳下去的瞬间，摸出荧光棒，塞在跟前背包扣之中，随后在那个圆筒的滑道中朝着下面急速旋转滑去，而且速度是越来越快，圆筒周围非常滑，根本没有办法固定自己的身体。

不过，在滑下去的过程中，刑术却借着荧光棒的光线隐隐约约发现圆筒滑道是透明的，透过滑道洞壁可以看到其中正在缓缓转动的那些个齿轮，虽然看不清楚有多少，但他也知道，那些齿轮数量非常多，而且非常的精密！

终于，刑术滑出了圆筒滑道，滑出去的瞬间，因为停不下来，直接冲了出去，然后重重摔在一堆不知名的东西上面，弄得浑身刺痛，正当他吃力地爬起来的时候，被伴随着尖叫声冲出来的贺晨雪压在地上，紧接着白仲政也冲了下来，三人像是叠罗汉一样趴在那儿。

而此时的刑术，睁眼之后，借着荧光棒的光，清楚地看到自己眼前的那个白森森的骷髅头！

第四十一章：千足赤红

刑术看着那骷髅头的同时，只见从其眼眶中钻出来的一条通体赤红的蜈蚣。那蜈蚣的背上还带着一层奇怪的红毛，钻出来之后，爬到骷髅头顶，看着刑术的双眼。

此时，贺晨雪和白仲政挣扎着爬起来，刑术沉声道：“你们俩赶紧起来，快点！我跟前有一条蜈蚣！是千足赤红！”

白仲政一听“千足赤红”四个字，立即将贺晨雪拉到一边，同时摸出腰包中一包雄黄，用两指捏了一点，然后朝着刑术跟前几公分的位置慢慢撒了下去。

雄黄粉慢慢落下的那一刻，那条赤红蜈蚣立即掉头钻进骷髅头之中消失不见，刑术这才得以脱身，起身来连续退了好几步，看着白仲政喘气道：“谢谢。”

白仲政点头，此时两人发现贺晨雪呆立在那儿，刑术立即问：“怎么了？”

贺晨雪低低道：“你们仔细看看周围。”

贺晨雪这么一说，白仲政和刑术这才回过神来，仔细看着周围，发现他们身在一个圆形的屋子中，屋子大概有80平方米的样子，屋子周围的墙壁边上全是森森白骨，而且白骨中时不时能看到一两条千足赤红。

“这地方太危险了。”刑术四下找着，看到大门之后，朝着门口走去，推门的时候，发现门推不动，只得挥动铁铲砸着，将门砸开之后，发现门口堆着很多乱七八糟的东西，有已经破损的工具、较大的石块、腐烂的木头等之类的东西，而且看样子刚堆上去不久。

“看样子是第一批人堵上的。”白仲政上前道，贺晨雪因为怕蜈蚣，也紧跟着。

刑术点头：“对，他们应该知道我们无论如何都会下来，也很谨慎地推测出也许我们可以打开那些机关下来，所以堵上这里，虽然不能真的堵住我们，但可以拖延下时间。”

“你先弄吧，我休息下，我的手拉伤了，得涂点药。”白仲政说着，在门口一侧的位置坐下，在周围撒了点雄黄粉防止蜈蚣侵袭，随后开始掏出药酒擦起来。

刑术和贺晨雪两人花了半个多小时才将门口差不多清理出来，随后也坐下来休息，贺晨雪靠在一侧，一句话不说，脑子中一片混沌。

刑术见她那模样，笑道：“是不是和你想象中的不一样？”

刑术这一问，贺晨雪才回过神来，点头道：“我以为，就是一个地洞，地洞里面堆着一些宝藏，不会这么危险。”

贺晨雪的话让白仲政忍不住笑了起来：“又不是以前那些地主埋元宝，哪儿会那么容易，要知道中国几千年的历史，地下埋了多少东西谁知道？哪儿有那么容易的事情，你知道全世界范围内据不完全统计，每年死于寻宝的人有多少吗？”

贺晨雪摇头，白仲政神秘兮兮地靠近贺晨雪道：“我也不知道……”

刑术一下笑了出来，白仲政也在笑，贺晨雪这才反应过来白仲政在逗她，也笑了。

屋子内的气氛顿时轻松了许多。

刑术看着屋子周围的白骨道：“这么多白骨，看样子应该是从前修建这里的工人，最后又关在这里被灭口了，周围几乎没有衣物，也就是说，这些人几乎是赤身裸体地在干活，死前也没有半点布条裹身。”

白仲政扭头看向自己的右侧，却发现那些墙壁上都有一个个铁扣，铁扣下挂着铁链，铁链另外一端是镣铐，镣铐锁着那些白骨的手腕，最奇怪的是，那些镣铐的位置，都带着一个方形的东西。

白仲政觉得好奇，上前看着随后道：“是机关锁。”

刑术也上前看着，发现那种方形的金属上是像积木一样可以活动的木块，这些木块有些腐烂了，有些还算完好。

“这种东西很少见，如果拿出去一个，市面上也能卖出好价钱，当然是在保管好的前提下。”刑术看着那个机关锁，用手拨动了一下上面的木块，“这种设计看起来像是机关盒，需要拼凑上面的图案，看起来和拼图一样很简单，而且图样也很简单，但可怕的是，只有固定的规律，如果不按照顺序拨动木块，这种机关锁是永远都打不开的。看样子，打造这里的人，平日内就用这些锁住这些奴隶，估计在完工之后，还告诉这些奴隶，如果他们能解开这些锁，那么就可以离开，但这些奴隶估计连字都不认识，怎么可能打得开？”

白仲政找了一个较为完好的机关锁，蹲在那儿看着，然后翻看着机关锁下面那个图案，翻来覆去看了好几遍，紧接着飞快在上面拨动着，没多久，那机关锁发出“咔嚓”的声音打开了，被锁在里面的那根腕骨也掉落了下来。

刑术有些惊讶地看着白仲政，贺晨雪也凑近看着。

白仲政将那锁扔给刑术道：“你可以带回去了，算是我和你做的第一桩买卖。”

刑术看着手中的机关锁道：“厉害。”

“对你们来说厉害，对我来说就是家常便饭。”白仲政却带着一种厌恶的表情，“我从很小开始，每天摆弄的都是这种玩意儿……”说到这儿，白仲政又像是意识到了什么一样，改口道，“我眯一会儿，太累了。”

刑术看了一眼贺晨雪，知道白仲政是不想让他们太了解自己，于是也不再问什么，叮嘱贺晨雪也休息下之后，从门口走出去，看着周围杂乱的，像是建筑工地一样的空地，还有空地外面的那条横沟，以及横沟周围那些摔得七零八碎的尸骨。

贺晨雪走了出来，指着远处那个洞口道：“应该是从那里接着往下走吧？”

刑术点头：“应该是，看看这周围，就像是一口井一样，造出来这里的人，先是按照风水穴位挖出了这个巨大的井，然后再以这口井为中心，在中心点修筑了那个巨大的花灯，再在上方井壁处修建机关通道，同时灌注那个隔世板，再做好上层机关，最后彻底掩埋。”

贺晨雪感叹道：“这得花多少年的时间？”

“不知道，十年？二十年？也许更长。”刑术朝着横沟走去，看着横沟中的井水，还有周围那些白骨道，“看样子，以前来到这里寻宝的人不少，但是都死在开红门的那个环节了。”

贺晨雪点头：“就和我当时一样，要是我往下跳，肯定也摔死了。”

刑术指着屋子的另外一个侧面道：“那座桥应该是在屋子的背面，桥会随着这个珠子旋转上升，同时翻滚，只有这个屋子外面这一片地方有浮在水面的地面，屋子后面肯定全都是水，所以，我们在另外一边朝着下面扔石头的时候，听见的只有水声，而不会知道这里还有地面，况且，上面没有任何地方可以固定绳索，钉子也打不进去，如果有的话，直接顺着绳子滑下来是最好的方式。”

“我们没有电筒了，燃烧棒和荧光棒也剩下不多了，怎么办？”贺晨雪看着那黑漆漆的洞穴问。

刑术指着周围道：“这里有很多木块，还有一些破布什么的，我那里还有点酒，只能做火把了。”

“对了，那种蜈蚣，你为什么叫它千足赤红？”贺晨雪问。

“一种称呼，那种蜈蚣很少见，也算是一种名贵的药材吧，不过在东北，几乎见不到，这些东西应该是当初修建的人故意养的，但没想到过了这么多年还活下来这么多，这就说明，这里除了千足赤红之外，还有其他的动物存在，否则的话，只有蜈蚣的前提下，这些东西早死了。”刑术回头看着那屋子，“千足赤红有剧毒，本身分泌的一种液体会从人的皮肤渗入，就是一种神经毒素，会令人手脚麻痹，肌肉僵硬，接着就是窒息性死亡。”

贺晨雪点头：“你懂得真多，原来当逐货师这么难。”

“经验。”刑术看着贺晨雪道，“逐货师不算是全能吧，但至少大多数的东西要懂，我从拜师那天开始，就在大江南北闯荡，但是我师父因为身体原因，从来没有带着我出去过，我都是独闯，我每次出门之前，师父都让我写份遗书，他说，做这一行，也许迈出一步，再走第二步就死了。”

贺晨雪看着那个洞穴问：“那你为什么要做这一行？”

“你呢？”刑术问，“你为什么会进铸玉会？”

“我没的选。”贺晨雪道，“就像那些父母在工厂里面当工人，子女将来也有极大可能当工人是一样的道理，人生的道路早在出生的时候就定下来了。”

刑术点头：“我也没的选，我不知道爹妈是谁，我妈是个疯子，都不知道我爹是谁，她在精神病院生下的我，然后就死了，接着我被收养，然后在精神病院长大，周围没有一个正常人，一个都没有，包括我养父，他都是一个整天研究各种病例和案例的人，我师父呢？每天给我讲的都是这个物件、那个东西。你知道我从懂事的那天起，我的梦想是长大做什么吗？”

“什么？”贺晨雪看着刑术。

刑术笑道：“我的梦想是长大以后一定要去卖游乐场的门票。”

“啊？”贺晨雪不解道，“为什么？”

刑术解释道：“因为我养父第一次带我去游乐场的时候，我玩得很高兴，然后觉得要是我是卖票的那个人，我肯定可以天天在里面玩。后来，我长大了，有一次有个生意伙伴约我在游乐场见面，我等他的时候，一直看着售票的地方，那个时候，我才发现，其实我的梦想压根儿就没变，我还是想当个卖票的，普普通通的挺好。”

贺晨雪不语，刑术顿了顿又道：“我根本就不想当什么逐货师，我没的选，要是以后我有儿子的话，一定不让他涉足这一行，如果他感兴趣的话，我就揍死他！”

贺晨雪笑了，刑术看着她，贺晨雪意识到他一直盯着自己看的时候，脸一红，问：“怎么？”

“你笑起来就像是另外一个人。”刑术摇头，“不像是那个冰冰冷冷的贺晨雪，对了，你到底为什么要找双瞳？不可能是因为奇门吧？”

贺晨雪沉默了一阵道：“以后，如果有机会，我会告诉你的，当然，条件是你能够帮助我找双瞳的前提下。”

“我考虑考虑。”刑术看着那个洞穴，“我还不知道有没有命活着出去呢。”

贺晨雪只是苦笑了下，转身回屋。

一小时后，休息够了的白仲政起身，大家喝水吃了点干粮，做了些备用的火把之后，朝着那个黑漆漆的洞口走去。走到洞口时，白仲政停了下来，扭头道：“我在最前面，你们跟在后面，贺小姐走中间，刑老板断后，发现任何动向，不要自己做决定，除非是紧急情况，必须通知其他人。”

“明白。”刑术点头，点燃火把，“走吧。”

白仲政举着火把在前面走着，因为火把也不多的关系，只点燃了一个，毕竟不知道洞有多深，还得走多远，前面是不是还可以找到制作火把的东西。

走进洞穴十来米之后，依然看不到前面有光线，不过相对早先他们在上面走的那条通道来说，心理压力少了许多，至少知道后路不会被堵死，实在不行，可以先撤回花灯下面那个屋子再想办法。

贺晨雪虽然沿途走得很慢，时不时想去伸手抓刑术，但相对之前来说，胆子大了许多，之前的胆小是因为她对刑术和白仲政都不是很了解，经过红门断桥那一次命悬一线的经历后，她很清楚，这两个同行的人值得信任，至少现在是这样。

“走了多少米了？”前方的白仲政问，因为他得全神贯注注意前方，所以这些事情都是由刑术来计算。

“三十六米左右。”刑术回答，“地面越来越潮湿了，而且有一股很奇怪的气味。”

“一路都有脚印，那个黑手他们肯定是走的这条路。”白仲政边说边闻着，“像是什么东西腐烂的气味，不知道有没有毒。”

白仲政说着，取下自己的面具交给贺晨雪，让其戴上，紧接着朝着前面继续走着。走了许久，白仲政突然间停下来，然后退后了两步，因为他意识到自己踩到什么东西了。

“怎么了？”贺晨雪问，刑术也抬眼看过去。

白仲政慢慢抬脚，看着脚下被踩成一团白浆的东西，又抬起鞋底看着，随后道：“虫子，不知道是什么虫子，偶然踩到了一只，软软的，闻起来气味就是从这种虫子发出来的。”

刑术蹲下来，看着那摊白浆，因为踩得稀烂，根本看不出来踩的是什么虫子。

贺晨雪看着前面道：“那就继续走吧。”

“不。”白仲政脸色沉了下去，“千万不要，这算是预警，奎爷说过在地下什么事情都有可能发生，一旦发现不对劲，就要停止行动，多年前，有一支队伍在湖南山里面找一种珍贵的药材，就因为太冒进了，结果一支队伍就活下来半个人。”

“半个人？”贺晨雪不解地问。

白仲政慢慢蹲了下去，将手中的火把朝前面伸着，慢慢地左右晃动着：“也可以说那个人还剩下半条命，他们遇上了阴蜂，知道什么叫阴蜂吗？一种将巢穴铸造在腐烂的动物尸体内，经常迁移巢穴的野蜂，很罕见，后来第二支队伍按照那人所说的话去找的时候，在现场只看到五具浑身上下全是虫孔的腐尸，那些阴蜂也全都不见了，我说这件事，就是为了提醒你们，有很多你以为不会存在的东西，也许都存在，自然界是很神奇的。”

白仲政说到这儿的时候，突然住嘴，紧接着低声说了句：“有了，刑老板，你上来看，走慢点，一步一步慢慢走到我跟前。”

刑术按照要求慢慢上前，然后蹲下来，白仲政的手完全伸向前，慢慢地从左至右移动着，同时道："注意看火光的前方，还有周围，以及我们的头顶！"

刑术定睛朝着前面仔细看去，很快便发现一种半透明、体形像是蠕虫一样的东西朝着火把的位置蠕动而来，前方的洞穴中，上下左右全都是，连同他们的头顶也布满了那种半透明的蠕虫，如果不是从特殊的角度借着火把的光看过去，是不容易被发现的。

贺晨雪捂住嘴，不让自己叫出来，随后定了定神，才问："这是什么东西？"

刑术和白仲政同时摇头，白仲政道："见所未见，闻所未闻，反正在这种地方，不会是对人体无害的，这根火把我得用来探路了，刑老板，我扔出火把之后，我们不要动，也不要点第二根火把，这些虫子对光线很敏感。"

刑术点头，白仲政随后使劲将火把扔向洞穴最深处，然后蹲下来，看着前方。

火把落在前方十来米的位置上，落下的那一刻，照亮了周围，也让刑术三人倒吸了一口冷气，因为在前方的洞穴中，四下都布满了那种密密麻麻的蠕虫，火把落地之后，所有的蠕虫都蠕动着身体朝着那里涌去，一时间，他们仿佛看到了缓慢拍打过去的白色透明的波浪一样，只不过组成那种波浪的是虫，直看得三人头皮发麻。

"我们没法过去了！"贺晨雪摇头道，但很快反应过来，"不对呀，白先生不是说第一批人的脚印还在吗？这里没尸体，也没有挣扎的痕迹，说明他们平安地过去了，他们能过去，我们也能。"

"对呀，不合理。"刑术听到贺晨雪这句话后想起来了什么。

白仲政立即问："什么不合理？"

"那个黑手带着自己的四个手下平安地通过了这里，朝着前面去了，那就说明他们知道平安度过的办法。"刑术看着四下道。

白仲政摇头："他们比我们有优势，之前我们推测过，黑手就算不是当年那个幕后主使，也与其有着直接关联，所以肯定知道办法，这并不奇怪。"

"不，你没懂我的意思。"刑术开始在四下仔细找着，"几十年前幕后主使带着人来，他也许知道忽汗国宝藏的传说，但不一定知道这下面的机关怎么平安度过，你想想，那种愿意牺牲一百多个人来掩饰宝藏痕迹的人，一定会带其他人来到这里，用其他人作为棋子，一步步走下去，利用人命来破解机关，先前我们在花灯下面看到的那些尸骨就能说明这个问题。"

白仲政明白了："你是说，他们走过这里的时候，肯定也牺牲了人命？所以应该有痕迹，不，是尸骨留下来？"

刑术点头："对，人死在这里了，根本不用掩饰，不用带走尸体的，哪怕是尸体被虫子啃了，也应该留下点东西吧？”

三人开始在洞穴中四下寻找起来，因为光源会吸引那种蠕虫，他们只能借着远处的微弱光线贴近地面和洞壁仔细寻找，足足找了半个多小时，白仲政才从旁边的软土之中发现了一些零碎的骨头，同时贺晨雪在旁边的地上发现了一些细小的圆圈痕迹。

“过来。”白仲政抓起一截指骨道，“果然有，但全都碎掉了。”

刑术拿起指骨的时候，发现指骨有些怪异，上面有一些凹下去的痕迹，但因为太暗他看不清楚，只得拿起打火机，同时示意白仲政盯着前方，以防打火机点燃之后，会将那种蠕虫吸引过来，随后才将指骨递给有单瞳眼的贺晨雪，让她仔细观察下那指骨上面的痕迹。

贺晨雪拿在手中，看了一会儿，确定道：“骨头的凹痕不是啃出来的，从上面的痕迹和骨头表面上的那些细微的小洞来看，应该是某种强酸造成的。”

刑术道：“你是说，是酸熔化了骨头表面？”

贺晨雪点头：“差不多吧，20世纪90年代中期，韩国人流行过做一种骨玉，实际上就是化石饰品，拿来雕刻做成装饰品，但因为太脆，要塑形的话，只能用酸，需要高超的手艺，那时候从事这种工作的基本上都是日本人，我前几年有幸见过那种东西，一定比例的强酸腐蚀之后，骨头表面就会出现这种痕迹。”

前方的白仲政回头道：“熄火，虫子过来了。”

刑术立即关闭打火机，又听到白仲政道：“这么说，那种虫子要么会分泌出酸来，要么就是只能利用强酸来对付，但是我们现在哪儿来的强酸？”

刑术慢慢起身：“没办法了，只有我去试试了。”

就在刑术要前进的时候，白仲政忽然拉住他，下意识看向自己的双脚道：“等等……”

第四十二章：两人三足

白仲政说等等的时候，随后又说了句：“我的鞋底不对劲，你闻到没？”

刑术闻到一股奇怪的味道，像是什么东西被烧焦了，其中还夹杂着一股怪异的酸味。白仲政立即退后，将鞋底翘起来，点燃打火机看着，随后三人发现他鞋底右侧先前踩死的那只蠕虫后，沾上白色虫子肉浆的部位熔化了一块儿，那股怪味就是从那里传出来的。

白仲政的鞋底之所以没有全部熔化，是因为那双鞋子是特制的，底部有一层铁圈，铁圈内有暗钉，只要拨动鞋子侧面的一个锁扣，暗钉就会伸出来，变成钉靴，在冰面和攀爬的时候非常管用。

白仲政低头看着道："看起来这种虫子的身体被踩破之后就会产生一种液体，这种液体接触到空气会变得有腐蚀性，也就是说，如果咱们贸然踩过去，就算那些虫子不会主动攻击咱们，咱们踩碎它们的身体，鞋子就会被腐蚀，前面肯定有段距离，说不定咱们还没有走出这个洞穴，双脚就烂了。"

刑术想了想，问贺晨雪："你先前发现那种圆圈痕迹是在哪儿？"

贺晨雪指着旁边的地上："趴下来仔细看，因为光线不强，不容易发现。"

刑术趴下来看着，地面上果然是密密麻麻的圆圈痕迹，每一个圆圈差不多是2.5厘米的样子，也不知道是什么东西造成的，但不管是什么，肯定是前面那批人留下来的。

刑术熄灭了打火机，坐在那儿思考着，想了许久，拍手道："我知道了！高跷！"

刑术这样一说，白仲政和贺晨雪也立即恍然大悟，前面那批人是踩着高跷过去的，而且是一种特制的高跷，专门为这个地方定制的，所以才会留下那种圆圈的痕迹。

刑术看着四下："是金属的，那种腐蚀性液体就算会对金属产生影响，也不会在很短的时间内熔化，从白仲政的鞋子就可以看出，周围那一圈铁环没有任何影响，只有旁边皮层熔化了一点。"

白仲政叹气："我们没有那种东西。"

刑术指着来时的路："花灯下面的屋子有木头。"

贺晨雪道："这里的木头已经过了多少年了？基本上一碰就碎，如果不是那样，你先前在那屋子内也无法轻而易举就将门给砸开了。"

刑术思考了一会儿道："也许有办法，跟我来。"

三人再次回到那间屋子中，刑术让白仲政和贺晨雪收集木头，尽量坚固一些的，只要不是那种碰着就会粉碎的就行，然后将收集来的木头绑在一起。

刑术看着在一旁将备用绳子慢慢割断的白仲政道："把找来的木头捆在一起，合起来一捆的直径至少要达到十三厘米，高度四十厘米，这里剩下来的木头基本上都长于或者等于40厘米，不够的用匕首削出来，四十厘米的高度踩在脚下，加上十三厘米的直径，人不会那么容易摔倒，相对来说走得平稳一些。"

白仲政担心道："如果腐蚀比我们想象中强呢？"

"不会。"刑术摇头，"从先前你的鞋子来判断，虫子被踩碎之后，要变成腐蚀性液体需要过一段时间，而且四十厘米的高度，就算腐蚀也不至于那么快，如果能做到瞬间熔化，这种虫子产生的就是类似王水之类的玩意儿，如果是那样，先前那批人就算有金属高跷也无法走过去。”

贺晨雪看着两人，白仲政开始用绳索绑木头，同时道：“弄好之后，我先去试试，我走一段距离感受一下，如果没有问题，你们再上。”

“不不不！”刑术摇头，“没那么简单，我们必须一起走，而且走之前，我们得先点火。在距离洞穴中虫群不远处点起一堆火，越大越好，一是可以照亮我们前面的路，二来可以吸引那种喜光的虫子。”

白仲政抬眼看着刑术：“希望你是对的，因为先前你的判断一直是对的。”

刑术笑道：“我也希望是对的。”

三人随后绑好六捆木头，又将好搬运的木头全部弄到洞穴中接近虫群的位置，然后用撕烂的内衣将鞋子与下方的木头绑在一起，踩好之后，刑术拿着打火机与手中的简易火把：“白仲政走在最前面，晨雪走中间，我断后，晨雪的平衡感稍微差点，如果你感觉到要倒，尽量往后倒，我会在后面扶着你，千万不要往左右两侧倒下去，那样的话，你就死定了。”

贺晨雪点头：“好。”

刑术看着白仲政，白仲政点头表示准备好了，随后刑术用打火机点燃火把，高高举起在那儿挥舞着，远处的虫群见着火光之后，立即蠕动着身体朝着这边涌来。

密密麻麻涌来的虫潮，看得人浑身鸡皮疙瘩都冒出来了，就在虫潮即将涌到他们跟前来的瞬间，刑术将火把扔进木头堆中，加上先前他朝着木头上淋过酒的缘故，木头堆立即被点燃，火焰腾空而起，巨大的火焰也使那些白色的蠕虫显得无比的兴奋，加快了蠕动的速度。

“走——”刑术喊道，前方的白仲政立即踩着木头往前走，贺晨雪也紧随其后，张开双臂保持着平衡，而后方的刑术为了掌握好自身的平衡，同时减轻贺晨雪的负担，将贺晨雪的背包背在胸前，身后背着自己的背包，做到两个背包内的东西差不多相同重。

三人朝前走的时候，明显感觉到下方的木头因为踩碎了虫子身体而打滑，很快，那股怪异的臭味从下方传来，所幸的是，那些虫子并未回头追赶他们，只是围拢在火堆旁边，一圈又一圈，一个又一个重叠着，就像是原始人第一次发现火的奇妙，正在那儿进行膜拜一样。

朝着前方走了十来米之后，他们依然可以借着身后那巨大火堆发出的光线大致看清楚周围，周围到处都是那些密密麻麻的蠕虫，依然朝着火堆方向前进。同时，刑术看到左右两侧的墙壁上，全是一个个小孔，那些蠕虫就是从小孔中钻出来的，就像是一种天然的机关一样。

走在前面的白仲政低头看着地面，同时道："地上还有很多虫尸，应该是最早他们走过去的时候踩死的，但那些腐蚀性液体对之后涌上去的虫子没影响。"

"也许那种液体的腐蚀性只能持续一段时间，不过就算时间再短，接触到人体皮肤，我们也死定了，别说了！快走吧！"刑术说着，刚说完，前面的贺晨雪突然不动了，刑术立即停下来，问，"怎么了？"

前方的白仲政也停了下来，微微侧头看着。

贺晨雪站在那儿，指着自己的右腿道："我右脚下面的木头好像要散开了。"

刑术立即低头朝着下面看着，但因为离篝火已经太远，光线已经非常微弱，他完全看不清楚，只得勉强蹲下来，点燃打火机看了一眼，只看了一眼，他立即关闭打火机，咽了口唾沫后，深吸了一口气，沉声道："晨雪，你仔细听我说，你右脚下面捆绑木头的绳子，最下面那一圈熔化了。"

贺晨雪点头："那怎么办？"

"白仲政，你后退一步，大概五十厘米的样子，然后站立别动，千万别动。"刑术说完，抓住贺晨雪的一只胳膊，"晨雪，你觉得你平时哪只脚比较稳，就是说如果你单腿立起来的话，哪只脚比较能承重，同时能掌握好平衡？"

贺晨雪在那儿想了半天，左右手的手指微动了动，随后道："左脚。"

"好！"刑术点头，"我现在会上前与你平行站着，站在你的右侧，然后你扶着我，下去将布条解开，然后站着不要动，依然站在你原来的木头上面，紧接着我会将我左脚上面的布条解开，把左脚往右侧稍微挪一挪，给你的右脚腾出位置来，随后你再放过来，再用布条将我们的两只脚绑在一起，绑在我左侧的木头上面，我说得很清楚了，你听明白了吗？"

贺晨雪点头，已是满头大汗："我明白了，你是说要玩两人三足，对吗？"

刑术笑了，汗水从额头滑下来，渗进眼睛中，他立即用手擦去汗水，点头道："对，就当这是个游戏，玩两人三足。"

"好！我明白！"贺晨雪咬牙，按照刑术的要求去做，随后的事情一直都很顺利，就在进行最后一个步骤，也就是将贺晨雪的右脚与刑术的左脚绑在那捆木头上的时候，前方的白仲政突然间摸出自己的打火机点燃了。

打火机点燃的刹那间，原本与刑术面对面站着，俯身正在捆绑的贺晨雪倒吸一口冷气，正准备责备白仲政用打火机的刑术也浑身一震，因为他们看到不少的虫子已经冲着他们脚下的那捆木头朝着上面爬来，其中有一只已经爬到了白仲政的脚踝处，白仲政感觉到了，所以才用打火机照亮来确认一下。

“刑术，我会尝试着将这虫子用匕首挑下去，你们继续，别管我。”白仲政说完拔出匕首，慢慢塞进虫子身体与自己的脚踝之间，随后关闭打火机，紧接着将虫子挑下去。

后方的贺晨雪也在抓紧时间绑着，飞快绑好之后，贺晨雪抓住刑术的手道：“可以了。”

“好！我现在喊口令，一二，一二的节奏，我说一，你的右脚和我的左脚一起动，说二，你的左脚和我右脚一起朝前！明白吗？”刑术浑身都被汗水浸湿透了。

黑暗中，贺晨雪应了一声，随后听到前方的白仲政已经走动起来，刑术也开始低声喊着口令。

两人按照预定的节奏朝着前面走去，此时刑术已经感觉到虫子爬到了自己的脚踝处，但他知道不能停，也祈祷着这种虫子除了踩烂后会产生腐蚀性液体之外，千万不要有其他的攻击能力，例如说从口中喷出那种液体之类的。

终于，三人看到了前方的亮光，而且非常强，像是日光一样，白仲政率先加快了脚步，同时看到周围的虫子已经减少了，再往前看，前面有光线的位置下方有一道水沟，水沟最多只有一米长，而水沟对面并没有那种虫子，也就是说，过了水沟就安全了。

“你们看到了？”白仲政在前面道，“我先过去，我跳过去之后，你们再跳，只有不到一米的距离，就算直接倒过去，我也能在对面扶着你们！”

“知道！你先走！”刑术借着前面的光线低头，看见自己的腰部已经爬了好几只虫子，再朝着贺晨雪的方向看，贺晨雪的背后竟然密密麻麻爬满了至少十来只蠕虫，他打了个寒战，没敢告诉她，不过也幸好贺晨雪的衣服厚，她感觉不出来，如果能感觉出来，估计早就跳起来尖叫了。

终于，到了水沟前，白仲政蹲下，用匕首割断布条，随后一口气直接跳了过去，紧接着转身看着两人，刚要说话的时候，看到两人身前的那些密密麻麻的虫子，浑身一颤，但他立即看到刑术对他微微摇头，示意他千万不要告诉贺晨雪。

此时的贺晨雪正全神贯注地盯着前方，如果低头，立即就能看到已经爬到自己腰部、正往胸口爬的蠕虫，那样的话，她一动一挣扎，自己也会掉下去，掉下去肯定会压烂那些虫子，后果不堪设想……

“好了，现在我们慢慢靠近水沟，直接扑过去，对面的白仲政会接住咱们，没问题吧？我们必须得同时向前面倒。”刑术挤出笑容道。

贺晨雪点头的同时奇怪地问：“为什么我们不像他一样，把绳子割断然后跳过去呢？应该可以吧？只有一米。”

贺晨雪说着要低头去看，刑术一看糟了，要制止贺晨雪去看，但已经晚了，贺晨雪已经低下头去，因为她眼睛的关系，所以将一只即将爬到胸前来的蠕虫看得十分清楚，紧接着贺晨雪爆发出一声尖叫，随后抬手就要将那虫子给拨落下去！

刑术抓着贺晨雪的手，朝着对面直接就倒了下去，同时道：“别动！”

对面的白仲政一个弓步，抬起双手，左右手同时撑住两人的胸口靠近咽喉下侧的位置，因为他如果太往下，就会一把按住那些只虫子，到时候三个人都要遭殃！

贺晨雪已经吓蒙了，只是愣在那儿看着地面，浑身发抖。

刑术的身体被白仲政撑着，他慢慢扭头道：“千万别用手去摸，万一虫子身体裂了，那就完了。”

贺晨雪抽泣着“嗯”了一声，随后白仲政鼓足一口气，自己朝着前面挪了一步，将两人身体靠在自己的双肩之后，随后猛地将两人拖拽过去，再慢吞吞地将两人扶起来，朝着旁边的洞壁靠去，等两人保持好平衡，自己挥舞着匕首将两人脚上的布条割断。

刑术率先跳下来，白仲政搀扶着贺晨雪下来，然后用匕首小心翼翼地将两人身上的那些虫子一一挑下来，扔进那水沟之中。

虫子掉入水沟中之后，就像是生石灰见水一样开始沸腾，随后消失不见。

足足花了十多分钟，白仲政才将虫子全部挑下去，随后大家相互检查着，确定没有虫子之后，都直接瘫倒在洞壁那儿靠着，闭眼喘气。

“妈蛋的！”刑术骂道，“这是谁设计的天然机关，太可怕了。”

白仲政摇头，看着他们来时的路：“其实不算可怕，真的，这种机关比先前我们进花灯那个相对容易些，但是设计机关的人，很了解人的心理，所做的一切都是为了给人双重压力，生理和心理。”

呆呆坐在一侧的贺晨雪双眼发直，盯着那水沟。

刑术知道她还需要时间缓过神来，于是站起身来，看着那个带着拱门的洞口，光就是从拱门内传来的，等他走进去之后，抬眼就看到洞穴的顶端全都是夜明珠，密密麻麻地排列着，加上周遭的一些镜面的水晶，这才反射出这么亮的白光。同时，刑术还发现洞穴里面竟然还有树木，当他走近之后才发现那些树木都是玉制和石制的，加上玉石本身的颜色，看起来栩栩如生，如真的一样。

而在那些玉树的后方，有一处用围栏围起来，宽五米、长十米的水潭，水潭正对着树林一侧还有下去的阶梯，阶梯一直深入水潭之中，最重要的是，在阶梯上方的位置，整整齐齐地堆放着一些衣服，还有背包、工具等东西，明显是先前那批人的东西，也说明他们下水了。

刑术坐在那儿正准备翻看那些人留下的东西时，听到一个沙哑的声音从旁边的石林中传来："乱动人家的东西，可是非常不礼貌的。"

刑术一惊，一回头，就看到了那个穿着白色防寒服、戴着防风镜和滑雪面罩的人，但他分辨不出来，这个人到底是杀手，还是那个雇用他的人，因为白仲政说过，两人都用了变声器，听不出来的。

"躲在一旁准备偷袭人家，也是不礼貌的。"白仲政的声音从另外一侧传来，那人扭头，看着白仲政手持弩弓瞄准了他，"当然，我也不礼貌。"

贺晨雪战战兢兢地跟在白仲政后面，朝着刑术的位置挪动着。

而那白影站在那儿，发出怪异的笑声："别紧张，我不是留下来暗算你们的，我是有一笔买卖，要单独和你们谈，绝对是交易，对你我双方都有利的交易，只要谈妥，咱们就是朋友了。"

刑术摇头："我不会和一个差点杀了我们的人做朋友。"

"那是雇主要求的，我总得做做样子嘛。"白影笑道，"因为我知道这位白仲政白先生一直跟着你们，保护你们，所以我才做了个样子，否则的话，我没法向我的雇主交代，你应该理解我，当然，无论如何，请你听完我接下来的话。"

刑术看了一眼白仲政，白仲政微微点头，表示可以让白影说下去，反正现在对方也不可能玩出什么花样来，如果他要暗算刑术，先前就已经下手了。

第四十三章：布局者

"事情是这样的，我其实受雇于另外一个雇主，并不是你们之前看到的那位。"白影的声音通过变声器放出来，虽然很怪异，但听得出来没有带着比较特别的情绪，很是平静。

紧接着白影拆下自己的滑雪面罩和防风镜，顺便也摘去脖子下面挂着的变声器，露出那张那枝的脸，刑术很吃惊，看着对方道："那枝？"

"刑老板，我觉得我要是继续隐藏下去，迟早还是会被你发现的，因为你很聪明，出乎意料的聪明，对聪明的人一定要坦诚一点，否则生意没有办法谈，对吗？"那枝扔掉自己的面罩和防风镜。

刑术摇头道："没想到，一路上盯着我们的人，就是你，而且在阎刚战友王铁东处设下陷阱的也是你吧？"

那枝点头，刚点下去，她猛然间意识到了什么，表情显得立即不自然，再抬眼，看到刑术却是一脸狡猾的笑容，那枝一下笑了："刑老板，没想到，你还会耍小聪明？"

贺晨雪和白仲政在旁边听着看着，完全没懂两人在说什么，在先前那一瞬间，那枝好像被刑术抓到了什么把柄，否则的话不会露出那种怪异的表情。

"你不是那枝！"刑术摇头道，"是，我是耍了小聪明，如果我不耍小聪明的话，你还是会继续演下去，你刚才不是说了吗？对聪明的人一定要坦诚一点。"

白仲政在旁边问："你怎么知道她不是那枝？"

刑术道："太简单了，我先前说在阎刚战友家设下机关的是她，她承认了，但那时候真正的那枝就在阎刚战友家的楼下车内坐着呢，在那之前，真正的那枝一直与我们在一起，只有在火车站的时候离开了一段时间，但那一段时间不够那枝去布置现场。而且现场机关顶多是几个小时前布置的，而在那几个小时前，真正的那枝与我们在一起，所以，我们眼前的这个人，绝对是假的，在我们离开阎刚战友家，我让那枝自己回哈尔滨，也就在这个节骨眼上，我们眼前的这个人用了那枝的身份。"

说着，刑术看着假那枝道："我不知道你想用那枝的身份干什么，但我只清楚一点，那就是你不愿意暴露自己的真实身份，所以，我不会和你谈的。"

假那枝道："你不会和我谈，那你会怎样？杀了我？你刑老板会动手杀人？开什么玩笑。"

刑术看了一眼白仲政："我不会，他会，反正你死在这里，没有人会知道。"

假那枝冷冷道："没关系，我要是半个月之内回不到哈尔滨，真正的那枝就会被车撞死，人嘛，总得给自己留条后路，对吧？"

白仲政的手一直扣在弩弓的扳机之上，随后他突然摸出腰间的一块铁片，朝着假那枝抛去，对方抬手直接用两根手指夹住。

白仲政现在可以肯定了，她应该就是那晚的杀手。

"好，我们谈。"刑术点头道，"你想谈什么？"

"继续刚才没说完的，我真正的雇主不是下面那个人……"假那枝刚说了一句话，就被刑术打断了。

刑术问："下水那四个人的名字、性别、籍贯、做什么的、擅长什么，麻烦你一一告知，否则还是没法谈。"

假那枝迟疑了一下，笑道："你不愧是生意人，懂得在合适的时候讨价还价。"

刑术不语，只是看着假那枝。

随后，假那枝看着旁边扔着的那堆东西道：“那三个寻宝专家是库斯科公司BM小组的成员，全是外籍华人，组长叫关盛杰，组员白博然、綦峰。这三人只是BM小组的勘察成员，不负责真正的寻宝过程，但因为时间紧迫，他们不得不跟着刘志刚下来。”

刑术皱眉：“下面那个雇用你的人，叫刘志刚？”

“对，他叫刘志刚，从护照上看，他是1959年出生，现年五十五岁，毕业于俄罗斯圣彼得堡国立大学，拿了地理生态、地质和历史三个学士学位，然后拿了博士学位，三十七岁之后回国，在哈尔滨东北林业大学任教，教授生态学，随后成为助教，然后是讲师，紧接着止步不前。”假那枝说完思考了下，“当然，最重要的事情是，他的父亲叫刘世强，也就是当年关芝青的未婚夫！”

刑术和白仲政一惊，贺晨雪则下意识抓紧了衣服，因为眼前的假那枝似乎在暗示什么。

刑术道：“你是想告诉我，刘志刚是刘世强和关芝青的儿子？”

假那枝摇头：“不，我没那么说，因为我没什么证据，而且，我对这些事情不感兴趣，但我知道贺小姐感兴趣，这就是我会让贺小姐参与的原因之一。”

贺晨雪要上前，刑术抬手拦住，继续问：“给贺小姐打电话的人是你，骗走田炼峰父亲田克的人也是你，你就是我们要找的那个幕后黑手，但是你与当年发生在这里的案子没有任何关系。”

假那枝拍手鼓掌：“不愧是刑老板，一点就明白。”

刑术摇头：“但是我不理解，为什么你要这么做？你不是对这个不感兴趣吗？”

“我对任何事情都不感兴趣，但我贪玩，我觉得很好玩。”假那枝脸上浮现出诡异的笑容，“我的雇主对奇门有兴趣，所以，很久以前，我们就盯上了田家，但一直没有轻举妄动，在长时间的观察中，我发现你是帮我们找到奇门的最合适人选，所以……”

刑术接着她的话道：“所以，你利用了贺小姐这个如今唯一与忽汗国宝藏有一丝丝关联的人，你利用了她想找到双瞳这件事，引她入局，同时再引田克入局，这样一来，我也被迫当你的提线木偶，被你牵着线引进来。那晚在筒子楼中，我相机中拍摄到的人，不是那个双瞳，贺小姐也说了不是她，而是你，对吗？你绝顶的聪明，你在暗处知道我们所有人的事情，包括我身旁的白仲政。”

“不，这一点你推测错了。”假那枝摇头，“白先生和奎爷的出现，完全是在我的意料之外，也在刘志刚的意料之外，当然，你们的出现，也是在刘志刚的意料之外，是我布的局，如果你不是揭穿了我假那枝的身份，那这个局将会是相当的完美，我也不用露面来说明，凭借刑老板的智慧，自然会明白一切，当然，既然你识破了，那也没关系，我就来给你们一些小小的提示，这也无伤大雅。”

刑术道：“从田炼峰将那双筷子带到我这儿之前，你就已经布好网了，我应该想到的，我和他是多年的朋友，为什么偏偏在这个时候他才带着筷子来找我，是你设计的对吗？”

假那枝点头：“没错，要启动整个计划，关键就在那筷子上面，但凡盯着田家的人，都知道他家有一双筷子，我也不例外，但如何让这双筷子到你跟前呢？我想了很久，观察了很久，发现田炼峰最相信的人，不是别人，是你，而你恰恰是个朝奉，而田炼峰一直想入行，同时家中也有那么一双珍贵的筷子，不过他根本看不出来那东西的价值，于是，我就在某天抽空在他的药店门口摆摊卖古玩……”

假那枝刻意在摆好的古玩摊中的一个角落里摆了一排模样怪异的筷子，在这一排筷子中放置了一双与田家那双千年乌香筷模样类似的筷子。接下来的事情任何人都能推测得出——田炼峰从药店出来，看见古玩摊，肯定会感兴趣，蹲下来看的时候，百分之百会留心到筷子，这个时候假那枝故意将那几双筷子的来历编造点故事，田炼峰自然而然会联想到自己家中的筷子，联想到自己的爷爷田云浩，以及刑仁举的往事。

“我只要做到那一步，接下来我就知道，他肯定会真正对家中的筷子产生好奇，因为那筷子田克叮嘱过他很珍贵，他不可能拿给除了你刑术之外的其他人去鉴定，只会去找上你！”假那枝笑道，“只要他带着筷子找上你，你就入局了，你是逐货师，不可能不对奇门感兴趣，而且你要调查筷子，势必会调查到田云浩的死，也会去调查田云浩被害的现场，我只需要易容成为贺小姐的模样，带着双瞳的物件去那里，不管是有意也好无意也罢，只要你发现我携带的赤足观音，你就会顺着那线索去找，但是你找到的不会是双瞳，只会是贺晨雪！”

刑术竖起大拇指：“你厉害，布局之后，虽然做的事情不多，但把我们都引进去了。”

贺晨雪上前一步，质问道：“那块赤足观音的确是双瞳的，你是怎么得来的？你把她怎样了？”

刑术知道，那晚在筒子楼内，他相机中录制下来的假扮成为双瞳的假那枝所佩戴的那块赤足观音玉佩是真的，那不是假货，这说明假那枝的确知道双瞳的下落，否则怎么可能有双瞳的随身物件？

假那枝冷冷道：“贺小姐，一步一步来，按照我的步骤来，测试还没完呢，测试完了之后，自然会有奖励，我因此可以保证，你们以后肯定会与我合作，现在你们明白为什么我暴露身份也不怕了？还有，我是不是很坦诚？”

假那枝说完对着刑术眨了下眼睛，依然带着那副古怪又诡异的笑容，让人看得胆寒。

白仲政道：“你的目的就是测试我们，测试我们这些你挑选出来帮你寻找奇门的人，是不是具备相关的能力。”

假那枝靠着一棵玉树道：“当然，这是很重要的测试。因为我要测试，所以我必须了解你们的过去，从其中挑选合适的事情，于是我选中了当年的邪教惨案，选中了忽汗国的宝藏，因为与田家有关的那个满洲国情报人员申东俊也与忽汗国宝藏有着联系，正好符合我的所有设想与设定，接下来的事情，就简单了，你们会在虚虚实实之中无法判断清楚忽汗国是不是真的与奇门有关，而在那时候，我只需要打两个电话，一个给贺小姐，一个给田克，就可以让你们踏上征途！”

刑术不断摇头：“你真厉害，我佩服你，你太精于算计了。”

“这是我最擅长的事情，不用夸奖，类似夸奖的话，我活了这么多年听太多了。”假那枝靠在那儿笑道，“不过最关键的一个环节是，我发现了田克这么多年来，虽然表面上不关心奇门，不关心自己父亲田云浩的死，但实际上却一直记在心中，如果他不那样的话，我也没有办法顺利进行下面的步骤。”

刑术此时一背的冷汗，假那枝的目标是奇门，寻找忽汗国宝藏只是测试，就算找到了事情也不会结束，哪怕是自己不愿意被她牵着鼻子走也不行，因为自己虽然没有弱点和把柄被她掌握，但她却掌握了其他人的——她掌握了田家人的，她不会那么轻而易举就放了田克，这是其一；其二，她掌握了贺晨雪要找到双瞳的弱点，加以利用；其三，她应该也掌握了白仲政、奎爷和郭十篆三人的最终目的。

只要掌握了这些人的弱点，就等于是掌握了自己的。刑术咽了口唾沫，这次事件结束，自己如果不愿意继续找下去，贺晨雪也会求自己，白仲政他们也会盯死自己，田炼峰和田克更不用说了，换言之，假那枝没有找到自己的弱点，干脆创造了这些人成为自己的弱点！

还有，最重要的是，假那枝肯定有同伙，或者是她的雇主，自己现在身处这个环境，万一找到的那些线索被人拿走了怎么办？

此时，假那枝似乎看透了刑术在想什么，开口道：“刑老板，你放心，你是寻找奇门的主力，我不会破坏或者拿走你已经找到的任何线索，相反我会加以保护，不让除了我和你之外的其他人去触及，因为那对我也没有任何好处。也许在鉴定和寻找方面，你是专家，但在布局方面，我是专家，你们能够平安走到这里，已经算是证明了你们一部分的能力，只需要做完你们接下来该做的事情，那么测试就算结束，我们就可以真正地直奔主题了。”

刑术知道，现在再纠结奇门的事情也没用，要先解决眼下的忽汗国宝藏的事情，离开这个鬼地方再说，于是问："既然你说了这么多，不介意再多说点吧？刘志刚对于这里的了解，是不是缘于他父亲刘世强？刘世强是不是当年邪教惨案的罪魁祸首？"

假那枝立即伸出一根指头，左右摇摆着："如果我想现在全盘托出，你们接下来经历的事情就没意思了，测试还没有结束，继续前进吧。"

贺晨雪上前又问："你到底把双瞳怎样了？"

假那枝不说话，只是面带笑意地看着她，贺晨雪气得发抖，刑术抓住她的手示意她冷静，不要因为生气而失去理智，那样只会在假那枝设下的圈套中越陷越深。

同时，白仲政也意识到，郭家也被这家伙盯上了，而且她应该很了解郭家，知道他们的底细，而自己并未将郭家是守护奇门的护宝人这一秘密说出来，而假那枝也没有说，她应该是故意的，故意没说，是想与郭家做一笔交易。因为她一旦说出来，刑术就会立即排斥白仲政，郭家也会被迫将刑术当作敌人，那是奎爷现在不想看到的。

对方的目的应该与奎爷一样，都是利用刑术去找到真正的奇门所在，所以，先看看再说。白仲政打定主意之后，问："这水下是什么？"

"我说了，有什么你们自己去看。"假那枝淡淡道，"不过我故意留下了一批装备给你们，五套潜水服，我用真空压缩袋装好的，为了掩饰这些东西不被刘志刚发现，我费了不少功夫，还有五个小型的水下呼吸器，我原以为你们会是五个人下来，所以准备了五份，现在是三个人更好。"

刑术看着四下那些刘志刚和三个寻宝专家留下来的东西，疑惑道："他们留下东西说明还要回来，让你留在这里，也说明要回来，我信不过你……"

假那枝嘴角一扬："刑老板，我说了，我现在不会害你们，你就算信不过我，你还是会下水，对吗？你会留下谁来盯着我？白仲政？不可能的，在水下你独自照看不了贺晨雪，你更不可能留下贺晨雪，或者是自己留下来，而且，刘志刚他们留下这些东西，就是为了制造假象，他信不过我，那晚让我杀你们，目的就和纳投名状一样，所以我做了，我做也是因为知道白仲政跟着你们，会救你们，否则的话，我肯定会找其他的借口。"

刑术依然在迟疑不定，正准备询问白仲政意见的时候，假那枝又道："这里没有出口，出口肯定要穿过水下才能找到，所以，我也必须下水，这下你们放心了？"

刑术摇头："我更不放心了，不过我想，也许你下水的时候，我会看到你到底是什么样子。"

假那枝露出个假笑，指着自己的面部道："不好意思，我用的是易容术，并不是化妆，这是防水的。”说完，假那枝收起笑容，指着一侧道，“装备在那边，旁边还有两个负重袋，用来装一些你们认为必须要带上的东西，不要装太多了，会影响你们在水下的行动，贺小姐，那边角落比较黑，你可以去那里更换潜水服。”

贺晨雪看着刑术，刑术冲她点头，她转身去了角落，刑术和白仲政就地换衣服，而假那枝就站在那里面无表情地看着，看得刑术和白仲政两人瘆得慌。

第四十四章：摇钱树

换好衣服，刑术站在水面，伸手试探着水温：“水表的温度不低。”

白仲政上前来：“这是地底洞穴，水表二十厘米左右的温度都应该不低，再往下谁知道，毕竟现在是寒冬，地面上还是冰天雪地的。”

刑术摸着潜水服，看着上面那些褶皱，问假那枝：“这是干式潜水服？”

“对，但不算太好的那种，我没有办法带很多东西，这已经是极限了。”假那枝站在距离他们三米开外的地方，始终保持着这个距离。

刑术点头道：“那还好，这样可以把保暖内衣穿在里面，不过晨雪你以前玩过潜水吗？”

“受过基础培训。”换好衣服的贺晨雪在一侧道，“但下水经验只有两次半，两次都在江水里，最后一次是在海边，都是不愉快的回忆，最后那次差点死掉。”

假那枝在一旁道：“有流动水潜水经验更好。”

“什么意思？”白仲政立即问，“你是指下面有水流？”

“差不多，但属于有规律的水流冲击，在你们来之前，我下水试了下，潜下去大概五米，有水流从左至右冲击过来，一股一股的，我计算过，大概隔五分钟的样子会产生一股水流，但我没有办法到水流的上方一探究竟，因为就算查到了也无济于事，你们应该清楚，这里面有很多机械，靠的就是水流来推动的。”假那枝说着第一个往水中走，边走边说，“我知道你们不会将后背露给我，没关系，那我就露给你们吧，我走第一个，你们怎么走，自己决定。”

刑术知道白仲政应该没问题，于是问贺晨雪：“你没问题吧？”

贺晨雪摇头：“就算有问题，我也不可能一个人待在这里吧？”

“那倒是。”刑术点头，“那就走吧。”

刑术拉着贺晨雪朝着水中走去的时候，假那枝转身来指着水潭边上那个多余的呼吸器："这东西理论上是能用一个小时，但要怎么用，完全看自己本身会不会调整呼吸频率，呼吸太快，就用得快。"

刑术看着那种模样怪异、自己还是第一次见过的水下呼吸器，只是从形状上判断是口含式的，咬住之后那根柱形的东西会横在口部，左右两侧有两根软管连接到背部挂在两肩部位的小型高压瓶中，但是那种小型的高压瓶体积也不大，不管怎么样，也不可能像假那枝所说的能用一个小时。

假那枝看出了刑术的疑惑，解释道："这是以色列产的，军用转民用，那三个寻宝专家就是用的军用的，这五件设备价值不菲，不要弄坏了，我很难向我的雇主交代的。"

刑术点头，想将东西交给白仲政的时候，却发现白仲政看着水面脸色有些难看，立即问："你没事吧？"

白仲政回过神来："没事，走吧。"

假那枝看了他们一眼，转身潜下去，紧接着刑术让贺晨雪跟在假那枝身后，自己朝着白仲政点点头也跟着潜下去，而白仲政在那儿迟疑了许久，摘下呼吸器深呼吸好几口，稳定了下情绪，这才慢慢沿着水下阶梯朝着下面走着，紧接着整个人没入水中。

水下的假那枝打开灯头，在那儿对刑术比画着手势，示意后面的刑术等人打开一盏灯就行了，节省一点。

刑术竖起大拇指表示明白，看着贺晨雪指着假那枝，示意贺晨雪紧跟着她，自己会在左侧的位置护着她。贺晨雪做了个明白的手势，紧跟在假那枝身后，刑术回头，看着白仲政跟上来了，这才朝着前面游去。

水潭下面比他们想象中要宽广，就如同是一个坛子一样，他们从坛口下来，朝着坛子最底部潜去，领头的假那枝是按照四十五度的斜角朝着下面潜，时不时会停下来左右看看，随后继续前进。

下潜到大概十米的深度时，假那枝忽然间停住，转身仰面看着刑术，指着刑术的身后，用手做了一个波浪的手势，又指了指手腕。

刑术立即明白假那枝的意思是先前她说的那种冲击水流快出现了，随后立即抓住贺晨雪，又指着一侧的白仲政，示意三个人围在一起，各自抓住对方，以免被水流冲走。

等三人抓好，再看那假那枝的时候，却发现她看着他们摇头，示意他们那样做不对，紧接着自己将身体蜷缩起来，让他们照做。

刑术和白仲政对看，因为他们不明白下面的情况，也只得按照假那枝所说的去做。

三人刚蜷缩好，缩成一个球状的时候，就听到身后的水中传来朦胧的"咕噜"声，紧接着看到一堆水泡从某处涌出，随之而来的就是一股巨大的冲击力，那股冲击力直接撞向三人，将他们整个人直接朝着右侧撞过去。

被水流撞击的同时，贺晨雪因为没有太领会假那枝的意思，蜷缩的时候没有抱住自己的小腿，导致水流冲撞过来的瞬间，她的身体展开了，展开的那一瞬间，假那枝突然间从下面蹿了上来，一把将贺晨雪给拽了下去。

看到这一幕的刑术和白仲政正在吃惊，也想潜下去的时候，却被那水流直接冲走，被冲走的那一瞬间，两人感觉水中有一股力量包裹了自己的全身，根本无法再将身体展开，而是在水中连续翻滚着，不知道滚了多久，等水流平静下来之后，两人才慢慢松展开身体。

浮在水中的两人四下看着，却遍寻不到贺晨雪和假那枝的踪影，白仲政也立即打开头灯，四下照射着，随后惊讶地发现，他们现在身处的这个水洞，与之前所待的那个完全不一样。

刑术抬手看表，发现从先前被水流冲击到现在，最多过了不到二十秒的时间，短短二十秒周围的环境全变了，说明那股水流的力量大得惊人。

白仲政指了指上面，示意往上游，因为他看到了上面的亮光。随后两人关了头灯朝着上面快速游去，终于游到之后，却发现自己又回到了先前的那个水潭之中。

“怎么搞的？”刑术摘下呼吸器，纳闷地看着四周，“怎么会回来了？”

白仲政飞快环视一圈，摇头：“不，不是刚才的地方，是另外一个洞穴，与先前那个洞穴很相似罢了，你看，上面没有我们留下来的东西，那些石林……”

白仲政指着水潭一侧岸上的石林时，想说的话一下噎住了，刑术也惊讶得一句话都说不出来，随后两人不约而同朝着岸边游去，慢慢爬上岸，看着不远处的石林，因为这边的石林不是什么石头和普通的玉石，而是珊瑚。

一堆小珊瑚围绕着一株巨大的珊瑚，而那些所谓的小珊瑚也仅仅只是相对中间那株来说，实际上单独拿出来并不小。

刑术咽了口唾沫，因为这里面随便一株珊瑚拿出去就价值连城，而且都是价格最昂贵的深海红珊瑚。

“这不会是幻觉吧？”刑术下意识看着白仲政。

白仲政摇头：“不，不是。”

“对了，假那枝和晨雪还没有来！”就在刑术准备转身再次下水的时候，假那枝就拽着贺晨雪从水面涌了出来，随后假那枝抓住贺晨雪的胳膊将其搀扶上来，推向走上前的刑术跟前。

刑术见贺晨雪的脸色很难看，而且都离开水底了，依然咬着呼吸器，问："怎么了？没事吧？"

假那枝坐在一侧休息，头也不抬地说："受了惊吓，没有受伤，摘了呼吸器吧，最好不要脱潜水服。"

"为什么？"正准备帮贺晨雪脱潜水服的刑术问。

假那枝抹着头发上的水道："刘志刚和那三个寻宝专家带了很多水下的装备，这说明这里不是终点。"

贺晨雪还没有彻底缓过来，不过在扭头的那一刻却看到了那一丛珊瑚，虽然她眼睛无法看太远，但也模模糊糊看到那些珊瑚的轮廓，下意识道："那些是……"

刑术搀扶着她朝着那边走："是深海红珊瑚。"

白仲政蹲在一棵珊瑚前看着，问："这些东西很值钱吧？"

已经走到跟前的贺晨雪，蹲下来仔细看着，看了许久才道："岂止是值钱，简直就是瑰宝。"

刑术此时却发现那假那枝却对这些丝毫不感兴趣，只是站起身来在洞穴其他地方仔细看着，用手去试探着那些洞壁，表情也很平静，不惊不喜。

"这些属于贵珊瑚，就是珠宝级别的珊瑚，我们平日内看到的一些摆设珊瑚，很多都是人工制作的工艺品，那种浅海白珊瑚并不值钱，但这种打磨之后，就会变成在珠宝店中看到的那种珊瑚珠。"贺晨雪指着跟前那株珊瑚，"最珍贵的珊瑚是捞起来之前是活枝，看这里，外面有一层黄皮，这就是生长层，珊瑚虫就在这里面，不过打捞上来之后就会立即死亡，而黄皮里面红色的部分就是宝石珊瑚没有打磨前的样子。"

刑术碰了碰贺晨雪，指着最里面那棵最巨大的珊瑚道："你还没有看到那个吧。"

贺晨雪慢慢起身，其实她已经看到了，但她不敢确定，毕竟她以前见过最高的红珊瑚，最巨大的也不过长度接近一米、高度一米二的样子，而中间那一株，高有一米七左右，枝展长为五米、宽度近两米！

两人小心翼翼从珊瑚丛中走过去，走到那棵珊瑚下面的时候，才看到那不仅是一株巨大的珊瑚，更是一株被人小心翼翼精工雕琢过的摇钱树，伸展出来的树枝之上挂满了三色钱币，也就是金银铜三种钱币。

刑术仔细看着其中一枚钱币，随后道："开元通宝？"

"不，这不是唐朝官方的铸钱，铸钱上面没有后来的唐楷体，最早的官方铸钱上面的文字是当时的书法大家欧阳询所书，都是直径八分，重二铢，积十钱才为一两，千钱重六斤四两。"贺晨雪仔细看着。

刑术点头道："对，唐朝之前用铢为计算单位，二十四铢为一两。是二十四进位，唐朝后用两、钱、分、厘的十进位法，虽然当时的铸币材料有金银铜铅等，还有好多种版本，但是这种的从未见过。"

说着，刑术抓了其中一枚，看着贺晨雪，贺晨雪朝着他点点头，刑术将那枚金币放在手心当中，闻了闻之后，用随身的试金石磨了磨再闻，随后拿出打火机来一直在下面烤着，烤了很久，打火机都烫得拿不稳之后，他才关上，仔细观察着，随后道："纯度很高，但现在没条件，不能辨别是不是真正的纯金。"

贺晨雪看着那金币道："唐朝时代的金币不算是流通货币，以前若不是为了查与珊瑚有关的摇钱树，我也不会去学习关于铸钱方面的知识，但我懂的肯定没你多。"

白仲政在后面仔细听着他们的对话，并未插嘴，倒是远处的假那枝偏头在那儿仔细听着，时不时露出个怪异的笑容。

刑术道："铸钱一般是铜钱，但是没有百分之百的铜，那时候规定铜的成分大概是百分之八十三，剩下的就是白蜡和黑铅，银币就更少了，金币我倒是见过，古玩市场上四五百块一个，不做深度鉴定很难知道真假，但假的居多，而且那时候的银币要是现在有，价格应该比金币还高。"

贺晨雪仔细看着那摇钱树："这就是忽汗国的宝藏吗？光是这一堆东西的价值就无法估量了，如果这里不是终点，那么真正的宝藏我都无法想象了。"

刑术看着远处正盯着他们两人看的假那枝道："喂，这里不是终点的话，那我们还要怎么走？"

假那枝指着水下道："应该是在水下，你们没发现吗？这里的地面上有干土，干土上面没有脚印，说明刘志刚和那三个人没有来过这个地方。"

白仲政略微思考道："是不是那冲击水流的问题？"

假那枝看着白仲政道："对，和我想的一样，我想这下面应该有好几个洞穴，其中一个才是真正的通道，其他的地方，我想也许都藏了类似的宝物吧，而且……"说着，假那枝转身摸着墙壁上的一幅浮雕壁画，按下了上面一个乌龟的脑袋，紧接着洞穴发出了轰鸣声，右侧的一堵石壁慢慢移开，一条通道出现在他们眼前。

假那枝看着那通道说："这条通道，你们猜猜是去哪儿的？"

贺晨雪皱眉问："你来过？"

假那枝摇头。

贺晨雪又问："那你怎么知道那扇暗门的存在？"

"经验！还有先前经历那些事情得到的线索。"假那枝指着那壁画道，"整个洞穴内就只有这么一幅壁画，这幅所谓的浮雕之中，真正凸出来并且活动的只有这个乌龟的脑袋，摸上去就是活动的，显而易见这儿有机关。”

贺晨雪再问：“那也不能确定是石门的机关呀？你就这么贸然打开？”

刑术在旁边解释道：“她这样判断是对的，因为这下面的所有机关，设计的初衷都是针对人的心理来的，不管是之前花灯那里，还是虫洞，抑或是我们现在身处的这个位置，我想，设计者的目的是想，来寻宝的人，在不知道正确路线，以及下面那水流机关的前提下，找到这些珊瑚和金币，正常人都会认为这里就是终点，就是忽汗国的宝藏，紧接着急于找到离开的办法，在这些前提下，在壁画上找到机关打开后，石门一开，寻宝者都会认为那是离开的通道。”

贺晨雪点头：“但是这里的宝藏看样子没有减少的样子呀。”

“两种可能。”白仲政走到那个通道门前蹲下来，“第一，从来没有人走到这里来，我们是第一批；第二，这个通道里面有陷阱，进去就死。”

贺晨雪慢慢上前，又看了一眼那些珊瑚树：“但东西看起来没少。”

刑术在后面道：“这些珊瑚要是被暴力锯下来或者砍断，拿出去价值就会减少许多，来寻宝的人发现这些东西，必定也知道其中的价值，所以在没有合适工具的前提下，不会贸然做什么。”

假那枝上前，抓了根荧光棒直接扔进去，紧接着几人看到在荧光棒照亮的位置，横七竖八躺着三具白骨，三具白骨旁边的地上和洞壁上都插着短矛和羽箭。

假那枝笑了声转身回到了水边，淡淡道：“这些珊瑚都是珍贵的诱饵，哪儿那么容易就让你拿走的，设计这个地方的人是如此的天才，不可能犯那种低级的错误，继续吧，这里的测试你们勉强及格，分数不及先前那么高。”

贺晨雪虽然眼睛看不到通道远处有什么，但从先前白仲政和刑术看到那些东西的一刹那，倒吸的那一口凉气就已经知道里面有什么了。同时，她也很失望，因为她现在很想离开这个鬼地方……

刑术径直走向假那枝，问：“水流机关我们是无法解开的，下去的话，难免再遇到危险，得想个万全的法子。”

假那枝目光从刑术的肩头跳向远处的白仲政：“你问他，他从小学的就是破解，他应该知道你刚才说的话就是屁话。”

白仲政点头：“刑老板，她说得对，在这种地方，你永远不要想找到什么万全的法子。”

作为一个逐货师，刑术当然知道这一点，但他之所以那样说是因为他担心贺晨雪，她太柔弱了，先前下水之后若不是假那枝，她恐怕已经葬身水底，还有就是担心白仲政，之前下水的时候，白仲政明显有些不对劲，似乎在惧怕什么。

不做没有八成把握的事情，这是刑术多年来的座右铭，但现在来看，这个座右铭要改了。

第四十五章：心理陷阱

下水之前，三人还是恋恋不舍多看了几眼那珊瑚，那的确是世间奇宝，就算折下来一段带回去打磨，都价值不菲。不过对贺晨雪来说，她始终认为珠宝如果没有上乘的手艺，还是维持自然的好，毕竟如今的世道，有着鬼斧神工一般技术的工匠太难找。而对刑术来说这些东西虽好，但远远达不到奇货的标准，招摇过市还会为自己惹祸。

重新下水之前，假那枝又解释了一番自己的推论，她认为也许他们要在水下被那股水流冲击多次，到达多个不同的洞穴，这才能找到正确的通道。

“当然，这只是我的推测，我只是辅助，刑老板你的意见呢？”假那枝问道。

刑术点头：“同意，只能如此了，而且我们不能分开，也就是说没有办法让人去当先锋当尖兵，因为一旦被冲开了，就无法顺着原路返回了，因为这个地方只能进不能出，我们是肯定无法回到最先的地方了。”

接下来，四人在水下被水流冲击了四次，不过这四次中，有两次是回到了最先的那个洞穴，有两次又回到了那个珊瑚洞之中，直到第五次冲击，他们往上游了之后，这才来到另外一个之前没有到过的小型洞穴。

不过当四人爬上岸之后，发现岸的对面又是一汪水潭，而且脚下能踩到的土地面积不足五平方米，只能勉强站下五个人。

刑术看着假那枝，又看向白仲政，两人都摇头，大家叹了一口气，朝前走着，继续跳进前面的水潭中，这次入水，没有遭遇水流，朝前游去，再浮起来，发现身处在与先前那个洞穴很类似的洞中，唯一不同的是，翻上那块可以驻足休息的地方后，映入眼帘的不再是一个水潭，而是两个。

“这下好玩了。”刑术蹲下来看到，“怎么选？”

假那枝和白仲政都低头看着地面，想从刘志刚和三个寻宝专家留下来的水迹判断出他们进的是哪一个水潭，好在是这里够潮湿，水迹并没有完全消失，所指的方向是左侧的那个水潭。

“左侧。”假那枝指着左边要下水，却被刑术一把拉住，随后指着左侧水潭与右侧水潭之间的岸边沿。

假那枝上前一步才看清楚，左侧和右侧之间的岸边沿上面也有水迹，立即道：“你是指，实际上正确的道路是右边的？”

刑术点头：“你不是说刘志刚不相信你吗？骗你留下来守东西，但他也知道你不是个傻子，会跟上来，也推测到你会找到这一处来，所以，故意在这里布下个迷魂阵。”

白仲政看着四下：“这里原本就是个迷魂阵吧？”

“嗯，就是迷魂阵里面布个迷魂阵，他们从来路的水中爬上来，会留下水迹，他们也知道我们会以此来判断正确的道路，所以干脆先跳进左边的水中，再从水边的水潭慢慢爬进右边的水潭之中。”刑术说完，又仔细想了想道，“应该是这样。”

假那枝笑道：“好，那听你的，还是老办法，我打头阵。”

说着，假那枝跳了进去，众人紧随其后，再潜再游再上浮，到第三个洞穴时，与刑术意料中一样，第三个洞穴中出现了三个水潭。

白仲政见此情景不由得骂了一句，随后道：“这次是三个，怎么选？”

假那枝看着满是水迹的地面：“这次地上全是水迹，根本无法判断出他们选择哪一个进去的，我们四个人，实在不行，赌一把？分开走？”

“不行。”刑术摇头，“在这种地方，分开就是死，就算其中一个人找到正确的道路，其他找错路的人也凶多吉少，剩下那个人除非是超人，否则在不知道前面有什么机关的前提下，存活的概率也很低。”

假那枝微微点头，直接靠在旁边的洞壁上，指着前面道：“刑老板，看你的了。”

刑术站在那儿看着，自己如果再往前面走一步半，就是那三个排成品字形的水潭，刘志刚他们为了蒙蔽他们，故意将三个水潭中的水泼出来，将地面全部弄湿，这样他们就无法跟随着水迹找到正确的洞穴。

“我总觉得哪里不对劲儿。”刑术四下看着，想上前仔细看水潭，但前面没有可以下脚的地方，即便是三个水潭之间的岸沿也太滑了，根本找不到固定身体的东西，踩上去也会滑落到水中。

白仲政问：“水不对劲？”

“对。”刑术上前一步，蹲在水边看着，“先前我们过来的时候，那些水没有这么绿，这三个水潭中水的颜色比较绿，像是长了青苔一样，但是青苔的生长加上有微光的前提下，能在水中反衬出这么强烈的绿光，不符合常理，除非这里有阳光射入……”

说着，刑术趴下来，朝着三个水潭中间的那个岸沿滑去，白仲政则在后面抓住他的小腿，推动他前进，就在刑术的上半身刚刚滑动过去的那一刻，从水中突然间蹦出了一个绿影，直接朝着刑术的面部就扑了过去，刑术下意识抬起手臂挡住，白仲政也立即拖住他的小腿，将他拖拽回来。

刑术急速挥舞手臂，都无法将从水下冒出来的那东西给甩开，随后定睛一看，却发现那竟然是一条浑身长满了绿毛的鱼，而最恐怖的是，那鱼有着一口尖牙，正死死地咬住刑术的手臂不松口。

贺晨雪大惊，上前忙说："快甩开呀！"

"没事，没咬破潜水服，我潜水服里面还穿了加厚的保暖内衣，这东西的牙齿虽然锋利，但干式潜水服中间是有夹层的，如果直接咬在我裸露在外面的皮肤上，估计早就被这玩意儿扯下一块肉来了。"刑术说话的同时，白仲政用匕首将那条鱼挑落，随后一刀扎在鱼身之上，举起来给其他人看。

就在刑术和贺晨雪还在纳闷这是什么鱼的时候，白仲政和假那枝几乎异口同声道："药鱼。"

说完，这两人对视一眼，假那枝笑了下，白仲政接着道："我要是把这东西带回去，郭十篆肯定得高兴疯了。"

"为什么？很珍贵吗？"刑术问，贺晨雪则仔细盯着那鱼看，如今那鱼依然在匕首上面挣扎着。

白仲政道："我记得郭十篆说过，这种鱼算是一种药物变种，极少，非常罕见，存活率相当低，是一种食腐鱼，最早传说是一种生活在长江底，水流较为平稳处的一种鱼类，只有一些民间闲书记载过，说第一次发现是在宋朝，顺着长江水淌出来的，当时只发现一条而已，不过到底是不是这种鱼，因为没有图册和详细记载，就另说了。他还说，这种鱼是以前道士搞出来的东西，为了炼丹制药，道士会养一些动物，猴子、兔子、鸡、鸭、鱼之类的，相当于现在科研用的实验性动物，不知道怎么就弄出这种鱼来了，而且还能繁殖，只是存活数量较少，必须在特定的环境当中。"

贺晨雪道："你怎么确定那是药鱼呢？你也说了并没有准确记载。"

旁边的假那枝此时搭腔道："那是因为他觉得这个地方与某个道士有关系，也许创造出这个地方来的人就是一个道士，而且药鱼在记载中只和道士有着关联。"

刑术意识到先前花灯周围的那种炼丹石，立即道："对呀，道士，我怎么没想到呢？"

贺晨雪此时转向那三个水潭："这么说，其中有一个是真的通道，其他两个水潭都有这种会吃人的鱼？"

刑术看着水潭："不，三个水潭都不能下，这又是个心理暗示，真正的通道，如果我没有猜错的话，应该是在上面。"

假那枝此时笑了，靠在一侧等刑术继续说。

贺晨雪问："为什么会在上面？"

"先说水潭吧，一开始，我们进的洞穴只有一个水潭，我们钻进去，再上来第二个洞穴是两个水潭，我们选择了其中之一后，来到现在这个洞穴，发现了三个水潭。任谁看到这一幕，都会认为真正的通道依然是水路，依然要顺着水路往下潜，哪怕是发现了有那种药鱼，也会与你一样认为有两个有药鱼，其中一个没有。"刑术说着用匕首将那条鱼切成三段，分别扔进三个水潭之中，鱼身刚落进三个水潭之中，瞬间就被隐藏在青苔之中的其他药鱼直接分食，看得贺晨雪目瞪口呆。

贺晨雪倒吸一口气冷气："原来是这样。"

"接着呢，别停，继续说，我想知道你为什么会发现是在上面的？"假那枝在旁边笑着道。

"青苔的颜色太绿，在这种洞穴中，能见到这种绿得简直不可思议的青苔，除非有强光，但是这里只有微光，我先前滑过去的时候，就是想看看里面洞穴顶端是什么样子，虽然被药鱼袭击，拖回来的时候只看了一眼，但还是看到上面有个洞，没有光线的洞。"刑术指着里面道，"其他的光线是从侧面的小孔中照射出来的，照在洞壁之上散射出来，因此才会形成微光，其实弄出这一切的人，说到底都是给来寻宝的人一些明显的提示，这里的提示就是光，在洞穴中，要找到出入口，第一个找风口，第二个是找水流的方向，第三个就是找光，这是常识，只不过，在这个洞穴中，即便你发现了那个光源处，因为光是斜面照射下来的，又因为散射铺开了，你一时半会儿是无法看到上面那个黑漆漆的洞口的。"

假那枝点头："那你又怎么能看到那个洞口的？"

刑术蹲下来，指着前面："我是趴着过去的，散射的光源维持在上方，如果我过去，维持一个平均高度，眼睛在适应了光线之后，就无法看到较为黑暗的地方有什么东西，哪怕那地方并不是真的那么黑，就和在布满繁星挂着圆月的夜晚，你在一个四面都有窗户的屋子内，突然所有的灯都关闭了，在那几秒钟时间内，你的眼睛一时半会儿无法适应，看到的绝对只是一片黑暗。"

假那枝点头："不错，很聪明。"

刑术却皱眉道："你来过这里对不对？你知道出入口在哪里！"

假那枝只是笑了笑，随后指着白仲政的弩弓道："你的准头好不好？"

白仲政将弩弓取下，上了一支弩箭道：“还行吧，十来米之内，说要射你右耳朵，就绝对不会射到你的脸。”

假那枝拿出燃烧棒点燃后：“我扔上去，你用弩箭将燃烧棒钉死在洞壁石头缝隙之中，没问题吧？”话音刚落，假那枝直接就抛了上去，而白仲政立即转身，扣动机栝，弩箭立即飞出，直接命中燃烧棒，将其钉死在石头缝隙当中。

假那枝吹了声口哨，带着微笑道：“好身手！你们休息吧。”

说着，假那枝摸出冰镐，转身走了几步，随后刹住脚步，朝着水潭方向猛冲而去，紧接着一跃而起，朝着对面洞壁挥去，扬起冰镐将其凿进石头缝隙当中，固定好身体之后，朝着上面爬去。

二十多分钟后，假那枝从上面放下一根绳子，同时在上面喊道：“一个个上来，上面固定绳索的铜扣很松了，我必须拽着绳子，无法承受一个人以上的重量，贺小姐，你最好第一个上，你用绳子绑住腰，我拽你上去，但是你要小心水潭里面的药鱼。”

贺晨雪按照假那枝的要求绑上，然后有惊无险地爬了上去，跳出来袭击的鱼，也被刑术和白仲政联手用弩箭拨开。

贺晨雪被拽上去的同时，刑术一把将白仲政拉到一侧，用极低的声音道：“这个人不好对付，我们要是被她制约住，以后就只能完全服从她了。”

白仲政听完，嘴角一扬，也压低声音回答：“刑老板，你很聪明，你想把我拖拽进局内，但实际上这个假那枝制约不到我，我没有把柄和弱点在她手中。”

刑术点头：“我知道，我是在和你做交易，不，是和你们三个人做交易，你、郭十篆还有奎爷，我知道你们的目的也是奇门，在这种情况下，我宁愿相信你们，也不愿意相信他们，那个假那枝是怪物，而你们只是虎豹豺狼，面对这种只有两个选项的选择题，我肯定选择虎豹豺狼。”

白仲政看着刑术，刑术也看着他，随后笑道：“你考虑下，线索在我这里，我也是个最理想的合伙人，总比和那个假那枝合作要好吧？你连这个人是谁，不，连他是男是女都不知道。”

两人正说着的时候，绳子再次放下来，白仲政扭头看了一眼垂在那里的绳子，没说什么，只是点了点头，转身抓着绳子往上爬去。

白仲政爬上去之后，刑术站在那儿闭目养神，开始思考前后的事情，总之现在没有任何线索可以查明假那枝的身份，只要这个人不害他们，接下来只能全力以赴解决好刘志刚的事情了……

等刑术顺着绳子往上爬，刚被白仲政一把拽上去，还未站稳的时候，再次被惊呆，因为这次出现在眼前的是一座道观，准确地说是一座修建在山洞中、不算华丽的朴实道观。

不过那道观只有一座主门，其中的主殿和门口坊廊是合在一起的，并不如一般的道观那样是分开的，应该是洞穴不大，没有办法按照规矩拉开一定的距离。

贺晨雪站在那门口已经看了许久，白仲政则在那儿慢慢地收着绳子，看着假那枝依然如往常一样，靠在一侧看着刑术。

刑术上前，读着道观上面牌匾上的三个字："铁仙观。"

说着，刑术上前，去摸着那些建筑，随后像触电一般缩回手来，道："铁铸的？开什么玩笑？"

贺晨雪也上前摸着、看着，在那建筑门口来回走了几圈道："不全是铸铁做的，但基本上能用到铁的地方都用上了。"

"唐朝虽然铁器的使用频率较之前强多了，但是也不至于达到这种程度吧？竟然有人会疯狂到将铁用在建筑之上，而且这么多。"刑术继续上下摸着，"但是建筑风格看不出来是唐朝的。"

收好绳子的白仲政上前道："为什么？"

"道观的建筑风格总体布局和宫廷类似，只是占地面积不同，这座道观根本没有明确的标志，没有明显的雕花图案之类的东西，如果不在这个地方，拿出去，你让我肉眼判断，我根本说不出来是什么时代的。"刑术说着，往大门口走，蹲下来看着门下的那些抖落的灰尘，肯定道，"刘志刚他们进去了，看来我们走的路没错。"

远处的假那枝开口道："打开门看看，看看里面有什么。"

刑术点头，推开门之后，闪身到一侧，其他人也躲在两侧，但开门并没有触动什么机关，而且一片安静，什么都没有。

刑术慢慢探头进去，看到所谓的道观之中并没有什么雕像塑像之类的东西，反倒是满地的尸骨，四处都布满了蜘蛛网，周围一片狼藉，散落着各种的物件，有很多都叫不出名字来，像是某些大型的工具一样。

刑术抬手示意其他人不要动，自己慢慢迈过门槛走了进去，谁知道刚踏下去一步，他就意识到脚下踩的那块地砖是活动的。

"糟了！"刑术浑身一震，低头去看，再抬头观望想要退出去的时候，就听到道观之中传来一声怪异的吼叫声！

第四十六章：铁仙观

道观内传出那声吼叫，让外面所有人浑身一震，白仲政反应极快，直接冲向一旁的贺晨雪处，挡在她的身前。远处的假那枝也立即蹲下来，抬眼紧盯着门内，不过等她一眼看去的时候，反应与正站在门口的刑术一样完全惊呆了——怒吼声传来之后，从道观中的山洞中冲出了一匹披着七彩鳞甲的战马，战马上骑着一个手持马槊、穿着怪异铠甲的武士，而那武士手中马槊的枪头距离刑术的面部只有不到几厘米的距离。

时间就如同停滞了一样，门外的人紧盯着刑术和冲出的战马武士，而刑术的目光则集中在眼前的马槊枪头之上，那战马与武士也完全不动，但身上的铠甲一直闪烁着七彩光芒。

许久，刑术慢慢收脚回去，紧接着抬手去触碰眼前的那枪头，因为站得最近，他发现那战马和武士都是半透明的。

刑术的手慢慢穿透那枪头，随后道："是光影，和先前我们看到的花灯一样，都只是光影走马灯而已。"

身后的众人松了一口气，慢慢上前，走到门口去仔细看着。

刑术站在那儿，用手左右晃动着，随后站在侧面，这才看清楚，所谓的战马武士都不过是道观中心位置的一块铜镜反射出来的影子，那块铜镜先前并没有出现，而是在刑术踩到门口的机关砖之后，摆放铜镜的石台这才从前方的地面升起来。

"你们别动，也许还有其他的什么机关，我先进去看看。"刑术从左侧绕过去，刚走了一步，又踩动了旁边的地砖，这一步下去，在铜镜后面又射出一道光束，光束照向铜镜，铜镜左侧又投射出一连串其他的固定光影，出现了其他模样的战马武士，其模样与走马灯之中的大同小异。

刑术一路朝着铜镜走去，试探着踩着地上的地砖，每踩动一块，铜镜中就会反射出另外一部分光影来，但是每当刑术松开脚的时候，先前因为踩下那块砖而触发的光影就会消失，再踩下其他的地砖，出现的就是新的光影，与先前的完全不同。

刑术扭头看着门外的三人："我过去看看那面铜镜。"

门外三人点头，刑术小心翼翼上前，走近铜镜的过程中，他才发现这个道观内仿佛在千年前经历了一场杀戮，从周围散落的物件，还有支离破碎的尸骨，以及尸骨周围掉落的那些箭支、长刀、短剑都在证明着他的推测。

终于来到那面铜镜之前，刑术凑近，却没有看出铜镜上到底有什么机关，倒是发现铜镜后面有一颗圆球，圆球上面有无数个小孔，但似乎圆球有两层，外面一层上面布满了小孔，里面一层似乎有一种闭合的盖子，踩动地砖之后就会触动那些小孔，孔上面的盖子自动打开，随后小孔中会射出光线来照射到铜镜的背部，从而导致了那种固定的光影出现。

“白仲政，你数一下门口到我这里的地上有多少块地砖，只数那种黑色的地砖。”刑术说完，又看着贺晨雪道，“晨雪，你过来帮个忙，借用你的眼睛看一下。”

贺晨雪走来的时候，白仲政已经俯身下去开始数着地砖，当他伸手摸着第一块地砖的时候，立即抬头看着刑术道：“这种地砖是铁制的。”

刑术点头：“对，只有这种铁制的地砖才会触发机关。”

假那枝则慢慢走进来，沿着道观左侧的洞壁慢慢走着，观察着洞壁上面，时不时抬手去抚摩一下，似乎觉得洞壁上也应该有什么机关一样。

贺晨雪来到刑术身边，刑术指着铜镜道：“你自己看看铜镜上面，上面似乎有什么东西还有字，我看不清楚到底是什么。”

贺晨雪点头，仔细看着，随后一愣，稍微想了想又继续看下去，而刑术则在数着圆球上面的小孔。许久，白仲政走来说：“黑色的地砖一共有九十九块。”

刑术点头：“那就对了，圆球上面的小孔也有九十九个。”

白仲政看着小孔道：“你的意思是圆球上面的小孔与地砖是对应的？”

“对。”刑术点头，指着小孔道，“圆球里外两层，我踩下某个地砖，固定的小孔的盖子就会挪开，里面的光线就会射出来，射向铜镜之后产生那种奇特的光影，这个道士真的是个天才，这种精密的机械，不要说千年前了，哪怕是放到现在来，只是用单纯的机械，不配合某种程序，要做出来都很难。”

刑术踩下距离自己最近的一块铁砖，圆球开始转动，其中一个小孔打开，一束光线射出来，射到铜镜之中，随后投射出一名手持长枪的步行枪兵在远处。

白仲政从侧面凑近小孔，随后道：“里面好像是一颗什么宝石夜明珠之类的东西。”

“渤海国震国公。”贺晨雪忽然指着铜镜一侧说道，“铜镜上面有字，字体的排列是乱的，不过先前你踩下那块地砖的时候，这六个字亮起来了。”

刑术立即上前，但他的眼睛完全看不见，不像贺晨雪的绿眼单瞳看得那么清楚，哪怕是贺晨雪指着镜面上给他看，他也看不清楚。

贺晨雪寻思了一阵道：“既然地砖、圆球小孔和铜镜是有一个递进关系的，而且光影产生的时候，上面还有文字显现，加上文字原本是胡乱排列的，我推测，镜面上的文字应该是某种类似密码的东西，必须按照一定的规律踩中地砖，文字才会按照顺序显现出来，从而拼凑出完全的记载。”

刑术皱眉：“但是我们不可能知道规律，只有用笨办法。”

贺晨雪道：“你是说，你和白仲政去踩砖，我在这里记录文字，把每一次显现出来的文字记录下来，记录九十九次，然后将这些文字放在一起，按照文字结构重新排列？”

刑术点头：“除此之外，别无他法，只能这样了。”

说着，刑术看着白仲政，白仲政却一扬头，示意他们去看假那枝。

此时的假那枝正从那些地上的尸骨，以及散落的物件前一一走过，时不时凑近看一下，还用戴着手套的手去轻轻触摸，随后闻着手指，时不时低声自言自语什么。

刑术摇头，示意先不要管假那枝，先搞清楚铜镜的事情再说。

紧接着，三人分头行事，贺晨雪拿出纸笔，开始一一记录，而刑术和白仲政则一左一右，慢慢地踩着那些地砖，每踩下一块，就用红笔在地砖上画一个序列号，贺晨雪也会同时在这块地砖踩下显现的文字后面画上相同的符号。

假那枝则站在道观往里的那个山洞口，一直观望着，不知道在看什么。

足足花了一个半小时，三人才合力将那些文字全部记录下来，紧接着贺晨雪抱着笔记本坐在一侧，开始拼凑上面的文字。

拼凑那些文字又花了足足两小时，刑术和白仲政也趁机轮流休息，一人小睡了一会儿，因为是古文，所以要拼出来有些吃力。

终于，贺晨雪拼出来了，让白仲政摇醒了还在睡觉的刑术，将拼凑好的那段长文字递给了刑术，让他看。

刑术揉着眼睛，喝着水看着，随后皱眉道：“‘天地镜，铭天地’。这是什么意思？”

贺晨雪指着那段文字道：“天地镜指的就是这面铜镜吧？我推测是这样的。上面写道，之所以建造这一切，是为了颂扬渤海国震国公，其实很多都算是废话，上面写着这位震国公无比神勇，机智过人，多次出奇兵轻易击败了来犯的唐军。”

白仲政纳闷：“来犯的唐军？”

贺晨雪道：“虽然说渤海国这个称呼算是唐赐的，但准确地说算是唐玄宗时期，在那之前渤海国，也就是俗称的忽汗国叫的是震国，来之前我查过资料，当时的渤海国统治者被封为渤海郡王，不过在武周时期，也就是武则天统治时期，武则天赐封其为震国公，这里的震不应该是威震八方的意思，应该属于震国的震字，而这个震字应该是来源于八卦当中的震位，不过这里有个非常矛盾的地方。”

“的确矛盾。”刑术看着文字道，“因为在当时的渤海国统治者大武艺反叛，其弟大门艺担心得罪唐朝，投奔唐朝，只有那个时代渤海国才与唐朝交战，并且在唐中宗复位之后，才封其为渤海郡王，至于渤海国这个名号，都是后来的唐玄宗时期才有的，也就是说在唐后期这里才升格为了国，而且还是在玄宗之后，过了肃宗后的代宗。所以，按照唐朝的记载来算，这里与唐朝交恶的时候，根本没有渤海国的称呼，更不可能这里的统治者还沿用唐朝册封的震国公爵位，那不是很可笑吗？”

白仲政道：“的确可笑，与敌人交战的时候，怎么还可能拿出敌人册封的爵位耀武扬威。”

“所以，我推测，修建这个天地府时，应该是渤海国晚期，被契丹灭国的那段时期，或者是更晚，否则的话，除非这个叫铸铁仙的人会穿越时空，在武周时期就知道后百年的事情，那是不可能的。”刑术放下笔记本，猛地又拿起来，看到文字上面的序列号，忽然一拍脑袋道，“对呀，铁砖和文字的对应顺序。”

“终于想到了？”前方的假那枝转身道，“先前你们罗列序列号的时候，我还以为你们已经明白了。”

贺晨雪一时没反应过来，问：“什么意思？”

刑术解释道：“你想想看，踩下地砖才能显现文字，实际上应该是反过来的，也就是说，文字是打乱的，踩下地砖的顺序也是乱的，如果按照这段断裂的文字的正确组合顺序来踩下地砖，也许就是揭开谜底的时候。”

白仲政看着地砖道：“对，文字的第一个词的序号是多少。”

贺晨雪看着笔记本道：“47。”

白仲政立即找到标记为“47”的地砖，看着刑术，刑术点头，他抬脚踩下去，紧接着光影再次出现，等他抬脚起来的时候，发现那光影并没有消失，随后众人按照文字的正确排列序号一一踩下去，终于发现了这个神秘光影所记录的真相。

按照光影上面显现出来的画面，他们推测出，这是渤海国灭国时候发生的事情，大意就是当时契丹大军进攻了渤海国，但与此同时，一支唐军也出现了，虽然只是一支轻骑兵队伍，但十分强悍，轻易击溃了渤海国的军队，紧接着冲入城中进行烧杀。

刑术等人看到光影重叠后重新出现的画面时，无比惊讶，刑术不禁道：“这个人简直就是个天才中的天才，如果不按照正确的顺序踩下地砖，出现的光影只是一群武士而已，但按照正确的光影踩下去，那些武士的光影重叠在一起，就变成了其他的画面，而且还是像幻灯片一样一一显现。”

“等等——”贺晨雪此时喊道，指着光影中穿着比较华丽的两个几乎一模一样的人道，“这两个人是谁？”

假那枝在一侧道：“看样子是当时的渤海国统治者，这两个人身边还跪着不少人，其中不少人看样子是文官武将，能让这些人下跪的，应该只有国王吧。”

贺晨雪摇头：“但是怎么会有两个国王？”

刑术对白仲政道：“白仲政，你继续按照顺序踩下去，看看下面会出现什么。”

随后的画面展示，让四人明白，在当时渤海国战败开城投降之前，渤海国的国王找了替身，而自己则在一众侍卫的保护下离开了，还带了满满五车应该是财宝之类的东西离开，紧接着在某个山脚下，带着两个道童的道士迎接了他们，带着他们进了山。

紧接着的画面，就是这位国王在道士的引领下，来到了还没有完全修建完毕的天地府。

众人一直目不转睛地看完，终于明白了怎么回事，这个地方应该是渤海国后期的统治者让那个叫铸铁仙的人修建的，当然，也许是铸铁仙的提议，但在没有完全修建完毕的前提下，渤海国亡国，国王用找的替身替代自己，然后躲在了下面，当然事情并没有因此结束。

其后也许是铸铁仙觉得用画面来表示太过于麻烦，后面全显现的是文字，文字的大概意思是指那个替身国王出卖了真国王，契丹大军赶来寻找他们，而带领他们的是当时契丹皇太子耶律倍，这批军人进入了天地府之中，因为机关的关系死伤惨重。

文字显现到这里又出现了画面，画面显现的是耶律倍死在了先前他们度过的那个虫洞之中……

看到这里，刑术立即挥手道：“停停停！不可能的事情！”

白仲政不怎么了解历史，扭头问：“怎么了？”

贺晨雪也皱眉，她对那一段历史也是模模糊糊的，不明白怎么回事。

假那枝则开口道：“刑老板的意思是，耶律倍不可能死在那里，因为耶律倍后来还成为东丹国的统治者，被他父亲耶律阿保机封为人皇王，因为那时候耶律阿保机自称为天皇帝，皇后称为地皇后，不过在阿保机死后，耶律倍并没有成为当时契丹的皇帝，因为耶律倍的思想比较倾向于学习当时最强大的汉族，但其母亲和弟弟却不以为然，而他母亲更喜欢其弟弟耶律德光，最终耶律倍没有成为皇帝，又因为惧怕其成为皇帝的弟弟加害自己，逃往了后唐，所以，他不可能死在天地府当中。”

刑术看着假那枝道：“史书是那样记载的，所以，耶律倍不可能死在这里。”

贺晨雪不解道：“那这个铸铁仙为什么要记录这件事？有什么意义吗？”

白仲政道：“先看完再说吧，而且那边还有个洞呢，指不定里面还有什么东西，说不定有个地下行宫之类的地方，因为我们一路过来，看到的全都是机关，一个国家的国王怎么可能在这种地方住着。”

刑术点头：“继续吧。”

接下来的画面就更令人惊讶了，因为画面没有再描写关于天地府的事情了，只是写了这个地方被封住了，随后被契丹大军包围，而率领这群契丹大军返回的人不是别人，正是先前明明已经死在虫洞的耶律倍。

最后一个画面结束后，白仲政松开踩下地砖的脚，扭头看着其他人，其他人都处于呆滞状态，就连假那枝也只是盯着地面看着，不知道在想什么。

许久，刑术打破沉默：“我有点糊涂了。”

贺晨雪却突然语出惊人：“会不会……是有人替换了耶律倍？”

刑术一惊，此时远处的假那枝也立即扭头盯着贺晨雪，白仲政皱眉道：“这不可能吧？一个堂堂的契丹皇太子，死在这里没有人知道，这么轻易就被人替换了？哪儿去找一个长得一模一样，而且举手投足加口音都一样的人？”

刑术也点头：“是呀，虽然是个可能性，但这个可能性太低了。”

贺晨雪却坚持道：“可以易容呀。”说着，贺晨雪下意识看向了远处的假那枝，言下之意是，假那枝都可以有如此精湛的易容术，这种技术是从中国古代传下来的，说不定当时就有。

假那枝只是冷哼了一声，没有接茬。

刑术看着那面铜镜道：“不管怎么说，基本上这个地方是怎么形成的我们查清楚了，至于忽汗国的宝藏嘛，我觉得应该只是个噱头吧，千年间，不知道死了多少人在这里，我们的目的也达到了，现在只能继续前进，然后找到出口离开。”

“还有……”贺晨雪低低道，“要解决刘志刚的事情，我知道，我现在说出这个请求来很唐突，但我一个人办不到，希望你们能帮忙，我不想我奶奶一直背着一个杀人狂魔、邪教头目的身份，我虽然没有见过她，但我相信她不是凶兽穷奇。”

假那枝点头，上前走了几步：“可是，你应该知道，刘志刚应该就是你的……父亲。”

第四十七章：金脉

刘志刚应该是贺晨雪的父亲，这个事实大家都下意识忽略了。如果说关芝青真的是贺晨雪的奶奶，而刘志刚是刘世强的儿子，当年关芝青又是刘世强的未婚妻，那么极有可能关芝青在与刘世强成婚之后生下了刘志刚，不过这个仅仅只是推测而已，事实如何，还需调查。

“父亲？这个世上有多少父亲会让人杀掉自己的亲生女儿？”贺晨雪慢慢摇头，“有多少父亲会在路上布下陷阱，让女儿去死的？没有，就算他真的和我有什么关系，我们之间也顶多只是一个被逼无奈的血缘关系，就算有血缘关系，没有感情基础的前提下，我和他没有任何关系，再说了，我姓贺，他姓刘，两回事。”

贺晨雪这番话已经表明了自己的态度，就算刘志刚真的是她父亲，也无法打消她为奶奶关芝青报仇的念头。

白仲政此时无奈道：“如果说关芝青不是你奶奶呢？那这件事就与你无关。如果关芝青是，那么刘世强就是你爷爷，也就是说你爷爷害了你奶奶，你父亲又步了你爷爷的后尘，说到底就是你们自家人在内斗，我觉得如果真的是这样，我没有必要插手。”

贺晨雪立即道：“谢谢你的坦诚。”

说完后，贺晨雪扭头看向刑术，白仲政和假那枝也看向他，想知道他的态度。

此时的刑术想得比任何人都多，他反而是看向假那枝，他清楚假那枝只是在利用贺晨雪制约自己罢了，在这种关键的时候，假那枝都不放过制约自己的机会，说明这个人一直在保持清醒和冷静的头脑。

这种人，很可怕。

刑术没有直接回答，而是反问：“你想怎么做？”

“报仇。”贺晨雪简单道，“洗清罪名。”

刑术淡淡道：“报仇分很多种，而洗清罪名通常只有一种，结合洗清罪名的目的，那你要报仇，只有一个办法，那就是将刘志刚绳之以法，但是问题在，刘志刚不是他父亲刘世强，当年的事情到底如何，我们至今都不知道，所以我让阎刚和田炼峰去屯子里面调查。就算真的是刘世强干的，世界上没有哪个国家的法律规定了，父亲犯法逃脱或者死了，就要抓儿子去坐牢的。”

说完，刑术顿了顿，又道：“现在的刘志刚几乎是清白的。”

“几乎清白？那晚他差点杀了我们！”贺晨雪怒道。

刑术闭眼喘了口气，指着假那枝道：“你冷静点，那晚的事情是这位干的，你认为这位会为你证明吗？她不证明的前提下，你凭什么说刘志刚要杀了我们？好吧，就算我们也要将这位绳之以法，是不是得靠白仲政白先生？他是唯一可以证明她是那晚下手的证人，不过他先前说了，不关他的事。”

白仲政此时马上道：“既然话说到这里，我还得补充一句，就算我愿意当证人，也没有办法，因为那晚，我根本没有看清楚她的脸，无法证明就是她。”

“你看。”刑术看着贺晨雪道，“所以，你现在所想的一切报仇的念头都应该放下来，我们现在应该做的是，活着离开这里，之后我们会遭遇什么，谁也不知道，一切都是未知数，除了冷静、保持清醒之外，你不能想其他的事情。”

贺晨雪现在满腹委屈，觉得自己非常无助。不过刑术倒觉得这个女孩儿着实善良，毕竟她也不清楚关芝青是不是自己的亲奶奶，当然，这不是最重要的，最重要的是，其实她心里面最受不了的是那111条无辜的性命。

就在此时，贺晨雪低低道：“就算不为了关芝青，也应该为了那111条命吧？他们都是人。”

刑术没说什么，只是去牵贺晨雪的手：“走吧。”

两人牵着手走到那洞口的时候，贺晨雪轻轻甩开了刑术的手，随后道：“我走中间吧，我胆子小。”

刑术知道她只是找个借口而已，现在的贺晨雪说不定很厌恶自己了。毕竟是人都喜欢听好话，在某些艰难的时候更喜欢听善意的谎言，不喜欢听刺耳的大实话。可偏偏刑术又是那种不可能不计较后果，为了安慰他人就张口胡说的人。

假那枝依然走在最前面，前方的山洞中呈现出另外一幅情景——山洞的两侧挖出了一间间如窑洞一样的屋子，屋子看样子都像是商铺一样，整个山洞延伸下去，就像是一条城中的闹市街道。

“包子铺，那边有卖布匹的，这边还有卖粮食的。”白仲政边走边看着四周，“就是看不到半个人。”

白仲政所说的人当然是人死后的白骨，不过刑术并不认为会出现骸骨之类的东西，毕竟这里的东西都摆得很整齐，所有的东西都维持着千年前的模样，只是大部分都风化了而已，看得出来，当年忽汗国灭国之后，那个国王是想在这个地底维持着自己王国的运作。

“到了。”假那枝站在前面，指着跟前那个更大更深的巨型洞穴道，“这里就是那个真正的地下王国。”说着，假那枝摸出包中的信号枪，朝着洞穴中打出了一发照明弹。

刑术三人立即快步上前，借着缓缓掉落的照明弹看着眼前的洞穴，洞穴中还搭着很多没有垮塌腐烂的支架，维持着当年还在修建的状态。

洞穴是被人工凿开挖大的，挖掘的过程中，故意挖出了像是阶梯一样的地方，在此基础上再挖掘出可以住人的窑洞来。

刑术给无法看太远的贺晨雪解释这里的模样，眼前的窑洞一共有九层，每一层目测最高应该有五米的样子，一直斜面朝着洞穴顶端伸出延伸而上，在中间还有一道宽达五米的阶梯，阶梯从最下面的窑洞一直到顶端，而在顶端有一座华丽无比的楼阁，就像是皇宫大门一样。

而那皇宫大门是这里唯一看起来已经修建完毕的建筑。

白仲政拍摄着跟前的洞穴，随后率先从跟前的那条斜坡碎石路走了下去，走了几步后，停了下来，俯身捡起其中一块石头，在手中捏了捏，转身扔给刑术问："这是雨花石吧？"

刑术接住，点燃了之前制作的简易火把，看了看道："对，是雨花石，肯定是天然的，那个年代没有人去仿造这种东西，不过这种比我们现在所说的珍贵多了，是真正的天然雨花玛瑙。"

说着，刑术蹲下来抓了一把，惊叹道："用这种东西来铺路，真是奢侈呀。"

"我现在唯一感兴趣的就是上面那座大殿。"白仲政朝着那阶梯走去，同时在每个窑洞跟前几乎都躺着四五具骸骨，骸骨身上穿着的衣服都已经破烂不堪，在这个洞中经历了千年的岁月，大部分衣服都已经支离破碎，如果不是因为这里几乎没有较大的空气流动的话，恐怕早就全部变成灰了。

白仲政停在那儿，看了看，正准备顺着阶梯走上去的时候，却听到有什么东西顺着阶梯掉落下来的声音，紧接着看到最顶端的那个楼阁的门口有了光源，似乎有个人正蹲在那里。

刑术带着贺晨雪走到阶梯下方，举起火把想看清楚是谁，但因为距离太远，第九层窑洞距离顶端的楼阁还很高，加上斜面延伸的距离，导致整个阶梯长度至少有一百五十米，而在微光的前提下，要看清楚150米以外是谁几乎不可能。

此时，刑术扭头去看假那枝，却发现假那枝不知何时消失在了黑暗中，不知去向，只得碰了碰一旁的白仲政，示意他提高警惕，随后大声道："请问是刘先生吗？"

那人并没有回答，紧接着他们又听到什么东西从上面顺着阶梯滚落的声音，这次更多，听起来像是什么小型的金属。

终于，其中一件东西滚到最下面的阶梯，刑术低头一看，发现那是一枚金币，俯身捡起来，发现那枚厚度达五毫米的金币并不是中空的，也没有正反之分，两面都没有文字和图案，反倒是金币的周围边缘有一圈奇怪的文字。

刑术咬了下，随后道："纯金的。"

白仲政顺着阶梯往上走了几步，发现先前上面那人扔下来了更多的金币。

“刘先生，我不懂你的意思。”刑术抬头问道，“你是想告诉我，让我拿了这些东西，马上走人对吗？”

上面那人慢慢起身，随后又扔下了什么东西，这次听起来声音没有金币那么响，哗啦哗啦的像是某种沙子一样。白仲政回头看了刑术一眼，两人同时打开头灯，朝着上面照射而去，这一照，两人吓了一跳，因为上面那人倒下来的竟然全是金砂！

“金子！无穷无尽的金子！”上面那人高喊道，“要多少有多少！你们想要拿多少？尽管拿。”

刑术顺着阶梯开始试探着慢慢上前，白仲政跟在其后，贺晨雪跟在两人身后，攥紧了拳头。

上面那人也没有制止他们，直到他们气喘吁吁爬上距离那人还有十来步阶梯的时候，终于看清楚了那人的模样，那是一张再普通不过的中年人的脸，而且脸上还架着一副眼镜，穿着干式潜水服，若不是因为他那张布满冷峻表情的脸，还有手中举起来的强弩，任谁都会认为他只是个普普通通的老师。

“看来我雇的人把我的身份说出来了。”那人冷冷道，“对，我就是刘志刚，当年发现这个地方的刘世强就是我父亲。”

刑术等人没说话，不知道刘志刚要做什么，而且刑术很纳闷那个假那枝为什么不见了。

“刑老板，你很厉害，你竟然可以追到这里来，我还以为你们会死在半途上，因为我带来的那三个专家，据他们说，若不是我知道正确的路线，就算他们一路找来，也会非死即伤。”刘志刚脸上终于出现了点笑容，“所以，我觉得你的能力比我想象中还要出色，加上你又是个朝奉，应该有生意头脑，不如咱们合作吧？因为这里的金子虽然多，但要出手却没那么容易，一次性出手那么多金子，任谁都会盯上我，我很怕死的。”

说完，刘志刚在那儿怪异地笑着。

刑术摇头：“刘先生，我对金子没兴趣，如果您有古董，或者是一些新奇的东西，我倒是觉得咱们可以交流交流。”

贺晨雪此时要上前，却被刑术一把抓住使劲一拽，拉停她，示意她冷静点。

刘志刚又转向白仲政：“白先生，我知道你是做什么的，我也知道你跟着刑老板的目的，虽然以前我对很多事情一无所知，但是我雇用的人很厉害，将你们查了个清清楚楚，只不过，我现在还没有想过，要不要与你们也合作，但是多三个人，又会多分三份出去，不过如果真的有必要的话，我无所谓，因为这里的金子是取之不尽、用之不竭的。”

白仲政笑道：“取之不尽？就算这里是金矿，也有挖光的一天吧。”

“聪明！”刘志刚看着白仲政道，“这里的的确确就是金矿，而且有着非常明显的金脉！”

说着，刘志刚蹲下打开自己先前架好的那个强光手电，照着洞穴的顶端，照上去的那一刻，刑术他们抬头看到洞穴顶端大块大块的所谓的岩石金光闪闪，那不是岩石，那些是矿石，金矿石！

贺晨雪看着眼前模糊的刘志刚，质问道：“原来忽汗国的宝藏就是这个金矿，当年你们害死那么多人就是为了掩饰这件事？”

刘志刚蹲下来，依然举着手中的弩弓：“对，忽汗国的宝藏就是这个金矿，不管是当年的那些人，还是现在的我，感兴趣的都是金矿。其次，我今年才五十多岁，发生当年那件事的时候我才出生，只是个婴儿，那件事与我完全没有关系，你没必要用道德的绳索来捆绑我。”

刘志刚的话算是滴水不漏，他并没有因此将当年的事情一五一十说出来，不过换个角度说，他也没错，当年犯案的人是他父亲，不是他，世上没有老子杀人儿子坐牢的这种法律。

说完，刘志刚又道：“刑老板、白先生，你们是怎么考虑的？给我个答复吧。”

刑术发现刘志刚并没有提及贺晨雪，应该说，他似乎刻意避开了贺晨雪，这是为什么？难道他真的是贺晨雪的父亲？

就在刑术还在思考下一步怎么办的时候，白仲政扔下了自己的弩弓，还将装有箭支的箭筒也放在了地上，随后解下冰镐和匕首的挂带，举起手来说：“我合作，这么多的金子，我说不动心，那就是在撒谎。”

白仲政说着，扭头对刑术和贺晨雪露出一个笑容。

刘志刚的弩弓转向刑术问：“刑老板，你呢？”

“刘先生，金矿的事情没那么简单，你既然知道这下面有什么，应该也做过相关调查。1988年的时候，国务院就发布过关于对黄金矿产实行保护性开采的通知，根据我国的矿产资源法第十五条规定，决定将金矿列为保护性开采的特定矿种，未经国家黄金管理局批准，任何单位和个人不得开采。”刑术看着刘志刚道，不过同时也解下了自己的冰镐和匕首的挂带，“当然，2003年的时候发改委又发布了办理开采黄金矿产批准书的管理规定，明确指出了日开采量和开采有效期限，日产量五百吨以上的，有效期为十五年，这是最长的。当然，我现在说的只是这么多年来发布的管理规定中的其中两个文件而已。”

刘志刚脸上露出了笑容：“刑老板，我就知道，我找你合作是正确的，因为你们逐货师简直就是百事通，有你们在，相当于身边带了个全才。”

刑术也笑了：“把全字下面那个王去掉吧，我也许是个人才，全才说不上，我只是想告诉刘先生这件事的危险性，要是犯法了，会把牢底坐穿的。”

贺晨雪低着头，攥紧拳头，没有抬头看任何一个人，此时的她认为自己被卖了，先是白仲政，后是刑术，这些人都靠不住。

刘志刚此时从口袋中扔出了一个小包，随后自己也从包内掏出个口罩来：“包里面有三个口罩，戴上吧，这里是金矿，虽然不算真正的开采区，但开采和精炼就在后面，空气中会充斥着二氧化硫，吸多了会死人的！”

刑术愣了下，觉得自己把这件事给忽略了，他分发口罩的时候，贺晨雪依然攥紧拳头，站在那儿一动不动，他只得强行给贺晨雪戴上，戴上的时候，刘志刚还看着两人，带着一种古怪的笑容。

“贺小姐，你要搞清楚眼前的状况。”刑术只是这么低声说了一句。

“上来吧！我带你们去看后面的开采区和冶炼区。”刘志刚扛着弩弓，“不过，你们得走在前面，我对你们还不是完全的信任。”

刑术拉着贺晨雪朝上面走着，白仲政跟在后面，刑术同时道：“人为财死，而且人心不足蛇吞象，刘先生小心谨慎，我能理解，没关系。”

刘志刚微笑地看着从自己跟前走过的三人，紧接着又朝着四下看了一眼，似乎在找着什么，随后指着大殿的正门道：“进去吧。”

刑术推开大殿的门，推开之后就看到四下都点燃着火把的大殿内是个巨大的山洞，山洞有数个通道延伸向深处，而主洞内就是炼制金矿的地方，从里面那些古老的工具可以看出，基本上用的都是燔火爆石的办法，用火烧矿石，然后泼冷水，矿石热胀冷缩之后爆裂开来，随后再研磨，放入水中筛淘。

刘志刚看着周围道：“我们当然不会用这种办法，我们可以用浮现法，利用球磨机研磨，再用碳酸钠做调整剂，最终弄出金精矿粉，这样也容易带出去，不容易被人发现，用装粮食的车运输，就不会让人产生怀疑。”

刑术深吸一口气道：“可是，我们就这几个人，肯定办不到，我就算知道理论上怎么做，但实际上也没有操作过，刘先生，你总不至于亲自动手吧？”

刘志刚摇头：“要找人多简单，你先前也说过，人为财死嘛，我完全可以模仿当年我父亲的做法。”

贺晨雪浑身一震，而刑术则故意用一种好奇的眼神看着刘志刚。

第四十八章：机械图纸

“刘先生，我觉得当年令尊用的办法，现在再用，不可行了。”刑术随后摇头道。

刘志刚皱眉：“噢？你知道当年我父亲用的是什么办法？”

刑术点头，贺晨雪此时慢慢走到一边去，刘志刚看着她离开的背影冷冷一笑，又问：“那你说说，他用的是什么办法？”

“重塑天言教，以忽汗国宝藏的名义聚拢众人，想发财的人非常多，只要给他们一点点甜头，给他们看看金子，自然而然就会有人心甘情愿卖命，在那个年代，整个国家都很穷，更不要说个人了。”刑术说完，又疑惑道，“不过，麻烦就麻烦在，人心难测，否则的话，当年那一百多人也不会死，对吗？我想，肯定是因为出现了突发情况，毕竟他们只是普通的农民而已，我们要在这里冶炼矿石，必须要找到一部分半专业人士，当然，最好是那种不露面的。”

刘志刚抱着胳膊问：“什么意思？”

“普通人来这里，虽然很兴奋，但随后他不会认真去冶炼矿石，一定会想着将现成的金子一分，然后走人，到那个时候，他们人多势众，我们吃亏，我是不建议伤人性命的，那会引起很多的麻烦。如果找专业人士，这些人一旦到来，十天半个月或者更长的时间都会待在这里，因为谁也不清楚，他们要是出去了会说什么，拥有国家颁发的相关证书的技术工作，与黄金冶炼有关的，这样的人突然失踪，警察会加重怀疑的程度。”刑术说完顿了顿，“所以，我建议找黑市上的人，我认识不少，手艺好，嘴严，就认钱！只要钱给够了，他们是一辈子都不会说出去的。”

刘志刚露出个笑容，摇头：“刑老板，你认识的人，你叫来，你觉得我会相信你们吗？我会加重对你们的怀疑，你也说了，人多势众，到时候你的人比我多，我不是就死定了吗？我不傻，这个地方我做主，这一点任何时候都不能改变。”

刑术深吸一口气，只是点头。

刘志刚又道：“专业人士更不可能考虑，如你所说，警察会怀疑，毕竟黄金冶炼这种工种，特别是精工，几乎都是上了名册的，一旦失踪，我们的麻烦就大了，所以，我还是倾向于你最不愿意的办法，像我父亲当年一样，就找普通人！”

刑术皱眉：“刘先生，我先前说了……”

“你听我说完就清楚了，不要打断我的话！”刘志刚冷冷道，“找普通人的优势在于，他们够蠢，眼中只有黄金，而且容易被欺骗、被威胁！”

刑术摇头：“难道你还想照搬当年你父亲那一套，搞什么天言教？”

刘志刚道：“这是个浮躁的年代，只认钱的年代，老百姓永远是愚蠢的，我也是老百姓，所以我很清楚，只要一点点甜头，就可以拉拢到很多人，这就是这些年有这么多邪教冒出来的原因，他们有很多的不满，他们的身份也多种多样，有富翁，也有穷人，当然以穷人为主，穷人参加这些教派，就是找一个发泄的地方，还有，他们认为穷不是自己导致的，而是其他人。刑老板，你应该知道，穷不是一个人吃不上饭的理由，懒才是，我需要找的就是那些做着一夜暴富白日梦的人，和当年一样！”

刑术只是看着刘志刚，依然摇头，表露出一副还是不相信的模样。

刘志刚继续道：“我父亲是个地质学家，是当时一个没有名气的老师，但是他有理想、有抱负，他一腔热血，希望可以报效国家，同时，他身边还有两个好朋友，一个叫郝建国，一个叫李铭志，他们三个人都是高中同学，不过上大学选择了不同的专业，我父亲选择了地质学，而他们选择的是历史考古专业，要知道，在那个年代，地质学还算吃香，但历史考古专业就不一样了，能留校跟着教授还不错，但如果不能，出来之后，你只能回到老家的文化局去工作，拿着那一点点可怜的工资，都不好意思说自己是大学生……”

郝建国和李铭志在大学的时候，所专注的就是被契丹吞并后来消失过的渤海国，也就是历史上的海东盛国，但是留下来的资料极少，不过在偶然中，两人从一个教授家中看到一份十分古怪的机械图，那是一张皮纸，虽然是“民国”时期的赝品，但就算是“民国”时期，也找不出有人可以设计出那种以水利为主、实际操作起来十分困难的机械，而且仅仅只是一部分而已。

两人对图纸好奇，询问教授怎么来的。教授告诉他们，这张图是以前东北抗联第一军，也就是杨靖宇将军的部队，在抗战期间在一个屯子里无意中得到的，当时抗联的战士文化程度并不高，看着上面的图还以为是伪满和日本人搞出来的什么新式武器，于是带了回去，但当时有识文断字的人说那东西与日本人无关，也就没有人再去追究了。这张图就这样一直留了下来，直到日本人投降后，冀热辽东进部队进入东北之后，这张图才上交到了当时东进部队的手中。

“当时那张机械图还出现了一个小插曲，那个时候占领沈阳的是苏军，苏军在搜查过程中，找到了当时已经交给沈阳地下党的那张机械图，不过谁也没有当回事，那张图还一度被送到了当时苏军驻沈阳卫戍司令卡夫通的手中，但后来他又还回来了，因为有人说那东西是假的，赝品，他们对赝品没兴趣。”刘志刚笑道，“如果那张图被苏联人带走了，这一切都不会发生了。”

此时远处的贺晨雪道：“或许，被苏联人带走才是最好的结果……”

白仲政看了一眼贺晨雪，继续查看着周围的那些东西，也不搭话，同时也在想着为什么那三个专家和假那枝都不见了。

刘志刚接着说：“后来，郝建国和李铭志花了一年的时间，终于找到了那个屯子，并且顺藤摸瓜找到了忽汗国的相关线索，但在那个时候，他们的目的也仅仅只是考古，没有想那么多。”

后来事情的走向完全变化了，他们在寻找线索的过程中，从刘世强手中得到了一份不完全的档案，这份档案是当时中央调查部送出的，这里面就有一份申东俊的供词，供词里面写了当年一线屯的事情，又因为那里的地形奇特，故调查部认为一线屯的事情应该属于地质研究方面的问题，于是单独将申东俊对于一线屯的供词拿出来。直到1952年才有北大、清华等几所大学地质系组成的北京地质大学，当时的刘世强就是地质大学的学生，而郝建国与李铭志就读的则是吉林大学。

三人从高中毕业一直保持着联系，郝建国和李铭志在追查那份图纸的过程中，在发现忽汗国之后，也曾经对刘世强聊起过，说起过那个屯子，而刘世强研究那份档案的时候，发现申东俊的供词中所说的地点与那个屯子十分接近，联想起来之后觉得这件事也许对郝建国、李铭志的研究有帮助。

那一年的春节，三人都回到老家，合计之后认为如果能够找到申东俊的话，也许能搞清楚的事情更多，于是他们开始四下寻找申东俊，终于得知申东俊已经疯了，住在优抚医院之中，但三人依然没有放弃，直接去了优抚医院。

“我爸刘世强和我妈关芝青，就是在那所医院认识的。”刘志刚摇头笑道，“当时三个人在找申东俊的过程中，都认识了我妈妈，也成了非常要好的朋友，不过最终我妈选择了我爸，不过两人并没有结婚，因为我妈比我爸大好几岁呢，家里面也不同意，于是大家只能将精力继续放在寻找一线屯上面，隐隐约约觉得一线屯应该与当年的渤海国有着关联。”

刑术听到这儿，明白了，原来有些事情是齐头并进的，在当时田云浩被关芝青找到，并且带到优抚医院的时候，也许那三个人也认识了关芝青，关芝青原来只是个普普通通的医生而已，并不是田云浩回忆中推测的那样。

但在发现图纸的那个屯子中，他们的线索中断了，不过三人一直没有放弃，毕竟那是研究课题。不过幸运还是降临在了他们的头上，他们贸然出发去寻找一线屯的过程中，在山中发现了一个奇怪的猎人。

这个猎人说是猎人，但又像是伐木工，又像是木匠，有一间奇怪的屋子。

“那间屋子就是你们来时住过的那间，而那个木匠是当时这个世界上唯一知道渤海国天地府存在的人。”说到这儿，刘志刚扭头看向白仲政，问，“白先生，以你的专业角度，你应该知道那个木匠是干什么的吧？”

白仲政纳闷地摇头，实际上心中已经明白了，那个木匠和郭家一样，都是俗称的宝藏守护者，最悲哀的一类人。

“他们找到那个木匠的时候，木匠年岁已经高了，而且摔断了腿，我妈救了他，这个已经把所有事情看开了的老人，将天地府的秘密告诉给了他们，并且希望他们可以拿出一部分金子来，救助一下他的老家，也就是出现图纸的屯子中的百姓，算是一种赎罪。”刘志刚坐在一侧看着刑术道，“知道是什么错误吗？”

刑术摇头。

刘志刚道：“伪满时期，这个屯子中住着六户知道天地府秘密的人，他们过得很穷，但一直严守祖先留下来的誓言，绝对不去动天地府中的东西，因为哪怕拿出一点点金子来，都会走漏风声，不过到了抗日战争最惨烈的时候，伪满的人们过得很惨，于是有人提出要拿出金子来分，这个工匠不同意，大家激烈地讨论了起来，工匠为了保守秘密，假意答应，让所有的成人都准备好去拿金子，然后在那个屋子中将那六户人家中除了孩子之外的人，全部杀死了……”

工匠并未对孩子下手，因为孩子什么都不知道，于是他谎称他们遇到了关东军抓民夫，他们反抗被杀了，他自己逃了出来，于是独自将六户人家的孩子抚养长大，但到了一定年龄，他始终觉得自己罪孽深重，于是离开了，独自一人住在林子中。

工匠摔断腿的时候，认为那是惩罚，是天谴，以为自己死定了，没有想到被关芝青等四人救了下来。这样一来，他就觉得也许老天给了他一个机会，他需要赎罪，而且他也认为这四个年轻人值得信任，毕竟他们都是大学生，是有文化、识文断字、懂道理的人。

得知那是金矿的四人无比震惊，但同时也觉得矛盾，毕竟他们认为金矿是国家的，不能私自拿出来分了，就算他们起善心让那些屯子中的人们不要外传，消息也迟早会走漏，于是想出了一个不是办法的办法。

“那就是创立天言教？”刑术听到这里问，“也就是说，一开始他们弄那个什么教，是出于好心？”

刘志刚点头：“对，你要知道，郝建国和李铭志都是学历史的，研究得很透彻，特别是郝建国，非常聪明，头脑异于常人，他当时说过，不管历史进展到什么时候，只要掌握人心，就能让自己不处于被动，历史上但凡成功的人，不管是帝王还是后来的革命者，都清楚这一点，但他们不可能打着革命的旗号，那等于是找死，是反革命，怎么办？只有利用不存在的宗教来对屯子中的人进行洗脑。”

郝建国想出这个不是办法的办法，这个办法却得到了工匠的首肯，工匠也是个明白人，他深知国人的传统思想是无法改变的，特别是屯子中的农民，大字不识一个，你让他去学习唯物主义，他肯定不明白。那么只能沿用过去的办法，利用宗教来进行渗透，从而让他们严守秘密，只要他们肯遵守创立教派的秘密，也就可以严守金矿的秘密，这样循序渐进，才能达到最终的目的。

不过，一开始就以宗教进行渗透，也是绝对不可行的。1950年颁布的《中华人民共和国土地改革法》中规定过要征收祠堂、庙宇、寺院等，因为道士和尚失去了庙宇道观，只能出走回家种田谋生，从而让国家恢复劳动生产力。同时也大力取缔非法宗教组织，保留娱乐活动和贸易形势的相关活动。如果当时他们直接打着宗教的旗号，第一时间就会被公安部门抓捕，于是郝建国让关芝青利用医生的身份逐渐渗透，打消屯子中众人的顾虑，同时也麻痹相关的监管部门。

当时关芝青和刘世强认为不妥，但郝建国私下说：“这些东西归国家，我们也是无奈之举，等给那些人分到金子之后，我们再想一个万全之策，以研究课题地质考察和考古的名义发现这个地方，再上报学校，这样就没问题了。”

随后他们按照步骤去做，却花了很长的时间，村民也逐渐信任了他们，随后关芝青按照郝建国所设定的教派理论开始传播所谓的穷奇思想，让他们选定的那些村民完全屈服于他们的教派，并唯命是从。

不过，在这个过程中，唯一出现的问题就是——关芝青怀孕了。

关芝青的怀孕，让三个人的矛盾暴露了出来，其实郝建国和李铭志依然对关芝青不死心，原本为了天地府的事情一直在克制，没想到关芝青与刘世强偷尝禁果，未婚先育，直接让三人的矛盾彻底爆发了出来。

“那天晚上，他们三个人吵了很久，实际的情况是，我爸一直低头不说话，那两个人一直在针对他，我那可怜老实的爸，真是个窝囊废，整夜只是抽烟，对了，那是他第一次抽烟。”刘志刚笑道，“不过事已至此，也无法改变什么了，我妈肚子中的我，已经说明了一切，郝建国和李铭志也不过只是为了发泄自己的不满而已，他们认为自己比我爸长得好看，家境好成分好，不过从那晚开始，祸根也就埋下来了。”

刘志刚出生了，关芝青在屯子中生下他，在那儿坐了月子，被屯子中的妇女照顾着。那个时候的关芝青已经与屯子中的人打成了一片，那里就像是她的家乡，村民就像是她最亲的亲人。但那个时候的关芝青，根本不知道危险已经悄悄临近了。

不久，郝建国与李铭志返回，告知留在屯子中的关芝青与刘世强，掘金计划可以开始了，让关芝青牵头，带着那111名村民朝着预定的地方前进，在那里，将会有工匠接应。

刘志刚说到这里，深吸一口气，然后慢慢吐出来，表情也变得十分怪异，缓了很久才问："刑老板，你猜猜，随后发生了什么事情？"

刑术摇头，只是装作一副好奇的模样，同时心中对自己说：镇定，冷静，就差最后两个步骤，这盘棋就下完了。

"你不知道？"刘志刚摇头，"我觉得你应该推测得出来，你是个聪明人。"

是的，刑术是推测出个大概，而在一侧的贺晨雪瞪圆了双眼，看着远处的刘志刚，她意识到当年在冰层树林下发生的事情，应该与他们早先推测出来的大相径庭。

第四十九章：血腥的私欲

"事情的真相总是让人兴奋，又心酸，既然是真相，那就属于不为人知的事实。如果是那种很好的结局，恐怕很多人都知道了，所谓的好事不出门，坏事传千里，在这件事中无法成立。"刘志刚掰着自己的指骨，"刑老板，好了，既然你推测不出来，我就留个悬念，等我们合作开始之后，我才告诉你真相。"

刘志刚说着，环视了一圈洞穴道："我不知道这里的金子有多少，但是我想，够我们几个人，不，甚至更多的人吃几辈子应该不成问题。"

刑术上前，与刘志刚并行站在一起："刘先生，你应该有计划吧？你叫来了三个寻宝专家，所以我认为你对这个金矿另有打算，应该不像你所说的那么简单。"

"刑老板，你多心了。"刘志刚冷冷道。

刑术笑道："刘先生，我和人合作的时候疑心特别重，而且有个毛病，没有八成把握的买卖我不做，有命赚没命花的事我更不做，虽然说富贵险中求，但现在我不缺钱，所以，有些事情如果你不说清楚的话，我是不会合作的。"

刘志刚慢慢扭头看着刑术，眼中流露出一丝杀意，虽然转瞬即逝，但还是被刑术和远处的白仲政察觉，两人都清楚，刘志刚的目的没那么简单，否则的话，他为什么要雇用假那枝还有那三个外籍华人寻宝专家。

"好吧，你先说你的推测，我再告诉你真相，你不就是想听这个吗？"刘志刚此时的语气突然变了，像是软了，不过说出来却带着一股阴柔劲，让刑术浑身不自在。

刑术知道必须先搞清楚这件事，至于刘志刚现在的打算，只能以后再说，于是道："我想，应该是郝建国和李铭志两个人做了什么手脚，害死了那些村民，让你的父母背了黑锅。"

刘志刚突然笑了，在那儿捂脸大笑，声音回荡在洞穴内显得那么恐怖。

贺晨雪战战兢兢地看着刘志刚，心里一个劲儿地告诉自己，那不是自己的父亲，绝对不是，自己的父亲不会是这样的。

白仲政却是看着刑术，刑术则静静地等着刘志刚笑完，刘志刚紧接着取下口罩道："有那么简单吗？没有，事情没那么简单，人算不如天算，有些事情是有报应的。"

关芝青亲自领着那些村民到了预定的地点，也就是冰层下的树林，到达那里的时候，那些村民都傻眼了，整齐地朝着关芝青跪下，因为谁见过浮在脑袋顶上的冰呀？这些世世代代生活在东北、一入冬就与冰雪做伴的农民都见所未见，自然认为那简直与神迹无疑。

而此时走在最前面的关芝青却看到了躺在地上、已经被人打得血肉模糊的工匠的尸体。

工匠浑身上下没有一块儿好肉，脑袋也被人用锄头削掉了半边。关芝青冲过去跪在那儿，脑子中一片空白，她拼命地想，都想不出是谁干的，虽然她也在脑子中蹦出了郝建国与李铭志的名字，但却立即打消，两个文人而已，就算逼急了对人下手，也不至于下这种狠手。

就在关芝青惊讶的时候，她抬眼就看到了一个人影，那人从林子中慢慢走出来，手中还提着一根带血的棍子，等她看清楚的时候，一下捂住了自己的嘴，因为那个人正是她的未婚夫、已经与她有了夫妻之实，并且还诞下一子的刘世强。

关芝青眼泪一下就滚了出来，顺着捂住脸的手滑了下去，但很快她的眼泪又收住了，因为她看到刘世强那张脸上并没有凶狠，眼中也没有杀意，只有害怕，走路也是战战兢兢的。同时，关芝青的目光跳过刘世强的肩头，发现林子之中还有无数个人影，那些人有些站着，有些靠着树，有些蹲着，但无一例外的是，他们的手中都带着棍棒、锄头、铁铲。

关芝青慢慢起身，冲到刘世强跟前，拉着他往后退着，同时问："世强，这到底是怎么回事？怎么了这是？"

刘世强不说话，他已经吓傻了，目光一直落在地上的工匠尸体上面。

随后，林子中走出了面色冷峻的郝建国，他没有拿任何武器，只是背着自己的行囊，浑身上下都是伤。郝建国看见关芝青的第一句话就是：“他是个废物，李铭志也是废物。芝青，跟我吧，我现在是全国最有钱的人了，跟着我，我们去美国，不要担心孩子的事情，我已经和他们说好了。”

说到这儿，郝建国转身指着林子中：“把孩子留给他们抚养，就说是半途上捡来的，公安不会查。”

“他们？”关芝青浑身发抖。

…………

刘志刚讲述到这里的时候冷冷道：“刑老板，我给了你这么多的线索，你现在可以猜猜郝建国说的他们是谁了吗？”

刑术浑身冰冷，听到刘志刚那如寒冰一样的话语后，好半天才开口道：“也是屯子中的村民，对吗？”

刘志刚使劲点了点头，还竖起大拇指：“对，你真聪明呀刑老板！如果你是警察的话，估计当年的悬案早就破了！”

…………

贺晨雪站在那儿，完全傻了，没有想到事情原来是这样的，不过她并不知道，这不是全部的事实，接下来的事实对于贺晨雪和在场所有人来说，只要再想起一次，就会做一次噩梦。

郝建国和李铭志已经带着一批村民赶在他们之前，由工匠带领着去确认过一次忽汗国的宝藏了。当然，两人带去的那批村民根本不是所谓天言教的教徒，而是郝建国另外选出的一批人。

工匠并不知道这些人不是教徒，于是带着他们从正确的路线进入了天地府，亲眼确认了金矿，而李铭志则悄悄记录下了正确的路线图，以及机关的破解办法。而在出来前，那些村民提出要带出金子，被郝建国和李铭志拒绝了，两人声称现在还不是时候，因为还有事情需要解决，实际上这两人各怀鬼胎。

回到冰层下的树林之后，他们首先见到的并不是关芝青和那批教徒，而是率先到来的刘世强，刘世强第一时间发现了那些村民不是教徒的事情，于是质问郝建国。同时，工匠也因为在金矿中那些人吵着要分金子，发现那些村民并不像被洗脑后的教徒，也质问两人到底要干什么。

争吵当中，郝建国急眼了，上前就是一棍子击倒了工匠，工匠倒地满头是血，咒骂着郝建国，威胁着会去报警。郝建国和自己带来的村民知道报警意味着什么，干脆一不做二不休，一拥而上，残忍地打死了工匠。

这个残杀的过程足足用了十来分钟，不仅是刘世强，就连李铭志都看傻了，李铭志从挥舞棍棒的郝建国眼中发现了杀意。此时的李铭志因为惧怕郝建国而良心发现，将笔记本上面记录的三页纸撕下来，折叠好，塞进了刘世强的手中，让他带着这份东西赶紧去通知关芝青，让他们去报警，自己则暂时挡住郝建国等人。

就在刘世强转身就跑的同时，杀红眼的郝建国抬眼发现，让村民去追，李铭志上前劝说制止，以为自己还可以跟这个老同学讲讲道理，没想到换来的只是郝建国手中的棍棒。

郝建国将李铭志杀死在刘世强的跟前，刘世强也被村民压在地上，正要动手的时候，就听到了关芝青等人走来的声音，于是大家退回树林中，郝建国也略微冷静下来，希望可以用找到金矿这件事来劝说关芝青跟着自己远走高飞。

关芝青战战兢兢地质问他："你不是让我创立天言教吗？为什么还要让这些人也入伙？"

郝建国笑了，原本他的计划的确如此，但自从认识了那工匠，知道了宝藏的事情之后，他的心态发生了变化。他问自己，为什么自己还要这么辛苦搞什么课题研究？有钱不就行了吗？有钱可以离开这个国家，去国外过好的生活，国外的中文广播不是时常说起，关于自由国度的美好吗？郝建国也不傻，虽然曾经憧憬过，但如果没有钱，去了国外，自己依然什么都不是，于是，他盯上了宝藏，他决定独吞，但在他打定主意的时候，天言教的计划已经启动了。

天言教的计划无比顺利，在那群教徒眼中，关芝青就是圣女、神仙。发展到了最后，关芝青只需要一个眼神，就可以调动所有的教徒，那些人要制止自己，也是轻而易举的事情，所以，除了李铭志这个傻瓜之外，他还需要其他的帮手。

最早的计划中，郝建国让关芝青专门对妇女和老人下手，因为老人容易上当，在家对丈夫唯命是从的女人更容易上当，就算不吸收那些青壮年也无所谓，因为抓住了老人的心，就等于是抓住了他们的心。中国人的传统中，孝顺两个字占了很大的比例，在家身为独子的郝建国深知其理，只要控制了老人和妇女，也就等于控制了这个家。

所以，要对付老人和妇女，就必须找青壮年，找那些与天言教教徒没有直接血缘关系、就算下黑手也不会怎么迟疑的青壮年。毕竟人为财死，就算他们再犹豫，见到金子的时候，也会变成另外一种人。

毕竟，人为财死。

原本郝建国的计划是，利用那些村民干掉工匠、李铭志和刘世强，然后让自己手下的村民说服那些教徒，与他一起进入天地府当中，紧接着他偷偷离开，将这些人锁死在下面，把他们困在下面几个月，而这段时间，自己则和关芝青躲在深山老林之中，等这群人在天地府饿死，他再重新下去，带着金子，经由香港去美国，等稳定下来之后，将来再想办法回来取。

于是，工匠死了，李铭志也死了，接下来只需要处理好刘世强的事情，说服关芝青和那群教徒，计划就等于是完成了。

…………

刘志刚说到这里的时候，顿了顿，抬眼扫了一眼周围的三人，又道：“可接下来发生的事情，完全与郝建国预想中的完全不一样，他也被杀了，被自己找来的那群村民杀了，就当着我爸爸妈妈的面。”

听到这里的时候，刑术、贺晨雪和白仲政不由自主打了个寒战，事情的走向怎么会变成这样？

“私欲！”刘志刚苦笑道，“人为财死，我一直在重复这四个字，在那个年代，我们所崇尚的主义不就是为了消除私欲吗？其实任何主义都一样，只是大家的出发点不同而已，那群村民虽然是文盲，大字不识，但他们认识金子，他们也信不过郝建国，也深知在算计方面不如郝建国，更不甘心沦为郝建国的棋子。后来，我才知道这件事的爆发点，完全就是因为郝建国带着这群人下天地府的时候，就算是有工匠指引，依然有好几个人死在了机关之下，而到了金矿的位置，郝建国却不允许他们拿金子，于是他们的愤怒爆发了，他们认为被郝建国耍了，等回到地上，工匠又被打死了，郝建国还杀死了李铭志，至此，事情已经无法收拾了，所以，干脆一不做二不休……”

金子最终还是蒙蔽了这些人的眼睛，他们一拥而上，打死了郝建国，被棍棒锄头淹没的郝建国从咒骂变成了哀求，又从哀求变成了惨叫。一侧的刘世强抱着关芝青眼睁睁地看着郝建国被那群村民活活打死，打得不成人形。

郝建国死后，村民又要接着对关芝青、刘世强下手，此时那群关芝青的教徒涌上前来保护他们的教主。这时，原本还在悔恨的关芝青不知道应该是悲还是喜，自己洗脑出来的这群教徒，在最关键的时候保护了她，劝说另外那群杀人凶手不要再作孽了。

那群杀红眼的村民当然不肯，两方人开始争吵起来，有些人已经动了手。

一侧的刘世强见状，立即将李铭志死前塞给自己的纸给了关芝青，对自己的未婚妻说：“快跑！快跑！去报警！快点去报警！”

说完，刘世强上前制止两群人厮杀，没想到冲进人群之后，就被对方几个村民直接用锄头打翻在地。

刘世强倒地之后，现场安静了下来，关芝青疯了一样地冲上前，就在她冲上前的那一刻，那些村民好像被魔鬼附身了一般，用手中的东西将刘世强直接杀死在当场，也将冲到跟前的关芝青直接打晕。

关芝青倒地，激怒了那些教徒，洗脑的成功性在此时表现了出来，那些老人和妇女疯了一样攻击其他的村民，村民也开始还击，现场一片混乱。

等关芝青醒来的时候，现场已经是尸横遍野，一百多人的现场混战，而教徒中又大部分是老人和妇女，胜负输赢在动手的那一刻答案就已经很明显了。再次安静下来的时候，已经打死了七十多人，受伤三十来个，活下来的人当中既有教徒，也有郝建国找来的村民。

此时，终于有人感觉到了害怕，因为死了太多人了，谁也无法逃脱干系，被抓住下场就是吃枪子，怎么办呢？

怎么办呢？该怎么办呢？活下来的人互相对视着，手中沾满鲜血的武器掉落在地上。

此时，人群中走出来一个戴着眼镜的男子，男子捡起那锄头，看着四周道："这件事到此为止了，接下来我们只要善后，处理好相关的事情，就没问题了。"

此时立即有人指着关芝青道："那她呢？她肯定会说出去的！"

那名戴眼镜的男子以前是个老师，是屯子中极少数的识文断字的人，也是大家眼中的聪明人。这个聪明人面对质问，只是转身看着关芝青，用冰冷的语气一个字一个字地说："没关系，她不会说出去的，因为她的孩子还在我们屯子，如果她乱讲，那孩子也活不了！"

是呀，没有母亲会不保护自己的孩子，没有……

…………

说到这里，刘志刚的眼泪涌了出来，双眼瞪得老大，仰头望着洞穴顶端，低低道："那群杂碎将我当作人质，威逼我母亲就范，我母亲还以为事情就此结束了，没想到的是，他们又杀人了，将那三十多个受伤较重的人全部杀死，知道为什么要那样做吗？"

刑术迟疑了一会儿，回答："因为受伤人数太多，回到屯子会被人怀疑的，原本那些死了的人没法回去，就够引人怀疑了。"

刘志刚点头，眼泪大颗大颗地滚了下来，上前抓住刑术的肩头道："于是他们又杀人了，将那三十多人全部杀死，他们是魔鬼，他们才是吞噬人灵魂的穷奇，而不是我妈妈，我妈妈不是杀人凶手！"

听着刘志刚疯狂的叫喊，其他人全处于呆滞状态，如果不是他亲口说出来，谁会知道当年的真相是这样的？原本刑术还以为关芝青只是个从犯，而主犯是郝建国、李铭志和刘世强三人，没想到，刘世强和关芝青竟然也是被害者。

贺晨雪浑身颤抖着，一屁股坐了下去，瘫倒在地上，耳边仿佛已经听到了当年那些人死前的惨叫声。

第五十章：心中的穷奇

不知道是因为天意，还是其他的什么巧合。那天的杀戮结束时，摆在关芝青眼前的，不算上刘世强、郝建国、李铭志还有那名工匠，刚好是111具尸体。那个老师记忆力极好，按照早先工匠带他们下去时的解说，将尸体肢解，埋在铜板之上，就是为了掩饰那些地缝，他担心有人走进来会看到从缝隙中飘出的走马灯光影。

当然，普通人无法轻易地走进白蚁穴。

剩下来的人开始发誓，发誓永远不泄露这件事，达成攻守同盟，因为最后杀害那三十多人的时候，每个人都动手了，就像是入伙纳投名状一样，无论那些人如何哀求，告诉他们自己是他们的亲人，他们也冷漠地举起了自己手中的武器。

瘫坐在那里的关芝青看到那些人脸上带着自己从来没有见过的表情，以前他们不是这样的，为什么会变成这样呢？每个人的心中是不是真的住着魔鬼，只要给魔鬼一个空隙，它就会钻出来？

这群人没有再商量着回去取金子的事情，原因很简单，因为他们谁也无法找到正确的路，唯一能记住个大概的只有那位眼镜老师，巧合的是，他也姓刘。

接着，他们只剩下一件事没有处理，那就是如何处置关芝青！

…………

听到这里时，贺晨雪抬眼道："他们是不是威逼关芝青去承担这一切？"

"不。"刘志刚重新坐下来，"他们没有威逼，他们的脑子没有那么好用，随后的一切是我妈计划的，她说，村子中失踪了一百多个人，不可能不引人怀疑，没有任何一个理由可以掩饰这一切，虽然当时处于三年自然灾害时期，可东北的情况比其他地方好多了，不可能出现一夜之间死去一百多人的事情，于是，她想出了个办法，她说，天言教存在是真实的，她是教主，也是事实，她会去自首，对警察说，是自己为了某种邪教仪式杀死了那些人，但她不会说出具体的地点，警察在找不到尸体的前提下，只要活下来的村民配合她的谎言，那么这个事情的真相就会被永远掩盖。"

…………

深思熟虑之后，那个眼镜老师点头同意，可其他人并不愿意相信关芝青，认为关芝青一旦见着警察，肯定会告发他们，还是杀掉她好了。此时，老师再一次看着关芝青，正要说出之前那句话的时候，浑身泥土和血污的关芝青慢慢起身来，用完全失神的眼神看着他们，淡淡地说："你们都忘了，我儿子还在你们手上。"

说完，关芝青笑了，惨然的笑容挂在脸上。

没有人再反驳，也没有人再质疑，就算他们不识字、没文化，也知道母亲会为了自己的孩子肯牺牲一切，哪怕是承担杀害一百多人的罪名，成为传说中的上古凶兽穷奇。

随后的事情，就如刑术他们所知一样，关芝青向搜山的警察和部队自首，承担了一切，但死都不说尸体在哪儿，只是不断重复自己就是凶手，自己就是邪教教主的话。对于其他的审问，只是保持着沉默。

而屯子中那些村民，按照关芝青的计划，集体撒谎，同时也没有隐瞒郝建国、刘世强和李铭志三个人，只是说在事发之前，这三个人失踪了。而关芝青也知道，这三个学生都是学校里面比较器重的，学校肯定会为了保护名誉，将三个人的事情掩盖住，不会宣扬出来，所以到了最后，案件的重点就变成了那111个活不见人死不见尸的村民。警方也会认为，只要找到了那些人，自然会知道郝建国三人的下落，也推测出他们已经遇害，因为警察的全国通缉和搜索，根本没有找到三人。

这种案子，无论落在什么国家的警察手中，都无法查清楚，因为这是一个集体谎言，互相掩护和掩饰，加上真凶已经被捕，案子自然成了悬案。

不过在关芝青被捕之前，她将刘世强交给自己的纸条，也就是李铭志写下的记录，给了那个眼镜老师，并且告诉他，希望他能抚养刘志刚长大成人，纸条上记录的一切，那些金矿，就当是抚养费吧，还希望那个刘姓的眼镜老师，一辈子都不要将这件事告诉刘志刚，要瞒住一个人，就要撒一个弥天大谎，骗他一辈子。

没多久，关芝青在看守所自杀的消息就传到了屯子中，屯子中的人惊喜之中不断派人去调查，终于在派出所的民警口中得知那是真的。那群凶手终于松了一口气，知道这件事真的已经完全告一段落了，集体的谎言，是永远无法被揭穿的。

…………

"你是被杀人凶手抚养大的？"刑术惊讶地看着刘志刚。

刘志刚点头："对，我是被杀人凶手抚养大的，我当时只是个婴儿，我什么都不懂，完全不知道是怎么回事。直到我考大学那年，因为当时'文革'结束，高考恢复，机会难得，所以我天天都在复习，毕竟我从小到大，无论屯子里面的其他人过得怎样，我都有吃有喝有新衣服，能读最好的学校，每次从学校回来，都会有人来接我，那些人对我那么好，是因为他们心中愧疚，他们有罪，他们希望集体照顾我来赎罪。"

那夜，刘志刚复习到深夜，出去倒水的时候，无意中听到了自己养父母的对话，从对话中他隐隐约约听到了那件事。刘志刚当时就傻了，但是刘志刚很聪明，并未冲进去质问，而是从那天开始偷偷观察，继续偷听，终于从不同人的口中得知了整件事的完整真相。

刘志刚开始做噩梦了，连续做了好久的噩梦，不过那时候的他还很矛盾，不知道应该做什么，还是当作一切都没有发生，毕竟那些人对自己的关心，以及近二十年来的感情是没有办法直接磨灭的，不过直到他填报大学志愿的时候，才萌生出了要报仇的念头。

刑术立即问："为什么是那时候？"

刘志刚闭眼道："我填报志愿的时候，希望上中文系，我养父却制止了我，还找到我的老师，希望说服我，让我去考地质专业，理由竟然是我毕业之后可以去大庆油田工作，这样离家也能近点，而且听说那里的待遇什么的都不错。"

刘志刚说完，脸色变得凶狠起来，咬牙切齿道："我知道！他不是为了我，而是为了天地府中的这些金子！他想让我学地质，然后在合适的时候，编造一个谎言，我们再一起去找金子，那个老不死的东西，竟然还没有放弃！那时候，我就打定主意，我要报仇，我一定要报仇！"

不寒而栗。刘志刚的话让在场的三人不寒而栗，不仅仅是因为他的语气，还因为他养父，那个姓刘的眼镜老师的所作所为。

世界上怎么会有这种丧心病狂的人？

刘志刚脸色又变了，笑道："随后，我成了一个乖孩子，我拼命学习，考上大学，又争取到了去苏联留学的机会，屯子里面的人也全力支持我，在其他孩子吃糠咽菜的时候，我吃的是最好的五常大米，吃的是他们托人买来的山东白面，还有自家用最好的猪肉做的红肠干肠，而且还有用不完的钱。我知道，屯子里后来的那些不明真相的人，都不知道为什么大家要对我这么好，甚至有人怨恨我，不明白为什么我生下来就是个天之骄子，但是那没关系，与我无关，我需要做的就是学习知识，学习所有我需要学习的东西，然后伺机复仇！"

刘志刚在苏联圣彼得堡国立大学一直待到三十七岁，原本有大好前途的他回到了中国，因为他还要继续学习，要学习传统文化，要知道周易八卦到底是怎么回事，因为这一切都与忽汗国的宝藏有关系。

可是，回国之后的刘志刚才发现，自己报仇似乎晚了点，因为当年的那些凶手，病的病，死的死，而自己所学到的一切还不足以让自己报仇，他还需要计划，需要一个庞大的计划来支撑自己的复仇，他必须全身而退，他不可能抛弃自己这条母亲牺牲自己才保下来的性命。

“哈，事情就是这样！刑老板，你满意了？”刘志刚说完笑道，“这就是当年的真相，还有我悲哀的人生。”

刑术此时一背的冷汗，他下意识扭头看了下远处的白仲政，那意思再明确不过了——刘志刚现在并不仅仅是为了这些金矿，他是为了复仇，而且复仇计划已经启动了，他准备如何复仇呢？在这里就能复仇吗？难道他是打算用金子吸引那些村民来这里，然后把他们全部杀掉？

刑术想到这里，决定干脆质问吧，已经无法再兜圈子了，因为最先他假意要和刘志刚合作，说到底，就是为了引他将当年的真相说出来。白仲政也是如此，在他放下弩弓的那一刻，他就用行动暗示了刑术，要搞清楚真相，必须要假意接受刘志刚的城下之盟！

刑术问道：“你是打算用金子吸引屯子里面那些人以及保护你的养父母来这里，等他们完成工作后，再下手？”

刘志刚点头：“差不多吧，毕竟这里需要人手不是吗？没有人如何开采出这么多的金子呢？”

刑术点头：“但是那样很容易暴露目标不是吗？”

“人为财死，他们会保守秘密的。”刘志刚笑道，“所以，我需要刑老板帮我找一条可以大批量出售这些黄金的路子。”

“我拒绝！”贺晨雪此时大声道，“你这样做，和当年那些村民有什么区别？你别忘记了，你的爸爸和妈妈当年并不是因为想要这批宝藏才去做的那件事，他们一开始是希望帮助工匠赎罪！而且，你是不可能成功的，这么大批的金子流出，立即就会被发现。”

刘志刚淡淡道：“我知道，所以我需要刑老板，我回国之后，寻找了多年，原本是找到了你师父郑苍穹，但他已经住进精神病院了，后来我又知道他有了徒弟，多年来，我一直在观察你，加上不少人的推荐，所以，我决定拉你入伙。”

“拉我入伙的不是刘先生你吧，而是那个你雇用的家伙，她到底是谁？”刑术问，“我不想和一个不愿意露出真面目的人合作。”

刘志刚道：“可惜，我也不知道她到底长什么模样，她一直都用不同的样子出现。”

刑术皱眉：“那你是怎么找上她的？我知道了，是她找上你的对不对？”

刘志刚举起弩弓：“刑老板，那个人与我的事情没有直接的关系，现在你只需要告诉我，你接下来要如何将我的金子送出去，用什么渠道？”

刑术迟疑了一下道：“刘先生，我想，你找上我，只是为了多一条路，又也许是为了利用我在国内的关系，帮你将黄金走私出境，因为在国外，肯定有人接应你，我想大概是俄罗斯方向，毕竟从这里要出境，最近的就是俄罗斯和朝鲜，而你曾经在苏联留学多年，你肯定有自己的计划，最重要的是，那三个外籍华人寻宝专家，你找他们来，不可能只是为了帮你探路，因为你很清楚进来的正确路线。”

刘志刚不正面回答，只是重复问：“我再问你一遍，你打算用什么办法将这些金子运送出去？”

刑术见刘志刚有些不耐烦了，一侧的白仲政也有些紧张，因为刘志刚的精神十分不稳定，此时如果激怒他，他有可能做出冲动的事情来。

刑术看着四周，随后问：“首先，我想知道，你带出去的金子是什么形态的？金粉？金砂？抑或金条或者金块？根据形态不同，我得用不同的办法，还有，我必须知道，你是准备往哪个地方运？”

“金粉，往俄罗斯。”刘志刚很快回答。

刑术寻思了一下：“我不建议你从黑龙江出境，不安全，首先从这里离开前往大兴安岭，从那里进入内蒙古，运输的话，我建议你用快递。”

“快递？”刘志刚皱眉，“你这是胡说八道吧？”

刑术摇头：“只有用快递是最保险的，而且这个过程很漫长，不过我建议你走五趟就足够了，我所说的快递不是让你去寄快递，而是用快递的车，这是我能找到最保险的办法，中途得转运好几次，最终到达的目的地是室韦，你知道这个地方吗？”

刘志刚点头：“知道一点，知道是个边陲小镇，过了跟前那条额尔古纳河，对面就是俄罗斯。”

“对，那也是个旅游小镇，我可以负责将你的金粉运到那里去，不过需要你在俄罗斯的人想办法接应。”刑术抱着胳膊道，“如果你要去俄罗斯，这是最好的办法。”

刘志刚摇头：“我原本想走嘉荫。”

刑术道：“你走那边就是找死，别以为黑龙江紧挨边境的这些小镇城市看起来那么简单就可以出境了，五年前，有个杀人犯想在冬季越境过俄罗斯，人到嘉荫的当晚就被捕了，那只是一个人，是活的，能自己走的。而你是运送金粉，这么大的量，你得花很多钱让负责运输的人闭嘴，因为我为你找的这些人，只认钱！”

刘志刚点头，指着山洞道：“出口在那边，我们先往那边走，出去前将事情商定好，然后依照计划行事，走吧，还是你们在前，我在后。”

刑术点头，知道这里不能再久待了，牵着贺晨雪的手与白仲政朝着矿洞之中走去，同时问：“那三个寻宝专家去哪儿了？还有，你雇用的那个家伙不现身，你不担心吗？”

刘志刚冷冷道："他们有他们的事情要做，不用你担心，你需要做的就是拟定好线路图，找好运送的人，还有计划好全部的时间。"

可是，刑术总觉得刘志刚想做的没那么简单，因为刘志刚不傻，他很清楚，就算挖出金子来，只能在国内小部分脱手，最好能找到那些敢于冒着犯法危险的大型公司，否则的话迟早会被发现，要运出境那是绝对不可能的，先前自己也只是胡说八道一番，只是想先稳住刘志刚再说。

而且，最重要的是，刘志刚怎么会让他们这些知道实情的人就这样大摇大摆地走出天地府？！

朝着矿洞内走去，走了百米远之后，依然没有看到出去的通道，正在他们纳闷的时候，终于看到了一扇石门，不过走在最前面的白仲政一眼就看到了在石门上面绑着的一个灰色的布包。

白仲政看着捆在石门之上的布包时，立即扭头道："刘志刚，你到底想干什么？"

"什么呀？"举着弩弓的刘志刚一边笑一边开始朝后面退着。

白仲政指着那个像布包的东西："那是炸药！"

刑术听到白仲政这么一说，立即将贺晨雪搂在怀中，质问道："刘志刚，你果然想杀人灭口！"

刘志刚笑了，一边笑，一边继续后退："对呀，但是我没有想将你们炸死，我只是想带你们来看看，告诉你们这里的确有出口的，不过出口马上就塌陷了。"

刑术抱着贺晨雪，怒道："你也跑不出去！"

刘志刚笑了："谁说的？我当然可以跑出去了，别忘了，我的专业是什么，当然，你们也有机会逃出去，不要说我没给你们机会，现在你们退后，一直退到出口大门十米之外的地方，然后趴下来，否则的话，爆炸可能会伤害到你们。"

刑术一边朝着刘志刚的方向走着，一边说："和我所想的一样，你根本就不想拿走这里的金子。"

刘志刚的脸色沉了下去："你以为我和他们一样，是贪财的人？我不是，我不喜欢不劳而获、整日做白日梦的人，再多的金子放在我眼前，我也不会动心的。"

白仲政问："那你到底想做什么？"

刘志刚伸手指着洞穴顶端："你们不知道了吧？在这个洞穴周围，还有顶端，有三条地下河，而这些地下河连接着镜泊湖……"

刑术突然间意识到了什么！

第五十一章：死神之水

“刘志刚，你疯了吗！？”刑术不禁怒道，“你想淹死屯子里面的人！”

刘志刚哈哈大笑：“刑老板，你果然聪明，只需要小小的提示，你就知道怎么回事。”

说着，他撩开衣服，指着自己胸口那三个小型对讲机道：“遥控的，不算太先进，但足够了，只要我按下对应的频率号，就会起爆，从左至右，三个对讲机控制着三个不同的地方，左侧这个是你们身后的炸药，中间是先前那个大洞穴顶端的，最右边这个，是外面主洞穴侧面的。”

说着，刘志刚按下最左边那个，从他熟练的手法可以看出，他练习过无数次了，在他按下的同时，白仲政从后面扑倒刑术和贺晨雪，三人扑倒在地的同时，门上的那个炸药爆开，石门虽然安然无恙，但上方的石头全部塌陷了下来，而且爆炸的威力也比他们想象中小多了。

刘志刚站在那儿哈哈大笑，指着他们道：“看看你们这副模样，太可笑了，真的，太可笑了，你们以为会炸得惊天动地吗？别忘了，我也在这儿，我又不是要自杀，我只是想炸塌出口上端的石头而已。”

刑术三人爬起来，抖落着身上的灰尘，刑术抱着贺晨雪道：“你连你女儿都不放过？”

“女儿？”刘志刚嘴角上扬，“我不知道这是怎么回事，我不知道为什么你们要认为贺小姐是我的女儿，你们认为我这样的人会成家吗？她根本就不是我女儿！”

贺晨雪愣住了，慢慢抬眼看着刘志刚：“你说什么？”

“我说——”刘志刚大声道，“你根本和我没有半点关系，我没有结过婚，这么多年，我连女人都没有碰过，我又怎么可能有个女儿呢！”

“那——”贺晨雪刚说了一个字，刘志刚立即将弩弓对准她，她没有再说下去。

刘志刚冷冷道：“我说了，你和我没关系，我没必要撒谎，如果你是我女儿，我一定会好好待你的，就像是当年我妈会牺牲一切救下我一样！不要再问了，你的事情我不知道，我不知道你怎么会认为你是我女儿的，也不想和你讨论这件事，来，跟着我继续往外走，帮我见证一下这历史的时刻，我复仇的时刻！”

刘志刚手持弩弓一步步退着，刑术三人慢慢朝着他走着，一直走出矿洞，来到外面主洞阶梯口的位置，随后刘志刚闪身到一侧，示意他们往阶梯下面走。

刑术走到刘志刚跟前，寻思着要不要动手的时候，刘志刚却往后连续退了好几步，摇头道："我不傻，我知道你接近的时候会做什么，别忘了，我雇用了三个专家，他们都是军人退役的，他们虽然没有枪，但也有弩弓，这个时候有三支弩弓正对着你们三个人，你们敢对我做什么，就只有死，如果你们安安分分的，也许还有一条活路。"

刑术慢慢走着，同时道："刘志刚，你没必要这样，屯子里面的很多人都是无辜的，而且你一旦炸塌了这里，镜泊湖的地势较高，水涌下来，淹没的就不仅是那一个屯子，周边地区都要遭殃，你到现在为止，都不算是一个罪犯，现在停手还来得及，真的，还来得及。"

"我想了好多个计划，但没有一个像现在这样完美，我为了勘察地形，计算水流和地层等，花了很多年的时间，就是为了等这一刻，我不会放弃的，他们应该得到应有的惩罚。"刘志刚冷漠道，"所有的事情都起源于这个天地府，所以，我要炸塌这里，地下河的水断流了之后，地层断裂，镜泊湖的水也会引进来，淹没这里的同时，也会淹没那些人，但我不是一个冷血的家伙，只是水而已，不是子弹，也不是棍棒，他们还有一线生机的，如果他们能在洪水中活下来，我也不会再追究了，那就是天意，老天爷想让他们活下来，我总得顺应天意吧？"

刑术道："刘志刚，你就算要复仇，也得堂堂正正地去复仇，你现在的所作所为就是个懦夫！懦夫才不敢面对自己的仇人，不，你选择这种复仇的方式，是因为你无法采取直接的方式复仇，因为那些人养育了你，将你养大成人，特别是你的养父母，你没有办法对他们直接下毒手，所以自欺欺人选择了这种让洪水、让老天来决定的方式。对，你是个懦夫，但还有救，我最后劝说你一次，你放下对讲机，不要做蠢事，因为你不会成功的。"

刘志刚蹲在上面，看着停下来的刑术三人，问："我不会成功？为什么？我突然有点好奇了！"

刑术转身来看着他："你只是人家的棋子，你以为你雇用了那个杀手，实际上是杀手利用了你，你也不动脑子想想，她为什么要找上你，又为什么让你把我们牵扯进来？这一切都只是她的局，在这个局中，她让你自以为是布局者，迷惑你。我还有个推测，那就是那三个外籍华人寻宝专家，也是她找来的，也许炸药就是他们安放的，可是你真的以为其他两个地方的炸药能引爆吗？"

刑术说到这里的时候，贺晨雪和白仲政都看着他，捏了一把汗，这简直就是怂恿刘志刚按下开关。

刑术的确是豪赌了一把，他的赌注很大，因为他知道，假那枝和三个寻宝专家就隐藏在周围，离开的通道已经崩塌了，他们肯定留有后路。可惜的是，刑术不是很懂地质方面的知识，只知道一些皮毛，对这个洞穴和上面的地下河以及镜泊湖都不了解，他只能大胆去猜测，那些炸药肯定有问题，不会如刘志刚所期待的那样，因为一旦两处都被炸塌，水全部涌进来，大家都会死！

刘志刚深吸一口气，起身道："事已至此，我就揭示谜底吧。第一，你的推测是错误的，那三个寻宝专家当中，有一个是我在圣彼得堡读大学时候的同学，不是那个女人帮我找的。第二，炸药的确是他们装的，因为我对这个不是太懂，但是我身上的对讲机，只有两个是遥控的，也就是说，只有两个地方的炸药可以遥控，剩下的那个是定时的，想知道为什么这么做吗？"

刑术皱眉，捏紧了贺晨雪的手。

刘志刚指着矿洞内："我炸塌那里，是为了封死这个洞穴，那是第一个遥控炸药，第二个遥控炸药是金矿中的，上面就是地下河，我按下之后，上面炸开，水涌进来会灌满下面的整个洞穴，但是请放心，洞穴很坚固，我计算过，因为支撑的主脉络如果不被破坏，倒灌进来的水只会灌满洞穴，而不是让洞穴彻底崩塌，你们不懂地质，不知道这个地方的地形，我就劳累一下给你们解释解释，简而言之，镜泊湖的地势是最高的，这个洞穴的地势处于那个屯子与镜泊湖之间，就像一个罐子一样，只要罐子不破裂，水是无法淹没下面的屯子的，但如果最后的定时炸弹将横断的脉络炸塌陷，这个洞穴就会全部崩塌，崩塌之后水就会爆出去，每小时的流量足以飞快地淹没下面的屯子。"

白仲政吐出一口气来："你的意思是，你将第二个遥控炸弹按下之后，你会在这里等着水灌满，灌满洞穴之后，水势会平稳，然后你可以潜水往上游，从地下河进入镜泊湖，再离开，等你离开之后，那个被定时的炸药才会起爆，而到那个时候，就算有人想拆炸弹都没办法了，只要你按下第二个遥控炸药的开关，一切就成定局了！"

刘志刚使劲点了点头："没错，所以我设定的炸药爆炸时间是八个小时，八个小时，就算炸药和起爆器泡在水中也损坏不了，因为那种材质是我同学亲自制作的，至少要在水中连续浸泡一个星期左右才会失去效果，而且其中的电池维持的时间可以长达一个月，所以，就算我设置的时间再长也无所谓，反正水灌进来之后，炸弹也拆不了啦，所以，咱们不要废话了，开始吧！"

说着，刘志刚直接按下了第二个对讲机，按下的时候还在笑。

白仲政见状立即转身扑向先前自己扔下背包的地方："快点，我们得用绳索把自己绑……”

白仲政还未说完，洞穴中传出了连续的爆炸声，紧接着便是地下河水涌进的咆哮声，刘志刚转身走向一块岩石，戴上呼吸器，将自己固定在先前绑好的绳索之上，躲在石头的背面，背朝着上面矿洞的位置，随后朝着刑术等人挥了挥手，露出个得意的笑容。

矿洞中炸开的位置因为水流的关系在不断扩大，水也越来越多，很快涌出矿洞，从矿洞大门之中冲了出来，就像是一条银白的水龙一样，同时湍急的水流也夹带出了很多金砂，金砂顺着水冲在洞穴的空中，看起来不再美丽诱惑，而是像一颗颗死神射出的子弹。

刑术和白仲政用绳子将自己和贺晨雪全部绑在一起，随后找了一块凸出且较为坚固的岩石将绳子套上去绑死，紧接着死死靠着岩石，这样可以避免水流的直接冲击，以及水流带来的石头造成的撞击伤害。

“现在不要用呼吸器，节省点！”刑术紧挨着贺晨雪说着，“等着水淹没洞穴，淹没到我们头顶之后，我们再用。”

白仲政在旁边补充道：“水势没有稳定的前提下，绝对不要割断绳索，一旦分开，被水流冲出去，冲到外面的洞穴中，那就死定了！”

刑术侧头看着从金矿中涌出的、顺着阶梯不断滚下的水，又低头看着洞穴底部，再抬眼看到那个道观的位置，随后道：“白仲政，你别忘了，先前我们来时的那个水潭中，还有很多药鱼，这里的水一旦灌满，那种鱼游出来之后，万一数量很多，咱们也只能变成白骨！”

贺晨雪闭着眼，听着轰隆的声音，死死抓着绳索和刑术，脑子中如今是一片空白。

白仲政探头看了一眼远处的绑在绳索上等待着的刘志刚，随后道：“那个姓刘的老杂碎肯定也知道这一点，他都不怕，我们怕什么！别忘了，那个假那枝和三个寻宝专家也在这里！”

“妈蛋的！”刑术骂道，“现在我算是明白，为什么刘志刚要带那么多潜水设备进来了，不是为了过那些水潭，而是为了最后的逃离计划！”

涌下的水不断拍打着他们身后的那块岩石，就像是死神变化出来的手掌试图将岩石连同他们一并推下去一样，漫长的等待中，三人看着洞穴中的水越来越高，水每上涨一米，他们就觉得离死亡更近一步。

终于，水淹没到了他们小腿的位置，贺晨雪已经是脸色苍白，快要虚脱。

刑术抱着贺晨雪，低声道：“别怕，现在的危险比最早在花灯那儿的时候小多了，那时候咱们都可以活下来，现在也可以，而且更轻松，你听我的命令，等下在水中注意看我的手势，我们的绳子是绑在一起的，我和白仲政都陪着你呢！”

贺晨雪点着头，但刑术都不知道她到底是在发抖，还是真的明白了，因为她眼中全是恐惧和对眼下情况的未知。

水快淹没到面部的时候，刑术吃力地仰头喊道：“再等等，没过头顶之后，等憋不住了再咬上呼吸器，我们不知道潜上去需要多久的时间！”

刑术说完这句话的时候，水已经彻底淹没了他们的头顶，而此时，距离整个洞穴完全被淹没还有三分之一，换言之，他们还需要等待至少十分钟的时间。

十分钟，假那枝说过，他们的压缩呼吸器正常频率使用时间差不多一个小时，但也得看如何使用，虽然还有个备用的，但能不能支撑到地面上，那就是另外一回事了。

三人在那儿静静等待着，白仲政一直吃力地在水下观察着远处的刘志刚，在看到刘志刚割断绳索往上游之后，他知道时候到了，立即拔出匕首来割断了绑住岩石的绳索，随后拉开与两人的距离，比画着手势示意三个人把绳索不要拉得太近，这样会妨碍互相的游动，紧接着便朝着矿洞之中游去，只有通过矿洞之中的那个地下河破裂的窟窿才能最终游出去。

三人奋力游到那个窟窿口，发现水流果然如刘志刚之前所判断的一样，已经平稳了，换言之，水已经完全灌满了这里的整个洞穴。

白仲政指着上面示意他们朝着上面游，随后一马当先游了上去。

游进上面的洞穴之中，他们发现自己身处在一个天然的溶洞之中，刑术这才想起来，原本镜泊湖的形成就是几千年前，火山爆发阻碍牡丹江而形成的堰塞湖，而在镜泊湖周围的地下森林中也早就发现了熔岩隧道，说不定这些隧道都是连通的。

顺着隧道的一处持续朝外面游着，半个小时之后，精疲力尽的三人终于浮出了水面。

刑术吃力地爬上去，然后与白仲政一起合力将贺晨雪拖拽了上来，三人躺在洞穴之中大口大口地喘着气，没喘多久，刑术就站起身来，打开头灯四下看着，然后将头灯平放在地上，在周围较为干燥的地方，找了点沙土，紧接着朝着光柱的位置一扬，蹲在那儿仔细观察着。

黑暗中的光柱清楚地显现出了空气中的灰尘，刑术抬手示意白仲政和贺晨雪喘气不要那么大，也不要做动作，随后仔细盯着灰尘的走向，看了一阵后，指着自己的右侧道：“灰尘朝着左边飘扬的，微风是从右边来的，出口在这边。”

白仲政起身来，贺晨雪却摇头：“我走不动了，我真的动不了了。”

刑术起身过去，搀扶着她起来：“必须走，就算我们穿着干式潜水服，在这种洞穴中长时间待着也无法维持恒温，而且这里的空气质量并不好，别忘了，下面是金矿，金矿中会产生二氧化硫，弥漫在这个洞穴中，待久了我们会死的。”

贺晨雪摇头：“就休息五分钟。”

“不行！五分钟我们可以走很远了。”刑术蹲下来，“白仲政，把她弄到我背上，我背着她走！”

贺晨雪立即制止白仲政：“不行，你已经很累了，背着我走不了多远的。”

“没事，你放心好了，我比你想象中还能撑。”刑术背起贺晨雪就走，“有一次我独自一个人被困在了山东的山里面，我迷路了，为了找到出路，我一个人连续走了六个小时，而且身上还背着一个二十多斤的香炉。”

贺晨雪笑道：“我至少比香炉重吧。”

白仲政跟在后面，随时准备着搀扶。

刑术也笑道：“对逐货师来说，宝贵的东西比性命还要重要。”

贺晨雪听到这里一愣，随即又听刑术说道：“你的性命现在比什么都宝贵，所以哪怕是你比一头猪还重，我都得把你背出去。”

原本还在发蒙那个“宝贵的东西”是不是特指自己的贺晨雪，听到这里一下笑了出来。

“你笑起来很好看，笑声也比说话的声音好听。”刑术边走边说，其实双腿已经发软了，“以后多笑吧，不要板着一张脸，你总不会是担心笑多了会长皱纹吧，你才多大……”

刑术就这样唠唠叨叨地说着，强迫自己说着话，不让自己意识崩溃，因为进入天地府至今他都没有真正好好休息过，加上在水中漫长的半小时和洞中稀薄的空气，他的意识已经模糊了。而在刑术背上的贺晨雪，原本身体就比较虚弱，此时也慢慢闭上了眼睛。

一侧的白仲政早已是头昏眼花，因为刑术和贺晨雪并不知道，在洞穴中水流冲击下来的时候，白仲政的右脚脚踝被石头撞击过，虽然伤口已经不再流血，但在水中泡了这么久，加上伤口发炎，他已经发烧了。

终于，刑术倒了下去，贺晨雪也从其身上滑落，白仲政上前摇晃刑术的时候，也终于支撑不住晕倒。

三人倒下之后的几分钟，一个人影从后方慢慢出现，紧接着蹲在刑术的跟前，探了探他的鼻息，扭头对另外一侧的三人道：“都活着，背他们出去吧，离出口不远了。”

第五十二章：重生

一天之后，牡丹江某小型诊所内。

刑术从那张雕花木床上醒来的时候，完全没有意识到这是怎么回事，扭头一看，身旁躺着贺晨雪，而紧挨着床头的另外一张小床上明显有人睡过的痕迹，但那个人已经走了。

我这是在哪儿？刑术站起身来，贺晨雪依然在熟睡，而且睡得十分香。刑术没打扰她，起身来穿好外套朝着门口走去，刚到门口，门就被推开了一条缝，随后他看到一个穿着白大褂的女医生站在那儿，对他冷冷地道：“醒了？”

刑术看着那女医生，问：“不好意思，请问这是什么地方？我为什么会在这里？”

“这里是牡丹江的一个小诊所的后屋，原本是打点滴输液的病人待的地方。”女医生说完推开了门，慢慢走了进来，将手中的托盘放在桌子上面，托盘中装着一些药，都是一般的药，感冒消炎类的。

女医生拿起盘子中的一盒药道：“这些药记住吃，你们身体的炎症还没有消除，呼吸道感染有点严重，忌酒忌烟，按照药盒上面的要求吃完就行了。”

刑术站在那儿看着那女医生，指着那张小床道：“旁边躺着的是我朋友吧？他人呢？”

“那个姓白的走了，不辞而别。”女医生说着打开旁边桌子的抽屉，从其中拿出一个用软泡沫和牛皮纸包着的东西，递给刑术道，“这是你的，你应得的。”

刑术拿过去那东西，摸在手上之后立即意识到那是什么，但不敢相信，立即打开牛皮纸，看着里面那面铜镜，也就是在天地府中的那面可以折射出不同光影的天地镜，同时也意识到了跟前女医生的身份。

“你是她？你是假那枝？”刑术抬眼看着眼前的女医生。

女医生坐下：“别叫假那枝，那只是我的临时身份，我有名字的。”

刑术看着她道：“但我不知道你叫什么。”

女医生淡淡道：“你可以叫我马菲，我的绰号叫吗啡，同音字，不过前者是姓马的马，草字头加一个非常的非，绰号的意思不用我解释了吧？”

刑术皱眉：“马菲？吗啡！”说到这儿，刑术突然意识到了什么，眼睛一瞪，指着马菲道，“你就是那个在香港和柏林盗走两幅价值上百万美元古画的女贼？”

马菲面无表情道：“我是不是这个人，不重要，重要的是，第一，你们还活着，我救下的你们；第二，你们已经算是通过了考核，我们可以继续合作。”

“对了！炸药！”刑术立即道，“那个洞穴中还有定时炸药，赶紧报警！”

“报警来得及吗？”马菲冷冷道，“既然知道会发生惨剧，为什么不在惨剧发生之前就制止呢？”

刑术一愣，随后道：“那个炸弹根本不会启动，你做了手脚？那三个寻宝专家果然和你有关系。”

马菲玩着手中的针剂药瓶：“昨天，你在洞穴中所做的推测，说对了一半。的确是我找上的刘志刚，但那三个寻宝专家之中的确有一个是刘志刚的同学，不过刘志刚忽略了一件事，他同学始终是库斯科公司的雇员，这个公司就算是再贪财，他们的目标也是古物，不是金矿，金矿对他们没用，除非这个金矿是在公海的某座岛屿上。在任何一个国家，他们要去动金矿，都是找死，这个公司再大、实力再强，也不会蠢到与政府为敌，这就像他们曾经也在中国寻宝，但每次都只是拿走一两件东西，而不全部搬走是一个道理，这叫留条活路给自己……”

刑术皱眉：“那他们总不能空手而归吧？”

“当然不会，他们只是在洞穴中按照我的要求拿走了一些可供研究的东西，因为评定他们工作是否完成的人是我，不是他们公司。”马菲放下药瓶，“他们可以接受外派雇用任务，但前提都只是勘察，如果涉及寻找方面，那另当别论。”

刑术点头：“可惜，没能认识这些专业人士。”

马菲说到这里笑了，又道：“刘志刚用的是人情，而我用的是合同和命令，我和他们公司签订合同，他们服从公司的命令，相比之下，刘志刚的同学友情又算得了什么呢？我也计算过水流和地脉，很清楚，只要最后的炸弹不爆炸，刘志刚就无法得逞，他的复仇计划一旦完蛋，他就不可能再启动了，因为他已经五十多岁了，人生剩下的时间不长了。”

刑术坐了下来：“他始终只是一枚可怜的棋子，到头来他自己都没有意识到这一点。”

“今天的谈话到此为止，你的电话被水泡坏了，但卡没有问题，我重新买了部手机送你。放入手机后，你那个叫阎刚的同伴一直在打电话给你，你最好回一个，报个平安。”马菲说完起身，整理了一下自己的白大褂，“然后你就继续该做什么就做什么吧，我会在合适的时候再联络你，再见。”

马菲说完出门，刑术看了一眼床上熟睡的贺晨雪，想起了什么，立即追上去，问：

"有件事我想问你，关于贺小姐的。"

马菲驻足："问。"

刑术道："第一，田克在哪儿？第二，刘志刚说自己没结过婚，不可能有孩子，那为什么贺小姐的养父母会留下那张纸条给她，告诉她关芝青是她奶奶？"

"回答你第一个问题，田克已经回家了，至于第二个问题……"马菲笑了一声道："你可真逗。你凭什么认为我会知道贺小姐这些事情？你要是想知道，为什么不问问贺晨雪自己？她不可能不知道自己养父母是谁吧？她能长这么大，总是有人抚养长大的，总不至于是她自己喝风吞土活下来的吧？但是话说回来，贺晨雪已经成了你的一个弱点，并且扎根在你心里边了，这一点对我来说，倒是件好事，再见，刑老板。"

马菲说完离开，刑术站在那儿看着她关门离去，正在他准备坐回去查看下贺晨雪的时候，马菲留下来的手机响起，他担心吵到贺晨雪立即接起来，随后就听到电话那头传来阎刚焦急的声音："刑术？"

"'阎王'，"刑术立即回答，"我们出来了，三人都平安无事。"

阎刚在电话那头明显松了一口气："好几天了音讯全无，我以为你们出意外了，怎么样？"

刑术坐下来，看了一眼贺晨雪："事情比我们之前推测得还要可怕，我人在牡丹江，你赶紧过来吧，过来详聊。"

阎刚还没继续说下去的时候，一侧的田炼峰抢着说："刑术，我们在屯子这边找到了一个当年案件的知情人，现在我们知道当年的惨案到底是怎么回事了，凶手不是关芝青！你赶紧过来吧！快点！"

刑术应道："我知道关芝青不是凶手了，这样吧，你们在那里等着，我租辆车就赶过去，还得安顿下贺小姐。"

"好，我们在三羊乡等着你。"田炼峰又抢着说，随后听到阎刚的咒骂声，简单道别之后，电话挂断了。

刑术刚挂断电话，就听到贺晨雪的声音从一侧传来："谢谢你。"

"什么？"刑术扭头看着已经清醒了的贺晨雪，从她的表情可以看出，她已经醒来很久了，也许先前已经听到了自己与马菲之间的对话。

贺晨雪撑起身体来，坐在那儿道："谢谢你关心我的事情。"

刑术点头，走过去摸了摸她的额头："不用客气，你身体怎么样了？"

"我没事。"贺晨雪摇头，"你去解决刘志刚那件事吧，我就不去了，我自己去火车站，然后回哈尔滨。"

贺晨雪的心中很矛盾，她先前很希望刘志刚会是她生父，后来刘志刚做出疯狂之举后，她又陷入了担心和惊恐之中，直到刘志刚亲口说出自己没有结过婚、没孩子……其后贺晨雪心中又会想什么，刑术无法得知，因为贺晨雪又恢复了往常的那种冷漠的表情。

刑术收拾好东西，带着天地镜，领着贺晨雪离开，出门的时候，两人却看到先前那个女医生睡眼蒙眬地从隔壁房间走出来，看着他们很纳闷地问："你们是谁？"

刑术愣了下，但随后意识到又是那个马菲易容成她的样子，只是道："没什么，先前我媳妇儿有点不舒服，我领她来看看，但来了之后她就好了，我们就只好回去了。"

女医生皱眉看着他们，等两人离开诊所，这才嘀咕道："有病……我刚才怎么睡着了？"

刑术将贺晨雪送到火车站，买好票送上车，刚准备要去找租车行的时候，出来就看到了停在停车场口的那辆他们早先遗弃在山边的越野车。

刑术觉得奇怪，上前查看，走过去的时候，一个走路匆忙的旅客从他身边一晃而过，刑术刻意闪了闪，凑近看着车窗上面贴着一张纸条，纸条上面用很漂亮的繁体字写着——下次用车，不要扔在山边，找回来很麻烦。另：钥匙在你口袋里。

刑术下意识摸了摸自己的口袋，真的发现钥匙在自己的口袋中，此时他意识到先前那个从身边一闪而过的人，立即转身去找，但哪里还能找着人？

"也好，省得去租车了。"刑术开车门上车，热车的同时，心中知道，以后要想摆脱那个叫马菲的女人，恐怕很难，不过自己应该想办法调查一下这个人，解决完刘志刚的事情之后，回去问问师父，师父门路多，也许会知道。

开车去三羊乡花了好几个小时，感觉去那里比进林场还要远，车刚进乡里面，一转弯就看到在那儿冻得哆哆嗦嗦的田炼峰，接上田炼峰后，田炼峰指路带刑术进屯子，进屯子的时候，刑术看到旁边还立着一个牌子，上面写着"观音屯"。

刑术自言自语道："观音屯？这个屯子的名字对当年的事情来说，真是讽刺。"

田炼峰点头道："可不呗，对了，你是怎么知道当年惨案经过的？我听那人说的时候，吓得话都说不出来了，太恐怖了，怎么会是那样？"

"先带我去见那个知情者吧，他是谁？"刑术扭头问道，刚问着就看到了前方路边的阎刚在挥手。

车停下，阎刚上车，随后指着前面道："向前面直走，大约一百米，右转，直行，有几棵杨树的院子门口，就是那个知情者的家，这个人叫刘文成，以前是个老师……"

阎刚还没说完，刑术踩下刹车，下意识道："他戴着眼镜对不对？还有个儿子叫刘志刚？”

阎刚看着刑术，点头道：“对，但是现在他瘫痪了，一直卧床休息呢，他儿子给他雇了一个高级护理工，原本想接他去哈尔滨的老年公寓，但是他不愿意走，对了，刘志刚不是他亲生儿子，是关芝青的孩子。”

刑术点头：“我知道，这些我都知道了。”

刑术说完，眼前晃动着刘志刚疯狂地按下炸弹开关的样子，又想到他请了护理工照顾自己的养父，觉得太矛盾了。

“你怎么了？”阎刚看着刑术在发呆，刑术摇头随后开车到了院子门口，三人下车，进了院子。

进院子之后就看到中间的那个堂屋中摆着一张老太太的照片，毫无疑问，那张照片应该是刘志刚养母的，从照片年龄上来看，大概去世没有几年，而且刘志刚的养父刘文成也应该年岁不小了，应该七八十岁了。

一个四十来岁的中年妇女从里屋走出来，看着阎刚道：“来了？”

阎刚点头，中年妇女笑了笑道：“我去泡茶。”

刚说到这儿，屋内传来一个苍老的声音：“慧琴，你歇着吧，我和他们说说话。”

“哦，好。”叫慧琴的中年妇女应了一声，朝着刑术等人笑了笑，出门离开。

阎刚低声道：“这就是那位护理工。”

刑术点了点头，慢慢走进里屋，走进之后，就看到炕头上躺着一个盖着薄薄棉被、满脸蜡黄、眼看着就活不了多久的刘文成。刘文成满脸的老人斑，脸上还长了其他一些疙瘩，脸上那层蜡黄已经快没到眼睛以上了，这就是民间常说的土埋半截，但实际上说的是那种蜡黄过了胸口人就该死了。

“刘大爷，你好，我是刑术。”刑术坐在了炕头，但不知道如何开口，也无法想象这个老人几十年前下手干的那些残忍的事情，如今在刑术眼中，他只是一个快死的老人而已。

刘文成半眯着眼睛“嗯”了一声，随后道：“刑先生，你们应该去过天地府了吧？”

刑术点头，直接道：“我也遇到了您的儿子刘志刚，知道了当年的事情。”

刘文成听到这儿，眼泪一下就涌了出来，伸出被子的双手攥紧成拳头，很快就泣不成声，许久才缓了缓道：“我是凶手，是我的错，我应该被枪毙。”

刑术不知道该说什么，想了半天才说：“有一件事，我不明白，刘志刚是怎么知道当年的详细情况的，还有，那三张李铭志留下来的记录，又是怎么到他手中的？”

刘文成看着天花板道：“我以前没有写日记的习惯，后来有了，其实我那是故意的，我很早就打算好了，在合适的时候会告诉志刚那些事情，所以我记录了下来，将那三张纸也夹在里面，故意没有锁起来，让他能够看到，他完全知道这一切的时候，正好是他准备出国留学之前。我想，这样可以给他一个缓冲的时间，让他在国外想清楚，将来该做什么，不该做什么，路怎么走，都是自己选的，我选了一条死路，不管将来他做什么，我都能接受，毕竟，我是凶手，是杀人犯。”

刘志刚出国之前，刘文成故意帮他收拾东西，收拾东西的时候将自己的日记本装在了他的行李之中，原本打算刘志刚出国之后，自己就去自首，因为他很清楚，这种大案子所谓的二十年追诉期可以不存在，只要报到最高人民检察院，绝对会得到批准。

但是刘文成思来想去并没有那么做，原因很简单，他担心这些事情会影响刘志刚的学业，到时候开庭审判等，都得让刘志刚回国来，势必会影响他。

“于是我就想，等着他回来吧，当着面说清楚，到时候他要怎么做，都是他的事情，不过如果他想报仇，我会告诉他，不要脏了他的手，让他背着杀人犯的罪名，我会自行了断，所以，我一直撑着、一直等着。”刘文成说话的时候，眼泪一直顺着眼角流淌下来，“等志刚回国之后，与当年有关的人活下来的不到五个，很多人都病死了，有几个是上山的时候遭遇意外死了，大家都说那是报应，不是不报，是时候未到。没有人再提那批金子的事情，一百多条人命，换那些金子，值得吗？当年我们没问自己，但后来我们都知道，不值得，再多的钱都买不回一条命，更不要说一百多个人的性命了。”

刑术迟疑了，应该说他从得知这个知情者就是刘文成、就是刘志刚养父的那一刻开始，他就几乎打定主意，不将刘志刚要淹没屯子的事情说出来，因为那已经没意义了，刘志刚失败了，按照马菲的推测，他今后再想做点什么也不可能了，因为他已经五十多岁了，再没有那个精力。

“刑先生，你相信报应吗？你相信这个世界上有鬼神吗？”刘文成侧头看着刑术。

刑术点头：“我相信有报应，但我不相信鬼神，可矛盾的是，我又相信‘抬头三尺有神明’这句话。”

“我信。”刘文成面无表情道，“以前我是个老师，是个大家眼中的知识分子，是个唯物主义者，但在那件事之后，我信了，我每晚都能看到那些人站在炕边看着我，他们浑身都是血，但不哭不闹，一句话不说，就那样看着我，其他人一样，他们都说看到了，所以，几十年以来，没有一个人消停地睡过觉，没过几年，磊子和好几个人都自杀了，投河的、上吊的，派出所都觉得奇怪，外面的人也传，这里阴气太重，遭了脏东西，很多人开始求神拜佛，但是没用，因为冤魂太多了，但是我们也活该，因为即便是那样，我们也不敢去自首，只能拼命地对志刚好，希望可以赎罪……你看看堂屋里面那张我媳妇儿的遗照后面，麻烦您拿过来。”

阎刚转身，去堂屋拿过照片来，递给刑术。

刑术翻过遗照后面，发现后面是一张年轻女子的照片，他不用问都知道，那是关芝青的照片。

刘文成侧头看着道：“那就是关芝青，只要参与过当年那件事的人家，家里亲人的遗照后面都摆放着这张照片，大家都当她是活观音……”说到这儿，刘文成双眼闭上，又补充了一句，“不管是那件事之前，还是之后。”

刑术看着关芝青的照片，照片上的她穿着白大褂，满脸笑容，他完全无法想象案发当天发生那些事之后，关芝青的脸上会挂着什么样的表情。

第五十三章：人之初

刑术离开刘家的时候，脑子中还想着刘文成最后说过的那些话。他说，这个屯子之所以得名叫观音屯，是因为在很多很多年以前，应该是清朝统治时期，这个屯子闹过病，死了很多人。后来，一个神秘的白衣女子出现，告诉大家，他们得病是因为喝了不干净的水，随后叫村民自村子东面打出一口巨大的水井来。

这口水井中的水治好了大家的病，大家都很感激这位白衣女子，女子却严肃地告诉他们，那口井中的水每日取水不能过千，不能贪心，否则会招致神灵的惩罚。

村民们答应了，不过后来有人发现那些井水似乎包治百病，于是有人偷偷取水出去卖，一个人赚钱之后，越来越多的人加入了卖水的行列，最终引来了土匪，土匪杀了村民，霸占了水井。女子为了救村民，牺牲了自己，甘愿委身于那些土匪，村民却无动于衷只顾自己活命，这些举动最终让神灵大怒，要降下天火和旱灾惩罚村民。

最后的时刻，女子用自己的生命献祭，换来了神灵的原谅，让自己的肉身化为一块亮如明镜的岩石，立在那口井的旁边。

从此之后，每一个去井边打水的村民，站在井口不仅会看到那块白衣女子变成的岩石，也会清清楚楚地看到镜面中映出的自己。

刘文成讲完那个故事后，又道：“当年屯子的名字不叫这个，后来不少闯关东的人来了之后，听说这个故事，都说那是观音下凡拯救了屯子，于是屯子的名字就改名叫观音屯。有些时候，我想，这大概就是天意吧，关医生也肯定是真正的神仙下凡，只不过她牺牲了自己，却没有换来我们的忏悔和赎罪。当阎先生和田先生来打听天言教的事情时，我就知道该来的来了，这一天迟早会来，我活不了多久了，不应该再掩饰过去的罪恶。我知道，这根本无法赎罪，我们并没有接受应有的惩罚，只是麻烦您转告一下志刚，如果他想复仇，就冲着我来，不要针对当年其他人的后代，他们是无辜的，他们什么都不知道，只知道大家都对志刚很好，也都很痛恨他，这种仇恨不应该再延续下去了。”

刑术脑子中一直回闪着刘文成的话，每一个字他都记得那么清楚。

站在村东头的那口井边时，他真的看到了那里的岩石，只不过岩石并不如传说中那样如镜子一样亮，而是非常模糊，同时那口井也枯竭了几十年了，一滴水都没有再冒出来过。屯子中的其他人试图打井，也没有挖出过水，若不是乡政府后来想办法引水开渠，恐怕这个屯子早就不存在了。

刑术蹲在那块岩石跟前，看着上面那些年轻人刻下的乱七八糟的文字，细看之下，却在岩石最下面发现了三个大字——天地镜。

看着那三个字的时候，刑术不禁想起天地府中的那面铜镜，自言自语道：“天地镜，铭天地。”

但是他始终不明白“铭天地”到底是什么意思，也不知道那三个字是什么人刻的，也无从查起这口井和那块岩石出现的年代，因为屯子里面的人早就没人知道了，就如现在整个屯子中，除了快死的刘文成之外，谁也不知道当年邪教惨案的真相一样。

那天在回哈尔滨的路上，车上的三人谁也没有说话，阎刚和田炼峰也没有问在天地府中到底发生了什么事情，只是在快到哈尔滨之前，刑术和阎刚开始动用自己的所有关系，撒开大网寻找不知所踪的刘志刚。

但是谁也没有想到，他们在回哈尔滨的第二天才得知刘志刚的情况——他从某座六层楼高的楼房上跳了下来。

可是刘志刚并没有死，他跳下来的时候，楼下正好有一家在搬家，他落在卡车上面的沙发中，弹出来砸在旁边的雪堆上，随后被送进医院，虽然抢救过来了，但依然陷入重度昏迷之中。

得知这消息的时候，刑术正坐在自己的当铺中记录着关于在天地府中经历的一切，听到这个消息立即和阎刚、田炼峰赶到了刘志刚所住的医大四院，同时阎刚也找到了在刘志刚自杀小区所属辖区派出所的朋友，经他们调查，阎刚属于自杀，没有任何他杀的痕迹，他跳楼前就住在那小区的五楼，是租的房子。

“有没有留下遗书之类的？”刑术问。

那位民警摇头：“没有，但是从他租住的屋子来看，他应该是想好了要自杀，因为屋子被刻意打扫收拾过，东西都码得整整齐齐的，死之前他还换了一身干净的衣服，还将下季度的房租放在了信封里，就摆在茶几上面，旁边还有一个鞋盒子，盒子里面放了五万块钱，里面留了两张纸条，其中一张写着房东的名字，下面写了‘给您添麻烦了’几个字，另外一张纸条写着‘对不起，给各位添麻烦了’，我们初步核实字体，的确是刘志刚所写的，而且在他任教的学校，也有老师说过，他请了一个月的假，请假的时候还对校领导说过，他也许不会回来了，不过大家都没有当一回事，因为平日内刘志刚很喜欢开玩笑，不过我们没有查明他自杀的原因。”

民警问完，顿了顿，看样子有些话想说好像又不方便说。

阎刚见状，立即道：“老曾，咱们是多年的兄弟，这里都是自己人。”

民警点头道：“之所以我们没有结案，还在调查，是因为勘查他家，也就是学校安排的员工楼那个家时，发现他的一个柜子有挪动的痕迹，我们搬开柜子之后，发现了那墙壁上全写着‘人之初’三个字，密密麻麻全写满了，所以，我们认为这件事没那么简单，如果你们有什么线索，一定要提供给警方。”

刑术看着地面发呆，阎刚立即道：“老曾，如果我们有线索，我会第一时间告诉你的，谢谢你的帮忙。”

曾姓民警点头，看了一眼刑术，阎刚立即碰了碰刑术，刑术回过神来，立即道：“谢谢你，辛苦了。”

民警点头告别三人离开。

民警走远，田炼峰立即道：“人之初是什么意思？”

“你没读过三字经？”阎刚看着监护病房，“人之初，性本善。”

田炼峰一拍脑袋，这才反应过来。

此时，刑术却淡淡道：“三字经是那样写的。但是，我想刘志刚不是那样理解的，别忘了，他是在苏联读的大学，那里信奉东正教，在基督教三大分支之一的东正教中，认为人一生下来就有罪，只有上帝没罪，但人们可以通过忏悔来赎罪，所以，我觉得，他想写的是——人之初，性本恶。”

田炼峰正要说点什么，阎刚却将田炼峰拽开了，让刑术一个人静一静。

半个月之后，刘志刚清醒了，但清醒之后的刘志刚也许是脑部遭受撞击的原因，已经变成了个非正常人，换句话说，他的精神出现了问题，除了吃喝拉撒之外，其余时间都在那里念叨着“人之初”三个字。

经过相关专业精神科医生鉴定，刘志刚属于脑器质性精神障碍，也就是因为脑部受到外伤或者脑出血等因素导致的，但并不了解之前他是否有相关病症。

因为刘志刚没有亲人，他的养父也恰好在他清醒过来的头一天死去，所以刑术和阎刚找到他学校的领导，终于将他弄到了圳阳市精神病院中，也就是刑术长大的地方。

刑术站在刑国栋办公室的窗口，看着正由护士搀扶着、在那绕着刚刚清扫过积雪的空地走圈的刘志刚，将所有的事情都告诉了刑国栋。

刑国栋听完，惊讶得好半天都合不拢嘴，完全不知道该说什么。

刑术扭头道："爸，刘志刚自己还有很多积蓄，按照医院的标准，差不多也够他寿终正寝了吧？"

刑国栋点头叹气道："多的都有了，而且他学校也表态了，如果不够，学校会出一部分，但不需要了，他的积蓄够了，这人好像就没有花过钱一样，还有那么多钱。"

刑术摇头："他花过，别忘了，他的级别，工资福利不少的，一部分钱花在屯子里面了。"

"啊？"刑国栋很惊讶。

刑术道："阎刚后来打听过，屯子里面好多孩子读大学什么的，他都帮助过，有两个孩子就在他任教的大学念书。所以，我觉得这件事到此为止了，我也不想再说出去，或者告诉警察，没意义了，与事情有直接联系的人都死了或者疯了，如果让那些孩子知道他们尊敬的刘老师是这样的人……好了，我该去找师父了。"

刑术走的时候，刑国栋满脑子都是当年邪教惨案现场的画面，虽然都是他按照刑术口述幻想出来的，可即便在有暖气、室内温度达到二十八摄氏度的屋子中，刑国栋都觉得后背发凉。

刑术去郑苍穹的房间时，却没有找到人，出来经过楼道，却意外地发现郑苍穹站在走廊窗户处，看着下面。

刑术上前，还未说话，郑苍穹就先开口道："田炼峰把所有事情都告诉我了，你不用再复述一遍了。"

刑术"嗯"了一声，其实他也不想复述了，每次回忆一遍，他的心里就会难受一次。

"刑术，你说，他为什么自杀？"郑苍穹问，"是因为他发现自己失败，屯子没有被淹，还是因为他以为屯子被淹了，认为自己罪过太大？"

刑术看着下面，许久才回答："师父，我真的不知道，但是现在回想起来，其实在天地府下面的时候，他的精神状况就已经不稳定了，我想，可能他很早就已经患上了严重的心理疾病，很压抑，没有人诉说，无法解决，一个人扛着，如果是我，我也保不准会变成那种人。"

“哪种人？”郑苍穹扭头问。

刑术看着下面：“疯子。”

郑苍穹故意环视了一眼四周：“你别忘了，你是在疯人院长大的，你生下来就和疯子为伍，而且说不定你生下来就是个疯子，只是你自己不知道而已，不过好在是，本身就是疯子的人，就不会担心自己再变成疯子了。”

刑术看着郑苍穹，郑苍穹慢慢吞吞走回屋子去，却说了一句奇奇怪怪的话：“对不起，有件事我瞒了你，关于马菲的事情，我早就知道了。”

“什么？”刑术一下站住，看着郑苍穹慢慢悠悠走回自己的房间，他等了许久才追进去，又问了一次，“师父，你刚才说什么？”

郑苍穹已经在泡茶了，腾出一只手来指着旁边的椅子。

刑术上前坐下，看着郑苍穹在那儿无比缓慢地泡茶，在刑术眼中，如今的郑苍穹所有的动作都被时间放慢了，他几乎都能听到自己的心跳声，难道说这件事真的与师父有关系？

许久，郑苍穹将茶水倒好，指了指茶海中道：“喝茶。”

刑术没有端起来，又要问，郑苍穹抬眼看着他，眼神中透出一种威慑力，让刑术不得不端起茶杯来，耐着性子慢慢地喝着。

郑苍穹又倒了一次，刑术再喝，反复两次之后，郑苍穹放下杯子道：“这次的买卖，才算是你出师之后做的第一个真正意义上的买卖，咱们这一行当，做买卖不是为了钱，因为逐货师要赚钱很容易，起手放下百八十万就流出来了，这一点你应该很清楚，你混了多年，你应该清楚，哪怕是你某次失手打眼高价收了个物件破了产，转身一夜之间，也可以凭借着你刑术这个名字东山再起，所以，咱们这个行当靠的是名声，名声怎么来？靠实力，实力怎么来？靠智慧！智慧怎么来？靠经验！那经验又怎么来呢？靠失败。”

刑术点头：“师父，我知道，这次我是失败了。”

“输赢重要吗？”郑苍穹问道，“逐货师求的不是输赢，所谓的失败对逐货师来说完全是家常便饭，我年轻的时候曾经为了一个传说中的物件，从中国的最北面追到最西面，到头来一场空，但是没关系，我沿途学习到了很多东西，他乡的规矩、做人的道理，民俗民风就更不用说了，所以，那一次我没有失败，相反是赚了。你这次算失败吗？即便是，也与你没有关系，因为马菲求你帮忙之前，找过我，我同意了她的请求。”

刑术立即站起身来，一腔怒火，但半天也说不出一个字来。

郑苍穹什么也不说，只是又指了指他屁股下的椅子。

刑术无奈坐下，郑苍穹又道：“在东三省，除了我之外，还有两个大朝奉，各坐一省，按照那些道上人的规矩，马菲来黑龙江，第一件事就是拜码头，虽说就算不找我，也没关系，但她懂得什么叫尊师重道。而且她将自己要布下的这个局，前前后后都跟我说了一遍，问我是否同意。当时我就知道，这个女人很聪明，她绝对是你这么多年来从来没有遇到过的那类人。在这个局中，她不会让任何人的性命受到真正的威胁。”

刑术低头道：“但你还是帮了她，你隐瞒了实情就是帮了她，而且你让那枝跟着我的时候，就已经算准了，那枝的脾气性格，在进行到某个阶段的时候，我一定会让她滚蛋，这个时候，马菲就可以假扮成为那枝继续下面的事情。”

“没错！”郑苍穹立即回答，“但当时我打了一个赌，我对马菲说，只要她露面，你会立即指出她的身份，知道她不是那枝，马菲当时并不相信。”

刑术脑子中冒出个念头，但他并没有马上说出来，因为他知道郑苍穹还有话要说。

郑苍穹喝了一杯茶后，又说：“从你独立独行的那天起，我就几乎没有管过你，更没有离开过这间疯人院，我是希望你能找到一条属于自己的路，还记得我们的约定吗？”

刑术点头：“非特殊情况或者紧急情况抑或是被逼无奈的前提下，不能告诉他人我是你的徒弟。”

郑苍穹道：“没错，这些年你将这一点遵守得比较好，因为你一旦打着我的旗号出去做事，就会顺利很多，那对你没好处，可是，这个行当就是这样，就算你不说，人家也会知道，真正懂行的人谁不知道你刑术是我的徒弟？所以，大家都卖你几分面子，逐渐地，你的路就会走得太顺，为了给你添加障碍，让你急速进步，我才同意了马菲的做法。”

刑术点头：“谢谢师父。”

郑苍穹笑了：“你嘴上说谢谢，心里却想问，师父，你是不是一直想找到奇门，想借此机会挖出奇门的秘密？”

刑术不语，也不抬眼看郑苍穹。

郑苍穹起身，看着窗外道：“如果我说不想找到奇门，我自己都不信，做逐货师的，没有不想找到奇门的，但是我已经老了，老得不能再走了，也许这辈子追逐奇货的机会就剩下一次了，但这一次机会，不应该是为了找寻奇门，毕竟我没有把握，谁也没有，找不到那就是遗憾，死后也无法闭眼。”

刑术知道郑苍穹已经表明态度了，自己也不能再追问，于是道：“师父，我想知道马菲到底是个什么人？我只知道她是个大盗，既然她能来找你，你肯定也清楚一些情况吧？”

郑苍穹却是摇头：“我对马菲了解得并不多，那是我第一次见她，我找人调查过，这个人的背景都是假的。”

“假的？”刑术非常惊讶。

第五十四章：回到起点

郑苍穹所说的马菲背景是假的，是因为她费尽心机为自己设计了三层假身份，第一层身份，就是平常人花点力气就可以调查到的，也就是马菲在相关机构中的官方档案，在这个档案中她刻意留下了一部分线索，让查到假档案的人顺着这个线索去查，就能查到第二层身份，这些身份的线索她故意散落在各处，让追查的人以为第二层身份的资料是真实的，其实不然，在这其中马菲又留下了一些线索，如果发现第二层身份都是虚假的人，再往下查，就会查到第三层，查到这一层，任谁都会认为那才是马菲最真实的资料，其实不然。

郑苍穹举着茶杯，皱眉道：“这些消息，是我托一个欠我人情的朋友，从香港方面弄回来的消息。”

刑术看着郑苍穹：“香港？”

“对，你也知道马菲曾经在香港和柏林盗走过两幅画，香港警方的联络事务科负责与国际刑警总部协调，调查这个案子。联络事务科在香港回归前的前身是国际刑警科，就是国际刑警驻香港方面的一个代表处，回归后是中国国际刑警下属的一个分支，代表香港警务处。”郑苍穹闭眼道，“他们调查马菲的案子已经有两年了，查到第三层身份的时候，几乎就要下定义了，却发现很多前后矛盾的地方，最后推定，三层身份全都是假的，当时马菲还在国际刑警的橙色通报名单之上，随后两年中，她消失了，又暂时改为了蓝色通报。”

刑术道：“她为什么要找奇门呢？”

郑苍穹看着刑术道：“这也是我最关心的地方，我分析过马菲以前的档案，其实这个人以前并不出名，三年前柏林那幅画被盗之后，这个叫马菲的人通过互联网，宣告这个案子是她所为，一年后在香港，她又干了同样的事情，从那儿之后，马菲开始出现在公众的视线当中，确定她是个华裔，你知道，一旦这种人出现，传闻就会多了起来，随后世界各地都发现了所谓的马菲犯下的案子，实际基本上都是假的，都是他人打着她的旗号做的，警方清楚，但是同行并不清楚，所以一来二去，马菲这个人就变得传奇了。”

“原来如此。”刑术点头，“还有，师父，关于绿瞳的事情，马菲有没有说过？”

郑苍穹摇头：“她没说，是田炼峰告诉我的，当然，也是你告诉他的，不管怎么说，现在你手头的线索很少，只要顺着那幅绝世画追查下去，或许很多事情都会清楚，当然，这件事你无法一个人干，你必须要有一个团队，虽说逐货师基本上什么都得懂一点，但不可能全部精通，所以，你需要帮手。”

刑术点头：“我知道，现在来看，我这个团队中有两个人物，是不可缺少的，第一个就是贺晨雪，第二个就是白仲政，第三个是田炼峰。贺晨雪并不是我愿意让她来的，而是马菲，她要追查绿双瞳的事情，马菲似乎也想利用这一点。白仲政和郭十篆、郭洪奎三个人也对奇门有兴趣，如果我不让白仲政留在身边，他们待在暗处会成为我的敌人，起到反作用。而田炼峰，虽然他连半吊子都算不上，但因为那双筷子是田家的，加上田克的事情，所以他不得不加入。”

郑苍穹寻思了一下道：“嗯，阎刚呢？我对他并不清楚，你才了解他，你需要一个护卫、一个善于追踪的人，与你能互补。”

刑术想了想道：“阎刚这次表现得比以前好，比较听话，但他是个退役军人，身边的朋友大部分以前也都是军人，我担心会与军方莫名其妙扯上什么关系，这对我并不好，我还有人选，实在不行，我下次带上胡三千。”

郑苍穹皱眉：“你说那个开棺人的后人？”

“嗯。”刑术道，“胡三千的身手和对异文化的精通都不错，他一个人就等于是白仲政和阎刚两个人，我信得过他，这样在关键的时候，我也不一定非得依赖白仲政。”

“很好，你头脑还算清醒。”郑苍穹点头道，“接下来，你准备怎么入手？”

“从眼下的线索来看，只能从两个方面，其一，从那幅画，也就是从田克那儿入手，看他知道点什么，找到那幅画的作者，也就是陈汶璟的师弟陈大旭，他应该早就死了，不过田克或许知道点什么，如果这条线索断了，我只能找第二条线索，那就是申东俊。”刑术用手在桌子上画着，“我始终认为关芝青与申东俊之间没那么简单，也始终觉得贺晨雪的养父母与这件事也有关系，否则的话，为什么平白无故留下纸条给与自己毫无血缘关系的贺晨雪呢？”

郑苍穹又给刑术倒了一杯茶，递给他的同时说：“刘志刚的事情已经解决了，接下来，你应该做的是，去田家，找田克。”

刑术点头，接过茶杯来慢慢喝着。

刑术并没有立即去田家，而是等了一个星期之后，他大概将天地府的东西整理完毕之后，这才带着礼物去田炼峰家。因为担心田克再次被“掳走”的关系，田炼峰坚持父亲住在自己家中，但按照刑术的要求，从见到田克那一刻开始，就忍住没有问他任何消息。

刑术走到田炼峰家楼下，田炼峰已经在寒风中等了许久，见刑术来了，立即道：“和你猜的一样，我爸憋不住了，想告诉我一些事，但我一直装作没兴趣，他都冲我发火了。”

刑术点头：“那就对了，你爸的脾气我知道，说出来你别不高兴，他就喜欢人围着他转，而且自认为自己嘴严，一旦你装作完全没兴趣，就轮到他着急了。”

田炼峰点头：“其实我也一样，这是遗传，我发现了，我也好，我爸也好，都没遗传到我爷爷的优点。”

田炼峰领着刑术上楼，开门进屋，就看到田克坐在那儿抽着闷烟。

“田叔叔好。”刑术上前道，田克看了刑术一眼，露出个笑容随后故作深沉继续抽烟。

刑术也不问什么，径直带着东西进厨房，说要帮田炼峰做菜。

接下来的两个多小时内，刑术就忙着做饭、吃饭、洗碗，帮助田炼峰收拾屋子，而田克就在那里坐立不安，时不时凑过来看两眼，想说什么又欲言又止，而刑术只是笑，也不问，憋得田克都要抓狂了。

终于，田克憋不住了，很认真地对刑术说：“这次的事情，谢谢你。”

“啊？”刑术故意装傻，随后又装作明白了的样子，“没事，小事，我和炼峰是发小，这是我该做的事情，对了，田叔叔，我还有点事，晚饭就不在这里吃了，我先走了。”

刑术说着换鞋就要走，田克这下急了，上前就问：“刑术，你就不问问我到底发生了什么事？你和炼峰为什么都不问我呢？”

刑术蹲下来系鞋带，头也不抬地说：“田叔叔，人都有隐私的，你想说的时候自然会说，我不可能逼你说，对吧？而且，你也没受伤，实际上也不算被人绑架挟持，心理上也肯定没有落下什么毛病，那就没事了，人最重要的就是平安。”

田克点头，想了半天，又问：“那个刑术呀，这次你们去的那个地方，是奇门吗？”

刑术只是笑着摇头，说着就要出门，田炼峰在后面一个劲儿给刑术递眼色，意思是差不多得了。但刑术不管，径直往外走，田克直接冲出去把刑术往屋里拽，同时道：“你就跟我说说，行不行？我没事做，也想知道是怎么回事，来来来。”

刑术站在那儿，看着田克道：“田叔叔，我明白了，你也想找奇门，对不对？”未等田克回答，他再问，“你既然要找奇门，为什么一直装作没兴趣呢？私下却悄悄准备，都准备了那么些东西？而且都没用，人家一个电话就把你给骗走了？”

田克依然拽着刑术：“屋里说，屋里说。”

刑术只是摇头，田克干脆松手，憋了半天终于说：“刑术，你觉得我和炼峰合适吗？”

“合适什么？”刑术反问。

田克低声道：“合适去找奇门吗？”

刑术摇头：“相当不合适，你们不适合干这个。”

“那就对了嘛！”田克回头看了一眼田炼峰，“我们两父子是什么德行，我自己清楚，我妈说过，我比不上我爸的百分之一，炼峰连我都不如，我这辈子就是跑销售还行，赚点钱，给这兔崽子买房买车子，指望着他娶个媳妇儿平平安安过一辈子，然后我再想办法完成我爸的心愿！”

刑术一愣：“田叔叔，你是说您的父亲田云浩也想找到奇门？”

田克见话都说到这里了，只得点头，示意刑术进来，关上门坐在沙发上，让田炼峰重新泡茶。

田克点上一支烟，叹气道：“我爸给我留下了不少东西，都由我妈收藏着，我成家立业之后我妈才给我，并且叮嘱我千万不要告诉给任何人，就算以后将筷子交给炼峰的时候，也只能说那段回忆，其余的事情必须一再隐瞒。”

刑术点头，问：“田叔叔，你知道你父亲是怎么死的吗？”

田克脸色变了，看着刑术，又看着田炼峰，随后开始抽烟，抽了许久，终于放下来道：“他……他算是自杀的，这件事，他写在记录里面了，详详细细的经过全部都在里面。”

刑术明白了，从田克的话就可以听出，他的推测是真的，师父所说的话也是真的，田云浩的死是计划好了的，但他一个人完成不了，所以是他老婆，也就是田克的母亲陈玉清做的。从法律角度来说，凶手就是陈玉清，虽然是田云浩说服陈玉清杀死自己的。

田克坐在那儿闭眼道：“我看完那些记录，知道这些事之后，我妈就失踪了，找到她的时候，她在优抚医院里面，我当时完全无法相信那是真的，而且我妈之前精神就有些不正常了，我一直不明白是怎么回事，后来才知道，原因就是她被逼无奈按照我爸的要求去做了，我爸那样做，也是为了保我的平安，否则的话，在那个年代，就算盯上田家的人不亲自动手，把筷子的事情说出去，编个故事出来，我们家就完蛋了，你想想，我爸是1965年死的，1966年‘文革’就开始了。”

刑术听着田克的说辞，大概推测出田云浩应该是不知道陈玉清的目的是接近他找到奇门的线索，就算知道郑苍穹的存在，也不可能知道有那么一层关系在里面，不，也许知道，否则的话，他凭什么认为陈玉清在按照自己的要求做了之后，一个人就能善后？

没有郑苍穹的帮助，田云浩之死早就被查清楚了。

刑术问："所以，那时候你就埋下了要找到奇门的念头？"

田克点头："但是我父亲没有教过我任何东西，我知道他以前是特务，说实话，就算当时他不死，'文革'期间他也完了，活不了的。但是我没那种能力，我的路我妈给我铺好了，读完初中我没上高中，直接上的药材公司所属的技校，毕业出来就在药材公司跑采购，趁着改革开放发了一笔，但是我一直还是惦记着奇门的事情，我也不敢告诉炼峰，这兔崽子从小到大就一副只知道吃喝的嘴脸，也没什么脑子，我告诉他，这不是让他找死吗？"

田炼峰在一旁要插嘴，被刑术一眼瞪回去了，因为田克说的都是事实。

田克侧头看着田炼峰道："你不也一样吗？我费了多大力气才让你小子通过考核，当了个店长，唉，结果到头来，你还是接触到这件事了。"

"田叔叔，这么说，你应该知道墙壁中埋着的那幅绝世画？否则的话，你也不会在老楼门口弄了机关，也不会时不时去看一眼，对吗？"刑术摸出香烟来。

田克点头："对，我没有取出来是怕我没能力调查清楚，东西又落在其他人手上，为我、为炼峰招来麻烦。"

刑术点上烟："画我取出来了，你应该知道，我现在就想问两件事，第一，当时是谁引你去找奇门的；第二，那幅画到底是怎么回事。"

田克摇头："我没见过那个人，我就在牡丹江见了另外一个人，他自称自己叫什么小王。"

刑术知道，那人就是阎刚的战友王铁东，被马菲利用的那个。

田克又道："这个人开始是发短信给我，说他知道那幅画的事情，我当时吓坏了，因为那件事除了我死去的爸妈之外，就只有我知道，他怕我不信，还详细地说了那幅画的样子，我一听就知道和我爸留下的东西里面描述的一样。"

田炼峰立即插嘴问："会不会是那人偷看了爷爷留下来的东西？"

"不可能！"田克摇头道，"我早烧得一干二净了。"

"啊？你烧了？"田炼峰起身道。

田克点头，悔恨道："我有次喝多了，越想越气，越想越着急，干脆自己跪在那儿发誓说，以后就和那件事没关系了，于是把东西烧了，差点把筷子也烧了，现在想想，挺后悔的。"

田炼峰急了："你说你这老头儿是不是老糊涂了？！那么重要的东西你怎么能烧了呢？"

田克起身，就要抡拳头："怎么说话呢？我要是你爸，你信不信我削死你！"

田炼峰一下软了，一句话不说，缩到一边去了。

刑术靠在沙发上："东西烧了，没留下来，田叔叔你能记下来多少？"

"实际上里面没说什么，除了他以前的一些经历之外，大部分说的就是让我不要恨我妈，那是他逼着我妈做的，提到那幅画的时候，他只是简单说了下大概会放置的地方，其他的什么都没有说，筷子的事情也只是说让我保管好，还说他其实很想找到奇门，其他的就没什么了。"田克摇头，"所以其实就算那些记录还在，也没什么用。"

刑术呆呆地看着桌面，心中却想着一个关键问题，那幅画他鉴定的时期大概是在"文革"期间，但田云浩是在"文革"前一年死的，而他留下来的记录中明确写了那幅画已经存在了。

刑术想到这儿，不由自主站了起来，觉得这里面不对劲。如果那记录是假的，是陈玉清仿制的，那么这里面肯定有师父帮忙，但那没意义，因为田云浩的死有两个目的，其一就是让盯上田家的人暂时死心，第二就是藏下那幅画，所以由此推断，画是早就存在的。在这个前提下，往下面推测，按照自己鉴定的结果来看，只有一种可能性，那就是画被掉包了。

刑术告别田克，带着田炼峰回到当铺内，思来想去，还是将这个推测告诉了他。

田炼峰大惊，问："你就这么确定被掉包了？被埋在墙壁里，掉包不是那么容易的！"

"所以我得找专家。"刑术盯着那幅绝世画道，"我都怕自己走眼了，所以，现在我需要找一个专家，专门来确定一下这幅画的具体年代。"

田炼峰忙问："找谁？"

刑术站起身道："带上画，回医院！"

田炼峰立即道："找师父帮忙？"

"不！师父已经鉴定过了，那是陈大旭的手笔，年代也差不多是我鉴定的那样，但是我和他毕竟不是书画方面的专家。"刑术显得有些不安，"我知道一个人这方面是绝对的专家。"

田炼峰问："谁？"

刑术道："一个疯子。"

第五十五章：没有十指的画家

在优抚医院的那个特殊病房中，田炼峰在刑术的带领下，终于见到了那个刑术口中的疯子，但那人不仅是个疯子，还是一个双手十指都没有的可怜人。

“他叫纪德武，比我们大不了多少，不到四十岁，以前是个画家，也是个天才，他疯了之前就画过五幅画，其中三幅画在国外拍出了天价，以细腻著称，他一幅画要画半年甚至更长，是个多元素画家，但是这个人很低调，对画画到了一种痴狂的程度，拍卖出去的那三幅画，他一分钱没得到，都是被人骗了，也就是说，他是一个不知道自己是天才的天才。”刑术站在门外，隔着窗口看着里面正坐在墙角凳子上、微微张大嘴巴、看着电视的纪德武。

田炼峰看着纪德武没有手指的手掌：“他的手怎么回事？”

“因为那三幅画的关系，有人盯上他，逼他画画，他不干，你知道的，艺术家的脾气嘛，都这样，被打成那样了都不画，那些人只认钱的，让他选，要挖眼睛还是砍手指头，反正就是不让他再继续画了，你猜猜他怎么选的？”刑术说到这儿，浑身打了个寒战。

田炼峰只是瞪大眼睛摇头。

刑术道：“当时他被掳走，绑在一个旧厂区，那些人威胁他，要把他扔到车床里去绞了，在让他选择之后，纪德武自己把手指头放进车床里面了，还对那些人笑，说就算以后不画了，也没有人可以逼他做他不想做的事情。”

“我去他大爷的。”田炼峰惊讶道，“他以前就是疯子吧？”

刑术此时一愣，想到郑苍穹对自己说的那句话——“你别忘了，你是在疯人院长大的，你生下来就是和疯子为伍，而且说不定你生下来就是个疯子，只是你自己不知道而已，不过好在是，本身就是疯子的人，就不会担心自己再变成疯子了”。

田炼峰见刑术走神，用手肘碰了碰他，他这才回过神来，随后摇头：“谁知道呢，他后来醒过来的时候，那群人已经走了，一个拾荒的把他救了，报了警，但切下来的手指头没了，也接不回去了，而且原本还剩下一截的大拇指，因为神经坏死腐烂感染被切了，就变成了现在这副模样，虽然抓到了那几个切他手指头的人，但也没用了，他成了一个残废。”

田炼峰点头：“后来他就疯了？”

“对，他疯是因为他后悔当时自己那么做了，一时冲动，自己做了毁了自己一生的事情。”刑术看着田炼峰道，“所以，任何时候都要冷静，纪德武现在这副模样就是他逞能的下场。”

田炼峰道：“但是，他这模样能鉴定吗？”

“能。”刑术点头道，“他就剩下一双眼睛了，不能画，只能鉴定，只有在鉴定的时候他才稍微正常一点，鉴定是肯定没问题的，以前有人慕名来找过他，给钱鉴定，否则的话，他哪儿来的钱住在这里被人照顾呀，他家人都不管他，认为他活该。”

田炼峰摇头道：“真狠呀，一家人至于吗？”

“纪德武从小脾气古怪，与家人不和，其实很多天才都是这样吧，旁人是无法理解这些天才脑子中装的到底是什么的。”刑术看着屋内正用后脑轻轻撞着墙壁的纪德武，拿起自己拍下的绝世画的照片道，“先用照片试试吧，毕竟他是我的第一人选，实在不行，我们只能去沈阳找另外一个人。”

说着，刑术进屋了，径直走到纪德武跟前，随后蹲下来，也示意田炼峰驻足停住，站在门口不要往里走了，怕惊着纪德武。

田炼峰发现坐在那儿的纪德武虽然没有扭头，但眼珠子却朝着左侧慢慢移动，看向刑术，面部的肌肉也在抽搐，脸上的面无表情逐渐变成类似一头野兽脸上才有的神色，紧接着又变成了一副可怜的样子，嘴角在那儿快速地抖动着，仿佛很怕刑术。

“纪先生，我来委托您帮我看一幅画，画因为太大，太沉，我没有带来，我只带来了照片，您有兴趣吗？”刑术说着指了指左侧正面朝下的那张照片。

纪德武依然斜眼看着，无动于衷。

刑术慢慢起身，微微鞠躬道：“好吧，我明白了。”

刑术随后将照片轻轻放在了病床上，转身离开，田炼峰刚要开口，刑术冲他微微摇头。

两人离开病房，站在门外的窗户处看着，只见纪德武坐在那儿看着照片，许久开始用嘴去吹照片，试图将面朝下的照片吹起来。

田炼峰不解道：“他在做什么？”

“他就算疯了，古怪的脾气也还在，他不愿意做的事情人家不能强迫他，只是他现在不会如以前那样恶言相对，毕竟当年就是因为倔脾气而变成了残疾人。”刑术站在那儿看着纪德武慢慢跪在床前，一口气一口气地吹着，终于将照片吹过来翻了一面，不过因为太用力，照片落在了地上。

纪德武身子俯在地上，凑近去看那照片，刚看了一眼，突然尖叫了一声，朝着后面跌倒，随后双脚又蹬又踹朝着先前墙角的位置退去，紧贴着墙角右侧的墙壁在那儿“啊——啊——”地叫着。

纪德武发出惨叫的同时，不远处的护理护士立即冲了过来，刑术拦着她道：“不会受伤的，别进去。”

护理护士皱眉道：“刑术，你又在搞什么？这里是医院，不是你做买卖的地方！”

刑术扭头笑道：“别呀，真不会受伤。”

“行，我不和你犟，我去找你爸。”护理护士露出个笑容，随后猛地收起来，转身就朝着刑国栋的办公室走去。

田炼峰见护理护士走开了，立即问：“赶紧呀，你爸要来了，非得揍死你不可！”

“不急。”刑术摇头道，“纪德武见这张照片这么大反应，说明他以前见过，这就奇怪了，纪德武年纪不大，这幅画我鉴定是‘文革’时期做的，就算是被人替换了，也是在20世纪60年代埋入墙壁中的，他没有理由见过，这其中有问题，我们再等等。”

不过，刑术倒觉得奇怪，因为之前自己也常常在这附近转，有时候也会与这里的病人聊上两句，有一次也无意间吓到过某个病人，不过这个护理护士都没有这么激动过。

田炼峰一直看着走廊拐角处，生怕刑国栋突然出现了，因为刑国栋最厌恶的一件事，就是外人骚扰他的病人，就算是刑术也不行，小时候刑术和田炼峰不懂事的时候，曾经逗过一个女病人，吓得那病人差点跳楼，为了这件事两人被刑国栋罚跪两个多小时，起来后还站在桌子旁边一人写了两百次我错了”。

终于，纪德武没有再叫喊，但一直缩在角落中，刑术觉得差不多了，让田炼峰留下来，自己走了进去，拿起那张照片，放入口袋中，随后问：“纪先生，我什么时候把画带过来给您看看？”

纪德武使劲摇头，终于开口说话：“你自己去找他，不要找我，和我无关。”

刑术点头：“好，我知道了，那我去找谁？”

纪德武还是摇头，刑术想了想，将口袋中的照片慢慢摸出来，同时观察到纪德武的脸上瞬间变了颜色，使劲朝着墙角里缩，刑术作势要将照片递过去，同时问：“麻烦纪先生了，请问找谁？在哪儿找？男的女的？”

“道外！道外！道外！道外北二道街负四号！”纪德武闭上眼睛，就好像刑术拿着一条蛇慢慢逼近他一样，他闭着眼侧着头，朝着角落里缩着。

刑术再问：“找谁？”

纪德武拼命摇头的时候，刑国栋出现在了门口，咳嗽了一声。刑术立即起身来，收好照片道：“谢谢纪先生，对不起了。”

刑术说完走出病房，走到门口，站在刑国栋跟前闭上眼。

此时，刑国栋、田炼峰和那个护理护士都明白，刑术这意思是让他爸下手揍他，因为一开始他就这样打算好了。

谁知道，刑国栋却说了句：“跟我来办公室，炼峰也过来。”说着，刑国栋看着护理护士，向她点点头，示意她好好照看纪德武，紧接着转身便走。

回到办公室，刑国栋让两人先进屋，随后自己关上门，站在门口看着背对着自己、面朝办公桌的两人，开口道：“刑术，你是不是魔怔了？”

刑术摇头：“对不起。”

“知道这是什么地方吗？精神病院，这里的人受不得刺激，你忘记小时候的教训了？差点让一个人跳楼死了。”刑国栋说完见刑术要转身，又道，“别说对不起，你这么久以来没有犯过那错误，我也相信你清楚知道那样做的后果，但是你还是做了，我觉得，你就是魔怔了，你现在是一心一意想解开那个谜。”

田炼峰在那儿一句话都说不出来，也不敢说。

刑国栋坐下来，也不抬头看两人，只是道：“我一直教你，做事要有个度，不要越线，我有我的底线，你也有你的，你的底线中也充满了其他人的规则，所以，你在超越自己底线的同时也在违反人家定下的规则，我想，在这一点上，我和你师父教的都是同样的道理吧。”

刑术回答道：“爸，我知道你的意思，你想说，我听我师父的多过于听你的，那不一样。”

“行了，打住吧，我知道，耍嘴皮子也好，说大道理也好，我是说不过你这个干朝奉的。”刑国栋拿着一支笔在那儿翻转着，“我今天是最后说一次，别遁入魔怔了，还有，以后你实在想要在这里问点什么、做点什么，麻烦你先告诉我一声，我是医生，也是这里的负责人，还是你爸爸，好了，你忙自己的吧，我还有材料要整理。”

刑术点头，带着田炼峰告别，立即下楼。

来到楼下，田炼峰就小心翼翼地问：“你爸今天这是怎么了？”

刑术摇头：“他是担心我，从一开始，他就不愿意我接触这行当，但又无可奈何，他是工作狂，把这里当家了，我也是在这里长大的，从小到大身边都是这些人。”

田炼峰又道：“先前纪德武说的道外北二道街，那是老街呀，都是老房子。”

刑术点头：“阎刚也住在那儿附近，那里安静，不过先前纪德武说北二道街负四号，哪里有负四号这个地方？不过就算我爸不来，我也问不出什么来了。”

田炼峰道：“那咱们去找阎刚？”

“只能这样了，阎刚这家伙，住在什么地方，就会立即搞清楚方圆几公里内所有的情况，那里有什么店，那里有什么特殊背景的人，问他是没错，但是我不知道为什么，在经历了天地府的事情后，我有点害怕了。”刑术皱眉看着远处在逗着猫狗的苦黄汉，“发自内心的害怕，我觉得什么鬼神一点儿都不可怕，人才是最可怕的，再善良再憨厚的人，都会变成比魔鬼还可怕的东西。”

田炼峰想了想，又道：“对了，要不要知会下师父？还有还有，你回来这么久了，还没有去找过贺晨雪呢，你们俩怎么了？”

“什么怎么了？”刑术看着田炼峰，“我和她没怎么，有些与她无关的事情，就不要牵扯她进来了，不要牵扯太多其他没有关系的人，会把事情变复杂的。”

刑术说着走上车，而且开的还是马菲留下的那辆车，田炼峰依然跟着问：“还有那个姓白的……”

刑术发动汽车，看着田炼峰，直到田炼峰慢慢抬手捂嘴，这才开车。

见到阎刚已经是下午了，从他风尘仆仆的样子，刑术就知道，他肯定是接了其他的买卖。他也不知道阎刚为什么那么疯狂地赚钱，就算他本质上不是那种嗜钱如命的人，但一旦要他做事，他第一件事就是谈钱。

坐在阎刚的屋内，刑术和田炼峰看着阎刚在那儿喝着水，将凉杯中放着的所有凉白开全部喝完后，打了个饱嗝，这才坐下问：“好了，说吧，什么买卖，多少钱？”

刑术看着阎刚道：“现在是小事，只是向你打听个地方。”

阎刚皱眉：“打听个地方？哪儿？”

刑术道：“北二道街负四号。”

阎刚略微一愣，随后道：“没有负四号，你也知道吧？”

刑术点头：“就因为我知道没有，才找你。”

阎刚伸出五根手指头：“五万。”

田炼峰站起来：“姓阎的，你是不是疯了？打听个地方要五万！”

阎刚面无表情道：“我就这样，事前会明码标价，不给拉倒。”

刑术拿出手机，登录手机银行，没多久抬头道：“好了，打到你账户上了，五万，个人转账刚好一次性可以转五万，至于其他的事情，按照老规矩，另算。”

“刑术！他要多少你给多少？你的钱又不是大风刮来的！”田炼峰在那儿替刑术愤愤不平，觉得阎刚和刑术也算是老相识了，开口要价还这么狠。

阎刚坐下来，摸出一根烟：“负四号是存在的，只是没有门牌号，那只是个传闻而已，很多老哈尔滨人都不知道，不过一些当年的老公安才知道负四号这个地方。”

田炼峰还气不过他要五万，又想说什么，发现刑术瞪着他，他直接坐了下去，没再手舞足蹈。

阎刚又道："这个地方最早是特务接头用的，一开始是那些被苏联赶出来的俄罗斯贵族聚会的地方，听说当年刺杀斯大林失败的那批人，曾经在那里会见过当时的日本关东军情报部门，后来他们失败之后，这个地方被关东军情报部门征用，最后又交到了伪满的情报部门手中，当作是中转站，中转情报抑或中转某些比较重要的人，日本投降，伪满没了之后，这个地方被国民党军统和中统都使用过。"

说着，阎刚又顿了顿，回忆了下道："知道李兆麟吧？"

田炼峰道："哈尔滨谁不知道李兆麟呀，兆麟街、兆麟公园、兆麟小学这些都是以他命名的，他就是被特务杀害的。"

阎刚道："对，当年刺杀李兆麟的那群特务最早制订计划的时候，就是在负四号，但是这个消息一直是传闻，因为负四号在档案上都是没有记录的，即便是在当时军统和中统的档案中都没有，只是提到过一个名叫'彼岸楼'的地方。"

刑术听到"彼岸楼"三个字，立即想到绝世画中所画的彼岸花，而纪德武一直说负四号，这之间会不会有关呢？

随后，刑术道："能不能带我去看看？"

"可以倒是可以，但是彼岸楼现在是危楼，这座楼是建在一群建筑之中，横跨六个建筑，很大，1946年苏军撤离哈尔滨之前，对彼岸楼进行过详细的搜索，具体找到了什么，谁也不知道，这个无从查起，大概一个星期之后，当时的东北民主联军松江军区进驻哈尔滨的时候，下属的情报机构也对那里进行了搜查，但是什么都没有查出来，其后那座楼住过很多人，直到20世纪90年代中期才变成了一座空楼，因为房子是以木质结构为主，已经腐朽不堪，住人非常危险。"阎刚说完，起身又开始喝水，喝完一大杯之后道，"我知道的情况就是这些。"

刑术刚要说话，田炼峰起身就走过去，指着阎刚道："'阎王'，你还真是索命的阎王，就说几句话，五万就到手了？"说着，田炼峰又转身对刑术说，"千年乌香筷的故事，我也说给你过，我的五万呢？你给他，也得给我，快点，我的五万！"

刑术没搭理田炼峰，上前问阎刚："无论如何，我得去看看。"

阎刚点头："行，既然我收了你的钱，我就得办事，我带你去。"

刑术说着就往外走："现在就去，马上天黑了，我不想摸黑办事。"

阎刚点点头，抓了自己的包，与刑术出门，田炼峰一脸的不爽，低声骂骂咧咧地跟了上去。

第五十六章：不存在的负四号

刑术知道，现在唯一的线索就只有绝世画，搞清楚绝世画也就搞清楚了当年一系列的事情，而且他现在不能分心，毕竟摆在他眼前要解决的事情还有很多——贺晨雪的身世以及要找的绿双瞳是不是与整件事有直接关联；马菲的真实目的是什么；白仲政等三人要做什么。

当然，最重要的一点就是，刑术现在开始怀疑自己的师父郑苍穹了。

其实，刑术发现马菲假扮那枝的时候，他第一个反应就是这件事与师父有关系。首先，如果杀手真的是那枝，这件事就百分之百与郑苍穹有关，因为人是他介绍的；其次，他发现那枝是马菲假扮的之后，他怀疑过自己的推测，在短时间内认为郑苍穹没有直接参与这件事，但是那枝这个人是被郑苍穹塞进团队中的，而且几乎作用不大，郑苍穹清楚自己的脾气和性格，肯定知道他会赶走那枝，那枝一走，就给了马菲假扮的机会。

换句话说，郑苍穹虽然没有直接布局，但给了马菲一个相当好的插入的契机。

后来，阎刚也问过他，其实那样是多此一举，马菲为什么不直接扮成其他人，一个刑术压根儿就不认识的人，这样不就完美掩饰了吗？

刑术虽然当时摇头说不清楚，但实际上他知道，那就是郑苍穹与马菲之间的一个约定，故意让刑术知道这件事有他的参与，就像是给刑术一个心理准备一样。试问，如果没有那枝的出现，马菲不扮成假那枝让刑术识破，郑苍穹后来告诉刑术，马菲是在他同意之下才布下的整个局，那么他们师徒之间就会出现巨大的隔阂。

当然，郑苍穹也可以不告诉他，但那样做的话，隔阂就会变成师徒之间的鸿沟，最终导致两人决裂。

所以，郑苍穹的目的有三：其一，明确告诉刑术，他也想找奇门，但自己年老了，这件事要交给刑术去办；其二，刑术现在要找奇门，还需要磨炼；其三，他不想因此与刑术产生矛盾。

刑术其实对田炼峰说自己害怕，怕的不仅仅是经历了天地府的事情，知道了当年邪教惨案的真相，更是害怕郑苍穹与自己的那种师徒情谊在突然间就彻底断了。

“刑术，到了。”阎刚站在门洞前叫着先前就只知道埋头走路、一句话也不说的刑术。

刑术没有任何反应，阎刚看了一眼田炼峰，田炼峰嘟囔道："几句话，引个路，就要五万，是我，我也想不通。"

阎刚没搭理他，只是用手推了下刑术，刑术回过神来，抬眼看着门洞道："哦，到了。"

"往里面走，穿过里面那座楼，再穿过一座楼，就是负四号，也就是彼岸楼了。"阎刚说着就朝里面走，边走边说，"小心楼顶四周，落脚也得轻，这些都是百年楼，伪满时期发生过火灾，虽然重新修建过，但听说地基有问题，整座楼都不稳。"

田炼峰在后面看着黑漆漆的门洞内，四下都摆放着那种老掉牙的家具："不稳几十年都不倒？"

"这就是彼岸楼的精妙之处。"阎刚停在门洞内的院落后，站在那花台上，指着前方道，"整个彼岸楼都是依附着周围的楼修建而成的，属于楼中楼，就像是寄生在其他楼房之上，其他几座楼不倒，它就不倒，除非几座楼倒下，它才会倒下。"

刑术点头："所以，彼岸楼才没有门牌号。"

"对，当年没有，现在也没有，走吧。"阎刚带着刑术和田炼峰走进眼前的那座楼，从旁边的楼梯小心翼翼地走上二楼，又从走廊的尽头拐角处转过去，再上三楼的楼梯，这算是穿过了第一层楼，紧接着再下楼，穿过下面的天井屋。

刑术看着天井屋下面那个小型的蓄水池道："这种建筑风格不是东北的，江南最多，设计者是个江南人士？"

阎刚摇头："不知道，无从查起。"

阎刚领着两人再穿过前方的廊檐下方，同时示意刑术和田炼峰往右侧靠一靠，因为这几天气温上升，接近零上，所以廊檐下方的冰柱都在融化，稍大的根部一断，落下来会砸死人的。

又穿过一座楼，刑术停下来问："不对吧，按照你现在的说法，我们应该已经到了彼岸楼。"

阎刚摇头："之所以叫彼岸楼，说到底，就是不容易去的地方，我们现在的行进路线，就像是一个问号。"

阎刚说着，在旁边的雪地上画了一个"？"的样子，指着下面的点道："这里是门洞，我们必须要往上直行，从右至左围着外侧的楼绕行一圈，才能到达中心点的彼岸楼，因为无法走直线，也无法走左侧直接进入。"

田炼峰看着四下旧楼的格局道："这里可真奇怪，太诡异了，忽冷忽热的，而且吹来的不是干风，是一种让人特别难受、渗骨头的阴风。"

刑术示意阎刚继续带路，自己走在中间说：“东北天干风干，风也烈，在夏季日照猛烈，这种建筑可以挡下日光，而且四通八达，算是四面通风，有不同的通道，在夏季会很凉爽。”

田炼峰抱着胳膊道：“那冬天不就冻死人了？”

刑术摇头：“不，冬天这些四通八达的通道只要门一关上，就避风了，风吹不进，房屋的多层结构也可以保温。”

阎刚在前头道：“对，这里还有暖气，而且都是铜管，单是这些铜管就值不少钱。”

继续朝前走，终于走到一扇并不大的屋门前，屋门可以并行三个人。阎刚停下来，指着带锁的那扇门道：“彼岸楼就在里面。”

刑术抬手看表：“从门洞到这里，我们慢行走了四十五分钟。”

阎刚道：“平常速度吧，我第一次好奇来这里，走到这儿花了三个小时。”

“你路痴啊！”田炼峰看着阎刚道，“要是我，用跑的，十五分钟。”

刑术指着来时的路道：“别嘴硬，我们赌一把，你现在往回走，如果你一个小时内能走到门洞，我给你五万。”

田炼峰一听来劲了，抬脚就往外走：“我出去给你电话。”

可是田炼峰走了一阵，却回来了，抬眼看到两人就是一愣，“咦”了一声后，回头看看自己走过的地方，又走了回去，没多久田炼峰又回来了，这次他目瞪口呆地看着刑术和阎刚道：“撞鬼了这是！”

刑术摇头：“这座楼外面依附的建筑都是一个模样，我先前来的时候算过了，大致分为四个区域，外面大概有四座楼，风格都不太一样，故意混搭让人找不准正确的路。”

田炼峰皱眉，摇头表示没听懂。

刑术叹了一口气，掏出本子和铅笔画了一个圆圈道：“这个圆圈是彼岸楼。”随后又在圆圈四周写了上ABCD四个字母，“这四个字母代表彼岸楼依附的四座楼。”

田炼峰点头。刑术又在圆圈内部写上甲乙丙丁四个字：“这四个字代表修建彼岸楼时外层又修建的一圈楼。”

田炼峰愣了下，好半天明白了才点头：“继续。”

刑术将甲乙丙丁四个字擦去，在A旁边写上丁，在紧挨B旁边写上丙，在C旁边写上乙，在D旁边写上甲，随后道：“修建彼岸楼的时候，又多修建的那一圈楼，算是四个区域，甲区域的风格与A楼一样，以此类推，甲乙丙丁四座楼的风格对应外围ABCD四座楼，但是在修建的时候，刻意打乱了，当你走进来的时候，你记住你走了A楼，可是你绕着圈走的时候，发现自己怎么又回到了A楼，你认为你迷路了，开始另寻他路，其实不然，因为那时候你身处的不是A楼，而是彼岸楼与最外围数字楼中间那一圈的丁楼，我说这么详细了，你能明白吗？”

田炼峰拿着纸在那儿研究的时候，刑术转身问阎刚：“现在这屋子算是没主的吧？”

阎刚点头：“对，解放后就变成无主的屋子了，但是外面这几座楼有主，那几年拆迁，开发商拆不起，地贵，这些老屋子更贵，后来政府要保护这些建筑，但是完全无法修复，只能学人家英国人的，把楼的外面那一层保留了，里面重新修，否则的话，这些楼随时都会塌的。”

“那就好了。”刑术掏出工具来，三两下就将锁撬开了，随后慢慢推开门，推动的时候小心翼翼，因为门发出的声音就像是随时要掉落下来一样，而屋内也是四面都是孔，就像这里发生过一场激战，有人用枪扫了一圈又一圈，在木制的墙壁上留下了无数个弹孔一样。

刑术抬脚踩了踩木板，感觉还算结实，随后道：“不知道能不能承受多一个人的重量，‘阎王’你别进来了，你和炼峰在外面守着，我进去。”

此时田炼峰兴高采烈地起身道：“我明白这楼中楼是怎么回事了，也明白这迷宫……咦？门啥时候开的？”

阎刚挡住要进去的田炼峰道：“地板随时会塌陷，你别进去，让刑术一个人去吧。”

田炼峰又不满了：“你收钱了，五万，你让雇主去冒险，你这种人吧……”

已经身处屋内的刑术转过身来，指着田炼峰道：“从现在开始，你给我闭上嘴，如果你闭不上，我让‘阎王’帮你一把。”

田炼峰看了一眼面无表情盯着他的阎刚，抬手捂住嘴，朝着刑术缓慢地点头。

刑术朝他翻了下白眼，开始观察起这座楼的第一层屋子——完完全全的长方形，虽然有两个房间，但明显右侧的房间只是用简单的木板隔出来的，两个房间之间有一座可以上楼的楼梯，除此之外，就没有什么奇特之处，整个屋子中散落的全都是烂家具，就连唯一完整的一个柜子上面都破了两个窟窿。

“‘阎王’，这座楼有几层？”刑术问。

门外的阎刚回答：“不知道，我就站在你那儿看了看就走了，我当时只是好奇，没有详细探查。”

“我上楼看看。”刑术说着就走上楼梯，刚走到楼梯口，刑术就觉得有点奇怪，感觉楼梯口的木板很厚、很结实，踩上去没有之前地板发出的那种咔叽声。

刑术爬上第二层楼，发现依然是两个房间，与一楼大同小异，继续上第三层楼，依然还是那样，一直爬到第三层的阁楼，在阁楼的房间内也没有发现任何可疑之处。不过就在刑术准备离开的时候，却好像在转身那一刹那，看到了门后面好像有什么东西，于是将门打开，发现门后有一支毛笔。

刑术上前捡起来，闻了闻，笔头已经全部干了，笔头上面的毛一碰就散落下来，最重要的是这支毛笔上面并不是墨，而是黑色的颜料。

刑术拿起那支笔回到门口，递给阎刚道："这支笔很奇怪。"

"怎么？"阎刚不理解，他不懂这些。

刑术拿过来道："这种毛笔是羊毫，笔头比普通写字所用的狼毫略长一些，粗壮一些，因为这样含水墨量要大些，所以，这是支画笔，画水墨画时用的画笔，更多的也有用写秃过的毛笔来作画的，但画上的精细部分，就需要用到羊毫了。"

阎刚点头："你是说，这里与绝世画真的有联系？"

"不确定。"刑术回头看着四周，"这里怪怪的，看似平常，但总觉得哪儿不对劲。"

阎刚又道："但是那幅绝世画不是普通的画，分不出单一的类型。"

"对，那幅画上面很怪，是双层的，水墨画和油画混合体。"刑术皱眉，"就是这一点我才觉得古怪，搞不清楚，只能从纸张上面大致鉴定出时间来，毫无疑问是用了双层纸，但我不知道是水墨画在先，还是油画在先，而且我找到的这支毛笔，笔头上面不是墨水，而是油彩，黑色的油彩。"

一旁的田炼峰想发表意见，但刑术没让他开口，他只得捂住嘴皱眉看着两人，一会儿看看刑术，一会儿又看着阎刚。

阎刚想了想道："绝世画与这里有关系不说，那个纪德武也与这里有关系？"

刑术点头："你知道我在想什么吗？我在想，纪德武看见那幅画之所以那么惊讶，我想肯定是因为当年在某处看到这幅画的时候受过惊吓刺激，但能把他吓成那副模样的，只有一件事，就是当年那群人挟持他之后，他断手的事情。"

田炼峰终于忍不住，放开手道："你是说，当年他被挟持的地方是在这里？是在这里断的手指头？"

刑术转头看了看田炼峰，田炼峰立即又捂住嘴。

刑术摇头："不，警察不是傻子，当年他断手是在车床上，如果那群人伪造现场，再怎么伪装警察一勘查现场就知道了，所以，断指的地方肯定是在他被发现的地方，但是最早他被绑架关押的地方说不定就在这里。"

阎刚听完，分析道："嗯，绑架他的人，肯定一开始就准备好了一个地方让他画画，但是他不从，死都不画，这才将他转移出来，威胁要砍断他的手指头，或者杀掉他，因为在藏匿地对他动手，会破坏他们准备好的画室。”

刑术接着道：“之所以担心画室被破坏、被发现，我想，还有一个原因，那就是这群人在纪德武之前还抓过其他的画家，而且那一个或者一个以上的画家就在画室当中，也许，就是这座彼岸楼。

“纪德武看见绝世画就大惊失色，说不定在这个画室中就有一幅一模一样的画，导致纪德武看到之后立即联想到了当年的一切，所以吓坏了，他以为你是当年的那批人。”阎刚继续分析，“所以，当年那批人是将纪德武请到这里来的，并不是蒙面带来的，纪德武也知道这里是负四号，后来这些人之所以没有找纪德武的麻烦，是因为纪德武疯了，对他们没有威胁了，一个疯子说什么话，在法律上也无法形成有效的证词。”

刑术转身看着屋子内：“所以，我觉得纪德武当年被请到的画室，说不定就是这里，否则一个疯子怎么会对负四号印象这么深刻？”

刑术此时想到了那楼梯下面的那块坚硬的地板，又回头看着屋外，走出去后四下看了看，问阎刚：“‘阎王’，你说，现在我们在几楼？”

阎刚看着外面的地面，还有正对着大门的那个天井屋道：“一楼啊！”

“一楼？”刑术摇头，“我觉得不是一楼。”

“为什么？”阎刚不解地问。

刑术指着周围道：“这里是天井屋，周围是外层建筑和迷宫，从天井屋中间可以看向外面的高楼，就算有对比，你也无法知道自己身处几楼。就像是把一个人装在一个可乐罐子一样大小的地方，将这个罐子放在某个高处，旁边就有一座二十来层的高楼，身处罐子中的人从罐子口看向那座高楼，第一直觉会认为自己在地面上，认为罐子放置在地面，因为罐子四面都是被挡住的，你的视线无法平视的前提下，根本不知道自己身处的高度，这就是坐井观天。”

阎刚走到天井屋中心抬头看着，顺带跺了跺脚：“你是说，我们现在所站的位置至少是二楼或者以上？”

“对，周围都是封闭的，外层是迷宫，我们是上了又下、下了又上，根本不知道自己到底在几楼，如果把你扔在一座四面都封闭，但有好多个楼梯的楼房中，你上上下下来回走几趟，再让你说自己在几楼，你肯定说不出来。”刑术说完指着屋内的地板，“所以，我认为下面肯定有个密室。”

阎刚恍然大悟：“所以，那密室就是所谓的画室？”

刑术道：“没错，但还有一个非常矛盾的地方。”

第五十七章：同样的画

刑术所说的矛盾的地方，那就是画室的位置。

有条件的画室都应该是明亮的，谁都知道，画需要光，就如拍照一样，没有光就没有颜色，阳光也就是自然光线是最棒的。白炽灯、钨丝灯、日光灯带来的颜色都有差别，更别说高压汞灯、高压钠灯这些。

刑术解释道："不同的光线下作画，会对画产生不小的影响，同时也会影响人，当然后者是从心理学的角度上考虑的。"

田炼峰再次忍不住："这个你也懂？"

"略懂。"刑术点头，随后看着田炼峰的嘴，田炼峰立即捂嘴。

阎刚道："好吧，既然来了，那就找找，肯定有出入口。"

"我想，肯定被封了，'阎王'，你带着田炼峰回去拿点工具，最好是斧头，还要强光手电，最好多带几个，我在这里等着你。"刑术说完，不让阎刚再问什么，"你快点去，时间不等人。"

阎刚只得点头，带着田炼峰立即往回走。刑术站在门口，看着这里，拿着那支毛笔开始在那儿飞速地思考着前后，联系着一切的线索，就在他想到自己面见纪德武的时候，突然间想到了什么，随之一愣，紧接着差点将手中的毛笔给掰断了。

他下意识打了个寒战，随后四下看了看，感觉有人在暗处盯着自己，而那人还满眼都是杀气。

刑术拿出电话，背靠着一侧的墙壁，拨通了刑国栋的电话，电话通了之后，他对着电话那头道："爸？"

"你爸回去了。"电话那头说话的是个女人。

刑术浑身一震，他立即意识到了那人是谁："果然是你，护士大姐。"

电话那头说话的人，不是别人，正是那个阻止刑术与纪德武接触的护理护士。

护理护士在那头冷笑道："刑老板，你果然聪明，不过我也不笨，在当时我就意识到，你这种聪明人肯定很快就会发现我不对劲，因为我犯错了，我急着制止你并没有什么，但我当时去找你爸来，这个过激的做法肯定会让你怀疑的，如果我不那样做，你不可能怀疑我，对吗？"

刑术冷冷道："对，我爸呢？"

护理护士说话间，扭头看了一眼旁边沙发上睡着的刑国栋："他喝的水里面我下了适当的镇静剂，那剂量会让他睡到至少明天上午，我是专业的，所以，我控制好了剂量，如果我再多一点剂量，再调配点其他的东西，你爸这辈子都会处于昏迷状态，变成植物人。"

"听着。"刑术慢慢靠墙蹲了下来，"没有人可以搞我爸，没有人可以在那家医院里面搞事，不管你是谁，不管你要做什么，我奉劝你，最好现在放下电话就跑，改头换面躲得远远的，最好在深山老林里面刨个坑把自己埋了，否则等我找到你，我会让你后悔来到这个世界上，当然，你还有个选择，那就是弄死我，不过，如果你弄不死我，我一定会万倍奉还！"

刑术说完挂掉了电话。

电话挂断，传来忙音的那一刻，那个护理护士还没有回过神来，足足过了五六秒才下意识看着话筒，不由自主吞了口唾沫，因为她很清楚，刑术先前那番话不是在开玩笑，绝对不是，不光是她平日内看到的刑术，还是传闻中的刑术，都不是一个好招惹的角色，更不要说他那个名叫郑苍穹的师父……

护理护士拿着话筒的手开始发抖，就在一年前的某天，有个跑来找自己疯子老爹要遗产的女儿，在医院撒泼哭闹，后来还将装有大小便的盆子泼到自己父亲的身上，就因为父亲没有将房产留给她，这个女人当时还打伤了两名护士，抓伤了刑国栋。

那天刑术正好回医院，看到这个情景径直上前，将那女人直接拽到了窗口，作势就要扔下楼。

那女人吓破胆了，周围的人全吓傻了，七手八脚上前制止刑术，足足上去八个人才将那个女人救下来。当时这件事完了之后，所有人私下讨论的时候，都认定一个事实，那就是——如果他们不上前制止，刑术肯定会将那个女人直接扔下去。

那天，那女人逃出医院的时候，被等在门口的刑术拦住，刑术当时站在那儿笑眯眯地与她聊了几句，从此之后那女人再也没有来过医院闹事。

谁也不知道当时刑术说了什么，只知道招惹刑术和找死是画等号的。

同样的事情在刑术那个行当传闻也很多，就连当年号称雄霸古玩城周围几条街的所谓的社会人听见刑术的名字，脸色都得变。

护理护士站在那儿看着刑国栋思考下一步的同时，拿出手机又拨出去一个号码。

与此同时，另外一边的刑术与医院守大门的童云晖也刚刚结束通话，童云晖挂掉电话之后，又拨了一个电话给正在休息室中小睡的廖洪美，简单说了一句话，挂断电话后搬了一把凳子放在大门口坐下，静静地看着医院的办公大楼。

护理护士拿着手机边走边说，时不时向与自己擦身而过的同伴微笑示意，回休息室更换了衣服之后，飞速下楼，走出办公大楼，还未走到大门口时，她就看到坐在那里的童云晖，以及童云晖脸上的微笑。

护理护士意识到了什么，转身朝着一侧的矮墙跑去，跑到矮墙的位置却看到那里蹲着三条恶狠狠的狗，以及站在墙边正背对着她小便的苦黄汉。

苦黄汉扭头对着护理护士笑道："张护士，下班了？"

护理护士咽了口唾沫，拔腿朝着另外一侧跑去，边跑边四下看着，终于看到左侧墙壁下的那棵大树的时候，直接飞奔过去就要爬树，刚冲到树跟前，远处一把扫帚飞了过来，直接将其绊倒，随后穿着一身保洁服装的廖洪美提着背篓慢慢走了出来，边走边往嘴里喂着花生。

"别装死了，起来吧。"廖洪美慢慢走到护理护士跟前，刚要蹲下去的时候，护理护士突然转身摸出一把水果刀就挥了过去，被廖洪美抬起直接挡住她的手腕，随后反手一拧，使其水果刀脱手，再抓着胳膊一顶一拽，护理护士惨叫一声，刚叫出来就被廖洪美俯身捂住嘴。

廖洪美冷冷地看着一脸惊恐的护理护士："只是脱臼而已，死不了的。"

说着，廖洪美再抬手拉脱臼了护理护士的下巴，扛着她朝着地下室的方向走去，同时对一侧的苦黄汉道："放哨。"

彼岸楼之中，刑术和阎刚挥舞着斧头，将楼梯下面的地板砸开，果不其然，下面还有楼梯，而且被人毁坏过，而且上面的地板是重新拼凑上去的，原本是想让人看不出下面有通道，结果弄巧成拙，弄得太坚固了，反倒被刑术发现了。

顺着楼梯下去，刑术拿起手电照着下面被破坏得严重，但勉强可以站人的楼梯。

"这里有开关。"田炼峰看到楼梯口的开关，按下去却没有反应。

阎刚照着开关之上被砍断的电线道："被砍断了，而且电线肯定是分接线路。"

"什么意思？"田炼峰问。

阎刚扶着边缘朝着下面走："他们在这里肯定待了挺长的时间，画画要用的灯，肯定费电，这里早就不通电了，必定是偷的周围其他设施的电，但只偷一处的电，人家一个月电费下来就能发现，所以至少偷好几家的，今天用这个，明天用那个，不容易被发现。"

刑术终于走到下面那个巨大的房间内，随后看到右侧还有一排窗户，他用手电照过去，发现窗户外面斜摆着一排镜子，手电光照着镜子的时候，立即反射了出来。

刑术探头从窗口朝着上面望了望，随后道："上面应该还有镜子，利用反射，将日光照进来，晚上再用灯，这样就有天光了，而且看这些镜子的镜面是打磨处理过的，看得出来是想模拟出自然光线。”

阎刚在画室中四下走着，发现四处很杂乱，几乎所有的东西都被破坏了，画架被砸，凳子、椅子、桌子都被砸得稀烂，原本周围挂放物件的挂钩也全部被砸落下来，摔得满地都是，现场没有一支笔，但在窗户侧对面位置的地上看到了不少油彩，不过那些油彩看样子也被人认真擦过，但没有擦掉。

阎刚四下看了一圈道：“看样子他们走得很匆忙，是逃走的，慌乱之中带走了必须带走的，剩下的全部毁坏了。”

刑术道：“对，反射的镜子也被砸过，但没有完全砸坏，说明他们很慌张，还有地上的油彩，其实是可以擦掉的，用醋、香蕉水抑或是油漆稀释剂就可以轻松擦干净，但是他们没有，这些都说明这里的人走得十分匆忙，也许，是在纪德武的事情之后才跑掉的。”

三个人找了一圈，没有找到任何有用的线索，似乎留下来的只有那支毛笔。

刑术站在画室的中间，仔细地想着，捏着那笔道：“这支笔不是偶然掉在那里的，肯定是被挟持、被威迫的其中一个画家留下来的东西，但留在最上面，不容易被发现，他既然想留下线索，必定也会在画室中留下来，一个画家应该留下什么线索呢？”

阎刚听到这儿，看着刑术道：“当然是画。”

田炼峰也点头：“对，只能是画。”

刑术道：“对，是画，而且不是画在画布上面的，而是画在某个这些人带不走的东西上面的。”说着，刑术指着周围道，“仔细搜索天花板、墙壁和地板！”

三人分头寻找，找了许久，他们什么都没有找到。

刑术起身来，四下看着，目光终于落在了角落的那堆油彩之上，他顿时想到了什么，立即上前，让阎刚和田炼峰照着那堆地上的油彩，顺着那油彩朝着侧面看过去，发现侧面那里没有擦去油彩留下的痕迹。

“画室的自然光一般都在侧面，这样绘画的时候才不会影响视线，更不会影响色感，所以这里是绘画的地方。”刑术摸着地上的那层油彩，“他们走得那么匆忙，都将周围落下的油彩擦掉了，为什么没有擦掉这一堆油彩呢？他们看样子是要掩饰什么东西。”

阎刚摸出匕首来，开始小心翼翼地将干掉的那一层油彩抹去，刮得异常小心，不一会儿就浑身大汗，终于在半个小时后，阎刚将表面那一层刮出来之后，在地上露出一个用工具凿出来的箭头符号。

刑术道：“难怪要用油彩去掩饰，不是画出来的，是凿出来的，如果用木板盖上，更容易被发现，只能用油彩泼上去掩饰。”

阎刚看着正对面的那堵墙：“箭头指着这堵墙，但是墙面上什么都没有。”

刑术上前摸着墙壁：“是木板的。”说着，他再摸了下周围其他墙壁，发现也都是木板的，随后退回来道：“不对劲儿，东北这边的屋子就算有保温层，也不会用这种木板，再说了，这种中俄风格混搭的房子，也有封火墙，是全火砖结构的，没有一丝丝木料在里面，封火墙上加木板，而且还这么严密，在当年是不可能的！”

阎刚看着刑术：“知道了，拆木板是吧？”

“对，慢慢来。”刑术说着指挥着两人开始从箭头所指的两侧开始拆木板，拆了一阵后，果然发现了里面似乎有画，还有字，就在三个人将正对着那面墙大部分都拆下来的时候，果然发现了里面的那幅画，而那幅画不是其他的什么画，就是刑术从筒子楼墙壁中取出来的绝世画！

刑术看着一模一样的绝世画，看着画上的彼岸花惊呆了。

田炼峰和阎刚也很吃惊，不过都明白，为什么纪德武看见绝世画的照片会那么惊恐，说明他们的推测是正确的，纪德武断指之前被带到这里来过，看到过墙壁上的这幅画，印象很深刻，在那之后他自己断指，所以再看到这幅画，他的记忆就会蹦出很多当年的画面，自然而然受了不小的刺激。

刑术上前摸着那幅画，不断摇头。

田炼峰上前问：“你能鉴定出时间吗？”

“不好鉴定，没有工具，而且我对画不是太在行。”刑术摇头，“但是我看得出来，墙壁上的这幅画，和那幅绝世画就算不是一个人画的，两个人之间也有某种联系，而且，这人之所以将画留在这里，其目的就是希望有人发现，也有可能这个人与奇门有某种联系。”

刑术说到这里，拿出电话，打给廖洪美。

电话接通，廖洪美接起电话就说：“她醒了，但是一个字都不说，她应该只是个卒子，除了有医疗常识，是个正规的护士之外，没有什么身手，也许是被收买的。”

刑术应道：“你把电话开免提，放在她跟前。”

说着，刑术也开了免提，回头看着阎刚，示意他也认真听，帮着分析。

廖洪美将电话开成免提，端了一个凳子放在护理护士跟前，将电话放上去，随后退到一边看着。

护理护士被廖洪美绑在椅子上，脑袋低垂着，在那儿说着：“你们这是非法拘禁，我要报警，我要报警抓你们。”

刑术对着电话说："我记得你姓张吧，我还记得你应该是纪德武入院之后不到两个月的时间托关系进的医院，别质疑我，别撒谎，我的记忆力很好，我无聊的时候，最喜欢看医院的人事档案，那是我家，我把你们每一个人都当家人，我会记住我每一个家人的名字、样貌、年龄、喜好，所以，我劝你说实话，不要撒谎。"

"我不知道你在说什么，刑术，你这次闯祸了。"张姓的护士说道。

刑术道："张护士，我爸是医生，他醒来后就会立即察觉自己被人下药了，也会看监控摄像头，会发现你进了他的办公室，我想即便这样，你也可以编一套谎话，但是没关系，我已经找到了你们当年囚禁画家的画室，就在北二道街负四号，也就是彼岸楼，我将这一切捅出去，报警，警察顺藤摸瓜严查的时候，你背后的人因为担心事发，一定会灭你的口，抑或是直接放弃你。我知道，你有个女儿，今年二十岁了，大学生，前途无量，你要是出了事，她怎么办？"

刑术刚说完，张姓护士就很激动地吼道："你敢对我女儿怎么样！我杀了你！我杀了你！我要杀了你们！"

刑术一愣，因为他先前绝对不是拿她女儿在威胁，所以张姓护士这么大反应，只会让他意识到一件事，那就是这个姓张的护士，没有什么特殊的能力和背景，也没有身手，之所以给那些人卖命，或许就是因为她的女儿被他们威胁。

刑术让张姓护士在那儿大吼大叫了许久，也不呵斥她闭嘴，也不让廖洪美阻止她，只是等她发泄完毕，开始低声哭泣的时候，这才道："张护士，我可以帮你，我还可以帮你女儿脱离困境，前提是，你告诉我你知道的一切。"

张护士许久才缓缓摇头道："不可能的，绝对不可能的，你是斗不过他们的，没有人可以，他们连警察都敢杀。"

张护士说到这儿，刑术一愣，田炼峰双眼都瞪圆了，阎刚皱眉上前，走到刑术跟前盯着电话，又看着刑术。

刑术深吸一口气，问："他们是什么人？"

田炼峰在一侧小声道："黑社会？"

刑术见张护士没回答，捂住电话道："别插嘴！中国大陆就没黑社会，只有带黑社会性质的流氓团伙！"

许久，喘着气的张护士开口说道："他们说自己是铸玉会，对，是铸玉会。"

刑术打了个寒战，抬眼与阎刚对视着。

怎么会是铸玉会？

图书在版编目（CIP）数据

奇货 / 唐小豪著. — 北京 : 中国友谊出版公司, 2015.6
ISBN 978-7-5057-3533-0

Ⅰ. ①奇… Ⅱ. ①唐… Ⅲ. ①长篇小说－中国－当代 Ⅳ. ①I247.5

中国版本图书馆CIP数据核字（2015）第110860号

书名 奇货
作者 唐小豪
出版 中国友谊出版公司
发行 中国友谊出版公司
经销 新华书店
印刷 北京慧美印刷有限公司
规格 710毫米×1000毫米 16开
22印张 406千字
版次 2015年6月第1版
印次 2015年6月第1次印刷
书号 ISBN 978-7-5057-3533-0
定价 32.80元
地址 北京市朝阳区西坝河南里17号楼
邮编 100028
电话 （010）64668676